异境之书

（英）米歇尔·法柏 MICHEL FABER —— 著
白玥、梁美令 —— 译

The Book Of
strange
new things

河南人民出版社

图书在版编目（CIP）数据

异境之书 /（英）米歇尔·法柏（Michel Faber）著；白玥，梁美令译. — 郑州：河南人民出版社，2020.6
书名原文：The Book Of Strange New Things
ISBN 978-7-215-12137-9

Ⅰ. ①异… Ⅱ. ①米… ②白… ③梁… Ⅲ. ①幻想小说－英国－现代 Ⅳ. ① I561.45

中国版本图书馆 CIP 数据核字（2019）第 299775 号

豫著许可备字 -2019-A-0205
THE BOOK OF STRANGE NEW THINGS © Michel Faber; 2014
Copyright licensed by Canongate Books Ltd.
arranged with Andrew Nurnberg Associates International Limited

河南人民出版社出版发行
（地址：郑州市郑东新区祥盛街 27 号 邮政编码：450016 电话：0371-65788067）
新华书店经销　　三河市金泰源印务有限公司印刷
开本　880 毫米 ×1230 毫米　1/32　印张　13.5
字数　400 千字
2020 年 9 月第 1 版　　2020 年 9 月第 1 次印刷

定价：49.80 元

依然,献给伊娃[①]。

[①] 伊娃,作者的妻子。

目录

一　愿你的旨意

1. 40分钟后，他就在天空中了　/003
2. 他要以全新的方式看待别人了　/018
3. 真正的冒险还在等着我们　/028
4. "大家好。"他说道　/038
5. 他没能辨别出他们是什么　/058
6. 一生只为这一刻　/072
7. 批准，发送成功　/085
8. 深吸一口气，然后数到一百万　/096
9. 唱诗班继续和声轻唱　/114

二　行在地上

10. 最快乐的一天　/135
11. 她也很美　/151
12. 回想起来，我几乎可以确定，就是那时　/168
13. 车子发动了　/184
14. 淹没在强大的音浪里　/197
15. 此刻的主角，今日的王者　/207

16. 轴上倾倒，从空中坠落 /224

17. 在"这里"之下，光标仍在闪动 /242

18. 我得和你谈谈，她说 /257

19. 他将学习绿洲人的语言，除非死去 /273

20. 只要她祈祷，一切都会好起来的 /290

三　如同

21. 根本没有上帝，她写道 /309

22. 你在我身边 /325

四　行在天堂

23. 与你共饮 /345

24. 耶稣的巧技 /359

25. 我们有事儿可做了 /373

26. 他只知道他该说声谢谢 /392

27. 待在那里 /402

28. 阿门 /413

一

愿你的旨意

1. 40分钟后，他就在天空中了

"有个事儿我本想告诉你的。"他说道。

"那你说吧。"她说。

他安静了一会儿，眼睛紧紧地盯着面前的路。尽管在黑漆漆一片的市郊，他能看到的也只有前方车子的尾灯、无边无际向远处铺开的沥青路和高速公路上巨大的护栏。

"我竟然会有这样的想法，上帝大概会对我失望透顶的吧。"他说。

"或许吧，"她叹气道，"既然他已经知道了，那你不妨也跟我说说吧。"

他瞟了瞟她的面庞，想确定她这么说的时候是什么情绪，然而，她的上半张脸隐在挡风玻璃投下的阴影里；皎洁的月光印在她的下半张脸上，她的笑靥、她的柔唇、她扬起的下巴是那样令人熟悉，就像他生命中的一部分一样——他突然感到一阵忧伤，他就要离开她了。

"人造的灯光让这个世界看上去更美了。"他说道。

车子继续向前开去。良久，他们终于无法忍受收音机里喋喋不休的唠叨，打破了沉默。这也是他们数不清的默契之一。

"就这事儿？"她问道。

"是的，"他说，"我的意思是……最自然的才是最完美的，对吧？所有人造的东西都应该是人类的耻辱，它们把世界弄得一团糟。但我们有可能享受不到这样美好的世界，如果我们……我是说我们全人类……"

（她咕哝着让他继续说下去。）

"……没把电灯弄得满世界都是。电灯其实挺迷人的。有了它们，像今晚这样在晚上开车都不难受了，甚至，有些美妙。我是说光是设想一下如果没有灯，我们得在彻底的黑暗里行车，因为世界本身最初的状态就是没有灯的，晚上就是黑漆漆一片的，对吧？光是设想一下，黑漆漆一片，能见度只有几米，你焦头烂额，根本不知道会开到哪里去。如果你要开向一个城市——不对,在没有科技的世界里,我觉得甚至都没有城市——或者你是要开向一个有人居住的地方,他们用最原始的方式居住在那里,有可能还生着篝火……那你只有到了才能看见他们。如果你是开向一座城市就不一样了,几里开外你就能看到闪烁的灯光,就像山坡上的星星。"

"嗯……继续。"

"甚至……你想啊,假设你有一辆……嗯……在最原始的世界,我想应该是马车吧……在伸手不见五指的冬夜里,你怕是冻得发抖。但现在,看看我们,坐在汽车里。"他抽出一只手(他通常都用两只手对称地握在方向盘两边驾驶)指向仪表盘。指示灯散发着幽光,温度,时间,水温,机油,速度,油耗。

"彼得……"

"哦,快看!"几百米外的坡上,灯光下有一个小小的身影,背着许多东西。"他想搭顺风车。我该停下是吗?"

"不,别停。"

她的语气让他决定乖乖地听从,尽管他们很少会拒绝对陌生人伸出援手。

路边的人满含希望地抬起头。随着车子靠近,灯光打到他的身上,他的身影渐渐清晰起来,他拿着一块牌子,上面写着"希思罗"(英国伦敦希思罗机场)。

"很奇怪,"车子呼啸而过,彼得说道,"你不觉得他可以直接搭地铁去吗?"

"不奇怪,这应该是他在英国的最后一天,"碧翠丝说,"最后的狂欢时刻。他找了一家酒馆,想把兜里的英镑统统花掉,只剩下乘地铁的钱。结果6杯下肚就不省人事了,等再次清醒过来的时候,他发现他就只剩下飞机票和1.7英镑了……"

听上去很合理,但如果这就是真相的话,那为什么不救起这只迷途的羔羊?碧翠丝不像是见死不救的人啊。

他再次看向黑暗中的她,刹那间呆住了,因为他看到她下巴上、嘴角边,满是泪水。

"彼得……"她说。

他再次抽出了一只手,这次按了按她的肩膀。远处高速公路上悬挂着一块指示牌,标注着机场的方向。

"彼得,这是我们最后的机会了。"

"最后的机会?"

"做爱。"

指示灯闪着柔光,发出滴答、滴答的轻响。车子缓缓地驶向机场道,他一时还缓不过来,大脑一片空白。"做爱"这个词对他刺激不小,他差点就说出"你是不是开玩笑呢?"然而,他也知道,即使她挺幽默,也很爱笑,但这样的玩笑她是不会开的。

车子继续向前驶去,他们意识到彼此大概不在一个频率上,他们此时此刻所需要的东西大相径庭。他想的是,或者说他觉得,昨天早上他们已经做完了所有告别的"仪式",而这路途只是小小的补充罢了。昨天早上的一切都是那么刚刚好,他们终于完成了"愿望清单"的最后一项。他的行李也全部打包完毕。碧翠丝请了一天的假,他们在彼此的怀里酣睡,当耀眼的阳光照到温暖的羽绒被上时才缓缓醒来。小猫约书亚躺在他们脚边,样子滑稽;他们把它撵走,然后做爱。没有言语,他们仿佛用尽了一生的温柔去对待面前的这个人。之后,约书亚又一跃跳到床上,小心翼翼地将一只前掌放在两人赤裸的身体上,好像在说"别走,留下来吧",这一幕仿佛还在眼前,言语无法形容的美妙,或许小猫突然的撒娇让这一幕如此难忘。不管到底为何,一切都是那么刚刚好。他们依偎在一起听着约书亚的低吟,两个人靠得紧紧地,汗水在阳光下蒸发,心率渐渐正常。

"再来一次吧。"她这样对他说道。引擎仍在轰鸣,他们仍在通向机场的路上,他也即将离开。

他看了看仪表盘上的电子钟,两个小时之后他要办理登机手续;现在他们距离机场还有50分钟的车程。

"你很棒了。"他字正腔圆地说道,希望她能从他刻意的语调中听出他的意思。他觉得昨天够好了,就让一切留在昨天吧。

"我才不管棒不棒,"她说,"我只想感受到你的温度。"

他沉默了半晌,迅速做出了调整。这也是他们另一个共同点,快速适应变化。

"机场边上有些不太像样儿的商务酒店,"他说,"我们可以只开一个小时的钟点房。"他有些后悔用了"不太像样儿"这个词,听上去仿佛他在拐弯抹角地阻止她。他只是想说,那些酒店确实是他们平时不会选择的去处。

"就找一个没人的停车带就好了,"她说,"在车上也能做啊。"

"危机!"他说道,他们两个都笑了起来。自从他成为一名基督教徒以后,每次他想说"天哪"的时候,他就会想办法改口成"危机"。这两个单词在发音上十分相似,这样每次即使说了一半了,他也来得及改口①。

"我说真的,"她说,"哪里都可以。只要不停在那种别的车子会撞上我们的地方就可以。"

他觉得高速公路一下子变得不一样了。理论上,这还是那段路,还是沥青铺的,两侧还是那些物件和易损的金属护栏,但他们的意图变了,这条路也就变了。它不再是笔直地通向机场的道路,它现在是神秘的,蜿蜒曲折的,满是隐蔽处的。这再一次证明,现实不是客观因素,随时都可以因为别人的态度变化而发生改变的。

当然,世界上的每一个人都有能力改变现实。彼得和碧翠丝也经常讨论这个。只有你心中希望世界变得更好,世界才会好;世界上也没有什么无法改变的事情。但让人们意识到这两点实在太难了,甚至寻找一个更好的词来替代"无法改变"也很难。

"这儿怎么样?"

碧翠丝没有回答,静静地将手放在了他的大腿上。他将车子平缓地停在了卡车停靠站。他们相信上帝不会安排一辆44吨的运货卡车碾过他们。

"我从来没这么干过。"他把车子熄火。

"你觉得我干过?"她说,"肯定能行的。我们到后面去。"

他们各自打开车门下车,几秒后在后座重新坐到一起。他们像乘客,并肩坐着。车内飘散着他人的气味——朋友的、邻居的、教友的、搭车人的。彼得现在更加怀疑自己能不能和她在这儿做爱了。虽然……这感觉也挺刺激的。他们试图靠近彼此,给彼此一个温暖的拥抱,但他们的双手在黑暗中无比笨拙。

"如果开着车内的灯,车子的电池可以撑多久?"她说。

"我不知道,"他说,"最好还是不要尝试了。另外,车外经过的人都

---

① "危机"的英文"crisis"与"天哪"的英文"Christ"发音相似。

会看到我们的身影的。"

"我不信。"她说着,转头看向窗外呼啸而过的车灯。"我之前读过一篇文章。说一个小姑娘被诱拐了,她趁车速慢的时候跳出了车子,但绑匪把她抓住了,她跟绑匪争斗了好一会儿,一直大叫着求救。但一辆辆车子都从他们身边直接经过,没人停下。有人后来采访了其中一个司机。他说,'我开得太快了,我都不敢相信我看到了什么。'"

他不适地动了动,"真是个悲剧。现在说这个好像不太好吧。"

"我知道,我知道,抱歉。我有点……失神了刚刚。"她紧张地笑了笑,"离开你实在是……太难了。"

"我不会彻底离开你的。我只是离开一段时间。我会……"

"彼得,拜托了,现在别说那些了。我们已经讨论过了,充分讨论过了。"

她把身体往前靠了靠,他预感她要开始哭了。但她只是在前排座位的缝隙里摸索着什么。是一个小手电筒。她打开手电筒,将它放在了前座的护颈上;手电筒掉了下来。她又把它放到座椅边的门缝里,调整了角度,让它能照到地上。

"不错,"她说,声音平稳了下来,"灯光足够了。"

"我不确定我可以做到。"他说。

"车到山前必有路。"她说,然后开始解开她的衬衣扣子,露出了雪白的内衣。她让衬衣随动作飘落,接着褪去短裙,再是内裤和丝袜,手指扣在内裤边上,一连串的动作她做得优雅连贯。

"轮到你了。"

他解开了裤子的扣子,碧翠丝帮他把裤子褪了下来。然后她的手绕到身后,一颗颗揭开内衣的搭扣。彼得试图寻找着合适的位置,确保膝盖不会挤到碧翠丝,结果头一下子撞到了车顶。"我们就像初尝禁果的青少年一样,"他抱怨道,"这简直……"她伸出手,捂住了他的嘴。

"我们就是我们。"她说,"就是你和我,丈夫和妻子。一切都很好。"

她赤身裸体,一丝不挂,纤瘦的手腕上绑着一块腕表,脖颈上挂着一条珍珠项链。在电筒的照耀下,那条项链不再是什么优雅的结婚纪念日礼物,而是极致诱惑的情趣装饰。她的胸脯随着呼吸上下起伏着。

"来吧,"她说,"开始吧。"

两人渐渐靠近彼此,直到他们都看不到对方了;至此,手电筒的任务就完成了。他们唇齿相接,双眸微闭,听从人类最原始的本能,享受鱼水之欢。

"用力。"碧翠丝开始喘息。她的声音有些尖利,他从没听过她的声音这般狂野。他们在床笫之间总是中规中矩的,很平常温和。有时是会心怀神圣,或者会很卖力,甚至有时……但从来没有这般抵死缠绵。"再用力!"

可惜他的发挥空间有限,而且很不舒适,他的脚趾一直会蹬到车窗玻璃,他的膝盖持续摩擦着座椅背面的毛料。尽管他已经全力以赴了,但他总找不到合适的节奏和角度。他也计算不出她到底还要多久,自己又还能坚持多久。

"不要停!继续!再来!"可惜,已经结束了。"好了。"最终她说道,接着从他的身下把身子挪了出来,满身是汗,"可以了。"

他们抵达希思罗机场的时候时间还很充裕。安检处的女士草草看了看就把护照递还给了彼得。"去佛罗里达奥兰多的单程机票,对吗?"她问道。她问他有什么行李托运。他将一个运动背包和一个粗布袋子扔上了传输带。他的行程实在太复杂又充满了不确定性,订回程机票不合适。他多么希望碧翠丝没有站在他的身边,确切地听到这些分别的话。希望她至少不用听到"单程"这个词。

拿到登机牌后,在登机前还有一些时间。他和碧翠丝缓缓离开安检处,在偌大机场的灯光照射下有些眩晕。碧翠丝的脸为什么那么沮丧不安?是因为机场的灯光吗?他伸手搂住了她。她安慰地冲他笑了笑,但他并没有得到安慰。"现在就上楼开始你的度假之旅吧!"广播的声音在机场回响着,"超大购物空间,逛到不想离开!"

到了晚上这个时间,机场并不十分拥挤,但商店里仍然熙熙攘攘,人们拖着行李浏览着商品。彼得和碧翠丝在一个通告牌前坐了下来,等待他的登机口信息。他们的手牵在一起,却没有看着彼此,而是看着面前川流的人群。一队年轻漂亮的女孩子从免税店走了出来,她们穿得像马上就要上场的钢管舞女郎,手上拎着各式各样的购物袋,因为穿着高跟鞋,走得很是费劲。彼得靠近了碧翠丝的耳朵,悄悄说道:

"为什么每个人都想拖着这么多东西上飞机呢?他们去哪里都要再买更多的东西。看看她们,走都走不动了。"

"嗯哼。"

"或许她们就是特意做给我们看的,这才是她们的用意。最不中用的部分就是那些鸡肋的高跟鞋。这鞋就像在告诉全天下的人这些姑娘们很有钱,她们不必为现实烦恼。她们富有得像来自另一个世界的人,不用像人类这么活着。"

碧翠丝摇了摇头。"这些女孩并不富裕。"她说,"富人不会成群结队地出游。富家千金也不会像没穿过高跟鞋一样走路。这些不过是年轻女孩在享受购物的乐趣。她们乐在其中,她们在互相炫耀,跟我们无关,她们眼里可看不见我们。"

彼得看着姑娘们摇曳着走向了星巴克。她们走路一扭一扭的,裙子有些褶皱,她们的声音变得刺耳,暴露了她们的乡音。碧翠丝说对了。

他叹了口气,将她的手握得更紧了。离了她他该怎么办?没了可以讨论他的感悟的人,他将如何适从?她是那个可以将他从天马行空的幻想中拽回现实的人。如果她能陪着完成这次任务的话,她简直能值一百万美金。

但光把他一个人送上去就花了远远不止一百万了。还是USIC买的单。

"你饿了吗?我给你找点吃的?"

"我们在家里吃过了。"

"巧克力,还是……"

她笑了笑但看上去很疲倦。"真的,我很好,不需要了。"

"让你失望了,我真的很难过。"

"让我失望?"

"你知道的……就是在车上。不太如人意,总觉得不该那么结束,我不想这样离开你。"

"说糟糕也可以。"她说,"但不是因为这个。"

"角度,那样不熟悉的角度让我……"

"好了,彼得,不需要你这样。我又不是在给你打分怎样的。我们做爱了,这就够了。"

"我觉得我本来……"

她用手指止住了他说的话,然后用唇封上了他的嘴,"你是世界上最好的男人。"她的唇再次落下,这次是在额头,"你要是想做检讨,我相信就这次任务你能做出好得多的检讨。"

听罢,他皱起了眉头。她说"检讨"是什么意思?她是指必然会遇到的障碍,还是说她觉得这次任务会以失败告终?会牺牲?

他站了起来,她跟着也站了起来,他们紧紧相拥。这时,一群游客涌了进来,分成两拨绕过彼得和碧翠丝,兴高采烈地冲向指定的登机口。他们都走后,候机大厅又恢复了平静。广播里说道:"请看管好您的随身物品,谨防扒手和损坏。"

"你的直觉是不是告诉你我会失败?"他问她。

她摇了摇头,用头顶了顶他的下巴。

"你没有察觉到上帝的心意吗?"他坚持要问出个答案。

她摇头。

"你不觉得他会让我——"

"够了,彼得,别说了。"她的嗓音有些沙哑,"这个问题我们讨论过很多次,现在说什么都没用了。我们现在需要的是信念。"

他们重新坐了下来,试图找个合适的坐姿。她把头靠在了他的肩上。他想起了历史,那些重大事件背后人类的深思:那些可能曾经困扰过爱因斯坦、达尔文或者牛顿构建理论的琐事,比如和女房东的争执,或者堵塞的壁炉;或者是那个轰炸过德累斯顿的飞行员也会为一封家书里的用词苦恼,思考她为什么要这么说;甚至是哥伦布,当哥伦布跨越大洋去往新大陆的时候,谁知道他又在想什么呢——或许是一位旧友的临终遗言,这位朋友甚至不会被载入史册……

"你决定好了吗?"碧翠丝说,"你到了那儿,第一句话说什么?"

"第一句话?"

"对他们说的第一句话。当你见到他们的时候,不要说什么吗?"

他思考了半晌。"不好说……"他有些无所适从,"我不知道我会遇到什么。上帝会指引我方向的,他会告诉我说什么的。"

"但是当你想象……想象那个见面场景的时候……你会想到什么?"

他直直地看向前方。一名穿着工服、带着黄色反光肩带的地勤人员正在开门,门上写着"保持关闭"。"我没想过。"他说,"你知道我的,我只能走一步看一步。再说了,计划总是赶不上变化的,真实情况总是比想象的要复杂得多。"

她叹了口气。"我想过，在脑海里。"

"跟我说说。"

"你发誓不会笑话我。"

"我发誓。"

她把头埋在他的胸口，闷声说："我看到你站在湖边，湖很宽广，天空中缀满了星星。水面上漂着无数的小渔船，随风波动着。每艘船上都至少有一个人，有的船上有三到四个，但我看不清他们的脸，天太黑了。船都下了锚，停在水面上，每个人都在仔细地聆听。周围十分寂静，不用提高嗓门呼喊，你的声音就这样跨过水面传到了每个人的耳朵里。"

他按了按她的肩膀。"不错的……"他正想说"梦境"，但好像不太恰当，应该是"设想"。

她发出了点声音，像是表示赞同的轻哼，也像是克制的低吟。她用力抵着他的胸膛，他也就让她这么靠着自己。

彼得和碧翠丝的座位斜对面是一家巧克力饼干店，即使已是深夜时分，他们的生意依然兴隆，收银台就有五名顾客在排队，还有一些在店里逛着。彼得观察着，看到一名穿着时髦的年轻女性挑选了满满一捧的商品，大包装的果仁糖、大盒的曲奇还有警棍那么长的瑞士三角巧克力。她把这些东西都抱在怀里，装作想要看看外面展示的商品的样子，径自走出了商店，融入了人群，走向了洗手间。

"我刚刚目击了一场犯罪。"彼得对着碧翠丝的头顶喃喃道，"你看到了吗？"

"看到了。"

"我以为你在打瞌睡呢。"

"没有，我也看到她了。"

"我们是不是该抓住她？"

"抓住她？你的意思是，像英勇市民那样？"

"或者至少我们可以向商店举报她。"

碧翠丝靠得更紧了，他们看着那个女人消失在洗手间门口。"这样做能帮上谁吗？"

"或许能警示她，偷盗是错误的。"

"我不这样认为,这样只会让她恨上抓她的人。"

"那这样说,我们还是信仰基督的呢,我们就这样让一个偷盗者溜走?"

"信仰基督的人应该传播耶稣的大爱。只要做到这点,我们就能创造出不做错事的人。"

"创造?"

"你明白我的意思。启发他们,教育他们,为他们指路。"她抬起了头,亲吻他的眉眼,"这也是你要去做的事,这次任务的目的。我亲爱的勇者。"

他的脸唰的一下红了,像嗷嗷待哺的孩子一样兴奋地接受碧翠丝的赞赏。他还没意识到,此时此刻他是多么需要肯定。他现在只觉得自己承受的太多,快要爆炸了。

"我要去祷告室了。"他说,"你也来吗?"

"一会儿就去,你先去吧。"

他站了起来,径直走向希思罗机场的祷告室。不论在希思罗机场、盖特威克机场还是在爱丁堡、都柏林或者曼彻斯特机场,祷告室都好找得很。最丑最突兀的存在,远离人群,远离商业世界的浮华喧闹。但这里有灵魂。

再次毫不费劲地找到祷告室,彼得看了看门上挂的日程表,想确定自己是不是刚好赶上了难得的仪式。可惜下一场是在星期四的下午3点,那时候他都已经离这儿不知道多远了,碧翠丝也将开始和约书亚度过无数漫长的夜晚了。

他轻轻推开了门。三个伊斯兰教信徒正跪在地上,并没有意识到他的到来。他们面对墙上贴的一张纸,是电脑打印的一个巨大的箭头,有点像交通指示牌。箭头的方向指向麦加。伊斯兰教信徒对着那个方向抬起臀部,叩首,然后亲吻地上亮色的布毯。他们戴着昂贵的手表,穿着定制的西装,光鲜亮丽的。他们锃亮的名牌皮鞋被扔在一旁。他们穿着袜子的脚在地毯上跟着他们膜拜的动作挪动着。

彼得瞥了一眼屋子中间挂的帘子,它把祷告室一分为二。和他预想的一样,里面跪着一个女人,她披着灰色外袍,也是个伊斯兰教信徒,做着同样的祷告仪式。她身边还有个孩子,十分乖巧懂事,穿着打扮就像小勋爵方特勒罗伊。他坐在妈妈的脚边,也不管母亲在做什么,自顾自地看着本漫画书,是蜘蛛侠。

彼得走到了另一个隔间。屋子里放着《圣经》(基甸版),单独成册的《新约》和《诗篇》,一本《古兰经》、一本印尼语的旧书,应该也是一本《新约》。这些书都被放置在一个矮架子上,架子上还有《瞭望塔》杂志和《救世军报》,旁边是相当大的一叠散页,上面的图标看上去十分眼熟,于是他弯腰凑近了去瞧。这些都来自美国一个规模庞大的福音派教会,这个教会在英国的主教也是此次任务的候选人,也接受了面试。其实彼得在USIC的前厅见过他,那会儿他正怒气冲冲地走出去,边走边骂着"一群蠢货,浪费时间"。彼得本来也是不被看好,但现在……他被选中了。为什么是他?为什么不是那些传教士或者有钱人或者来自政界的精英?他还是很迷茫。他信手打开了一张散页,一下子就看到了666(兽名数目)的数字占卜,一串条形码(被认为含有"666"这个兽记)和大巴比伦娼妇的图案。也许这就是问题所在:USIC要的不是狂热的基督徒。

屋内的宁静被一条插播的通知打破了,墙上靠近天花板的位置挂着一个喇叭形的音响,说道:"联合航空很抱歉地通知您,您乘坐的AB31次航班由于机械故障,不能按时起飞。我们将于22点30分再次进行通知。请还没有领取用餐凭证的乘客尽快前去办理。联合航空在此为给您带来的不便再次道歉。"

彼得仿佛能听到祷告室外一片此起彼伏的哀号,但也有可能是他的错觉。

他打开了一本留言簿,翻着卷角的页面,一条条看着来自世界各地的游客的留言。他们果然没令他失望,从来不会令他失望。光今天一天的留言就占了满满三页。有些是中文的,有些是阿拉伯文的,但更多的还是英文的。这些水笔圆珠笔混杂的字迹里流露着上帝的力量,上帝就在这里。

只要在机场,他随时都会受到打击,整个庞大空旷的机场就像是一个消费主义者的乐园,只为世俗的愉悦,这里没有信仰。每一个商店、公告板,这个建筑里的每一寸,从地上的钉子到马桶的塞孔都透露出一种信号:这里不需要什么上帝。排队购买零食和小商品的人群,人们在监控的记录下来来往往,这些都恰如其分地证实了人类的多样性,但他们的内心大概都一样,都没有信仰。投机商人,蜜月情侣,去晒太阳的、事务繁忙的商业领袖、嚷嚷着要升舱的时尚人士……没人关心他们有没有躲进那间小屋子,将内心的想法说给上帝或是其他的神灵。

"敬爱的上帝啊,让世界没有邪恶吧。乔纳森。"

他猜这大概是个孩子。

"小山优子,日本。为深受疾病困苦的孩子和世界和平祈祷。也为觅得良偶祈祷。"

"基督的十字架,复活的主在哪里?醒来吧!"

"夏洛蒂·霍格,伯明翰。希望我亲爱的女儿和外孙能接受我的疾病。也为困境中的人祈祷。"

"玛琳·泰格拉斯,伦敦/比利时。我最爱的朋友G,希望她能勇敢地做自己。"

"吉尔,英格兰。愿我已故的母亲安息。也为彼此仇视无法一心的家人们祈祷。"

"真主安拉,世界的主宰。"

下一行被划掉了。

"珂拉丽·塞德伯特姆,斯劳,伯克郡。感谢伟大的上帝造物主。"

"帕特&雷默奇森兰顿,肯特。为了我们可爱的儿子,戴夫,他昨天因为车祸去世了。但他永远活在我们心中。"

"索恩·弗雷德里克,阿马,爱尔兰。为了世界的复苏和人类的觉醒。"

"一位母亲。我心都碎了,我的儿子从七年前我再婚起,就再也没跟我说过话了。我祈祷他能与我和好。"

"空气清新剂的气味太廉价了,你们可以改善的。"

"莫伊拉,南非。上帝在掌控着。"

"迈克尔·卢宾,奇西克。换个比除菌剂好点的味道吧。"

"杰米·沙普科特,萨默赛特郡,约维尔镇,宾利格罗夫27号。愿我平安抵达纽卡斯尔。感谢。"

"维多利亚·萨姆斯,塔姆霍恩,斯塔福德。装修得很不错,但灯忽明忽暗的。"

"露西,罗西莫斯。希望我的丈夫平安归来。"

他合上了书,双手颤抖着。他知道接下来的30天凶多吉少,即使他平安完成了旅行,他也不会再回来了。最终决定的时刻来了。他紧闭双眼向上帝祈祷,告诉上帝他的想法:如果他现在就抓起碧翠丝的手逃跑是不是更好,直接冲向出口,跑到车上去,在约书亚还没有察觉前就回到家里。

上帝的回答就是让他听到自己内心歇斯底里的呐喊与渴望,让它在头骨的空腔里回荡。接着,他听到背后有些响动,一个伊斯兰教男信徒站了起来,跳着去够他的鞋子。彼得转过身,和那个男人对视了一眼,男人冲他礼节性地一点头,出去了。那个帘子后面的女人用手指顺了顺睫毛,将散落的头发重新塞回她的头巾。男人拽开门的时候,墙上的箭头被带动得晃了晃。

彼得的手不抖了。他渐渐意识到,这不是最终的时刻,他不是要被钉死,他是要起程开始一段无与伦比的历险。他是千里挑一的勇者,他要去完成史上最伟大的任务了,其伟大程度仅次于门徒们远征罗马那次。他会尽力而为的。

碧翠丝已经不在座位上了。在一刹那间,他以为她是再也承受不住,不愿告别直接逃离机场了。一阵悲痛袭来。但接着他就在咖啡店前不远处发现了她。她跪在地上,披下的头发模糊了她的脸庞,她面前盘坐着一个孩子——是个还在蹒跚学步的孩子,肉乎乎的,他的裤子也鼓鼓的,尿片都露在外面。

"你看!我有……10根手指!"她跟孩子这么说着,"你有10根手指吗?"

那个孩子把他的手伸到了碧翠丝的面前,几乎要摸到她了。她装作数数的样子,说道:"100!不对,10。"男孩哈哈大笑。一个大点的孩子,是个女孩,害羞地站在一旁,吮吸着指关节。她时不时地看看她的母亲,但她的母亲既没有看她也没有看碧翠丝,她正盯着自己手上的一个小玩意。

"嘿。"看到彼得走过来,碧翠丝打了个招呼。她撩了撩头发,别到了耳后,"这是詹森和杰玛。他们去阿利坎特。"

"我们希望。"母亲说着,她手上的小仪器发出了"哔"的一声,表示已经计算出了她的血糖含量。

"他们从下午2点就在这里了。"碧翠丝解释道,"他们已经等得不耐烦了。"

"再也不来了,"女人小声说着,从旅行袋里翻找着胰岛素注射器,"我发誓不来了,他们只管收钱,后面发生什么都不关他们屁事了。"

"乔安娜，这位是我的丈夫，彼得。彼得，这位是乔安娜。"

乔安娜点头示意，然后又开始了她的抱怨："册子上看着什么都好，便宜得很，"她苦恼地说着，"之后就有地儿哭了。"

"好了，别这样，乔安娜。"碧翠丝安慰她，"你马上就会开心起来的。这都没什么大不了的。你想想：如果飞机本来就计划在8个小时后起飞的话，那你现在也在做同样的事情对吧，除非你在家。"

"两个孩子这时候都该睡觉了，"女人嘟囔道，露出了一截肚皮，把针头扎了进去。詹森和杰玛觉得自己倒不是很困，主要是很饿。听到母亲这样的说法后，他们感到有些不开心。碧翠丝再次蹲了下来。"我觉得我的膝盖好像不见了，"她说，像个近视眼一样在地上摸索着，"我的膝盖呢？""在这里！"小詹森大声喊着，此时碧翠丝恰好背对着他。"哪里？"她说着，转过身来。

"谢天谢地。"乔安娜说道，"弗莱迪带了吃的来了。"

一个没下巴的男人迈着沉重的步伐走了过来，穿着米黄色的防风夹克，看上去有些烦躁。两手拿了许多纸袋。

"这简直就是打劫。"他宣称，"他们把你困在这里，给你个破粮票什么的。和救济所没什么两样。我话放这儿了，要是半个小时内还没有恢复正常的话，我就……"

"弗莱迪，"碧翠丝明快地说，"这位是我的丈夫，彼得。"

男人放下纸袋，和彼得握了握手。

"你老婆简直就是天使，彼得。她总是帮助流浪汉什么的吗？"

"我们……我们两个都相信好人有好报，"彼得说，"助人为乐嘛，而且自己也不会损失什么。"

"我们什么时候能看到海呀？"杰玛问道，打了个哈欠。

"明天，你一觉醒来就能看到了。"她的妈妈说道。

"漂亮阿姨也会在吗？"

"不，她要去美国。"

碧翠丝招呼那个小姑娘枕着她的腿。走路跟跄的那个孩子已经睡着了，蜷缩着靠在一个帆布背包旁，背包装满了东西，都快被涨开了。"稍稍有点出入，"碧翠丝说，"是我丈夫要去，不是我。"

"那你在家带孩子吧，是吗？"

"我们没有子女,"碧翠丝说,"还没有。"

"友情提示你们,"男人叹了口气说,"别生了,直接跳过这个环节吧。"

"不是吧,你可别这么说。"碧翠丝说道。而彼得注意到男人想要立刻反驳,便加了一句:"也不见得吧。"

对话就这样展开了。碧翠丝和彼得节奏一致,完全契合,就像之前千百次一样。简简单单的谈话,自然得不能再自然,但有时又会因为提到耶稣上帝而更加深刻。有时他们可能在结束对话时提一句"上帝保佑你",这样也算是升华了,有时这些对话仅仅是两人呼吸的交互。

在这样的安抚下,两个陌生人放松了下来。几分钟后,就又谈笑风生了。他们来自默顿,分别患有糖尿病和抑郁症,都供职于一家硬件商城,为这次旅行存了整整一年的钱。他们不是什么明朗的人,也不引人注目。女人呼吸粗重,男人散发着一股须后水刺鼻的味道。但他们都是人类,是上帝珍视的存在。

"我要登机了。"最后,彼得说道。

碧翠丝此时还坐在地上,陌生人的孩子还枕着她的大腿。她的眼里噙着泪水。

"如果我跟你去的话,"她说,"那我没办法在你要离开的时候放开你的手,我确信。我做不到,我会弄砸的。所以,在这里和我吻别吧。"

彼得觉得自己的心都碎成两半了。刚刚在祷告室里还觉得这将是伟大征程,现在却又觉得是一次牺牲。他只能把门徒的话当救命稻草了:做好传道士的工作,证明你的能力——临别在即,我准备好了。

他弯腰俯下身来,碧翠丝迅速在他的唇上落下一吻,手扶在他的额后。他起身,一阵头晕目眩。与陌生人见面的场景——她曾经设想过的场景,他好像现在也能看到了。

"我会写信的。"他说。

碧翠丝点头,瞬间泪流满面。

他快步走向登机口。40分钟后,他就在天空中了。

2. 他要以全新的方式看待别人了

USIC的司机从加油站里走了出来,手里拿着一瓶果珍饮料和一个黄得过分的香蕉。阳光有些刺眼,他定睛看了看他豪华轿车的副驾座位,确保那珍贵的外国货还在。彼得明白自己就是那个货物,他想趁着加油休息的时间伸伸腿脚,然后尝试打通最后一个电话。

"打扰一下,"彼得说,"你会用这台手机吗?"

司机貌似被这个请求吓了一跳,伸了伸拿满东西的双手,看来是帮不上什么忙了。看看司机的一身行头———一身深蓝色的正装,还系着领带。对于炎热的佛罗里达来说他显然是穿多了。看得出来,彼得还在为飞机延误的事情恼火,仿佛大西洋北部的气流颠簸都怪他自己。

"这手机怎么了?"司机说着,把香蕉和饮料放在被太阳烤得烫手的车顶上。

"倒也没什么,"彼得看着他手上这个小玩意说,"我就是不知道怎么用它。"

彼得确实不会用这台手机,他对这种电子产品并不感冒,平时只有在必要的时候才会用手机。其他大部分时间,他的手机就被雪藏在衣服里,直到它老到不能用。每年,碧翠丝都会告诉彼得他的新电话号码以及她自己的新电话号码。有的时候,运营商破产了或者手机不好用了,碧翠丝就会更换号码并记下来,而彼得却不会这样做。尽管《圣经》的片段他倒背如流,但对他来说,每年记住两个电话号码实在太难了。他对科技的不适应随处可见,就拿电话来说,摁了一下通话键,但没什么反应——刚才他就这么做了,就在这炎热得像地狱一般的佛罗里达——摁完什么都没发生,他就不知道该做些什么了。

司机赶着要上路,毕竟还有很长一段路要走。咬了一大口香蕉,司机把彼得的手机夺了过来,将信将疑地检查着手机。

司机边嚼着嘴里的香蕉边说:"这里面放电话卡了吗?能拨到……呃……英国的。"

"应该是放了,"彼得回答道,"我觉得是放了。"

司机把手机还给了彼得,"这像个老人机。"

彼得踱步走到加油站的阴凉处,又按照正确的顺序按了一遍手机上的按钮。这次,手机中传来了断断续续的声音:是一串长途代码和碧翠丝的电话号码。他把这只菱形手机放到耳边,走到车旁,盯着陌生的蓝色天空和停车场周围修剪整齐的树丛。

"喂?"

"是我,彼得。"

"喂?喂?"

"能听到吗?"

"……听……到……"电话那头是碧翠丝的声音。她的声音还夹杂着大量的电流声,说的话像火花一样,断断续续地从听筒中蹦出来。

"我已经到佛罗里达了。"彼得说。

电话那头依旧断断续续,"……半……夜。"

"对不起亲爱的,我吵醒你了吗?"

"……爱你……你怎么样……知道吗……"

"我安全得很,亲爱的,"汗从他拿手机的指尖流过,"我也不想这个时候打电话吵醒你,不过……不过这可能是我唯一的机会了。飞机延误了,我们现在不得不跟时间赛跑。"

"……啊……嗯……在那……我……人知道……的事吗?"

彼得走了几步,离开了加油站的阴凉处,也离车更远了。"这哥们儿什么也不知道,"彼得小声地说道,他觉得碧翠丝那边应该能清楚地听到他说什么,"我都不知道他在不在USIC工作。"

"……还没问……"

"还没有,不过迟早会问的。"彼得还有些害羞,他已经和司机一同在车里二三十分钟了,但还是没法确认司机到底是USIC的雇员,还是一个单纯的司机。目前他只了解到,遮光板上的照片里的小女孩是司机的女儿。他刚刚离婚,岳母是个律师,离婚战时的各种手段让他后悔来到这个世上。"现在……现在时间真的非常紧迫,我在飞机上也没睡。我会给你写信的,当然得……得在我到达之后才能。那时候我就有的是时间了,我要随身带着你的照片,这样就像和你在一起一样。"

又是一阵刺耳的电流声,彼得不确定是碧翠丝沉默了还是电流吞噬了她的声音。彼得又大声问道:"约书亚怎么样?"

"……开始有一点……他刚刚……进……"

"对不起,你那边信号很不好,司机也在催我了,我要挂了。我爱你,真希望……爱你!"

"……也爱你……"

电话挂断了。

彼得走回轿车上,司机边把车开出停车场边问道:"刚才是你妻子?"

事实上并不是,彼得很想说"她不是我妻子,不过是从一个小金属玩意中发出的几束嘈杂的电流声而已"。"是的。"他对于面对面交谈的执念,陌生人是肯定理解不了的,甚至连碧翠丝有时也不太能理解。

"你们的孩子叫约书亚?"司机似乎对偷听别人说话的社交禁忌毫不在意。

"哦不,约书亚是我们养的猫,"彼得回答道,"我们还没有孩子。"

"那可省了不少事。"

"你是两天里第二个跟我说这句话的人。但话说回来,你一定很爱你的女儿。"

"这可不是我能选的!"司机朝挡风玻璃挥了挥手,似乎在暗示整个养育过程中的经历和那种命中注定的感觉。"你老婆是做什么的?"司机接着问道。

"她是一名护士。"

"这活儿不错,总比代理律师强多了。护士让人过得更好,而律师却正好相反。"

"好吧,我也希望成为一名官员,让人们过得更好。"

"确实是。"司机轻松地说道,虽然听起来他一点也不赞同。

"你呢?"彼得问,"你是一个USIC的……嗯……员工,还是仅仅雇你过来开车的?"

"我给USIC当司机快十年了,"司机回答说,"平时主要是运货,有时候送送学者。USIC平时举办很多会议,时不时还会载几个宇航员。"

彼得点点头。脑海中画面闪过,这个司机在奥兰多机场接过一名宇航员——一个在球形宇航服中的方下巴大块头,那时,他曾笨拙地走出抵达大厅,朝着手持自己名字的司机走去。彼得明白了司机的意思。

"我从来没把自己当成一名宇航员。"彼得说道。

"那是一个过时的词,"司机解释道,"我用它是对传统的尊重,至少我是这么认为的。这个世界变化得太快了。即使你一直盯着某个一直存在的东西,它也可能在下一秒变成回忆。"

彼得看向窗外。这儿的公路像极了英国的公路,但路旁的防风林中,有巨大的金属标识提醒他,像爱康河和哈尔斯科特自然保护区这样的著名景点就在附近。风格化的插图表示在这儿可以露营和骑行。

"USIC的优点之一就是,"司机说道,"他们还是尊重传统的。或者说,他们可能仅仅在乎一个品牌的价值。他们买下了卡纳维拉尔角,你知道这地方吗?他们现在有了整个卡纳维拉尔角,一定花了不少钱。他们本来能在其他地方建造一个发射基地,当时有很多等着人买的地皮,他们偏偏想要卡纳维拉尔角。很有品位。"

彼得似是而非地答应着。或者说,他不觉得品位在这种跨国合作里有什么用。他对USIC知之甚少,他只知道USIC有许多之前被废弃的工厂,大部分都位于俄罗斯贫困小镇中。他甚至有些怀疑,那些地方还能不能用"有品位"来形容。至于卡纳维拉尔角,彼得也从没对航空历史感到过兴趣,即使在他小时候也没有。他甚至都不知道NASA已不再存在。这也是平时碧翠丝没事看报纸时读出来的内容——而大部分情况下,这些报纸最后都垫在约书亚的猫盆下了。

提到约书亚,彼得已经开始想他了。碧翠丝经常天还没亮就去上班了,约书亚那会儿还没睡醒,有时即使约书亚醒了,缠着碧翠丝喵喵地叫,她也只能匆忙离开,对它说:"爸爸会喂你的。"然后不出所料,一两个小时之后,彼得会出现在厨房里,大口嚼着甜味麦片;与此同时,约书亚也在旁边的地板上大快朵颐。接着约书亚就会跳到桌子上,舔彼得碗中残留的牛奶。妈妈在家时约书亚可不敢这么做。

"训练一定很辛苦吧?"司机打断了彼得的回忆。

彼得意识到他想要听些军队式训练或者奥林匹克式耐力训练的故事。很可惜,彼得并没有那种经历。"有一个体检,"他如实说道,"但大部分的检查还是……主要还是问问题。"

"真的假的?"司机有些诧异。沉默了一会儿,他打开了收音机。"……话题回到巴基斯坦,"一串急促的播报声传了出来,"当反政府武装分子……"司机把电台调到了音乐频道,海鸥合唱团经典的歌声在车内流淌。

彼得调了调座椅靠背,开始回想在调查面试期间被问过的那些问题。面试在伦敦酒店10楼的一个大房间里进行,分多次进行,每次都要持续好几个小时。每次都会有一位美国女人——一位优雅、小巧、简洁的女人,有着明亮的双眸,搭配着略带鼻音的声线。她看起来就像一位著名的舞蹈家,或者说是一名退休的芭蕾舞者。在做面试调查时,她经常拿着一杯低卡的咖啡,面对一批又一批不同的被质问的人——被质问似乎运用得不太得当,因为每个人都很友好。但面试的场面有些奇怪,面试官们很渴望面试者可以成功。

"没有你喜欢的冰激凌你能撑多久?"

"我并不喜欢冰激凌。"

"什么味道会让你回想起童年?"

"不清楚。也许蛋糕可以。"

"你喜欢蛋糕吗?"

"也许吧。这几天在圣诞聚餐中吃得挺多的。"

"提到圣诞节,你首先想到的是什么?"

"基督的弥撒,是庆祝耶稣诞辰的。那天是罗马的冬至日。约翰金口,宗教汇合,圣诞老人,雪。"

"你自己会过这个节日吗?"

"我们在教堂里可做了好多事呢。我们为贫穷的孩子们准备礼物,也在收容站准备了圣诞晚餐……每年这个时候,都会有许多人迷失自己,让人感到十分沮丧。你必须帮助他们摆脱困境。"

"你认床吗?"

这个问题彼得还是得考虑一下再回答。他回想起他和碧翠丝曾经住过的廉价旅馆,那次是去其他城市参加传教士的集会。还想起了他朋友的沙发床。又或者是,再往前想一想他曾经的生活,要在大衣的使用上做出艰难的选择:选择穿上大衣睡来保暖,还是选择当枕头垫着不至于让头磕在坚硬的水泥地上。"我大概属于……中规中矩那一类吧,"彼得回答说,"只要是张水平的床,我就没问题。"

"你每天早上不喝咖啡的话,会情绪暴躁吗?"

"我不喝咖啡的。"

"那你喝茶？"

"有时会。"

"有时会容易暴躁？"

"我不会没缘由地生气。"这是句实话，那些面试官也提供了额外的证据。彼得喜欢这种辩论，因为这种感觉是在被测试，而不是单纯的评价。快问快答式的问题跟他在教堂服务中的经历有所不同。快问快答让他更具活力；而在教堂中，其他人安静地坐在那里，听着他一个小时的演讲。彼得太想要那份工作了，非常想，但选择权掌握在上帝的手中。在答题过程中，如果表现出一点焦虑、撒谎抑或是故意表现得很轻松，都会落得一场空。彼得只想把自己最真实的一面展现出来，能做到这样就够了。

"你习惯穿凉鞋吗？"

"问这个干吗？我入职后一定要穿吗？"

"可能吧。"回答他的男人脚上穿着一双昂贵的黑色皮鞋，那双鞋亮得仿佛能映出彼得的脸。

"那假设一天没有社交工具，你感觉如何？"

"我也不使用任何社交工具。至少我是这样认为的。您能解释下'社交工具'的具体含义吗？"

"好的。"每当一个问题问不下去了，他们就会换个方向继续问。"你最讨厌哪位政治家？"

"我不讨厌任何一个。事实上，我并不关注这些。"

"现在是晚上九点钟，如果现在突然停电，你会做些什么？"

"如果我可以的话，我会争取修好它。"

"但是如果你修不好，你将如何度过这段时间？"

"如果当时我妻子在家的话，我会和她聊聊天。"

"如果你离家一段时间，你认为你妻子会怎样对付没有你的日子呢？"

"她是一个独立自主、能力很强的女人。"

"你会用同样的词语形容自己吗？"

"希望我配得上这两个词。我认为我会的。"

"上次喝醉是什么时候？"

"大概是七八年前了。"

"现在想喝点吗？"

"如果有的话,我想再加一点桃子汁。"

"加冰吗?"

"是的,麻烦您了。"

"想象一下,"那个美国女人接着问道,"你去别的城市出差,东道主邀请你出去吃晚餐。他们带你去的餐厅环境不错而且让人身心愉悦。在一个透明的房间里,有一群可爱的白色小鸭子跟在它们的鸭妈妈后面跑来跑去。然而每过一会儿,厨师就会在小鸭子中挑出一只扔进滚烫的油锅中。炸好了之后,它会被摆盘当作晚餐。餐厅里的所有人都很兴奋,并且不以为然。东道主也点了这道菜,并且邀请你也尝一尝,认为那个味道不错。在这种情况下,你会怎么做?"

"菜单上还有其他菜品吗?"

"有的,还有很多其他的。"

"那我会点其他的东西。"

"然后你还会坐下来继续享用晚餐?"

"那首先要看一看我在公司里担任什么样的职位了。"

"如果你不赞同他们的做法,你会怎样做?"

"我会主动提出不赞同的地方。我不赞同的事就是不赞同,我会如实表达出来。"

"你对那些小鸭子就没什么别的想法吗?"

"人类是站在食物链顶端的,什么动物都吃。人类也会大肆屠杀比鸟类还聪明的猪。"

"你的意思是,把愚蠢的动物杀死没什么大不了的?"

"我不是屠夫,也不是厨子。如果你想要个答案的话,我会选择和我妻子做一些其他事情。这算是拒绝杀生的另一种选择。"

"但那些小鸭子呢?"

"小鸭子怎么了?"

"难道你不想要解救它们吗?比如,你想没想过把玻璃房砸碎来解救小鸭子?"

"本能上讲,我会的。但事实上,我这么做对这些小鸭子来说不见得是件好事。如果在餐厅发生的事真的让我感到不适,我想我会用一生的时间去重新教育社会上的人。这样,人类就会用更加人道的方式杀死那些鸭子。但我要是有这时间,不如去做一些可以让人更加人道地对待其他人的事情。因为人过得可比这些鸭子糟糕得多。"

"如果你是鸭子的话,绝对不会这么想。"

"如果我是一只鸭子,我觉得我不会想那么多。你不认为正是人类有了意识才会有那么多的悲痛和折磨吗?"

"你会踩死蛐蛐吗?"另一位面试官也加入了讨论。

"不会。"

"蟑螂呢?"

"可能吧。"

"那你就不是一个佛教徒咯?"

"我从没说过我是。"

"你难道不认为所有生命都是值得被尊重吗?"

"这个想法不错,但每次我洗手的时候,不也是把那些靠我生存下来的细菌杀死了吗?"

"所以,对你来说这条分界线是什么?"美国女人提出了疑问,"狗?马?如果餐厅里油炸的是小猫咪呢?"

"我要问个问题,"彼得说,"你们是不是要把我送到一个所有人对其他生物都特别残忍暴戾的地方去?"

"当然不是。"

"那为什么要问我这种问题?"

"好吧,那我们换个问题:你乘坐的船沉了海,并且和一个生性易怒的男人困在一个小救生筏中。碰巧,这男人还是个同性恋……"

他们还问了无数个问题。天天都问。每次都问很久,问到碧翠丝都失去了耐心,开始琢磨着彼得要不要告诉USIC他的时间很宝贵,没必要浪费在这种不知所云的"文字游戏"上。

"不是这样的。我感觉得出来,"彼得反过来安慰她,"他们看中我了。"

现在,在佛罗里达的一个温暖的早晨,得到公司批准文件的彼得把头转向司机,问出了几个月以来都没有得到明确答复的问题。

"USIC到底是什么组织?"

司机耸了耸肩。"现在这个社会,公司越大你越难搞清楚它做的是什么。之前是汽车公司造汽车,煤矿公司挖煤矿。但现在不一样了。你问USIC最突出的业绩是哪个,他们就会跟你说……物流啊,人力资源啊或是大型的发展项目。"司机用吸管喝完最后一口果珍饮料,发出了一阵咕噜声。

"那USIC哪来的这么多钱?"彼得说,"政府也没给他们拨款。"

司机皱着眉陷入了思考,他还要确保车行驶在正确的车道上。"投资。"

"投在哪儿?"

"很多事情啊。"

彼得用手挡住了双眼,刺眼的阳光照得他头疼。他回想起他曾经问过USIC面试官同样的问题。是早些时候的面试,那时碧翠丝还坐在他的旁边。

"我们在不同的人身上投资,"那个优雅的美国女人回答道。她用手缓慢地理了一下浓密的灰发,然后把这只皮包骨般瘦弱的手搭在了桌子上。

"所有公司都这么说。"碧翠丝直接说了出来。彼得觉得这有一点不太礼貌。

"我们确实这么做了。"美国女人这样回应。她灰色的双眸透露着满满的真诚,也闪烁着智慧的光芒。"没有人力,我们什么都做不成。尤其是对有着特殊技能的人。"说着,她把脸转向了彼得,"这就是我们坐在这里和你交谈的原因。"

这个回答让彼得有些欣喜:这可以当成是一种夸奖——他们跟彼得交谈是因为彼得与众不同——这也可以当成是一种拒绝的暗示——他们和彼得交谈只是为了最后设定更高的标准来拒绝他。但有一件事是确定的:如果他们选择继续,彼得和碧翠丝一同打造的完美二人世界将会像掉在地毯中的饼干渣一样,无迹可寻。

"无论如何,我们其中一个人要留下来照顾约书亚。"面试结束后,碧翠丝说道,"不然把它单独留在家中那么久肯定是不行的。而且我们还有教堂、房子等等。我们得确保它们正常运转。"她说的都在理——即使USIC预支给他们一部分费用,虽然只占全部的很小一部分,却已足够支付养猫费用、暖气费等日常生活的花销了。"单单是被邀请就很好了,这就够了。"

当然,被邀请很好,但他们对这笔财富也并非熟视无睹。彼得还是从参加选拔的人中被选中了。

"那么,"他对司机说,"你第一次是为什么给USIC做事呢?"

"我抵押的房子被银行收回了。"

"哦,那真糟糕。"

"银行收回了在加里市的每一座房子,每一座!即使不能卖掉房子,银行也要占着它们,任凭房子年久失修,然后腐朽倒塌。但是USIC帮了我们大忙。他们借给我们一大笔钱,让我们能继续住在家里。作为交换,我们需要为他们效力。我的一些老伙计戏称之为奴役,而我……我认为这是一种慈善行为。至于我们那些老伙计,他们现在应该在拖车停车场呢。我跟他们就不一样了,我开上了豪华轿车。"

彼得点点头,他已经忘了司机是哪儿的人了,并且他对当前美国的经济形势只有一个大概的了解。但他明白,对司机来说这个机会就是一根让他摆脱困境的救命稻草。

小轿车缓缓驶向右侧,被道路旁的树荫遮盖住。路上有一个木制的告示牌——那种普通的提示露营地点或是农家乐的牌子——指示去往USIC的岔路。

"如果你去国内任何一个正在下沉的城市,"司机继续说道,"你就会发现许多人正乘坐一模一样的船。他们可能会跟你说他们为不同的公司效力,不过说到底,他们还是给USIC干活的。"

"好吧,说实话,我连USIC的全称是什么都不清楚。"彼得说。

"我也不知道。"司机回答说,"最近很多公司都起了毫无意义的名字,因为有意义的名字都被别家占用了。这个就扯到商标注册的事情上了。"

"我估计里面的US是美国的缩写。"

"可能吧,但USIC是个国际组织。甚至有的人跟我说,USIC是在非洲成立的。我唯一能确定的是在这里面工作还是不错的。从来没压榨过我,你入职后也会这么想的。"

我把灵魂交付在你手中,彼得自然地联想到了这句话。《圣经·路加福音》23:46验证了《诗篇》31:5的预言。尽管我们不清楚他把灵魂交付在了谁的手中。

"这会有点疼,"穿着白色实验袍的黑人女子说,"事实上,这会让人很不舒服。你可能有种冰凉的酸奶在你血管中游走的感觉。"

"哇，谢谢了。快来吧，我等不及了。"他不自在地躺在一个像棺材一样的带护栏的床上，把头偏向一侧，尽量不去看那根靠近他用止血带捆绑的胳膊的针头。

"我们就是跟您确认一下，无论发生什么都是正常的。"

"如果我死了，请跟我的……"

"放心，你不会死的。有这个东西在你的身体里，你绝对死不了。放松好了，别想太多。"

针头插进血管，静脉注射开始了：一种半透明的物质开始缓缓地流入他的体内。他有种想吐的感觉，本该给他打一针镇静剂什么的。其他三个被选中的同伴会不会比他更勇敢？彼得开始胡思乱想。他们也应该躺在同样的床上，不过是在他看不见的其他地方。当他醒了才会看到他们三个，那也是一个月之后的事了。

负责注射的女人冷静地站在他的旁边，实时监测着他的状态。突然毫无预警地——但这种事谁能想到呢？——她涂着口红的嘴开始朝着左脸移动：她的嘴唇像一艘红色的小船在脸上游走，最后在额头处停了下来，就在眉毛的正上方。与此同时，她的眼睛连同她的眼皮和睫毛一起开始朝下巴移动，其间还一眨一眨的，就像什么也没发生一样。

"别折腾了，消停一会儿，"额头上的嘴巴说道，"一会儿就好了。"

他吓到说不出话来。这绝对不是幻觉。当你失去对世界的控制时，就会发生这种事情。比如，原子簇；比如，光射线。在他失去知觉的过程中，最大的恐惧就是，他要以全新的方式看待别人了。

3. 真正的冒险还在等着我们

"天呐！天呐！天呐！"一个低沉的声音从那个不规则的空间中传来。"这玩意真是糟透了！"

"别说脏话，BG。这儿还有一个信教的呢。"

"好吧，但是你不觉得刚才糟透了吗？快点兄弟，快把我从这个棺材中拉出来。"

"还有我。先拉我一下。"第三个人的声音出现了。

"还是别了,你们会后悔的。"这句话充斥着抑扬顿挫的说教感。"但是没问题。"接下来就是一阵摩擦的声音,伴随着用力地哼唧声。

彼得睁开了眼睛,感觉想要呕吐,甚至不能转过头听一听声音的来源。天花板和四周的墙壁仿佛在摇晃;吊灯也在迅速地旋转,好像本来坚硬的墙体变得可以伸缩了一样。他闭上双眼,尝试抵御这种幻觉,但情况变得更加糟糕:他的体内甚至开始抽搐,眼球胀得像气球一样,脸上的皮肤之下仿佛有种黏稠的液体,随时都会从鼻腔喷涌而出。他感觉他的脑子中也充满了,或是即将排出这种黏稠的糟糕的液体。

摩擦和用力哼唧的声音还在持续,时不时伴随着没有征兆的笑声。

"知道吗,这确实很有趣。"帮助其他两个人出来的人用略带嘲笑却有些严肃的语气说道,"看你们两个像一对被拍落在地上的臭虫,真有趣。"

"天,这可不公平。该死的系统应该把我们一起唤醒。这样就可以看出来我们谁更适合。"

"好吧……"(又是那个有说教感的声音)"总要有一个人先醒过来,我估计是为了做咖啡,顺便看一看所有设备是否都运行正常。"

"那你去吧,图什卡,把我和BG留在这儿,看看谁是第二名。"

"随你们吧!"一阵脚步声过后,门打开了。"你们还认为自己有隐私?得了吧,别天真了。我可以随时随地无死角地通过摄像头监视你们。来,笑一个。"

门又被关上了。

"他是不是觉得自己屁股都是发光的。"地板上的声音小声嘟囔着。

"就是因为你总亲它,兄弟。"

彼得仍静静地躺着,尝试集中力量。凭直觉,他还是相信自己的身体可以回到之前健康的状态;并且在这么短的时间内,尝试恢复身体机能肯定会一无所获,除非你十分强壮。在地板上的两个人还在哼唧和傻笑,努力尝试从棺材一样的箱子里爬起来,试图抵抗让他们从跃迁运动中存活下来的化学物质。

"猜猜我们两个谁能先站起来。"

"兄弟,快看!我已经站起来了。"

"别扯了。这根本不叫站起来,你这是靠着。让我们尝试坐在椅子上。"

然后就是身体撞击地面的声音,还有笑声。

"哥们儿,看起来你做得比我更好。"

"小菜一碟。"

又是一阵身体撞击地面的声音,又是一阵笑声,更加歇斯底里的笑声。

"真想忘掉这种糟糕的感觉。"

"没有事情是半打可乐解决不了的。"

"哦,别提可乐,一溜儿可卡因还差不多。"

"你现在都这样了还想再搞点吗,那你可比我想象的还蠢。"

"给力点兄弟,给力点。"

整个过程继续,两个人不断斗嘴,空气中弥漫着逗能的味道。终于,他们迎来了重新站起来的那一刻。他们气喘吁吁地翻着塑料包,还不忘嘲笑对方的穿衣品位。他们换好衣服鞋子,试着走了走,看看自己是否完全恢复。彼得还躺在他的小床上,浅浅地呼吸着,等待房间停止旋转。终于,天花板不再移动。

"嘿,兄弟。"

一张大脸突然闪现在他的视线里。彼得在那一瞬间竟没有认出这是一张人的脸:好像这张脸刚好长反了,眉毛在下巴附近,胡子却长在了额头。但不:这确实是人类的脸,当然!就是和他自己不一样。深棕色的皮肤,没有形状的鼻子,小小的耳朵,还有一双夹着红色的棕色眸子。脖子上的肌肉仿佛可以承载一台升降20层的电梯。还有那些长在下巴上的像眉毛似的东西呢?其实是胡子。胡子不是很浓密,却是你经常能在时装杂志上看到的,十分潮流的样式。估计几年前这个造型看起来就像用黑色马克笔在鼻子下面画上一道,但现在胡子的主人已经是一位中年男子,参差不齐的胡子有些发白了。头顶上也只剩下几簇头发。

"很高兴认识你。"彼得用沙哑的声音说道,"我叫彼得。"

"很高兴见到你,朋友。我是BG。"黑人边说边伸出手,"需要我拉你出来吗?"

"我……我还是再躺会儿吧。"

"哥们儿,要我说还是别了吧,"有感染力的笑容挂在BG的脸上,

"再等会儿你就会尿裤子了,这种感觉可不太好。"

彼得也笑了出来,不知道BG说的是对即将发生情况的警告,还是在描述已经发生的场景。彼得感觉到把他绑在床上的束缚带有些潮湿,勒得还有些紧。但印象中,那个穿实验服的女人把他绑在床上时,束缚带就是这样。

又一张脸凑了过来:苍白的脸看起来五十多岁,梳着标准军队式的寸头。眼睛和BG的一样,布满了血丝。他的眼中充斥着忧郁,可能是因为童年时痛苦的回忆和那场糟糕的婚姻吧。对了,还有在事业上的起起伏伏。

"我叫塞韦林。"他简单地做了自我介绍。

"对不起,您叫?"

"亚瑟·塞韦林。哥们儿,我们得拉你起来。然后我们一起喝两杯,喝两杯之后就精神了,就跟之前一样了。"

BG和塞韦林把他从床上扶了起来,就像是从盒子中取出一个新买的昂贵仪器一般小心翼翼,也没有那么温柔,但确实非常小心,生怕动作太大伤到彼得。他们把彼得扶出了屋子,经过一条走廊到了盥洗室。他们帮彼得脱去了那条束缚带——过去一个月一直绑在彼得身上——然后他们用蓝色的喷剂从头到脚把彼得喷了一遍,接着用纸巾把泡沫擦拭掉。完成这一步后,厕所那个巨大的透明塑料垃圾袋已经被用过的纸巾塞了一半多了。

"这儿能洗澡吗?"彼得问道,因为即使擦掉泡沫还是觉得浑身黏黏的,"水洗的那种。"

"哥们,这儿水和金子一样贵。"BG回答说,"我们只会用水做一件事,"说着指了指自己的喉咙,"就是让它从这儿流进胃里。这也没什么不好的。"

然后他冲墙壁那边点了点头,外面就是无边无际的旷野,没有空气,没有重力。

"抱歉,"彼得回答说,"怪我太天真了。"

"天真没什么大不了的,"BG安慰他说,"东西都是学来的。我之前第一次做任务时狗屁都不懂。"

"当我们到达'绿洲'后,你想要多少水就有多少水。"塞韦林说道,"在此之前,还是节约为好。"

说着,塞韦林递给彼得一个带奶嘴的塑料瓶。彼得迫不及待猛吸了一大口,10秒之后,便晕倒在了地上。

从跃迁运动中恢复过来比他想象的要久。他本想象弹跳玩具一样从床上蹦起来,这样还能给他人留下深刻的印象。而事实是,其他人很快就从跃迁中恢复过来,像正常人一样该干什么干什么;而自己只能无助地躺在床上,费尽全身力气只为喝上一口水。在起飞之前他就知道,之后肉体会有种被拆分后重组的感觉,但跃迁的原理并非如此,不过是生理上的一种感觉而已。

他在床上躺了一个下午……好吧,也不是,这种说法没什么意义了。毕竟在太空中没有早中晚的概念。BG和塞韦林给彼得清洁后,把他安置在一个密不透光的房间,让他好好休息。彼得偶尔从昏睡中醒来,抬起手看看时间——时间只不过是一串数字罢了,只有当真正落地,有了日出日落后,时间才会恢复意义。

到了"绿洲",一定有什么东西可以联络到碧翠丝。"我每天都会给你写信的,"彼得当初是这样许诺的,"只要我还活着,每天,每天我都会给你写信。"他无法想象此时此刻她在做什么,穿什么样的衣服,头发是扎着的还是自然垂放下来落在肩上。他这才意识到手腕上的手表的用处:在这种情况下,手表不是用来给他提供有用信息的,而是用来确定碧翠丝像他一样还存在于这个世界上。

他又看向腕上的手表。现在是英国的凌晨2点43分。碧翠丝应该还在睡梦中,约书亚在她身边舒展着身体。碧翠丝会躺在床的左侧,一只手垂在床边,另一只手搭在耳边,手指靠近他的枕头,这样每天他都可以毫不费力地亲吻她。当然,现在不可以了。也许碧翠丝已经醒了,正在为他担忧。他们一个月没有联系了,以前他们可是每天都会联系的。

"在任务中我老公死了怎么办?"她曾经问过USIC的人。

"不会的,这种情况绝不会发生。"

"总会有万一的!"

"如果真是这样,我们会马上通知你。换句话说,没有消息就是好消息。"

那么现在这种情况,就算是好消息了吧。但……碧在过去30天里要习惯一个人生活,因为彼得狠心离开了她。

彼得想到了他们那个被床头灯的柔光照亮的卧室,搭着碧翠丝蓝色外套的椅子,散落在地上的鞋,还有沾满了约书亚毛发的羽绒被。想到碧翠丝坐在床上,只穿着毛衣,裸露着双腿,倚着床头,一遍又一遍地读着USIC发来的毫无用处的信息书册。

"USIC不能保证在飞船上任何人的安全,包括乘客、工作人员或是任何与USIC相关或不相关的人员。'安全'是指生理和心理上的健康,其中包含但不限于往返绿洲途中的安全,不论是在合同期限内还是合同以外的时间。USIC会尽力保证任何参与项目人员的安全,但是这份文件的签署是让签署者了解到USIC所做的一切努力(比如降低风险等)都是在USIC可控制的范围内进行的。有些情况会由于某些未知或是无法预测的原因无法具体描述。这些情况包含但不限于疾病、事故、机械故障、天气转变以及其他所有不可抗因素。"

房门被拉开,映出了BG壮实的身体轮廓。

"嘿,兄弟。"

"嗨。"以彼得的交际经验,以自己的方式跟别人打招呼要比模仿别人好一些。

"兄弟,你要是想和我们一起吃饭,最好快点从床上起来。"

"听起来不错,"彼得回答说,用力把双腿晃出床外,"为了吃饭,没什么克服不了的。"

BG强壮的手臂已经悬在空中,准备帮彼得一把。"今晚吃面。"他说,"牛肉面。"

"不错。"彼得还光着脚,只穿着一条内裤,衬衣敞开着,颤颤巍巍地走出了房间。彼得仿佛回到了6岁那年,刚刚服下扑热息痛的他被妈妈扶出卧室,庆祝自己6岁的生日;拆礼物的兴奋带来的肾上腺素并不足以抵消掉水痘带来的影响。

BG扶着彼得经过走廊,走廊上从地面到天花板贴着"爬山虎"的墙纸,那种经常在公交车外看到的绿色植物。这些有想法的设计者一定认为,一些花花草草和蔚蓝的天空有助于缓解在空气稀薄的太空中产生的幽闭恐惧感。

"兄弟,你不是个素食主义者吧?"

"呃……不是的。"彼得回答道。

"好吧,但我是。"BG把彼得扶到墙角。这里也是一片郁郁葱葱。"但当你踏上类似这种旅途后就会了解到,你有时候不得不放下自己的原则。"

他们在控制室吃晚餐，那里面有许多飞行和定位的仪器。但彼得还是有些失望，因为当他踏进控制室时，并没有什么可以吸引目光的东西，并没有一面可以看到外面广阔星云和宇宙的大窗，甚至连一面窗子都没有。中央控制器也没有，只有加厚的塑料墙面，上面有空调通风口、灯的开关、湿度调节器和几张叠在一起的海报。彼得曾在申请岗位时在USIC发放的小手册上看到过这种布局。海报的质量看起来非常不错，上面画着的是一艘鸟类形状的飞船，鸟嘴上还叼着一根树枝，图片底下还写着一行文字，赞美了USIC商业的高水准和使人类受益的无限潜能。

飞船操控器也比彼得想象的要简单许多：没有巨大的摇杆、方向盘、仪表盘或是不断闪烁的指示灯，只有一排密密麻麻的按键，一个微小的显示器和一个单独的、看起来像零食架或是自动取款机的电脑架。说实话，控制室的摆设更像一间办公室——一间狭小的办公室——那样简洁。在这间屋子里根本没法辨别出他们正漂浮在离家万亿公里的其他星系中。

飞行员图什卡坐在椅子上，从屏幕前转了过来，盯着举在他脸旁的塑料小盘子。雾气模糊了他的轮廓，他随意地跷着二郎腿，穿着宽松的短裤和网球鞋，露出浓密的腿毛。

"欢迎回来，"图什卡把盘子放在他圆圆的肚子上，说道，"睡得如何？"

"事实上，我都不知道我在睡觉。"彼得回答道，"更像是在找重回人类的感觉。"

"是要适应一会儿，"图什卡解释道，并再次把盘子抬到脸的附近，享用着面条。他有着灰黑色浓密的络腮胡子，很显然，他十分清楚怎样才能防止面条这种食物弄脏他的胡子。他用叉子把面条快速地卷了起来，张大嘴快速吞了进去。

"小皮，这是你的，"塞韦林把面条递给彼得，"我帮你把上面的锡纸拿掉了。"

"十分感谢。"彼得坐在了黑色塑料桌前，桌子上还有三瓶没开的可乐。BG和塞韦林已经开始用他们的塑料叉子享用起面条了。彼得闭上眼，开始默默祷告，感谢至今所获得的一切。

"你是基督教徒？"BG问彼得。

"没错。"这碗牛肉面条没有在微波炉中均匀加热：一部分热得烫嘴，而另一部分甚至还没有解冻。彼得只好把他们搅拌均匀,中和一下温度。

"我曾经信奉伊斯兰教。那是很久之前的事了。"BG说,"当时,这个信仰帮我度过了很多困难时期。但后来慢慢发现很多教规,我遵守不了。"正说着,BG张开大嘴,放入一大口卷在叉子上的面条,嚼了三下就吞了下去。"你也马上就会讨厌那些犹太人和白人的。他们说那不是强制的,那明明就是一条条命令,明确而响亮的命令。"又是一大口面条,"我还是自己决定讨厌谁比较好,你懂我的意思吧?如果有人跟我对着干,我也会让他们吃不消——管他们是黑人白人还是蓝色人种,对我来说没有区别。"

"我觉得你也是在说,"彼得回应道,"你也想自己决定到底喜欢谁。"

"回答正确。白娘儿们,黑娘儿们,我都喜欢。"

图什卡却对此嗤之以鼻,"说得这么洒脱。我敢肯定,你在那些首长们面前一样溜须拍马。"他吃完了面条,正用小手帕擦脸和络腮胡子。

"我可没那么容易就诽谤别人,"彼得说,"至少不会说别人坏话。这世上说话的方式多着呢。"

"我们现在已经不在那个世界上了。"忧郁的微笑挂在塞韦林脸上。他猛地打开一瓶可乐,棕色液体的气泡瞬间喷涌而出,射向天花板。

"你干什么呢。"图什卡大声地抱怨着塞韦林,他被吓得从椅子上滑落了一半。BG躲在旁边大声地笑着。

"我的错我的错,我会收拾好的。"塞韦林马上从桌面上抽出一把纸巾,彼得也帮忙把洒在桌子上的黏稠液体擦下去。

"每次都这样。"塞韦林自言自语道,擦拭着胸前、手臂、椅子和装可乐的冷藏箱。他弯下腰去擦地面,地上的毯子也因为这场意外被染成了棕色。

"你参加过几次这种行动了?"彼得问道。

"三次,我每次都发誓下次再也不来了。"

"为什么?"

"'绿洲'会把人折磨疯的。"

BG哼唧道:"兄弟,你已经疯了。"

"小皮,塞韦林先生和格雷厄姆先生都属于那种严重不平衡的人。"图什卡像法官那样庄重地说。"我认识他们有几年了,'绿洲'对于他们这种人来说再合适不过了。让他们远离正常生活。"图什卡把空盘子扔进了垃圾桶，"而且，他们可以把自己的事情做得很好，做到最好。这就是为什么USIC不断在他们身上投资的原因。"

"哥们儿，你呢？"BG问彼得，"你是最好的吗？"

"最好的什么？"

"最好的牧师。"

"事实上我不认为我是个牧师。"

"那兄弟，你认为你是什么呢？"

彼得愣住了，如鲠在喉。他的大脑还处于使可乐喷出的强烈力量的余震中。他希望碧翠丝可以在这里陪着他，帮他回避掉这个问题，改变这艘飞船上全都是男性的雄性氛围，并且使在飞船上的对话变得更加生动有趣，有营养一些。

"我就是一个普通人，一个关爱他人，无论别人处在什么情况下都想要施予帮助的普通人。"

一个灿烂的笑容展现在BG的大脸上，好像又要说什么俏皮话。但他却突然严肃了起来："你确定？没开玩笑？"

彼得直直地盯着BG的眼睛，"没开玩笑。"

BG点点头。彼得感觉到了这位大块头的考虑，好像他通过了某种考验，感觉被重新分了类。倒没有成为什么"男人帮成员"，但至少不是什么奇异的外来生物了。

"嘿！塞韦林！"BG喊着，"我从来没问过你，你有什么宗教信仰吗？"

"我？我可啥都不信。"塞韦林回答说，"一直都不信。"

塞韦林清理完了可口可乐，正用手纸擦拭掉蓝色的洗涤剂。

"手纸还是很黏，"他抱怨着，"要是没有水和肥皂，我会发疯的。"

电脑柜发出轻柔的滴滴声。

"看来你的祈祷得到了回复，塞韦林。"图什卡说完，把注意力移回了其中一个屏幕上，"系统刚刚定位到我们所处的位置了。"

当图什卡试图获取更多细节时，四个男人都没有发出一点声音，就好像图什卡在检查一封邮件或是在网络竞拍。事实上，他在试图弄清他们生死存亡的大问题。飞船还没进入到人为驾驶的阶段，它仅仅通过无视物理法则的跃迁技术穿越了时间和空间。现在，他们正漫无目的地在他们应该到达的地点附近的某个空间里飘浮。飞船就像是一只膨胀后的大鸟：有一个充满燃料的肚子，还有一颗小小的头颅。并且，四个男人正在头部里呼吸着为数不多的氮气、氧气以及氩气，消耗的速度远大于原本需要的速度。没有人说出来，但恐惧感正在飞船当中蔓延——跃迁有可能把他们传送得离目的地太远了，燃料可能不足以支撑行程的最后一部分。这种在跃迁之前小到几乎无法计算的错误可能在最后演变成一场无穷大的致命灾难。

图什卡仔细研究了一下显示的数据，用短小的手指飞快地在键盘上敲击着，把地图的几何设计显示在屏幕上。事实上，他们所处的位置地图上也没有任何标识。

"朋友们，好消息。"倒腾了一阵后，图什卡说道，"果然，熟能生巧。"

"这意味着什么？"塞韦林问道。

"我说我们应该感谢佛罗里达的技术员。"

"别拐弯抹角了，我们到底怎么样了？"

"除去剩下行程所需的燃料，我们还会剩很多很多，我们可以像在兄弟会上喝酒那样随意挥霍。"

"那我们还剩几天才能到？"

"几天？"图什卡故意停顿了一下，"最多，28个小时。"

BG兴奋得跳了起来，挥舞着拳头，呜呼呜呼地叫了起来。

从这一刻开始，控制室的气氛变得轻快了许多，甚至还有点过度兴奋。BG一边走着，一边不停地敲打着手臂。塞韦林笑着露出了被尼古丁侵蚀变色的牙齿，同时敲打着自己的大腿，发出只有自己才能听到的声音。为了模仿出钹的撞击声，他先是有规律地在空中挥下拳头，然后再像被愉快声音击打一样弯腰躲避。图什卡回去换了件衣服——也许他的毛衣上沾到了面条的油渍，也可能是他感觉到即将发生的飞行需要一些仪式化的举措。图什卡换上了一件白色T恤和灰色裤子，坐在了键盘前，准备操纵飞船抵达绿洲。

"快开始吧，图什卡，"塞韦林说，"还在等什么？军乐团还是啦啦队？"

图什卡抿了一下嘴唇，然后键入了关键性的操作指令。"先生们，以及各位猪头工作人员，"他以一种嘲笑的口吻，腔调浑厚地大声说道，"欢迎乘坐USIC飞行器前往绿洲。各位请注意，即使您曾多次乘坐，也请格外注意安全指示以保证飞行期间的安全。请根据安全指示适时系好或解开安全带。座位上没有安全带？嘿，那就好自为之吧！"

说着，他摁下了另一个按钮，飞船随之开始剧烈震动。

"如果舱内气压下降，舱内会开始供氧。氧气会直接输进驾驶员的嘴中。其他人就屏住呼吸，稳稳地坐直吧。"BG和塞韦林被逗得哈哈直乐。"如果发生了撞击事件，地面的灯光会亮起，指引你走向死亡。一定要记住，离你最近的宜居星球大概还有30亿英里。"

他又摁下一个按钮。电脑屏幕上的图案开始上下波动。"这艘飞船装载了一台紧急逃生舱：飞船前端有一个，中部没有，后部也没有。逃生舱足够容纳一位男驾驶员和五枚性感小妞。"BG和塞韦林乐得不可开交。"女士们，登入救生舱前，请把你们的高跟鞋脱下。我们会有吸引注意方便救援的灯和哨子，但是请放心，我会一个一个接近你们。当你听到'吸，吸'的指令时，请遵照指示卡完成对应动作。我建议你们一直把头低下。"

他再次摁下另外一个按钮，然后把拳头举向空中。"你们今天没办法选择其他航班，对此我们十分感激，感谢您选择USIC。"

塞韦林和BG开始热烈鼓掌，大喊大叫。彼得也害羞地拍着手，但是没有跟着他们发出声音。他希望可以不动声色地随时准备好集合的部分。他知道，他在任务初始阶段并没有给他人留下深刻的印象，但他希望自己可以被宽恕。他现在远离家乡，头又痛又晕，肚子里的牛肉面像石头一样坚硬。他甚至产生了一种错觉，感觉他的身体被分解后就没好好地拼回来。他现在唯一想要的，就是和碧翠丝还有约书亚一起躺在床上，安静地睡一觉。而真正的冒险还在等着他们。

4. "大家好。"他说道

亲爱的碧：

终于，我可以和你联络上了。就把这当作给约书亚的第一封信吧？哦，我知道我们对于圣·保罗和他对于事情的偏见有一些疑惑，但是这家伙肯定知道怎样写一封动人的信件，我需要聚集所有的灵感，尤其是现在的状态下（筋疲力尽却异常兴奋）。因此，在我想到一些有趣的、不错的想法之前：优雅祥和地接近你，从上帝的身边，从耶稣的身边。我在想，当他写下这段开场白时，保罗的脑海中是否有他心爱的女人？保罗会向这位女士倾诉他的问题？但如若保罗当时认识你，那你一定会成为那位女士。

我想画一幅画，把你画进去，却没什么可以绘画的景物。这艘飞船上没有窗户，即使外面有数以万计的星星以及其他惊奇的景象，我的视线里也只有墙壁、天花板和地板。还好我没有幽闭恐惧症。

我在用铅笔写这封信（我有很多钢笔，但它们在跃迁过程中都炸开了——我的背包里全是墨水。早就想到了，它们撑不过这段旅行，因为连我的脑袋都觉得……）话说回来，事情总是这样，高端的技术发明无法使用时，最原始的方法会重新得以采用——回到了用铅笔在纸上游走的时代……

你一定在想我是不是疯了，不，至少现在不用去担心这个问题。我还没傻到把这封信放入信封再贴张邮票上去。我还在行程的路上——我们还有25个小时就到达目的地了。我一到绿洲，就会把这些随笔整理好发送给你。到那儿以后我就有网了，我就能给USIC安在我们房子里的那个东西发送消息了。他们跟我们说过，那东西叫作"洲-23信息传送器"。他们自己把这个叫作发射器，美国人总是爱把每样东西都简化为单音节（确实，变得好记了）。

其实可能不用等那么久，我猜现在在飞船上就可以用发射器，尤其在我这种身体不舒服睡不着觉的情况下，这不失为一种在落地之前消磨时间的好办法。但是这个东西不保密，并且我希望我接下来说的话只有我们两人听见。在这艘飞船上的其他人——我能这么说吗？——并不是那种严谨敏感的那类人。如果我在他们的机器上写这段文字，我能想象到，他们中的一个会把这些大声地读出来，当着全部人的面，只为添上一些乐趣。

碧，请原谅我没办法忘记车上发生的事，那确实让我十分难过。我知道我让你失望了，我希望当时我能把你拥入怀中，让一切都恰到好处。我知道，揪着这个不放是一件十分愚蠢的事情。我们现在相隔万里。有哪一对夫妻比我们之间的距离还远吗？伸开手就能拥抱到你的日子仿佛就在昨天。我们在一起的最后一天的早晨，你是如此满足和惬意。但是在车上，你看起来却是那么暴躁不安。

我其实总会动摇，我对自己的使命并不那么自信。有可能这是生理上的表现，一会儿就会过去，但我还在想，我是否有资格参加此项任务。飞船上的其他人，尽管他们吵吵闹闹的，但对我却特别好。不过我能感觉到他们一定在想，为什么USIC要花这么多钱把我输送到绿洲？我必须承认，连我也不知道原因。团队中的每一名成员都有明确的任务和角色。图什卡（不确定受洗时所取的名字）是驾驶员，并且在绿洲上，他负责电脑方面的工作。比利·格兰姆，我们都叫他BG，是一名在石油工业方面有着丰富经验的工程师。亚瑟·塞韦林也是一名工程师，水冶方面的专家。平常聊天时，他们几个就像建筑工人一样（我真的这么觉得），但他们似乎比看起来要聪明得多，不像我，他们完全有资质完成他们的任务。

好吧，光这一点就可以让我自我怀疑一整天了。

这封信在飞船上写的部分到这就结束了——我还是没用纸笔写太多，对吧？从这开始所写下的（呃，打下的）内容，都是在绿洲上完成的。是的，我到了，我终于到了！我到的第一件事就是给你写信！

落地时很安全很平稳——事实上，平稳得令人惊奇，甚至都没有飞机落地时起落架落在地上的撞击感。更像是电梯停在了正确的楼层上。其实我倒是希望有更壮观甚至更刺激的东西，让我从这若有若无的不真实感中清醒过来。然而，事实却是，你被告知降落已完成时才知道飞船已经着陆。门打开了，从一个狭长的通道走了出去，和下飞机一样。然后，你就进到一个巨大无比、造型却十分丑陋的建筑里，就跟你平时看到的毫无生气的大楼一样。我希望见到的是一些更有外星气质的东西，一些和地球上不同的建筑造型。但可能是在佛罗里达建造USIC设施的同一拨人建造了这些绿洲上的大楼。

终于，我现在在自己的隔间里了。我猜等一会儿我就会被立刻送到别的地方去，一场在其他星球上的奇妙旅程。但是这个机场——可以这么叫它，更像是一个大型停车场——有许多附属的容纳设施。在里面，我不断地从一个地方转移到另一个地方。

我的隔间并不小，这卧室比我们家的卧室都要大，里面还有一间浴室（我太累了，还没进去看看），一个冰箱（除了一些空的冰格盘以外，空无一物），一张桌子，两把椅子，以及我用来打字的这台发射器。这间房子很有连锁酒店的感觉，我好像就在沃特福德的一个会议中心里，但我还是想先睡一觉。塞韦林跟我说，在跃迁过后，正常人可能会失眠好几天，然后就是一觉睡24个小时。我敢肯定，他一定经历过这些。

　　快到的时候，我和塞韦林之间发生了一些尴尬的事情。跃迁的目标比预期的还要精准，因此我们即使加足马力，肆无忌惮地浪费，我们还会剩余大量燃料。所以我们不得不在到达前把剩余的燃料都扔进太空。你能想象吗？成千上万升燃料在太空中被挥洒，伴随着我们的排泄物、脏纸巾以及用过的面条盒。我不禁在他们面前反驳说，一定有更好的处理方式。而这却遭到了塞韦林的强烈反对。（我认为他只是在支持图什卡，图什卡是负责这个决定的技术支持者。他们两个正处在某种爱恨情仇的纠葛中。）反正最后，塞韦林问我是否认为我能带着那些"在屁股上挂着的"燃料平稳着陆。他说这就像把一瓶牛奶从摩天大楼楼顶扔下后，还希望在它落地后不会造成一点损伤一样。我说，如果科学能够解决跃迁问题，那就一定能解决如何更好处理剩余燃料的问题。塞韦林抓住了"科学"这个词不放。科学，他认为，不是一些神秘的比生命还重要的力量，而仅仅是一个我们给聪明的想法起的一个名字。这些想法通常都是智者在晚上躺在床上想出来的。并且他认为如果燃料的事情困扰了我，那就没有事情可以阻止我去探索解决这个问题的办法，并且把这个办法交给USIC。他说的时候，带着无所谓的语气，而我却能在里面感受到挑衅的味道。你懂的，你能想象他是怎样一副神情。

　　我不敢相信，我居然在跟你说我和一个工程师吵架的事情！承蒙上帝的恩赐，我被传送到了另一个世界，第一位完成这件事的基督教传教士，而我却在这跟别人说我旅伴的琐事！

　　我亲爱的碧翠丝，请把这第一封使徒信当作一个开始，一个小实验，一次在我种下更美好事物前的松土活动。这也是在船上时我决定用铅笔写信，并且把它们用这台发射器不可编辑不可改变地打出来，之后发给你的一部分原因。如果我改动了其中的任何一句话，我可能就会不受控制地把全部的信都改了；如果我给自己可以漏掉一个细节的机会，那我很可能就会最后忘记一整件我要说的事情。希望你可以晚一些看到这封信的内容，因为这些只不过是纯粹的闲言碎语罢了。

　　我现在要去睡觉了。已经是晚上了。而这长夜将持续三天，你懂我在说什么。我还没有看到天空，准确地说，被护送进房间时，我仅仅透过到达大厅透明的天花板瞥到一眼天空而已。当时，一位非常热心的USIC联络官员在不断跟我说话，他还想帮我提包，而我并没有理他，一直往前走。现在想想，我已经不记得他的名字了。我的房间有几扇大窗户，但都用威尼斯的百叶窗遮盖住了，这百叶窗应该是电子化的，可我太累了，没有心思弄明白怎么使用它。在我摁下那些按钮前，我还是先睡一觉比较好。当然，一个按钮除外，就是给你这封信的发送键。

这封信会从太空中穿过，经历细小的光束，然后从正确的卫星中发射到我深爱的女人那里！但这些单词又怎能被翻译为二进制编码，穿越这无法想象的距离呢？除非得到你的回复，否则我不会相信。如果真是这样，我就承认那是一个小小的奇迹，那么所有其他的也将会接踵而至，我确信。

爱你的，
彼得

他睡了过去，然后被一阵雨声吵醒。

他在黑暗中躺了很长一段时间，还是累得不能翻身，只能静静地听着外面的雨声。听起来，这边的雨和家乡的雨不太一样。它的频率以一个快速变化的周期节奏忽急忽缓，差不多每三秒一次急促的声响。他把呼吸调整到和外面雨声一致的频率上，在雨柔和落地时吸气，在雨急促落地时呼气。为什么雨会忽急忽缓呢？是自然现象，还是由于这座建筑的设计原因呢：一个捕风器，一个不断工作的扇叶以及一个时开时关的通风口？又或者它会不会就是一件很稀疏平常的事情，比如，是因为窗户被微风有节奏地吹动着？毕竟他看不到那扇威尼斯百叶窗后面的景象。

最后，他的好奇心战胜了疲惫感。他挣扎着从床上爬起来，跟跟跄跄地摸索着朝着卫生间的灯光走去——过量的卤素导致他暂时看不清东西。他努力看清手表上的数字——手表是唯一一个他在睡觉时还带在身上的物件了。他睡了……多久？……只有7个小时……除非他睡了31个小时。他查看一下日期，不，确实只睡了7个小时。那是什么把他吵醒了呢？晨勃？可能吧。

房间里的卫生间和宾馆里的完全一样，除了马桶不太一样：没有冲洗的装置，而是用压缩空气把马桶中的东西吸出来。彼得开始酝酿尿意，还是有一些不适——毕竟还要等"它"软下来再说。他尿出了深黄色的液体。他又用杯子从水龙头接了半杯水，杯中的液体清澈透明，却呈现出淡淡的绿色。在洗脸盆上方的墙上挂着一块告示牌：水的颜色是绿色的，这是正常的，完全是安全的；如果有任何疑问，也可在USIC商店购买瓶装水或饮料，每300

毫升50美金。

口渴的彼得盯着这杯绿色液体,却又十分担心。他想起了所有关于英国旅行者在假期时饮用外来水源并且中毒的故事。他想起了两段令自己欣慰的经文段落:对你要喝的东西不要有一丝犹豫;① 以及,对于纯洁的人来说,所有的事情都是纯洁的。② 但很明显,这都是在其他语境下的。他又看了看告示牌上的最后几行字:每300毫升50美金。根本不用想。他和碧翠丝已经讨论过如何使用这笔通过这项任务赚来的钱了:先把贷款还上,然后重建教堂幼儿园,好让孩子们不用生活在阴暗的角落,让他们得到更多温暖的阳光;接着再买一辆用来装轮椅的小货车。还有好多好多他们要花钱的地方。因此,在这儿花的每一分钱都可以用在更有价值的事情上。想到这儿,他将杯中的水一饮而尽。

喝起来不错。事实上,神赐一般。这么说会不会有点亵渎神灵?"哦,别想这么多,"碧翠丝一定会这样安慰他,"总有比这更重要的事情要去考虑。"在现在他所处的世界中,又有什么他可以考虑的其他事情呢?他早晚会发现的。彼得站了起来,冲了马桶,然后又喝了点绿色的水。它尝起来居然还有种淡淡的哈密瓜味,这也许是他自己想象出来的。

彼得一丝不挂地走向床边的窗户。一定有把百叶窗拉上去的方法,即使在视线范围内没有开关或按钮。他在百叶窗板条的边缘摸索着,手指被一团线拦住了。他用力拉了一下这团线,把百叶窗拉了起来。他这才反应过来,如果他继续拉开百叶窗,任何碰巧经过这窗户的人都会看到赤身裸体的他。他现在担心这个似乎有些晚了,窗户——一块巨大的树脂玻璃——已经完全打开了。

窗外,黑暗仍统治着一切。USIC机场周围是个不折不扣的垃圾场,一片涂满沥青的毫无生气的区域。这里,伫立着死气沉沉的建筑物和一排孤独的路灯,仿佛一个漫无边际的超市停车场。然而,彼得的心却在怦怦地剧烈跳动,并且有东西挑起了他的兴奋感。是这场雨!雨滴没有以直线形式掉落,而是在……在跳舞!能把他正看到的景象称之为下雨吗?水是没有智慧的。然而这些雨滴却能从这边跳到那边,成百上千的银色线条勾勒出一排排

---

① 《马修》6:25
② 《泰特斯》1:15

优雅的弧线。这雨完全不像家中的雨，家中的雨会随着风轻微摆动。然而这里的风看起来十分柔和，雨滴的动作也更加柔美，像是在放松地从一头到另一头擦拭着天空——伴随着雨滴拍打在窗户上的节奏。

　　他把额头抵在窗户上，外面冷得吓人。他也意识到自己可能有一些轻微发烧的症状，反过来想是不是烧糊涂了产生了对雨的幻觉。再次向黑暗深处探去，他用尽全力尝试将注意力集中在远处路灯旁发光的雾气上。在这些球形的光晕中，雨滴像是一片片明亮的锡箔纸屑。它们的感性，起伏的形态被展现得淋漓尽致。

　　彼得向后退了几步，离开了窗户附近。他的反应像被鬼吓到了似的，被这神秘轨迹的雨水吓到了。他平日里红润的脸颊上出现了闹鬼似的表情，同时远处的灯柱照射在了他的腹部。他的生殖器像极了石膏做的希腊雕塑的外观。他抬起手，打断了这段"魔咒"，使他重新适应自己熟悉的人性上来。但那束光也像一个在反过来挥手的陌生人。

我亲爱的碧翠丝：

　　依旧没有收到你的回信。我有种生命被暂停的错觉——就好像只有当我和别人交流的时候才可以呼吸。我曾经读过一本科幻小说，讲述的是一个年轻人来到一个外星星球上，并把妻子留在了地球上。然而他在外星上待了几周后就回到了地球。但令人震撼之处是地球上的时间流逝的速度和这位年轻人在外星上度过的时间的速度不同，这就导致当男子回到家中时，他发现地球上已经过了75年，他的妻子也在几周前去世了。他回家的时间刚好是他妻子葬礼的时间，所有的老伙计都在想这位对着已逝朋友尸体号啕大哭的年轻人是谁。虽然这个小说很低级，没有什么吸引人的地方，但那时我正年轻，还是最容易受外界影响的时候，并且这本书也确实吸引了我。当然，我现在有点害怕，怕书中所写变为现实。BG、塞韦林和图什卡这几年都往返于绿洲和地球好多次了，我希望这就是书中事情不会发生的证明，我可不想回家时见到你老得像一块梅子干一样（即使真的是这样，我也会依然爱着你）！

　　从我唠唠叨叨的内容中你应该能感受出来，我依旧受到时差的困扰。睡得很好，但这远不足够。附近依旧漆黑一片，雨水还在这三日长夜里拍打着。我还没有走出过我的屋子，但我已经看到那些雨点了。这儿的雨神奇得很，时而向左移动时而向右移动，就像被风吹动的珠帘一般。

这儿的卫生间还不错，我刚刚洗了个澡。这儿的水是绿色的，当然，是可以直接饮用的。在这儿，能洗澡的感觉真心不错，虽然洗完后闻起来怪怪的（我敢保证，你如果能看到我现在坐在这，用手撑着我满脸的愁容，肯定会笑出声来）；还有，我的尿液颜色也十分奇怪。

好吧，我并不想说到这儿就结束了，不过我现在真的不知道该说些什么了。我唯一需要的，就是能早点收到你的回信。你收到了吗？请给我回信！

爱你的

彼得

发送完这封信之后，彼得开始在他的房间里四处走动，不知道接下来该做些什么。那个把他带下飞船的USIC代表一直在跟他说，如果需要任何东西，她会随时提供帮助。但是她却没有说怎样联系她，或者说明具体流程是怎样的。她好像都没有介绍自己的名字？彼得想不起来了。房间里的桌子上，也没有欢迎他的纸条或其他什么东西告诉他，如果需要帮助的话怎样联系到其他人。没有。只有墙上的一个红色按钮，上面标注着"紧急情况请按下"，却没有一个标注着"需要帮助请按下"的按钮。他花了好长一段时间去寻找房间的钥匙，他估计这把钥匙应该不是普通钥匙的形状——很可能像酒店那样是一张塑料卡片。找了好久，他甚至没有找到一个看起来大致像钥匙的物件。最后，他打开房门，准备检查一下锁上有没有钥匙——然而本该有锁的位置上并没有锁，只有一个过时的旋转把手。这样的话，彼得的房间看起来就像在一个相当大的屋子里面的一间卧室而已。他父亲的屋子里，也曾经有很多房间。很明显，USIC并不是很在乎安全和隐私问题。好吧，或许这儿的私人物品没什么值得偷的，也没什么值得藏的，但还是有些……怪怪的。彼得四处打探着走廊里的一切：空荡荡的，整个走廊只能看见他的房门。

彼得回到房间里，打开冰箱，再次翻看了放在里面的空的冰格盘——冰箱里唯一的东西。在这里，想要一个苹果不会成为奢望吧？可能还真是。他只能不断尝试让自己忘掉自己离家很远的事实。

是时候走出去面对这一切了。

彼得穿上了昨天的衣服——短裤，牛仔裤，绒毛上衣，工装夹克，袜子，还有那双系鞋带的鞋。他梳了梳头发，又喝下一杯发绿的水。空荡荡的胃不断发出咕噜咕噜的声音，提醒着它的主人自己早就消化完在飞船上吃掉的面条了。他来到门前，犹豫着，跪在地上低下头开始祈祷。他还没有感谢上帝保佑他平安地来到这个星球上，希望现在感谢还不算太晚。他也感谢上帝为他做的其他事情，他突然有一种直觉——耶稣一直在他的背后支持他，激励鼓舞着他，以一种幽默的方式谴责他的拖延怠慢。想到这儿，他一下就站了起来，起身离去。

USIC的办事大厅回荡着乐声，但没有一点人类活动的声响。食堂空间很大，有一整面的玻璃墙；乐声像迷雾一般从天花板上的通风口发出。除了落在玻璃上的依稀可见的雨点，彼得几乎看不见外面下着的雨。这给这片空间带来了一丝惬意，显得没那么封闭。

> 我停下脚步去看在流泪的柳树，
> 它正在阴凉下哭诉，
> 也许它是在为我悲伤……

食堂里回荡着有些阴森的女性的歌声，仿佛是从数公里以外地面下的某个地道中传出来的。

> 当天空变得忧郁，
> 夜晚悄悄地与我密语，
> 我在经历最孤独的遭遇……

在大厅里有4个USIC员工，这4个人彼得都不认识。一个是发福的平头中国人，头埋在手臂里，正在一堆杂志旁打盹。还有一个正在自助餐厅的地方忙碌着，高高瘦瘦的身材像是一个撑着宽大T恤的晾衣架。他正在专心地鼓捣着吧台上的触摸屏，时不时会用金属铅笔戳着屏幕；洁白的牙齿咬着厚厚的嘴唇，头发一看就知道抹了厚厚一层发胶之类的东西，看起来像一位斯拉夫人。还有两个黑人，他们正坐在桌前，一起研读着某本书籍。那本书很大，很薄，应该不是《圣经》，更像是一本技术手册。桌子上摆着几个巨大的咖啡杯和几个空的点心盘子，除了一点碎屑之外，彼得在那里闻不到一点食物的味道。

> 我会在午夜出去走走，
> 在点点星光下晃晃悠悠。
> 只希望你能在……

三个醒着的人注意到了彼得，朝着他轻轻点了下头表示欢迎，却完全没有停下手头的工作。那个打盹的亚洲人和两个看手册的人穿着一致：宽松的中东风格的衬衫，松垮的棉裤子，没穿袜子直接穿着厚实的运动鞋。有点像伊斯兰的篮球运动员。

"你们好，我叫彼得。"彼得走到吧台前开始自我介绍，"我是新来的，现在有点饿，你们那儿有吃的吗？谢谢！"

那个看起来像斯拉夫人的年轻人缓慢地抬起他的瓜子脸。

"哥们儿，太晚了。"

"太晚了？"

"每24小时供应一次食物，一小时前刚结束。"

"但USIC跟我说无论什么时候，当需要的时候就会给我提供食物啊！"

"没错，哥们儿。你只需要保证你不在错误的时间需要食物就可以了。"

彼得接受了这个文字游戏。那个一直环绕在房间中的女性歌声也终于停下来了。紧接着是一位男性主播的声音，圆润洪亮，有一些戏剧化的亲密感。

"您刚刚收听的是'夜晚密语'，由帕特兹·克琳演唱的歌曲《走在午夜中》。这首歌在1957年被初次创作，其后不断完善，在1999年出了最后一版的二重唱歌曲。好了，各位听众，您按照我刚才说的做了吗？您是否从帕特兹的歌声中回想起她在阿瑟·戈弗雷的天才侦察员作品中展现出的少女的羞涩？11个月间她做出了巨大的改变！您刚刚听到的就是她的第二版作品，在1957年12月14日为乡村大剧院所演唱的版本。就是在这次演唱中，她清楚地领悟到歌曲有着无穷的力量。但在接下来您即将听到的下一个版本中，却充斥着智慧与无法容忍的悲伤，这也是从她个人所经历的悲惨遭遇中滋生而出的。在1961年的6月14日，帕特兹差点被迎面而来的轿车夺去生命。但谁都没想到，在她离开医院后没几天，就在俄克拉荷马州塔尔萨城的锡马龙县表演了《午夜过后》这一作品。听，您如果仔细听，就可以听见那场糟糕的车祸，以及在她额头上留下的那道永远不可能消失的深深的伤疤所带来的痛楚和悲伤……"

那阴森的女性歌声在房间里再次响起。

> 我在午夜后出门，
> 沐浴在我们曾经爱过的月光之下。
> 我经常在午夜后出门，
> 试图找寻你的踪迹……

"下一轮食物配送会是什么时候呢？"彼得问道。

"吃的都在这呢，哥们儿，"那位斯拉夫人拍拍吧台，"下次供应会在6个小时……27分钟之后。"

"十分抱歉，我对这儿真的不太了解；我对这套流程一窍不通。但我真的真的很饿。你能……呃……早点供应一些东西吗？就当作是把6个小时之后发给我的那份先给我。你6点的时候再正常记录就可以了。"

那人犹豫地眯上了双眼。

"这不就算是……伪造记录了吗，哥们儿。"

彼得强忍微笑，像是被打败了一般耷拉下脑袋。帕特兹·克琳的歌声伴着他离开了吧台，他坐在了杂志堆旁的扶手椅上，正巧是睡着的那个人的正后方。"好吧，这就是我说我爱你的方式……"

他的后背刚接触到椅背，他就感受到了身体的倦意；他知道如果不马上起来，自己又会很快睡过去。他把身体倾向杂志那一侧，在内心快速地列一下这些杂志的清单。《大都会》《复古玩家》《男性健康》《宠物狗》《时尚》《老式飞机》《肮脏的妓女》《房子和花园》《先天免疫》《汽车》《科学文摘》《超级食物之想法》……各种各样，什么类型的都有，整齐地摆放着，却都有点过时了。

"嘿，那个牧师！"

他坐在椅子上转了过去。两个桌旁的黑人也合上了他们的书，看起来他们用了一晚上才把那本书看完。他们其中一人高举着一个用锡纸包住的网球大小的物体，不断晃动。彼得刚一注意到他，那人就把那个东西扔向了彼得。彼得轻而易举地抓住了它，没有漏接——他一直是一个优秀的接球手。两个黑人都挥舞着拳头表示友好，来祝贺他。他打开了锡纸，发现里面是一大块蓝莓松饼。

"谢谢你！"彼得的声音应和着DJ的声音在空旷的食堂里听起来有些奇怪。就在刚才，DJ又开始继续介绍帕特兹·克琳的生平："这是帕特兹人生中的最后一个阶段，不久之后她就在一场空难中丧生了。"

"……房子卖掉后,她的私人物品被留存了下来。这盘录音带也被不同的人接连收藏。放在一位珠宝商的衣橱中几年后,才有人意识到这盘录音带中蕴含的宝藏。想象一下,朋友们!刚刚你们听见的动人的声音,被封印在一卷毫无特点的磁带中,放在橱柜中好几年,从未被其他人欣赏过。但最后,我们还是十分幸运地等到了这位觉醒的珠宝商:他决定和MCA公司签署协定,并将这卷录音带公之于众……"

那块蓝莓松饼很好吃,是彼得吃过的最好吃的东西了。松饼也很甜,甜到彼得都忘记自己不在自己的星球上了。

"牧师,欢迎来到天堂!"给他东西的那人说道。除了那个睡着了的亚洲人,其他人都笑了出来。

彼得转过来,给他们一个灿烂的微笑,"看起来事情朝着好的方向发展了,至少比几分钟之前要好得多。"

"祈祷吧,每天都会进步一点!这就是USIC的座右铭,差不多是。"

"所以,"彼得问,"你们喜欢这儿吗?"

给彼得松饼的那位黑人陷入沉思,很认真地想了一下这个问题,"哥们儿,还行吧,跟其他地方没什么两样。"

他旁边的黑人附和道:"这儿的天气很酷。"

"他是指气候比较温和。"

"哥们儿,我说的酷就是我说的酷。"

"好吧,但我来这儿之后还从没有出去感受一下这儿的天气呢。"彼得说。

"哦,你应该多出去走走,"第一个人说道,好像他知道彼得很喜欢待在他的房间里一样,"在白天到来之前,好好出去看一看。"

彼得站了起来,"我正有此意,不过这儿最近的门……在哪儿?"

坐在自助餐厅的那个人用纤细修长的手指指向远处的一个写着"ENJOY"的发光标志牌。在地下还写着一小行字:**请节约用食,请记住瓶装水、汽水、蛋糕、甜品等食物都不在食物津贴中,如果食用将会在所得工资中扣除。**

"谢谢提示,"彼得准备离开的时候说,"哦,对了,还要谢谢你给的吃的!"

"别客气,哥们儿。"

他离开食堂前听到的还是帕特兹的声音,这回是她和别人的合唱,显然是在她死后通过现代的高科技合成的。

彼得踏出了他在绿洲星球上的第一步,他踏出滑动门,接触到了绿洲的大气。他没有因为大气环境的原因立刻死去,这和他所掌握的常识完全相反:在空气稀薄的环境下,一个人会窒息而亡;或者像油锅里的肥肉,不断萎缩。事实上,他正处在潮湿温暖的微风中,就像是有香气的涡流在他喉咙中流过。他踱步走进黑暗之中,只有远处的灯光星星点点地为他照明。在这块USIC机场的无聊之地,除了无边的黑色沥青地面,视野内几乎没什么东西。但他还是想在外面走一走,就像现在这样,就是在外面走一走。

天空是墨绿色,很深很深的墨绿色,正像BG提到的那样。天空中只能看见几颗星星,比我们在地球看到的要少很多;但每颗星星却异常明亮,在这片巨大的墨绿色的背景中,几乎没有闪烁。而且,天上也没有月亮。

雨已经停了,但是整个大气还笼罩在潮湿的环境中。彼得闭上眼睛,甚至有种掉落在温暖游泳池中的错觉。潮湿的空气布满他的脸颊,挂在他的耳朵上,从嘴唇滑落到手中。潮湿的空气甚至打透了他的衣服,从衣领里透到锁骨;彼得的肩膀和前胸都沾上了水,衣服和皮肤都黏在了一起。空气中的温暖——事实上那是比热还要温暖的感觉——已经引得他开始出汗了,他注意到,自己的腋毛、胯下以及脚趾间都充斥着潮湿的感觉。

他完全穿错了衣服,刚刚在大厅中的那些USIC的人穿阿拉伯款式的衣服,一定是商量过的,不是吗?看起来彼得不得不尽快效仿他们的穿衣风格了。

他继续向前行,试图找出那些让他内在的不同于往常的主观感受,以及那些不同于往常的客观事实。他的心脏跳动要比平时快一点,彼得把那归结为兴奋的原因。他的步态有点不稳,就像是喝醉后的状态;他想知道,这是否只是经历跃迁活动、时差问题,以及长时间旅程之后的影响。他的每一步似乎都在微微反弹,仿佛沥青是用弹簧做的一样。他跪在地上,尝试用指节敲击以验证这种感觉。但地面却是坚硬的,没有一点弹力。不管它是由什么组成的——有可能是由当地星球和外来进口的化学物质结合而成——它和沥青有着相似的坚韧特性。他站了起来,站起来的过程似乎比平常更加容易,有种非常轻微的蹦床效果。但空气中的水密度抵消了这一效果。他举起手,把手掌推向前方来测试阻力。没有阻力,但空气却盘旋在他的手腕和手臂周围,像是在给他抓痒。彼得不知道自己是喜欢它,还是觉得它很吓人。以他的经验来说,在正常的星球上,几乎都没有大气。而这里却存在着空气,很明显地存在着,明显到让人觉得空气会在他跌倒时像枕头一样抓住他。当然,这是不会发生的,但当空气不断摩擦他的皮肤时,就像是在对彼得承诺,它会接住他。

彼得深呼一口气,认真感受这个地方空气的质地。感觉起来和地球上的没什么区别。他从USIC的手册中了解到,这儿的空气中,氮气和氧气的比例和地球的空气几乎相同,只不过少了一些二氧化碳,多了一些臭氧和一些他从未听过的元素而已。尽管这儿的气候被描述成"热带气候",但册子上没提到水蒸气,可能"热带"两个字就涵盖了潮湿的意思吧。

彼得突然觉得什么东西在挠他的耳朵,于是,他条件反射地用手打掉了它。那东西黏糊糊的,像是受潮了的薯片,又像是腐烂的树叶,从他的指间飘过;彼得还没来得及抓住看个清楚,那个东西就落在了地上。他感觉到手指黏糊糊的,是血吗?不,不是血。即使是血,也不是他的。因为这东西像菠菜一样绿油油的。

他转过来,看向居住的这幢建筑。还是那么丑,就像宗教狂热者或疯了的精神失常的人建造出的东西一样。它唯一拿得出手的特点就是食堂的那一整面大玻璃窗,在黑暗中,它就像一个巨大的屏幕。尽管彼得走了挺远,他依旧可以通过这扇大窗户看到食堂里的自助餐厅、杂志堆,甚至可以看清那个亚洲人还在椅子上睡觉。从这个距离看,屋内的一切细节就像是整齐排列在一台自动售货机中的货物一般。简单点来说,这幢建筑就像是一个发光的小盒子,周围环绕着大量奇怪的气体;而在这建筑之上,则是无边无际的黑暗。

彼得之前经历过这种感受,在那个他叫作家的星球上。凌晨两三点,失眠,在破旧的英国小镇里漫无目的地闲逛。等到黎明前的一个小时,他会发现自己有时会在斯托克波特的公交站亭,有时会在某个购物中心的小书店,又或者是卡姆登超市门口的空纸箱里——就是在这些时间、就是在那样的情境中,彼得感受到了在无法忍受的悲痛中人类的渺小。人类和他们的居所在地球的表面是如此的渺小,像一颗尘土;就像是在橙子表面上一片看不见的细菌；就像是在肉店和超市中微弱的灯光，永远也无法照亮它上面的无尽的空间。如果这无尽的空间不是为上帝准备的，那完全的真空状态由于它的特性，根本不可能持久存在。但一旦上帝在帮助你，那就是另外一回事了。

彼得转过身继续向前走。他希望随着他走得越来越远，那毫无特点的机道等其他周遭事物会逐渐从他的视野中消失，好让他感受到绿洲，那个真正的绿洲。

他的夹克由于周围空气潮湿的原因，不断吸水加重，他的法兰绒衬衫也因为吸收了汗水膨胀了起来。他的牛仔裤在走动时发出噗噗的声音，那是因为布料受潮后相互摩擦所导致的。腰带也开始摩擦他的臀部；一股股汗水从他屁股缝中间流过。他不得不停下来把裤子系紧，顺便擦了擦脸上的汗水。他把指尖堵在耳洞上，以清除耳中的杂音，彼得认为这是他耳朵里的耳窦导致的。但那声音并不是从里面传来的。周围的空气都在震动着发出声音，像是无国界的耳语；还有树叶震动的声音，但没在任何地方看到植物或是树叶，就好像气流或是水流不能静静地移动，一定要像海浪一样翻腾着发出嘶嘶的声音。

彼得确定，他已经适应过来了。这就好像住在铁路旁边，或是离海岸很近的地方，住了一阵后，也就习惯这声音了。

彼得继续向前走，努力压制住想要脱掉衣服扔在地上的冲动，毕竟那样的话回来的时候会轻松一些。机道似乎没有尽头。USIC用这些黑乎乎的沥青有什么用？也许他们会拓展机场建筑的空间，或者建一个壁球场地，也有可能是一个购物中心。绿洲，被描述成"在不远的将来"会成为"繁荣的社会"。对于USIC来说，繁荣当然是指外来定居者。而关于这个星球上的原住居民，繁不繁荣，USIC几乎没有提到过；要说提到的话，也只存在于那些所谓的保证，比如没有得到他们充分知情和同意的情况下，任何计划都不会执行。USIC和绿洲居民保持着"友好关系"——无论他们是谁。

彼得非常想和这儿的居民见一面；毕竟，他们是彼得来这儿的唯一原因。

他从夹克的口袋中拿出一台微型相机。虽然在此之前他被准备事项警告过，在绿洲上使用相机是"不切实际的"，但他还是把相机带了过来。"不切实际"——具体是什么意思呢？这是不是一个隐藏的威胁？他的相机会不会被"有关部门"没收？管他的，他现在要走过一座桥，他现在就要拍点照片，为了碧翠丝。当他回到碧翠丝身边时，他说的任何一句话也没有一张照片来得真实准确。他抬起胳膊，拍下了那条冗长的沥青路、那幢孤独的建筑，以及那从自助餐厅照射出来的光。他甚至尝试照一下那碧绿色的天空。但当他快速检查存储图像时，遗憾地发现它只是一个纯黑色的矩形。

他把相机放进兜里，继续前行。他这样走了多久了？他的手表不是那种会发光的电子表；是那种只有一根时针的老款表，是他父亲送给他的礼物。彼得把表举到眼前，变换角度以尝试手表可以借最近路灯发出的光。但是最近的路灯，也得有100多米远了。

什么东西在他的小臂处闪闪发光，靠近他戴手表的手腕。似乎是个活物。一只蚊子？不是，要是蚊子的话，有点太大了。一只蜻蜓，或是某种看起来像蜻蜓的生物。一个小小的，颤抖着的火柴似的主干蜷缩在一双半透明的翅膀下。彼得抖了抖手腕，那个小生物随着掉了下去。或许也可能是它自己跳下去的，或者飞下去的，也可能是困在了这空气的涡流里。不管怎样，它消失了。

他突然注意到空气中的声音注入了新的杂音，一种机器的轰鸣，就在他的身后。一辆车缓缓进入视野当中。钢铁般的灰色，子弹形状，有着为了粗糙地形而设计的大车轮和厚硫化橡胶轮胎。很难通过有色挡风玻璃看清司机，仅仅可以辨认出人的轮廓。汽车逐渐减速，最后停在了他旁边，金属侧翼离他只有几英寸远。车头灯穿破了他一直在摸索的黑暗，露出一个铁丝网围栏，也许彼得再走个一两分钟就走到了。

"你好。"

一个美式女音从车中传来。

"嗨。"彼得回应道。

"我开车载你回去吧。"

她就是彼得到达时接应他的那位USIC女员工，是她领着彼得到了房间并且说如果需要什么就找她。说着，她打开了副驾车门，等待彼得上车；手指在方向盘上有节奏地敲着，像是在弹钢琴。

"事实上，我还想再走一段路。"彼得说，"或许我能遇到些……本地的……本地人。"

"我们不如日出后去见他们，"女员工回应道，"居住点大概离这儿有15公里远。到时候可能得开车去，你会开车吗？"

"会的。"

"很好。你们之前讨论过开车有什么具体要求吗?"

"好像没有。"

"你确定?"

"哦……大部分情况下都是我妻子和USIC的人沟通。我不知道他们谈没谈这些东西。"

谁也没再说话,短暂的寂静过后两人相视而笑。"快上车吧,要不然车内的空调又乱作一团了。"

彼得上了车,关上了门。车内的空气干燥且清爽,这才让他注意到他已浑身湿透。不再承受全身重量的脚,在袜子里发出了吸水的声音。

这位女员工身着白色工作服和薄白色棉长裤,一条头巾松散地挂在她的胸口处。她梳着棕色的短头发,化着淡妆,只是在发际线旁的额头上有一个褶皱的疤痕;要不是她柔软的深色眉毛、小巧的耳朵和漂亮的嘴,她可能会被误认成一位年轻的男性士兵。

"抱歉,"彼得说,"我忘记你的名字了。我当时有点累,所以……"

"格兰杰。"她回答道。

"格兰杰。"彼得确认了一遍。

"怕你没注意到跟你说一声,基督徒的名字在USIC里并不少见。"

"我已经注意到了。"

"有点像军队。但我们并不伤害别人。"

"希望如此。"

格兰杰启动了引擎,朝着机场方向开去。开车的时候,她俯身向前,皱着眉头;尽管车里光线不太亮,但他还是看到了她眼球上隐形眼镜的边缘——碧翠丝也戴隐形眼镜,所以彼得才能看得出来。

"你是专门接我回去的吗?"

"当然。"

"所以你刚才一直在注视着我的一举一动?一直盯着我的半块松饼?"

这个暗讽她没听懂。"我就是碰巧路过食堂,然后其中一个兄弟跟我说你出去了。"

"这好像太麻烦你了吧。"彼得尽量保持着轻松和蔼的语气。

"你才刚到,"她说,目光丝毫没有离开前挡风玻璃,"我们可不想让你第一次出门的时候就受伤。"

"我不是签了一个免责声明吗?那个上面可写着无论发生什么事情,USIC将不承担任何责任。"

她对此似乎有些恼火,"那是一个法律文件,由那些偏执的律师写的,我们从来没有看过那些。我是一个很好的人,我在这里为你接风,我说我会尽可能地帮助你。所以这就是为什么我正开着车接你回去。"

"十分感谢。"

"一旦我对某个人开始感兴趣,"格兰杰说道,"我就会陷入麻烦当中。"

"我会尽量不给你招惹麻烦的。"令人毛骨悚然的自助餐厅似乎在黑暗中向他们移动,好像是另一辆车即将与他们迎面相撞。彼得没想到他这么快就回来了。"我希望你明白,我不是来这里闲坐或是在自助餐厅里阅读杂志的。我想去寻找绿洲的人,无论他们在哪里。我可能会和他们一起居住,如果他们允许的话。但这可能对你来说……始终看着我……是不太可行的。"

她把车停进车库里,他们回来了。

"我们去找当地人时会经过那座桥。"

"我真希望那一天快点到来,"彼得说道,仍然保持那种无所谓的语气,"越快越好,当然,不用太着急,但是说实……话,我确实有些心急。那您什么时候方便,开车带我过去呢?"

格兰杰熄火后,把她的小脚从踏板上移了出来,"给我一小时,我拿些东西,这就带你去。"

"什么东西?"

"主要是一些吃的。你应该了解了,现在食堂没有供应吃的东西。"

彼得点点头,一摊汗水顺着脸颊流了下来,"我是真的没搞懂这儿的鬼周期,白天晚上到底怎样轮转的?黑暗已经持续三天了,我说,现在这个时间,算是官方的晚上吧?"

"是的,现在算是晚上。"格兰杰揉了揉眼睛,动作不大,以防把眼镜碰掉。

"所以,你们还是要靠表上显示的时间来决定什么时候是白天、什么时候是晚上咯?"

"是的,这儿和住在北极圈没什么区别。你只需要和周围的人保持一致的生物钟就行。别人醒着的时候,你也醒着就行。"

"刚才在食堂里的那些人现在睡着了吗?"

格兰杰耸耸肩,"斯坦莱克应该在那儿,因为他值夜班。至于其他人……哦,他们有时会有点失眠。正常情况下,都应该在睡觉了。"

"那绿洲上的人呢?哦……我是说……那些原住居民。他们现在也在睡觉吗?我是说,我们需要等到太阳升起的时候再去拜访他们吗?"

格兰杰用坚定且带有保护性的目光注视着彼得,"我可不知道他们什么时候睡觉,我甚至不知道他们是否需要睡觉。我跟你直说了,我可能比基地的所有人都了解这儿的原住民,但事实却是,他们的事情我几乎全都不了解。他们……有一点……很难琢磨。我甚至不确定他们是否想要被其他人了解。"

彼得露出了一丝微笑,"除非……我来了解他们。"

"好吧,"格兰杰叹了口气,"这事你说了算。但你看上去有点疲惫,你确定休息够了?"

"我没问题,你怎么样?"

"也没问题。我之前说了,给我一小时。如果在这一个小时里,你改变想法了或者想多睡一会儿,随时联系我。"

"我怎么联系你呢?"

"那个信息发射器。在USIC的图标后面有一个滚动菜单,我就在上面。"

"终于发现上面有东西的菜单了。"他本想提到那个在食堂门口食物限量供应的告示,但是为了不让格兰杰产生误解,彼得还是没有说出来。

格兰杰和彼得同时打开了车门,踏进了这持续潮湿的黑暗之中。

"还有什么其他需要提醒我的东西吗?"彼得的声音越过车顶穿了过去。

"哦对,"格兰杰回应,"别再穿牛仔夹克了。"

是否被提到了才会去注意?当格兰杰说彼得看上去疲惫时,他没感到丝毫疲倦,倒是现在感觉有些疲乏了,精神还有些糊涂,就好像大量的水蒸气钻进他的脑袋,给他的思维蒙上了一层厚厚的雾气。他本希望格兰杰可以送他到房间的门口,但是并没有。格兰杰只是把他领到了那幢建筑的另外一扇门,不是他出去的那扇。在进门后半分钟,她就和他在一个T字走廊的交叉口分道扬镳了。

彼得和她走的方向正相反,是格兰杰给他指的方向,可彼得并不知道他正朝着什么方向走去。走廊里空旷又安静,彼得也完全想不起他出门时走廊里有什么可以指引他回房的东西。墙面一片亮蓝(由于周遭的微弱灯光,看起来更深一些),但除了这面墙,就再没有任何有特征的指示和标志类的东西存在,更别提会有指向他房间的标识了。USIC曾在一次面试中明确表示过,彼得不能"以任何方式、方法或是形式"成为该基地的官方牧师,也不要对没有为他安排工作而感到吃惊。他真正的责任是对当地居民负责。事实上,他在合同里的职位描述是:原住居民部长(基督教)。

"但根据USIC的个体需求,你们需要一个部长吗,你确定?"彼得也曾怀疑过。

"事实上,在当前时间段里并不需要。"面试官也明确地给予了回复。

"这是否说明殖民所在地是无宗教信仰的?"碧翠丝问道。

"那不是殖民地,"另一个USIC面试官用尖锐的声音说道,"那是一个社会。我们不会用殖民地这样的词汇,也不会在当地促成某种信仰,或是刻意去除某种信仰。我们只是在寻找最出色的人,就是这样。"

"一个为USIC特别设立的牧师,原则上来说,确实是个不错的主意,"第一个面试官转回话题,试图缓解刚才的小冲突,"尤其是在他或她有一些其他的技能时。我们曾在之前的小组里招募过这种人才,但现在,这并不具备优先级了。"

"但我的任务就具备优先级?"彼得问道,几乎不敢相信自己的重要性。

"我们把这个岗位定位为'紧急'级别,"面试官说道,"事实上,十分紧急,紧急到我现在必须问你……"他身体向前倾,直直地盯着彼得的眼睛,"你多久可以出发?"

这时,走廊的下一个转弯处有一盏灯亮着;彼得还听到了几声微弱而和谐的声音,他马上听出了这就是食堂刚才播放的音乐。他走得有些远,还没找到自己的房间,最后不得不回到食堂。

当彼得再一次走进食堂时,他注意到食堂里面有几处小变化。像鬼魂般低声呻吟的帕特兹的声音被鸡尾爵士的音乐取代；爵士音乐柔和地飘荡在食堂的空气中，仿佛与空气融为一体，不再存在一般。那两名黑人已经离开了。那个亚洲人也已经醒了，正翻看着一本杂志。一名柔弱的中年女子，可能是韩国或是越南人，黑色的头发夹杂着几缕橙色的染发，她正盯着膝盖上的咖啡杯，冥想着什么。那个斯拉夫长相的人还在吧台后面值着班，似乎没注意到彼得又回来了，像是被催眠了一样，挤压着番茄酱和辣酱的塑料瓶子。他尝试嘴对嘴地摆放它们，并且努力保持着它们之间的平衡。他修长的手指盘旋在脆弱的平衡之间，随时准备在瓶子失去平衡时接住它们。

彼得仅仅在门口停顿了一会儿，就突然冷得发抖；因为刚刚的他还浑身大汗，头发湿漉漉的，全身被裹在湿透的牛仔夹克里。他看起来一定很可笑！仅仅几秒钟，这些人完全的漠然以及突如其来的陌生感，都使他充满了恐惧；他感受到了羞怯麻痹住了他全身，就像是一个孩子在面对一所充满陌生人的新学校时所感到的恐惧。但是，上帝为他注入了勇气。他平静下来，向前迈了一步。

"大家好。"他说道。

5. 他没能辨别出他们是什么

在上帝眼里，不论男女，都是赤身裸体的。穿了衣服也和拿张叶子遮着一样。衣服下的躯体也不过是另一层衣服，这层衣服由血肉组成，外面覆盖着各式各样轻薄的皮革，粉色，黄色，棕色。只有内里的灵魂才是真实的。人一旦这么想了，什么社会不安，什么尴尬、害羞都荡然无存。你所要做的只剩下灵魂的交流。

为了回应彼得的问候，斯坦科把杯子往右挪了挪，抬头看向彼得咧嘴一笑。那个中国人则向他竖起了大拇指。不幸的是，那个睁着眼打瞌睡的女人被彼得这么一吓，把咖啡杯碰翻了，打到了腿上。

"哦，我的……"彼得一边喊着一边朝她奔去，"实在太抱歉了。"

她现在算是完全清醒了。她穿着工作服，有点像格兰杰的制服，但颜色更浅一些。咖啡在裤子上留下了一大块棕色的污渍。

"没事,没事。"她说,"咖啡没那么烫。"有什么从彼得的面前飞了过去,落在了女人的膝盖上。是斯坦科扔了条毛巾过来。她镇定下来,开始擦拭身上的咖啡。她把裙边翻起,薄薄的羊毛裤上印了两团水痕。

"需要帮忙吗?"彼得说道。

她笑了,"不需要。"

"对付这种咖啡渍,我妻子都会用醋。"他说,眼睛一直紧盯着她的脸庞,这样她就不会误会他在觊觎她的大腿。

"这其实也不是咖啡,"女人说道,"别担心这个了。"她把毛巾团了团放在了桌上,有些漫不经心,接着她又窝进了凳子,显然并不急着去换身衣裳。背景音乐渐渐停了下来,但不一会儿,鼓乐又响了起来。斯坦科正忙着做事,时不时会弄出点声音。那个中国人在研究他的杂志。真是些好人,他们这是在给他私人的空间。

"我是不是还没有介绍我自己?"他说,"我是彼得。"

"莫罗。很高兴认识你。"那个女人伸出了右手,他犹豫了一会儿考虑要不要和她握手,因为她有根手指少了一截,小拇指更是整个儿没有了。最终,他还是选择相握,她自信地紧了紧。

"你知道,这不太常见。"他边说边在她身边坐下了。

"工厂事故,"她说,"这种事每天都有。"

"不,我是说你伸手的方式很特别。我见过很多右手有缺陷的人,他们总会用左手握手,他们觉得这样就不会让别人感到不适。"

她看上去很惊讶。"真是这样吗?"说完,她莞尔一笑,摇了摇头,仿佛在说:"有些人还真是奇怪。"她端正地凝视着他,想从他的身上找到些特定的标签,以便将来收录进那份叫作"来自英国的传教士"的档案里,这个档案暂时还空空如也呢。

"我刚刚出去散了个步。"他说,指着外面黑漆漆的一片,"第一次。"

"外面没什么好看的。"她说。

"嗯,毕竟是晚上。"他说。

"就是白天也没什么好看的。不过我们在努力改善了。"听上去既不自豪也不完全冷淡,就是描述件事情。

"你在这里干什么?"

"我是个工程技术师。"

他想让自己看上去很疑惑的样子,满脸写着请解释一下。她回避了问题,脸上写着太晚了,我累了。

"另外,"她说,"我也负责厨房的活儿,每96个小时,我都要做饭,烘焙。"说着,她扒拉了一下头发,光亮的黑发和橘发下藏着灰色的发根。"这活儿还挺有趣的,我很期待做这个。"

"自愿的吗?"

"不是的,都是安排。你会发现我们每个人都不止一个职能。"她站了起来。直到她再次拨弄头发,他才意识到他们的谈话到此为止了。

"我最好还是清洗一下。"她解释道。

"很高兴认识你,莫罗。"他说。

"我也是。"她说,然后走了出去。

"她做的点心很棒。"她出去后,那个中国男人说道。

"不好意思,你说什么?"彼得说道。

"做点心的面团很难做的。"中国男人说道,"很酥脆很易碎。那个面团,必须很薄,不然就称不上点心了。很难吧,但是她很擅长。是不是她当厨,我们一下就能猜出来。

彼得挪到了中国男人边上的空凳上坐下。

"我是彼得。"他说。

"沃纳。"中国男人说道。他五指健全,有些胖乎乎的,并且保持着一种克制的力度。"嗯,你还在探索是吧。"

"其实也没有。我还是觉得很累,毕竟我刚到这儿。"

"先适应适应。你体内的分子会镇定下来的。你什么时候第一次倒班?"

"呃……我并不是……我在这儿应该是名牧师。我应该是要一直做些什么的吧。"

沃纳点了点头,不过脸上仍有一丝疑惑,觉得彼得像是在说自己胡乱签署了一份不靠谱的合同。

"为上帝效劳是我的荣幸,我乐意至极。"彼得说道,"做这个不需要任何休息。"

沃纳再次点了点头。彼得余光一扫,注意到他读的杂志是《风力及水力信息学》,杂志的封面是一张全彩的机器内部构造图,标题也很言简意赅,"更全能的齿轮泵"。

"这份牧师的活儿……"沃纳说道,"具体来说做什么呢?日常都有什么事呢?"

彼得微微一笑,"我得观望观望。"

"先看看这儿是怎么回事。"沃纳建议道。

"正是如此。"彼得赞同道。有一阵困意袭来,他觉得现在他在椅子上都能睡着,直接滑到地板上,都省得斯坦科拖地了。

"我得承认,"沃纳说,"我对宗教不怎么了解。"

"我也不怎么了解风力水力什么的。"彼得说。

"这也不是我的研究领域,"沃纳说着往前够了够,把杂志搁回了架子上。"我只是好奇才拿了它。"他又转过身来面对着彼得,有些事情想要明确,"中国有很长一段时间甚至没有宗教,大概是在……某一个朝代的时候。"

"哪朝呢?"不知为何,彼得的脑子闪过了"德川"这个词,不过他立刻就意识到他把日本历史和中国历史混淆了。"你呢?你对哪种信仰感兴趣?"

沃纳抬眼看着天花板,"我读过一本书,很厚,至少有400页。很有趣,精神食粮嘛!"

"哇,碧,"彼得心想,"我需要你在我身边。"

"你得理解,"沃纳接着说道,"我读了很多书。我从这些书里学习词汇,扩充单词量。这样我要是某天看到哪个很奇怪的单词,它的意思对理解又很重要的话,我至少是有所准备的。"

萨克斯风的声音突然有些异常,发出嘎嘎的杂音,但很快就调整了回来,悦耳的音乐继续在空间里流淌。

"现在中国有很多基督教徒吧,"彼得说道,"有上百万了。"

"是的,但从比例上看,只有大概百分之一、百分之零点五的样子,具体多少也无所谓了。反正从小到大我几乎都没碰到过。很少见。"

彼得深吸了一口气,试图把恶心的感觉压下去。他觉得大脑仿佛在移位、调整到相对合适的位置,头骨就像被润滑过,他希望这只是他的想象。"中国人……中国人都很顾家,是吗?"

沃纳若有所思,"说是这么说。"

"你不是吗?"

"我是被领养的,养父母是一对驻扎在成都的德军夫妇。后来我14岁的时候他们搬去了新加坡,"他停顿了一下,为了避免歧义,他补充道,"和我一起。"

"这肯定是段不同寻常的故事。"

"我没法给你什么细节。不过确实不一般,确实。这点我很肯定。那儿的人也很不错。"

"你在这儿的事你父母怎么看?"

"他们已经去世了。"沃纳说着,毫无波澜,"就在我被选中的不久前。"

"真遗憾。"

沃纳点点头,养父母的死,终究是件恨事。"他们真是好人,很靠得住。这里好些人都没有这些,但我拥有过。真幸运。"

"你和家里人还有联系吗?"

"挺多的,都是很好的人。"

"有什么特别的人吗?"

沃纳耸了耸肩,"他们在我心中排名不分先后。每个人都很特别,你知道的,他们都有各自的天赋。还有些人是我亏欠的,就是曾经帮助过我的人。为我指明方向,给我介绍机会。"随着他的追忆,他的眼神有些涣散。

"你何时回去?"彼得问道。

"回去?"沃纳用了半晌来消化这个问题,仿佛是彼得的音调太过低沉让人听不清楚一样。"计划可赶不上变化。有些人,比如塞韦林吧,他总是来来回回的,隔个几年就来回一趟。我就很不能理解这样。取得一项突破性的进展往往需要三四年的时间,不论是从适应性上、专业上还是专注度上。这是个大项目,不花点时间,你是达不到那个境界的。看不到每件事物之间的联系,想不通为什么工程师的工作可以和水管工、电工、厨师甚至是园艺家联系起来。"他肉乎乎的手掌拢在一起,像捧着一个隐形的圆球,试图阐述一种整体的概念。

突然,沃纳的手开始膨胀,每个手指都涨得像婴儿的手臂那么粗。他的脸也开始变形,冒出了无数只眼睛和嘴巴,这些眼睛和嘴巴在他的身体上打转，然后飞得满屋子都是。接着彼得就栽倒在地了，额头磕在地板上。

片刻之后，一双强有力的手穿过他的肩膀，努力想让他坐起来。

"你还好吗？"斯坦科问道，丝毫没受到四周墙壁和天花板诡异晃动的影响。沃纳的脸和手都恢复了正常，他看上去什么事也没有的样子——有事的似乎只有地上那个浑身是汗，蜷缩着不省人事的传教士，他像个傻子一样穿得太多了。"回过神了吗，兄弟？"

彼得用力眨了眨眼睛，房子旋转得慢了下来。"可以了可以了。"

"你得在床上再躺会儿。"斯坦科说道。

"你说得对。"彼得说，"但是……我不知道床在……"

"指南上应该有写。"斯坦科说道，接着就去确认一下。

不到60秒的时间彼得就被带离了食堂，进入了幽蓝的走廊。斯坦科和沃纳扛着他缓慢地行进着，跟跟跄跄的，每走几米就要停下调整一下姿势，他们两个人都没有BG那么强壮有力。斯坦科骨节分明的手指深深地扣着彼得的腋窝和肩膀，留下瘀青是肯定的了，而沃纳的活儿相对轻松些，他只是抓着彼得的脚踝。

"我能走，我能走。"彼得说，不过他也不确定是不是真的可以，但不管怎样，他的两个好兄弟都没搭理他。他的卧室怎么说都离食堂不远。因为他还没反应过来，他就被放在，或者说扔在床上。

"和你聊得很愉快。"沃纳气喘吁吁地说道，"祝你……好运常伴。"

"兄弟，把眼睛闭上好好休息吧。"斯坦科说着退出门去，"睡个够。"

睡个够，这句话他原来经常听到。每次他被人从地上捞起来带走时——通常他都是被随便一扔，比床差远了；有时，把他从夜店或者其他喝酒的地方捞出来的人还会在他肋骨上先踹上几脚再搬他。有一次，他们把他扔到了后街，一辆运货车正好从他身上压过，车子的轮胎奇迹一般地避开了他的头部和四肢，只扯掉了几簇头发。他那会儿还不承认这是神迹。

跃迁的后遗症与酗酒后的症状惊人的相似，不过前者要严重得多，就像是最严重的宿醉再添上一剂迷幻蘑菇。BG和塞韦林都没有提过幻觉的事情，可能是因为他们的身体素质都比他好得多。或者是因为他们都还在沉睡中，还在安静地恢复着，不像他，在这里闹笑话。

待房间恢复到正常重力牵引下的正常形状时，他起身查了查信息发射器。还是没有碧的来信。或许他该喊格兰杰帮他看看机器,确定他的使用方式是正确的。但现在夜已深,她又是个女人,而且彼此还不是很熟悉。更何况,要是他突然出现幻觉发现她身上也冒出好多眼睛嘴巴,这可不太利于他们认识彼此。

再说,这个机器实在太好上手了,他都想象不到有什么人能不会用它,甚至是他自己这样的科技小白都能用对。这玩意只有两个功能:发信息,收信息。它既不能放电影,也不会发出噪声,更不会给他推荐什么产品,或者给他推送些这样那样的信息,像被虐的驴、巴西热带雨林什么的。他也不能从它那儿查到英国南部的天气或者中国现有的基督教徒的数量,或者各朝各代的建立时间。他只能确定消息是发送出去了,不过还没有收到回复。

忽然他瞥见了一个画面——不是在发射器灰色的屏幕上,而是在脑海里——那是个夜晚,高速公路上,紧急救援车辆的大灯照在一堆残骸上。碧倒在从家里去往希思罗机场的路上,断裂的珍珠项链散落在沥青马路上,周围一片乌黑的血泊。他已经离家一个月了,这样的事情不是没可能发生。一个人经过了这样光怪陆离的穿越还能完好无损;然而另一个人仅仅只是开个短途就死于非命。就像某个悲伤的作家说的那样,真是"上帝诡异的幽默感"。有那么一瞬间,彼得觉得碧翠丝倒在血泊中的画面是那么真实,这吓得他胆战心寒。

但这一定不是真的。他必须让自己挣脱这莫须有的恐慌。上帝从来都不是冷血的。生活可能残酷,但上帝不会。这个世界因为自由意志而产生了危险,而上帝则是那个无论何时都可以依靠的存在,他赞赏每个孩子的无限潜能和有限力量。彼得知道,如果这时碧遭遇不测,他在这里肯定是无能为力的。在踏上这段去往绿洲的旅程前,他曾数月沉思、祷告。这数月里,他至少弄清楚了一件事情,那就是上帝渴求他来到这里。上帝会保佑他的,也会保佑碧的,必然如此。

至于那个发射器,其实有一个简便的方法可以测试他是否在正确使用它。他在屏幕上找到USIC的图标,是一个别具一格的绿色甲虫图案,然后点开菜单栏,里面只有三个选项:维护(修复)、管理和格兰杰,显然这是格兰杰她自己匆忙之下设定的。如果想要一个更完善的菜单的话,大概需要他自己完成了。

他新建了一个消息页,写道:亲爱的格兰杰。他写完之后又把"亲爱的"删去，改成了"你好"，还是觉得不妥，于是干脆只写了个"格兰杰"，然后又加上了"亲爱的"，接着又删掉了。他在不合尺度的亲昵和不解风情的唐突中犹豫不决。从前写信可没这么麻烦，那会儿大家都互称"亲爱的"，不论是银行经理还是税务员。

你好，格兰杰。
你说的对，我很累。我该多睡会儿的。若是给你带来任何不便，还请谅解。

祝你好运，
彼得

他使出浑身解数才把衣服给脱了下来，每件衣裳都被汗浸透了，他像个落汤鸡。袜子像泥巴从树叶上脱落一样，从泡皱了的双脚上被褪下，他的裤子和夹克紧紧黏在他的身上，很难拽下。他脱下的每件东西都重重地砸到地上。起初，他以为那些掉落在地的小东西是衣服上的零碎，但靠近了看才发现，这些都是虫子的尸体。他捡起一只放在指尖。它的翅膀染上了红色，不再是半透明的，也没有腿。能看出这一团东西是昆虫其实挺了不得的，它就像被碾碎的手卷雪茄。这些小东西为什么要搭他这趟顺风车？他走路时产生的摩擦可能就把它们杀死了。

这会儿他想起了相机。他从夹克的口袋里把相机拿了出来。相机有些打滑，因为上面还沾着汗水。他打开相机，想要回顾回顾在USIC周围拍的那些照片，顺便再拍几张这儿的，让碧看看他的卧室、他湿透的衣服，甚至拍下一只小虫子。突然相机灯光一闪，发出刺眼的光芒，紧接着就灭了。他把相机捧在手里，眼睛盯着，仿佛在呵护一只受惊的小鸟。他知道它肯定是出了什么毛病，但是又自欺欺人地觉得，只要再等一会儿，它就会自动恢复了。就在几秒之前，他还有些储存空间可以把这里的东西拍下来，在不久的将来，回到碧身边的时候就可以和她分享了。那一刻是他期待已久的：他和碧躺在床上，这个小机子在他们中间闪着微弱的光亮，她指到哪里，他就顺着她的手指看向哪里，再说道，"那个吗？哇，那是……""嗯，那个啊，那是……那是……"现在，这样的未来荡然无存。他手心里这个小金属物件突然变得毫无意义。

又过了几分钟，他意识到他赤裸的身体散发着一股奇怪的气味。有点像他在饮用水里察觉到的那种蜜瓜的香甜味。这周围旋转的空气可不仅仅满足于舔舐和冲击他的肌肤，是空气让他闻起来这样，也是空气让他大汗淋漓。

他已经累得洗不动澡了，加上再次袭来的眩晕感让他觉得要是还不合上眼睛躺下休息的话，整间屋子就又要旋转起来了。他赶紧瘫到床上睡起了大觉，这一觉醒来，就是40分钟之后了。

他又查看了一下信息发射器。没有任何消息，甚至没有格兰杰的回信。或许是他不会用这个机器。即使他能给格兰杰发信息也不能证明他就会用了，因为他的措辞出了些问题，信息并没有明确地要求回复。他思考了片刻，然后写道：

再次向你问好，格兰杰：
不好意思打扰了，但我注意到这儿没有电话，也没有其他可以直接联系到别人的东西，是这样的吗？

祝你好运，
彼得

他洗了个澡，用毛巾擦了半干，又躺回到床上，仍是赤裸着。如果他给格兰杰的信息发送失败了，然后她又恰巧在几分钟后来找他的话，他会用床单把自己裹起来然后隔着门与她沟通。除非她不敲门就直接闯进屋来。她不会这样的，应该不会吧？USIC基地的社交常识理应不会与外界相差甚远吧？他环视四周，试图找到个合适的东西把门挡上，可惜什么也没找到。

曾经有一次，大概是几年前了，当他烦不胜烦地给教堂上锁时（插销锁、挂锁、防撬锁，甚至是铁链），他就向碧翠丝提议要完全对外开放。

"我们是对外开放的呀。"她说，满脸疑惑。

"不，我是说完全上不了锁。这扇门随时向任何人敞开。像《圣经》里说的那样，'睁一只眼闭一只眼'。"

她敲了敲他的脑袋，仿佛在看着一个孩子，"你真可爱。"

"我是认真的。"

"瘾君子也可以吗？"

"我们这里又没有毒品，也没有可以卖来换毒品的东西。"他指着墙壁上用来装饰的孩子们的画作，教堂里的长椅和上面摆放着的老旧靠枕，晃晃悠悠的诵经台和满是毛边的《圣经》，这里面既没有银制的灯具也没有独特的雕塑或者珍贵的装饰物。

碧叹了口气。"什么都可以卖来换毒品。或者说，人一旦被逼到了绝境，至少这个人会做这样的尝试。"说罢，她摆出了一个表情，大致意思就是，"你难道不知道？"

实话说，他确实知道会这样，他只是想要逃避这种可能罢了。

彼得觉得，就算格兰杰没有收到信息，她也可能会来找他。于是下定决心要等她出现才睡，不过即使决心如此，他也还是进入了梦乡。这次一睡又是两个小时。他醒来后已经不会感觉屋子在晃动了，不过窗外的景象仍然没变，还是一望无垠的黑暗，偶然闪起诡异的光亮。他挣扎着起身下床，脚边踢到了什么，是他的一只袜子，干透了变得坚硬，从一双羊毛袜变成了硬纸板。他坐到发射器前，开始阅读来自格兰杰的新信息。

"这要是通电话的话是挺打扰我的。"她写道，"尤其是在我睡觉的时候。是的，这里没有电话。USIC曾经试图装过电话，但总是接收不良甚至接收不到。这里大气条件不对，不知道是太厚了还是怎样。所以之后我们就没用电话了。没电话也挺好的。适应一下吧，其实大多数时候打电话都是浪费时间。这里到处都安装了红色的按钮，紧急情况下可以按它（从来没用过）。我们的排班表都打印出来了，所以我们知道什么时候出现在哪里该干什么事。迄今为止我们的交谈都是面对面进行的，还是在不太忙的时候——我们忙起来也顾不上聊天了。如果有特别的通知，我们会用有线广播。我们也会用那个发射器，不过大多数情况下大家都会等到可以面对面地时候再谈。这里的每个人都是专家，彼此之间的讨论会变得很有技术含量，在这样的情况下双方才能交换到问题的解决办法。如果要把想说的事情明明白白地写下来，再等待别人的答案，那简直是噩梦。希望这些对你有所帮助。格兰杰。"

他笑了，一句话就把人类历史悠久的书信往来和一个半世纪以来的电话通信贬得一文不值。那句"希望这有所帮助"也很俏皮。感觉一往无前、无所畏惧。

他仍然微笑着，脑海中想象着格兰杰那张有些英气的脸庞，他查看来自碧翠丝的信息，依然杳无音信。突然，屏幕上显示出了一长篇文字，出现得实在是太突然了，彼得都没来得及看出那是什么。屏幕快速滚动着，他仔细地看向字里行间，接着就看到了"约书亚"这个名字。不过是随意组合在一起的三个字，对于其他人来说毫无意义，但对他来说就是潜在灵魂深处的记忆，一下子在眼前翻涌：约书亚粉色的脚掌上间杂着白色的毛发；约书亚身上满是隔壁的大作留下的石膏尘；约书亚像做马戏一样从冰箱的顶上纵身跳到铁板上；约书亚挠着厨房的窗户，它的低吟被高峰时的车笛掩盖；约书亚在干燥的洗衣篓里酣睡；约书亚站在厨房的桌子上，拿它毛茸茸的下巴抵着那个陶瓷茶壶，那个茶壶似乎除了这个别无用途；约书亚和他还有碧翠丝躺在床上。随即他看到了碧翠丝：黄色的羽绒被仅仅遮住了她一半的胴体，猫咪靠着她的大腿睡着了。碧翠丝的胸部在旧线衫下若隐若现，那是她最喜欢的T恤，已经旧得不适宜在公共场合穿着，但在床上，穿它是那么恰到好处。碧翠丝那纤长光滑的脖颈、她的嘴巴、她的唇齿。

"亲爱的彼得。"她的信这样写道。

天啊，这些字对他来说是多么珍贵啊！仅仅这几个字就已经令他心满意足了。如果没有后面这些内容的话，他也会一遍一遍地重读这几个字，亲爱的彼得，亲爱的彼得，亲爱的彼得，反反复复地读，并不是他有多空虚，而是因为这些字都是她写给他的。

亲爱的彼得：

写下这封信的时候，我已经泣不成声了。知道你还活着让我长舒口气，仿佛这一个月来我都屏着呼吸，直到收到你的消息我才呼出那口气，这之前我每天都在颤抖，时常感到眩晕。感谢上帝，感谢他让你安全到达。

你那里是什么样的？我不是说你住的屋子，我是说外面，整个星球是怎么样的？请告诉我吧，我迫不及待想要知道。你有拍些照片吗？

至于我，还请你放心。我没有忽然老了50岁，我甚至没有多长出一条皱纹。唯一的变化大概就是因为睡眠不足，眼袋重了些（之后再详说）。

说真的，这四个礼拜不好过，不知道你到底能不能平安抵达，还是说你已经死了却没人告诉我。我就一直在这个机器边上徘徊，即使我知道它一时半会儿也不会传来什么消息。

等到真的收到你消息的时候，我却不在机器边上。那会儿我因为工作脱不开身。我上的是早班，到下班前一切顺利，正常来说我2:45就可以回家了。结果到了下班的时候有三个人来不了了——利亚和欧文请了病假，苏珊娜没来。单位上也没有其他的解决办法了，我只好继续待着，坐了两个班。接着到了晚上11点的时候，你猜发生什么了？——晚班的人又有一半没来，我只好继续。这显然是不合法的，但他们会在乎吗？

隔壁的托尼偶尔会帮我喂约书亚，不过我给他打电话的时候他有些不太高兴。"我们都摊上事儿了。"他说。我还想跟他再说些互相帮助的道理，但他听上去太沮丧了。下次要是还这样的话，我大概要请求住在那边的学生了。我可能还得教他们怎么用罐头起子。

说到约书亚，没有你它可不好受。它每天早上4点就会把我弄醒，在我的耳边吟叫，然后刻意躺在床上你睡的那边。醒了以后我就一直这么躺到要去上班的时候。哇，这大概就是单身妈妈的乐趣吧。

我像患上了强迫症一样反复查看自己的手机，生怕漏了你的来信。我知道这很蠢，USIC并不是世界上最靠谱的组织对吧？在他们找上你之前，我们甚至没听过这么个组织。不过还是……

管他呢，你现在安全了——天知道我有多如释重负。我终于不再颤抖了，我也没那么眩晕了。我翻来覆去地读你那两封来信。没错，你假设的没错，即使脑子不清晰，写东西可能会很乱，但也比完全不给我写要好得多。我们又不是什么追求完美的人。

这句话提醒了我：别再担心我们最后做的那次爱了。我说过很好，它确实很好。高潮不是我做爱的主要目的，相信我。

还有，别再为周围的人（塞韦林等等）对你的看法忧心了。这都无关紧要，你去绿洲又不是为了感化他们。你是去感受那些未曾听过耶稣的灵魂的。

其实从你的描述中我并不能勾勒出绿洲的雨的模样，不过绿色的水有些惊悚。自你离开后，这儿的天气就不怎么样。每天都大雨滂沱，都不像珠帘那样一滴接一滴的，更像是把一篮子水直接浇在你的头上。中部有些镇子已经发生水涝，在那里，车子都漂浮在街上。我们这儿还好，就是马桶冲水的时候下水很慢，淋浴间也是。不知道是怎么了，太忙了还没得及确认。

咱们教区的人仿佛活在兵荒马乱的时代。米拉（还是蜜拉）和她丈夫的婚姻快维系不下去了。她终究还是告诉她丈夫她来了我们教堂，她丈夫都要把屋顶掀了。更准确地说，是把米拉掀了。好多次米拉脸上都挂了彩，眼睛肿得老大，都快看不见了。她说她想离开她丈夫，需要我们的帮助，尤其是在官司上——住房、工作、利益等等。我大概拨了几通电话（几个小时前也打了一次），不过大多就是说些体己安慰的话。她追求独立可不太明智。她几乎不会说英语，又一无所长，说实话，我觉得她的智商也不高。我打算在她脸蛋恢复、回到她丈夫身边之前，就陪着她当她的心灵支柱罢了。

　　我知道这听起来有点无礼，但我的出发点是：我觉得米拉（蜜拉？——我得确认好准确的拼写，说不定我得帮忙填写危机贷款的表格什么的呢）还没做好全身心接受来自上帝的支持和力量。我想她只是被我们教堂里友好包容的氛围吸引了，她觉得独立女性这样的概念很诱人。每次说起基督教来，她就像在说什么签名就能入会的健身俱乐部一样。

　　好吧，说着说着就夜里1:30了，这可不妙，因为这意味着再过两个半小时，约书亚就要把我弄醒了，我现在甚至还没上床。我又听到雨声了。我爱你，我想你。什么也别担心。相信上帝无论何时都在赐予我们力量。他会在这段旅途中常伴汝身（真希望我也能陪着你）。

　　至于我们的老朋友——圣·保罗。他大概无法证明，此时此刻我有多想要蜷缩在你的身侧。但我们可以另外引用他的箴言。亲爱的，我们知道跃迁的后遗症状必会过去，那时你可不会再有时间赖在你舒适的小仓里给我写信了，也没有工夫看雨了。你得走出门去工作了。保罗说过，带着智慧向没有的人走去，救赎他们。还有，记住我会挂念着你的。

　　　　　　　　　亲吻你，拥抱你，以及来自约书亚的头槌，
　　　　　　　　　　　　　　　　　　　　　碧翠丝

　　放下这封信之前，彼得至少读了八九遍。他抓起背包——安检员小姐曾经质疑他带的行李够不够一趟跨洋旅行——把它甩在床上，打开。他该穿上衣服去工作了。

　　除了《圣经》、记事本，另一条牛仔裤、擦亮的黑皮鞋、一双运动鞋、一双凉鞋、三件T恤衫、三双袜子和内裤外，还有一件极具异域风格的衣裳,他当时打包的时候,觉得大概是当晚礼服来穿的。USIC的面试官曾经跟他说过,绿洲没什么特定的时尚,但如果要在户外待很久的话,建议他最好购置一些阿拉伯风格的服饰。确实,他们这么说的时候很唬人。所以碧翠丝在当地穆斯林服装店给他买了一件蔓至脚踝的长袍。

"这是我能找到的最正常的衣服了,"在他临行前几晚,她给他展示了这件衣服,"他们还有一件上面有金色绸缎,有亮片,还有刺绣……"

他拿到身前比了比,"这个太长了。"他说。

"这样你就不用裤子了。"她玩笑着说,"你要是想的话,你下面可以什么都不穿。"

他谢过了她,不过最后也没试穿。

"你不会觉得这个很娘吧?"她说,"我觉得这个挺男人的。"

"挺好的。"他说着把长袍打包好。他倒不担心像个女人,他只是不能想象自己像老宗教电影里的演员那样荡来荡去。这看上去太臭屁了,现在的基督教可不讲究这个。

不过在绿洲的大气里走过一遭后,他的想法全变了。他那件牛仔夹克还团成一团扔在地下,干得像块油布。像其他USIC员工穿的那样,一件阿拉伯罩衫和睡裤一样的裤子,似乎就是这里最好的穿着了。不过他的阿拉伯长袍也不错,他可以再配上他的凉鞋。这样穿好像可行。这么想着,他把长袍从包里拽了出来,将它展开。

可惜,那件长袍被溅上了黑色的墨水。包里的圆珠笔因为承受不住跃迁之途而爆开了,墨水都洒到了白色布料上。更糟的是,他离开飞船打包的时候,把它又往下塞了塞,这使得墨点晕得更多了。

不过应该还没……应该……他抖抻着长袍,用双臂将它展开。神奇的事情发生了。明明是不小心弄上的墨迹却排列成了十字架形,还是基督教里的那种十字架,恰好印在左胸中间的位置。它要是红色的,而不是黑色的话,那简直就是中世纪十字军印在外衣上的徽章了。太像了。不过墨迹总归是凌乱的,旁逸斜出的线条破坏了图案的完美度。但尽管如此……尽管如此……这些在十字架下轻描淡写的线条也可以理解成受难的耶稣那两条羸弱的臂膀……而上方那些突出的污渍就像耶稣头上的荆棘冠。他摇了摇头:过度解读是内心脆弱的体现。这么想着,长袍上的墨迹已不再是十字架了。他用手戳了戳墨渍,想看看是否干透了。除了正中间还有一点,其他都干了。可以穿上了。

他把长袍从头上往下套,让冰冷的布料滑过身体垂到脚踝,遮住他裸露的身体。他转身看着镜子里的自己,不得不承认碧翠丝挑了件好衣裳。很合身,仿佛是某位中东的裁缝给他量身定制的一样。

外面亮起了灯光,他用来照镜子的那块玻璃又只是玻璃了。外面两道亮眼的光芒像是渐渐逼近的巨型生物的眼睛。他走近玻璃想要看清,但他还没能辨别出它们是什么,灯光就消失了。

6. 一生只为这一刻

两个离家千里的人深更半夜会面,一个是已婚男人,一个是陌生女人。即使这样看上去会有些不妥或者引人误会,但彼得丝毫没有为此担心。毕竟不论是他还是格兰杰都有正事要做,更何况上帝在看着他们呢。

另外,刚刚听到敲门声,给格兰杰开门的时候,格兰杰的表情可谈不上欢欣鼓舞。她做出一个惊讶的表情,就是那种典型的卡通形象的表情,她的头猛地向后弯曲,他一度觉得她都要翻过去了。她这么做的原因,自然是看到了他胸上那个硕大的墨水十字架。看她这般反应,彼得忽然觉得有些尴尬。

"我采纳了你的建议。"他试图开个玩笑,拨弄着长袍的两袖,"别穿牛仔裤的那个。"

她不为所动,看得更加认真了。

"你可以到那种,呃,T恤店之类的,"她终于开口说道,"把这个……呃……弄得专业一点。"她的一身装扮从他们第一次见面起就没变过:还是白色罩衫、羊毛质宽松裤子和一条头巾。显然不是传统西方打扮,不过不管怎么看,在她身上这一套看上去更自然一些,比他这一身可低调多了。

"这个十字架……是个意外,"他解释道,"是水笔爆了。"

"呃……好吧。"她说,"我估计它会给人一种自制的感觉。确切地说，很业余。"

她的姿势令他莞尔，"你觉得我像个娘娘腔。"

"什么？"

"娘娘腔。"

她目光看向走廊的尽头，出口的一端，"不是我说的哦。你准备好了吗？"

他们并肩走出大楼，步入了黑暗中。炙热的空气一把将他们拥入怀中，彼得对自我穿着的介意感一下子减了大半，因为就这个气候而言，这衣服太合适了。他现在觉得，这旧衣服一路被运到绿洲也不是毫无意义。他要重塑自己了，今早就开始。

格兰杰的车子就停在营地边上，水泥墙面上有盏突出的小灯照亮了它。这辆车很大，像辆军用车，显然比彼得和碧翠丝那辆小代步车马力足多了。

"很感谢你还弄了辆车给我。"彼得说，"我猜你得给它定期填些燃料什么的吧。"

"最好别让这些车歇着。"格兰杰说，"不然它们就报废啦。实际上，潮湿就是杀手。我给你看点东西。"

她走到车前，把前盖打开给他看了看引擎。彼得向前躬身查看，尽管他对于车子的内部原理一窍不通，甚至还不如碧翠丝，他连换机油、添防冻液、跨接电线这些最基本的操作都不会。即便如此，他也能够看出这车有些不同寻常。

"这……好恶心啊。"说完，他自嘲了一番，觉得不大得体。

但确实令人作呕：整个引擎都被一团油乎乎的东西包裹着，像是过期的猫粮。

"是这样。"格兰杰说，"但我希望你能明白这不是坏了，这是一种养护方式，这是保护罩。"

"好吧。"

她把引擎盖合上，力度恰到好处，"给这样一辆车上完养护要足足一个小时。而且能把人累个半死。"

出于本能，他想要闻闻她身上的味道，或者想起他们走到这层闷热的大气前她身上是什么气味。她闻起来很正常，甚至有些好闻。

"这是你的职责之一吗？养护汽车？"

她示意他上车。"我们都要干这活儿。"

"很民主嘛。没人抱怨吗？"

"这里可容不下爱抱怨的人。"她说着，一下子跳进了驾驶座。

他打开了副驾车门，坐到她身边。他刚一坐下，她就点火发动了车子。

"那上面的人呢？"他问，"他们也要干这个吗？"

"上面的人？"

"就是……管理员、经理什么的。"

格兰杰眨了眨眼睛，仿佛彼得问的问题是关于狮子驯养员或者马戏团小丑之类的。"我们这儿严格来说并没有管理员。"她说，"我们都轮流干这些活儿，一个萝卜一个坑。大家都清楚什么事要干。如果有什么异议的话，我们就投票。大体上我们都按照USIC的指示来。"

"这么美好，都不像真的。"

"美好得不像真的？"格兰杰摇了摇头，"无意冒犯，但这话是用来形容宗教的吧。不过是每个人尽职保养好自己汽车的引擎，有什么好难以置信的？"

恰当的比喻，但格兰杰的语气里总有令彼得起疑的地方，他总觉得她也不怎么相信。他总能识破别人虚张声势的面具，看到背后的疑虑。

"但一定会有这么个人。"他坚称道，"作为这个项目的总负责人。"

"当然。"她说。车子的速度开始攀升，背后建筑的灯光逐渐被淹没在黑暗里。"但他们离得很远很远。我们难道要指望他们来管控我们？"

他们朝着看不见的地平线开去，一路开着，一路大口咀嚼着葡萄干面包。格兰杰在前座的缝隙里放了一大块新鲜面包，竖在变速杆边上。两人都不停地吃着，一块接着一块。

"这个很好吃啊。"他说。

"是这边做的。"她的脸上露出了骄傲的神色。

"包括葡萄干吗？"

"那倒没有。葡萄干和鸡蛋都不是。但面粉、起酥油、甜味剂和碳酸氢钠都是这儿的。面团也是在这里现烤的。我们有面包坊。"

"真好。"他又咬了一大口，嚼了嚼吞下。他们15分钟前离开的基地，到现在为止什么特别的事情也没发生。车子的前灯只能照亮前方的一点范围,因此也看不到什么。彼得再一次想到,我们的人生中,有多少时间就只能活在电灯照亮的一亩三分地里,那些微弱的灯泡所无法触及的地方,在我们眼里都是黑暗。

"何时日出?"他问道。

"大概再过三四个小时。"她说,"也有可能两个小时。我不太确定,就是个大概。太阳也是慢慢升起的,不会突然一下就蹦出来。"

他们在未开辟的野路上驰骋。其实都不能算路或者小径,甚至都从未有人走过或车辆驶过的痕迹。不过格兰杰跟他说,这是她的常规路线。既看不到路也看不到灯光,要不是底盘在轻微地震动,彼得都感觉不到他们在前进。四面八方都是一般光景。格兰杰会时不时地看一眼屏幕上的导航系统,确保在正确的路线上。

彼得在黑暗中所看到的风景出人意料的贫瘠,与这儿的天气极不相称。土地是巧克力棕色的,地面严丝合缝,车子从上面平稳地开过,不会有丝毫震颤。地上到处铺满了白色的蘑菇和绿色的藻类植物。没有树木,没有灌木,甚至连草都没有。这是一片黑暗潮湿的苔原。

他又扯了一片面包。现在它已经失去了诱惑力,不过他还是很饿。

"我可不觉得鸡蛋能完完整整地扛过跃迁。我那会儿都觉得自己要散架了。"

"鸡蛋粉。"格兰杰说,"我们用的是鸡蛋粉。"

"当然。"

透过侧窗,他看到另一边无垠的天空正下着雨:水珠的光芒画出法拉利轮胎大小的弧线,径直穿过地面,每一道都有自己的切线。格兰杰要绕过它们。但彼得想问问能不能特意去追逐它们,就像小孩子追着花园的转动喷头一样。但是,她全神贯注地看着面前不是路的路,双手紧握方向盘,跟着导航往前走。雨点闪着光逐渐被黑夜吞噬。

"那么,"彼得说,"跟我说说你都知道什么。"

"关于什么?"她瞬间警觉起来。

"关于我们即将见到的人。"

"他们不是人。"

"好吧……"他深吸口气,"格兰杰,我是这个观点:我们何尝不可用'人类'这个词的引申意义'居民'?原始的罗马词源学也不甚清楚,说不定'人类'这个词本身就是'居民'的意思呢。当然，我们也能用'生物'这个词，不过你不觉得有些别扭吗？我是说，就我个人而言，如果我们用这个词，指的是它原始的拉丁文含义，也就是'被创造的东西'，我觉得用这个词没问题。因为我们都是被创造的东西，对吧？但随着时间的流逝，这个词的意义发生了转变。更多人觉得这个词就是'怪物'，或者'动物'，反正不会觉得是贴近人的。这倒又提醒我了：好像我们可以管所有能呼吸的存在都叫'动物'？毕竟在希腊语里，'动物'这个单词的意思是'呼吸'或者'灵魂'，这个所涵盖的范围就很大了，对吧？"

车厢里一片寂静。格兰杰开着车，眼睛还是死死地盯着前方。大概过了30秒的样子——此情此景之下，30秒显得格外漫长。她说：

"嗯，显然，你肯定不是个来自希克斯维尔的没受过教育的传教士。"

"我从没说过我是。"

她用余光瞄了他一眼，恰好看到他在微笑，于是她回以微笑并问道，"彼得，你告诉我，你为什么决定来到这里，来做这些？"

"不是我决定的，"他说，"是上帝决定的。"

"他给你发了封邮件？"

"当然。"他笑得更开了，"早上起床的时候，点进你内心的收件箱，看看里面都有什么。有时会有新信息哦。"

"这么说可真俗套。"

他收住了笑，倒不是被冒犯了，而是这个话题变得严肃了起来，"大部分的真理都难免俗，你不觉得吗？只是我们为了避免尴尬，把他们包装了起来而已。朴实的真理裹着繁复的外衣。语言修饰的唯一目的就是将我们内心裸露的想法遮盖起来，避免被人直接看到，然后说：'真是没品。'"

她眉头蹙起，"'没品'？"

"这是英式英语的俗语，意思就是老土或俗气，但要更加夸张些……像……土掉渣了、老掉牙了这样。"

"哇哦。那你们圣经学校会教美式习语吗？"

彼得喝了几口水，回答道，"我从没上过圣经学校。我上的是酗酒与吸毒大学。拿的学位是坐便器便盆内部装潢学学位和……医院病床占用学学位。"

"那之后你找到了上帝？"

"不,之后我找到了那位名叫碧翠丝的女人。然后我们坠入了爱河。"

"男人很少这么说。"

"什么意思?"

"男人通常叙述到这儿都会说'我们在一起了'或者是'之后的事你能猜到了'或是其他类似的表达。反正不会这样说……"

"没品?"

"没错。"

"好吧,我们相爱了。"彼得说,"为了打动她,我戒烟戒酒。"

"希望她被打动了。"

"是的。"他喝完最后一口水,把盖子拧上,然后把瓶子扔到了脚下。"尽管之后几年她才告诉我。瘾君子可受不了赞美,为了获得赞美所带来的压力会把他们再次推向酒精和毒品的。"

"可不是吗。"

"你人生中有这样的事吗?"

"有啊。"

"你想谈谈吗?"

"现在不想。"她调了调坐姿,深踩油门,开得更快了。她脸上的红晕使她多了一丝女人味,不过也更加凸显了发迹线下的那块白色疤痕。围巾已经被她解开了,松垮地搭在脖颈上;柔软的灰褐色头发随着空调风飘摇。

"这么听起来,你的女朋友是个聪明人。"

"她是我的妻子。是的,她很聪明。比我聪明——或者说至少比我有智慧,比我有智慧是肯定的。"

"那你为什么选择了这项任务?"

彼得把头靠在座椅上。"我自己也在困惑。我觉得上帝对于家里的碧翠丝必定另有安排。"

格兰杰没作评论。彼得透过窗户向外看去,天空亮了一些。也或许是他的幻觉。

"你还没回答我的问题。"他说。

"我说了,我现在不想说。"她说。

"不,我是说之前我问的,关于我们要去见的人。据你了解,他们是怎样的?"

"他们……呃……"她试图寻找一个合适的词汇,"他们很尊重自己的隐私。"

"我大概猜到了。USIC给我的所有册子和报告上都没有一张他们的照片。我还期待至少会有一张你们和当地居民微笑握手的照片呢。"

她咯咯地笑。"这还挺难实现的。"

"他们没手?"

"他们当然有手。他们只是不喜欢被触摸。"

"那么,描述描述他们。"

"很难。"她叹息,"我不太擅长描述。我们马上就会见到他们了。"

"试试吧,"他眨了眨眼,"我会很感激的。"

"好吧……他们穿着长袍罩衫,有帽子的。像僧侣,我觉得。"

"所以他们是人形的?"

"我猜是吧。这很难界定。"

"那他们有两条胳膊、两条腿、一个躯干……"

"当然。"

他摇了摇头。"我很惊讶。我一直都劝我自己不可以把人类的形态视作宇宙的标准。所以我一直都把他们想成……呃……大蜘蛛那样的,或者是那种长着眼睛的长柄,还有没有毛的巨型负鼠那样……"

"没有毛的巨型负鼠?"她笑得花枝乱颤,"我喜欢这个,很科幻。"

"但为什么在这么多种可能的形态中,他们是人形的呢,格兰杰?这点才更加科幻吧?"

"嗯,我猜……或者从宗教的角度来说,上帝是以他的模样造的男人对吧?"

"我就不会用'男人'这个单词。希伯来语本身用的是'人',这包含了两种性别。"

"真是谢谢你告诉我。"她面无表情地说。

车厢再次迎来了几分钟的沉默。彼得觉得,他已经能看到地平线上初始的光亮了。微弱的光芒照射下,天地从深蓝与黑色转为深绿与棕色。如果你长久地注视着它,你会开始迷失,思考这是否只是一个幻象,只是对于长夜终结的渴望。

除了那抹光亮,还有……是的,地平线上还有其他东西。高高挺拔的那种。山脉？巨砾？建筑？城镇？格兰杰说"居住地"离他们大概50英里远。他们现在至少走了一半了，肯定的。

"他们有性别之分吗？"他最终问道。

"谁？"她说。

"我们要见的人。"

格兰杰看上去已经烦不胜烦了，"你为什么不直接用'外星人'这个词？"

"因为我们才是这儿的外星人。"

她大笑出声，"我喜欢这个说法！一个政治正确的传教士！原谅我这么说，但这完全像个自相矛盾的说法。"

"格兰杰，我原谅你。"他眨眨眼，"我的想法不应该让你觉得是个矛盾。上帝平等地关爱每个创造物。"

她脸上的笑容逐渐消失。"在我这儿可不是。"她说。

又一次，沉默袭来。彼得认真考虑了下要不要深究，最终决定不了，至少不是现在。

"所以。"他明快地重新问道，"他们有性别吗？"

"我也不知道。"格兰杰平淡地说，一副公事公办的样子，"你可以把他们的袍子解了看一看。"

接下来的10到15分钟，他们谁也没再说话。最后一片面包也吃完了，地平线上的光亮更加明显了。尽管天色幽暗，彼得还无法辨认出确切的形状或细节，但正前方神秘的构架肯定就是某种建筑了。

最终，他说道："我想要尿尿。"

"没问题。"格兰杰说，然后慢慢停下车。显示屏上预计油耗的指针逐渐回落，最终落在了一个抽象的标志上。

彼得打开车门，双脚落地的瞬间，他就被包裹进了潮湿的空气里。在汽车的空调里待了这么久，他又不适应这样的空气了。室内待久了出来透透气是种享受，不过不好受的是：空气中的水分立刻浸湿了他的袖口，舔舐着他的眼睑和耳朵，胸口都湿湿的。他从底下抄起自己的长袍，撩到腹部，直接对着地面小便，这里也没有什么树木或砾石可以挡一挡。土地本来也是潮湿的、暗棕色的，所以尿在上面也完全看不出痕迹，因为尿液马上就会渗透下去。

他听到格兰杰打开了自己那侧的车门，然后又关上了。为了给她一点个人空间，他又站了一会儿欣赏风景。开始他看成蘑菇的植物其实是朵花，灰白色带点紫，在黑暗里发出幽幽的光芒。它们成群地开放，小巧整齐。它们的花叶茎混作一体：整株植物就像猫咪的耳朵一样，毛茸茸的，但又很纤细，几近透明。显然，这块儿再没有其他植物了。或者只是他来得不是时候。

格兰杰上车关上了门，于是他也返回车上。他坐上车时，她正在把一盒餐巾纸揉成一团塞进抽箱里。

"好了。"她说，"接下来就是最后几英里啦。"

他把门关上，空调开始运作，恢复车内正常的空气。彼得坐回座位，打了个寒战，袖口里残留的一缕绿洲的空气从领口溜走了。

"真得说，你们的基地建得有点远了。"他说，"伦敦机场的建造者怎么就不为这里的居民考虑考虑呢。"

格兰杰拧开了一瓶水，喝了一大口，呛了一下。水从下巴流下，她用围巾一把擦过。

"其实……"她清了清嗓，"其实，我们最开始建基地的时候，这里的……居民就离我们两英里远。后来他们全部搬迁了。带着所有的东西。我真的说的是所有。我们有几个人曾经在他们都搬完后去看过原来的居住点。想着，也许能从他们留下的东西里研究出什么。但那里干净得毛儿都不剩。只留下房屋的架子。地上连个蘑菇都没有。"她参考了下显示屏上的比例尺。"50英里，他们得走多久。"

"听起来他们真的很看重自己的隐私。除非是……"他迟疑了片刻，思考如何能够委婉地表达"是不是USIC干了什么特别过分的事情"这层含义。他还没找到合适的说法，格兰杰就回答了这个问题。

"这事儿发生得很突然。他们就告诉我们他们要走了。我们问，是不是我们做错了什么，或者说我们哪里需要改。他们说没有，我们没问题。"

格兰杰踩下油门，他们再次上路了。

"你说'我们问'。"彼得说，"'我们'指的是……"

"我并没有亲身参与过这些谈判，没有。"

"你会说他们的语言吗？"

"不会。"

"一个词都不会？"

"一个词都不会。"

"所以……嗯……他们的英语怎么样？我是说，我来这儿之前就想知道了，但我一直没找到确定的答案。"

"本来也没有确定的答案。他们中有些……可能是大部分，不会……"她的音量降了下去，抿了抿唇。"听着，这听上去很糟。不该是这样的。但事实就是，我们不知道他们到底有多少人。一部分是因为他们总是藏起来，另一部分是因为我们也分不清谁是谁……不是不尊重他们，我们就是分辨不出而已。我们只和其中很少部分打过交道。大概十来个。或许就五六个人，他们每次穿不一样的衣服。我们辨别不出。他们会说些英文，足够交流了。"

"谁教他们的呢？"

"我觉得他们就是偶然学会的，我不知道。"她瞥了眼后视镜，就好像会出什么交通故障似的。他问得她有些分心了。"要是塔尔塔廖内还在的话，你就可以问他了。"

"什么意思？"

"塔尔塔廖内是位语言学家。他来这里就是教语言的。他打算编撰一本字典。不过他……呃……消失了。"

彼得费了点工夫消化这句话。"好吧。"他说，"你还有好些这样的事没告诉我吧？只要我等得够久……"

她叹口气，再次不耐烦起来。"我第一次见你，把你接下飞船的时候，就跟你说过很多了。"

这就奇怪了。他努力地回想他们共事的每一刻，第一次见面的那天，但他没能想起一个字来。他只依稀记得，她在他边上。

"原谅我吧。我那会儿太累了。"

"原谅你了。"

旅途继续。几百米外的天空中又有一丛雨水，骨碌碌打着旋儿落到地上。

"我们可以从那中间穿过吗？"彼得问道。

"当然。"

她轻微地转动方向盘，接着他们穿过雨水，穿过的瞬间被它炫目的光芒所包围。

"目眩神迷，哈哈。"格兰杰打趣道，顺带打开了雨刮器。

"很美。"他说。

又开了几分钟，地平线上那些形状的轮廓逐渐清晰起来，可以确认，那就是些建筑。既不壮观也不精致。就是方方正正的房子，和英国的房子没两样，甚至比不上繁华地区的尖塔。

"他们管自己叫什么？"彼得问道。

"我不知道。"格兰杰说，"应该是某种我们不会发的音吧。"

"那给这里取名'绿洲'的呢？"

"一个来自艾奥瓦奥斯卡卢萨的小姑娘。"

"你逗我吧？"

她扔给他一个困惑的眼神，"你没看到过这部分资料吗？这大概是这个地方唯一一个人尽皆知的事实了。杂志上有关于这个小女孩的文章，她还上了电视……"

"我不看杂志，也没有电视。"

这回轮到她说了，"你逗我吧。"

他笑了笑。"我说的是真的。有天上帝这么告诉我的，'远离电视，彼得，那是在浪费时间。'所以我就这么做了。"

她摇头，"我都不知该怎么和你相处了。"

"直接一点，"他说，"直来直往就好。不管这些了，那个小女孩，来自……呃，那个……"

"奥斯卡卢萨。她在一个比赛中获得了优胜，叫'命名新世界'的游戏。你没听过吗？这真的让我很吃惊。这个比赛有成百上千名参赛者，大多数都错得离谱，整个大赛就像书呆子的狂欢。我工作的地方里的USIC员工负责筛选掉那些差劲的名字。每个星期我们都会喜欢上一个新的名字。'新时机'这个名字就不错，还有'天国二号''寰''阿诺德'——我觉得这个真的带劲；'雄壮'嗯哼……'爱因斯坦'，剩下的我都忘了。哦对了，还有'旅者的栖息地'，这是一个；还有'新航星球'，什么'亨德里克斯''埃尔维斯'，连续不断地有名字发来。"

"那个小女孩呢？"

"她很幸运，我觉得。大概还有几百个人都想到了'绿洲'这个名字。但她赢了这5万美金，当然她的家庭也需要这笔钱，她的母亲刚刚失业，然后她的父亲还被诊断出了某种罕见的疾病。"

"所以故事的最后是怎样的？"

"和你预想的差不多。父亲还是死了，母亲在电视上说起过这个，还成了个酒鬼。接着媒体就去追求新的动态，人们再也不会知道后续的故事了。"

"你还记得那个女孩的名字吗？我想为她祈祷。"

格兰杰无语地用手拍打了下方向盘，翻了个白眼。"拜——托——，已经有100多万个美国人在为她祈祷了，可这有什么用呢，她的生活又不会有丝毫起色。"

他闭上了嘴，目视前方。又是40秒的沉默。

"科雷塔。"最终她还是告诉了他。

"谢谢。"彼得说。他试图在脑海中描绘科雷塔的模样，这样在他为她祈祷的时候，就不仅仅是一个名字了。任何一个形象也好过空无。他努力去回想每个他见过的孩子的脸，教区的孩子的脸，但每一个想到的要么太大要么太小或者性别不符。任何情况下，作为自己教堂的牧师，他都不怎么跟年纪小的孩子交流；每次布道的时候，碧翠丝都会把他们带到边上的屋子里玩游戏。不过这样，他也还是能感觉到那些孩子的存在：墙壁很薄，薄到每次停顿的间隙都会被孩子欢乐的笑声或者歌声甚至跑动声填满。但他对任何一个孩子都不甚了解。

"这个科雷塔，"他说，"是黑人还是白人？"有个孩子在他的脑海中一闪而过：一个索马里家庭的孩子，那个大大咧咧的小女孩，她总是穿得像小版的19世纪南部舞后……她叫什么来着？——露露。真是可爱的孩子。

"白人。"格兰杰说，"金发，也可能是红发吧，我记不太清了。很久以前的事了，现在都没法确认了。"

"不能找到她吗？"

她眨了眨眼，"找到她？"

"电脑上搜索什么的？"他说着就意识到这是个蠢问题。绿洲可搜不到任何信息；没有万维网，也没有能弹出百万条关于奥斯卡卢萨或者科雷塔的搜索结果的搜索引擎。如果你不把想要知道的东西带在身边——书籍、魔术光盘、老旧的水力杂志——那你就都会忘了。"不好意思。"他说，"没细想。"

"这儿的空气会让你这样。"她说,"我讨厌这样的空气流动,就像直直地刮进你的耳朵里。有时候你都想……"她没继续说下去,只深深地吸了口气,把额前一缕湿发挽了上去。"和这里那些男的说一点共鸣都没有,他们根本就感觉不到,甚至有些享受。"

"或许他们也有感觉,只是不抱怨出来罢了。"

她一下冷了脸!"好吧,收到。"她说。

彼得在内心哀号了一声。他为什么不考虑清楚就乱说话?听者有心啊。他今天是怎么了?他从前说话一直都很平和的。是像格兰杰说的那样,受这里的大气影响吗?他一直把大脑想象成一个完整的闭合的东西,包裹在骨头里,但可能是这里新奇的环境让他的大脑变得疏松多孔了,现在是进水了吧。他擦了擦眼睑上的汗珠,强打起百分百的精神,透过蒙着灰尘的挡风玻璃注视着前方。离目的地越来越近,土地变得越加松软,更加不稳定。轮胎卷起尘土,整个车子仿佛披着灰土做的光环。当地人的居住地看上去一片肃穆,透着不欢迎的讯息。

突然间,巨大的挑战来了。到目前为止,所有挑战都与他本身及自身能力有关:在旅途中生存,从跃迁中恢复,适应陌生的空气和分离的冲击,但除此之外还有很多。不管他感觉好还是不好,未知仍然是巨大的;不管他是休息得多好还是没有休息,是睡眼惺忪还是全神贯注,是敏锐还是迟钝,他都来到了这堵全然陌生的围墙面前。

《赞美诗》139出现在他的脑海里,就像他需要安慰时经常做的那样。但今天,提醒我们上帝无所不知并不是一种安慰;相反,这倒加剧了他自己的不安。主啊,你的意念于我何等宝贵。他们的总数是多么庞大!如果我数一下,它们的数量比沙子还多。汽车轮子上的每一粒尘土都是他需要学习的真理,这是一大堆他既没有时间也没有智慧掌握的真理。他不是上帝,也许只有上帝才能做这里需要做的事情。

格兰杰再次打开雨刮器。视线一阵模糊,接着,玻璃清晰了,居住地重新显露出来,现在被冉冉升起的太阳照亮了。太阳下,一切都不一样了。

是的,任务很艰巨,而且,是的,他的状态不是最好。但在他即将遇到全新的人时,上帝为他选择了一种相遇。无论命中注定要发生什么,它必定是珍贵而神奇的。他的一生——他现在明白了,这座无名城市的出现,预示着难以想象的奇迹——他这一生都在为这一刻准备着。

7. 批准，发送成功

"好了，"格兰杰说，"我们到了。"有时候就只适合说一句不言自明的话，就好像给生命下一道许可令，让它延续下去。

"你还好吧？"她问。

"哦……还好。"他在座位里边晃动边说。曾在基地那儿感受过的眩晕感再一次袭上他的心头。"我可能太过激动了。毕竟，这种体验我还是第一次经历。"

她向他使了个眼神。于他而言，这一眼神并不陌生，在担任牧师一职期间，他曾在众多面孔当中捕捉到过：没什么事值得你激动，一切只会让你失望。如果可以的话，日后他会就眼神这个问题做些力所能及的事。

同时，他不得不承认他们周围的环境不甚理想。绿洲居住地并不是你口中的城市。它更像是建在荒原之上的一处郊区。这里没有真正意义上的街道、人行道、路标、车辆、灯光，也找不到任何电与火的影迹。除了昏暗的灯光和破晓时分的一片阴影，就只剩下荒地上矗立起的一排排建筑了。这儿一共住着多少居民？彼得猜不透。可能五百，可能更多。他们三五成群地分布在一到三层的平顶建筑里。这些建筑由砖块和黏土堆砌而成，黏土和地球上的泥土别无二致，但不同的是，这种黏土烘干后润泽平滑，呈现焦糖之色。四下杳无人迹。所有门窗紧锁，哦，也不能这么说：门非木制，窗非玻璃；它们只是从建筑里开出来的一个个珠帘小洞。珠帘晶莹剔透，宛若一串串华丽的宝石，它们在微风中轻轻晃荡。然而，没有人掀开帘子往外窥看，也没有人在门廊前走过。

格兰杰把车子停在一座建筑正前方。除了漆有白色星星的标志、建筑底下渗出液体又慢慢风干外，这座建筑和其他建筑没什么两样。彼得和格兰杰下车，投入了大气的怀抱。格兰杰将围巾缠在脸上，遮住了口鼻，在她看来，这里的空气似乎不太纯净。她从裤袋里摸出一枚金属小器械（彼得认为那是武器），朝车子按了两下。引擎熄灭，后备厢突然打开。

引擎噪声消散后，绿洲居住地的声响很快传入空气之中。流水不知从何处缓缓流出，时不时还传来几声叮当或一阵闷响，默示着锅碗瓢盆的生活。

远处的阵阵咯吱声，可能是小鸟或是小孩子或是机器发出来的。近处，几声嗡嗡低语从建筑楼房里冒出,又慢慢弥漫在空气里。这个地方看似荒凉,却不是空城一座。

"那么,要跟他们打招呼吗?"彼得问。

"他们知道我们在这儿,"格兰杰说,"这也是他们藏起来的原因。"围巾的包裹下,她的声音听着有些急促。她将双手交叉放在胸前,这时,彼得发现她的腋窝下印出了一小摊汗迹。

"你来这儿几次了?"他问。

"好多次。我给他们带一些补给药。"

"瞎说的吧。"

"我是个药剂师。"

"我怎么就不知道呢?"

她叹了口气,"看来第一次见面的时候,我只是一个人在对牛弹琴啊。你一个字眼都没听进去,不是吗?为你准备的欢迎词,还有教你如何从药房取药的话。"

"抱歉,当时我的脑袋肯定一团糟。"

"跃迁运动后,有些人确实会出现这种症状。"

"你说的是懦夫吧,啊?"

"我可没这么说。"格兰杰拥紧上臂,把自己抱得更紧了,"好了,我们赶紧去办正事儿吧。"她没有朝着他说话,只是紧紧地盯着漆有白色星星的建筑。

"我们遇上麻烦了吗?"

"我想应该没有。"

彼得背靠在车子防护杠上,开始仔细研究起他眼前的居住地来。这些建筑虽为矩形,却看不到任何硬边的痕迹:每块砖都是一个抛光菱形,一个琥珀玻璃块。灰泥里也见不得几颗沙砾。它就好像一个密闭的塑料容器,里边没有任何硬角,既不尖锐,也没有波纹。这种建筑审美似乎是对儿童玩乐场所的礼敬。这些建筑并没有散发出多少稚嫩与愚昧的气息:它们有各自的尊严所在,它们如岩石般坚固,而那温暖的色泽是多么……好吧……温暖。但是彼得认为,就整体而言这些建筑并不迷人。如果上帝赐予他在这里修建一座教堂的机会,那么这座教堂风格迥异,必须鹤立于这些低矮建筑群之中。至少它必须……对了,就是这么回事:他终于知道这个地方死气沉沉的原因所在了。这里没有延伸至天堂的图景。没有塔,没有角楼,没有旗杆,甚至没有三角形房顶。喔,必须有尖塔!

教堂尖塔的幻景久久缠绕在彼得的脑海之中,挥之不去。他甚至都没觉察到,靠他最近的门廊上有一道珠帘在晃动。就在他沉醉于尖塔幻景的时候,一道身影走出了帘子,来到格兰杰面前。他觉得,事情来得有些突然,这种与绿洲人的初遇没有一点戏剧色彩。它本该发生在圆形竞技场里或长长的楼梯顶端,时而还带着点庄严的仪式感。然而,这次初遇早已开始,而彼得却还没反应过来。

这个生物——这个人——直直地站在那儿,并不高,看起来只有5.3英尺,或者5.4英尺(要是用英制单位——英寸、英里——来衡量,难免有点滑稽可笑)。不管怎么说,他/她就是一副瘦小而弱不禁风的样子,娇小的骨架,窄窄的双肩,还有一脸的谦卑——根本不像彼得所预想的那种令人闻风丧胆的身形。他/她头顶风帽,身披一件浴巾似的蓝布长袍,袍底正轻拭着脚上的皮靴。他/她的胸部没有隆起,彼得觉得这是一个不错的判断依据,更何况他早就厌倦了重复"他/她"的这种奇怪称谓,因此彼得决定把这一生物划入男性的行列。

"你好。"格兰杰说着,伸出了她的手。

那个绿洲人也伸出手,却没有直接与格兰杰相握,他戴着五指手套,用指尖轻轻触碰着格兰杰的手腕。

"你,这里,现在……"他说,"惊喜。"他的声音很轻,却十分刺耳,其间还夹带几声气喘。惊喜里的两个"s[①]"从他口中吐出后,便成了类似熟透的水果掰成两半时所发出的"嘶嘶"声。

"希望是个不错的惊喜。"格兰杰说。

"我也这么想。"

绿洲人看向彼得。他微微仰起脑袋,好让阴影从兜帽中褪去。既然绿洲人有熟悉的身形和五指手掌,那么他们的脸和人脸应该八九不离十才对。但

---

① 此处的字母"s"出现在上文"surprise"中,绿洲人在发"s"音时与地球人不同,其声音如同水果裂开时的"嘶嘶"声。以下绿洲人的话语中凡涉及字母"s""t"的单词,其发音均与正常英语发音有所偏差,作者在文中以非英语字母加以凸显;而由于英汉构字的差异性,译者在这方面难以如实翻译,望谅解。

此时站在绿洲人跟前,彼得却看到了一张截然不同的脸,他畏缩了。

这张脸根本称不上是一张脸,倒像是一个硕大的白里透粉的核桃仁。哦不,它更像是裹着两个胎儿的胎盘——也许是三个月大的孪生子,脑袋光秃秃的,紧闭着眼睛——它们头挨着头,膝对着膝。可以说,两个相互结合的大脑袋,成了绿洲人分裂的前额;两个左右隆起的细小背脊,成了绿洲人的脸颊;那些相互交叠缠绕的手脚——彼得看不太清楚——也许成了绿洲人的嘴巴、鼻子和眼睛。

当然,根本不存在什么胎儿:脸就是脸,一张绿洲人的脸,仅此而已。彼得仔细打量着这张脸,但就是捉摸不透,他只能将它与自己所知的东西做个比较。他只能把它看成是栖坐在某人肩膀上、身上半裹着风帽的一对怪婴。如果不这样想的话,他很可能会在那个心悸的时刻直愣愣地盯着这张脸发呆,那时震惊感会渐渐消散,眩晕感则逐步攀升。

"你和我,"绿洲人说,"以前从没有。"他说话时,脸上那条垂直的裂缝在轻轻蠕动,就像孪生胎儿摩挲着膝盖。彼得微笑着,却说不出话来。

"他想说他以前没见过你,"格兰杰说,"其实,他只是在跟你打招呼。"

"啊,你好。"彼得说,"我叫彼得。"

绿洲人点了点头。"你叫彼得,我记住了。"他转向格兰杰,说道:"带药品了吗?"

"不多。"

"有多少?"

"跟我来。"格兰杰说。她绕到车后,升起后备厢,在厢里的一堆杂物中——水瓶、厕纸、帆布包、工具和防水布——翻出一个和学生午餐盒差不多大小的塑料桶。绿洲人站在旁边看着,但彼得还是不知道那张脸上哪块儿才是它的眼睛。他的眼睛,抱歉。

"我只能拿到这些,"格兰杰说,"今天不是正式的供给日,明白?我们来这里另有原因。但我不喜欢空手而来,所以这……"她把塑料桶递给他,"是额外的馈赠,是一份礼物。"

"我们有些失望,"绿洲人说,"但同时,我们对你也心存感激。"

双方暂时都安静了下来。绿洲人手捧塑料桶,格兰杰和彼得则在旁边看着他。一束阳光透过大气照在舱顶,车子顿时白光粼粼。

"那么……哦……过得怎样？"格兰杰问，眼睫毛和脸颊上的几滴汗珠正闪着光。

"我自己？"绿洲人反问道，"还是我们所有人？"他指向背后的居民。

"你们所有人。"

绿洲人思虑良久，最后说道："还好。"

又安静了一会儿。

"今天有谁要出来吗？"格兰杰问，"我是说，出来见我们？"

绿洲人再度陷入沉思，仿佛这个问题太过复杂。

"没有，"他说，"就我一人，今天。"他庄重地指了指格兰杰和彼得，又点了点头。这一次来了两位客人，却只有他一个人前来迎接，人数有些失衡，接待也未免寒碜。也许，他想就此事对格兰杰和彼得表达歉意。

"彼得是USIC的贵客，"格兰杰说，"他是……他是一名基督传教士。他想……哦……和你们一起生活。"她瞥了彼得一眼，以确认自己没有说错话。

"是的，如果我有权这么做的话。"彼得爽快地说。绿洲人脸上那条裂缝的中央，有一个形如蘑菇的东西在闪闪发亮。彼得断定这是绿洲人的眼睛，于是他直直地看向它，想透过眼神向绿洲人示好。"我跟你说个好消息，前所未有的好消息。"

绿洲人一下子竖起了头。两个胎儿——不，不是胎儿，请称之为眉毛和两颊——一片潮红。皮肤底下，蛛网般交错纵横的毛细血管顿时依稀可见。这时，他的声音夹带着更多更厚重的喘息声，"福音书？"

话音在空中悬停数秒后，才渐渐传入彼得耳中。他有点不敢相信自己的耳朵，但眼前之景却由不得他不信：绿洲人正微合手掌，做出尖塔的形状。

"对极了！"彼得欣喜若狂，不禁喊道，"赞美耶稣！"

绿洲人再次转向格兰杰，那只提着塑料桶的手颤抖不已。"我们等了好久好久，终于等来了这个人，彼得。"他说，"谢谢你，格兰杰。"话音刚落，他便急匆匆跨入门廊，在他身后，一串串水晶珠帘在轻轻摆动。

"真见鬼了，"格兰杰松了松围巾，又用它揩去一脸热汗，"他从来没直呼过我的名字。"

他俩在原地等了20分钟左右。太阳正冉冉升起，地平线上露出的橘红色火球,宛若一团硕大的岩浆泡沫。建筑外的墙壁染上了一层金光,仿佛每块砖里都藏着一盏灯。

绿洲人终于回来了,他手里仍旧提着那个塑料桶,只是现在桶里已空无一物。他将桶小心翼翼地递与格兰杰,直到格兰杰稳稳地抓住桶柄他才肯松手。

"药都拿走了,"他说,"请接受我们的感谢。"

"就是少了些,很抱歉,"格兰杰说,"下次我会多带些药的。"

绿洲人点点头,"我们遵行神的旨意。"

格兰杰感到有些不自在,她走到车后头,把桶放进了尾箱。这时,绿洲人走近彼得,两人四目相对。

"书,你有吗?"

"什么书?"

"《异境之书》。"

彼得眨眨眼,又调了调自己的呼吸。这时,一股甜甜的气味从绿洲人身上散发出来:不是烂果子的甜臭味,而是新鲜瓜果的香甜气味。

"你说的是《圣经》?"他问。

"它的名字,我们从不敢说,这是禁忌。火焰给予温暖……"他敞开双臂,仿佛在模仿一个在火堆前取暖,却因靠得太近而浴火自焚的人。

"你说的可是上帝之言?"彼得问,"福音书?"

"福音书。耶稣传教之道。"

彼得点点头。但过了好几秒,他才搞清楚绿洲人说的话,尤其是"福音书"后面的两个字眼①。

"耶稣。"他带着几分惊奇回应道。

绿洲人伸出一只手,戴着手套的指尖轻轻触碰着彼得的脸颊。

"为你的到来,我们感谢耶稣。"他说。

格兰杰这时显然插不上话。彼得环顾四周,看到她正倚在车身后,装出研究小器械的样子。就在他回过身的那一刹那,他突然感受到了格兰杰的窘

---

① 绿洲人说的话里,"福音书"后二字即为"耶稣",英文为"Jesus"。前文已交代过,绿洲人在发"t""s"音时不同于地球人,因此彼得花上一段时间去理解"Jesus"也就说得通了。

迫与孤独。

"这本书？你有这本书吗？"绿洲人重复道。

"呃……现在没带在身上。"彼得不禁自责起来，因为他把《圣经》落在了基地。"不过，我有这本书，当然有！"

绿洲人高兴地鼓了鼓掌，又好像是在祈祷，"天赐福音，喜悦的日子。早点回来，彼得，哦，早点，尽量早点。为我们诵读《异境之书》，读呀读，直到我们领会耶稣的意旨。我们会给你……给你……作为报答。"绿洲人在颤抖中找寻着合适的字眼，随后，他敞开双臂，似乎要将太阳底下的一切都献给彼得。

"会的，"彼得将一只手搭在绿洲人肩上，说道，"我会尽早回来的。"

绿洲人的眉毛——也就是胎儿的头——稍稍鼓起。彼得觉得，这是神秘绿洲人的一抹笑意。

亲爱的彼得：碧翠丝写道。

我爱你，也希望你一切安好。但在这封信的开头，我必须先告诉你一些坏消息。

这就好像一个人欣欣然奔向敞开的大门，却迎面撞上一面透明的玻璃。返程途中，彼得始终漂浮在兴奋的湖泊之中，但还好没透过车顶漂出车外去。亲爱的碧……赞美上帝……我们渴求一次休憩，上帝应许了……一回房，彼得便在脑海中闪出好几种回信的开头。他的手指以近乎疯狂的速度沉稳地敲击着键盘，空格乃至错别字都承载着他的喜悦。

马尔代夫的一场悲剧。正值旅游旺季，一场海啸席卷而来。海滩上黑压压一片，约有三十来万人。不，曾经有三十来万人。大灾难发生后，媒体通常会报道死伤人数，这你知道的吧？但这一次，他们只谈论还剩下多少幸存者。海滩上横尸遍野。你从新闻播报中看到画面，却无法感受那里的悲伤。那些性情怪异、怀揣家庭秘密、头戴假发的人，他们统统衣不遮体，远看就像一大块生肉，绵延数里。

马尔代夫有（曾经有）许多小岛，但多数都洪水泛滥，于是，政府多年来将人们重新安置在最大最安全的岛礁上。一伙拍摄小型珊瑚岛岛民生活的纪录片团队那时候恰巧经过，他们的相机录下了海啸来袭时的场面。我在手机上看过一些片段，实在无法相信自己的眼睛。前一秒，一位美国新闻主播还在讨论番木瓜树丛；而后一秒，一丛丛水柱伴着片片水花铺天盖地而来。一些美国人、几个游客、几个岛民在救援队的帮助下获救，当然，还有相机。听起来多么可笑。但他们尽力了。

教堂想着该如何施以援手，总不可能把人派到受灾地吧。我们对此无能为力。多数岛民在海啸中丧生，大海上只剩下几片隆起的沙墩。甚至是最大的岛屿也不可能恢复原貌。淡水不再纯净，楼房倒塌，满目疮痍。那里没地儿安全登陆，没地儿搭建医院，没地儿掩埋尸体。一摊石油像死鱼一样在海面上漂浮，直升机如海鸟一般在上空盘旋，发出一阵刺耳的轰鸣。这时候，我们只能为马尔代夫人的家人祈福。也许到最后，他们就成了难民。

请原谅我以这种方式开头。你可以想象，我的脑袋和心脏是多么沉重。但即使是这样，我还是时刻牵挂着你。

彼得靠在椅背上，抬头看向天花板。电灯还亮着，但在耀眼的阳光下未免有些多余。房里的空调仍在运转，衣服里的潮气渐渐冰冷，他随即打了个冷战。他为马尔代夫的遇难者感到悲伤，然而令他羞愧的是，这悲伤里又夹杂了几分自我悲痛的成分：自他和碧翠丝确立关系起，这是他们第一个没有一同度过的经历。过去，无论是停电、失意友人的深夜来访，睡觉时窗架处的咯吱声响还是做爱，他们都是一起完成、一同度过的。

我想你，碧翠丝写道。如果你在我身旁，我就不会像现在这样悲伤。跟我说说你的工作吧。难吗？你要记住，车到山前必有路。那些声称不想或不需要上帝帮助的人，却是最想或最需要上帝帮助的。

约书亚还是很顽皮。我在想，要不要在它晚上喝的牛奶里掺点药粉儿①，或者在它凌晨4点钟叫醒我的时候给它当头一棒。或者我应该按照你的尺寸做个假人躺在我身边，这样就能骗骗约书亚。可是，却骗不了我。

我从USIC那里收到一则讯息，说你过得很好。他们怎么知道你过得好不好？我猜他们想说的是，你至少没有人间蒸发。讯息发自亚历克斯·格兰

---

① 原文为"Mickey Finn"，蒙汗药、麻醉药的俗称。

杰。你见过他吗？告诉他别再写"联络"二字。或许还有其他更简洁的拼写方法呢？烦人，好烦人。我每一天都如坐针毡，坐卧难安，真的。（就好像病房里出现一位刚从精神病院转来的新患者，她的病情复杂棘手，我想每位医生都巴不得摆脱她吧。）不管怎样，我真想找个人泄愤一下，三分钟就够了。当然，我不会这么做。即使约书亚在午夜时分把我吵醒，我也会对它和和气气的。

我非常想你，真的。多希望在你怀里躺上几分钟（或许一小时）。今天晴空万里，天气好多了，但我却有些闷闷不乐。早上去了趟超市，想买点安慰食品（慕斯巧克力、提拉米苏蛋糕，这些甜食你应该都知道），谁料一大群人和我有着同样的想法，于是，我想买的东西——售罄了，货架也空了出来。最后只买到几个裹着劣质奶油的瑞士卷。

脑子里想着马尔代夫惨象，嘴里却吃着甜食。西方圣土上，我们何其幸运……看了国外横尸遍野的视频片段后，我们优哉游哉地走进超市，寻找我们最爱的美食。当然，我口中的"我们"不包括你。你离这些事情很遥远，离我也很遥远。

请无视这一番唠叨，明天我就会好起来的。告诉我你过得怎样。我以你为豪。

吻你，拥抱你（我渴望！）
碧翠丝
另外：你想养只猫吗？

亲爱的碧：他回信道。

实在不知道该说些什么。马尔代夫的遭遇太过可怕了。这样一种悲剧，如你所说，根本无法设想。我会为这些灾民祈祷的。

这些话看似简短，却花去了他大半的时间，在每句话上，他都斟酌了三五秒之久。为了摆脱这个沉痛的话题，转而谈及自己的开心事，他绞尽脑汁想找出一句合适的过渡语，却一无所获。

我和绿洲原住民见了一面，他接着写道，相信碧能理解他说的每一句话。和我预想的恰恰相反，他们渴求基督，也了解圣经，但当时我没把《圣经》带在身上——这给了我一次教训：去哪儿都得随身携带《圣经》！真不明白那次为什么把它落下了。原以为首次访问只是一次纯粹的实地勘察，原住民也不会有什么反应。但正如耶稣在《约翰福音》第四章中所说："你们不是说，到收割的时候，还有四个月吗？我告诉你们，举目向田观看，庄稼已经熟了，可以收割了！"

移民地和我想的完全不同。这里看不到工业迹象，也不通电，简直就是中世纪的中东（当然有着不同的建筑）。它扎根在一处荒无人烟的地方，离USIC基地很远很远。我是不会经常来这儿的，更别说住在这儿了。但我又不得不和绿洲人住在一块，而且越早越好。我甚至都没想过这件事是否可行。（是的，我知道……真的需要你在我身边。但上帝知道，我在那方面多么无能。）我必须相信（这种信任并非空穴来风），所有事情终会尘埃落定。

绿洲人——假设我遇到的是个典型的绿洲人——中等身高，他们的脑袋就是一堆随意堆砌的垃圾山，几乎无法用言语形容，你跟他们交谈时，甚至不知道该看向何处；除此之外，他们简直就是地球人的复制品。他们讲英语时口音很重，至少我遇到的那个是这样的，或许只有他会讲点英语吧。我过去曾猜想，自己需要花上个把月的时间学习新的语言，而在见到绿洲人之后，这一猜想得到了证实。我感到上帝早已在这里播撒了他的圣光，这也是我从未料想过的。

总之，我将会尽早回到绿洲上去。我本来想说"明天"，但是地球一天相当于这儿数"天"，所以"明天"用在这儿就不太妥当了。在这个问题上，USIC其他员工肯定有更准确的表达，我得去问问看。如果还记得的话，我会在开车的时候问问格兰杰的。你能想象我现在有多激动吗？我日夜盼望着回到居住地，回到这些绿洲人当中，好去满足他们对福音书的渴求。

何其荣幸啊……

"何其荣幸啊，为上帝服务"才写到一半，他就停了下来。他想起了马尔代夫，或者更确切地说，他意识到在这火一般的热情里，自己早已将马尔代夫一事抛诸脑后。碧翠丝焦虑的心境——她很少这个样子！——与他洋溢的热情格格不入，就好像一首葬礼上的挽歌被嘉年华的雀跃欢呼所打断一样。再一次阅读回信的开头，他发现自己对碧翠丝有些敷衍了事。换作平时,他就会搂着她,手臂靠在她的后背上,脸颊埋在她的发丛里,这足以说明一切。但现在,这些文字是他仅有的一切。

他准备一一记下自己对马尔代夫悲剧的想法,但这些想法过于贫瘠,甚至无关乎马尔代夫本身。他多数时候感到很悲哀——甚至是失望——他想要碧翠丝开心顺利,生活一如往日,想着与她分享绿洲上的奇闻轶事,可就在这时,马尔代夫悲剧在她心里烙下了深深的创伤。

他的肚子咕咕直叫。驱车返回基地的时候,他和格兰杰只吃了点干透了的提子面包渣,("一片五美元。"她可怜兮兮地说。至于谁付账,彼得从未过问。)之后就再没进食过。绿洲人对彼得怀有强烈好感的事儿,他俩也不曾谈起,似乎双方早早协定过一样。回到基地后,格兰杰向彼得介绍了有关洗衣、电器、车辆使用、进餐礼仪的各种例行程序。她很恼火,坚持认为在彼得下飞船的时候,自己已经就这些事跟他简单交代过。所谓事不过三,彼得要是再忘了,就真没辙了。

彼得站起身走向窗户,从房间向外望去,一轮鹅黄的太阳(比地球上看到的太阳大上四五圈)正挂在天上,在它的照耀下,灰褐色停机楼渐渐染上一层金边。昨夜大雨冲刷后留下的几汪水洼,这时候也慢慢蒸发开来。蒸汽从地上袅袅升起,仿佛几道稀薄的烟圈,绕过屋顶后便消失不见了。

他的房间冷飕飕的,应该是空调温度调得太低了。靠近窗台,把身子贴在窗玻璃上,他甚至可以感受到一股暖流,它透过玻璃,透过衣袖,渐渐渗入皮肤之中。他得去问问格兰杰调节空调的事,毕竟在这一方面她没有交代过。

回到信纸上,他写下为上帝服务后,又另起了一行。

上帝赐我喜乐,但我心里仍不免升起一抹悲凉,因为这个时候,我没能搂着你,安抚你受伤的心。你我二人已分离数日之久,但直到今天我才意识到这一点。来这儿之前,我难道就不能先去曼彻斯特或是卡迪夫执行些小任务来历练历练吗?

你会和我一样,觉得绿洲美丽动人的。在这里,太阳又大又黄;空气在你身旁飞旋,有时还会偷偷溜进你的袖口,这听起来有点怪,但你会慢慢适应的;这里的水是绿色的,撒出来的尿又是橙色的。我是不是个兜售地皮的行家里手?参加这项任务之前,我早该去报个小说写作班,早该在去USIC前说出"要么一起去，要么就不去"的话。

如果我们把USIC的人捆绑起来，或许约书亚也可以一起去了。就是不知道它在跃迁房里怎么进食，或许会把它转移到一个毛茸茸的温房里吧。

这些玩笑话，我想，和你那巧克力瑞士卷的玩笑不相上下吧。

亲爱的，我爱你。保重。记住你经常跟我说的话：别为难自己，别让丑恶遮蔽了美好。我会和你一起，为马尔代夫死者的家属祈祷。你也和我一起，为这块移民地上的人祈祷吧，你可知道，他们是多么向往耶稣指引下的新生活啊。哦，还有：有个来自奥斯卡卢萨名叫科雷塔的小女孩，她的爸爸刚刚去世，妈妈又成天酗酒。为她祈祷吧，如果你还记得的话。

爱你，
彼得

他通读了这封回信，没有再做任何修改。就在下一秒，由于饥饿疲乏过度，他的头一阵眩晕。他按下一颗按钮，几分钟内，回信里的793个字悬浮开来，像小精灵般颤颤巍巍，不知所措。他知道，发射器常常出现这种情况。每一次的讯息处理总会让你提心吊胆，生怕会出现"发送失败"的字样，随后，文字消失，屏幕刷白。不过这次屏幕上方自动生成了的标语是：批准，发送成功。

8. 深吸一口气，然后数到一百万

白天，一切都变了样。黑暗笼罩下那个阴森冷寂的USIC食堂，现在却成了一处热闹嘈杂的蜂房。一场欢乐聚会。阳光透过建筑楼东侧的着色玻璃墙涌入食堂，这时，咖啡机成了流光溢彩的雕塑，铝制餐椅成了闪闪发亮的金属，杂志架成了金字塔，一颗颗人头成了一盏盏白炽灯泡。彼得不禁把手挡在了脸上。大堂内聚集着三四十个人，他们有的在吃饭，有的在闲聊，有的在咖啡吧台续杯，有的正懒洋洋地躺在摇椅里，有的正坐在餐桌旁指手画脚，还有的正扯破嗓子，一较高低。多数人和彼得一样，穿着一身洁白的制服,但他们的前胸处却没有①黑色十字架。大堂内还出现了几张黑面孔,其中包括BG。彼得进来的时候,BG并没有仰起头,那时候,他正和一位一脸屠夫相的白人女性调情。

彼得扎进了人堆里。扩音器里不断发出的管弦声乐,被人群里的嘈杂喧闹一一遮盖;是佩西·克莱恩的纪录唱片,还是一首电子迪斯科,还是一段古典音乐,彼得听不清,这只是喧闹中的另一个声音吧。

"你好,牧师!"

是那位给他递蓝莓松饼的黑人。他坐在昨晚同一个位置上,只是换了个聊伴,一位肥嘟嘟的白人。实际上,他俩都很肥:恰好是一样的体重,相似的体征。这类巧合无疑告诉我们,人类肤色有别,却是同一物种。

"你好。"彼得回道,顺势拉出一张餐椅坐了下来。他俩瞥了瞥彼得前胸的墨迹,发现那是一个十字架而不是什么他们可以评头品足的东西后,便回过头来。

"近来如何,兄弟?"黑人伸出手与彼得相握。数学公式写满他的衬衫袖子,一直到肘部。

"很好。"彼得说。直到现在,他才知道黑皮肤的人没有选择的权利。对于这串烙印在皮肤上的数字,他们只能唯唯诺诺地接受。在这里,你的种族观每天都会得到刷新。

"吃过了吗?"黑人刚刚吃完一盘褐色泥状的东西,现在正喝着一大杯咖啡。他的朋友向彼得点头问好后,在三明治旁摊开了一张濡湿的餐巾。

"没有,另一半蓝莓松饼还没消化好呢。"彼得眨了眨疲乏的双眼。"其实,也不是没吃过,那之后我又吃了点提子面包。"

"别吃提子面包了,那是NRC②。"

"NRC?"彼得搜索着脑海里的首字母缩略词词库,"少儿不宜?"

"不是真的可乐。"

"听不明白。"

"'基地生产物,非地球之物',我们喜欢这么说,谁知道它里面是

---

① 原文为法语词"sans",相当于英文词"without",即没有。

② NRC,为Not Real Coke的缩略词,根据下文的描述,译为"基地生产物,非地球之物"。

不是掺了环烷烃、环己基二辛酸或其他鬼东西呢。"黑人笑了笑，但看着又有些认真。一个个多音节化学术语从他的嘴里蹿出，就像说脏话一样轻松自如。彼得再次意识到，这里的每个人都有着过人之处，都有前往绿洲的价值所在。每一个人，除了他。

黑人大声地啜饮着杯中的咖啡。

彼得问："你从没吃过基地生产物以外的东西？"

"肉体是人的神殿，牧师，你得让它保持圣洁。《圣经》里是这么说的。"

"《圣经》里说的东西可多了，穆尼。"他的同伴说完后，咬了一口三明治，灰色酱汁滴漏了下来。彼得看向房间另一边的BG。白人女性一声大笑，差点笑弯了腰。为了保持平衡，她把一只手放在BG的膝盖上。管弦声乐穿过嘈杂的人群，爬进了彼得的耳窝。这是一段20世纪中叶的百老汇歌曲合唱，每次听到这类歌曲，彼得总会联想起地方慈善商店或是孤独老人收藏的唱片。

"三明治味道如何？"他问道，"看起来挺不错的。"

"嗯。"胖嘟嘟的白人直点头，"很棒。"

"里面夹了什么？"

"白花。"

"除了面包……"

"白花，牧师。不是白色面粉①。白花。烤白花。"

穆尼忙赶来救场，"我的朋友卢索斯说的是一种花。"他合掌，微启，那肥大的手指摆出了一朵鲜花的形状。"长在基地里的花。唯一一样长在基地里的……"

"尝起来就像一块美味的熏牛肉。"卢索斯说。

"味道不唯一，"穆尼说，"这要看你放的什么佐料。你甚至可以用它做成任何食物，鸡肉啊，软糖啊，牛排啊，香蕉啊，甜玉米啊，还有蘑菇。添点水，就成汤。把汤煮浓，就成果冻。磨碎后再拿出来烘焙，就成面包。万能的食物啊。"

---

① 白色面粉white flour和白花white flower的英文发音相同，因此牧师在询问时产生了误解。

"这一通叫卖可了不得，"彼得说，"那些不想吃的人也会争着要呢。"

"他自己也吃，"卢索斯说，"他最爱香蕉油煎饼！"

"它们吃起来没什么问题，"穆尼吸了口气，"但我还是吃不太习惯，可能我自己还是偏好实实在在的食物。"

"开销不大吗，"彼得问，"如果你只吃或只喝……哦……进口食品的话？"

"那是肯定的，牧师。如果我以目前的速度喝真正的可乐，我估摸会欠USIC5万美元。"

"可不是，"卢索斯附和道，"还有奶油夹心蛋糕呢。"

"就是！就连奶油夹心蛋糕，甚至是好时巧克力，这些骗子都在漫天要价。跟你说，要不是我人好心善……"

穆尼把空盘子推向彼得。

"要是我没吃完的话，倒可以给你看点东西，"他说，"香草冰激凌和巧克力酱。香草香精和巧克力都是进口的，酱汁可能掺和着白花，但是冰激凌……冰激凌纯粹就是食用昆虫做的，明白吗？"

彼得想了一会儿，"不，穆尼，我听不明白。"

"虫子，兄弟。蛴螬①啊。你大叫，我大叫，我们一起大叫②……为了这堆捣烂的蛴螬。"

"真有趣。"卢索斯咕哝一声，又继续嚼起那份三明治来，只是没有刚才那么津津有味了。

"他们还用——你能相信吗？——用蛆虫做美味的米糕。"

卢索斯放下三明治，"穆尼，我当你是哥们儿，也很喜欢你，可是……"

"这些蛆虫又不脏，你是知道的，"穆尼解释道，"它们是特别饲养的，干净又新鲜。"

卢索斯已经咽不下去了，"穆尼，快闭嘴。有些东西还是不知道的好。"

---

① 金龟子的幼虫，长寸许，乳白色，居于土中，以植物根茎为食。

② 大叫scream发音与冰激凌ice cream类似，作者此处使用谐音，在讽刺之时不失幽默。译文亦可处理成"你要冰激凌，我要冰激凌，我们都要这堆捣烂的蛴螬做成的冰激凌"。

争吵声传到了厅堂另一端，BG突然抬起头看了过来。

"你好，彼得！近来如何？"BG身旁的白人女性早就不见了。

"很好。你呢，BG？"

"好极了，兄弟，好极了！现在，我们的太阳能电池板转化的电能是我们平时消耗的2.5倍。我们正准备将多余电能输送到其他智能系统中。"他朝食堂外的远处望去，彼得也随着BG的视线朝外看。"看到外边那栋新建筑了吗？"

"那些不都是新建筑吗，BG？"

"也是。可我说的那栋真的很新。"BG一脸沉静，却掩饰不住内心的自豪，"有空的话，你可以出去看看。我们的新型雨水收集器，一件美丽的工程之作。"

"俗称'大胸罩'。"卢索斯插了一句，随后用面包皮擦去桌上的酱汁。

"嘿，我们又不想赢什么建筑奖，"BG咧嘴笑了笑，"只是想用它来收集雨水。"

"对了，"彼得说，"既然你说到雨水，我倒想问问：天上有雨……可地上怎么就见不到江河湖泊，甚至连个小水塘的影子都没有呢？"

"这儿的土地就像一块海绵，渗进去的东西是收不回来的，何况大部分雨水会在5分钟内蒸发殆尽。雨水下降的同时也在蒸发，这你是看不到的。隐形的蒸发。很矛盾，对吧？"

"确实。"彼得说。

"不管怎样，我们会在雨水消失之前将它们捕获，这就是我们团队正在研究的东西。真空网，流水集中器，大大的玩具。你呢，兄弟？给自己建了座教堂了吗？"BG轻声询问，好像教堂是那种可以征用的工具或其他补给品似的——仔细想想，也确实是这么回事。

"还没呢，BG，"彼得说，"但你要知道，教堂从来不是什么实体建筑，它由人心和信仰堆积而成。"

"小成本建筑。"卢索斯嗤笑着。

"放尊重点，混蛋。"穆尼说。

"BG，"彼得说，"说实话，我有点震惊——'惊喜'，这个字眼或许更恰当些。昨晚……呃……今早……今天早些时候，格兰杰带我去了绿洲居住地……"

"去了哪里,兄弟?"

"绿洲居住地。"

三个人随即哈哈大笑,"你说的是畸人小镇。"卢索斯破口而出。

"C-2,"BG突然严肃起来,"我们把它叫作C-2。"

"好了好了,"彼得继续说,"我想说的是,那儿的人都十分欢迎我,奇怪吧?他们都渴望听到上帝的声音。"

"难道就像对生理需求那样难以抗拒?"BG说。

"他们早就知道圣经了!"

"这需要庆祝一下,兄弟,我请你喝一杯。"

"我不喝酒,BG。"

BG的眉毛向上扬起,"我说的是咖啡,兄弟。如果想喝酒,你可得赶紧建一座自己的教堂。"

"什么意思?"

"募捐,兄弟。大量的募捐。因为一杯酒要花上你好多好多钱。"

BG抛下彼得,缓缓走向咖啡台。那俩胖子一同举起塑料马克杯喝了起来。

"坐在行进的车子里数小时却对途中的风景漠不关心,甚至对风景中最醒目的事物毫无察觉,这是有多离奇?"彼得边想边说,"从天而降的雨水,没有汇入湖泊或水池……我在想,绿洲人是怎么解决这个问题的。"

"这还用想吗?"卢索斯说,"这地方一天降一次雨,他们需要水的时候就去接。就像是,水龙头。"他高举塑料杯,仿佛杯子上方就是天空。

"实际上,"穆尼说,"如果大地没有吸走雨水,麻烦就大了。想象一下洪水,兄弟。"

"噢!"彼得忽然记起了什么,"你听说马尔代夫之灾了吗?"

"马尔代夫?"卢索斯警觉了起来,觉得彼得就要开始他的福音布道了。

"马尔代夫,印度洋上的一群岛屿,"彼得说,"在一场海啸洗劫后荡然无存,那儿的居民几乎无人生还。"

"没听过。"穆尼显得无动于衷,似乎彼得讲的东西超出了他的认知范围。

"荡然无存?"卢索斯说,"真是糟糕。"

BG回到餐桌旁,一手一杯热气腾腾的咖啡。

"谢谢。"彼得接过咖啡。杯壁上,印着一则笑话:在这儿工作,可以没有人性,但有人性更好。BG开始说其他的事。"嘿,我才发现,"彼得说,"这些杯子是真真正正的塑料啊。我是说,哦……是厚塑料,不是泡沫聚苯乙烯,也不是一次性……"

"我们需要从宇宙另一端运来比一次性杯子还重要的东西,兄弟。"BG说。

"是啊,比如好时巧克力。"穆尼说。

"比如基督教牧师。"BG说,没有一丝嘲讽的味道。

亲爱的碧:一小时后彼得写道。

还没收到你的回信,或许现在给你写第二封信有些仓促,但我还是等不及要告诉你——我和几个USIC的人有过一次最最开阔眼界的交谈。后来得知,我不是第一个被派送到这里的基督教牧师。在我之前,有个叫马蒂·库茨伯格的人。尽管有个犹太名,他仍是一位浸信会教友。他的布道受到绿洲人的欢迎,但就在一年前,他却销声匿迹了。没人知道到底发生了什么。当然有人会开玩笑说他被绿洲人吃了,就像一些老动画片里的传教士,被饥肠辘辘的野人绑起来扔进大锅里烹煮一样。他们不该这样说绿洲人,这明显是种族歧视。不过在我心中,这些人——这些绿洲人——并不危险,至少对我来说是这样的。我只见过一个绿洲人,也知道我的评价有些草率,但你还记得吗,在异他他乡传播上帝福音的时候,我们曾有一种只有赶紧撤退才能保全性命的感觉,但在绿洲上,我却没有这种感觉。

除了吃人的谣传,USIC和绿洲人之间也存在着一种名正言顺的交易关系。他们不是殖民地上的地主与奴隶;他们之间常常进行着正式却低调的物品交换。绿洲人为我们提供基本食物,而就我所知,我们主要为绿洲人提供药品。这儿雨水充沛,但作物种类十分稀少,又考虑到多数药品都是由作物加工制成的,所以止痛药、抗生素等的研发和生产大大受到了限制。或许这只是USIC的邪恶计划——让绿洲人染上药瘾——也未可知?在深入了解这些人之前,我可不能妄下定论。

你现在坐在椅子上了吗?——我怕说出另一个消息会吓着你。绿洲人只想要一件东西(除了药品)——上帝之言。他们一直请求USIC给他们分配一位牧师。请求？——是要求！我听那帮家伙说，绿洲人与USIC继续合作的前提是一位牧师，这是绿洲人明确表示过的。此时，你我不禁会感叹USIC的慷慨，感叹它竟然把这份宝贵的机会让给了我这个普通人……是啊，我在这里没受到任何煎熬，因为，我是这里的核心人物。要是早点知道这些，我肯定会坚持要求他们带你一起来的。但那样的话，USIC很可能不会选我，而会从上百个候选人中选一个不惹事的。（我还是想不明白，为什么是我。但也许真正的问题是，为什么不是？）

很显然，在建造教堂的时候，我的任何要求都会得到应许，一辆车，建筑材料，甚至是劳动力；事情的进展也会比早期基督传教士的传教活动更顺利，更容易。你想想圣·保罗，他忍饥挨饿，挨打受气、遇上海难还受到囚禁……啊，让挫折早点到来吧！（早点）

他停了下来。这是他想说的全部内容了，但他觉得应该再提提马尔代夫的事——是应该，而不是想要，他为自己的这种内心想法感到歉疚。

爱你，

彼得

吐完咖啡后，他觉得舒服多了。他从来就不习惯喝咖啡——毕竟是兴奋剂啊，好几年前他就戒了人工兴奋剂这玩意——但是BG请他喝的那杯咖啡闻起来却美味诱人。或许这咖啡是绿洲花做的，也可能是进口咖啡和绿洲水的混合品，想想就觉得可怕。不管是什么做的，他觉得最好吐个精光。实际上，他有种回魂的感觉，跃迁运动带来的影响终于在此刻消散了。他把嘴伸到水龙头下，喝了满满一口，美味！从现在起，他只喝水。

他的身体重又焕发活力。体内的细胞就像一个个微小海绵在不断膨胀，似乎在向主人赐予的这场甘霖表示谢意。或许就是这么回事。他穿上便鞋，离开了房间。他得出去走走，好熟悉熟悉这些建筑，另外也为自己重拾活力庆贺一番。他在房间里待了太久，现在终于出来了。

他轻松自如地在USIC基地的迷宫里穿行。这个地方和他的房间不大一样，但也不像一个辽阔无垠的大草原。在这里，空荡荡的走廊向外延伸，一条条明亮的隧道从墙上、天花板中或地底穿过，每隔几米，还会出现一扇小门。

每扇门上挂着一块名牌——名字首字母、姓氏，还有个人职业（更大号字体）紧随其后。比如，W.海克，牙科医生；D.罗森，测量师；L.莫罗，工程技师；B.格拉哈姆，离心机工程师；J.穆尼，电力工程师，等等。"工程师"的字眼时常出现，这就好比"师"字时常出现在职业名末尾一样。

门后没有一丝声响，走廊上也寂静无声。显然，USIC员工要么在工作，要么去了餐厅。空空门房里，没有一丝阴森的气息。就是在这么个安宁的地方，彼得却有些心悸。刚出门时，他还想独自一人来这儿探索一番，可现在，他却巴不得马上见到个人影。他加快脚步，绕过一道道弯。而在每个拐角处，又总能看到同样的方形过道和一模一样的小门。在这种地方，你甚至不知道自己是否迷了路。

他冒着冷汗，不由自主回忆起昔日身陷少管所的情景。就在这时，诅咒解除了——转过另一道弯的时候，他几乎和沃纳撞了个满怀。

"喔！怎么这么火急火燎的？"沃纳拍了拍自己肥胖的身体，好确保自己没有受伤。

"抱歉。"彼得说。

"没事吧，你？"

"没事，谢谢关心。"

"那就好，"沃纳点点头，面露亲和之色，却又看不出继续交谈的意向。"保持冷静，兄弟。"是流行语还是警告[①]？很难分辨。

数秒之后，彼得又孤身一人了。他不再感到恐慌。现在他认识到，在陌生建筑里闲逛和身陷囹圄是两码事。沃纳是对的：他需要保持冷静，控制自己。

回到房间，彼得开始祈祷，祈求神的指引。但没有任何回声，至少现在没有。

外星人——绿洲人——曾经恳求他尽早返回居住地。那么……他应该立刻动身吗？走廊上出现的恐惧感表明，他的身体还没完全恢复——他过去很少会这样惊慌失措。而且，他刚不久前才经历过晕眩、呕吐和幻觉。也许他需要继续休息，直到他百分百肯定自己没问题为止。然而，绿洲人正恳求他

[①] 原文stay with it由keep calm and stay（with it）简化而来，即保持冷静，因此此处才会出现"是流行语还是警告"的疑惑。

的回归，USIC不远万里把他带到这儿也不是为了让他躺在床上看自己的脚趾头。他该动身了。他该动身了。

一旦动身，就意味着在接下来几天内，他将和碧翠丝失去联系。那对他俩来说都是一份煎熬。然而，这种事情又是无法避免的；他唯一能做的就是将出发时间稍微延后一点，这样他们就有更多时间互通信件了。

他检查了发射器，仍然没有回信。

早点回来，彼得，哦，早点，尽量早点。为我们诵读《异境之书》。他的耳畔突然响起绿洲人的声音，一种吁喘阵阵、急促如弦的声音，似乎每个字眼都难以从口中吐出一样。它就像是某个破铜烂铁制成的乐器——应该是由西瓜雕刻而出、由橡皮筋连接而成的长号——发出的一阵咩咩声。

且不管世间空空色色：这里有众多灵魂，渴求耶稣的圣光，等待他的归来。（他承诺过）

他曾做出过十分明确的承诺吗？记不起来了。

上帝的声音在他脑海里回响。别把事情看得太复杂，去做你该做的。

感谢上帝，他回应道。可是再等等，让我等一封碧翠丝的回信，可以吗？

疲于等待之际，彼得再次步入走廊。和上次一样，这里仍旧悄无声息，阒无一人。空气中没有任何气味，甚至连地板清洁剂的味道也闻不到，但地板十分干净，不是那种如镜般的光洁，而是没有灰尘。纤尘不染！

他上次不该有那种幽闭恐惧的感觉。这里只有几条过道是封闭的；其他过道上都凿有一扇大窗子，阳光投射进来，驱散了黑暗。他上次怎么就没注意到这些呢？怎么就走进了那几条无窗的过道呢？都是些疯子才会做的事——本能地去选择那些反映他们黑暗面的道路。他过去就喜欢这么做，后来，上帝为他指明了一条更光明的道路。上帝和碧翠丝。

他沿着廊道漫步，再次读起门上的名字。他要把这些名字一一记住，以备不时之需。他还惊异地发现，所有门上都没有配锁，只有一个谁都可以随意推开的把手。

"你莫不是想偷走我的牙膏？"早前彼得谈及这个话题时，卢索斯揶揄道。

"不不，但你应该有些私藏品。"

"那你莫不是想偷走我的鞋子？"

彼得曾偷过别人的鞋子，这时他刚想开口说这事，却一下被穆尼打住了：
"他想要你的松饼，兄弟！看好你的松饼吧！"

彼得无意中看到一扇门的名牌上印着F.卢索斯，操作工程师，随后他继续往前走。数秒后，另一个名字映入眼帘。当他意识到门上的名字时，忽然一个趔趄：M.库茨伯格，牧师。

他怎么会如此惊愕？库茨伯格是失踪了，但是没人说他死了。除非他的命运已昭然若揭，否则没人能重新归置他的房间或是移除他门上的名字。他随时都可能回来。

彼得一时冲动，敲了一下门，没人回应。他更重地敲了一下，还是没人回应。当然，他该继续敲下去，却没有这么做。很快，他推开门走进了房间。这个房间和他的如出一辙，至少设计相同，装饰一致，只是百叶窗微微闭合着。

"有人吗？"他轻轻喊了一声，想看看房里是否还有其他人。他笃定，如果库茨伯格在房里的话，肯定会盛情邀请他进屋。但这种想法却改变不了一个事实：未经邀请便闯入别人家里是不对的。

但这些房间并不是家，不是吗？他思忖着。USIC基地不是任何一个人的家，它只是一个大型工厂。这是为自己开脱吗？也许吧。但是，这是一种直抵心房的直觉，碧翠丝应该也有同感。USIC员工看看有些奇怪，可奇怪在哪儿呢，也许碧翠丝能一一指出来。他们在这儿住了好多年，肝胆相照，情同手足，然而……然而。

他往里走了几步，看不到其他人闯入的痕迹。空气凝滞不动，还带着点霉腐味儿。地板上，积了厚厚一层灰。桌上没有发射器，只有一瓶滤过水（剩下半瓶水，看着还很纯净。）和一只塑料杯。凌乱的床上，一只枕头挂在一边，欲坠不坠的样子。库茨伯格的一件衬衣铺在被子上，它的两袖纷纷上扬，看似投降之状；胳肢窝处褪了色，还染上了霉斑。

然而，房里找不出一份文件：没有日记簿，也没有笔记本。椅子上，放着一本整洁的平装本《圣经》——标准译本修订版。彼得将它打开，迅速翻阅起来。他渐渐发现，库茨伯格不是那种在字里行间画线、在书页边缘加注的人。这只是一本朴实无华的《圣经》，没有任何笔记。布道的时候，彼得有时会讲些笑话或格言，好把道理说得通透易懂。当人们站在教堂里直愣愣地盯着那本破旧的《新约圣经》时，他常常会说的一句格言是：干净的《圣经》,肮脏的信徒;肮脏的《圣经》,干净的信徒。马蒂·库茨伯格显然不会认可这一说法。

彼得拉开衣橱。映入眼帘的是一件亚麻质地的灰蓝色西服外套,旁边还挂着一条白色长裤(膝头沾着灰色污渍)。库茨伯格肩膀狭窄,个头矮小,看着不足一米七。还有两个衣架横放在床上,上边摊着两件相仿的衬衫,衣领上均系着高级丝质领带。衣橱底层,一双皮鞋擦得油光锃亮,一双奶油色袜子霉迹斑斑。

一无所获,彼得叹了口气,准备离开。然而,就在转身之际,他忽然瞥见窗子底下一个仿佛似花瓣的垃圾。再仔细看时,他发现那只是一堆垒在地上的绷带碎屑。库茨伯格曾倚在窗边,向外望去,可谁知道他在看些什么呢。他边往外看,边撕起手中整整一捆的绷带,于是,一片片小碎布像雪花般落在了他的脚上。

逛完库茨伯格的住处后,彼得对继续探索USIC基地没了兴致。可惜啊,他本来可以就这次机会好好记记USIC的布局——格兰杰曾在他初来乍到的时候给他介绍过,后来却被他抛诸脑后;何况,他这一身松弛的肌肉也能在行走中得到锻炼,然而……好吧,说实话,这个地方让他倍感压抑。

他也不明所以。建筑楼内白漆粉墙,宽敞明亮,四面还安着好多窗子。有几条走廊就像是地底隧道,确实如此,但它们也不可能全都朝天而建吧,不是吗?室内放一些盆栽会锦上添花,确实如此,但要是花儿草儿适应不了绿洲的土壤,我们也不能怪罪USIC吧,何况USIC在室内美化上也花了些功夫。走廊的每个连接处,都挂着一张博人一笑的加框海报。彼得看到好几张曾风靡一时的图片:一只愁容满面的猫头朝下吊在枝丫上,标题写着"我去……";一条狗和两只鸭子挤在一个篮子里;毫无头绪的劳雷尔和哈代想一起盖一座房子;大象踩在大球上寻找平衡;罗伯特·克拉姆[①]《继续前进》一画中昂首阔步向前行走的一支队伍。还有从胸口到天花板的大

---

① 美国漫画家和音乐家,1943年出生于费城。他是一个无所不能的人,反主流文化的地下漫画家,专辑封面和演唱会海报艺术家,讽刺作家,出版商等。1990年获哈维特别幽默奖提名,1999年获安古拉姆国家漫画节大奖。*Keep On Truckin'*(《继续前进》)是他的其中一份漫画作品。

型图片,比如:查尔斯·艾伯茨①著名的黑白照片《摩天大楼顶上的午餐时光》。再往前走,还有一张题名为《我们能做到!》②的20世纪40年代宣传画,画中铆工露丝伸出了她肌肉发达的前臂。把它挂在这儿,或许是用以激励员工,也可能只是挖苦而已。有个涂鸦者还在画上用签字笔写下:不用谢,露丝。

彼得发现,建筑和挑战不是这里的唯一主题;还有一些图片与艺术主义至上相关,包括穆哈③和土鲁斯-罗特列克④的几幅经典画作,布拉克⑤或其亲属所做的一幅拼贴画,由一条长长青草地和蓝色河水构成的标有"安德烈亚斯·古尔斯基⑥"字样的大型照片。此外,还有昔日里英俊潇洒的男演员——平·克劳斯贝⑦、鲍勃·霍普⑧、鲁道夫·瓦伦蒂诺⑨的电影海报写

---

① 美国摄影师,他的成名作是 Lunch Atop a Skyscraper(《摩天大楼顶上的午餐时光》),这张举世闻名的黑白照片摄于洛克菲勒广场RCA大楼的施工现场,照片中,11位建筑工人正在曼哈顿街区上空69层摩天楼的在建建筑横梁上惬意地享用午餐。

② 二战期间美国知名宣传画,画中,一个穿着牛仔工装、扎着红色头巾的女性(铆工露丝)撸起袖子露出右臂,展示自己强健有力的臂膀。

③ 捷克艺术家,1889年后,在巴黎工作,以新艺术〔ArtNouveau〕的代表者而知名于世。

④ 法国画家。生于法国阿尔比,逝于马尔罗美城堡,年仅37岁。自幼身有残疾,因而发育不全。法国贵族家庭出身、后印象派画家、近代海报设计与石版画艺术先驱,被人称作"蒙马特尔之魂"。

⑤ 法国画家。与毕加索早期作品属印象派和野兽派。与毕加索合作,直到1914年,共同发起立体主义绘画运动。最早将字母糅合进绘画,将颜料与沙子混合作画和使用拼贴画法。晚年作品包括静物画和风景画,风格渐趋现实主义。

⑥ 德国摄影师,被誉为"当代摄影第一人"。当今世界出售价格最高的单幅影像作品《莱茵河2》正是出自于他之手。

⑦ 美国演员,1901年5月2日出生于华盛顿,在美国艺坛上,他是超级歌星、超级笑星、超级影星三位一体,有14年被连续评选为全美十大明星之一。

⑧ 原名莱斯利·汤斯·霍普,生于英国,美国电影、电视、广播喜剧演员,电台与电视主持人、脱口秀谐星及制作人。

⑨ 美国著名男演员。曾主演过《启示录四骑士》《茶花女》《酋长》《碧血黄沙》等名片,1926年因心脏瓣膜炎在纽约去世。

真。都是些雅俗共赏的图片,它们不会有任何瑕疵,只是,没有一张能揭示普世真理甚或触动人心。

近前有一扇门延伸至室外,彼得朝它走去,想要呼吸点新鲜空气。

他走出门,沐浴在阳光之下。一股潮潮的海风迎面吹来,是"新鲜"空气吗?这还有待争议,但绝不污浊。轻风拂过发梢,抚娑着脖颈;余风钻入袖口,打探着衣服内的秘密。他的迪史达什长袍①只是薄薄的一层布,将他与空气相隔两地。长袍一旦濡湿——这只消几秒钟的时间——就会松松垮垮地搭在身上,这时候,肩上虽有负重之感,其余地方却轻松舒适。衣料薄而生风,编织精细而遮体,质地僵硬却不黏腻——这长袍,是海风里最贴身的衬衣。

他踏着轻快的脚步,走在USIC建筑外墙边的柏油路上,时常还蹿进建筑阴影里乘个凉。风透过便鞋,沁入脚底,脚趾间的热汗还没完全渗出就蒸发了;在空气的摩挲下,小腿和脚踝不再酸痛。在室内体会到的压抑感,现在也已荡然无存。

转过一道弯,他发现自己正站在食堂的一扇窗外,阳光投射在玻璃上,明晃晃的有些刺眼。窗子里,他只约莫看到几张桌椅和一小伙人。他朝里面挥了挥手——万一有人看到他还朝他挥手了呢?他可不想让别人以为自己是个傲慢无礼的家伙。

他略微转过头,想避开这道反射光,却有了意外的发现:一个大露台,坐落在主建筑几百米开外的地方。其顶篷是一张亮黄色的帆布或篷布,它松散地盖在篷架上。彼得曾在这种大露台里主持过一场婚礼;也曾在海边或公园里见到过类似的建筑。它能遮阳,能挡雨,也易拆卸,但眼前这个大露台看着更像是一直固定在那儿一样。篷底下似乎有些动静,他漫步走了过去,想一探究竟。

露台上有四个——不,有五个人在独舞。哦不,可能不是在跳舞:可能是在打太极。

再走近些,彼得看到他们只是在锻炼。这个地方是个户外健身房,这里没有高科技电力跑步机和测功计,只有简单的木质或金属器械,看着像是游

---

① 阿拉伯民族男子的传统服装,一般无领子,飞袖宽腰,长垂及地,穿在身上凉爽舒适,携带方便。

乐场里的玩具。莫罗正在这里骑着动感单车,BG则在一边举着滑轮沙袋,另外还有三个彼得不认识的人。他们五人站在各自的器材前,有的拉伸,有的小跑,有的曲体,有的弯腰,没有一个不汗流浃背。

"哟,彼得!"BG喊道,仍然保持着原有的运动节奏。他那上下托举着沙袋的手臂和彼得的小腿一样粗,上面的一块块肌肉就好像鼓了气的河豚。他穿一条宽松中裤,套一件紧身棉质汗衫,能清晰地看到下面胸肌的形状。

"看着很辛苦呀,BG。"彼得说。

"工作和锻炼对我来说都是一样的。"BG回应道。

莫罗并没有看到彼得。现在的局面看上去有些尴尬——她倚在单车背垫上,双脚悬在空中,只留下一副踏板在空气中不住地转动。她下身穿着白色松紧裤,腰带滑至盆骨;上身套着无袖运动内衣,露出赤裸的肚脐。汗水浸润下的运动内衣,显得有些透明。莫罗有条不紊地大声喘气。这时,BG朝她看了过去。

"上啊,哎哟,上啊。"他大喊。

刚开始,彼得觉得这是句下流的双关语,是床上男女之间的俏皮话。可他又发现,此刻的BG并没有东张西望,他仍旧沉浸在自己的运动中,一脸认真专注的样子。莫罗的一举一动,可能会扰乱他的思绪;但作为一个女人,她在男人心里根本激不起半点波澜。

露台上还有另外一个女人,她肤白如雪,高挑健美,一头稀疏红发扎成马尾辫,紧紧贴在身后。她把身子架在双杠上,两条腿垂落下来,距离地面只有几英寸的样子。她朝彼得笑了笑,好像在说"我得空的时候,再相互作个介绍吧"。

余下两个人看着也很入神。一个站在低矮的旋转基座上,两眼注视双脚,不停地旋转着臀部;另一个则坐在蛛网般垂下来的横梯上,脸颊抵住双膝,双手紧紧扣在脑袋后,双脚牢牢勾在金属横梯上——一个蓄势待发的闭合回路。脑袋向前拉伸时,他背上有一节脊骨似乎蹦了出去,飘在空中。实际上,那是只昆虫。大露台是小昆虫的理想港湾,它们一只两只稀稀拉拉地停在人身上歇息,但多数时候,它们只是在顶篷上默默爬行,乍一看就像大黄布上的小绿斑。

露台上器械繁多,十几个人可以同时在这里锻炼。彼得在想,不加入他们会不会显得不合群。也许他应该挑个健身器械，活络下筋骨，几分钟后再离开——这样就不会让人觉得他来这儿只是走马观花。但他天生不是块运动的料，做了反倒叫人觉着虚伪。更何况他是个新人，来这里勘探下环境也无可非议。

"天气真好。"莫罗说。她止住踏板，停下来稍作休息。

"不只是好，可以说是很美好了。"彼得说。

"的确。"莫罗拿出水瓶，大喝了几口。

一只绿色瓢虫飞过来停在她的乳沟上，宛若一枚小小的胸针。她对此不太在意。

"咖啡渍洗掉了吗？"彼得问。

"咖啡？"她看着他，有些疑惑不解。

"就是上次洒在你身上的咖啡。"

"哦，那事儿啊。"从她的表情上可以看出，她后来一直要事缠身，根本没有在意那点鸡毛蒜皮的小事，"那不是咖啡。"

"白花？"

"菊苣和黑麦的混合提取物。哦是的，还掺了点白花，让它更浓稠些。"

"我什么时候一定得尝尝。"

"是得尝尝。只要别期待它是地球上的什么琼浆玉露，你就不会失望。"

"一条普世哲理。"他说。

她再次茫然地看着彼得，好像他是在胡言乱语。他向她笑了笑，挥挥手之后便走开了。无论尝试多少回，偶遇多少次，有些人注定与你有缘无分，而莫罗就是其中之一。但这又有什么关系呢？面试的时候，USIC就在时刻提醒他：来这里不是为了邂逅爱情。

彼得还不愿立刻回去，他背向USIC基地，越走越远。他想，如果他突然筋疲力尽或抱恙的话，那麻烦就大了，但他愿意为此冒险。如果他只身前往绿洲居住地，身上除了一本《圣经》和裹着的衣物外，没有其他的补给，他的体能与耐力很快就会到达极限。

地平线上，两个筒仓或烟囱直直升起。可能是筒仓，也可能是烟囱，他不太确定。显然不是"大胸罩"，它的轮廓明摆在那儿，但他还是猜不出所以然来。那里没有袅袅升起的白烟，所以很可能是筒仓。在他下船的时候，格兰杰可能已经给他介绍过了吧？他俩之间的交谈——虽然他已经淡忘——

有一部分渐渐明晰起来：一次盛大的万物之旅，任何问题都能在手稿中找到答案。但他应该知道，她第一次传达的信息是十分有限的。

他朝着筒仓的方向走了20分钟，但筒仓仍是那样遥不可及。一种视觉小把戏。城市里，建筑楼和街道的存在使你对水平线的远近有了个精确的判断。而大自然中，有的只是一成不变的原始风貌，在这里你根本无迹可寻。看似一两英里的路可能要走上好几天。

他应该保留点体力，好转身返回基地。可就在他下决定的时候，一辆从筒仓方向驶来的车进入了他的视野。这是一辆吉普车，和格兰杰的如出一辙。车子向这边渐渐靠近，他发现驾驶座上的人不是格兰杰，而是那个曾在食堂里和BG有过闲谈、体格庞大而一脸屠夫相的白人女性。她将车子稳稳地泊在一旁的停靠点，随后放下车窗。

"离家出走吗？"

他面露笑容，"四处探索而已。"

她草草地看了他一眼，"探索好了吗？"

他笑了笑，"好了。"

她倾了倾头，做了个上车的姿势，随后他爬上了车子。车厢内一团糟——车子后座空间狭小，空气潮湿——车内甚至未装配空调。这个女人与格兰杰不同，她显然不在意车内残留的绿洲气味。汗水下的皮肤闪着亮光，湿漉漉的金发末梢纷纷下垂。

"该吃午饭了。"她说。

"好像我们刚吃过午饭，"他说，"或者是早餐？"

"我还在长身体呢。"她说。他听出了她的话中话：她很强壮，但仍需补充营养。

"那里面都是些什么东西呢？"彼得手指着远处的筒仓。

车子还在疾驰，她向后视镜瞥了一眼。"里面？里面都是油。"

"石油？"

"算不上吧，只是一种类似石油的东西。"

"但你可以把它转化成燃料，对吧？"

她无奈地叹了口气，"目前，这个问题使其他问题悬而未决。我的意思是，你会走哪条路？设计新引擎来适配新能源还是捣弄新能源来适配旧引擎？这么多年来，我们对此……有些争论。""争论"一词的发音里，夹杂着她的个人情感以及一丝丝的夸大。

"最后谁胜出了？"

她翻了个白眼，"搞化学的家伙。他们想出了改造燃料的方法。就好像是……削足适履。但是，喂，我到底是在跟谁争论呢？"

他们驶过黄色大露台。莫罗已经离开了，其余四人还在那里。

"你在那儿锻炼过吗？"彼得问。那个女人尚未自报家门之前，这么问未免有些唐突。

"有时候会去，"她说，"但我的工作多是体力活，所以……"

"你是BG的朋友吗？"彼得问。他们即将到达基地，谈话也将告一段落。

"他很有趣，"女人说，"改口叫他BS吧。你永远都不知道他下一句会说什么，一个风趣的家伙。"

"他是怎么看待燃料问题的呢？"

她轻哼一声，"不知道。BG就这样，头脑简单，四肢发达。"她慢慢减速，随后将车子方方正正地停在了主建筑楼的荫庇里。"但他是个很棒的家伙，"她继续说，"我们相处得很融洽。大家相互之间都很融洽。一个很棒的团队。"

"除非你不想和他们相处。"

她伸出手，从点火开关上拔出了钥匙。她的上臂露出了一块文身。"露出"可能有些不恰当，因为这块文身里她的名字隐约可见，只不过被后来文上去的蛇吞鼠的图样给遮盖了。

"在这里，最好别想着得与失，牧师先生。"她推开车门，走了出去。"深吸一口气，然后数到100万。"

9. 唱诗班继续和声轻唱

彼得可不想数到100万。他在房间踱来踱去，巴不得赶紧去绿洲赴约。背包已打包妥当，也放在肩上掂量过了，一切已准备就绪。一旦格兰杰开车过来,他就可以出发了。

背包里放着袜子、笔记本和其他琐碎的东西,此外还塞着他那本笔记横飞、边角褶皱、贴满便笺的《圣经》。他现在无须翻阅《圣经》:相关的经文节选早已深深地烙印在他的脑子里了。赞美诗则是你的第一道厚盾,在你面对危机四伏的挑战时赐予你勇气和希望。死亡阴影笼罩的山谷,此行的目的地——不知怎的,他总有这种不祥的预感。

但是,他的危机意识向来薄弱。有一次在托特纳姆①,他差点被砍——街头混混儿慢慢增多,渐渐聚拢,很快将彼得孤立起来。要不是碧翠丝把他拉进迷你出租车并疾驰而去,那时他还可能跟着那帮街头混混儿讲道理、吃刀子呢。

"真是疯了。"车门嘭的一声关上,那帮混混儿被远远地甩在了后头。

"但是你看,有些人还在向我们挥手呢。"他反驳道。车子正加速驶离这个鬼地方。碧翠丝往后看了看,确实如此。

亲爱的彼得:她写道。

绿洲人听过耶稣,这是多么振奋人心的消息啊。可在我看来,也是意料之中的事。我曾问USIC目前他们与基督徒有何联系,你还记得吗?他们谨小慎微,一直保持着"USIC无宗教信仰"的立场。但这些年来,USIC中肯定混有三两个基督徒。你也知道,如果把一个虔诚的基督徒随便派送到哪个地方去,信仰就会滋生!即便是渺若尘埃的种子也会渐渐生长。

亲爱的,现在你就在那儿播撒着更多的种子,许许多多的种子。

彼得发现,她对库茨伯格只字未提。显然,在写这封信之前,她还没收到他刚寄出的回信。也许在彼得读信的同时,碧翠丝也正读着他那封刚寄出的回信。虽然不大可能,但一想到这种同步行为下亲密无间的感觉,他就兴奋不已。

可别因为我不在你身边而难过。若是命中注定我们一同完成"任务",那么上帝早已向我们施以援手了。在这里,我也有自己的"任务",虽然没

---

① 位于英国伦敦北郊,是多种族混居区。

有你的任务那般新奇,但也同样富有价值。无论身在何处,我们的人生路上总飘荡着迷失的魂灵。愠怒、恐惧的魂灵呵,漠视基督圣光,却诅咒起无边的黑暗。

小心点,基督徒也会无视这基督的圣光。你走了之后,教堂里掀起了一场小小的风波——虽是小题大做,却也在我心里留下了许多创伤。教堂集会的时候,有几位年长者抱怨说我们"没必要"给"外星人"传教上帝之言。他们认为,耶稣只为人而死。其实,如果你就这一问题请教尚克兰女士,她可能会跟你说,耶稣只为伦敦周围各郡①的中产阶级英国白人而死!杰夫担任牧师以来一直兢兢业业,勤勤恳恳——虽然知道自己只是个"替身",他仍想得到教区民众的欢迎与爱戴。他布道虔诚,谨慎,不像你一样总是抛出一番高谈阔论来。因此……人们开始怨声载道。"为什么不是其他地方,亲爱的,地球上还有成千上万的人需要上帝的救赎。"尚女士,您的话里充盈着智慧,感谢您。

好了,亲爱的,不和你说了。我得先去洗个澡(要是水管没堵住的话),然后再匆匆找点东西吃。超市货架上仍旧找不到我最爱的安慰食品(甚至有几天连"低脂"瑞士卷也已售罄),因此我不得已只能吃另一种甜点——本地面包师烘焙的提子巧克力长条泡芙②。无妨,反正我本来就应该为本地商业贡献点力量。

敬上。爱你、尊敬你的妻子!
碧

彼得试着脑补尚克兰女士。他曾见过她,也和她说过话;他见过集会里的所有人,也和他们有过交谈。可现在,他的脑子一片空白。尚克兰女士也许不会说出那种话。伊迪丝?米利森特?还是多里斯?那倒像是多里斯的口吻。

---

① Home Counties伦敦周围各郡县,大体包括伯克郡、白金汉郡、艾塞克斯、赫特福德郡、肯特、萨里和苏塞克斯等。

② 原文éclair,法语词,指(以奶油等为馅、外涂糖霜的)长条糕点,手指形巧克力泡芙。

亲爱的碧：他写道。

让我们派尚克兰女士去那里传教吧，她的金玉良言每小时能点化上千人。说真的，这儿的节奏越来越快了，我可能有段时间——甚至数周内（对你来说是数周，对我来说只是几天，你应该明白）——不能给你回信了。前景堪忧啊，但我还是能感受到上帝的庇护——同时，我又觉得自己只是USIC丝线操控下的傀儡而已，可笑吧？

我不想搞得这么神秘兮兮，可又有什么办法呢？库茨伯格的秘密以及USIC对绿洲人处处提防的态度让我如坠云里雾里。

令人欣慰的是，我终于摆脱了时差或是在这种环境下被称作时差的东西。我相信多睡会儿觉有益身心，但力不从心啊，毕竟这里的白天长达72小时。可至少现在，我已经没有那种眩晕的感觉了。尿液仍呈橘黄色，我想应该不是身体脱了水，而是水的缘故。如果累了，我就休息，所以现在感觉还不错，哦不，应该是精力充沛才对。我要做的第一件事（一旦写完这封回信）就是打点行李，准备坐车前往居住地（官方名为C-2，可有些人喜欢把它叫作"畸人小镇"——有趣吧？），然后在那里下车。或者把你扔在那儿，如果你愿意的话。你乘车——就好像坐在防护气泡里一样——来某地做个短暂而仓促的拜访，而USIC司机则坐在未熄火的车子里等着你，这种体验不尽如人意。而如果我有自己的车子，我想什么时候离开都行。但现实就是如此！

如果上帝对我早有安排，我就应该遵从天意，把自己献给USIC。在哥林多①和以弗所②，保罗的做法并不十分明智。但我又不是身处敌城，对吧？目前为止，只有塞韦林对我有点小小的偏见（好久没见过他了）。

我怀揣激动的心情期待着不可知的未来，但也时刻记着那些跟你说过或没说过的事。多希望你在我身边，用你自己的双眸看看这里的一切。倒不是因为我嫌麻烦懒得跟你讲（但必须承认的是，我的叙述能力愈发匮乏了），而是因为我想你，想念和你在一起的每一天。你不在我身边的日子里，我的

---

① 位于狭窄的科林斯地峡西南部，保罗传教之地，多数当地人对保罗的布道怀有敌意。

② 位于土耳其西部的爱琴海东岸，保罗传教之地，多数当地人对保罗的布道怀有敌意。

双眼如同一台无胶卷的相机,这一秒定格的景色,下一秒里已化为青烟,还未欣赏,就已消失不见。

要是能给你寄张照片或电影,该有多好!我们适应了给定的生活之后,却想要更多……发射器真是一个科学奇迹(——亵渎上帝的话)。虽相隔千里万里,我们却因为它而得以互通信件。但我不禁在想:为何不能传送照片?

彼得盯着屏幕看。珍珠灰的屏幕上,悬浮着他手打的文字。但如果调整一下视角,他就能看到自己死气沉沉的容貌:蓬乱的金发,又大又亮的眼睛和高高凸显的颧骨。他的脸看似陌生,却又显得十分熟悉。

他很少照镜子。平日里,在沐浴、刮脸、梳头(沿着头皮直直地往后梳)之后,他不会再去照镜子,因为即使多照几下,自己的容颜也无丝毫改变。曾有那么几年,他一直沉迷于酒精和毒品。就是在那个时候,他养成了晨间沉思的习惯——看看昨夜身上是否又多了几处伤痕:刀伤、瘀痕、充血的眼球、黄疸、紫黑的嘴唇。既然他已梳理完毕,照镜子就显得多此一举了;检查一番之后,他确信自己身上没什么大的变化。只有等发丝从眼前飘落,他才会注意这根发丝的长度,那时,他才会叫碧翠丝帮忙修剪一下头发;只有在他们亲热的时候,在碧翠丝用手指轻娑他的眉头,然后蹙眉担忧的时候,他才会记起眉宇间曾残留的一道疮痂;只有依偎在碧翠丝柔软凹陷的肩膀上的时候,他才会想起下巴的形状;也只有在碧翠丝用手掌轻托他脖颈的时候,他才会意识到脖子的存在。

他想她了。上帝啊,你可知在他眼里,一日已成三秋。

现在天气很干燥,他写道。据说,接下来10小时无雨,然后下几小时的雨,然后再有10小时无雨,然后再下雨,如此循环。这类消息都挺可靠的。在这里,太阳温和却不炙热,昆虫也不咬人。我刚吃过一顿饭,扁豆汤配皮塔饼[1],只要咬上一口,就会露馅流油。皮塔饼应该是用本地花做的,而扁

---

[1] 一种圆形口袋状面食,广泛流行于希腊、土耳其、巴尔干半岛、地中海东部地区和阿拉伯半岛。皮塔饼中的"口袋"是由蒸汽膨胀形成,面饼冷却后变得平坦,中间留下一个口袋。

豆则是进口的，我想。之后，我还吃了块巧克力布丁，但它不是真正的巧克力。不知道你能不能接受这种布丁，毕竟你是这方面的"美食家"！但我还挺喜欢这味道的。也许巧克力是真材实料，而布丁是其他材料制成的也未可知——对，就是这么回事。

他从桌旁站起身，挪步窗前，温暖的阳光透过窗玻璃照在了他的皮肤上。他发觉，彩绘方窗尽管很大，却只容得下天空的一角而已；但即使是窗框内的景致，也无法在一瞬间尽收眼底，有时它还会被窗玻璃染得五色斑斓。收到回信的碧翠丝，也会像这样凝视一块方窗吧。但她根本看不到他眼中的一切，甚至是他颓丧如鬼魂一般的身影。只有回信里的字，是她唯一能看到的：读着信息残缺的信件，她感到彼得的形象越发模糊起来。她别无选择，只能依靠空间碎片般的细节在虚空中将他描摹出来：一个塑料制冰格，一个盛有绿水的玻璃杯，一碗扁豆汤。

亲爱的碧，我需要你。希望你能站在我身边，让太阳的光与热洒在你裸露的肌肤上。让我轻挽你的腰，将你揽入怀中。我已为你敞开怀抱，就等着你的到来！每当我合上双眼，我总会有种奇特的感觉，仿佛我们的胸相互紧贴，我们的腿交相缠绕，仿佛我又回到了家里。

《新约圣经》很少谈及性爱，即使是有，保罗也会对此深深叹息，并将其视作人性的弱点。但我确信，耶稣对性爱有不同的看法。他①说，两个爱人可融为一体。他还向妓女和强奸犯施以同情。如果对那些恣心纵欲的人他也是这种感觉的话，那他又为何在人们结婚之际暗自神伤？他只在婚礼上显露圣迹，不为别的，只为让人高兴。我们还知道，他不介意来自女人的爱抚，或者在《路加福音》第七章里，对于女人吻他的脚并用头发来回拂扫的行为（这和《所罗门之歌》②里的性爱相差无几），他本该拒绝才对。我在想，女人吻脚的时候，他又是一副什么样的表情呢？宗教古画里，他当然是无视女人的存在，直直地看向前方，一副波澜不惊的样子。可是，耶稣从不会无视人类，他关切、爱护着人类。既然如此，他也就不会无视她，让她看

---

① 这里的"他"，指代耶稣。
② 美国著名作家托妮·莫里森的作品，书中出现许多男女淫欲与性爱的场景。

起来像个十足的傻子了。

约翰说过:"不要爱世界和世界上的事。人若爱世界,爱父的心就不在他里面了。因为,凡世界上的事,就像肉体的情欲、眼目的情欲,并今生的骄傲,都不是从父来的,乃是从世界来的。这世界和其上的情欲都要过去,唯独遵行神旨意的,是永远常存。"① 而这个不同的看法,是对凡尘俗世里种种包袱与杂念的解读。在我看来,约翰对人类太过严苛了。他以为在自己有生之年能看到基督再来②的圣况——基督随时可能再来,也许是明天下午,但当然不是在未来的几世纪。与约翰一样,所有的早期基督徒对基督再来一事持有同样的想法。因此,他们无法容忍任何与天堂无关的活动。然而,耶稣知道——上帝知道——人在死前有一生要去度过。他们有朋友,有工作,有家庭,有生养的儿女,还有怜惜的爱人。

亲爱、性感、绝美的妻子啊,我知道你的精神与我同在,可你的身体却遥不可及,为此,你知道我有多难过吗?希望你有一段长久安稳、美梦四溢的睡眠(也不被约书亚打扰),这之后,再来阅读我的回信吧。接下来的几个小时甚至几天内,我知道我仍旧不能将你搂在怀里,但我希望从你那儿收到一些好消息。

爱你的,
彼得

格兰杰走出车子,驻足静候彼得。她还是那身行装——一样的棉质上衣,一样的便裤,只是起了点褶。她的头发湿漉漉地从头皮上垂挂下来,宛如一只落汤猫的毛发。头巾沾了几滴水珠后,也静静地耷拉在了脖子上。他在想,是不是闹钟刚把她从深睡眠中唤醒,而剩下的时间里她只能往脸上抹几把水呢?这么快又叫她来开车,可能是有些冒失。可上次分别的时候,她就跟彼得说过,自己听候差遣,随叫随到。

"不好意思,给你带来不便。"他说。他正站在USIC宿舍侧楼的荫庇里,就在离他房间最近的出口门外的位置上。背上的背包,也已经有了汗湿

---

① 出自《约翰一书》2:15–17。

② 基督再来是在基督第一次道成肉身降世以后,耶稣为了他的信徒和最后的审判将再次降临,它是基督教信仰的基础之一。

的印迹。

"确实不便。"她说。这时,她那头湿淋淋的头发上蒸气袅袅,缈若轻羽。"今早回来的路上,我的情绪有些低落,不好意思。宗教热情总会让我害怕。"

"这次,我会尽量控制自己的情绪。"

"我是说外星人。"她说话的样子,就好像她从没把彼得的布道放在心上过一样。

"显然,那个绿洲人也不是有意的。"

她耸耸肩,"他们给我一种毛骨悚然的感觉。一直都是这样。即使他们一声不吭,离我远远的,也是这样。"

她走出荫庇。格兰杰打开车门后,又往旁边退了几步,给她让出一条道来。这时,引擎呼呼直响。

"你觉得他们伤害了你?"

"没有。只是一看到他们,就觉得有些不自在。"她朝地平线望去,"看着他们的脸,你会觉得自己在看一堆内脏。"

"我觉得更像胎儿。"

她又耸了耸肩,"唠⋯⋯"

"好吧,"他跨进车子里,"我们又要走上'不归路'了。"

解下背包的时候,他从眼角的余光里看到了格兰杰对他上下打量的眼神。她又看了一眼,才注意到背包是他唯一的行李。

"看看你背上的小包,一副要去登山的样子啊。"

他笑着把包扔进了车子尾箱。

"瓦—得—哩[①]!"他用男中音欢唱了起来,"瓦—得—啦!瓦—得—哩!瓦—得—啦—哈—哈—哈—哈—哈⋯⋯"

"可别诋毁了我的偶像。"她叉起腰。

"谁?"

[①] 歌词出自著名德国民谣《欢乐的漫游者》,Florenz Friedrich Sigismund作词,Friedrich-Wilhelm Möller作曲。完整歌词为:"我喜欢沿着山路漫游,当我走的时候,我爱唱,我的背包在背上。瓦得哩,瓦得啦,瓦得哩,瓦得啦哈哈哈哈哈,瓦得哩,瓦得啦,我的背包在背上。"

"平·克劳斯贝。"

彼得一脸疑惑地看着她。这时,太阳仍静静地贴在地平线上,向这边射出低平的微光。眼前的格兰杰,只剩下一剪暗暗的背影,以及手与腰构成的正三角里放出的几束红光。"呃……"他问,"平·克劳斯贝也唱过《欢乐的漫游者》?"

"这不是他的歌儿吗?"她反问。

"这可是首德国民谣。"他说。

"怪了,"她说,"还以为是平的一首歌,去年我还常常在广播里听到呢。"

他挠挠后脑,不禁笑从双脸生——今天的一切都显得十分怪诞:天空里那轮巨大的太阳,大露台下的户外健身房,那些渴求着福音书的新教民,还有关于《欢乐的漫游者》来源的争论。空气沿着他上扬的手臂,钻入衣缝,时而舔舐汗湿的肩胛骨,时而沿着胸膛飞舞,时而顺着肋骨轻轻抚娑。

"平·克劳贝斯又红了吗?这我真不晓得。"他说。

"可红了。"格兰杰显得非常激动,"那些机械死板的舞曲啊,低俗污秽的摇滚乐啊,再没人想听了。"她手舞足蹈的样子,活像一位傲慢的摇滚歌手吉他上弹扣着琴弦。这些看似可笑的动作,在彼得看来却有些妩媚诱人:那纤细的手臂,轻扣无形的琴弦;那隆起的双峰,微微晃荡在眼前。原来女人的乳房是这般柔软丰腴啊,彼得倏然记起。"人们受够了那些音乐垃圾。"她说,"他们想听点有品位、经得住时间考验的歌曲。"

"非常赞同。"他说。

系紧安全带后,他们便驶入一片荒原之中。这时,彼得再次挑起了话题。

"你给我妻子写信了?"他说。

"是呀,我给她发了条讯息,说你已安全抵达。"

"谢谢。我有空儿的时候,也会给她写信。"

"真是甜蜜。"她朝远处那一道平淡无奇的褐色地平线望去。

"真的不能在绿洲居住地为我安一台发射器吗?"

"跟你说了,绿洲里没电啊。"

"发射器就不能靠电池运作吗?"

"当然可以。你随时随地都可以在上面打字。如果愿意的话,你也可以在上面写一整本书。但如果是回信,一台可以开机运作的机器是远远不够的,你还需要将它连入USIC系统中。"

"难道没有一种……我不知道该怎么叫它……转接线路吗?或者是一座信号塔?"他的话听起来有点傻。大地向前缓缓延伸,远处,只有黑暗与虚无。

"没有。"她回道,"那东西我们用不上。你也知道,以前的居住地就在基地附近。"

彼得叹了口气,靠在了座椅上。"我会想念碧的。"他自言自语。

"又没人逼你和这些……人住在一起,"格兰杰提醒他,"这是你自己的选择。"

他缄默不语,但那些未出口的话似乎已幻化成一串红字,悄无声息地浮现在挡风玻璃上了:听从上帝的指示。

"我喜欢开车,"一两分钟后,格兰杰突然打破静寂,"开车让我轻松自在。我也可以在12个小时内把你送到这里,再接回基地。小事一桩。"

他点点头。

"在基地,你可以天天和你妻子联系,"她继续说,"也可以洗一次澡,吃一顿饭……"

"我相信绿洲人不会让我忍饥挨饿,也不会让我成日蓬头垢面的。"他说,"出来接待我们的那个绿洲人还挺干净的。"

"随你便。"她说着,踩下油门。车子猛地向前蹦去,仿佛飞扬的轻鞭。车后,泥巴飞溅。

"也是迫不得已。"他说,"我倒想待在基地,就像你说的那样。可是,我总得为绿洲人着想啊。"

"天晓得。"她低语着。可回头一想,又觉得刚刚出口的话有些冒失。于是,她给他摆出了一张大大的笑脸。

太阳已高悬于空,大地褪去了原有的色泽。可无论是大海、天空还是荒漠,都与周遭的一切融为一体,静美如莲。这里没有绵延的山脉,但地上常常会出现几道缓坡,如湖中涟漪,如漠上沙波。蘑菇状的花朵——他想应该是白花——在阳光下熠熠生辉。

"美好的一天。"他说。

"嗯哼。"格兰杰平淡地应和着。

天空的颜色真是捉摸不定：你看，那一抹抹色泽在空中不断晕散、交融，这细微的变化，肉眼还能分辨得清吗？此时天上无云，但偶尔会飘来几团泛着微光的空气，可没过几秒，它又渐渐模糊，最后融入明净里。刚开始，彼得还会仔细观摩空气的这一系列变化，他会目不转睛地盯着它，或思考，或欣赏。有时，他甚至会怀疑自己的眼睛出了毛病。每当空气开始模糊，他就会迅速地把目光移开，看向别处。湿润的黑色土地上，稀稀落落点缀着几丛白花。这里，是眼睛的休憩之地。

但他必须承认，这儿没有其他地方美丽。他曾以为这儿都是些奇异风光，都是些云雾缭绕的山谷和生物繁茂的热带沼泽地。直到现在，他才发现这个世界与自己预想的大相径庭，是如此的平淡无奇。这么一想，他竟忽然喜欢上这儿的居民了。

"嘿，我才发现，"他说，"除了几只小虫子，路上再没有什么其他的动物了。"

"是的，这里物种有点……稀少。"她说，"留给动物栖息的空间也不多。"

"这个世界大着呢。也许我们恰巧站在物种稀少的地块上也未可知。"

她点点头。"每次去C-2，我都会发现那里的虫子比基地的多。而且，那里还可能有鸟。我没有亲眼见过，但塔尔塔廖内过去一直待在那儿，他跟我说自己曾在那儿看到鸟。这也许是他的幻觉。在荒原上住久了，脑子也会出点毛病。"

"我会尽可能保持清醒的，"他承诺道，"但说真的，你觉得他到底怎么了？还有库茨伯格？"

"不知道。"她说，"两个人都凭空消失了。"

"你怎么知道他们没死？"

她耸耸肩，"这不是一夜之间的事，他们是慢慢消失的。他们后来很少回基地，人开始变得……疏远冷淡，也不大爱在基地逗留了。塔尔塔廖内过去曾是个十足的社交老手，虽然喜欢唠叨，但我还是很喜欢他的。库茨伯格是个军队牧师，人很友善。他总是让我想起他的妻子——妻子死后，他没有再婚，成了鳏夫。对他来说，过去的40年如昨日，就好像她从未弃他而去，就好像她只是在慵懒地更衣，随时都会出现一样。丝丝悲切，却脉脉情深。"

她的脸上泛起一片潮红，彼得顿时有些嫉妒。他希望格兰杰敬慕他，就像她敬慕库茨伯格一样，甚至有过之而无不及。

"你怎么发现他是牧师的？"他问。

"怎么发现？"

"作为一位牧师，他长什么样？"

"我不清楚。我来之前，他就在这里了。他……为那些水土不服的人员出谋划策。刚开始几天里，有些人确实是不属于这里的。我想库茨伯格有劝说他们留下来，但没有用处，该走的还是走了。此后，USIC加强了筛选力度。优胜劣汰，就是这样。"脸上那两抹绯红已然消逝，她又恢复了平静。

"他肯定觉得自己很失败。"彼得说。

"他没有那样自怨自艾。他是个乐观活泼的家伙，而且塔尔塔廖内的到来也给他的生活涂上了一抹色彩。他俩成了一个团队，相处十分融洽。在外星人或原住民——你想怎么叫就怎么叫吧——之中，他们俩都很受欢迎。这是基地发展的一大飞跃。原住居民学习英语，塔尔塔廖内学习……什么都学。"两三只昆虫撞在了挡风玻璃上，在风的挤压下，虫身四分五裂，棕色的汁液在玻璃上蜿蜒。"后来，他们就出事了。"

"或许他们得了某种疾病？"

"不知道。我是药学家，不是医生。"

"讲到这里……"彼得说，"你给绿洲人带更多的药品了吗？"

她紧锁眉头。"没有，我没时间去药房翻箱倒柜。何况，拿那类东西是要经过批准的。"

"像吗啡的东西？"

她深吸一口气，"不是你想的那样。"

"我都还没告诉你我的想法呢。"

"你以为我们给的全是麻醉药，但不是那样的。它们只是些普通药品，比如抗生素、消炎药和简单的止痛药。我敢拍胸脯保证，这些药都用在该用的地方上了。"

"我也没有怀疑你的意思，"他说，"只是想了解下绿洲人有的和没有的东西。他们没有医院，对吧？"

"我猜是的。科技可不是他们的强项。"她在说"强一项"时，带着一丝嘲讽，就像美国人在说话时引用法语一样。

"所以他们是原始人，可以这么说吧？"

她耸耸肩，"可以吧。"

他收回头靠在椅背上，回顾起自己所了解的绿洲人。他只见过他们其中一人，这一样本数量是远远不够的。那人身上的长袍和斗篷，看着像是手工制品。还有手套和靴子……虽然制作精细，但应该也是手工制品。你需要一台缝纫机才能把皮革缝得如此齐整吧？或者是十根强劲有力的手指。

他不禁想起居住地上的建筑楼。比起土屋、石棚，它更复杂，更精致，但又不似工业楼那般高端先进。他能想象，那些石头都是先由泥土塑成胚，再放入原始炉窑中烘烤，最后纯粹由人——或非人搬到建筑地的。建筑楼里，也许还有格兰杰尚未发掘的各种机械设备，也可能没有。但是，有一件事可以肯定：这里没有电，因而也没办法连接一台发射器。

碧翠丝给他回信了吗？彼得在想，如果他在车子里把这份迫切的念想直接说出口，不知道上帝会怎么看待他呢？如果格兰杰听到了，一定会调转车头径直返回基地吧？或许格兰杰会认为这是懦弱自私的表现，但也可能会被这份热忱的爱意所打动。这看似一次后退，实则是上帝指引下的一次前行。上帝在彼得踟蹰未决的时候，将他拉回了正轨；或许他只是想拿神意来遮掩自身的懦弱？显然，他正在接受考验，但这场考验的本质又是什么呢？是在格兰杰面前低头示弱的谦卑，还是继续前行的决心与勇气？

噢，上帝，他祈祷。我知道这不切实际，但我还是想知道碧翠丝回信了没有。我希望我一闭上眼睛就能看到她的回信，就在这车子里。

"好吧，彼得，这是你的最后一次机会。"格兰杰说。

"最后一次机会？"

"查看你妻子的回信。"

"我不太明白。"

"车里有一台发射器。我们现在仍在USIC信号接收范围内，要是再开上5到10分钟，信号就会消失。"

他涨红了脸，傻傻地笑了。他现在真想上去抱抱她。

"好的！"

格兰杰停下车，但没有熄火。她快速打开仪表板上的一个小仓口，取出一个塑料钢铁制的狭长装置,将其展开后,显示屏和微型键盘随即呈现在面前。他不禁瞠目结舌,再多的惊讶,再多的钦佩,在这时都是合乎情理的。只是这发射器该由谁开启呢?就在下一秒,他们的手指在控制台背后碰到了一起。

"别急。"出于对他隐私的尊重,格兰杰回到座位上,扭头朝窗外看去。

大约过了1分钟——令人煎熬的60秒——发射器上除了"正在搜索"四个字,就再没有其他内容了。但很快,整个屏幕上出现了满满一堆文字:碧翠丝的回信。上帝保佑,她终于回信了。

亲爱的彼得:她写道。

我在楼上书房里。现在是晚上6点,还是大白天,甚至比其他时候还美。太阳渐渐西沉,黄油色的柔光透过窗玻璃,径直照在墙上的拼贴画上。这画还是瑞秋、比利和凯科一起做的。这些孩子现在多半已是青年,但他们的画作——挪亚方舟和小动物——还和以前一样古怪,可爱。几团橘色羊绒粘贴而成的狮子鬃毛,在落日余晖中熠熠生辉——我总会为瑞秋的这个鬼点子而折服。还有,长颈鹿的脖子垂下来了,我得找个时间把它粘回去。

工作了一整天,我才刚回到家——坐下来休息真是一件幸福的事。还没洗澡,因为现在太累了。我跑上楼检查信件时,一眼就看到了你的回信。

你想尽早去绿洲并和绿洲人生活在一起,这我可以理解。要知道,上帝与你同在,你的使命不可拖延。只是,不要失去你的理智!还记得那个狂热的瑞典人在我们的圣经修习室里把自己献给耶稣的事吗?他说他对上帝的信仰强烈而真挚,根本没必要把教会的逐客令放在眼里,因为上帝会在最后一秒前来解救他!两天后,他站在我们的门阶前,手里拎个塑料袋,里边装着他的全部家当……我不是说你像他一样是个疯子;只是想提醒你,实践不是你的专长。坏事会发生在任何人身上,包括临阵磨枪的基督教徒。我们要相信上帝的指引,也要尊重生命的礼物和我们借用的身躯,但我们更要在这二者之间取得平衡。

这意味着:和绿洲人生活在一起时,请确保你有:(1)一些呼救的途径;(2)应急食品和水;(3)止泻药;(4)USIC基地和绿洲的地理坐标;(5)指南针,当然。

彼得抬头瞥向格兰杰,以防她在背后偷看。但她仍望向窗外,装出一副陶醉于美景的样子。她双手交叉，轻轻地摆在腿上，手掌娇小，玉指纤纤。

他有些羞愧，除了从水龙头上接来的一壶绿水外，他再没带其他东西，甚至是碧翠丝特意买的止泻药他也没带上。这些药没什么重量，但还是被扔在一边了。为什么要这么做？难道他和瑞典疯子一样傻？或许这只是他骄矜自持的表现而已——为了传教，他得做到心无旁骛：两本《圣经》（英文钦定本和新生活译本第四版）、六支马克笔、笔记本、毛巾、剪刀、一卷胶带、梳子、手电筒、塑料相框、T恤衫，还有几条内裤。他闭上眼祈祷：我是不是糊涂了？

一声回复飘忽而至，他的心突然舒爽愉悦起来，仿佛他血液中的一种良性分泌物在刹那间奏效了一样。

"你睡着了吗？"格兰杰问。

"没有，没有，我只是……"

"嗯哼。"她回应道。

他继续读着碧翠丝的回信，而格兰杰则朝着一块空旷的灌木林地望去。

平时，约书亚会帮着我打字：它躺在键盘和显示屏中间，后腿和尾巴不时拍打着键盘前排的按键。当我把数字敲成冗长的单词，把"镑①"敲成"英镑②"，人们会觉得我是在卖弄学问。但实际上，每次需要符号的时候，我就得把"昏睡的小猫③"抱起来，这着实麻烦。刚刚我就这么做了，而约书亚还在那里呼呼大睡呢。昨晚，它睡得很沉，安安静静的（除了轻微的呼噜声）。也许它已经慢慢习惯了你的离去。我希望自己也能如此！别担心，我在慢慢适应现在的生活。

媒体不再关注马尔代夫悲剧。虽然报纸内页里还有相关的小文段以及慈善募捐的宣传广告，但（目前就我的手机推送来看）头条新闻已经换成了其他话题。美国国会议员枪杀妻子后被捕。那个妻子和她的情人在私人泳池里游泳，而议员正手扛猎枪，静静地蹲在瞄准范围内。新闻记者肯定松了口

---

① 原文为"£"，英国货币单位符号之一。

② 原文为"pounds"，英国货币单位之一。

③ 碧翠丝对宠物猫（约书亚）的爱称。

气——他们得把马尔代夫之灾的惊骇与恐怖拍摄出来,但镜头里又不能出现白花花的淫乱尸体;至于这个新闻,他们可以随心所欲,拍出尽可能恶心的镜头。女人的脑袋从下巴处开始爆裂,白色脑花(妙不可言的细节!)一块块漂浮在水上;情人的腹部也开了孔。报纸介绍了议员的生平和成就,还刊登了他的大学毕业照。他的妻子(头还在的时候)看上去艳若桃李,但美得有些不太真实。

米拉和她丈夫相处得很好。我在公交站碰到她,那时她像个小孩子一样朝我咯咯直笑。她没再提起皈依基督教的话题,只是谈了谈天气(那时天上下着瓢泼大雨)。说到马尔代夫,她的神情才渐渐严肃黯淡下来。那里的大多数岛民都是逊尼派①教徒;米拉认为,他们肯定"对游客做了坏事"才会触怒真主安拉。谜一样的女人。但我很高兴她一切安好,我会继续为她祈祷的。(我也会为你的科雷塔祈祷的。)

在穆斯林看来,丢弃破旧的《古兰经》罪大恶极。好吧,看来我也要犯下重罪了。还记得客厅里那个盛放《圣经新约》的大硬盒吗?看样子是时候把它扔掉了。我知道这会伤你的心,毕竟你跟我说过那些绿洲人对福音书的极度渴求。前段时间我们这里洪水泛滥。大雨哗哗直下,5小时后才完全停止。下水道堵塞(水量过大,一时间无法排流),雨水没过街道。但现在天晴气朗,情况有所好转,只是街上一半的房子都遭到了不同程度的破坏。我们家里还好,只有几块地毯浸湿了。但不幸的是,有几本书堆在其中一块地毯上,在我发现之前,它们已经在水里泡胀了。我把它们放在暖炉前——烘干。犯了大错啊!昨天还是《圣经新约》,今天却成了几块木浆。

好了,这不是你的错,千万别自责。希望你在出发前能收到这封回信!

碧

彼得深吸一口气,清了清喉咙。"我还有时间给她回信吗?"他问。

"也许我就该带本书来。"格兰杰笑着说。

"就一会儿。"他说。

亲爱的碧,他写道。他卡在了这儿,心却怦怦直跳。这时引擎呼哧呼哧

---

① 伊斯兰教主要教派之一,全称"逊奈与大众派"。人数约占全世界穆斯林的85%以上,与什叶派并称为不同的两大政治、宗教派别。

地响,格兰杰还在等着他。写封长信是不可能了。

没时间给你回一封长信——就当成明信片来看吧。我要赶路啦!

爱你的,
彼得

"好了,搞定了。"他按下按钮后,说道。他的话在屏幕上的停留时间比平时更加短暂;消息传送几乎在一瞬间完成。也许露天环境有利于发射器的运作,也可能是这次回信的篇幅较短。

"真的?"格兰杰问,"真的好了?"

"是的。"

她俯身而过,将发射器放回小仓口。他能闻到她衣服上散发出的汗味。

"好了,"她说,"我们上路吧。"

在接下来的行程中,他们沉默不语。重要的事情他们都讨论过了——或者两人都约定不再深入下去——他们更不想因双方话不投机而不欢而散。

行车路上,他们早早就可以看到远处的绿洲居住地了。阳光照耀下,居住地呈现一派琥珀之色,虽不磅礴,却不失瑰丽。要是有教堂尖塔,就大不一样了。

"你确定没问题吗?"距居住地还有一英里时,格兰杰问。

"我确定。"

"你可能会生病。"

"是的,可能吧。但我绝不可能病死。"

"如果你真的需要回来呢?"

"那么上帝会让我回去的。"

她沉思数秒,仿佛这番话是一片干硬的面包。

"USIC的下一次官方探访——我们定期的物品交易——在5天后进行。"她说道,声音顿挫有力,中立不倚,"那可是真真正正的5天,它不会跟着你的手表转。5轮日出,5轮日落。三百……"她看了看仪表板上的时钟,"……从现在起,大约还有360小时。"

"谢谢。"他说。要是没把这些数字记在掌心,怕会显得不太礼貌吧。可是,他知道自己将在不同时刻睡去,醒来,因而过去多长时间他也无从知晓，360小时在未来而言也就无从估算。他必须抓住任何与时间相关的东西才行。

车子渐渐临近，C-2孤零零地呈现在眼前。车子仍和上次一样，停在漆有白色星星的建筑楼外围。除了星星，这栋建筑楼现在还漆上了其他东西：一则大型标语，刚刚涂上去的三尺白字。

欢迎

"喔，"格兰杰说，"他们真有一手啊！"

她关闭车子引擎，迅速打开车门。彼得走了出来，从后备仓中抓起背包，扛在肩上。他在想，自己该怎么和格兰杰告别：握手、礼貌性地点头、随随便便地挥手，还是其他什么方式。

近处门廊上的几串珠帘被拨向两边，这时，有人从门帘后跨了出来——他身材矮小，头顶风帽，步履庄重无声。是之前碰到的那个人吗，彼得无法确定。他记得之前那个绿洲人的长袍是蓝色的，而这个人则是一身淡黄。这个人的后脚刚跨过门槛，又有一人紧随其后，用他精致的手套将珠帘分拨开来。他的长袍是淡绿色的。

绿洲人一个接一个地从建筑楼里冒出来。他们戴着一样的手套，穿着一样的软皮靴，头上顶着一样的风帽，身形都是一样的纤瘦。还有款式一致的长袍，只是颜色各不相同。粉色、浅紫、橘黄、黄色、栗黄、绿色、淡紫、赤褐、橘红、粉红、橄榄绿、铜绿、黄绿、紫色、桃红、灰蓝……

门后每出来一人，他们就腾一点空间，尽管如此，他们还是像家人一样紧挨着站在一起。仅仅几分钟的时间，大楼外已经聚集了七八十个人，包括几个个头矮小的孩子。他们的脸掩藏在风帽的阴影里，看不真切，只是偶尔会从中探出几张粉白色的小脸蛋而已。

彼得看得目瞪口呆，这时的他，甚至感到了一种飘飘然的喜悦。

站在最前面的绿洲人转过身，向后看去。他高举手臂，朝人群轻挥示意。

"奇……"他们高音嘹亮，响彻净空。元音延续五至十秒，没有停息。呼气声在一处汇集，历久未散。在彼得听来，这是一种晦涩抽象、无关语言与音乐的声音。但很快，辅音——虽有些模糊不清——随之响起，音高大小不一:"……异恩典!何等甘甜,我罪得以赦免①!"

最前面的绿洲人手臂轻轻一挥,哼唱声便戛然而止。人们深深地吸了口气,仿佛人群里的一声浑厚的叹息。圣歌啊,彼得恍然大悟,立即屈膝跪下:这是老一辈福音教士的圣歌,救世军②中广为传唱的过时曲;这不过是他鄙夷嗤讽的东西——还是个年轻朋克的时候,他时常把令人作呕的曲子涂在尿迹斑驳的马桶盖上,他有时会在一摊黏稠的呕吐物中醒来,有时还会偷抢妓女的手包。那时的他,只一身空虚臭皮囊,一个世间毒物。昔日迷失的羔羊,现已找到方向。

指挥家再次舞动双臂,唱诗班继续和声轻唱。

---

① 《奇异恩典》,为英国牧师约翰·牛顿所作,其中包含着一个平淡但极富深意的赎罪故事。引文为歌曲开头。

② 救世军(TheSalvationArmy)是一个于1865年成立,以军队形式作为其架构和行政方针,并以基督教作为信仰基本的国际性宗教及慈善公益组织,以街头布道和慈善活动、社会服务著称。

二

行在地上

10. 最快乐的一天

彼得躺在网中央，悬吊在半空之中。他的身上爬满了黑蓝色的小昆虫，它们没有啃食他的皮肤，只是把这里当作一块栖息地而已。每当他伸展肢体或轻咳的时候，小虫子都会匆匆跃起，要么在皮肤上空飞旋，要么蹦到其他地方去，可没过一会儿，它们又飞回原位。好在这些虫子没有揉搓腿脚，而只是静静地待在那里，所以他并不在意。

他醒来已数小时之久——脸颊贴放在上扬的手臂上，双眼与远方的地平线齐平。太阳正冉冉升起。这是长夜的尽头，是他在绿洲上度过的第5个夜晚。

确切地说，他并没有和绿洲人待在一起。他正孤身一人躺在吊床上，悬在教堂的两根柱子之间。这个未完工的教堂没有屋顶，只有四面墙、四根内柱而已。教堂内除了一些建筑工具、几捆线圈、几只砂浆缸和几火盆煤油以外，别无他物。这时，冰冷的火盆在晨曦中闪闪发亮。它们只是实用的照明工具，不是宗教祭祀用品——长夜漫漫，为了继续"白日"的劳作，这些点亮的火盆将光束投射在施工队之中，而当最后一个绿洲人回到家中，当"彼得神父"准备休息的时候，它们又被一一掐灭。

会众们正努力赶造这座教堂，但今天他们没有和彼得待在一起。还不到时候，他们还在自己的屋子里睡觉，他想。绿洲人很容易疲倦，当然也就十分嗜睡。无论劳作辛苦与否，一两个小时后，他们都会齐刷刷赶回家，躺在床上休息一阵子。

彼得在吊床上伸展四肢，回想着那些床的模样，他很庆幸自己现在没躺在上面。它们就像是刚从葱郁坚实的苔床上镂刻而出的传统浴缸，轻如软木。缸上铺陈着好几层棉花状的东西，宛如一个毛茸茸的蚕茧将酣眠者包裹其中。

300小时前，还是他待在绿洲上的第一天。兴奋之余，他终于感到疲惫。绿洲人为他准备了那种小床，祝愿他闭目养神，安寝好梦。出于尊重，彼得接受了这份馈赠。但是，他始终难以入眠。

那时白日当空，而绿洲人没有卷帘遮阳的习惯，于是那些小床就直直地摆在了透亮的光束下。他爬上床，在阳光中眯缝着双眼。他想，一个精疲力竭的人应该很快就能入睡吧。然而，这张床碍着他了。或者说，躺在这张床上本身就是一种煎熬。没过多久，那一床毛绒蓬松的棉毯浸湿在热汗与水汽中，时不时还散发出椰肉般腐腻的气味。虽然这张床看着比绿洲人的标准小床大上许多，但对于彼得来说，它还是太小了。这张床是绿洲人为他量身凿刻的，既然如此，他觉得自己要随遇而安，不能辜负美意。

但他还是睡不着。除了怪异的床体、通亮的光线，屋子里还不时传来一阵阵噪声。第一天，有四个绿洲人睡在他边上——他们分别称自己为爱耶稣1号、爱耶稣54号、爱耶稣78号和爱耶稣79号——四人的呼吸声此起彼伏，如雷贯耳，仿佛一曲令人作呕的交响乐。他们的小床扎堆在另一个房间里，但相邻房屋之间没有门隔着，所以他可以听见酣睡者的每一声呼吸、每一起鼾声、每一次黏腻的吞咽。躺在家里的床上，他早已习惯碧翠丝那细若游丝的呼吸声，还有约书亚偶尔发出的几声唏嘘，可这里的吵闹声却截然不同。躺在绿洲人房里，他回想起了那段早已湮没的过往：他被慈善工作者带到一处供人住宿的救济站，里面多是些像他一样的酒鬼和瘾君子。半夜里，他偷偷溜出救济站，在萧瑟寒冷的街头踟蹰，寻找着一处安静的落脚地。

而现在，他躺在露天下的吊床上，悬在未成型的教堂里，沐浴在绿洲拂晓时分的静谧之中——现在和过去，似乎没什么区别。

他睡得又香又沉。他习惯了地为床天为被的日子：无家可归、露宿街头的那几年，他常常在公园或别人家的门廊上席地而眠，酣睡如泥，过路行人有时还会误以为地上躺着一具死尸。没喝上几口酒，就不太容易入睡。绿洲水汽袭面而来，但他觉得，只要听之任之，自己的睡意自然也不会有所消减。可一个未完全封闭的房间在两个世界里都是最糟糕的东西。绿洲人的房屋不像USIC基地，它们既不封闭，也没有空调；墙上的窗户大敞着，阴湿的空气在这些通风口自由进出。躺在床上，卷起被褥，你仍会心有余悸——每分每秒，周围的空气都会用无形的手指抬起棉毯，然后悄悄溜进被窝，在你的后脊背上缓缓爬行。倒不如只穿一件薄棉衫，近乎赤裸地躺在床上来得舒服。困顿非常之际，你会感到有一股水流正在肌肤上蜿蜒流淌，就好像自己正倾躺在浅浅的河湾边上一样。

醒来后，他才发现自己的手臂上印缀着几道菱形条痕——吊床网的印记——活像鳄鱼的一身鳞皮。一两分钟后，条痕渐渐散去，他顿时感到心旷神怡、精力充沛。

彼得不想躺在他们的小床上，对此，绿洲人欣然接受。第一天，彼得在小床上躺了几个时辰，之后又直直地坐在床上好一会儿。他一会儿祈祷，一会儿冥思，一会儿坐立不安，一会儿又抓起塑料水杯喝上几口。偷偷逃到屋外去恐怕会冒犯绿洲人，因此他只能坐在这里打发时间。就在这时，他感到有人走进了屋子。是爱耶稣1号，那个在居住地上接待他的第一个绿洲人。彼得想要装出刚从熟睡中醒来的样子，但仔细想想，又觉得这种把戏只能哄骗小孩子。于是，他微笑着抬起手，向爱耶稣1号打着招呼。

爱耶稣1号走到彼得的床脚边站定，随后向彼得鞠了一躬。他仍旧一袭蓝色长袍，头上顶着风帽，手上戴着手套，脚上穿着皮靴。他恭恭敬敬地站在那里，双手交叉贴在前腹上。风帽伏贴在低垂的头颅上，他那张骇人的面孔消隐在帽子的阴影之中。这片阴暗的轮廓里，彼得想象起了人类的面容。

为了不惊扰屋内的其他人，爱耶稣1号放低了嗓音。一缕低沉而轻柔的声音仿佛远处建筑楼里木门的嘎吱声，渐渐传入耳畔。

"你在祈祷啊。"他说。

"是的。"彼得轻声低语。

"我也在祈祷，"爱耶稣1号说，"希望听到上帝的声音。"

空气突然安静了下来。邻屋里，磨牙声混着鼾声此起彼落。最后，爱耶稣1号打破了静寂："我怕我的祈祷付诸东牛。"

彼得在脑子里反复咀嚼着这个晦涩难懂的词汇。"付诸东流？"他附和道。

"付诸东牛，"1号松开紧握的双手。他一只手朝上，"上帝在那里居住。"另一只手朝下，"我们在这里祈祷。"

"祈祷文不会上天也不会入地，1号。"彼得说，"祈祷文哪儿也不会去，它们就是这样的存在。上帝与我们同在。"

"你听到上帝的声音了吗？现在？"绿洲人抬起头，入神地看着彼得，他脸上的裂缝不住地颤动着。

彼得伸出麻痹的双腿，膀胱上突然感到一阵压迫。

"现在，我只听到身体的呼唤——我得去解手了。"

绿洲人点点头，挪开了身子。彼得爬出小床，穿上便鞋。绿洲人的住处没有厕所，他来这里20多小时后就知道这事儿了。要想解手，得去屋外。

彼得和爱耶稣1号一同走出卧室。他们穿过邻屋，看到其他酣睡者还躺在蚕茧似的襁褓之中，像死尸一样一动不动，只是偶尔会发出几声粗重的喘息。彼得踮起脚悄悄行走；而1号还是踏着不变的步子——那柔软平滑的鞋底不会在地板上擦出一丝声响。他们并肩走过一条拱形长廊，穿过一幕珠帘，来到屋外。太阳照在彼得浮肿的眼睛上，他这才感到身上的黏腻与瘙痒。

回头看一眼刚刚的建筑楼，他发现，在他抵达绿洲的几个小时内，绿洲上的大气已渐渐把外墙上的欢迎二字腐蚀殆尽——油漆已然脱落，墙体上黏附着几摊涓涓下流的泡沫，两个字好像墨迹未干似的也变了样式。

彼得注视着墙上的痕迹，爱耶稣1号则抬头看着他。"墙上的字很快就会消失，"他说，"记忆里的字永存心间。"他摸摸胸脯，像是在指明记忆留存的位置，又像是在袒露自己一身的热忱。彼得点点头。

随后，爱耶稣1号带他走街串巷（未铺设的小径能称作街巷吗，如果它们足够宽的话？），深入移民地之中。街上杳无人迹，无声无息。但彼得知道，早前他见过的那群绿洲人肯定都躲在这儿的某个小角落里。建筑楼如出一辙。矩形，矩形，矩形；琥珀色，琥珀色，琥珀色。如果居住地和USIC基地囊括了绿洲上的所有建筑，那么这就是个实用主义主导、精美之物销匿的世界。他不应为此烦心，但事实并非如此。一路上，他一直以为建在这里的教堂应该简单朴素，外表华丽与否并不重要，重要的是内在的灵魂。可现在，他更想把教堂建得既瑰丽又大气。

他每走一步，小便的欲望就更加迫切。他在想，为了给他找一处解手的地方，1号有没有绕了远路。绿洲人根本没有这种顾虑，或者说他们根本不需要找厕所。彼得曾看见他们在大街上排泄，而且还一副若无其事的样子。他们在这样的大街上行走，眼睛盯着前方，袍底拖在地上，一条长长的屎痕便在土地上蔓延开来：不香不臭的灰绿色颗粒状粪便。如果有人不小心踩在上面，它就会碾成糊浆，宛如蛋白酥皮。但粪便不会一直残留在地上，它要么被风吹走，要么直接渗入泥土之中。彼得至今还没见过绿洲人撒尿的样子，也许他们没有这种需求。

但彼得不一样。他刚想叫1号找个地方立即停下来，这时，绿洲人恰好在一个环形建筑前——形似饼干盒,大小如仓库——停下了脚步。低矮的屋顶上砌着烟囱……大型瓷制烟囱就像烧窑里的瓷瓶,一根根朝天矗立。1号示意彼得拨开门上珠帘,钻进屋里去,彼得照做了。屋子里,一个个手工制作的大桶小桶陈列开来。它们形状各异,与天花板上攀附而下的水管连在一起。容器紧靠房墙依次排列,房屋中央因而成了一块空地。一个人工水塘,和洛杉矶富人区的后院泳池差不多大小。水塘里,绿水泛着点点白光。

"水。"1号说。

"非常……聪明。"彼得觉得"机智"一词不易理解,就换了个词。看着眼前这水气缭绕的水塘和水管,他深信自己很快就能冲澡了。

"水够了?"就要出门时,1号问道。

"呃……"彼得满脸困惑。

"水够吗?我们现在就传水?"

彼得终于听明白了。"小便[①]"——当然!字面与口语交融的产物——他时常在其他传教远征队的记录册中读到过,从那时起,他就时刻告诫自己要跳离歧义的陷阱。但1号的应答平和流顺,毫无交流不畅的迹象。

"抱歉,稍等一下。"彼得说着,大步走到1号前头,随后在街道中央停下脚步。他掀起身上的长袍,一股尿液缓缓排出。几分钟之后,他放下长袍,朝1号扭转过头。就在这时,爱耶稣1号在地上拉下了一坨圆滚滚的屎——他的站姿庄严肃穆,仿佛是在亲吻一位欧洲人的脸颊。

"现在,再去睡觉?"绿洲人朝着来时的路指去:回到鼾声四起的屋子里,回到汗湿难耐、臭气难当的小床上去。

彼得无奈地笑了笑,"先带我去未来的教堂那儿,我想再看看。"

于是,两人走出居住区,穿过灌木丛,来到约定的地点。这儿还是一块处女地。四个槽孔陷在沙地里,划出了未来教堂的四个边角。里边,是彼得在沙地上画下的教堂内部的基本设计。那时,77人围成一圈,彼得站在中央,向他们解释每条线的含义。既然他能透过疲乏的双眼再次看到这一小块荒地上画着的草图,想必绿洲人也可以:沙地上粗糙、神秘的槽孔。前方路漫漫,他感到有些,不,是非常力不从心。碧翠丝必定会说,他正徘徊在现实与梦境之中,难辨虚实。当然,碧翠丝是对的。

---

① Pass water 口语意为"小便",书面语意为"传递水"。

这里还残留着爱耶稣人群的其他痕迹。绿洲人婴儿在彼得讲话的时候吐出的一小摊奶，特意献给彼得但尺码过小的一双靴子（当时的场面既不尴尬，也不逗人发笑：彼得只是默然接受），一只半透明琥珀色的空水壶，一片曾装着USIC药品的金属泡箔（最后一颗药片也被抽走了），两张坐垫（大人们谈天说地的时候，两个小孩子在上面打起了瞌睡）。

　　犹豫数秒之后，彼得捡起一只坐垫，将它整整齐齐地放在了另一只坐垫旁。他俯下身子，头和臀部分别搭在两个坐垫上。在地上，他躺了下来。疲乏感好像渗入了土中，渐渐消释。他希望自己独身一人，不受搅扰。

　　"在我们的床上，你感到不舒适①。"爱耶稣1号说。

　　最后两个字嘶嘶作响。"抱歉，我没听清你刚刚……"

　　"你感到……不开心。"1号紧紧攥着手套，寻思着一个容易发音的词。"在我们的床上，睡眠从不来。"

　　"是的，是的。"彼得露齿而笑，"睡眠从不来。"他觉得，诚实是最好的处世之道。人一旦诚实，误解也就少了。

　　"在这里，睡眠会来到。"1号朝着四下空旷的大地摊开了手掌。

　　"是的，在这里睡眠会来到。"

　　"很好，"绿洲人说道，"那么，一切都将安好。"

　　一切都将安好吗？希望吧。对这里的传教工作，彼得有种美好的预感。有些难以解释的事情已经发生了——都是些小事情，也不怎么神秘，但从中却不难看出上帝的眷顾。有一次，他给绿洲人讲述着挪亚方舟②的故事（应绿洲人的请求）。正当他捧着《圣经》，读到"天上的窗户敞开"的时候，天空真的下起了雨。还有一次非常不可思议。到了晚上，火盆纷纷熄灭，绿

---

① 原文：Unsatisfied

② 一艘根据上帝的指示而建造的大船，其依原说记载为方形船只，但也有许多的形象绘画描绘为近似船形船只，其建造的目的是让挪亚与他的家人，以及世界上的各种陆上生物能够躲避一场上帝因故而造的大洪水灾难，记载中挪亚方舟花了120年才建成，这段故事分别被记录在《希伯来圣经·创世记》（《旧约圣经·创世记》）中。

洲人停止劳作，一个个瘫坐在黑暗中，听着彼得讲创世记①的故事（还是应绿洲人的请求）。就在彼得读到"神说，'要有光'"的时候，其中一盏火盆突然燃起，将万束金光投射在人群之中。巧合无疑。彼得并不迷信，在他眼里，这更像是真正的奇迹，是绿洲人的信仰与友情最真挚的体现。

这期间，也出现过几次小小的失意。或者不完全是失意，只能说是交流障碍。他甚至不明白自己为什么会碰壁，也不知道雷区所在。

比如，相片。这些年来，他认识到要想以最快的速度与陌生人套近乎，相片无疑是最佳选择。相片上，有你的妻子，你的家，衣发入流、风华正茂的你、你的父母、你的兄弟姐妹、你的宠物，还有你的孩子。（好吧，他没有孩子，但这本身就是个谈资。"孩子呢？"人们总会这么问，好像他们希望他把最好的相片留在最后看一样。）

也许人群太过庞大，那次相片的展示和讲解出了岔子。七十余人一个接一个传递、观摩着相片。彼得在解说相片上的某个地方，而所有人却在注视着相片上的其他地方。坦白说，坐在彼得旁边的那个绿洲人完全可以将彼得的讲解与相片联系起来，但他的反应还是那么难以捉摸。

"这是我的妻子。"他从塑料夹中抽出最上层的相片，递给爱耶稣1号。"碧翠丝。"

"碧翠丝。"爱耶稣1号使劲夹紧双肩，附和道。

"小名——碧。"彼得说。

"碧翠丝。"爱耶稣1号重复道。他将相片夹在手指之间，水平摊置，乍一看，就好像碧翠丝——身穿仿羊绒毛衣，搭配一条紫红色牛仔裤——要脱离相片纸似的。彼得在想，既然这些人的脸上没有一处称得上眼睛的地方，那么在看相片的时候，他们还能像他一样有同样的感受吗？显然，他们不是瞎子，可是……也许他们看不到二维的图像？

"你的妻子，"爱耶稣1号说，"头发很长。"

"以前很长，"彼得说，"但现在很短。"他不知道，这些秃顶的绿

---

① 基督教经典《圣经》第一卷书，开篇之作，属于旧约摩西五经（天主教译作梅瑟五经）。本书介绍了宇宙的起源（起初神创造天地）、人类的起源（神创造了亚当和夏娃）和犹太民族的起源，以及犹太民族祖先生活足迹。本书也是上帝全部计划中的开始，它向我们展示神的创造怎样的完美，人类是怎样堕落的，一个民族是如何被上帝拣选发展壮大的。

人是喜欢长发还是厌恶长发。

"你的妻子爱耶稣吗?"

"她当然爱耶稣。"

"很好。"爱耶稣1号说着,把相片传给身边另一个人。那个人接过相片,看起来就像是在领受一份圣餐。

"这一张,"彼得说,"是我们的家。它在一座卫星城里……唔……在英国,离伦敦不远的一个小镇。你们可以看到,我们的房子和周围的相差无几。可是,房子里面就大不一样了。就好比一个人可以和周围的人长得一模一样,但由于心里住着上帝,他成了与众不同的人。"彼得看向人群,想知道有多少人理解了这个比喻。12个人跪在地上,绕着他围成一圈。他们安静地等待着下一张方形卡片的到来。除了衣袍的不同颜色和身高的细微差别以外,他们看着毫无二致。

这里没有胖子,也没有瘦子,没有肌肉发达的人,也没有弯腰驼背的人,没有女人,也没有男人。只有一排排矮小的物种蹲坐在那里,一样的姿势,一样的长袍(除颜色不同外)。风帽下面,是一坨凝固的腐肉,在他眼里,那不是,不是,根本不是一张脸。

"针,"爱耶稣54号颤抖着说:"一排针,一排……刀。"

彼得不明白54号在讲什么。相片慢慢传了下去。相纸上,只能看到一座土黄色房子和房前一排金属栅栏而已。

"它呢,"他说,"是我们的猫,约书亚。"

爱耶稣1号盯着相片,看了十五、二十来秒。

"它爱耶稣吗?"1号终于发问了。

彼得笑了笑。"它不可能爱耶稣,"他说,"它是只猫。"空气凝滞,四下一片静寂。"它不是……它是只猫。它不会思考……"脑海里刚刚蹿出的"自我意识[①]"一下子被他否决了,太多的嘶嘶声,暂时还不适合读给绿洲人听。"它的脑袋太小,辨不清是非对错,也不明白自己为什么活着。它只会吃了睡,睡了吃。"这番描述似乎不切实际,因为约书亚还会做很多事情呢。但确实,它只是一只黑白不分、青红难辨的生物。它也从没想过自己为何降生于世。

[①] 原文:Self-consciously

"可是，我们爱它。"彼得说。

爱耶稣1号点点头。

"我们也爱那些不爱耶稣的人，但是，他们会死去。"

彼得递出另一张相片，"这，"他说，"是我家那边的教堂。"他刚想说出BG的俏皮话——嘿，我们又不想赢什么建筑奖——可最后还是把它咽了回去。

在摸清绿洲人的讲话规律前，他在这里说出的每一句话都必须简单，明了。

"针，好多针。"一个绿洲人说道。他的爱耶稣编号，彼得至今还没搞清楚。

彼得贴上前，颠来倒去地观摩着这张相片。这上面，根本看不到一根针影，有的只是教堂外围的一排金属栅栏，还有栅栏中央的一座仿哥特式拱门而已。随后，他看到了栅栏顶端的一根根尖刺。

"我们不能让小偷溜进教堂。"他解释道。

"小偷会死去。"一个绿洲人应和着。

下一张相片是约书亚，它蜷缩在羽绒被上，一只爪子轻轻蒙着眼睛。彼得把相片放回相堆里，随即又抽了一张。

"这是教堂后院，过去是停车场。我们把水泥地捣碎，再铺上沙子。人们可以在街上泊车，或者直接走路去教堂……"他知道对这些人来说，自己讲的东西有一半——也许全部——是天方夜谭，但他没有因此而闭口。"风险与回报并存。这……这是一次成功之举、善意之举。我们在这里种上灌木、花朵，还有一些树苗。天气回暖的时候，孩子们会跑到草地上玩耍。不是说我们那儿的天气有多温暖，我是说……"他喃喃自语。

1号接过相片。

"你哪里？"

"什么？"

绿洲人举起相片，"你哪里？"

"我不在这张相片里。"彼得说。

绿洲人点点头，随后将相片递给他的同伴。彼得从塑料夹里抽出另一张相片。即使绿洲上的空气没那么潮湿，他讲到现在也该大汗淋漓了。

"这是我小的时候，"他说，"我想是阿姨——我妈妈的姐姐——给我拍的。"

爱耶稣1号端详着相片上那个三岁的小彼得。他站在高高大大的建筑前，看起来十分矮小。他身穿亮黄色派克大衣，手上戴着橘色手套，正朝着这边招手。母亲离世的时候，彼得在老房子里找到了这张家庭合照——为数不多的一张。彼得不希望绿洲人询问他父亲的照片，因为它们早已被母亲撕毁了。

"很高的建筑。"爱耶稣54号指着相片背景里的塔式大楼，说道。

"那个地方很可怕。"彼得说，"很压抑，也很危险。"

"很高。"爱耶稣54号语气坚定地说。随后，他将方形卡片传给了下一位同伴。

"之后不久，我们搬到了一个更好的地方，"他说，"更安全的地方。"

绿洲人纷纷表示赞同。搬到一个更好更安全的地方——这他们都听得懂。

递出去的相片，在人群中流动着。有个绿洲人正对着相片上彼得的教堂看得出神——几个教众成员聚集在教堂外，正排着队走进蓝色大门。其中一人叫伊恩·迪尤尔，阿富汗退伍老兵。国防部想为他安上假肢，但遭到了他的拒绝。他只想拄着拐杖四处走动，好抓住机会跟别人谈一谈战争。

"没有腿的人。"绿洲人说。

"是的，"彼得说，"在一场战争中，他的腿受到重创，医生只能将它截断。"

"人现在死了吗？"

"没呢。他活得好好的。"

在场的人都惊叹不已，有几个人还发出了"赞美上帝"的感慨。

"这，"彼得说，"是我的婚礼。在这一天，我和碧翠丝结了婚。你们有婚礼吗？"

"我们有婚礼。"爱耶稣1号答道。小小的反驳，夸大，倦怠，还是纯粹的信息？彼得难以分辨。1号说话时静如止水，更谈不上什么沉降起伏的音调，只有头部的那摊肉，在模仿着声带的一张一合。

"她使我认识了上帝，"彼得说，"她把我带到上帝身边。"

人群里一阵骚动。

"你的妻子找到了书,"爱耶稣七十几号说,"在你前面读着,读着,读着,读着,学习耶稣的传教之道。然后她来到你身边,说她找到《异境之书》了。现在,你来读。我们不至灭亡,反得永生。"

这听起来不像碧在医院病房里(与彼得第一次相遇的地方)的基督传教工作,倒更像是伊甸园里的蛇对夏娃的诱言。不过,绿洲人能逐字逐句地引用《约翰福音》3章16节的话,也是件逸闻轶事了。库茨伯格肯定教过他们。

"是库茨伯格教的吗?"

曾经蠢蠢欲动的人群,现在顿时鸦雀无声。

"叫一切信他的,不至灭亡,反得永生。"彼得说。

"阿门,"爱耶稣1号祈祷着,其余的人也随声附和。"阿门"一词与他们的嘴型十分贴合,或者说成了他们身体的一部分。"阿门,阿门,阿门。"

婚礼相片传到了身着橄榄绿衣袍的绿洲人手中。他——还是她?——无所谓了。

"刀,"那个绿洲人说,"刀。"

确实:相片里,彼得和碧同时握着刀柄,正准备切开婚礼蛋糕。

"这是一种风俗、一场仪式。"彼得说,"这是幸福美满的一天。"

"幸福美满的一天。"绿洲人的声音,如同踩在雨后蕨草时发出的簌簌声。

彼得在吊床上挪了挪身子,避开了冉冉而上的太阳。此时,橙黄色的阳光四处弥散,感觉越发温煦。他仰面躺在吊床上,向上凝望。碧空里,一道紫色残像①在飞舞,在消逝。天空,很快又如金绸般灿烂明黄。家里的旭日,也是这般金黄吗?他想不起来了。只依稀记得那些温暖如春的早晨,当第一缕晨曦洒遍约书亚的毛丛,在碧裸露的小腿上蔓延的时候,睡梦中的碧,将被单踢散开来。但天空的颜色却大不相同。那时卧室外的天空,不似

---

① 视觉残像是指当外界物体的视觉刺激作用停止后,在眼睛视网膜上的影像感觉不会马上消失,这种现象的发生是由于神经兴奋留下的痕迹作用,称为视觉余像或视觉暂留。

金绸,却如蓝缎,是不是?记忆模糊不清,他感到有些懊恼。

想和碧倾诉千言,信上却只留下几句话。下一次写信的时候,他一定会对着记事本,把过去360小时里发生的大事——罗列下来。至于芝麻谷子般的小事,譬如自己与新朋友之间那难以言表的默契、那些无助时的理解,他都一概不提。还有这片金色天空,他也不会说的吧。

记事本被压在背包底层。也许就不该把记事本放在包里,这样,每次灵光乍现的时候,他就能一字不漏地记在本子上。但是,铅笔很可能在他入睡的时候将他刺伤,或者穿过吊网,直接落在坚硬的地板上。银黑色笔芯一下子碎裂一地,铅笔便钝废了。对彼得来说,铅笔是他的心头肉。只要多加呵护,铅笔就能在圆珠笔漏油、签字笔枯竭、机器出故障的时候派上用场。

而且,他还喜欢躺在吊床上,享受无忧无虑的时光。而每次站在地上,扎在人堆里布道的时候,他的脑袋就会嗡嗡响个不停。每一天都充满机遇和挑战,每一次布道都举足轻重,做任何事他都不能掉以轻心。绿洲人坚信自己是基督徒,他们信仰虔诚,可对基督教义却又不甚了解——他们对此心知肚明。因此作为牧师,彼得需要潜心贯注,时刻倾听他们的心声,观察他们的反应,解答他们的疑惑。

而且,他还要完成枯燥乏味的体力活:搬石块,运砂浆,砖墙开洞。一天的劳作步入尾声,绿洲人纷纷回了家。这时,彼得终于可以躺在吊床上,无思无虑,仿佛吊网隔开了俗世凡尘,将他悬在了灵薄之中——不是天主教里的灵薄狱①,而是今日事与明日事之间的过渡区。在这里,彼得成了一只空有皮囊的树懒,夜里酣睡,晨间打盹。

工地上还堆放着好几张吊床的网兜,绿洲人用它来搬运砖块。他们从……从哪儿搬来的砖块?从出产砖块的地方。然后越过灌木丛,来到教堂工地。四个绿洲人各扛(网兜)一角,像抬棺人一样,迈着沉稳的步伐,将一摞摞砖块运往工地。教堂工地离建筑群不太远——但也足够偏僻——要是背着砖块,还是得走上好久,彼得想。更何况这里没有轮式运输工具。

彼得对此有些难以置信。轮子真是个奇妙的发明,不是吗?即便是那些对轮子一无所知的绿洲人,一旦他们目睹了USIC员工的作业车,也会对轮子

---

① 灵薄狱(Limbo)在天主教中指天堂与地狱之间的区域,那些不曾判罚但又无福与上帝共处天堂的灵魂在此居住。

加以仿造和利用吧。原始生活同样受到尊重,但如果有的选择,没有人会愿意拖着渔网去搬砖。

渔网?他是这么叫的,因为它看起来就像一张渔网。但它肯定有其他用途——也许就是用来搬砖的。在这里,渔网没有其他用武之地了。绿洲上没有大海,也没有大面积的水域,当然,也就没有鱼。

没有鱼。他在想,在他讲和鱼有关的圣经故事的时候,绿洲人会不会摸不着头脑呢。这类故事简直不胜枚举:约拿与鲸鱼,五饼二鱼的神迹,加利利渔夫,"得人的渔夫①"的比喻……马太福音13章里,主耶稣说天国又好像网撒在海里,聚拢各种水族……甚至在《创世记》里,神创造的第一只动物也是大鱼②。他到底需要跳过多少难以言说的圣经故事呢?

不,他不能为此灰心丧气。对于传教士来说,这些都是常有之事,不足为奇。

20世纪,巴布亚新几内亚的传教士早就遇到了这类问题:本地人不知道羊为何物,而当地的猪又和基督寓言里的描述判若云泥,因为在巴布亚人眼里,猪就是被宰的牲畜。在绿洲上,彼得将面临同样的挑战,而他所能做的,只是尽力而为罢了。

但就目前而言,他和绿洲人的交流还是相当顺畅的。

他翻过身趴在吊床上,隔着吊网向下看去。正下方,他的便鞋整齐地摆放在平坦的水泥地上。绿洲上的水泥不用抹子涂抹,它会自然扩散,慢慢风干,凝固,比起粗糙的混凝土,它摸起来更像原木一样平滑,但柔软的皮靴在上面也不至于打滑。

便鞋旁堆着一些工具:大勺子,大概……该怎么跟碧描述呢?大概跟小铁锹,或自行车扳手,或警棍差不多大?它不是木头,也不是金属,而是一种坚如磐石的玻璃。彼得用它来搅拌灰浆缸,防止灰浆过早凝结。昨晚——或者说,五六小时之前——在入睡前,他花了整整20分钟的时间清理大勺子,用手指将上面的泥垢一点点刮落。砂浆渣散落一地。他拖着疲倦的身躯,干着这份苦差事。勺子恢复了原状,等待第二天的到来。既然牧师彼得

---

① 耶稣信徒——彼得,即基督教牧师。
② 神说,水要多多滋生有生命的物,要有雀鸟飞在地面以上、天空之中。神就造出大鱼和水中所滋生各样有生命的动物,各从其类。又造出各样飞鸟,各从其类。

身强力壮（在绿洲人当中），那么这份活计只能由他胜任。

一想到这儿，他就笑了起来。以前的他，和壮汉扯不上一点关系，他常常被酒鬼欺负，也曾被警察随手扔进过小黑屋。有一次，为了把碧抱到床上，他还差点闪了腰。（"我太胖了，太胖了！"她喊道。为了缓解尴尬，他也只能将她放下来。）而在绿洲人里，他是个大力士。每当他站在砂浆缸旁用大勺子搅拌的时候，周围的绿洲人都会投来钦佩的目光。这听起来很可笑，但彼得却因此有了动力。

这儿的屋舍建造简单却又高效。那个砂浆缸——靠手搅动的大糨锅——就代表了这儿的建筑水准。教堂墙体内没有任何支柱：没有钢筋，没有木梁。菱形砖块砌在地基上，然后再一块块往上堆积。这种建房方式看似简单，却如累卵一样存在风险。

"要是来一场暴风雨呢？"他问爱耶稣1号。

"暴风雨？"爱耶稣1号脸上的半条裂缝——或者说，胎儿的前额——微微扭曲着。

"要是来一场大风呢？教堂会被掀翻吗？"彼得一边大口吹气，一边扇动双手，模仿着建筑坍塌的场面。

爱耶稣1号那张怪异的脸皱得更加厉害了。是发笑，还是困惑，或者什么都不是？"房子不会破，"他说，"房子很结实，喔，非常结实。风就像……"他伸出手，轻轻触摸着彼得的头发。头发静若止水，就好像房子在大风中岿然不动一样。

这种保证单纯稚昧，但彼得还是决定相信绿洲人，毕竟他们知道自己在做什么。他们的居住地虽不美观，却也结实牢固。他必须承认，用以堆砌砖块的砂浆有很高的粘连度。刚涂上去的时候，它还像透明的槭树浆，可不到一小时，它就凝成了琥珀，将上下砖块牢牢地粘在一起。

建筑工地上没有脚手架和梯子，也用不到其他和木头或金属有关的东西。为了到达教堂内墙的高处，绿洲人另辟蹊径，贴着建筑墙体，将大块硬质苔藓——绿洲人小床的床基——一层层地往上搭。这种方法有些笨拙，但非常实用。每段楼梯都有两米的宽度和足够的高度；砖块砌得越高，台阶就搭得越多。过去几天里，楼梯搭得很高，差不多是彼得身高的两倍。尽管体积庞大，它们也只是一种临时的建筑工具，不可能变成真正的梯子。它们甚至可以移动——只要大伙一起出力，楼梯就能朝两边挪动。彼得曾多次帮绿洲人挪过，那时大家共同出力，所以很难估摸楼梯的重量。但彼得觉得这楼梯，可以说，不比冰箱重多少。

彼得被这种因陋就简的楼梯深深吸引了。当然，单凭这楼梯，是很难建成摩天大楼或大教堂的，除非建筑工地有一个足球场那么大。但要靠这楼梯建一座小教堂，那还是绰绰有余的。绿洲人会怀揣一块砖，一步步走上台阶。他们会站在楼梯顶端，像钢琴家注视琴键一样（用眼睛，还是裂缝，还是其他什么？）打量着墙体顶缘。过了一小会儿，他们才把手上的砖块砌在墙顶，然后一步步走下了台阶。

不管怎么说，这项工程耗费了大量人力。最忙的时候，工地上也许有四十多个绿洲人。彼得觉得，要不是台阶宽度受限，道路狭小，这儿很可能会有更多的绿洲人。建筑工作有序而平缓地进行着，没有停息——绿洲人等到体力殆尽的时候，才会回家歇息一会儿。他们工作时沉默寡言，只有遇到新的挑战、事情出了差错的时候，他们才会跟他说两句话。他们快乐吗？彼得不知道。而这，正是他心心念念想深入了解的东西。

合唱的时候，他们快乐吗？你会想，如果歌唱是一种折磨，他们是不会唱下去的。作为牧师，彼得从未期待绿洲人以合唱"奇异恩典"的方式来迎接他，他们完全可以安排其他的欢迎礼。或许他们缺少欢乐。

快乐，真是个转瞬即逝的东西：它像一只伪装蛾，可能藏在你面前的树丛里，也可能在不知不觉间飞走了。一位刚信仰基督不久的年轻妇女曾对他说，"你知道吗，一年前，我常常在酒馆里和朋友开怀畅饮。我们曾多么快乐啊。我们捧腹大笑，一刻未停。那时，人们纷纷扬扬起头，想探个究竟，更想沾点喜气。那时的我们，飘飘欲仙，极乐无穷。可私底下我忧思无垠。仁慈的上帝啊，拯救我吧。我如此孤独，要被难过吞噬了，还不如死了痛快。这种人生，多一秒都是煎熬。你明白吗？"然后，站在旁边的伊恩·迪尤尔也开始大发牢骚。他抱怨昔日的军旅生活，抱怨那些压榨军中物资的吝啬鬼们，"你自己买副望远镜吧，伙计。至于免费发配的防弹衣，两人一件。如果你的腿炸飞了，只能吃吃这种小药片，因为我们已经没有吗啡了。"15分钟后，彼得发觉还有其他人等着向他吐露心声。于是他打断道："伊恩，恕我直言，你真的没必要跟自己过不去。上帝就在那儿，与你同在。他目睹了战争，他目睹了一切。"伊恩颓然倒下，抽噎不止，嘴里不断呢喃他明白，他明白。抱怨声中，怒火之下，这就是彼得还感到快乐、十分快乐的原因。

还有碧翠丝。他向她求婚的那天，所有事情都搞得一团糟。彼得是在早上十点半的时候求的婚。那时，闷热难当，他们正站在大街上的自动取款机前，准备前往超市购物。彼得当时就应该单膝跪地的。碧的一声"愿意"听起来有些僵硬和踟蹰，好像在她眼里，他的求婚不过是为她解决高额房租开辟的另一条渠道而已。紧接着，储蓄卡被取款机吞了进去，她只能进银行和银行经理面谈。经理跟她谈了足足半小时，搞得她好像成了偷盗另一个碧翠丝的银行卡的冒名顶替者一样。不堪受辱的碧，在一怒之下取消了她在这家银行里的所有业务。后来他们去购物，但身上的钱只够买下清单上一半的物品。他们走到停车场的时候，又发现车身上多了一道深深的刮痕，看起来像是街头混混画上去的"卐[①]"。如果上面画的是涂鸦的阴茎、咒语或其他什么东西，他们还可以睁一只眼闭一只眼。至于这个符号，他们只能将它销毁，这又得花上一笔冤枉钱。

糟糕的一天还没结束：碧的手机因电池耗尽而自动关机，修车碰壁（第一家修车厂已关闭，第二家修车厂没空位），午餐吃到烂香蕉，碧鞋子上的一条破皮带崩开（只能跛着脚走路），车子引擎开始发出怪响，第三家修车厂告知他们，新漆费用高昂、排气管已严重锈蚀（意外）。后来，他们走了很长一段时间才回到碧翠丝的公寓，发现他们买的羊排在高温下变了色。对彼得来说，这最后一根稻草也掐断了。他顿时怒火中烧，揭下盛放羊排的托盘，只想使尽浑身解数把这该死的臭肉砸进垃圾桶。可又不是他付的钱，又何必发这么大的火呢？他冷静了下来。随后，他将杂货放进冰箱，朝脸上泼了泼水后去找碧翠丝。

她正站在阳台上，低头凝望下方的砖墙。这堵墙静静地环绕在公寓四周，上面扎着带刺铁丝网和锋利的碎玻璃。她的脸颊湿润了。

"对不起。"他说。

她摸索着他的手掌，两双手默默交缠在了一起。

"我哭了，因为我很快乐。"她解释道。太阳西沉，隐入云中。空气里

[①] 纳粹党在1920年启用了卐字标志。纳粹党的标志是由文字组成的图案，它的来源是由德语的Schutzstaffel（亲卫队）缩写成SS再转化为两个闪电型的字母S合并而成，这个倾斜45°的右旋卐字图案被称为Hakenkreuz（德语直译为钩十字），用于纳粹党的旗帜、徽章及臂章。希特勒认为"卍"字象征争取雅利安人胜利的使命，因而于1920年用作纳粹党党徽。

多了几分湿气。清风拂过，发梢飘漾。"这是我最快乐的一天。"

11. 她也很美

"我们的重逢得主庇佑，彼得神父。"一道声音忽地传入耳畔。

阳光明晃晃的，有些刺眼。他笨拙地翻过身，差点从吊床上摔下来。绿洲人迎着晨光慢慢走近，但从这边看去，只有影影绰绰的一副轮廓而已。彼得只知道这不是爱耶稣54号的声音——唯一一个一听到就能贴上标签的声音。

"早上好。"他回道。"我们的重逢得主庇佑"和早晨问候差不多。一切事物，在绿洲人眼中都受到上帝的庇佑。也就是说，绿洲人要么比大多数基督徒更能理解庇佑，要么对庇佑一窍不通。

"我又来建造我们的'小兰'了。"

在这些人中待了两周，彼得的听力更加敏锐了，"小兰"就是"教堂"，他一听就明白了。他细细回想着，终于将这道声音的来源锁定在淡黄长袍的人身上。

"爱耶稣5号？"

"是的。"

"感谢你的到来。"

"一切听从上帝，一切为了上帝。"爱耶稣5号讲话的时候，彼得不禁在想，这道声音与54号的声音到底差在哪里。肯定不是声音高低的问题。在家里或USIC基地里早已听惯了的各种声音，在绿洲人中却难以寻觅。这里没有浑厚的男中音，没有刺耳的女高音，没有沙哑的女低音，也没有嘹亮的男高音。他们的声音既不清朗也不沉闷，既不羞赧也不豪迈，既不沉静也不骚乱，既不傲慢也不谦卑，既不欢脱也不悲伤。也许在这片无迹可寻的陌生地带，他忘掉了什么细节，但他自己矢口否认。这就像是在期待一只海鸥或乌鸦或鸽子发出和同类不同的咕咕声一样，但生就如此，它们也无能为力。

绿洲人唯一能做的，就是用不同方式组织语言。比如，爱耶稣54号擅于规避那些难以发音的字眼,他会尽量选择无嘶嘶声的词加以替代。这些变动下(用"躺在床上"替代"睡觉",用"传教学问"替代"教授"等),他的讲话难免有些奇怪,但听起来相当顺畅,让人感觉他有一条灵活自如的舌头。相反,爱耶稣5号不太在意这些细节,她说话中规中矩,要是哪个字里含有太多的"t"和"s",那就没辙了。比起其他绿洲人,她说起话来更轻松自如——发辅音的时候,她的肩膀很少会扭曲——有时候,想理解她的话却愈发困难了。

她,她,她。为什么会以为她是女性?是因为淡黄色长袍,还是因为他对此有所感觉,就是一种直觉?

"其他人还没来,我们也做不了什么事。"他从吊床上跳了下来,"你可以多睡一会儿的。"

"我很害怕,就醒来了。我怕你不见了。"

"不见了?"

"USIC今天会来,"她给他提了个醒,"把你带回家。"

"USIC基地不是我的家。"他边说边穿上便鞋。蹲着的时候,他的头正对着爱耶稣5号的头。要说她是成年人(如果是的话),看起来又有些矮小。或许她只是个孩子——不,不可能。或许她已春归人老,渐入暮年。他厘不清头绪。他知道,她很直率,即使用绿洲人的标准看,也是如此。她每次只工作20—30分钟,然后就径直走回家了。她身旁还跟着一个人,他不是爱耶稣者,这让她感到悲伤——或许只是彼得的臆想而已。实际上,他也不能肯定这个人是她的血缘亲属,或许是位朋友。而她悲伤的愁容却让彼得难以释怀。绿洲人从不哭泣,从不叹息,也从不伸手掩面。那么,她肯定是说了什么话,才让彼得觉得她很悲伤。

他试着回想爱耶稣5号的其他事儿,但脑子里一片空白。很不幸,人脑就是这样:它就像一个筛子,那些熟悉与感知的事慢慢流过记忆的滤网,最后,只有几个无关紧要的碎片残存下来。

下一次,他真得在信上多写些东西才行。

"USIC会把你带走,"爱耶稣5号又说了一遍,"我怕你不再回来。"

他走到墙边,穿过一处豁口(最后会在这里镶一扇门),站在教堂的阴影下,开始解手。尿液呈橘红色,但看起来比以前黯淡些,他在想是不是水喝得太少了。绿洲人很少喝水,他也慢慢养成了这种习惯。早上醒来时,喝上一大口；在工作间隙，喝上一小口。就是这样。每当水瓶倒出来的水渐流渐缓的时候，绿洲人就会默默拿起水瓶，一路走回居住地，把它灌满后又原路返回工地。可彼得过意不去，他不想给他们添麻烦。

绿洲人给了彼得无微不至的照顾，就好像一家人张开双臂，热情欢迎和款待一位密友，和他促膝谈心直至深夜一样。他们的照顾不煽情，不露骨，但不难看出其中的善意与关爱。在教堂工地上工作的时候，他每天都能看到一个人带着礼物，从灌木丛那边款款而来。一盘形如印度咖喱饺的炸球，一杯芳香扑鼻的微温黏稠液，一块脆脆甜甜的东西。他的工作伙伴很少在工地上吃饭，他们更愿意在家里进餐；偶尔也会有人直接从地上摘下几朵蓓蕾初绽、鲜嫩多汁的白花。至于那些烹煮的食物、小小的点心，都是留给他独自享用的。一番真诚道谢后，他会毫不拘谨地接过食物，因为他一直都处于饥肠辘辘的状态。

现在好多了。为了不被贴上贪食鬼的标签，在过去360小时里，他慢慢减少了卡路里摄入量，还拾回了过去荒废时日里曾有过至深体会的东西：仅靠残羹剩菜，人就能存活，甚至活得很精彩。要是陷入那种境地，他要么醉到无知无觉，要么，像现在这样，生活忙碌却乐在其中。

他穿过豁口，来到爱耶稣5号身边。爱耶稣5号正坐在地上，背顶着墙。她的衣袍堆起一片褶皱，纤细的大腿和腿股间的空隙不经意间裸露而出。彼得瞥了一眼。他觉得自己看到了肛门，可就是没有生殖器的影子。

"多跟我讲讲《异境之书》吧。"她说。

照着他的形象造男造女[①]，这句话突然在脑海中浮现。

"你知道亚当和夏娃的故事吗？"他问？

"书中故事，得主庇佑。它们都是好故事。"

"是的，但你知道这故事吗？之前听过吗？"

"很早之前。"她说，"还有现在。"

"是库茨伯格讲的？"

"是的。"

"为什么他不在这里继续给你们讲故事呢？"自彼得抵达绿洲居住地那

[①] 《创世记》第一章的内容：……神就照着自己的形象造人，乃是照着他的形象造男造女……

天起,他就换了6种法子问同一个问题。至今,仍未得到一个满意的答复。

"库茨伯格牧师走了。我们需要他,他却离开我们,就像你也会离开一样。"她那张长着裂缝的脸,平时还是一片桃粉,现在竟惨白如纸。

"我先出去一下,很快回来。"

"好的,请信守诺言。"在他看来,她的话里既无戏谑的口吻,也无恳求的意味。她只是就事论事,不带任何情感。虽然她说话的声音不比其他绿洲人高,却字句铿锵。或许这只是彼得的想象。或许他对一切事物都浮想翩翩,他总是怀着"了解这帮人"的热忱,幻想着子虚乌有的东西。他和碧翠丝曾在杂志上看过一篇文章:猫不是真正的个体,所谓的个体不过是主人一味地遐想而已。猫表现出的一切奇异声音和诡谲行为,只是一种普通的基因特征而已。这文章糟透了(出自一名自命不凡、发际线渐升的记者之手)。碧翠丝读完后一脸震惊,茫然若失,之后很长一段时间都是这样。

"告诉我,爱耶稣5号,"彼得问,"那个不信仰耶稣,让你又爱又恨的人,是你的儿子吗?"

"我的……弟弟。"

"你还有其他兄弟姐妹吗?"

"一个活着,一个在地底下。"

"你父母呢?"

"地底下。"

"你有孩子吗?"

"上帝啊,求求你别问了。"

彼得点点头,有所意会。他知道自己不是个脑瓜子灵光的人,5号是男是女,他还是一头雾水。

"请原谅我的无知,爱耶稣5号。可是,你到底是男是女?"

她没有回答,只是朝一边静静地仰着头。他发现,即使在迷惑不解的时候,她脸上的裂缝也丝毫不会扭曲:不像爱耶稣1号。他在想,这是她的聪慧,还是警觉?

"你刚刚提到……你刚刚讲到你的弟弟。你叫他弟弟,而不是妹妹。可他为什么是弟弟,不是妹妹呢?"

她思忖数秒。"上帝啊。"

他接着问道:"你是你弟弟的哥哥还是姐姐?"

她又陷入沉思,"在你面前,我宁愿用'哥哥'称呼自己,"她说,"因为'姐姐'这个词太难读了。"

"要是没有读音上的问题,你会用'姐姐'称呼自己吗?"

她换了个坐姿,这时,腹股沟又掩藏在衣袍之下,"我什么也不说。"

"亚当和夏娃的故事里,"他说,"上帝造了男人和女人。男性和女性,两种不同的人。绿洲上,也有这两种不同的人吗?"

"我们各不相同。"

彼得笑了笑,随后看向别处。他知道在这段交谈中,自己已身处下风。透过墙上的洞口(不久的将来,这里将嵌上一扇美丽的彩绘玻璃),他看到远处几个绿洲人正扛着盛满砖块的吊网,向前行进。

他的脑子里突然冒出一个想法——他才意识到,在USIC的时候,他甚至没有叫人带他去看看绿洲人的旧居,那个被遗弃的地方。如果碧翠丝在这里的话,她是绝对不会有这种疏漏的。哪怕是彼得在信中对C-2的那点轻描淡写,就足以引起碧翠丝对C-1的好奇。老实说,他到底怎么了?碧翠丝很少因这类过失而恼怒,有时她会说彼得患了"科尔萨科夫氏综合征[①]"。当然只是玩笑话。他们都知道,酒精断片儿和综合征没半点关系。

"爱耶稣5号?"他说。

她没有回应。绿洲人从不多费唇舌。他们默默地听着你讲话,等到能够作答的时候,他们才开始说话——你只要这样想就行了。

"库茨伯格还在的时候,"他诘问,"你们在从前……以前那个靠近USIC基地的居住地上建过教堂吗?"

"没有。"她回答。

"为什么没有。"

她想了足足一分钟。"没有。"她说。

"你们在哪里做礼拜?"

"库茨伯格牧师会到我们家里来。"她说,"一整天,他挨家挨户地走。我们等着他,会等很久。然后他来了,进屋诵读圣书,和我们一起祈

[①] 科尔萨科夫氏综合征(Korsakoff's syndrome),又称健忘综合征,为一种大脑缺乏硫胺(维生素B_1)而引起的精神障碍。其疾病由俄国神经学家谢尔盖·科尔萨科夫(Sergei Korsakoff)最先发现而命名。

祷，之后他就走了。"

"这也是一种方法，"彼得说，"很好的方法。耶稣自己曾说过，'无论在哪里，有两三个人奉我的名聚会，那里就有我在他们中间。'①"

"我们从未见过耶稣。"爱耶稣5号说，"教堂更好。"

彼得抿笑着，难以抑制心中的自豪。他真心希望，一座实实在在的教堂会更好。

"可是，库茨伯格住在哪里呢？"他追问道，"我是说，他和你们在一起的时候，在哪里睡觉呢？"他想象着库茨伯格躺在浴缸状的蚕茧里，大汗淋漓、浑身湿透的样子。库茨伯格个头矮小，肯定有哪张小床能装下他。

"库茨伯格牧师有车。"爱耶稣5号说。

"车？"

"大车。"她伸出手，在空中画出一个轮廓：一个毛毛糙糙的矩形，看着一点也不像车子。

"你是说，他会开车回USIC基地度夜……呃……睡觉？"

"不。车子里有床，车子里有食物，车子里什么都有。"

彼得点点头。当然了。这么做，睡觉的问题就迎刃而解了。而且，这种车子——也许和库茨伯格的车子是一样的——如果他有所要求的话，想必也能得到。但他不想重蹈覆辙，他不后悔。他能感觉到，库茨伯格和他的羊群②之间隔着一段距离、一层隔膜，即使是相互的尊重与友情也难以将它移除。绿洲人曾把第一位牧师当成外星人，这不只是表面上说说。待在车里的时候，库茨伯格随时都准备发动引擎，踩下油门，然后一声不响地离开。

"你觉得库茨伯格现在在哪里？"

爱耶稣5号沉默了一会儿。其他爱耶稣者已朝这边渐渐走来，他们的软靴子踩在沙地上，只传出一阵微若游丝的窸窣声。砖块显然很沉重，但绿洲人却没有丝毫抱怨或退缩。

"这里。"爱耶稣5号伸出手，向前挥动着手掌。她似乎是在描绘整个世界。

---

① 出自《马太福音》18章20节。

② 圣经中，牧师常常被比作牧人，教徒则是牧人的羊群。此处，羊群指代绿洲人。

"你觉得他还活着吗?"

"我相信。这是上帝的意愿。"

"当他……呃……"他停下来,组织一个她能回答的问题,"他有说过'再见'吗?我是说,你们最后见到他的时候,或者说,他要离开的时候,有没有说'我要走了,再也不会回来了',或是'下周见',或是……他到底说了什么?"

她又沉默了一会儿,"没有'再见'。"

"我们的重逢得主庇佑,彼得牧师。"一道声音忽地传入耳畔。

绿洲人纷纷前来建造教堂,或者用他们的话说,就是"小兰"。彼得希望哪天他能戒掉这个词,然后用其他词代替。这些人一砖一瓦、呕心沥血地建着教堂,但至今还不知道怎么读这座建筑的名字。这是不可容忍的。

近来,彼得就常常称"教堂"为"我们的庇护地",但毫无卖弄的味道。"建造我们的庇护地。"他会这么说(根本没有一丝嘶嘶声),有时也会在同一句话里将两个词连在一起读。为了将误解扼杀在萌芽中,他会特意向人们解释"庇护地"和"天堂"的区别。对于那些心中住着耶稣的人,两个地方都是他们安适温暖的家。但一个是现实存在的场所,而另一个则是与主合一的永恒的精神状态。

几个绿洲人已经开始使用"庇护地"这个词,为数不多的几个。但大部分人还是喜欢把教堂说成"小兰",即使它很拗口。至于为数不多的那几个人(个个都称自己能领会这个中差别),他们口中的"庇护地"听起来又好像是"天堂"。

"天堂在那里。"爱耶稣15号直指头顶上空的苍穹。随后,又把手指向尚未完工的教堂,"天堂在这里。"

彼得苦笑着。在他心目中,天堂不在天上,也没有固定的空间坐标,它与世上的一切共生共存。但是,现在就给绿洲人灌输这种形而上学的知识可能为时尚早。他们能区分教堂和上帝,这已经很好了。

"很好。"他说。

"赞美耶稣。"爱耶稣15号回应道。他的声音,就像陷入泥浆的脚用力拔出的感觉宛如泥浆里的脚掌一样黏。

"赞美耶稣。"彼得附和着,声音里带着隐隐的忧伤。这是对"耶稣^①"一名的怜悯和无奈。"耶稣"是个好名字，可在绿洲上，"丹尼尔""大卫"抑或"尼赫迈亚"都会是更好的选择。至于"C-2""绿洲"或"奥斯卡卢萨"（小女孩的家乡），彼得最好只字不提。

"这个地方叫什么？"这个问题，彼得已经问过很多次了。

"这里。"他们说。

"这整个世界，"他描述着，"你们的家园，还有环绕家园的大地，还有远处那看不见的地方，那地平线下的无垠，太阳西沉之地。"

"生活。"他们说。

"上帝。"他们异口同声。

"用你们自己的话讲呢？"彼得继续追问。

"你讲不来的。"爱耶稣1号说。

"我可以试试。"

"你讲不来的。"这是愠恼执拗的表现，还是为一股不可撼动的力量所驱？还是说，1号只是简单重复着这句话，别无他意？

"库茨伯格会讲吗？"

"不会。"

"库茨伯格……他和你们在一起的时候，有学过你们的语言吗？"

"一点点。"

"那当时的情况肯定非常棘手。"

"幸得上帝护助。"

彼得不知道这是一声礼赞——人们纷纷朝上翻动眼珠，如果有眼珠的话——还是一次单纯的陈述（上帝帮助了他们）。

"你英语讲得很好，"他做出恭维，"是谁教你的？库茨伯格还是塔尔塔廖内？"

"弗兰克。"

"弗兰克？"

"弗兰克。"或许这是塔尔塔廖内的教名。讲到这里……

"弗兰克是基督徒吗？是爱耶稣者吗？"

"不是。弗兰克是……语言爱好者。"

---

① Jesus一词内出现两处"s"，因此该词的发音对绿洲人来说是一个挑战。

"库茨伯格也有教你们吗？"

"语言？没有。他只教我们上帝之言。他在我们面前诵读《异境之书》刚开始，我们什么都不懂。后来，在弗兰克还有上帝的帮助下，我们慢慢理解了。"

"那塔尔……弗兰克现在在哪儿？"

"没和我们在一起。"一道声音从橄榄绿衣袍的风帽里传了出来。

"他走了，"另一道声音从鲜黄色衣袍的风帽里传了出来，"我们需要他，他却离开了。"

彼得在想，如果碧翠丝在场的话，她会问什么问题呢？在她眼中，又会有怎样宏大的画面？她有个本领——那些在场的，甚至是不在场的东西，她都能逐一觉察。放眼望去，彼得看到人群中有十几个小人儿身着浅色衣袍，脑袋匿缩在风帽里，鞋底沾着些沙粒。他们个个抬头凝望着彼得，好像他是一座独特的方尖碑，由远及近传播着讯息。背后，他们的城市在雾气笼罩下闪着琥珀色暗光。他还没来之前，那里曾经有一间能容纳许多人的大屋子，甚至比现在坐在这里的人还多。

"弗兰克只教爱耶稣者吗？"他问，"还是说，谁想学英语，他就教谁？"

"不爱耶稣的人，是不愿意学习的。他们说，'为什么我们要讲别人的语言？'"

"他们是不是……那些不愿学习英语的人，是不是不欢迎USIC？"

询问绿洲人的感受，尤其是对其他人的感受，就好比对牛弹琴，不会有任何结果。

"为USIC生产食物，"他试着旁敲侧击，"难吗？"

"我们自愿供给。"

"可是那数量……会不会……交纳那么多食物，会不会很艰难？任务是不是太重了？"

"我们自愿供给。"

"但是……如果USIC不在这里，你们的生活会不会轻松一些？"

"USIC把你带到我们身边，我们心怀感激。"

"可是……呃……"他决定打探一下非爱耶稣者对USIC的想法与感受，"你们每个人都为食物生产而辛苦劳作，对吧？爱耶稣者，还有……

呃……其他人。你们都一起劳作。"

"人多力量大。"

"是呀,当然是这样。但是,你们当中有没有人说出'为什么我们要干这活儿?让USIC的人自己去种粮食吧'的话?"

"我们需要药品,这谁都知道。"

彼得思忖片刻,"是不是说,你们所有人……呃……你们所有人都在服药?"

"不。只有少数几个人,少之又少的几个人。所有在场的爱耶稣者都不需要服药。赞美耶稣啊!"

"那些不爱耶稣的人呢?他们更容易生病吗?"

人群中一阵骚动——这很少见。一些人说不爱耶稣的人更容易得病,而其他人则认为生病与否和信仰无关。爱耶稣1号最后一个出声。在他看来,没有一个人说到点子上。

"他们终将死去,"他说,"有没有药品都一样,他们终将死去,永不回来。"

很快,他的时间流到了尽头。格兰杰恰好在约定的时间回到这里:距离他们上次说话,一共过了360小时。至少,他认为那个人是格兰杰。

离开的时候,她说过下次会开一辆更大的车子——比吉普还大的补给车——前来。这时,确实有一辆卡车驶入眼帘,它伴着熠熠晨辉,从远处朦胧的地平线上缓缓驶来。彼得想,在格兰杰眼里,绿洲居住地一定是个鬼镇。她只能看到镇外的杳无人迹,却无法感受镇内的鼎沸人声。在绿洲人看来,这阡陌纵横的街道不是人来人往的聚众场所,它只不过是房屋与房屋间的通道。

卡车在漆有白色星星的建筑外停了下来。卡车?它更像是那种疾驰在英国小镇里运送牛奶面包的厢式货车。车身上印有USIC标语,看着仿佛一个小小的文身,而不是什么惹人注目的商标。USIC花商。USIC鱼贩。没有一点大公司的感觉。

车来的时候,彼得正在教堂工地上搅拌着砂浆。站在700米开外的地方,他远远地就能看到车影了。而那时,绿洲人正一刻不停地投身于建筑劳作,更何况他们视野狭小,听觉迟钝,所以车子的到来没有引起他们任何人的注意。他在想,如果连他也装聋作哑,继续跟着绿洲人一起干活,那不知道会发生什么事呢。格兰杰最后会离开卡车,走过来和他碰面吗,还是直接把车开到教堂工地?还是说,她会失去耐心,然后灰溜溜开走?

他明白,让她一直等在那儿,自己既有失礼节,又不免有些孩子气。虽然这里的人让她感到"毛骨悚然",她也从不拿他们当"人"看,但他还是希望她能走出金属躯壳,和这里的人接触接触。其实,绿洲人一点也不可怕,也不吊人胃口。如果你盯着他们的脸多看一会儿,就不会觉得可怕了,你甚至会觉得,那条裂缝和人的鼻子或眉毛差不多。他希望格兰杰能明白这一点。

正当他跟工友们请辞,要离开一小会儿的时候,他发现漆有星星的建筑走道上出现了一抹身影。一个他从未见过的绿洲人,衣袍呈鼠灰色。建筑外,车门突然打开,她走了出来,通体纯白。

彼得又继续他未出口的话,但已经没有必要了:工友们也都发现了格兰杰的到来,纷纷停下了手头的工作。每个人都轻轻地、小心翼翼地放下了手上的东西。爱耶稣52号——彼得认为她是女性——正手捧一块砖,向上爬着楼梯。她停了下来,看看手上的砖块,又朝上看看墙上即将风干的砂浆。继续走还是停下来,对她来说,这是个难以抉择的问题。犹豫数秒之后,她开始爬上楼梯。似乎在她心里,砌砖的任务太过重要,不容许有任何干扰和马虎。

其他绿洲人则用他们的语言喊喊喳喳说个不停。彼得能听懂的唯一一个词——唯一一个不在他们语言之中的词——是"药品"。爱耶稣1号走向彼得,显得有些踌躇。

"彼得牧师,"他说,"如果上帝不至于失望的话……如果耶稣和圣灵不至于失望的话……请问,我现在能离开我们的'小兰',去帮忙搬运药品吗?"

"当然,"彼得说,"我们一起去吧。"

绷紧的神经忽然松懈,一种释怀感传入每个人体内,人群随之一颤。彼得在想,是库茨伯格让他们对上帝的不悦心有余悸,还是说,他们只是想取悦彼得——这位新牧师而已?很早的时候,他曾给这些绿洲人解释过上帝的怜悯与宽容：我的轭是容易的，我的担子是轻省的①。如此云云。也许当时他应该用畜牧业打个比方。

彼得和爱耶稣1号穿过灌木林，朝车子走去。其余的绿洲人仍待在工地上，他们似乎不想因为全员出动而吓到格兰杰，又或者是出于对爱耶稣1号（作为中间人）的尊重。

灰袍绿洲人（从居住地里走出来迎接格兰杰的人）在车子旁站定，未挪动一厘一毫。一只白色纸箱传到了他手中。虽然这纸箱看似大型比萨盒，但他还是庄严肃穆地将它捧在手心，仿佛一位手捧圣物的牧师。他似乎不急着把纸箱搬走。他看见爱耶稣1号和彼得正穿过灌木林，朝这边走来。他和格兰杰的对话（如果有的话），这时已搁置一旁。

格兰杰也在旁边眺望着。她和以前是一样的打扮：白色罩衫，棉质便裤，一条头巾松散地垂挂在头发与脖颈之间。身姿婀娜的她，站在绿洲人旁边，却显得五大三粗。

"他是谁？"渐行渐近的时候，彼得问爱耶稣1号。

"SBDFPH。"1号回答。

"非爱耶稣者？"

"是的。"

彼得在想，自己有没有可能学点绿洲人的语言。"SBDFPH"没有任何与之相联的英文词，它宛若苇荡里的一丛芦苇或砍刀下的雨后莴苣，散漫无序。

"你有没分到药品的时候吗？"

"这是给所有人的药品。"1号说。彼得不知道这话音里夹杂的是自信、悲愤还是果决。

四个人在建筑楼外的阴影里会了面。墙上，欢迎二字已模糊不清，看起来就像喷绘残渣。

---

① 《马太福音》11章30节：我心里柔和谦卑，你们当负我的轭，学我的样式，这样你们心里就必得享安息。因为我的轭是容易的，我的担子是轻省的。

爱耶稣1号向格兰杰俯首鞠躬，"让您久等，我深表歉意[①]。"他说。

"我很快就走的。"虽然说了句俏皮话，但格兰杰仍显得局促不安。车子的引擎还在运转，似乎完全无视了边窗上的USIC标语——前路漫漫，请节省汽油。

"你好，格兰杰。"彼得说。

"嘿，你还好吗？"

她操着一口美式英语（比以前更浓厚些），仿佛一位北方佬在讲话。忽然，他感到一阵刺痛，就像肚子上挨了一拳。他想念碧了。时光悠悠，唯独少了她的陪伴。他相信，碧和他终会相见。USIC不应该开卡车来迎接他，换成洋红色沃克斯豪尔[②]就好了。那时，碧站在车上，像孩子一样朝着他挥手，还用一口甜美的约克郡英语打着招呼。

"一直在露天里睡觉？"格兰杰问。

"怎么看出来的？"

她眯着眼，朝着彼得匆匆打量了一番，"有些人会晒黑，有些人直接晒伤。"

"我没感觉自己晒伤了呀。"

"不如一会儿照下镜子？"

"忘带了。"

她点点头，好像在说难怪，"等会儿给你涂点护肤霜。是迟了点，但是，嘿……"她看了看爱耶稣1号和另一个绿洲人，"话说回来，我还得转交一下药品。呃……这里谁负责的？我该和谁交代下？"

"这事我比较了解，"爱耶稣1号说，"你就跟我说吧。"随后，他转向他的同伴，说道："KJDFRH，DJF FNFDN。"

另一个绿洲人走上前，揭开箱顶，把它翻到一侧，这样，格兰杰和爱耶稣1号就都能看到详细的药品内容了。彼得远远地站在一旁，但还是能瞥到箱子里的瓶瓶罐罐。少数药品上贴着色彩鲜艳的商标，而大多数药品上贴着机印的药房标签。

[①] 原句"I am regretful for your lingering long here"，直译为"我很后悔让你在此逗留这么长的时间"，因此才会引出下文格兰杰的俏皮话。

[②] VAUXHALL，即英国欧宝，欧宝车在英国被称为沃克斯豪尔。

"看着，"格兰杰指着箱子里的药品，"和往常一样，我们送来了阿司匹林和醋氨酚①。这些都是非专卖药②。"

"一种通用的药品名。"爱耶稣1号说。

"对。"格兰杰说，"然后是10盒醋氨酚商标药：泰诺，你们以前也拿到过。这些蓝、黄盒子里装的是润喉糖，内含美沙芬（止咳剂）和新福林（鼻减充血剂），它们吃起来像糖一样。我是说，不知道你……呃……"她咳了一声。不知道她是故意在模仿绿洲人咳嗽，还是喉咙里真的卡着什么东西了。"这个是双氯芬酸钠，一种止痛剂，也是一种抗炎药，能缓解关节炎——肌肉、关节间的疼痛。"她扭动手肘，晃动胳膊，模仿着关节炎的不适症状，"它也有助于缓解偏头痛和……呃……痛经③。"格兰杰话音有些低沉。显然，她不太相信绿洲人能听懂这些话。她接着解释余下的药品，但语速急促，语音含糊不清。这种怪异的行为，彼得曾在初出茅庐的传教士身上见到过。他们努力消除着人们的敌意，博取好感，但还是预感到了自己的失败。这时候，他们就会有这种表现。他们含糊其辞地向人们做出邀请（到教堂做礼拜），好像纯粹是在完成上帝指派的任务一样，不抱任何的虔诚与希冀。

"还有可的松乳膏，装在蓝白相间的软管里。这是你们喜欢的药。"格兰杰接着说，"以及一堆抗生素。庆大霉素、新霉素、氟氯西林。它们有各种用途，我以前解释过，而且还需根据个人体征选择不同的抗生素。如果你……呃……如果你能给我任何反馈意见，我就能更好地帮到你们。"

"欢迎抗生素，"爱耶稣1号说，"但更欢迎止痛药。还有其他颜色和名字的阿司匹林和醋氨酚吗？"

"没了。就这些东西。但记住，还有双氯芬酸。它是一种强效药，适用于大部分……呃……人群，但（和其他止痛药一样）可能会引起肠胃不适。"她敷衍地摸了两下肚子。彼得能看出她很痛苦，但不是因为肠胃问题。

---

① 又称对乙酰氨基酚或扑热息痛，简称APAP，是一种广泛使用的非处方止痛及退烧药。

② 常规处方药被分为非专卖药和商标药，以明确其为某个公司所有的特许权。

③ 最常见的妇科症状之一，常常伴有痉挛性疼痛。

"另外，"她继续说道，"这次，我还带了你们以前从未见过的新药品，它和疼痛没有关系。不知道这药对你们——不单单是你，还有……呃……其他人——有没有用处。"

"药的名字是？"

"盒子上写着'格列喹酮'，这是商标名。实际上，它是胰岛素，用于治疗糖尿病。你知道糖尿病吗？就是身体无法正常调节血糖浓度，知道吗？"

绿洲人一脸专注地看着格兰杰，一声不吭，一动不动。

"血糖就像，呃，糖。"她支支吾吾地说着，手指用力地压在汗湿的额头上，好像需要几片止痛药来缓解疼痛似的，"很抱歉，我可能讲不大清楚。但箱子里有胰岛素，所以……"

"我们深表感激。"爱耶稣1号说，"我们深表感激。"他示意同伴合上箱子，格兰杰因而也走出了痛苦难堪的境地。

后面的事情进展得很快。灰袍绿洲人和爱耶稣1号一起将药品箱搬到漆有星星的建筑里。几分钟过后，他俩各自抱着一个圆鼓鼓的麻袋，像怀抱婴儿一样朝这边走来。他们将麻袋放上车子后，又回去继续搬运。几个来回之后，其他绿洲人——彼得一个也不认识——也加入了搬运的行列。除了装有干白花或白花粉的麻袋，还有盛着加工调和物（USIC厨师在上面掺点水，就成了浓汤、面包酱、甜点，还有一些想都想不到的东西）的大塑料桶，装有调味品和香料的小桶或塑料袋。每个袋子和塑料桶上，都印有马克笔写的一排大写字母。这是出自USIC员工之手，还是出自绿洲人那戴着手套的小手？彼得不得而知。

应格兰杰要求，彼得和格兰杰一同坐进了车子。她埋怨这里的湿气浸入肌理，但在她的脸上，彼得看不出一丝求得信任的期许。她只是因药品转交的任务而身心俱疲而已。空调舱——与堆放食物的后备仓相隔绝——成了她得以疗养的地方。一身身衣袍擦窗而过，她移开视线，合上了双眼。每隔几分钟，就有一个麻袋或塑料桶被扔进后备仓，这时，整个车身也会为之一震。显然，在长期合作之下，绿洲人在交易活动方面已得到USIC百分百的信任。亦或许是因为格兰杰此时已精疲力竭，再无力执行核查任务了。

"你再不注意的话，小心得癌症啊。"她说着，拧开一管药膏。

"我没事儿。"他说话的时候，格兰杰正用中指在他的鼻子和前额上涂着膏药。女人的抚抚——不是碧翠丝——让他全身战栗。

"看到这副灼伤的脸，你的妻子肯定会不高兴的。"格兰杰伸出手，将后视镜往里掰了掰，好让彼得看到镜子里的自己。光泽透明的药膏之下，他能看到脸上的一些小创伤：几道小暗斑，外加轻微褪皮。

"我能挺住的。"他说，"不过，还是谢谢你。"

"你还需要什么，"她边说边用纸巾擦拭着手指，"等我们回到文明地的时候，尽管跟我说。"

"我发现，绿洲人相当文明了。但对绿洲人的健康问题睁一只眼闭一只眼，你这位药剂师肯定不好受吧。"

"彼得……"她向后靠在座椅上，发出一声叹息，"别说了。"

"人们就喜欢讨论既成之事。"

她重新调整后视镜，直到在镜子里看到自己的脸。她随手拈起纸巾一角，沿着左眼擦去晕染开的睫毛膏，随后又揩拭着右眼睫毛下的晕渍。彼得记得很清楚，上次见面的时候，她没有画过眼睫毛。

车子外，出了点小事故。有个绿洲人双手提着两只桶，但其中一只不慎掉在了地上。红棕色粉末顿时撒落一地，逐渐升腾，靴子、小腿和浅蓝色袍底也被尽数遮盖。另一个绿洲人驻足而立，估量着眼前的小灾势。"肉桂。"

"肉桂。"浅蓝色衣袍的绿洲人附和道。

两人站在那里，静静地注视着地上的粉末。湿润的和风轻轻拂过，肉桂花粉未随之蹁跹而舞，卷入空中。沾在袍底的粉末渐渐潮湿，黯淡，最后凝结成几点发亮的色斑。两个绿洲人没再说什么，继续回去工作了。

彼得摇下车窗，想闻闻空气里是否弥漫着肉桂的香气。没有。这时，一股暖流涌入车内，冷气顿时消散殆尽。

"快关上吧。"格兰杰抱怨道。

他又将车窗摇了上去，车内空调仍不停地运作着。那股受困的暖流在车舱内四处飘浮，就好像预感到自己终将消散一样。它们飘过彼得的脸颊、膝盖和后颈，追寻着自己的宿命。格兰杰也感受到了这股暖流，她不禁打了个寒战。

"你看到肉桂撒了一地了吗？"彼得问。

"嗯哼。"

"幸好他们没为了这事儿而小题大做。那个掉了桶的人既没有表现得很愧疚，也没有表现得很难过。他的朋友也没有在一旁责怪他，或是因此而大惊小怪。他们只是目睹了这场小事故的发生，然后继续工作。"

"是呀，这真是极好的。我可以一整天都坐在这里，看着他们把我们的食物洒在地上。"

"但我想说，"彼得说，"USIC员工看着都很通情达理的样子。"即使说了这句话，他还是得承认，格兰杰是个例外。

"是呀。"她说，"小题大做是禁忌。"

"你是说……这是明确规定的？就像一条规则？"

她窃笑，"不是的。只要在情理之中，我们即得自由，即为自我。"空气再次变冷，她拿起大披巾，裹在了脖子上。

绿洲人还在车子和建筑之间搬运着补给品。麻袋是搬完了，但塑料桶（装有白花衍生品）仍旧纷至沓来。为了种植这些农作物，生产这些食物，绿洲人耗费了多大的心血；大量的劳作和血汗却只换来这么几盒子的药品。好吧，就只有这么几盒子，但还是……

"为什么USIC有那么多的药物库存？"他问。

"没有的事。"她说，"为了这笔交易，我们拿着额外的补给。每只飞船上都载有新补给：一批给我们，一批给绿洲人。"

"听起来真是个大工程。"他说。

"也没有。开销和物流都不是事儿。跟杂志，或……呃……葡萄干……或百事可乐，甚至跟人比起来，药品占不了多少空间，何况它们都很轻。"

看起来好像最后一件物品也放到后备仓里了。透过暗淡的车窗，彼得搜寻着爱耶稣1号的身影。然而，爱耶稣1号已经不在这儿了。"我不会让飞船白白地把我运上来，我会尽量证明自己的价值所在。"

"又没人说你闲话。"格兰杰说，"这些……人——绿洲人，你是这么叫的吧——需要你。现在他们得到你了，皆大欢喜，不是吗？"

可是，格兰杰看着并不高兴。她费了些功夫，才将后视镜调回原位。先前还缠在手腕上的袖子，这时已褪到了胳膊肘。彼得看到了她前臂上的伤疤：因自残而留下的一道久创未愈、永不磨灭的旧疤痕。历史刻在肉体上。他认识太多自残的人了。他们总是那样美丽。看着格兰杰的伤疤，他第一次意识到，她也很美。

12. 回想起来，我几乎可以确定，就是那时

室内过滤的空气清冷凛冽。室外风景忽然变换。在过去的几百个小时里，他脚下的土地从未变换过，逐渐变幻的天空下坚硬的土地，一直是一成不变的。现在忽然荡然无存：窗外闪过色彩鲜明的小草，太阳也被屋顶隐去了光芒。彼得把脸紧紧地贴在窗户上，试图向后看去，再望一眼那一闪而过的居住地。

格兰杰仍然漫不经心地开着车，但这会儿看上去有些愤怒。她一边稳定着车子，一边转了转仪表盘上的钥匙，屏幕上祖母绿的数字和标识跳跃着。她揉了揉眼睛，用力眨了眨，空调风太强吹得眼睛有些干涩，于是她调整了一下设置。

再次身处机器之中是多么诡异的事啊！不论有没有意识到，他这一生都待在机器里。现代的房子就是机器。商场也是机器。学校、汽车、火车、城市，这些都是高科技的东西，布满了灯光、电机。你不假思索地开启了它们，毫无意识你已经深陷在非自然的仪器里。

"你像畸人小镇的国王一样。"格兰杰轻快地调侃。

"我们是合作伙伴。"彼得说道，"绿洲人和我。"

"听上去真温情。不过你想的事他们都做了吧？"

他看着她。她的目光锁死在面前的土地上。从她的发音上推断，她应该是在嚼口香糖。

"他们想更深入地了解上帝。"他说，"所以我们在建一个教堂。当然不一定要非得是实体的教堂；只要心中有上帝，哪里都可以朝圣。但教堂终归能集中一些。"

他再次看向她，这次她意识到了，并用余光回视。

"格兰杰，"他说，"我怎么觉得我们拿错了剧本啊？我是说这个对话。你是大公司的雇员，受聘来此建立起殖民地。而我是牧师，我才是那个应该关心他们有没有被掠夺的人。"

"好吧，我会试着更符合我的设定。"她明快地说，"或许这会儿来杯咖啡会有所帮助。"

她伸手从地上拿起一个保温杯，然后把它夹在大腿中间。左手扶着方向

盘，试图用右手拧开旋紧的盖子，手腕颤抖着。

"我来帮你吧。"

她把杯子递了过去。随后他将杯子打开，倒了一杯咖啡。丝滑的棕色液体已经冷却，也没有蒸汽了。

"给。"

"谢谢。"她说着呷了一口，"这玩意真难喝。"

他笑了。凑近了瞧格兰杰的脸显得有点陌生。很美，但不真实，就像洋娃娃一样。她的嘴唇太完美了，皮肤苍白。不过说不定这一切都是金色的日出作怪；也或许，是因为在过去的368个小时里，他已经接受了绿洲人的长相，并且习以为常。格兰杰却不长那样。

"嘿，我想起个事来。"他说，"你给他们的那些药，只有绿洲人才能服用对吧？"

"是的。"

"不过，话说回来，你跟爱耶稣1号说的那些话……"

"耶稣什么？"

"爱耶稣1号。这是他的名字。"

"你给他取的名字？"

"不，这是他自己取的名字。"

"哦，好吧。"

她神色冷漠，脸上一丝浅笑也难觅踪迹。他不知道她是不是在全然否定他，还是觉得整件事都很荒谬。

"不管怎样，"他接着说，"但你说到糖尿病的时候，我觉得绿洲人根本不知道糖尿病是什么吧。那为什么要给他们胰岛素呢？"

格兰杰饮尽了杯中的咖啡，再拧上盖子。"我不想浪费。"她说，"胰岛素对他们来说毫无意义；那是我们的补给，不过我们不再需要了。"片刻停顿后，她接着说，"塞韦林死了。"

"塞韦林？和我一起来的塞韦林？"

"是呢。"

"他是糖尿病患者？"

"曾经是。"

彼得试图回想他与塞韦林的旅途。那仿佛是上辈子的事情了，其实只不过是几个礼拜前的事。

"他什么时候去世的?"

"昨晚。我知道这时间在这里不够明确。昨晚快要过去的时候。"她对了对表,"大概18个小时之前。"又是一阵停顿,"你可以主持葬礼的事宜。如果你愿意的话。"

彼得再次尝试回想起那段旅途。他想起BG问塞韦林信仰什么,然后塞韦林的回答是,我不信教。

"塞韦林大概不想要什么葬礼。他不信教。"

"很多人都不信教。但是,我们不能什么招呼都不打就把逝去的人扔进火化炉里吧。"

彼得深思了半晌。

"你能……嗯……给我一些大概的步骤吗,要怎么跟……这些人道别。"

"都随你。天主教、浸礼会教、佛教……我一点也不担心。你能被选上就是因为……总之,这么说吧,你要是纯粹的五旬节流派的基督徒,或者其他纯粹的信仰者,你就不会出现在这里了。有人研究过你的简历,并且做出了这样的判断,你可以搞定这些。"

"搞定葬礼?"

"任何……任何事情都能搞定。"她放在方向盘上的手紧了紧,深吸了口气,"任何事情。"

彼得沉默了。周围的景象仍在窗边闪过。一阵馥郁的花香穿过车门飘入车内。

亲爱的彼得,碧翠丝写道。我们遇上大麻烦了。

他正坐在他的舱室里,赤裸着身体,尚未洗漱。"大麻烦"这三个字让他起了一身的鸡皮疙瘩。

这封来自他妻子的信是两个星期前的了,更准确地说,是12天以前。发信之后的头48小时,她还保持沉默,显然是在查看她发的消息是已读还是未读状态。但两天之后,她再也无法淡定了,不管不顾地再写了一封信。第二天又写了一封,然后是一封接着一封。她总共写了11封,现在都存在那个发着光的机器里。每封信都有一个编号:发送的日期。于他妻子而言,这些消息都是过往了。但对他来说,这都是尚未解冻的现实。他的脑子一片混乱,充满了"打开它们"的恳切,他多么想要一次性把它们统统都打开——但他知道,他只能一封一封地查看。

他本可以在一个小时前,在回来的车上就浏览到它们的。但格兰杰奇怪的情绪让他没好意思开口问她何时能进入基地的收信范围。再加上他觉得在格兰杰身边读来自妻子的信件终归不太好,太过私密了。要是碧翠丝说些过于亲密的话语,或者发出某些带有暗示的信号呢?不不,还是忍住这时的迫切,等到私下查看吧。

他一边走进室内,一边扯掉身上的衣裳,决定先洗个澡。过去几个礼拜,他与绿洲人同寝同眠,风餐露宿,习惯了汗水和尘土。不过再次回到空调房里,他倒察觉出身上附着的泥土了。这让他想起了无家可归的那段岁月:要是有人邀请他进入自己洁净的家中,他都会蜷缩在无瑕的丝绒沙发边缘,自觉不要把人家家里弄脏了。所以现在,他一进到房里,就决定在发射器预热的这段时间,趁着它还在进行部件自检,自己先冲个澡。不过他失算了,碧翠丝的信息来得太快。几乎在一瞬间,他被迫坐了下来,即使浑身污泥。

我们遇上大麻烦了,碧翠丝说。我不想让你担心,你现在远在千里之外,什么也不能干,只能干着急。但事情发展得太快了。当然,亲爱的,我不是说我们俩之间,而是整个外界,整个国家(可能)。我们当地超市的货架上贴满了道歉的纸条,很多货架都空了。昨天已经买不到新鲜的牛奶和面包了。今天,高温杀菌的牛奶、调味牛奶、压缩包装的牛奶都没了,甚至咖啡伴侣都没了,同样,所有松饼、面包圈、烤饼、薄煎饼也都没了。我偶然听到两个排队结账的人在讨论,一个人到底可以买多少箱卡仕达酱。他们是在指买多少才符合"道德责任"。

新闻里说供应短缺是高速公路上的混乱导致的。几天前贝德沃斯发生了地震,从新闻视频上看,确实有可能是地震导致的短缺。(你见过烘焙过头的蛋糕在微波炉里顶上炸开的样子吗?那条公路就是那样。)当然因为绕道,其他公路也堵得水泄不通了。

但仔细想来,地震发生地的南边也有许多面包坊和奶站。我的意思是,我们总不可能一直以来都是只靠着M6公路一条路上运来的面包过活的吧!我怀疑我们遭遇的这一切都是超市运作不灵活导致的。我打赌他们没有立刻和其他供应商约谈。如果市场可以更加有机地做出反应（没有双关的意思），我想，来自南边或其他地方的面包和奶制品会很快填补上这些空缺的。

总之，不论新闻怎么说，贝德沃斯的地震一定不是全部。食品供应不稳定有一阵子了。天气也越来越诡异。我们这里倒是阳光充足，气候温和（地毯终于干了，感谢上帝），但有些地方遭遇了雪暴，特别强烈，甚至出现了伤亡，有人被雪暴夺去了生命！

我得说，这个礼拜新闻网络倒开心了，有很多事可以报道。地震、雪暴和——人群——伦敦中心发生的暴动。开始只是对于某国军事行动的和平抗议，现在整个事态恶化了，他们点燃车子，打架斗殴，警察出动镇压。即使是清理后的场景也足够令人震撼：特拉法加广场的狮子上红色的颜料（血的颜色）一滴滴落下，周围溅满了鲜血。那些摄像师估计开心得手舞足蹈。抱歉，我这么说听起来有点愤世嫉俗，但媒体的反应实在太热烈了。没人为此哀伤，没有任何道德层面的东西，只是最近的事件罢了。接着，等到这些新闻上出现的灾难过去，百姓们又接着过自己的日子，努力挣扎着对抗生活中的不开心。

反正我不该这么费劲去理解什么大局。只有上帝能理解这些，运筹帷幄。我有自己的日子要过，自己的工作要做。现在是清晨，很美丽，很明亮，很清冷。微光中，约书亚在柜顶打着盹儿。我要到下午2:30才上班，所以在那之前我可以先做些家务，然后把今晚的晚饭做了，这样我下班回家的时候就可以直接吃了，就不用像之前那样吃面包裹花生酱了。我得去吃个早饭唤醒自己，但家里没有像样的早饭了。麦片也没了！我正呷着走味的茉莉花茶（还是卢德米拉和我们在一起那会儿留下的），其他茶不加奶的话就太难喝了。太将就了！

好吧，接着说。（我刚刚去门口收了邮件。）是哪位黑斯廷斯的朋友寄来的明信片，很精美，说是感谢我们的友好——想不起他们说的是什么事了，不过他们邀请我们前去拜访。这会儿对你来说可就困难了！还有一封来自希拉·弗雷姆的信，还记得她吗？瑞秋和比利的妈妈，那两个帮我们做了挪亚方舟墙贴的孩子。瑞秋12岁了，她妈妈说她"都还行"（不知道"还行"是多行），比利14岁了，严重抑郁。这也是希拉给我们写信的原因。她的信息是语无伦次的，写的时候肯定压力很大。她一遍遍地提及"雪豹"，好像我们一定知道关于这个"雪豹"的一切一样。我试着给她打了电话，但她上班了，而我下班要到晚上11:30了。我想，还是今天餐歇的时候在病房给她打个电话吧。

丈夫离家后的独自生活叙述得差不多了，很日常很平凡。请告诉我你那边发生的事吧。真希望可以看见你的脸。我不明白为什么这个技术可以允许我们通信，却不可以发点照片？我知道这样有些贪心了。相隔这么远还可以互通往来就很神奇了。希望你看到后能立刻给我回信，报声平安。

我觉得我应该对你的任务做出些特殊的回应或评价，但实话说，你并没有跟我透露太多。你说得比写得好，这我知道。很多次，我都站在教徒之中听你布道，我看到你垂眼看向笔记——头晚写下的笔记——我知道那些笔记肯定只是些不连贯的单词，但从你的嘴里说出来就是美妙、流畅、深意的演讲稿，是可以让人集中精力听上一个小时的美丽故事。亲爱的，每次我都会被你迷住。真希望可以听到你对的那些新教徒们说的话。我不该期待你之后会把那些话都写下来，是吧？或者把他们对你说的话都录下来？我觉得我对这些人一无所知，这令人沮丧。你在学习新的语言吗？我想你必须得学的吧。

爱你的，

碧

彼得揉了把脸，脸上的汗渍污渍搓成了小球聚到了掌心。他读完妻子的信，百感交集，焦躁困惑。之前从未有过这样的感觉。他与绿洲人共处的时间里，他都是冷静的、镇定的，一切公事公办。即使遇到困扰，也是开心的那种。但现在，他感觉揪心，喘不上气。

他按时间顺序一封一封地点开那些消息，然后点开了一封距离上一封邮件大约20个小时的信息。这个时间一定是那边的深夜了。

我想你，她写道。哦，我多么想念你啊。我不知道竟是这样的感觉。我以为时间会过得飞快，然后你就回来了。只要让我再次拥抱你，只需要紧紧地抱着你几分钟，我就可以再次面对与你的别离。10秒都好，哪怕让我抱住你10秒钟，我都可以入睡。

然后,第二天:

新闻里播的事情太可怕了,我都不忍看,不忍读。今天差点就要请假了。休息的时候一直坐在马桶上抽泣。你离我太远了,太远了!世上从未有一个男人离他的女人这样远,这样的距离令我不适。我不知道我怎么了。我知道我无论如何都帮不上你什么忙。哦,我多么希望你能在我眼前啊。触摸我,抱住我,亲吻我。

这些话语灼烧着他。这些都是他盼望着收到的言语,但今时今日当他真正收到的时候,又是另一番滋味。两个礼拜前,他的肉体也是那么渴望着她,并且确定她的想法是一致的。现在他知道,她确实在想着他,想要拥抱他,但整封信的语气是那么歇斯底里,好像他的存在是种奢求而不是要求。她看上去是那么自立,他觉得自己是在自怨自艾,至少看上去是这样。

之前,他在绿洲人之中的时候,这种不安感已经消失了。他没有时间思考这个。再者,他和碧翠丝那种情感相通的感觉还是很令人享受的,他是怎样的状态,那么碧翠丝也一定是同样的状态,每天过着单调的生活,她对他的爱就像她的瞳色一般,永远不变。

然而,当他快乐地享受着给自己的教堂添砖加瓦的日子的时候,碧翠丝却处在水深火热之中。

他的手指悬在键盘上,不知如何回复。他怎么可以在她写了9封邮件——过去了这么久之后,还一无所知。

他又打开了另一条邮件。

亲爱的彼得:

请不要为我担心。我现在缓过来了,不知道我先前为何要那样。可能是缺乏睡眠?前几个礼拜,周围的环境太压抑了。是的,我知道我说过这边天气很好,确实如此,阳光明媚,温暖如春。但当夜幕降临的时候,一切令人窒息。

几天前,又有一大片土地没了,不是因为核爆或者与核有关的事故,而是一场叫作"寅治"的龙卷风导致的。从日本海上开始形成,然后像"一把佩剑"(我没怎么理解这个比喻)席卷了内陆。成千上万的人因此丧生,超过百万的人流离失所。政府一开始拒绝披露灾难的严重性,所以我们只能看到一些卫星图片。这很荒谬。画面里一个穿着黄色衣服的女子,头发没做护理,但指甲做了,站在投影前指指点点,像是在解释什么。你大致能感受到灾情有多么的严峻,有多少倾倒的房屋和尸体,但你能直接看到的,只有那个女人那只精致的手在上下挥舞。后来政府允许部分救援人员进到灾区,这时才有一些视频传出。彼得,我看到了一些我希望这辈子都不会看到的景象。也许这也是我为何疯狂想念你的原因之一吧。当然我本身就很想你,很需要你,很爱你。但我在看到这些东西的时候更需要你陪在我身边。

我看到了一个巨大的水泥建筑,就像一个庞大的猪圈,或者其他你用来描述圈住的地方的词语,整个建筑被淹在水里,只有顶部露在外面,一队人在屋顶上用镐子敲打着,进展不大。于是他们决定用炸药炸开。有什么东西一堆堆地密集地扎在一起,从炸开的孔洞里浮了上来。都是人。人和水。混合着,就像……我不知如何形容。我永远忘不了那一幕。为什么我们要看到这些东西?为什么,我们帮不了他们?后来,我又看到村民们把尸体用作沙袋。救援人员把蜡烛绑在头顶,蜡液顺着脸颊流下。这样的事情为何会发生在21世纪?我看到的影像是某人藏在帽檐里的针孔相机录下的高清片段,然而,救人的技术却停留在石器时代。

我还想接着写更多,即使我并不想回忆这些。我希望我能把照片传给你,尽管我也想把它们从脑海里清除。这样让别人分担负担的方式是不是太自私了?而且,我的负担到底是什么?在英国的沙发上,吃着甘草软糖,看着别国的尸体漂浮在水面上,别国的孩子排着队只为一点点的布料?

今早上班时有人跟我说:"这些事发生的时候,上帝在哪里?"我疲于回答。我无法理解人们为何会问出这样的问题。悲剧的旁观者该问的是"这些事发生的时候,我们在哪里?"我总想得出这个问题的答案。我不知道我到底能做什么。为我祈祷吧。

爱你的,
碧。

彼得握紧了沾满污垢的双手,刚冒的汗又浸湿了之前的汗渍。他起身走向了浴室。身下那团尤物随着身体的走动一颤一颤的。他站到花洒下,拧开了水,仰头让水流冲下。水流冲过他打结的头发,刺痛了他的头皮,应该是先前没有发现的小刮伤抓伤什么的。一开始是冰冷刺骨的凉水,但很快,水就温热了,冲去了他一身的污渍,将他笼罩在水雾里。他双眼紧闭,仰着脸,让高压的水流一遍遍冲击自己的脸庞。他从头到脚抹上了肥皂,仔仔细细地洗了一遍。灰色的水流打着旋从地漏流下,他没想到水这么久都没恢复纯净。

清洗完毕后,他又站到了水流下,待了半个多小时,要不是水流突然变小,他还能待更久。LED显示屏上闪过0:00的字样。他这会儿才深刻地认识到仪表盘的重要性。当然是这样了!用水时间当然要有一个计时器来限定了,这完全合理。水龙头的水终于流尽,不再发出滴答声,这时,他才发现原来有人在敲门,而不是水管的声音。

"嗨。"门一打开,是格兰杰。看到浑身是水,除了腰间一条毛巾没有其他衣物的彼得,格兰杰瞪大了双眼。她怀里抱着一沓卷宗。

"不好意思,我没听到敲门声。"他说。

"我很用力敲了。"她说。

"我以为会有门铃。"

"USIC不爱花精力在这种没什么必要的小玩意上。"

"是呢,我注意到了。这也是你出乎意料得让人着迷的一点。"

"哎呀,谢谢,"格兰杰说,"这是你说过的最暖心的话了。"

身后,发射器发出了一声轻响,像是某种电子提示音:机器黑屏进入省电模式时的声音。他想起了朝鲜。

"你听过朝鲜的事吗?"他说。

"那是个……嗯……亚洲国家。"她说。

"那里遭遇了很严重的龙卷风,成百上千的人因此丧生。"

格兰杰用力眨了眨眼,神情有些退缩。不过半响之后,她就回过神来。"是个悲剧,"她说,"但我们无能为力啊。"她把手上的卷宗递给他,"所有你想知道的关于亚瑟·塞韦林的事都在这上面了,我们不好与你说,自己看吧。"

他接过,"谢谢。"

"3小时后就是葬礼。"

"好的。3个小时是……嗯……这里……多久?"他胡乱比画着,试图表达出他所知的这里和原来的世界的时间差。

她笑了笑，包容了他的愚钝。"3个小时。"她重复道，伸手给他看了看手表，"3个小时就是3个小时。"

"没想到这么快。"他说。

"放轻松。没人期待你能写出个50页的韵诗，说两句就好。大家都知道你并不了解他。这倒是好事。"

"能客观一些？"

"这就是伟大的宗教信仰的价值，对吧？"说着她又举起了手表，"13:30我来接你。"

她没再说什么，关上门就走了。关门的瞬间，彼得的浴巾应声而落。

"今日我们相聚于此，"彼得对台下塞窄但肃穆的人群说道，"是为了追悼一位刚刚逝去的人，日出以前他还与我们一同呼吸。"

他把目光投向焚化炉前的棺材上，棺材下是一排金属制滚轮。大家不约而同地把目光投向了那儿。棺材是可回收纸板做的，为了让它有木头的质感，上面涂了一层植物釉。那一排滚轮就和机场X光机前的滚轮一样。

"一个人将空气吸入肺部，"彼得继续说道，"那个肺可能不那么健康了，但功能依旧正常，为血液输送氧气，那流淌的血液和我们在座各位身上流淌的一样。"即使没有扩音器，他的声音也十分清亮，不过少了在教堂的回响。葬礼室虽然很大，但收声效果很糟，而且焚化炉的轰鸣响得像边上有架飞机飞过似的。

"聆听你的心跳，"彼得说，"感受你胸腔里那细微的颤抖，感受这奇迹一般的身体韵律。这微弱的颤动，是那样轻柔，让人几乎忘记它的存在，但我们和亚瑟·塞韦林共享着一个世界。现在太阳升起，又是新的一天，塞韦林却不再是原来的他了。我们今日在此就是要面对这个改变。"

一共有52名哀悼者参与。彼得不知道占了这里全体USIC人员的多少。这里面包括格兰杰，一共只有6个女人；剩下的都是男人，这让彼得不禁疑惑，是塞韦林没能赢得他那些女性同事的尊敬，还是这里的男女比例就是这样。每个人都穿着正常工作的衣服。没人身着黑衣。

BG和图什卡站在人群的最前端。图什卡穿着一件宽松的绿色T恤、迷彩裤和网球鞋。不过彼得差点没认出他来，因为他把胡子都剃了。BG还是那个模样，仍是屋子里最大个儿的，脸上的毛发一丝不乱。身上穿着件白色T

恤，肌肉把它撑得紧紧地，像是画在身上的一样。臀上缠了件白色斯瓦尔，一直垂到鞋子上，一双鞋子擦得锃亮，显得格格不入。他双臂交叉，抱在胸前，满脸平静。与他相比，后面有些人就显得正常得多。

"亚瑟·劳伦斯·塞韦林虽然英年早逝，"彼得说道，"但阅历颇丰。他48年前生于俄勒冈州班德，生父母未知，他由养父母吉姆和佩奇·塞韦林抚养长大。他们给了他一个幸福美满的童年，大部分时间都在户外。吉姆负责维护露营地、猎场和军事哨岗。亚瑟10岁时就可以驾驶拖拉机，能拉锯能猎鹿，能干很多那个年纪孩子做不了的事，家务事也很在行。但他的养父母离异之后，他的生活发生了转变。他的青少年时期几乎都在少管所里度过。到他可以坐牢的年纪，他已经有了一堆吸毒和酒驾地记录了。"

追悼者们有所动容，他们的脸上闪过一丝兴趣和焦虑。头部倾斜，眉头蹙起，下唇咬住，呼吸急促了起来，像是被故事吸引的孩子一样。

"亚瑟·塞韦林洗心革面后回到俄勒冈州。可惜，美国提供给前科犯的就业机会实在太少，于是没过多久，他又到了马来西亚沙巴州。干着给毒贩提供吸毒工具的活儿。在沙巴州，他遇见了卡米莉亚，一名当地的企业家，专门给林场送女人。他们相爱并结婚了，尽管卡米莉亚已经四十有余，还育有二女，诺拉和鲍贝，鲍贝也叫梅。后来，卡米莉亚的妓院被当地政府勒令关闭，亚瑟的生意也被同行挤压了，于是他做起了木材生意，从那时起，他才发现他这一生所爱——土壤侵蚀的机制和化学反应研究。"

彼得开始一步步走向那顶棺材，拿着《圣经》的手在身侧摇摆，每个人都能看到他的拇指压着一小张草稿。

"亚瑟·塞韦林接着来到了澳大利亚，"他说着，低头看向光泽的棺材表面，"有一家公司看中了他的潜力，供他读了悉尼大学的岩土工程和土力学。他用史上最快的速度毕了业——并且很快被一家工程公司看上了，他们看重他对于土壤活动的深刻理解和自主研发的工具。他本来可以因为专利发笔大财，但他从没把自己看作发明家，只当自己是个工人，他自己是这么说的，'都是瞎捣鼓罢了'。"

人群中有人嘀咕着表示认可。彼得将空着的那只手放在棺材盖上，轻柔而坚定，仿佛在抚摸亚瑟的肩膀。"每当他发现现有的工具无法满足他所要的数据质量时，他就会设计新的工具来满足。他所发明的东西有……（说到这儿，他看向了手上的草稿）……一种用于地下水位以下无黏性砂层的新型采样工具。他写的学术论文有——是的,这位曾经被高中老师视作没未来的少年犯的人所写的学术论文有——《饱和砂土上的不饱和三轴试验及其对剪切强度综合理论的重要性》《实现恒定压力控制三轴压缩试验》《由软土地基中的孔隙压力耗散引起的稳定增益》《整理特扎里的有效应力原理:一些低液压梯度异常的建议解决方案》等数十篇。"

彼得合上《圣经》,握在胸前,置于十字架的正下方。他的长袍已经洗过熨过,但新出的汗渍仍然印得一块一块的。聚集的哀悼者们也满头大汗。

"现在,我并不想装作有多懂这些论文标题,"彼得轻轻一笑,"你们中有些人懂,有些人不懂。重要的是亚瑟·塞韦林成功地从一个瘾君子变成了一位在其研究领域举世闻名的专家。虽然他偶尔也会重拾……旧业。在进入USIC工作以前,他一天就吸了50根烟。"人群中有人咯咯笑了出来。先前他提到卡米莉亚卖女人的勾当的时候,人群中还是一片死寂,充满压抑,而现在,这阵笑声倒是轻快了许多。

"当然这都是后话了,"他提示道,"我们还略过了他生活的一些部分。亚瑟·塞韦林之后成了许多国家重大水利工程的顾问,这些国家从扎伊尔到新西兰,范围甚广。在马来西亚的那段日子让他学会了避开聚光灯生存,所以他很少宣扬自己的成就,更愿意让那些政治家和合作者享受荣耀。但荣耀确实属于他所指导建成的大坝们。最令他自豪的是巴基斯坦的阿齐兹大坝,这个大坝是个开创性的技术:它是一个由防渗黏土制成的岩石坝。整个工程需要高度重视细节,因为大坝地处地震断层。时至今日,它依然屹立不倒。"彼得扬起了下巴,透过最近的一扇窗户看向外面陌生的空洞。台下的群众纷纷效仿。外面的建筑就是成就本身,得之不易的成就,要知道,这片空洞千百年来未曾改变,直到这名教授的到来实现了这一切。一些人望着,湿了眼眶。

"亚瑟·塞韦林的下一段人生就没有那么快乐了。"彼得说,情绪又一次的转变,仿佛也是因为塞韦林生性就不好安稳。"卡米莉亚离开了他,他迄今不知道原因。她的女儿们都因此大受打击:诺拉就此与他反目,梅则被诊断出精神分裂症。离婚的事情持续了数月,亚瑟被税务局调查了一番并罚处了巨款。那一年,他酗酒成性,靠社会福利度日,和梅住在拖车里,看着她每况愈下,自己的身体也一日不如一日,他那时就患有糖尿病,但还没有诊断出。

"这时,故事发生了巨大的转折。"他说着,话音突变。同时,他尽可能地和每个听众进行眼神交流,"梅自主停药,然后自杀了,所有看着塞韦林沉沦的人都认为他已经彻底失去了希望,可能哪一天就死在自己的拖车里了。没想到,他却健康了起来,找到了自己的生父,借了点钱,远渡重洋回到了俄勒冈州,并找了份导游的活计。这一干就是10年,10年里拒绝升职,拒绝回到岩土工程行业——直到,USIC找上了他。USIC给了一份他拒绝不了的工作:一次可以试验他自己的理论的机会,关于用土壤和软岩石做工程材料的理论。那可是非常大型的试验。"

"这次大型试验的场地,"彼得说,"就是这儿,就是我们所站的这儿。亚瑟·塞韦林非凡的技术让这场不可能的实验进行到了这步,并且,他的专业技术已得到了传扬,他的技术将永远活在他的同事之间,在所有认识他的人之间。我所说的多是他的过去,是你们可能知之甚少的过往,因为亚瑟很少谈起。他曾是,我想你们都会同意我这么说的,一个难以了解的人。我不会装作多么了解他的样子。在来这儿的旅途中,他对我很好,但我们到达这里的时候,发生了些矛盾。我曾期待之后见到他的时候再聊聊,在都安顿好之后;我还想和他好好理一理我们之间的误会。但他的去世让这一切都变得不可能了。你们每个人可能都还记得和亚瑟·塞韦林最后相处的瞬间,最后说的话,他最后对你说的话。也许是在工作上的默契一笑,那个笑容现在是那样弥足珍贵——那是友谊的象征。或许你记得的是他投给你的目光,那一刻令你内心腹诽什么鬼的目光,这些记忆都令你懊恼,懊恼那会儿是不是有些可以做的事却没去做,让他的离去可以更加无憾。不论怎样,我们都在挣扎着适应他的离去,试图接受他去了另一个世界的事实,他不再与我们呼吸着同一种空气了,也不再是同一种存在了。我们知道他不仅仅是躺在那里的一具尸体,我们也知道我们的存在不仅仅是这些器官的组合。但我们说不出那多出来的部分到底叫作什么。有人把它称为灵魂,但是是这样的吗?真的吗?有什么文献可以给我们解释一下亚瑟·塞韦林的灵魂组成,还告诉我们它和我们所知的那个塞韦林,那个牙齿褪色、脾气暴躁的塞韦林,那个不会轻易相信女人的塞韦林,那个脑子里一放摇滚乐就把膝盖当鼓敲的塞韦林有什么样的区别?"

彼得缓缓向前踱步,向他的听众靠近,直到离前排听众只剩一臂之遥。BG额头紧锁,眼里闪着泪光。他身旁的女人抹着眼泪。图什卡咬紧了牙关,牙齿轻微颤抖着。格兰杰站在后面几排，一脸苍白，面色因为痛苦倒柔和了许多。

"大家，你们知道我信基督。对我来说，最权威的文献就是《圣经》。对我来说，至关重要的遗漏数据就是耶稣基督。不过我知道，你们很多人都有不同的信仰。我也知道亚瑟·塞韦林不信教。BG曾经问过他，他说：'我什么都不信。'我还没来得及问他这句话到底作何解释。现在我再也没法问了。不是因为亚瑟·塞韦林躺在这里，已经死去。而是因为，这里的这具身体并不是亚瑟·塞韦林：我们都知道这一点。亚瑟·塞韦林已经不在这里了；他在别处，在我们无法到达的别处。我们站在这里，吸进空气，传到两个叫作肺的有趣膨胀的囊腔里，我们的躯体微微颤动着，就因为我们叫心脏的那个器官的肌肉在搏动，我们的双腿逐渐因为长久的站立而不适。我们是被困在骨架里的灵魂，被挤压进血肉的灵魂。我们会被困在里面好一段日子，然后终有一日，我们会去往灵魂归处。我们相信是去到上帝的怀抱里。你们可能会认为是其他的归宿。但有一点是肯定的：一定是别处，而非此处。"

彼得重新走到棺材前，又把手搁了上去。

"我不能确定亚瑟·塞韦林是否真觉得自己只是棺材里的一具躯体。如果他真这么觉得的话，那他就错了。或许我不该又和他唱反调。但亚瑟：原谅我，原谅我们，我们必须告诉你，你并不只是一具躯体，你也不会化为虚无无处可去。你正体验着人类一生中最伟大的旅途，而昨天，你终于走过最后的检查站，到达了终点。你是个勇敢的人，命途多舛，每一段人生都需要过人的胆识，现在，你又开始了另一段人生，那段人生里，你的身体不再受到束缚，你也不再需要胰岛素，也不会为尼古丁疯狂，也没有人会背叛你，曾经让你想破脑袋的事情也豁然开朗了，曾经让你受尽折磨的事情也不再是烦恼了，你在高处俯瞰众生，怜悯仍旧被肉体禁锢的我们。"听众中爆发出一阵讶异的声音：BG抬起他健壮的胳膊抹去眼泪，结果不小心碰到了谁的脑袋。

"亚瑟·塞韦林，"彼得朗声道——不管屋子里的收声效果多差，这声音还是有些教堂里回响的感觉的——"我们今日就是要丢掉你旧时骨肉的束缚。你不再需要这些了。他们都是废弃的工具。但如果你应允的话，请让我们保留一些纪念物：我们的回忆。即使我们放你走了，也想让你与我们同在。我们想让你活在我们的脑海里,尽管你现在其实活得更好更潇洒。有一天,我们也会去往灵魂的归宿,去到你先我们一步到达的地方。直到那时,再见,亚瑟·劳伦斯·塞韦林,再见。"

火化后,有一些哀悼者仍不愿离去,彼得与他们再待了会儿,然后才回到自己的舱室,他再次坐在发射器前。他的衣服被汗水浸透了。他先前洗过一次澡了,所以不知道洗澡水什么时候才能再次充满。他的脑海里充斥着USIC员工对他的亲切和信心,他觉得他们说的有些事他必须记下来,很多名字他都不能忘记。来自他的妻子的信件还有几封处于未读的状态挂在屏幕上。还有9封信没来得及看。

亲爱的彼得:

抱歉这可能是封很短很乱的信。我太累了。希拉·弗雷姆和她的两个孩子——瑞秋和比利——整个下午和晚上都待在这里。对他们来说是过周末,但我已经干了一个早班了,头天还干了整个晚班。瑞秋很难管。可爱是可爱,但是太多强迫症的习惯了,看她真的心力交瘁了。应该是荷尔蒙分泌的缘故,她现在变化太大了,你肯定认不出了。她现在就像女优/明星/派对女王——典型的青春期女孩的模样。比利很客气很腼腆。在这个年纪算是个子小的,还有点婴儿肥。他在这儿几乎没怎么说话,很是拘谨。希拉闻上去一身酒气,或者只是某种很浓烈的香水味吧,我不太清楚。她压力实在太大了,他们走了一个小时了,这屋子里还是满满负能量。我多么希望你能和我一起解决这事儿啊——一个人负责安慰希拉,一个人负责照顾孩子,或者轮流来也行。我不知道他们为什么待这么久,我不知道我能帮上什么。比利唯一开心的瞬间是我把他放到电脑前让他玩游戏的时候。他看了一眼挪亚泛舟的演示就怔愣住了,像是有人打了他一拳一样。他跟我说雪豹已经灭绝了,几个礼拜前,动物园里的最后一只活标本也死了。'雪豹是我的最爱。'他说,接着便坐到了电脑前,不到30秒,他就沉迷其中,进入了游戏内囚犯的角色,爆了狱守的头,把门炸开,然后被杀了。

必须马上睡觉了。明天早上还得5:30起床。我喝了点希拉带来的酒,这样她不会感到独酌的孤独。要是这个闹钟明天罢工了,然后我又起不来,我就会后悔喝了酒的!

跟我说说你的任务进展吧。我想知道一些细节。对你不了解令我感到陌生。彼得，这样也很受伤。我觉得我就像你的姐姐一样，给你寄长长的信，都是牢骚和流水账。我还是我，你永远的依靠，永远会给你支持和认可的人。我亲爱的，我只想要更加清晰地认识到你在做什么，在实验什么。跟我说几个名字，说些小细节。我知道你不能立刻告诉我，因为你在居住地，那里没法收取这些消息。但当你回到基地的时候，拜托，抽空回想回想，跟我说说，让我以这样的方式陪着你。

必须睡觉了。

爱你的，
碧。

彼得呆坐在凳子上，肾上腺素迅速分泌着，但他仍然感到疲倦。他不知道他应不应该，或者能不能在回复这封邮件前去读碧翠丝的另外8封邮件。不回信似乎有些冷酷无情。仿佛是对碧翠丝一次又一次的哭诉视若无睹。

亲爱的碧：他新建了一封邮件。

今天我主持了一场葬礼。亚瑟·塞韦林的。我不知道他是糖尿病患者；我还在居住地的时候，他忽然去世了。我拿到了一份关于他的详细的卷宗资料，并在三个小时内准备了所有葬礼上要说的话。我尽力了。每个人看上去都很满意。

爱你的，
彼得

他盯着屏幕上的文字，意识到他需要对它们进行扩写。需要细节，细节。一个叫马妮丽的女人向他坦白说，自己从孩提时起，就从来没信过什么基督，但今天她感受到了上帝的存在。他觉得可以跟碧翠丝说说这个。他感觉自己的心脏跳动得有些不正常。他把新建的邮件存了草稿，又点开了一封碧翠丝的邮件。

亲爱的彼得：

你坐下来了吗？希望如此。

亲爱的，我怀孕了。我知道你觉得这不可能。但我在你走之前的一个月就没再吃过避孕药了。

请你不要生我的气。我知道我们说好了要再等几年的。但还请你理解我内心的恐惧，我怕你再也回不来了。我怕飞行器在起飞的时候就爆炸，任务还没开始就结束。或者你会消失在途中，就那样消失在太空。所以，随着分别的日子慢慢接近，我越来越渴望能够留下一点你的东西，不论是什么。

我一次次地祈祷可以留下点什么，却没有感知到我已经得到了答案。最终，上帝也让我受孕了，我不过停了那么一会儿的药就怀孕了。当然这也是我自己的决定，我不会否认这点。我也希望这是我们一起做的决定。或者它曾是——或者本该是。或许要是我们讨论这个的话，你会说这刚好是你所想。不过我真怕你不是这么想的。你会支持我这个决定吗？直接告诉我就好，不用哄我。

不论你怎样想，只要一想到有了你的孩子，我就感到自豪和激动，希望这点能影响你的决定。我们的孩子。当你回来的时候，它已经26周大了，已经是个大宝宝了。当然要在我不会流产的情况下。但愿吧。流产不会是世界末日，我们可以再做尝试，但那就是另一个孩子了。我是如此珍视这个孩子——已经视若珍宝了！你知道在去机场的路上和你做爱的时候，我在想什么吗？我在想，我准备好了，就是现在，万事俱备，只需要一个小小的种子。我赌就是那时怀上的。现在回想起来，我几乎可以确定，就是那时。

13. 车子发动了

"这就是一切的起点。"那个女人一脸神圣地说，"这就是一切开始的模样。"

彼得点点头。他紧绷着下巴，不敢发出任何附和的声音，生怕破功，甚至大笑出声。这个设施的正式开放对今天聚集在这里的每个人来说都是一个重要的时刻。

"我们在下游表面顶部放置了一层加厚的环氧树脂，"那个女人手指着模型的相关部分继续说道,"以控制水流通过地基。下游侧的这些管道连接着压力传感器。"

如果她的语气能轻快平常一些,还不会这么糟,但她的语气实在太过恳切,这就很诙谐了,更诙谐的是,全场好像只有他一个人不懂她在说什么。还有模型本身的诙谐(如此庄严,充满了仪式感,然而却那么……小巧,就像儿童游乐场一样)。而且,那个模型的形状:两个反转的杯子连在一起,"大胸罩"这个别名真是名副其实。

从远处看,真正的建筑倒没有让他感到特别滑稽。他之前就看到过它们,在和其他5名USIC雇员坐在USIC运输车里驶过灌木丛地带那时。建筑的庞大规模,以及在建筑方式上的相互遮掩,使它们看起来异常宏伟——建筑史上的奇迹。车队终于在最前端的建筑前停下,车辆停在了一片很大的阴影下,那片阴影大到无法辨别轮廓。现在彼得和其他USIC员工在门厅聚集在一起,看着眼前几乎不到一米高的仿制品,展现出这个建筑的完整形状。主持人海耶斯是一位曾与塞韦林密切合作的工程师,她的双手在空中挥舞着,确实像是在抚摸着沙发大小的胸部,但还是忽略这点吧。

"……达到所需G级别……自重位移……漫顶模拟……"海耶斯清了清嗓继续道,"用5个传感器提升压力……探头……"

彼得想笑的冲动已经过去了。现在,他只觉得昏昏欲睡。大厅温暖闷热,非常不通透。就像被关在一台发动机里——当然,这里本来也就是发动机。他的身体一摇一晃的,他深吸了口气,努力站直,脚心出的汗都闷在凉鞋里。他的眼睛刺痛了一下,海耶斯变得模糊起来。

"实时记录下的……"

他眨了眨眼,海耶斯又重新清晰起来。她身材小巧,理着军人模样阳刚的短发,她整体的感觉让人觉得她不论穿什么,即使没穿制服,也像穿着制服。他们是几天前在食堂认识的,那会儿她正往盘子里铲着面泥和肉汁。他们大概交谈了10到15分钟的样子,她似乎很开心。她来自阿拉斯加,曾经非常喜欢狗和雪橇,不过现在能在杂志上看看它们就很满足了。她不信教,但也不全然否定超自然活动的存在,比如"喧闹鬼",她12岁的时候在叔叔的房子里有过一次很诡异的经历。在他看来,她低沉的嗓音有些诱人,有时会让他想起碧那柔情的呢喃。不过她在说那些动力学原理和大坝设计的时候,可就没那么美妙了。

尽管如此，他这般不清醒的状态也够他烦了。他从来没有因为枯燥表现出恍惚。通常他对无聊的事物有着超乎常人的忍耐力，这是那段无家可归的经历赋予他的。但某种意义上，住在USIC的基地，比无家可归还糟糕。他回来一个礼拜了，晒伤的脸庞已经脱皮再痊愈了，然而他的大脑还没完全恢复。该睡觉的时候，他精神得很，该醒着的时候，他却困得不行。现在又是这样，明明这会儿应该为USIC全新的离心及动力设备赞不绝口，他却在不住地点头打瞌睡。

"……无法完成……互斥功能……塞韦林……真空网……让光伏透过的想法……"

这令人印象深刻：这是一个工程壮举，超出了人们的想象力。正常情况下——也就是人人固有的想法——大面积降雨后，雨水会聚集成湖泊，或者流入地表的河流里。不论哪一种方式，对于任何站在雨中的人来说，不变的本质就是每一滴划过空气落下的雨水，经过时间、流量和动能的转换，都会变成庞大的能量，能够带动成百上千个发动机转动。然而，这些原理在绿洲是行不通的。你能清晰地看到这些雨滴落在海绵一样吸水的土壤里，然后转瞬即逝。如果你刚好在下雨的时候出门，并且带了个杯子，你可以用杯子装满水，或者你直接张大嘴，仰起脖子就能解渴。但区别在于，这里雨停了就是停了，直到下次下雨才会有水。

"大胸罩"宏伟的双层结构打破了这些限制。其中一部分旨在吸收天空中的雨水，将漫反射的液滴收集成旋风旋转，将凝结水拖入巨大的离心机中。但那只是该项目大胆创新的一半。当然，为这台离心机供电所需的电量是巨大的——远远超过了USIC现有太阳能电池板的产量。所以，收集的水不仅仅被投入水库；它首先在一个巨大的锅炉产生大量的蒸汽，然后推动涡轮机旋转。

这两座建筑互相联通，捕捉水的能量，同时提供产生能量的水。但它不是永动机——设施周围的灌木丛中安装了200块太阳能电池板，这些太阳能电池板时刻吸收着太阳光能——不过它的效率令人难以置信。要是那些饥荒肆虐的国家，比如安哥拉和苏丹能安装上这种设备的千分之一，他们的变化该有多大啊！当然，在证实过这项技术可以带来多大的改变之后，USIC已经在进行这些项目的谈判了。他得找个人问问这个。

但现在不是时候。

"最后……"海耶斯说,"最后一个实际情况是,我们意识到有些人不愿意用官方名字,也就是离心及动力设备,指代这个。我们进一步了解到,最近它有了一个常用的昵称,并且是我们不愿听到的昵称。有些人可能觉得很有趣,但其实是种亵渎,我觉得大家这样做有愧于塞韦林,为了这个项目,为了给它正名,他和其他成员们可谓殚精竭虑。不过确实有很多人倾向于简短好记的名字,所以最终我们得出了这样的方案。说得正式点,我们今天聚集于此,是为了庆祝USIC离心及动力设备的正式启用。不那么正式的话,我们建议大家称她为……'母地'。"

"因为它就是娘操的!"有人喊道。

"因为需要是发明之母。"海耶斯耐心解释道。

至此,启动仪式差不多也告一段落了。剩下的就是,或者装作是参观这个设备了,以此来证实模型中展示的原理是如何实际投入应用的。然而,该设施的许多重要特征和机制都被包裹在混凝土中或浸没在水中,或者只能通过炫目的钢梯到达,没有什么值得看的。

直到他们离开这里,返回USIC基地时,在小型的车队中,彼得才感受到那种灵感的冲击,这在海耶斯演讲的时候是没有的。坐在汽车后座,挤在两个陌生人中间,他觉得世界都暗了些。他伸出手,用袖子擦去了玻璃上的水雾。那台巨大的动力设备已经远去,在吉普车尾气排出的雾霾中微微闪烁。但大片的太阳能板依然清晰可见——定日镜——半圆排列在"母地"周围。每一个都会捕捉阳光并直接将阳光传到能量站。当太阳被云层遮住时,那些定日镜会不断地调整它们的角度,不断地调整,再调整。它们只是没有生命的矩形板,由钢铁和玻璃制成,完全不是人型,但彼得还是被它们执着的困惑打动了。就像宇宙万物一样,它们为难以实现的目标疲于奔命。

回到了舱室,彼得又查看了发射器里的消息。看到碧翠丝新发的消息,他感到愧疚,他已经很久没给碧翠丝写信了。上一封信里,他宽慰她说她怀孕了他很高兴,而且一点都没有生气。信的其余部分填补了一些与任务有关的东西,具体他也记不得了。整封信大概是15行,最多20行,但让他花了几个小时来编写,浑身汗水。

他确实没感到愤怒,但他心中的确有些波澜,不是无法回应的压力。现在这种状态下,他很难抓住这种情感并总结出是什么。即使拼尽全力,他也只能稍微感知到绿洲上发生的事,那也是因为他与这里发生的事情处在一个时空里。他的心灵和心脏困于他的身体之中,而他的身体困于这儿。

现在,碧翠丝怀孕的消息跟国家要闻没什么两样:他知道很重要,但不知道能做什么。他觉得每个男人都会想象成为父亲的瞬间:躺在臂弯里的孩子,粉嫩的子女承欢膝下,看着他们上学。太难想象碧翠丝的身体里有个孩子了,他的脑海中只会出现碧翠丝穿着T恤,腰肢纤细,睡觉的样子。或者再使劲想想,可以想象出一张X光照片,腹部一片亮影,可能是G胚胎,但也可能是气体,或是恶性肿瘤。

"你要小心一点,小心自己的身体。"彼得写道。一个句子里用两个"小心"不太好,但他想了很久也没能想到其他能够表达他意思的词语。尽管情感十分真挚,彼得也不得不承认,这口气听起来像大妈或大哥说的话。

自那之后,彼得再没能给她写信了,即使收到了好几封她的来信。不止一次,他强迫自己坐下,但每次都会在"亲爱的碧"处停笔,每次写到这里,他就无从下笔了。今天,他试图让自己叙述叙述参观"大胸罩"的事情,但他不确定妻子能不能跟上他的叙述。

她那里没什么新鲜事儿,这也很正常,他希望不会有坏事发生。对于碧翠丝来说,发生的坏事好像都是一些世界范围发生的事。

当然,这个世界的天灾人祸数不胜数,但媒体选择视而不见的那些美好和成就也是存在的——只不过幸福成不了故事,只有悲剧才行。但是,从碧翠丝的来信来看,坏消息似乎太多了些。在你的大脑停止解析前,还守着先前的现实时,一下子听到太多灾难性的改变,这些改变改写了你陈旧的认知。他能接受米拉和她的丈夫回家,能接受美国政客的夫人被射杀在自家的泳池里。他想起了那个在奥斯卡卢萨丧父的小女孩,她叫科雷塔。他也能勉强接受马尔代夫被海浪吞噬。当一想起朝鲜,他只能想到一片祥和的城市建筑,骑着自行车的市民们做着自己的事情。完全想象不出龙卷风肆虐的模样。

今天倒是没有什么新的灾难。不过也没有好消息。他的心里泛起阵阵涟漪,于是他又点开了一封碧翠丝过去的来信,重新读了起来。

亲爱的彼得:
  我昨晚收到了你的消息。你没生气我真的太开心了,除非你的信写得那么短是想告诉我，你生气了，只是隐忍不发而已。不过我不会这样想的。你一定是太忙了，又要学语言，又要面对各种各样前所未有的挑战。（有空的时候，请跟我再多说说这些吧。）

从你的来信看，你似乎在适应那儿的天气。这里的气候怕是不怎么需要适应了，因为又恢复成老样子了。降水更多了，有时还买一送一搭配暴风。房子里一股霉味，家具和墙面都发霉了。若是开窗透气的话，雨水也会飘进屋内，真是不知道怎么办。我知道你那里也很潮湿，不过从你对绿洲人只言片语的描述中，似乎他们居住的地方很能"未雨绸缪"。但在这里，英国，一切都是在空气干燥温和的条件下建成的。我们不怎么擅长应对突发状况。不过我估计他们不会承认吧。

又收到了希拉的信。她说比利患上了抑郁症。对一个14岁的孩子来说太不幸了。我打算在他们搬离住处的那天，带他去别处玩玩。（我说过希拉和马克分开的事吗？他们两个都不能独立负担原来的房贷，所以决定把房子卖了，搬到公寓去住。事实上，马克要去罗马尼亚了。）其实我觉得让孩子参与搬家的过程才比较明智，但希拉说比利真的不想知道这些，一切尘埃落定之后，直接把他送到公寓才是正确的决定。她给了我带比利看电影的钱，不过我打算带他去看猫展，刚好那天在运动休闲中心有一场秀。这有点冒险，因为第一，他可能是那种看不得动物被困在笼子里的孩子；第二，他可能会因此想起雪豹。但我还是希望在一个空间里同时见到这么多不同种类的猫咪可以让他感到宽慰。

哇！要是你能听到刚刚房子里那声巨响！我差点被吓得心肌梗死。浴室的窗户碎了，上百块玻璃碎片落在浴缸里和地面上。我开始以为是谁打破的，结果是风刮的。一阵狂风把后院树上的一颗苹果卷落，然后吹向了我们的窗户。不过不要惊慌！有人会尽快从教堂赶来弄好的，他说两个小时内一定能到。就是格雷姆·斯通。还记得他吗？他的妻子因为肝硬化去世了。

昨天我去了超市，但关门了。毫无理由，就贴了一张纸，写着关门歇业，静候通知。门外站着许多人，都是"未来的顾客"，透过玻璃往超市里窥探。里面亮着灯，一切如常，货架也满满当当的。一组保安在门口守着。一些员工在走道里边走边闲聊，旁若无人，完全不像在公共的百货公司里，反而像在自己家的客厅一样。奇怪。我在那里站了大概5分钟，我也不知为何。终于，一个胖乎乎的印度男孩隔着窗户对着其中一个保安喊道："我能买一盒20支的本森香烟吗,朋友?"无人应答,他补充道:"给我妈妈买的,朋友!"人群中爆发出了一阵笑声。这也是群体生活的乐事,一点小小的趣事也可以让大家共鸣。我喜欢这样的瞬间。不管怎样,这里的情况是越来越糟了,所以我又走到了24小时便利店,想要买点牛奶,不过也不顺利。

亲爱的,你都吃些什么呢?会有我喜欢吃的吗?

USIC餐厅沐浴在黄澄澄的阳光下。这会儿是下午时分。很久都会是下午。

他叫了一份奶油鸡肉浓汤和一个面包卷。今天在餐厅当值的是一名女性,一名长着希腊脸的美人,他还没见过。他和大部分USIC员工都打过照面,因为他想知道他们之中会不会有人需要他提供心灵辅导,但后来,他发现这些人都有着异于常人的冷静。这个希腊女人很面生,但她的眼睛告诉他,她可能需要上帝的救赎,来填满生命的空洞。他不知是否应该抓住这个机会。但他太饿了,再加上他现在满脑子都是绿洲人。他还有不到一个小时的时间就又要离开了。

汤很好喝,除了里面既没有奶油也没有鸡肉外。但汤里鸡肉味很浓,毫无疑问是带来的鸡肉粉。面包外酥里嫩,还是温热的——完全符合彼得对面包卷的期待。

耳边流淌的音乐是某种迪克西兰爵士乐,具体的曲名他分辨不出。他不考古。每隔几分钟,机子里就会报出一串长号手、小号手和钢琴家的名字。

他吃完后把碗还到了柜台。

"谢谢。"他说。

"不客气。"女人一边说着,一边接过碗,她的手腕骨节分明却精致细腻,就像碧翠丝的手腕。他多么希望此时可以握住碧翠丝的手啊,哪怕只握上三秒,只要能感受到她纤细的手腕被扣在他的掌心。这样的恳切令他呆愣在了原地,湿了眼眶,半响,才回过神来。

他回到座位上,让食物填饱自己的肚子。最开始他认为USIC在这里摆的杂志是根据家里报亭买的杂志种类,一样拿了一点。他重新审视了一遍这里的杂志,现在他不确定是那样了。《房屋及花园》《高斯》《水族馆》《男士健康》《女同性恋行为》《化学工程》《经典爵士乐》《Vogue时尚》……没错,都是很近期的杂志,和他们一艘船运到绿洲来的。也涵盖了很多种类，这也没错，但是……这里面没什么坏消息。他浏览了一遍封面上的宣传语和图片。这些东西几十年没变过。杂志架上唯独缺了一种杂志，就是报道最新消息的。也就是说，你可以了解爵士乐，也可以学习如何锻炼腹肌，或者如何养鱼，但是你却无法了解政界动荡、地震、战争、组织解体等等消息。他拿起一本《高斯》，浏览了起来。文章一篇接一篇说的都是些他不知道的名人。翻着翻着，他感到有两页之间的空隙太大了，他推断应该是有人撕掉了中间的页面。果然，前后两页直接从32跳到了37。他翻回到目录页，根据目录，缺失的页面应该是"罗莎莉亚前往非洲？我们喜爱的派对女孩为难民营交换康复机会"。

"嘿，牧师！"

他抬头看，一个男人一脸嘲弄地站在他的面前，胡子几天没刮了。

"嗨，图什卡，"彼得说，"很高兴见到你。在留胡子？"

图什卡耸耸肩表示没什么大不了的。他坐在最近的扶手椅上，向彼得手中的《高斯》点了点头。"那废话会把你的脑袋变成果冻。"

"我只是想看看这里有什么，"彼得说，"我注意到有几页被撕掉了。"

图什卡向后倾斜，一只腿交叉放在另一只腿上。"就几页吗？天啊，你应该看看《女同性恋行为》。三分之一的内容都被撕了，没什么大惊小怪的。"他眨眨眼，"我们可能需要闯入海因斯的宿舍去找回它。"

彼得与图什卡保持着目光接触，但控制自己的面部不流露出赞同或者反对的神色。因为他发现，听者的反应往往就像一面道德的镜子，能让说的人感到自己到底说了什么。

"无意冒犯，你懂的。"图什卡补充道，"她是个非常出色的工程师。自持，和我们每个人没什么不一样的，我觉得。"

彼得把《高斯》搁回杂志架上，"你结婚了吗，图什卡？"

图什卡挑了挑眉，"很久以前，在一个遥远的星系里。"他戏剧性地吟唱着，在空中挥舞手指，突出古老的流行文化。然后，用他正常的声音说道："20年没收到她的来信了，或者更久。"

"你的生活中有没有特别的人？"

图什卡陷入沉思，眯起了眼睛，在自己的记忆库里寻找着，"没有，"四五秒后他说，"说不出有谁。"

彼得笑了笑，表示理解，但——他的眼睛里，一定有一种奇怪的怜悯之情，因为图什卡感觉到了，并且试图继续解释。

"你知道的，彼得，我很惊讶你通过了USIC的选拔，事实上，我真的很惊讶。"他空了片刻，等待彼得解释这个问题。"你看看在这里工作的男男女女，你会发现我们几乎都是……呃……自由之身。没有等着我们回家的妻子或丈夫，没有稳定的女朋友，没有要养的孩子，没有看我们邮箱的妈妈。无牵无挂。"

"因为我们在这里死去的风险很高？"

"死？谁要死了？这些年来我们发生了一起事故，这与跃迁无关，一架前往洛杉矶的商用飞机也可能发生这样的事。是被保险公司称为'上帝的行为'的事故。"他眨眨眼，然后回到正题，"不是的，选拔过程……也就是来这里的条件。在这里生活。怎么说呢？'孤立'应该是一个关键的词了。对任何人来说，最大的风险是发疯。不是精神失控变成变态斧头杀人狂那种，就是……疯了。所以……"他深深地吸了一口气，"所以，这个团队里人最好都是能够适应永恒的孤独的个体。没有别的计划……无处可去……无人可以思念。知道我在说什么吗？要的是这样一群人。"

"一群孤独的人？听起来很矛盾。"

"这才是'外籍军团'的真谛。"

"什么？"

图什卡把身子向前倾斜，进入了讲故事的模式。"法国外籍军团[①]，"他说，"一支精英军队。他们白天打了很多仗，一支伟大的军队，你不是法国人也可以加入，哪里人都可以。你不必告诉他们你的真实姓名、你的过去、你的犯罪记录，什么也不用。所以，你能想象到，很多人都遇上了大写的麻烦。他们不适合任何地方。即使是正规军也不行。但没关系，他们还可以是军团人。"

彼得考虑了几秒钟，"你是说这里的每个人都有大麻烦吗？"

---

① 法国外籍军团（La Légion Étrangère），由外国志愿兵组成的陆军正规部队，拥有和法国正规军同样的装备，由来自136个国家和地区约8000名志愿者组成。创立于1831年，当时为了解决法国国内的外国人犯罪问题，同时补充战争中死伤的法国军队兵员，由当时的法国国王路易·菲利浦（1830—1848年在位）下令组建。志愿者加入时可以隐瞒国籍和姓名，假名或改名也可以。

图什卡笑了,"啊,我们是乖巧的猫咪,"他晃了晃,"优秀而正直的公民,一举一动都是。"

"在我接受USIC面试的时候,"彼得说,"印象中,我不能撒一点谎。他们调查得很全面。我必须要有医疗检查、证书、证明书等等。"

"当然,当然,"图什卡说,"我们都是USIC细心挑选的。我将我们和'军团'对比,并不是说我们不会被问到问题。远非如此。我对比的意思是,我们可以处理好这里的时间。'Legio Patria Nostra①',这是军团的座右铭。军团就是我们的家园。"

"可是你回去过了。"彼得说。

"是啊,我是飞行员。"

"还有BG和塞韦林,他们也回去过几次。"

"是的,但是他们相隔很多年才会回去一次。很多年。你看过塞韦林的档案,你知道他花了多少时间在这个地方,每天做着他的工作,喝绿色的水,撒橘色的尿,每天晚上去食堂,吃着各种各样的东西,比如真菌,也许会翻阅一些旧杂志,那种会放在牙科等待室的杂志。晚上就在房里睡觉,盯着天花板。这就是我们在这里所做的,我们所要应对的。你知道USIC的第一批工人在这里工作多久了吗?第一批员工,最初的那批员工?平均三周。我们谈论的是一群超群、训练有素、调整良好、家庭美满的人……最多六周,有些是六天。然后他们就受不了了,哭泣,乞讨,翻墙,恳求回家,这时USIC就只好把他们送回去,送回'家'。"当他说出最后一句话时,他夸张地挥舞手臂,为这个概念增添了一个讽刺的光环。"好吧,我知道USIC有很多钱,但没那么多钱。"

"库茨伯格呢?"彼得静静说道,"塔尔塔廖内呢?他们没有回家,不是吗?"

"对,没有,"图什卡承认,"他们融入了当地人的生活。"

"这不是一种不同的适应方式吗?"

"你告诉我,"图什卡带着一丝恶作剧的口吻说,"你刚刚从畸人小镇回来,现在又要走了。你急什么?难道你不爱我们了吗?"

"没有,我爱你们,"彼得说,他想用一种轻快、幽默的语调来表达

---

① 法语,意为军团就是我们的家园。

他真的爱这里的每一个人，"但我来这儿……USIC明确表示了，我不应该期待……"他踌躇着，感到沮丧。他的语气既非戏谑也不真诚，而是防御性的。

"我们不是你工作的重心，"图什卡总结道，"我知道。"

彼得用余光瞟到格兰杰进到了餐厅里，准备好开车带他去居住地了。"我很在乎你们，"他说，抑制住自己不去提及塞韦林的葬礼，但一时半会儿也想不到什么说服图什卡的例子了，"如果你……如果任何人……寻求我的帮助的话，我都会帮的。"

"你当然会。"飞行员耸耸肩。他又坐回到座位上，注意到格兰杰越来越近，向她行了一个便衣礼。

"你的战车等着呢。"格兰杰说道。

格兰杰没有走餐厅的正常出口，带着彼得穿过迷宫般的内部走廊，推迟了进入闷热大气里的时间。这条穿过基地的路线带他们经过了USIC药房，格兰杰的领域。门是关着的，如果不是那别具一格的门上装着明亮的绿色塑料十字架，彼得就会径直走过去了。他停下来好好看了看，格兰杰也停下了脚步。

"埃皮达鲁斯的蛇。"他喃喃地说。他感到很惊奇，因为无论是谁制造了这个十字架，装饰它肯定很费劲，它被银色金属镶嵌物包裹着，象征着蛇的古老图腾环绕着它。

"哦？"她说。

"它象征着智慧、不朽、治愈。"

"还有'药房'。"她补充道。

他不知道门有没有上锁。"如果有人在我们离开时出现，如果他们需要你呢？"

"不太可能。"她说。

"USIC不会让你这么忙吧？"

"除了药物，我还做了很多其他事情。我还负责分析所有的食物，确保每个人不会中毒。我做了很多研究，投身其中。"

他的本意并不是想要她说自己都干了什么，他只是对那扇门感到好奇。毕竟他曾经偷过很多药店，他完全难以相信药店对这里的每一个人都毫无吸引力。"药房是锁着的吗？"

"当然上锁了。"

"这里唯一锁着的门?"

她怀疑地瞥了他一眼。他觉得她的目光直直地看穿了他,也听到了他闯入库茨伯格房间的记忆,悔恨的记忆。是什么驱使他这样做的?

"这并不是说我认为有人会偷东西。"她说,"只是……要做的事,你可以看成一道程序。我们现在可以走了吗?"

他们走到走廊尽头,格兰杰深吸了一口气,打开了门。室内凉爽、温和的空气从他们身后被吸进了大气层之中,在他们走出大楼时用力拉扯着他们的身体。然后,气态湿气笼罩了他们,直到习惯为止,还是那么具有冲击性。

"我无意中听到你告诉图什卡你爱他。"格兰杰走近汽车时说。

"他在逗乐子,"彼得说,"然后我……嗯……逗回去。"气流弄乱了他的头发,模糊了他的视线。他心烦意乱,几乎撞到了格兰杰,跟着她走到司机那一边的时候,他才记起他要朝着乘客的方向走。"但在更深的层面上,"他回过头说,"是的,这是真的。我是基督徒。我试着去爱每一个人。"

他们坐在车子前部的座位上,砰地关上车门,把自己关在空调车厢里。他们在户外度过的短暂时间已经足以让他们浑身湿透了。所以进入车子的瞬间,他们都打了个冷战,这样的巧合让他们都笑了起来。

"图什卡不怎么可爱。"格兰杰说。

"他本心不坏。"彼得说。

"是吗?"她尖刻地说,"我猜如果你是个真男人的话,他会更有趣。"

她用一块披巾擦干脸,盯着镜子,梳着头发。"所有关于性的话题。你有时真应该听听他说的话,要关起门来说的那种。太多热气了。"

"只是热气还好吧,不是吗?"

"上帝不允许,"她嘲弄道,"我能想象他的妻子为什么离开他。"

"也许是他离开了她,"彼得说,不知她为什么要开始这个奇怪的对话,也不知道为什么他们还在原地没动,"也许这是一个相互间的决定。"

"婚姻的结束永远不是一个共同的决定。"她说。

他点点头,好像在这一点上对她的大智慧表示赞同。她仍然没有意图去发动这辆车。"这里有没有已婚的夫妇?"他问。

她摇了摇头，"嗯。我们还有工作要做，所以最好都是单身一人。"

"我和我妻子相处得很好，"他说，"我们一直在一起工作。我希望她在这里。"

"你觉得她会喜欢这里吗？"

他几乎要脱口而出，"那没关系，她会和我在一起。"但他很快意识到这听起来多么狂妄自大，最后只好说："我希望如此。"

"我猜她不是那种只知道傻乐的小白兔。"格兰杰说，"这儿可不适合真正的女人。"

他想说"你是一个真正的女人"，但他的职业直觉告诉他不能这么说，于是他说："嗯，在这儿工作的有很多女人，"他说，"对我来说，她们都是货真价实的女人。"

"是吗？也许你需要仔细瞧瞧。"

他凑得更近了些，看着她。她柔嫩的肌肤上长了颗痘，在右边眉毛的延伸处，太阳穴上。看起来很痛。他想知道她是否来了例假。碧翠丝每个月的某个特定时期就会长痘，还总会开启一些奇怪的谈话，比如，批评同事——有时，他们还会谈论性。

"我刚开始在这里工作的时候，"格兰杰继续说，"我甚至注意不到任何人和其他人勾搭上了。我想，这种事可能是在我背后进行的。因为BG还图什卡他们说话的方式……但是时光流逝，岁月蹉跎，你知道吗？——从来没有发生过。没有人牵手，没有人亲吻。没有人会在工作的时候突然消失一个小时，然后回来的时候顶着一头乱发，裙子塞在内裤里。"

"你想他们这样吗？"与人类胡乱的发情相比，此刻绿洲人彬彬有礼的拘谨态度，倒不那么令他印象深刻了。

她叹了口气，恼怒了，"我只是想看到一丝生命的迹象。"

她太苛刻了，但他没有这么跟她说。他只说："不是只有性才能证明人活着。"

她斜眼看他，"嘿，你又没有……呃……我忘了那个词……就是牧师会干的，就像……呃……某种立誓？"

"禁欲？"他笑了，"不，我当然没有。你知道我结婚了。"

"是，但我不知道你们之间是怎样的。我是说，每个男人和女人之间都会有各种不同的联系。"

彼得闭上眼睛,试图转移到家里的那张床上——盖着黄色的羽绒被,一丝不挂的妻子正躺在床上等他归来。然而,他无法完整地描绘出她了。甚至连黄色羽绒被都描绘不出了,甚至连精确的色调都记不起来了。相反,他看到的黄色,是爱耶稣5号的长袍的黄色,一种明显的金丝黄色,他刻意让自己记住每个爱耶稣者袍子上的黄色,以防弄混,但5号身上的黄色,是他最喜欢的色泽。

"我们的关系……是完整的。"他向格兰杰肯定道。

"那就好。"她说,"那我就开心了。"于是,她的手碰触了一下车子,车子发动了。

14. 淹没在强大的音浪里

他一下子弹坐了起来,"抱歉,我不是有意睡着的。"他说。

她说:"没事。"

"我睡了很久吗?"

她看了看仪表盘,"大概20分钟吧。打了个盹儿。开始我以为你是在沉思。"

他透过侧窗往外看了看,然后面向前方。

风景和他打瞌睡前完全一样。

"没什么好看的。"格兰杰说。

"很美。"他说,"我只是没睡好。"

"乐意帮忙。"

他仔细端详着她的脸,试图判断她是否对他很恼火,但是,她在开车的某个时候戴上了墨镜,而整张脸被刺眼的阳光笼罩着。

"你的嘴唇,"她说,"太干了。你要多喝水。"她一只手抓着方向盘,另一只手从地板上取了一个水瓶,递给了他,她的目光只从驾驶中移开了一瞬,又拿了另一瓶水给自己。她的已经打开了,他的还没有。

"记得要时刻补水。"她说,"脱水是致命的。还有,在阳光下要更加小心。别再像上次一样被晒伤了。"

"你的口气跟我妻子一样。"他说。

"嗯,也许吧,我们都可以让你活下去。"

他打开瓶子,喝了一大口。无色的液体冰冷刺骨,味道很刺激——差点让他咳嗽起来。他尽可能谨慎地看了看标签,上面写着:水,每300毫升50美元。她给了他一件昂贵的进口礼物。

"谢谢你。"他一边试着让自己的语气听上去轻松愉悦,一边在心里默想——太奇怪了,为什么这些在绿洲上待得比他久的人接受不了当地水的优越性。当他的使命结束不得不回家时,他肯定会想念这琼浆蜜露般的滋味。

这段长途跋涉就要结束了,彼得觉得应该给绿洲人的居住地起个比C-2和畸人小镇更好听的名字。他试图回想绿洲人自己是怎么称呼这儿的,这样他就可以用这个名字了,但他们似乎不理解这个问题,并一直用英文"这里"来指代自己的居住地。起初他以为这是因为它的真名无法拼读,但事实却是,它没有真名。多么伟大的谦逊啊!如果人类世界里没有像伏尔加格勒、费卢杰和罗马这样的名字,仅仅是生活在"这里",无论在什么地方,无论什么样的地方,都可以满足,那么人们可以免去多少悲痛和流血。

即便如此,"畸人小镇"这个名字还是个问题,需要更改。

"告诉我,"他说,居住地已近在咫尺,"如果你必须给这个地方一个新的名字,你会怎么称呼它?"

她转向他,仍然戴着墨镜,墨镜投下的大片阴影遮着她的脸庞。"C-2有什么不对吗?"

"听起来像是什么放在毒气罐里的东西。"

"对我来说,听起来是个中性词。"

"嗯,也许换个不那么中性的名字会好点呢。"

"像……让我猜猜看……新耶路撒冷?"

"这对那些不是基督教徒的人来说是不敬的。"他说,"还有,他们很难发出's'的音。"

格兰杰想了一会儿,"也许这是科雷塔的话。你知道的,那个来自奥斯卡卢萨的女孩……"

"我记得她。我也在为她祈祷。"考虑到格兰杰可能会对这个有所反感,他立刻上扬了他的语气,试图开个玩笑,"不过,也许这不是科雷塔的话。我的意思是，看绿洲——有两个s。也许她真的迷上了's'，也许她会建议改成'奥斯卡卢萨'。"

这个玩笑失败了，格兰杰保持着沉默。似乎他提到祈祷是个错误。

荒野突然消失，他们驶进了城郊。格兰杰再次把车开向了上次那栋楼。墙上印着"欢迎"两个崭新的大字，虽然这次似乎是为了强调，写的是"欢迎"。

"直接开车去教堂。"彼得说。

"教堂？"

他怀疑她可能没有注意到上次她接他时的那个建筑。好吧，她可能需要指引。他指向地平线，在那里，伫立着一幢巨大的哥特式建筑，没有屋顶或尖顶，在午后的天空映衬下，轮廓模糊。"那幢大楼，"他说，"还没有完工，但我会在里面扎营。"

"好吧，"她说，"但我还得做我送药的工作。"她猛地一转头，朝向他们刚刚路过的有着油漆墙面的建筑。

他向后瞥了一眼，注意到车子后座上的空位和上面放的药盒。"抱歉，我忘了，需要精神支持吗？"

"不用了，谢谢。"

"我不介意先陪你送完药的。我该记得这事儿的。"

"这不关你的事。"

她已经驱车驶向教堂了。她倒没觉得应该先去完成自己送药的工作，尽管他坚信，她身边要是有人，和她一样的人陪伴的话，就不会那么有压力了。但他不好强求。格兰杰很敏感，和她相处得越久，就越了解她这一点。

他们缓慢地停在了教堂西侧的墙边。即使没有屋顶，建筑也足够大了，投下的阴影将他们完全笼罩其中。

"好吧，那么，"格兰杰说着摘下了太阳镜，"祝你玩得开心。"

"肯定会很有趣的。"彼得说，"再次感谢你开车送我到这里来。"

"一路来到'彼得村'。"他打开车门时，她嘲弄地说。

他笑了，"这个名字不行。他们也很难发't'的音。"

一直被隔绝在外的潮湿空气，轻快地打着旋进入车里，舔舐着他们的脸，蒙上了窗户，滑进他们的袖子，搅动着他们的头发。格兰杰裹在头巾里的脸,小而苍白,没过几秒就爬满了汗水。她恼火地皱着眉头,汗水几乎浸湿了她棕色的眉毛。阳光下,眉头闪闪发亮。

"你真的在为她祈祷吗?"他从座位上爬出去时,她突然问。

"你是说科雷塔?"

"是的。"

"每天。"

"但是你根本不认识她。"

"上帝认识她。"

她畏缩了,"你能再为一个人祈祷吗?"

"当然可以。谁?"

"查理,"她犹豫了一下,"查理·格兰杰。"

"你父亲?"这是一种猜测、一种直觉。也有可能是哥哥,儿子就不太可能了。

"是的。"她的脸颊发红了。

"他一生中最关心的是什么?"

"他很快就要死了。"

"你跟他很亲吗?"

"不,一点也不。但是……"她取下了围巾,像一个受惊的小动物一样摇晃着脑袋。"我不想让他受苦。"

"明白了。"彼得说,"谢谢。下周见。" 他离开了,留下她一人静静地站在那里。随后,他走进了教堂的大门。

绿洲人为他搭了一个讲坛。上帝保佑他们,他们给他做了一个讲坛,他们用一块琥珀质地的材料当作砖头建成了这个讲坛,用的材料和四面墙的材料一样,所以,这个讲坛仿佛是从土壤里生长出来的一棵形如讲坛的树,它自豪地屹立在教堂中央。上次他离开的时候,彼得就暗示过他们应该尽快封顶,但直到现在还是没有屋顶。窗户也没有任何进展,墙上仍然只有几个大洞。

这里让他想起了童年参观中世纪遗迹的经历,游客们都围着某个曾繁荣一时的修道院废墟。除了没有屋顶窗户以外,这个教堂倒不是个废墟,这里也不用考虑遮光。屋顶和窗户最终建成的时刻会是个伟大的时刻,但事实上,这座教堂从建立初始,就准备好被投入使用了。它永远不会像美国基地一样,被建成一个密封的掩体。屋顶只能挡雨,不能遮风,里面的空气还和外面的空气一样,地板也只是踩实的泥土。教堂里不会有易腐易碎的布料或易碎的织物,它们可能会被天气破坏。绿洲人认为,这个地方纯粹是身体和灵魂的聚集处——利于他们接受耶稣的教导。

然而,他们为他做了一个讲坛。入口的大门也做好了。他上次来的时候,两扇门还刚从窑里抬出来,平放在地上,现在两扇门已经安上了。彼得将门反复打开,关闭,打开,关闭,欣赏着它们平滑的运动和两扇门之间完美的直线。它们没有用任何金属铰链或螺丝钉,但每个接点都巧妙地嵌合着:门内侧边缘的手指状附件依偎在门框的匹配孔中。他非常肯定,如果他抓住这些门,把它们抬起来,它们就会像一只脚从鞋子里出来那样轻易地从门框里脱出来,而且可以很容易地被替换掉。建造这样一个建筑,难道不怕有破坏者把门拉开吗?这里没有那样的人来制造这种恶作剧吗?在这片海绵般的土地上建造教堂是否就像"在沙地上建房子"一样,正如《马修》7:24—26所警告的那样?他对此表示怀疑。马修讲的这句话,不是关于建筑的,而是关于行动的信念。

绿洲人都是慢工,谨慎得有些病态,他们只要做事就要做到最好。门上装饰着错综复杂的雕刻品。他们第一次穿过灌木丛,接近这里的时候,那两扇门就像玻璃一样光滑,什么都没有。现在上面挂了几十个风格各异的小十字架,彼得推测,那是每个爱耶稣者挂上去的十字架。门的尖顶附近有三只超大的人眼,排列成金字塔形。这样的图案对他们来说毫无意义,他们也不知道为什么要这么排列,只觉得好看。也有一些凿子可能会被误认为是抽象的咒语,但他知道,这只是指牧羊人的牧杖——或者"枚仗",绿洲人不是很能分得清这几个字的区别。

他主动提出要学习他们的语言,但他们不愿教他,而且,在内心深处,他承认这可能是浪费时间。为了模仿他们发出的声音,他可能需要把自己的头撕下来,用树桩漱口。然而,由于塔尔塔廖内和库茨伯格的开创性的努力,以及绿洲人对自己信仰的热忱,他们在英语方面取得了非凡的进步——英语其实不好学,他们学英语就像羔羊学爬梯一样。然而,他们还是爬上了梯子,彼得能真切地感受到他们进步的不易。从他们能够背诵的《圣经》诗句中看出,库茨伯格没有因为他们生理上的不同而做出让步:凡是《圣经》

中所呈现的东西,都是他们需要朗诵的段落。

彼得则决定让他们学得轻松一些。回到USIC基地的那一个礼拜,他废寝忘食地做了大量的工作,把圣经术语换成对于他们来说更好发音的单词。例如,牧场(英文拼写中含有"s"和"t"①)将是"绿地","正义"换成"好","牧羊人"换成"关心我的人"(语法上会有细微的差别,意思一样就好。不过总归是毁了一些意境),"牧杖"改成"放羊的手杖"——这个改动他反复斟酌过,"放羊的手杖"听上去实在不甚肃穆,也不像"牧杖"那样直接明了,但也好过用"曲柄棍"这个词(太容易与"欺诈"弄混了),这里面所传导的应该是正义神圣的事情。

这些劳动成果现在就在他的背包里。他把它从肩膀上卸下来,扔到讲台旁边,然后坐下,越发感到平静,就像温暖的酒精通过他的神经在体内散开一样。和格兰杰共乘的尴尬局面消失了;先前与图什卡的谈话也恍若隔世;碧翠丝最近的一封信中只提到了她打算带比利·弗雷姆去看猫展,除此无他。奇怪的是,比利和瑞秋所做的那幅《挪亚方舟》的挂画却令他记忆犹新,仿佛与他一同旅行来到了这里,而且就挂在附近的某个地方。

他非常期待能再次与绿洲人一同生活。这真是一种荣幸。其实在英格兰亦然,不过有时也很困难,总会有各种各样荒诞的人、事、物会令你震惊。比如,那个亚裔女子米拉和她那暴力的丈夫:她爱嚼舌根,他又胖又暴躁,像一个吃饱了撑着没事干的随处招摇的统领。他们是珍贵的灵魂,但不消停。绿洲人却是灵魂中的极品。

他坐了一会儿,一言不发,投入祈祷当中,让自己和天堂之间的隔阂渐渐消融。一只小小的红色昆虫落在他的手上,像是瓢虫,但腿要长些。他把指尖对了起来,做成了个三角形,然后让它从指头一端爬上,又从指头另一端爬下。他让那只昆虫轻轻啃食着他表层的死皮细胞,它也并不贪婪。他只感受了一会儿,它就飞走了。

啊,沉默的力量。他第一次体验到的时候,还是个孩子,在母亲的贵格会上,那时,他就靠在母亲身边。屋子里的人都享受着安静的感觉,他们不需要守着本我的界限。那个房间里聚满了积极的能量,能量多到就算椅子自

---

① 前文提及绿洲人无法发出英文中"s"和"t"的音,此处主人公试图将所有英文中含有这两个音的单词都替换成相近意义不同发音的词语。

已从地板上飘起，打着旋飞到天花板上去，让一圈的教友都悬在空中，他都不会感到惊讶。这会儿，绿洲人给他的感觉也是这样。

也许他就该当个贵格会教徒。但他们没有牧师，也没有上帝。当然，坐在一个满是同伴的社区里，看着阳光洒在对面老人穿着的套衫上，看着阳光照射在每个人身上，看着羊毛纤维反射出的光亮，确实心旷神怡。当你无家可归的时候，有时也会有类似的平静：你终于在太阳落山前找到了一个舒适的地方，全身都暖和了起来，再无其他要紧事要做，只需看着太阳一段段地爬下石阶。有些人可能就把这个叫作，冥想。不过到头来，他倒是中意积极些的东西。

他在讲坛上稳了稳身形，指尖摩擦过讲坛太妃糖色的台面，他大概会把笔记摊在上面。讲坛有点儿太低了，即使绿洲人已经是按着想象中最高的生物去打造的，但他终究是不在场，所以绿洲人还是低估了他的身高。设计仿照古代欧洲教堂壮观的雕刻讲坛，橡木的鹰展开的翅膀上大概还有张巨大的皮革版的《圣经》。

确实，绿洲人有一张那种讲坛的照片，是库茨伯格从旧杂志中撕下来的。他们自豪地向彼得展示了这张照片。他试图告诉他们，崇拜是个人和上帝间的亲密交流，无须多大的阵仗，任何崇拜都会反映崇拜者当地的文化。这不是个容易理解的概念，尤其是你身边还围着一群孩子一般探头探脑的人，他们在你身边喃喃地赞美着星期日增刊上的碎片一角，把那当成神圣的遗迹。

他的讲坛怎么说都不太像照片中那只羽翼丰满的老鹰。它那流线型的表面上刻着随机字母，倒更像是一架飞机的机翼。

"它好吗？"他立刻认出了这个柔和的声音，是爱耶稣5号。她把教堂的门打开了，像往常一样穿着她那金灿灿的黄袍走了进来。

"很美，"他说，"谢谢你们的欢迎。"

"我们的重逢得主庇佑，彼得牧师。"

他的目光绕过她，看向她身后的门廊。几个绿洲人正穿越灌木林向这里走来，不过还有一段距离，爱耶稣5号急急忙忙领先了许多。他们的品性里，没有"匆忙"二字，这也是她最厌恶的。

"见到你很高兴。"彼得说，"上次我刚一离开，就想着回来了。"

"我们的重逢得主庇佑，彼得牧师。"她肩上挎着一个网袋，里面藏着一个毛茸茸的黄布,和她的长袍一样浓烈的色调。他以为那是披肩,但她把它拉出来,拿起来给他过目。那是一双靴子。

"给你。"她说。

他羞赧一笑,从她戴着手套的手里接过那双靴子。并不如他最初认为的娇小,看起来合了他的尺寸。他脱下了脚上的凉鞋,鞋的内底由于经常磨损而变形,几乎成了黑色——接着,他把脚塞进靴子里。很合适。

他笑了。鲜艳的黄色靴子和一件裙子似的伊斯兰礼袍:甭管他有多么想象男人一点,这一身组合几乎可以终结他这个打算了。他抬起一只脚,然后另一只,向爱耶稣5号展示她的手工有多么出色。上次拜访中,他看过他们做衣服,因此他知道这个东西要耗费多少工夫,她要付出多少代价。对绿洲人来说,穿针引线和人类扛着电锯一样费劲。每一次缝合都要耗尽全身的力气,他都不忍看下去。

"靴子很棒。"他说,"非常感谢。"

"给你。"她又说道。

他们站在敞开的门前,注视着其余的爱耶稣者向他们迈进。

"你弟弟怎么样了,爱耶稣5号?"彼得问。

"在地里。"

"我是说另一个,"彼得说,"那个不爱耶稣,让你伤心的。"

"在地里。"她重复道。然后,她又补充道:"也在地里。"

"他死了吗?就上个星期?"

"上个星期,"她说,"是的。"

彼得盯着她的头巾,希望猜出她那话语背后隐藏的情感。就他与绿洲人所有的交往经验来看,他推测,他们不用费力模仿其他语言时发出的沙沙声和汩汩声能表达他们的情感。

"他为什么死了?怎么回事?"

爱耶稣5号轻柔地抚摸过她的手臂、胸部和腹部,意思是"整个身体"。"他的里面,很多东西都走错了方向。干净的东西变得肮脏不堪;强壮的东西变得脆弱;充盈变为空虚;封闭的东西有了开口,开放的东西闭了起来;干燥的东西被浸湿……还有很多。我说不全。"

"抱歉。"

她低下头,表示一种共同的遗憾。"我弟弟病了很久了。他虽然还活着,但总有一天会离去的。我每天都去看我的弟弟,当他睡着的时候,他的生命就会告诉我说:'今天我还在这里,但明天就不一定了。这个身体不欢迎我。'之前,命在我弟弟身上,悲伤在我身上。如今,命在地里,我的悲伤就在地里。我们的重逢得主庇佑,彼得牧师。今天就是星期天。"

彼得点点头,虽然事实上他并不知道今天是星期天。他已经忘记了他惯常的时间安排。但这并不重要。他和绿洲人准备朝拜了。毫无疑问,这就是爱耶稣5号说的"星期天"的意思。她是对的。

"我也有东西给你。"彼得说着,大步走到他离开背包的地方。他拿出他准备好的小册子时,她的头也跟着向下,随着手的运动而移动。

"圣经,"他说,"或者是圣经的起源,不管是什么,请惠存。"他用他想到的那种绿洲人方便说的英语,制作了20页的经文,用的是詹姆士王风格的字体,10页纸双面撰写,钉在了那本《圣经》的中间。

肯定不是古腾堡印刷《圣经》以来最好的一版,但他已经把USIC基地里能用上的工具都用上了。在每本小册子的封面上,他用手画了一个十字架,并且用金色高亮。

"《异境之书》。"爱耶稣5号说。她的伙伴们开始进入教堂,穿着柔软的靴子,在柔软的土地上缓缓地行走,几乎没有发出任何声音。但是爱耶稣5号还是听到他们走了进来,于是她转身向他们打招呼:"《异境之书》,"她重复着,指着彼得在讲坛上堆叠的小册子,"是让我们留着的。"

刚进来的人群发出了喃喃的声音。然而彼得只能认得他们长袍的颜色,这令他感到羞愧。他希望颜色对应的人自上个星期以来没有改变。他有训练自己去分辨棕色和青铜色、红棕色和铜色、深红色、勃艮第色和珊瑚色之间的区别,至少在他的脑海里是这样的。每一个颜色都对应着一段谈话——不管多么短暂和磕绊——他都记得。

"朋友们,"当所有人都进来的时候,他宣告道,"很高兴见到你们。我给你们带了这些礼物。我的礼物虽小,但包含了来自主的大礼物。"

他估计,这四面墙内大约聚集了90个灵魂,色彩斑斓,闪着光芒。作为一个牧师,他能趁着与观众眼神交流的当口进行粗略的人数统计。如果他的估计是正确的,那表明在他离开的时候,基督徒的数量增加了十到二十倍。

"正如我以前向你们中的一些人所解释的,"他说,"你们看到我随身携带的《圣经》——和库茨伯格携带的——是一本非常厚的书。太厚了，大多数人都无法阅读。但本来它也不应该是一次性读完的东西。圣经就是一个成长了数千年的信息库，我们的上帝不断地往里面添加着新的智慧和意图，与准备好翻开它的人共享。"他说着，把小册子递给了爱耶稣5号，然后她把小册子分发给了大家。每个人都虔诚地接过这本打印的册子，像捧着易碎的鸡蛋那样捧着它。

彼得接着说："耶稣来到世上时，人们写下了他所说的和所做的，然后写下了他的追随者所发生的事情。但是圣经在耶稣到来之前就开始记录了，从更古老的时候开始，那时上帝似乎离得更远，更神秘，更难确切地知道他想要什么。在那些日子里，人们讲述上帝的故事，那些故事也在圣经里。这些故事中有一些需要了解更多的风俗和耶稣在以前的地方的事情。即使是我们自己，也有很多人不知道这些。"

当他说的时候，他注意到，每10个人里，就有一个没有从爱耶稣5号手上拿到册子，而是与他的邻居共享一本。彼得认为并不会来这么多人，只带来了80本小册子，没料到他离开的这段时间增加了这么多信徒。显然，绿洲人一眼就统计出了小册子的数量——没有一丝尴尬，也没有经过任何商量，全部自动自觉地调整好了分配方案，确保队列中的最后几个人还能拿到册子。

"你们告诉过我，"他说着，指向一件藏红花色长袍和一件淡紫色长袍，"你，爱耶稣12号和爱耶稣18号，古腾堡让你们知道了尼布甲尼撒的故事、巴兰和天使的故事，以及耶路撒冷的毁灭，还有其他那些你们难以理解和无法理解的故事。振作起来，我的朋友。你们将在耶稣基督中成长，你们会有时间去理解这些故事的。但现在，尼布甲尼撒的故事可以先放着。当上帝决定成为耶稣时，是因为他想把自己的话传到陌生人耳中，传入那些从未听说过的人耳中，传入那些不关心宗教或没有宗教信仰的人耳中。他讲的故事很简单。我试着把一些最好的、最有用的放在你们的《圣经》里了。"他拿起一本小册子，打开，"你们的书又小又薄，不是因为我质疑你们对圣经的渴求，也不是质疑你们的思考能力，而是因为我只想用我之间能在这所教堂里说的话，你们自己也可以轻松地相互说的话来叙述这些故事。我已经尽快了，尽管从书的规格来看，我的速度还是很慢。但我保证我会更快的。当你在基督中成长时，你的圣经也会成长。但我们要有个起点。在这个美好的星期天,我站在这里,满怀喜悦地看着你们和我在一起,这……就是那个起点。"

从第一页开始,他读起了《诗篇》第23篇,"主是关心我的人。我再也不需要……"等等,一直念到了"我就永远住在耶和华的家里。"

然后他又读了一遍。

再一遍。

他每多读一遍,就会有更多的绿洲人跟着他大声地朗读。他们在朗读还是背诵?没关系。他们的声音共鸣得更大了,听起来悦耳而清晰,"他叫我躺在绿色的土地上。他领我到没有人能淹死的河边。他让我的灵魂再次焕然一新。他引领我走向美好的道路。他做这一切,因为他是上帝。"

第五次重复,他自己的声音已经淹没在齐声强大的音浪里。

15. 此刻的主角,今日的王者

曾有一位智者问彼得:"你知道你是什么吗?"

"我是什么?"

"对,就是这个问题。"

这是一个意味深长的问题,取决于提问者是谁。例如,有些愤怒的暴徒就曾问过他这个问题,还自己给出了答案——"龟孙",或类似的侮辱——然后殴打他。也有些官员或官僚们曾问过,他们因为某种原因,视他为眼中钉肉中刺。也有人深情款款地说他是个"完全可爱的人""一份宝藏",甚至"我的依傍"。

"我尽量不去想自己是什么。我希望我只是一个爱上帝的人。"

"你人缘很好。"智者肯定地点点头,"这能让你走很远。"智者是彼得即将继承的教会的牧师。他的灵魂已饱经沧桑,作为一个从业多年的牧师,他身上混合着温和宽容和坚忍不拔两种个性。他熟知所有他的教区居民用来抵抗变故的方式,所有让人蛋疼的方式——当然,他绝对不会用这种粗鄙的语言。

"你喜欢人，这真的很少见。"老牧师接着说道。

"社交难道不是最基本的人性？"

"我不是在说社交。"老者说，"我认为你不一定很善于交际。甚至有点孤独。我的意思是，你对人类的兽性并不感到厌恶或恼火，只逆来顺受罢了。比如，有些人从不厌烦狗，他们就是那种爱狗的人，不管它是什么样的狗，大狗还是小狗，安静的活泼的，乖巧的顽皮的——它们各有各的可爱之处，因为它们都是狗，狗就是好的。牧师也应该对人类有这样的感觉。但是你知道吗？没几个人能做到。完全没几个。彼得，你会走得很远的。"

一个充满睿智的过来人满脸肯定地跟你说这些有些奇怪。毕竟，彼得与他的人类同胞们的共处并不总是幸福的。没几个人能干出他十几二十岁时干的那些破事儿——撒谎、偷盗、违背诺言——真的觉得他爱每个人？然而这位老牧师应该对他的历史了如指掌。牧羊人之间是没有秘密的。

现在，彼得盘腿坐着，被灯光弄得眼花缭乱，精神恍惚。就在他面前，坐着一个同样交叉着双腿的小男孩——是8岁或9岁时的自己。他是名少年童子军。他很自豪能当一名少年童子军，拥有一件缝着徽章的绿色衬衫，掌握各种生僻的求生技巧，比如系绳结、搭帐篷和点火等等。他盼望着能快速成为一名真正的童子军，即使羽翼未丰，也比少年童子军强。这样他就可以学会射箭，学会在山里徒步旅行，拯救那些被蛇咬伤或者遭遇雪崩的陌生人的生命。然而事实证明，他永远成为不了真正的童子军——因为很快，他的家庭环境就不允许了。他被取消了少年童子军的资格，军服也从此束之高阁，还被虫子咬破了——但8岁的他对此毫不知情，还做着混迹狼群的美梦。

汗水流过眉毛淌进了他的眼睛里。他眨了眨眼，模糊的世界又清晰了起来。坐在他面前的那个孩子并不是8岁时的自己，甚至不是一个孩子。那是爱耶稣17号，一个与他长得大相径庭的生物，但除了这点，她或他，或者它都可以盘腿坐在一起祈祷。她的长袍是菠菜绿的，一样穿着软靴，尽管上面沾了褐色的污渍。太阳几乎直射在头顶上，她的兜帽投下阴影将她的脸吞噬。

"你在想什么，爱耶稣17号？"他问。

像往常一样，她停顿了一下。绿洲人不习惯思考，或者可能是他们很难把自己的思想用英语表达出来。

"在你来之前，"爱耶稣17号说，"我们都是孤独和脆弱的。现在我们团结在了一起，我们是强大了。"

她能不甚费力地用舌头、声带或者任何她用来发音的东西，就能发出"单独"和"弱小"这两个词，证明她必定经历了一番苦练。但"团结"和"强大"这两个词她近乎是不可能发出的。她娇小的身材使她看起来更脆弱，但是每个坐在她周围的人都是那么瘦小羸弱，他们瘦削的手臂，狭窄的肩膀，满是污垢的手套和靴子。他像一个丧失了所有中流砥柱的老幼社区的牧师。

当然，这样的看法对他们来说有失公允。他想过将他们的身量视作标准，把自己的视作异常，但也失败了。他曾尽力调整自己的视角，结果就看到眼前近百个小人是变成了正常的体态，但他一下就变成了一个巨大的怪物。

"这本书，"爱耶稣1号说道，他喜欢站在会众中间的位置，"念些这本书里的话吧。"

"这本书。"有几个声音附和着，说这几个字还不至于费劲。

彼得点头，示意他答应。他的《圣经》总是放在手边，包在塑料袋里防潮，每当他把它拿出来时，绿洲人就会发出赞叹的声音。但他鲜少真正去翻看它，因为他对《圣经》有着非凡的记忆。他只需要在自己的脑海中找寻，几乎立刻能找到他要的东西，从保罗的信到以弗所书。他的大脑像是奇怪的器官，当然如此；有时他把它想象成一颗泥泞的花椰菜，上面覆盖着他生活中的伤疤和灼烧痕迹，但在其他时候，它更像是一个宽敞的仓库，储藏着一切他需要的诗句，在他需要任何诗句的时候，它已经帮他用下划线标出了。

"所以你们不再是外人和外邦人了，"他引用道，"而是圣徒的同胞们，建立在使徒和先知上，耶稣基督本身是最主要的垫脚石，所有的建筑因他而起。"

一阵低声的赞同——甚至称赞——来自他面前坐着的这群身着色彩明艳的服装的生物。他们听着圣经经文，如饮醇醪。这就是詹姆士王酿的"烈酒"——真家伙。哦，当然，绿洲人也很喜爱彼得为他们专门编排的版本。这些书页已被反复地翻看，染上了湿漉漉的指纹。然而，彼得可以看出，他们并不满足于他做的书。他们管它叫"口袋书"，开始他还很欣慰，不过后来他意识到，这是为了把这本册子和他们心中那本真正的《异境之书》区分开来。他们觉得这本手工制作的小册子就是家常的，是一种复刻版，而詹姆士王,用机器制造的人造皮革封面和金色浮雕的脊椎制成的,才是纯粹的——真正的来源。

现在,沉醉在以弗所书中,绿洲人真正得到了满足。他们蒙着的头颅垂下,把他们的脸都投到更深的阴影里。他们紧握的手在大腿上轻轻地移动,仿佛重新追寻,重新品味。这种微妙的运动无异于一个南方浸礼会会众齐声叫喊"哈利路亚!"

彼得虽然也敬重詹姆士王,却不满他受到的爱戴。毕竟,他也只是提供了一个翻译版本,并没有比其他翻译版本权威到哪里去。耶稣从未说过英语,保罗或者《旧约》中的先知们也从未说过。绿洲人明白这一点吗?他对此表示怀疑。这是个耻辱,要明白只要不是迦南希伯来语、古希腊语或伽利略亚拉姆语的母语使用者,都是一样的翻译罢了。但他感受到了,绿洲人看低了他,这令他苦恼。他不想和一些老式的帝国主义传教士一样,像摩西一样穿着长袍,让人们误认为他和耶稣和上帝都是一个种群的,都是英国人。

他曾考虑过打击绿洲人对"那本书"的敬意,若有若无地告诉他们17世纪时各种语言的存在,但他认为这样的演讲只会使事情变得更复杂,尤其是在绿洲人已经深入地学习过古腾堡时期的版本之后,而且显然古腾堡是詹姆士王的粉丝。这不足为奇。任何一个爱语言的基督教传教士都会爱上詹姆士王——为那种韵律所折服。

"圣彼得对他的新朋友说的话是,"彼得说,"一旦你听到上帝的话,不管多么的陌生,离你多远,你就已成为基督徒群体的一分子,所有曾经存在过的基督徒,包括耶稣行走于世时,那些活着的基督徒。然后保罗继续把我们比作一间房子。房子由许多砖块或石头砌成,构成一个大的整体,我们都是上帝建造的房子里的石头。"

许多戴着头巾的脑袋频频点头,"都是石头。"

"是我们一起建起了教堂,"彼得说,"这是一件很美好的事情。"像齐舞一般,绿洲人不约而同地转身去看教堂,他们认为这座建筑是如此神圣,他们只在最正式的仪式下才涉足其中,尽管彼得让他们把这里当作家一样。"但是你们——今日聚集在这里的你们,坐在阳光下,是上帝建造的真正的教堂。"

爱耶稣5号和往常一样坐在前排,不赞同地摇晃着脑袋。

"我们是我们,"她顿一下,说,"我们就是我们。上帝就是上帝。"

"当我们心有圣灵时,"彼得说,"我们就可以超越自身:我们可以在行动中成为上帝。"

爱耶稣5号不相信。"上帝是永生的。"她说,"我们会死。"

"我们的肉体死了,"彼得说,"灵魂永远活着。"

爱耶稣5号拿戴着手套的手指向彼得的躯干,"你的身体没死。"她说。

"当然会死的,"彼得说,"我和其他人一样是血肉之躯。"他现在确实感觉到了自己的血肉。太阳让他头疼,他的臀部麻木了,他需要撒尿。犹豫了一下,放松了膀胱,让尿液流到了土壤里。这就是这里的做法,不值一提。

爱耶稣5号沉默了。彼得无法判断她的情绪,被说服了,安抚好了,仍然愠怒或是什么?她到底是什么意思?库茨伯格是路德会教友,他相信死去的基督徒终又有一天会复活到原来的身体里——神奇地焕发出活力,永不腐败,不会感到痛苦、饥饿或快乐——然后永远使用着这具旧躯壳?彼得自己无法接受那个教条。死亡就是死亡,腐朽就是腐朽,只有灵魂可以永存。

"告诉我,"他对那些聚集的人说,"你听说过死后的生活吗?"

爱耶稣1号,自命为绿洲人历史的守卫者,他发言说:

"哥林多。"

彼得花了很长时间才想出这个词——他其实非常熟悉,但在这里听到实在太出乎意料了。"哥林多,好的。"他说。

顿了片刻。

"哥林多,"爱耶稣1号又说,"书上说的。"

彼得再次查阅了一遍他脑海中的《圣经》,定位到了《哥林多》15:54,但这不是他曾在布道中引用过的话,所以确切的措辞是模糊的——有些东西会腐朽,有些不会……下一句是令人难忘的,是句脍炙人口的《圣经》金句,虽然还会有些人以为出自莎士比亚,不过他知道,爱耶稣1号应该不仅仅想听这一句。

他使劲地哼了一声,站了起来。当他走到背包前,从塑料护套里拿出书时,人群中响起一阵期待的嗡嗡声。金色浮雕的文字在阳光下闪闪发光。他站在那里,一边轻轻地翻动书页,一边绷紧了肌肉。

"这必朽坏的既变成不朽坏的,这必死的既变成不死的,那时经上所记

'死被得胜吞灭'的话就应验了,死啊,你得胜的权势在哪里?死啊,你的毒钩在哪里?"

大声朗读着这些诗句时,彼得终于明白他为何不曾引用这些词句。它的感情太充沛了,修辞夸张得令他不适。要念出这些句子需要高度戏剧性的传递,需要一个戏剧般的盛宴,他不是那种演说家。他的风格是低调真诚的。

"保罗在这里说的是,"他解释道,"当我们把灵魂交给上帝,我们会死亡腐朽的那部分——也就是肉体——就覆盖上了不会死亡不会腐朽的东西——也就是永恒的灵魂。所以我们无畏死亡。"

"无畏,"一些绿洲人跟着念道,"死亡。"

彼得第二次在这个被USIC称为"畸人小镇"的地方,这次跟第一次一样奇妙。他更加深入地了解了绿洲人——这也是意料之中的——不过他同时也看到了自己的改变,这种改变难以言状,但他能感到它的深刻。就像空气仿佛穿过他的衣服渗入他的皮肤一样,某种莫名的东西也在渗入他的脑子。

不过,并非所有都令人愉快。在他旅居途中,彼得曾度过了一段不堪回首的过往,那时,他总是无端地哭泣。午夜梦回间,他会忽然惊醒,眼里含着泪水,不知梦到了什么。之后的几个小时里,他会一直哭。悲伤的潮水一直在他的血液中流淌,好像身体里被放进了什么东西。他为些莫名的事情哭泣,都是些早就忘记的事情,一些他原本觉得完全不值得悲伤的事情。

他为小时候养在罐子里的小蝌蚪哭泣,认为要是把它们好好地放在池塘里,它们可能就长成青蛙了,而不至于眼睁睁看着它们变成灰色的污泥;他为猫咪克莱奥哭泣,她的尸体僵硬在地板上,嘴边还沾着盘子边缘的肉汁;他为上学路上丢失的午餐钱哭泣;他为一辆被盗的自行车哭泣,脑海里回想起手掌中橡皮手柄确切的感觉;他为那名自杀的同学哭泣,欺凌者将番茄酱挤到她的头发上,她最终选择了结束自己的生命;他为卧室窗户上飞过的燕子哭泣,为地上毫无生气的混凝土哭泣;他为父亲离开后留在家里发霉发皱的杂志哭泣;他为那些倒霉的反战游行者哭泣,想到他们在雨中挣扎,标语下垂着,孩子在一旁面无表情。

他为他的母亲为慈善拍卖而缝制的"和平被子"哭泣。即使也有贵宾为那些被子出了价钱,但最终都没有卖出特别好的价格,因为那些被子都是拼接的布料,与他们的审美大相径庭。但不管那些被子卖没卖出去,他都要哭泣。他还为他母亲讲解的话哭泣,她说,所有的颜色都象征着国旗,蓝色和白色可能是以色列或阿根廷的国旗，红色波尔卡圆点是日本，绿色、黄色和红色条纹与中间的星星可能是埃塞俄比亚、塞内加尔、加纳或喀麦隆的国旗，取决于你怎么盖这床被子。

他为他的童子军制服哭泣，那件被银鱼吃掉的制服。哦，他哭得稀里哗啦的。每根消失的纤维线，衣服上每个可怜的小洞，都会让他心中郁结，刺痛他的双眼。他不知道他最后一次去到童子军大厅的时候就是最后一次了，没有人告诉过他，他还因为这个哭泣。

他还为碧翠丝身上发生的事情哭泣。是一张她6岁时的全家福，她的嘴唇到两颊上有一条清晰的长方形红印，是胶布弄出来的。谁会对一个孩子下这样的狠手？想到她因为客厅的陌生来客，因为卧室无法进入，只得蜷缩在厕所里做作业，他又哭了。他还为碧翠丝小时候其他的遭遇哭泣，都是遇上他之前的事情。好像他那些陈旧的过往辛酸都被分门别类，按时间顺序贮藏在他的脑海深处，而他的泪腺仿佛是接在时间尽头的另一端，径直奔向了遥远的往事——对于近况似乎不理。他为之哭泣的碧翠丝是他通过那些老照片和所述的逸事想象出来的，但也足够楚楚可怜了。

他这场旷日持久的大哭结束于一包他爸给他的收藏币。是市面上出售的那种，但毫不夸张地说，它的包装非常考究，里面包含有一枚法国法郎、一枚意大利里拉、一枚希腊10德拉法克的硬币、一枚德国50芬尼的硬币（上面有一个正在播种的女人），里面还有其他欧共体国家的钱币。这些对于一个懵懂无知的男孩儿来说，简直如同古老时代的遗产、史前帝国的遗珠。啊，多么天真快活……但不久之后，就有一个朋友在他耳边，像只毒蛇一样，低声说道："这小收藏一点也不值钱。"然后，忽悠他用全部的那些硬币换了一枚他说是公元前333年造的铜币。那枚铜币已经畸形，被腐蚀得不成样子。但是上面刻着一个戴头盔的武士，彼得被它的样式迷住了。后来他父亲发现了这事儿，愤怒异常。他不停地说"如果是真的话……""如果是真的……"语气极度怀疑，然后好好给彼得上了一课，告诉他君士坦丁铜钱的特点，这枚硬币的损坏程度，以及整个收藏市场是怎样充斥着假货赝品的。彼得据理力争："那时你又不在！"他指的不仅是君士坦丁统治时期，还有那个幼小的、动摇的男孩被一个更大、更聪明的男孩打败的时刻。多年来，那句"如果是真的……"始终在他的脑海中回荡，让他感到他的父亲有多么严厉和冷酷。当彼得终于明白这场争吵只是虚张声势，他的父亲也只是感觉受了伤时，老人已经进了坟墓。

彼得为这样那样的事哭完后，感觉好些了，好像被洗礼过一般。他那哭肿了的眼皮，若不是在这里，是需要小心呵护的。但这儿温暖湿润的空气像精油一样使他的眼睑得到了舒缓。他的头脑也在一通大哭之后感到无比的轻盈和麻痹。

"这首歌可真长。"爱耶稣5号说，她背靠着讲台坐着。他没有注意到她来了。这已经不是她第一次来教堂拜访他了，这个时间，她的同类大多数都在睡觉。

"你为什么不在床上？"他问道，手肘撑起身子。他几乎看不到她，整个教堂里的光源只有一对浮在陶瓷汤碗里的油焰。

"醒了。"她说，仿佛这就解释了一切。也许确实如此。

他在脑海里反复重复她的评论。这首歌真长。显然，在她看来，他的哭泣和唱歌没有什么不同。他声音里的痛苦在传递中消失了，她听到的只有嗡嗡声、呜咽声，有节奏的呜咽声。也许她也想加入，但是她什么话也说不出来。

"我想起了很久以前的事。"他解释说。

"很久以前，"她回应道，"很久以前，耶和华说，我爱你，我的百姓。"

这段对耶利米的引用让他吃惊，不是因为她记住了，而是因为这是比詹姆斯国王版更现代的译本——新生命，如果他没弄错的话。库茨伯格是否在不同的圣经中节选？在詹姆斯国王的圣经中，"很久以前"是"古老的"，而希伯来语的原版更像是"很远的时候"。

"很久以前"和"古老的"也许它们就是一回事儿吧。他从学者的迷雾中清醒过来，开口问爱耶稣5号为什么要引用了这段经文，这对她意味着什么。

但爱耶稣5号的脑袋却垂在胸前。不管她在家、在床上的时候是因为什么失眠了，她现在可算找着周公了。

彼得第二次来这里和绿洲人一同生活的时候，经历了第一次死亡。第一次绿洲人的死亡。

他仍然不清楚居住地的人口规模，但他觉得应该有小几千人，而爱耶稣者们仅仅代表了居住在这个巨大的集体中的一小部分灵魂。即使在这里，生老病死也应该是一样的规律,但彼得从未亲眼见证过——直到有一天,一个爱耶稣者过来告诉他,他的母亲死了。

"我的妈妈,"他宣布,"死了。"

"啊!我很抱歉!"彼得说着,本能地用双臂搂住了他。他立刻意识到这是错误的做法。他就像拥抱了一个保守的女人,除了她的丈夫,谁都不能碰她。那名爱耶稣者的肩膀缩成一团,身子僵直,手臂颤抖,脸转过去,生怕碰着彼得的胸口。彼得放开他,尴尬地后退了一步。

"你的母亲,"他脱口而出,"失去她你得多痛心啊。"

爱耶稣者在回答之前,先思考了一下这个想法。"是妈妈造的我。"最终他说,"如果妈妈从来没有,我也从来没有①。所以,母亲是非常重要的男人。"

"女人。"

"哦,女人。"

片刻,彼得接着问:"她什么时候死的?"

又是片刻,绿洲人总是搞不清到底什么是正确的语法,他试着把时间表述出来,"你来之前。"

"我来绿洲之前吗?"

"在你拿上那本书来之前。"

那就是最近几天了,甚至有可能就是昨天。"有为她……举办葬礼吗?"

"藏?"

"你把她埋在地里了吗?"

"快了,收获后就埋。"

"什么之后?"

爱耶稣1号在他的词汇表中寻找一个可发音的替代词:"丰收"。

彼得点了点头,虽然他并不真正理解。他猜想,这种收获一定是绿洲人的一种粮食作物的收获,这是一项时间敏感、劳动密集的工作,以至于整个社区根本无法把葬礼列入他们的日程。老妇人不得不等待。他想象着一个干瘪的,稍微小一点的爱耶稣者躺在她的床上,一动不动,那是一个像棺材一样的小床。他想象着毛茸茸的被褥像茧一样包裹在她身上,为她的葬礼做

---

① 此处这名绿洲人犯了许多英文中的语法错误,因此词不达意。

准备。

事实证明，根本无须这样的猜测或想象。爱耶稣1号像邀请客人去看一个著名的纪念碑或大树（如果这个地方有像纪念碑和大树这样的东西）一样，用相同的语气，邀请他来看看他母亲的身体。

彼得试图想出一个合适的回答。"好主意""谢谢你"和"乐意至极"都感觉不对劲。代替回答，他默默地穿上了黄色的靴子。那是一个灿烂的早晨，教堂里的阴凉使他没有准备好迎接耀眼的阳光。

他陪着爱耶稣1号穿过灌木丛来到院子里，绿洲人每走三四步，他就走两步。这次拜访，他学到了很多东西，其中之一就是如何漫步。走得比你的直觉慢是一种艺术，与一个比你小的人比肩同行，而不显得吃力或笨拙，技巧就是假装在齐腰的水流中前进，还要想象身边就有一个会因为你的姿势奖励你的裁判。

他们肩并肩走到了爱耶稣1号的家里。它看上去和其他所有的屋子都一模一样，没有任何旗帜、装饰或彩绘来宣告屋内人的死亡。有几个人在附近走动，并不比平时多，至少彼得看到的是这样，他们照常做着生意。爱耶稣1号带他绕到房子的后面，来到一块空地，这里平时是洗衣服晾衣服的地方，孩子们也会在这里玩BLDL，就是绿洲人的草地滚球[①]，但他们的球是一种柔软的黑色小球，由密实的苔藓做成。

如今，这里没有孩子，也没有BLDL，两间房子之间的晾衣绳上也空无一物。院子腾给了爱耶稣1号的母亲。

彼得凝视着躺在地上的小身躯，她的长袍已被褪下。单凭这一点，彼得就无法判断他是否认识这个人，因为他还在可耻地依赖于织物的颜色来辨识人。但是，即使他能记住这种生物外貌的某些独特之处——皮肤纹理的变化或面部隆起的形状——现在也无济于事，因为尸体被一层闪闪发光、微微颤抖的昆虫遮盖住了。

他看了一眼爱耶稣1号，想知道他在这个噩梦般的奇观中会有多惊恐。也许今天早上爱耶稣1号离开的时候，尸体上还没有这些害虫，它们都抓住了他不在的机会侵扰他母亲的尸体。但如果是这样的话，爱耶稣1号的表情

---

① 一种利用滚球的偏心，尽力使其接近另一个目标球的运动。草地滚球的雏形产生于7000年前的古埃及。

似乎并没有惊慌。他平静地注视着这些昆虫，仿佛它们是灌木上的花朵。确实，这些虫子美得有些过分，就像花朵一样：

它们有彩虹色的翅膀，光滑的淡紫色和黄色甲壳。它们的翅膀振动的声音是音乐。它们几乎覆盖了尸体的每一寸皮肤，使尸体看起来像一个抽搐的、呼吸的雕像。

"你妈妈……"彼得开口说，但不知如何说下去。

"我妈妈走了，"爱耶稣1号说，"只有她的身体仍然存在。"

彼得点了点头，竭力掩饰内心由于虫群带来的不安。爱耶稣1号对这种情况的哲学态度很令人敬佩——要是爱耶稣1号也感到极度的心烦意乱的话。这也是彼得打算劝慰他的观点。但事实上，爱耶稣1号并不是非常心烦意乱，或者看起来不是，彼得很困惑。向一群无神论的USIC员工发表葬礼演说，让他们把肉体仅仅看作是不朽灵魂的载体是一回事；站在一个将这一原则铭记于心，能看着自己母亲的身体被昆虫吞噬的人身边，又是一件完全不同的事。彼得的眼睛被那女人的一只脚吸引住了：这些虫子攒动着，把脚趾露出来了。有八个，很小很窄。他曾经认为，因为绿洲人每只手都有五个手指，所以他们每只脚也会有五个脚趾。这种错误的推测使他认识到，要真正理解这些人，他还有很长的路要走。

"原谅我记不起了，1号，"彼得说，"可我见过你母亲吗？今天之前？"

"从来没有。"爱耶稣1号回答，"从这里走去我们的教堂……太远了。"

彼得想知道这是否是一句讽刺，暗示她从未有足够的动力去拜访他，还是这真的意味着她太虚弱或者病得走不过去。很可能是字面意思。

"我的母亲才开始——刚刚开始——认识耶稣。"爱耶稣1号解释道。他在空中做了一个手势，轻轻转动着他的手，表示缓慢、跌撞的进程。"每天，我们都把你的话语从教堂带回，把它们带给她。每一天，言语都像食物一样滋养着她。每一天，她都更接近主。"他把脸转向彼得教堂的方向，仿佛看着他的母亲走过去似的。

接下来的日子里，彼得明白了"收获"的真正含义。他意识到爱耶稣1号让他去看尸体的原因与情绪无关。他们生来就被教导要这样做。

腐肉上的虫子只是绿洲人农业中的一部分。彼得才知道，尸体上涂了一种毒药，这种毒药能使虫子中毒，当它们下蛋后，就会感到意识模糊，无法飞翔。之后，绿洲人就可以把它们收集起来，小心翼翼地撕成碎片。腿和翅膀被磨碎并晾干后，就变成了一种极其有效的调味料：一小撮就可以给一大桶食物调味。尸体会产生丰富的花蜜，与水和白花混合制成蜂蜜，或加工成鲜艳的黄色染料。

除了学校里一位坦率的生物学于老师，彼得和他认识的大多数人一样，对蛆虫并不感兴趣。虽然接受死亡和腐烂于自然是明智和实际的，但是看到机会主义的小幼虫总是让他恶心。但是，爱耶稣1号的母亲身上的蛆虫是他从未见过的。它们都很平静，胖胖的，米色的，每个都有一个水果馅饼那么大。成千上万只虫子密密麻麻地铺在尸体上，闪着光亮，如果你长时间凝视着它们，你会觉得它们看起来一点也不像蛆虫，而像一堆白化的树莓。

这些，也是绿洲人的收获。

最后，爱耶稣1号的母亲被啃食殆尽，再也生产不出更多的"收获"了，附近的晾衣绳上摇曳的衣服投下了阴影，她就那样躺在阴影下。鉴于她是唯一一个完全赤身裸体地躺在彼得眼前的绿洲人，所以他也没有办法辨认出，他面前看到的坑洞有多少是由于腐烂而产生的，还有多少是本来就存在于健康的绿洲人身上，隐在衣服下的。她的肉虽然有发酵的味道，但并不肮脏，已经变成了黏土一样的灰色，被坑和蛀虫所腐蚀。她没有乳房或其他任何暗示性别的东西。在他的脑海里，根据饥荒和集中营里人类尸体的照片，尸体应该是会缩成薄薄的一层皮，和骨头粘在一起。这不是他在这里看到的情况，1号的母亲显然没有肋骨，没有骨架，只有逐渐液化的肉。她胳膊和腿上的洞正冒着一种像甘草一样黑黑的物质。

"怪物"，这个词突然出现在他的脑海里，令人胆寒。但接着他又提醒自己，他们并非怪物，而是创造物：造物主创造之物。

"现在我们把她埋进地里。"1号第三天告诉彼得。他的声音里没有紧迫感，也没有象征意义，也不清楚他所说的"现在"到底是什么时间。据彼得所知，他们并没有挖坟墓，整个居住地也没有任何的迹象能看出他们在准备一场庄严的仪式。

"你想让我……说点什么吗？"彼得问道，"在葬礼上？"

"葬礼？"

"这是我们的一种习俗……"他打算这么开始解释，但接着又换了一种说法,"当基督徒……"他又重新开始,"在我出生的地方,当一个人死后被埋葬时,通常会有人在尸体被掩埋之前发表演讲。他们谈论死者,并试图提醒他的朋友和家人是什么让这个人变得特别。"

爱耶稣1号礼貌地鞠了一躬,"你未曾见过我的母亲,也不了解她。"一针见血。

"确实,"彼得认同,"但是你可以告诉我她的一些事情,我可以把这些事情变成……演讲。"尽管他提出了这个建议,但似乎有些荒谬。

"现在,任何语言于我母亲而言都无关紧要了。"爱耶稣1号说。

"语言可以安慰被留下的朋友和家人,"彼得说,"你要我读这本书吗?"

爱耶稣1号伸手挥了挥,表示不需要。"库茨伯格很久以前就从书中给了我们启示。"他也在彼得的见证下开始了背诵。

最开始彼得觉得是一阵胡言乱语,他花了几秒钟的时间才把那些毫无意义的音节重新组合,然后翻译成圣经的诗句,但这句话实际上不是出自《圣经》,而是出自《共同祈祷书》。

"灰烬,灰烬,灰烬。"

这件事发生后的几十个小时里,彼得一直生活在恐惧之中,生怕某个慷慨的灵魂会给他带来一盘蛆虫做的菜,作为一种特殊的款待。绿洲人总是给他带零食,谁知道呢?——他们可能认为他受够了白花。给他来盘彼得牧师的惊喜甜点!

他知道他的反感是非理性的,因为食物无疑是美味的,可能对他也很有好处。而且他意识到任何一个国家都有他们独特的料理,那种可能会令外国人反胃的特殊料理——比如日本的大鱼眼珠、生鱼片还有鲜活的章鱼,非洲的山羊脑,中国的燕窝(据说就是燕子的唾沫),等等。如果他是去往这些地方传教,他也有可能会有幸碰到这些食材。

当然,他还从来没有吃过这些稀奇古怪的东西。他传教期间,迄今都在英国。他碰到过最奇葩的食物只是布拉德福德的鱼子酱,而且他的不适其实并不关乎那些鱼卵本身,而是组织者本应该拿制作这道昂贵食材的钱用来帮助无家可归的人。

总之,这种感觉并非来自于蛆虫本身。这是关于爱耶稣1号的母亲最生动的记忆,以及她与啃噬她的蛆虫之间不可磨灭的联系。彼得感到困惑,她的儿子怎么能咽下这样生产出来的食物。

对于这个问题，就像其他许多问题一样，上帝给出了一个具体而有启发性的答案。一天晚上，爱耶稣1号带着一篮食物出现在教堂。当他们一起坐在讲坛后面的床上时，他一言不发地当着彼得的面把它打开。食物闻起来很健康，而且还很温暖。那是一种蘑菇状的白花汤，还有几大块白花面包，面包皮是棕色的，里面是淡色的，是刚从烤箱里拿出来的。

"很高兴这是白花。"彼得说，决定完全坦率地说出内心所想，"我很怕你们会给我拿一些由……你母亲的尸体上收获的东西做成的食物。我觉得我吃不了那个。"

爱耶稣1号点了点头："我也是。其他人可以，但我不能。"

彼得消化着这句话，但无法诠释。也许爱耶稣1号是在向他陈述一项食物的管理制度，还是说是他的内心自白？"向我多讲点吧。"彼得心想。但从前的经验就告诉他了，保持沉默并不能诱导绿洲人打破沉默。

"这是个好想法……也是个令人尊敬的想法。"他补充道，"关于你们做的那些，那些对刚刚逝去的人做的那些。"他不知道是否还要继续说下去。最重要的是，再多的口头禅也无法阻止他的反感。如果他把这句话用语言表达出来，他接着就需要给1号讲授他们种族之间不可调和的差异。

1号又点了点头，"为了食物，我们什么都做。"那碗汤还平放在他的膝上，他还没有开动。

"我一直梦见你妈妈，"彼得承认道，"我不知道她为人时如何，我不是说她不是人……"他深吸了一口气，"看到她浑身爬满了昆虫，然后是蛆虫，而每个人仅仅只是……"他低头看着1号的靴子，尽管他们根本不可能发生眼神接触，"我不习惯这样。这使我心烦意乱。"

1号坐着没动。一只戴着手套的手放在肚子上，另一只手拿着一片面包。"我也……"他说道。

"我以为……你们给我的印象是……你们所有人……都畏惧死亡。"彼得继续说，"可是……"

"我们害怕死亡。"1号认同道，"不过，当生命结束的时候，再恐惧也无法将生命禁锢在身体里。任何东西都不能让生命永驻。只有尊敬的上帝能。"

彼得直直地看向他的朋友，"一个人生命中可能会有这样的时刻，因为失去所爱的人而产生比信仰更强烈的悲伤。"

1号等了很久才开口回答。他吃了几匙汤,现在汤又冷又浓,已经凝固了。接着又吃了一些面包,撕下一小片,轻轻地把它们塞进他头上那个没有牙齿的洞里。

"我的母亲是个非常了不起的女人,"他最后说,"于我而言。"

第二次在绿洲人居住地的旅居中,神费心地使彼得的经历保持着某种平衡。因为在经历第一次死亡的不久之后,他就经历了第一次降生。一个叫KCAW①的女人——显然不是爱耶稣者——正在分娩,彼得被邀请前去。爱耶稣1号,他的护卫,暗示这是极大的荣耀;这当然是个惊喜,因为他从未被居住地里不信教的居民正式承认。但这是一件令人雀跃的事情,以往的沉寂都被抛在一边,整个绿洲沉浸在欢乐好客之中。

死亡与降生之间的对比是惊人的。此时,爱耶稣1号的母亲的尸体还躺在无人值守的后院里,除了她的儿子,再无人为她默哀,她被留在孤独里吸引着昆虫,被当作一片菜地一样对待;而临盆的女人却是万人空巷的焦点。通向那所房子的街道熙熙攘攘,每个人似乎都朝着同一个地方走去。当彼得第一次看到那间房子的时候,还以为它着火了,但是从窗户里飘出来的蒸汽却是香的。

里面,这位准妈妈并没有躺在被医疗设备包围的床上,也不是在助产士的监督下经受分娩的考验,而是自由自在地四处走动,进行社交活动。她穿着绿洲人通常的装束,不过是雪白色的,而且更加——宽松,显得里面的人也更加消瘦,衣服看上去更像是睡衣一般——她一一接受着拜访者的道贺。

彼得看不出她是高兴还是焦虑,但她显然并不感到疼痛,他也看不出她瘦小的身体有任何肿胀。她的手势优雅而正式,像中世纪的舞蹈,有很多舞伴的那种。今天是KCAW的大日子。

彼得知道绿洲人不庆祝婚礼。他们的性伴侣是私下安排的,非常谨慎,很少被提及。但是,分娩那天是一个女人一生中最风光的时刻,一个事无巨细的仪式,就像婚礼派对一样。KCAW的房子里挤满了祝福者,几十个人穿着鲜艳的袍子。彼得想要辨别长袍之间的区别,像彩铅盒里的彩色铅笔一样。朱红色、珊瑚色、杏子色、铜色、樱桃色、鲑鱼色——这些都是他可以

---

① 绿洲语,就是该产妇的名字。

命名的粉色系的颜色;其他人则超出了他的词汇量。穿过房间,越过人群,彼得看到一个穿着淡紫色袍子的人和一个穿着李子色袍子的老熟人站在一起,也只有他们完全站在一起,手套碰着手臂时,彼得才能分辨出两件长袍之间细微的色差,若非如此,他一定会看成一模一样的两件袍子,但事实上并非如此。屋子里到处都这样——人们互相打招呼,互相挥手致意,只消一眼就能认出彼此。在这场轻松亲密的欢聚中,彼得意识到要是他想在这里认出更多的人,他得好好补补颜色的知识了。

若是有人请他为不在现场的人描述一下那天的场景,彼得大概会说,那是一个愉快的聚会。唯一的问题是,他觉得有点供大于求了。1号从把他领进来以后,就不断地在与其他朋友们交谈,这些谈话,在彼得的耳朵里,几乎就是阵阵嗡鸣而已。要求翻译又有些鲁莽,而且不管怎样,一个陌生人也理解不了正在讨论的内容。开始一阵子,他感到很不自在,觉得自己长得比这里的每个人都高,简直是在给他们投下阴影,而且……这些人和事跟他毫无关系。后来他放松下来,开始享受。这次聚会不是关于他的:这才是真正的美学。这样他就可以细心地观察了,他并不当值,没人在期待他的讲话。第一次,从他来到绿洲后的第一次,成为一名游客。于是,他坐在屋角,让那蓝色的熏香烟雾飘到他的头上,看着那名准妈妈被人亲切地戴上花环。

在长达数小时的会面和问候之后,KCAW突然示意她累了。显然她已经筋疲力尽,她坐在地板上,她的长袍包围着她。她的朋友们纷纷向后退去。她把头巾从头上扯下来,露出了光洁的头顶,闪着汗水的光泽。她把头埋在两膝之间,仿佛要晕倒或呕吐似的。

这时,她头上的囟门张开了大口,一大团粉红色的东西凸了出来,上面白色沫状物体闪闪发光。彼得吓了一跳,一下子觉得自己是在目睹另一场残忍的死亡。又是一阵痉挛,婴儿终于被吐了出来,滑进了母亲等待的怀抱。KCAW高昂起头,她的囟门又关闭了。整个房间里爆发出一阵热烈的掌声,大量的声音聚集在一起,发出响亮的咕咕声,就像从教堂风琴弹出来的和弦一样悠扬。

婴儿很健康,已经在扭动着要从母亲的手中挣脱出来。它没有脐带,而且一点也不像个婴儿:更像一个缩小版的成年人。它的手臂、腿和头部都是成比例的。而且,尽管它的脚仍然很滑,还有胎盘黏着,他依然像刚出生的马或小牛一样,立刻试着用腿站立,想弄清楚自己的平衡能力。群众又鼓起掌，欢呼起来。KCAW接受了大家隆重的欢迎仪式，然后开始用一块湿布清洗孩子身上的黏稠物。

"QBDP，"她宣布，又一阵欢呼。"她说什么？"彼得问1号。

"QBDP。"1号说。

"那是婴儿的名字吗？"

"名字，是的。"1号说。

"这个名字有特殊意义吗？还是只是个名字？"

"名字是有意思的。"1号回答道。几秒后，他又说道："希望。"

那孩子稳稳地站在地板上，双臂交叉，像羽翼未丰的翅膀。KCAW从它的皮肤上抹去最后一点附着物。紧接着就有人从人群中拿出一堆柔软的东西。一件长袍，一件靴子，一副手套，都是淡紫色的，而且都是按照尺寸定制的。KCAW和送礼人一起给婴儿穿上衣服，那人可能是婴儿的祖母或是姑妈。婴儿摇摇晃晃的，但没有反抗。穿好后，孩子看上去十分伶俐可爱，安静地让大家观赏。男性，彼得做出了判断。这些小手套的做工令人叹服，每一根手指都很舒适，似天鹅绒般柔软！

这时，彼得已经不再蹲着了，他的腿开始疼了，于是他站起来伸伸腿。婴儿异常得警觉，把房间里所有的生物都打量了一遍，屋子里的人都十分相似，几乎都如同自己的复刻一般。但只有一个生物和大家都不一样，只有一个生物完全不符合他才建立起的世界观。那孩子仰着头，站在那里，疑惑地看着彼得这个"外星人"。

KCAW注意到她儿子的神情，也把注意力转移到彼得身上。"VIRE UWZE。"她在房间的那头喊道。

"她说什么？"彼得问1号。

"话，"1号说，"要你说话。"

"你是说……演讲？"

1号歪着脑袋，"几个词。很多词，随便什么词，你能说多少说多少。"

"但她不是……她不是爱耶稣的人，对吗？"

"不，"1号承认道，"但这天，所有的话语都是好的。"他摸了摸彼得的胳膊肘，但从爱耶稣1号的角度来说，是在推他。

好吧，也就是说：他就是个附加品。为了给这个母亲的大日子锦上添花。好吧，也没什么问题。基督教一直被用于这种目的。谁知道呢？——也许这个女人想利用的并不是他的牧师身份,而是访客身份。他向前走。短语和主题在他脑子里翻腾,但有一件事是清楚的:他想纯粹为了爱耶稣1号做这个演讲,他的丧亲之痛也是高贵的,不亚于这里的一对母子。

"有人请我做这个演讲,"他说,"对你们中的一些人来说,我说的话是有意义的。对你们大多数人来说,也许没有。我希望终有一天,我能说你们的语言。等等,你们听到了吗?——我刚刚就说了那个神圣的字眼:希望。那是一种感觉,同时也是今天降生的孩子的名字。"

那孩儿先是举起了一只脚,然后是另一只,接着便向后仰了过去。他的母亲顺利抓住了他,把他轻轻抱到地板上,他坐在那里,显然在思考着什么。

"希望是脆弱的,"彼得接着说,"像花朵一样脆弱。它的脆弱很容易叫人嘲笑,被那些认为生活是黑暗而艰难的人嘲笑,被那些多疑善妒的人嘲笑。他们更喜欢踩碎脚下的花朵,仿佛在说:看这东西有多脆弱,看它多容易被摧毁。但事实上,希望是宇宙中最强大的东西之一。帝国灭亡,文明化作尘土,但希望总能归来,从灰烬中升起,从无形的、坚韧的种子中生长出来。"

会众——如果他可以大胆地这样称呼他们的话——沉默了,仿佛在考虑每一个字的含义,尽管他们肯定是听不懂的。他知道他应该把演讲当作一种音乐,一种外国客人被邀请弹奏的异域曲调。

他说:"我们都知道,希望中最珍贵的部分就是新生儿。《圣经》——你们中有些人和我一样喜欢的书——包含了许多关于孩子出生的故事,包括我们的主耶稣的降生。但此时不是我讲圣经故事的时间。我要说的是,《传道书》中古老的词句帮助我理解了过去几天所看到的一切。传道书说:'凡事有时节。'出生的时节,死亡的时节,哭泣的时节,欢笑的时节;播种的时节,收获的时节。一位老人去世了,他是爱耶稣1号的母亲。这是件很悲哀的事。一个婴儿——QBDP——今天降生了。这是一件很快乐的事。让我们尊重每一个时节同等的重要性:庆祝新生,哀悼死亡。在悲伤中我们振奋起精神,因为我们欢迎新的生活。所以,对于小QBDP,我们社区最美丽、最珍贵的礼物,我要说:欢迎!"

他希望最后一句话能引起足够的共鸣,表明这是他演讲的结尾。显然他做到了:听众一片哗然,伴随着挥手和掌声。就连那名婴儿也感应到了周围的情绪，伸出了他的小手套。在这几分钟里，房间里再次充满了咕咕哝哝谈话的声音。彼得鞠了一躬，退到原来靠墙的地方。

有那么一瞬间，在随后的庆祝活动中，他的脑海里浮现出关于他自己的孩子的想法，这个孩子正在他遥远的妻子的体内成长着。但它仅仅是一个想法，甚至还是未成形的想法——完全无法与现在发生在他面前的骚动相提并论：衣着鲜艳的人群，激动的手势，怪异的叫声，四肢伸展的新生儿备受瞩目，他就是此刻的主角，今日的王者。

16. 轴上倾倒，从空中坠落

第五天仍旧持续下雨，景色美不胜收，彼得脑海中闪过一个念头——格兰杰正在来的路上。

并不是说他不希望格兰杰来，也不是说格兰杰对他不再用心，而是原定的约会被这离奇的360个小时隔断，在这段时间里，格兰杰一直在他脑海中挥之不去。彼得记起格兰杰前臂上的伤疤，想知道究竟是多大的愤怒导致年少的她做出伤害自己的举动。在夜幕降临前，格兰杰那张苍白苦闷的脸偶尔一闪而过。但是，他在绿洲的生活非常充实，而且他必须竭力记住很多东西。像《传道书》指示的那样，他要找准时机，不能忽略任何一个细节。

哦！他总是不忘为查理·格兰杰和克雷格祈祷，而且每次祷告他都会想到格兰杰。漫漫长夜结束了，太阳已经升起，雨水在逼近，彼得在第5天早晨醒来的时候，完全忘记了要跟USIC那位情绪化的药剂师见面这回事。

他从来都记不住自己的日程安排。他在绿洲待的时间越长，他能用于记录时间的线索就越少，而且坦白说，还都是不相干的。对于彼得来说，一天不再是24小时，也绝非1440分钟。日子不过是白天黑夜的交叉轮替罢了。每当有太阳照射时，他就一口气保持清醒20个小时，或者25个小时。他也不知道具体多久，因为父亲留给他的手表早就由于潮湿而损坏了。伤春悲秋没有任何意义。

不管怎么说，生活不是以时间长短来计量的，而是看你能多大限度地利用好上帝馈赠的每分每秒。还有很多事情要做，很多东西有待整理，很多人等着去交流……夜幕降临，彼得陷入昏睡，他的意识很快下沉，就像落入湖中的汽车一样，再也拉不上来。经过一段时间后，彼得的意识上浮了一点，他开始打瞌睡，进入梦境，起来撒尿，然后继续打盹儿，做梦，在梦中他好像发现了约书亚——那只猫的秘密。他夜以继日地酣睡，为未来某个时刻储蓄能量。

睡饱之后，他便躺着看天空，与87颗星星做伴，给每一颗星星命名：心兰、约珊、米但、米甸、伊施巴、书亚……亚伯拉罕的这些孩子们在《创世记》和《出埃及记》中都发挥了作用，同时他们也生育了一批杰出的后代。

在缓慢燃烧的树脂蜡烛的烛光下，彼得常常在床上坐起来给圣经释义。每当他需要仔细琢磨、反复斟酌释义时，他会枕着枕头，在前臂上放一本笔记本，并将詹姆斯国王的《圣经》摊开放在膝盖上。如果绿洲人不能用他们自己的话来传诵福音，那么他们应该得到另一件最好的东西：一个能让他们会说会唱的圣经版本。

他不止一次从教堂走进黑夜，在他曾经埋下粪便的灌木丛中跪下，祈求上帝诚实地告诉他，他是否已沦为傲慢之罪的牺牲品。他为翻译经文耗费了巨大的精力——可是真的有人需要这些吗？绿洲人从未要求过，他们似乎屈从于他们的羞辱。库茨伯格曾教过他们唱《奇异恩典》，那声音是多么甜美，又是多么痛苦啊。更确切地说，在英国乡村，他们唱着轻快的赞歌，脑子里却想着足球赛或者肥皂剧。绿洲人想要那本奇怪的《异境之书》，或许彼得不该过滤掉这本书中奇怪的地方。

彼得祈求上帝的指引，上帝却没有给予他任何提示。绿洲的夜晚十分寂静，空气中弥漫着芳香，繁星在蔚蓝的天空中微微闪烁着绿光，在如此氛围中，彼得感觉到有种强烈的讯息：一切都会好起来的。善良与热情永远不会出差错，继续保持下去吧。彼得不会忘却绿洲人为他唱的《奇异恩典》，这是库茨伯格赠予他们的礼物，而他们将这份礼物传给了他们的下一位牧师。但他，彼得，会送给他们一份与众不同的礼物。他会将翻译得如同呼吸般自然流畅的经文赠送给他们。

一位接近120岁的人也加入了信仰耶稣的行列，彼得决心一个个去了解他们，这需要耗费他许多精力，并非记录浴袍颜色和耶稣信徒编号那么简单。他正吃力地分辨不同的面孔，分辨的诀窍在于找到每张脸的特点，将每张脸分解成鼻子、嘴唇、耳朵、眼睛等去辨别。你必须像解构一棵树或是一块岩石那样去解构一张脸：抽象的，独特的，但（在你与它相处一段时间过后）却是熟悉的。

尽管如此，辨识与了解仍旧不是一回事。你可以通过自我训练来分辨某种带有凸起和颜色的图案，然后意识到：这就是爱耶稣13号。但究竟谁才是真正的爱耶稣13号呢？彼得不得不承认他在试图更深入了解绿洲人的过程中遇到了难题。他深爱着他们。就目前来看，这件事非做不可。

但是有时候他又会想，他是否要永远这么做。如果他们的行为举止不同于人类，他们都像马戏团那样自我展示，强行将自己的形象烙印在你脑海里，那么要记住每个人实在是太困难了。绿洲人并不是那样的，没有人会尖叫"看看我！"或者"为什么这个世界不让我做自己？"就彼得所知，也没有人会热切地思考"我是谁？"这样的问题。他们就是顺其自然地生活。一开始彼得对此感到不可思议，他认为这份平静只是表面现象，总有一天他会发觉绿洲人也同其他人一样有烦恼。然而事实却恰恰相反，绿洲人就是如此表里如一。

从某种意义上来说，这是免除闹剧的一种很好的方式，当你和其他人打交道时，事情会变得很复杂。但这意味着彼得先前掌握的与陌生人亲密接触的方法在这里完全不管用。但是，他已经成功了很多次，在他做牧师的地方，从豪华的旅馆大厅到小小的交易所，他总是能用同样的话来打开人们的心门：别担心，我看得出你跟其他人不一样；别担心，我看得出你很特别。

绿洲人不需要彼得来告诉他们这些，他们生来就谦逊自信，既不吹嘘，也不为那些导致他们不同于同类的怪癖和缺陷辩解。他们就像是佛教徒所能想象到的最虔诚的佛教徒一样，这使得他们对基督教有着格外不可思议的渴望。

"你知道，对吧？"他对爱耶稣1号说，"我的一些人民信仰基督教之外的宗教。"

"我们听说了。"爱耶稣1号回答道。

"你愿意听我讲一些关于那些宗教的事情吗？"

这看似是一件不错的事。1号信徒不安地拨弄着他的长袍衣袖，当他不想继续交谈下去的时候，他总是会这样做。

"除了上帝是我们的救主之外，没有别的上帝了。单靠他，我们就有生活的希望。"

虽然这是任何基督教牧师都渴望从一个新的皈依者那里听到的回答，但是在听到对方回答得如此果断冷静后，彼得却感到有一点点的不安。做绿洲人的牧师是一件乐事，但是彼得禁不住认为，那也太容易了。

容易吗？为什么不容易呢？当灵魂的窗户是清晰的，没有被污秽、自负和自憎的积垢玷污时，没有什么能阻止光线直射进来。是的，也许就是这样。又或许绿洲人只是太天真，太易受影响了。他的责任是给他们的信仰增添一些聪明的成分，但他还没有解决这个问题。他仍在祷告。

接着不属于耶稣信徒的一批人出现了，彼得甚至念不出他们的名字，还能对他们做什么呢？在上帝眼里，这些人同样珍贵，并且毫无疑问，他们也有需求以及程度不亚于他人的悲伤。他应该向他们伸出援手，但他们不理睬他。他们并无恶意，他们只是表现得好像彼得不在那里似的。不，这么说也不太对：他们看到了彼得，却把他当成一个脆弱的障碍物——一株不能踩踏的植物，一把不能撞倒的椅子——但是，他们对彼得一言不发。当然了，因为他们实在没有什么可说的，彼得也是如此。

于是彼得决定做更多的事，而不仅仅是通过对话来传教，他致力于了解这些陌生人，注意他们手势的细微差别，观察他们彼此沟通的方式，揣测他们在社群中所扮演的角色。这些在绿洲人这样崇尚平等主义的社群里可不容易做到。几天过后，彼得认为他得到的最好结果是某种对动物的宽容：这是一种当猫咪不再尖叫和躲藏后，偶尔造访的客人与猫咪之间建立起的关系。

总共有十几名非基督徒，彼得一眼就认出了，他觉得自己的举止很得体。至于热爱耶稣的人，彼得全都认识。他在笔记本上记录了这些人，有时他在黑暗中潦草地写着难懂的笔记，满头大汗，本子上满是问号。不过不要紧，真实有用的东西非常直观，都储存在他的大脑里了。

他还是不知道究竟有多少人住在C-2。这栋房子有许多房间，像蜂房一样，他无法猜测有多少个房间是有人住的。这也说明他不能估测出基督徒所占的比例有多小，或许没那么小。或许有百分之一，或许只有百分之零点一。他无从得知。

尽管如此，在这样一个地方，即使只有一百个基督徒也是个了不起的成就，要干一番大事业俨然绰绰有余。教堂正在兴建，屋顶已经盖好，倾斜度合理，密不漏水，非常实用。彼得礼貌地请求建个尖塔，却被委婉拒绝了（对方搪塞道"我们在做别的事，拜托"），他认为他的请求永远不会被接纳。

作为补偿，绿洲人承诺装饰天花板。库茨伯格曾给他们看了一张他们称之为"西斯翻领"的照片。受米开朗琪罗作品的启发，绿洲人热衷于创造类似的事物，唯一的不同就是他们认为所有的灵感应取自耶稣的生活而非取自《旧约》。彼得完全赞同这一点。这么做除了给教会提供一些急需的颜色外，还可以让他了解这些人独特的感知能力。

爱耶稣5号向他展示了她提议绘画的场景草图。在耶稣墓外的一个地方，所罗门和玛丽斯姐妹发现石头滚开了。显然，她对这个故事早已烂熟于心。彼得猜不出四个福音书中库茨伯格曾使用过的是哪一个，无论是路加的故事《两个盛装的男人》，马修的《天使伴随地震从天而降》，马克的《孤独的年轻人坐在一块岩石上》，或者约翰的《一对在坟墓里的天使》。无论是其中哪一个，爱耶稣5号都拒绝了这些角色，并用复活的基督取代了他们。她的哀悼者身着一件带着带子的长袍，像她自己一样，面对着一个束着腰带的瘦削的稻草。耶稣站在那里，手臂张开，他海星形的手掌上有个像眼睛一样的洞。在他的脖子上，应该是他的头上，爱耶稣5号留下了一个用豪猪的毛发缠绕的空间，以便让白炽光照射进来。在耶稣和女人之间的地上躺着一个百吉饼状的物体，一分钟后彼得才意识到那一定就是被丢弃的荆棘冠。

"不再死亡。"爱耶稣5号解释说，或许那就是她的画作名称。

爱耶稣5号也许是第一个画好草图的，但她不是第一个把画作搬到教堂天花板上的人。让画作最先出现在天花板上的是爱耶稣63号，一个非常害羞的人，甚至在他（她）的同胞之间也主要以手势交流。绿洲人十分看重对别人的尊重，他们不爱闲言碎语，但彼得逐渐得到了信息，爱耶稣63号在某种程度上被毁容或导致畸形。没有什么具体的说法，只是大致可以察觉到，爱耶稣63号是一个可怜虫，每个人都看得出他是不正常的，他却仍然坚持表现得像正常人一般。彼得尽了最大努力让自己不去盯着他，看他哪里出了毛病。他注意到，爱耶稣63号脸上的肉看起来不像其他人那样自然，不那么容光焕发，看起来像是用滑石粉擦过似的，或者是经过短暂的烹调一样，好比在沸水中煮了几秒钟后酥皮变白的新鲜鸡肉。在彼得的眼里，这使得爱耶稣63号更引人注目。但对他的邻居来说，这不过是一个可怜人残疾的证据。

不管爱耶稣63号有何缺陷，都不影响他的艺术技巧。他的画作已经镶在教堂讲坛上方的天花板上，那是迄今为止完成的唯一一件画作，而且为了与他的作品相衬，任何后续作品也都必须令人印象深刻。这幅画像彩色玻璃天窗一样熠熠发光，并且拥有一种不可思议的能力，即使太阳下山，教堂内部变得暗淡，它也依旧清晰可见，仿佛颜料会自己发光似的。它将大胆的表现主义色彩与中世纪祭坛画得错综复杂、精美平衡的作品结合在一起。画中人物大约是真人的一半大小，他们被画在一块丝绒布上，这块布的面积比耶稣的爱耶稣63号大一些。

爱耶稣63号选择的圣经场景是：怀疑者托马斯和他的弟子们见面时，弟子们告诉他，他们见过耶稣。要解决的最不寻常的一个问题是：彼得几乎肯定没有基督徒画家曾经尝试过画这个场景。复活的基督曾有过手指受伤的遭遇，那更加耸人听闻，与之相比，这一早期情节缺乏视觉戏剧效果：一个普通人在一个普通的房间里表达了他对一群普通人刚刚告诉他的事情持怀疑态度。但在爱耶稣63号的构想中，它是壮观的。当然，门徒的长袍——颜色各异——被小的黑色十字架烧焦，仿佛光芒四射的基督用一连串激光束给他们的衣服烙上了烙印。言语气泡从他们狭小的嘴巴发出，就像蒸气一样。每一个泡泡里面都有一双无形体的手，形状如同爱耶稣5号所使用的海星一样。在每个海星的中心，有形如眼睛的洞，装饰着一个纯粹的深红球，它可以是一个瞳孔，也可以是一滴血。托马斯的长袍是单色的，没有标记，他的演讲泡泡是棕色的。它没有手，没有任何种类的图像，只有一层书法，难以理解但很优雅，就像阿拉伯人的文字那样。

"这真是太美了。"彼得在这幅画正式递送时对爱耶稣63号说。

爱耶稣63号低下了头。同意，尴尬，承认，忏悔，快乐，痛苦，谁知道他现在是什么心情？

彼得说："这给我们提示了关于我们信仰的一个非常重要的事实，这个事实在这样一个远离基督教发源地的地方尤为重要。"

爱耶稣63号仍旧垂着头，一动不动。也许他脖子上的头实在是太重了。

"耶稣允许托马斯把他的手指放进自己的伤口里，"彼得说，"因为耶稣明白，不能毫无根据地相信某些人。这是一种自然的人类反应。"彼得犹豫了一下,思考"人类"这个词是否合适,然后认定,目前为止很明显,他认为绿洲人是跟他一样的人类。"但是耶稣意识到,任何人,无论何时何地,永远都不可能像托马斯那样看到并触摸到他。所以他说:'保佑那些没有见过,却仍然相信耶稣的人。'我的朋友,耶稣说的就是我们。"他轻轻地把手搭在爱耶稣63号的肩膀上,"你和我,还有我们这里的所有人。"

"是的,"爱耶稣63号说道。对他来说,这是一段令人费解的谈话。陪他去教堂送画的另外一些基督信徒抖了抖肩膀。彼得意识到这是他们发笑的方式,等同于笑声!所以他们确实有幽默感!彼得不断学习这种重要的东西,这使他感到他和这些人之间的鸿沟一天天缩短。

爱耶稣63号的画庄严升起,被固定在天花板上,供教堂虔诚地展示。第二天,爱耶稣20号的画作也加入了展示,他画的是耶稣驱逐玛格达琳身上七个魔鬼的场景。恶魔——具有模糊猫形的外质蒸气——像烟火般从她的躯干中爆炸出来,耶稣以松散的武装姿势站在玛丽身后,点燃了她的躯干。这幅作品比爱耶稣63号的作品粗糙,但同样令人震撼强烈,而且它也闪烁着一种不可思议的光。

第二天,没有人带来画,而是给彼得带来了一张床,用来代替他的那捆破布和网——自从彼得的吊床掉下来之后,他就一直睡在那捆破布和网上。毫无疑问,绿洲人接受了他的吊床,而且他们已经准备在祭祀的时候将它悬挂在他们中间,但是,当彼得断定教堂近乎竣工的时候,他就把吊床切断了,因为吊床已经完成了它的使命。绿洲人注意到,他们的牧师不一定需要悬挂吊挂以求舒适,于是他们悄悄地为彼得做了一张床,这张床是根据他们常用的浴缸或棺材模型设计的,更大,更浅,而且没有填那么多沼泽棉。它被带到灌木丛对面的教堂,穿过大门,安放在讲坛后面,没有任何装饰,就只是一张床。在这张床降临后的第一次祷告会上,彼得开玩笑说,如果他说话时太累了,他就可以倒下睡觉。他的会众点点头表示默许。他们认为彼得说得很在理。

在格兰杰来接他的那天早晨,彼得醒来后期待下雨。对于当地人来说,这并不罕见。降雨是以可预测的时间间隔发生的,当地人一生都在根据降雨调整自己的生活节奏。但是彼得并没有那么平静,雨总是给他惊喜,到现在为止。他在床上只要一动就会汗流浃背,头昏脑涨,他眯眼看着温暖他胸膛的那方阳光。虽然他茫然不知所措,但他立刻明白,他必须赶快回归现实,或是试图回忆起自己的梦,或是继续绞尽脑汁地寻找"浸礼会"的替代品,但他应该站起来走到外面去。

大约在四分之一英里之外的地方,雨水倾泻而下。果真是从不同方向来的大雨。三个巨大的水网各自推进,相互之间隔着清新的空气。每一个网络都有它自己的内在逻辑,不断地复制和重组它闪闪发光的图案,它们缓慢而优雅地移动,就像展示城市空间或三维蜘蛛网的复杂的电脑制图。除了这里,屏幕是天空,展示着跟北极光或核蘑菇云那样令人叹为观止的风景。

他想,要是碧翠丝能看到这一点就好了。彼得每天都会因为某件事而遗憾碧翠丝不在他身边。这不是一种身体上的渴望——这种忽隐忽现的渴望正在减弱,而是一种不安的感觉,他意识到他生活中重大且复杂的时段正在流逝,这个时段充斥着重要而深刻的情感体验,而这些都是碧翠丝不曾见到的,也是她未曾参与的。这三个闪闪发亮的雨幕再次从平原上旋转着向他袭来,场面十分雄壮:它们是难以形容的,彼得不知如何描述它们,但此时此景会烙印在他脑海里,却不会在碧翠丝的记忆中留下任何痕迹。

雨在几分钟内覆盖了剩下的距离。当住宅区被它们轻轻吞没的时候,彼得再也不能将它们视为三个独立的雨幕了。四周的空气都充斥着雨水。银色的落叶松被雨水鞭打在地上,打在彼得身上。彼得想起小时候,他跟一个女孩在街尾嬉戏,她会用喷洒花园的水带向他喷水,不管他如何跳来跳去地躲闪,最后都会被水击中,这就是这个游戏的精华和乐趣所在。当你知道会被水花击中却不会受伤时,你就会爱上这个游戏。

很快,他便浑身湿透,看到水纹在眼前打转时有点眩晕。所以,为了让眼睛休息一下,他做了绿洲人会做的事情:他站立着,头向后仰,嘴巴张开,让雨直落进去,从源头直接饮用倾盆大雨。在彼得家乡,每个孩子都会有一两次沉迷于这种感觉,然后才意识到站在那里像个白痴一样试图抓住太远和太小的雨滴毫无意义。在眼下这种情况下,一时半会儿你别想从那波动起伏的雨帘中获得什么,但是接下来它会慷慨地给你喷洒出水花,飞溅到你的舌尖上。此外,从天而降的雨水的滋味会更加清甜,像甜瓜一样——也许这只是他的幻觉而已。

他站了很长时间,浑身湿透,喝着雨水。水灌进了他的耳朵,他的听力被削弱了,仿佛世界一下子安静了下来。他很少有这种无意识的满足感。

但是,在绿洲这块土地上,雨并不是一种私人体验。它是公共的,它促使人们一起劳作。正如祷告时刻的人咏唱赞歌来提醒穆斯林做祷告一样,雨敦促绿洲人劳作。那是多么艰苦的劳作。现在彼得知道劳作有多艰苦,于是他坚持在田地里和绿洲人并肩劳作,以己之力去帮助他们。

白花并不是绿洲人唯一种植的作物。还有一种棉花状物质叫SBT[①],它从白色泡沫状的黏土中生长出来,很快硬化成纤维状的杂草。绿洲人的网、鞋和衣服正是用这种杂草制造的。然后是BySB,一种以惊人的速度生长的苔藓,只需一个晌午的时间,星星点点的青苔上就能长出青翠的绒毛。他不知道这种苔藓有何用处,但他学会了如何收割。

至于白花,他了解到它的奇妙之处在于它的多样性:每一株植物都必须经常用来单独评估,以确定它所处的生长周期的阶段,因为在不同阶段拔出来的白花有不同用途。也许在某一天,这种植物的根可以用来做"蘑菇"汤,它的纤维与甘草功效相似,它的花可以做面包,它的花蜜用于酿"蜂蜜";又或许在另一天,它的根可能对"鸡"有好处,它的纤维可以用来做绳子,它的花用来做"奶油蛋羹",它干燥的汁液对"肉桂"有好处等等。降雨后是将白花拔出来的最佳时机,因为那时这种最古老的植物价值最高。土壤中多出的不正常的孔隙会让雨水过量渗入,白花的根就会在水里膨胀,失去了原有的韧度,被雨水浸泡,如果白花没有被拔出,就会迅速腐烂。要是及时发现,它们将成为最有用的农产品,因为它们提供酵母。

意识到绿洲人已经在去田地的路上,彼得不再狂饮雨水,他回到教堂。在他身后,是一个个浆状的水坑。他穿上凉鞋(黄色靴子太贵了,他不想穿着它们去干肮脏的活),把头发梳起,咬了几口深褐色的蓬状食品——耶稣信徒称之为他们的日常面包——然后出发了。

他走着走着,雨渐渐变小了。旋涡仍然在空气中形成可见的形状,但一些弧线软化成蒸汽,轻柔地落在皮肤上。他知道倾盆大雨只会持续几分钟,然后天空就会晴朗一段时间——如果对于总是雾气弥漫的天空来说,"晴朗"这个词语合适的话。在那之后,雨会再次降临,放晴20小时左右之后,雨水还会再降临两次。是的,彼得现在已经摸透了这里的降雨规律,他几乎是个本地人了。

3小时后(假使他一直数着时间——但他绝对没有这么做),彼得从白

---

① 此处和后文的BySB在原文中皆写做绿洲语。

花地回来了。他的手和前臂染上了白灰色,以及被采摘的植物的粉状蜕皮。他把白花装入吊床上时,几乎看不见漆黑的十字架。从他的胸部到胃,他的迪史达什长袍前部,都被他怀抱的白花弄得脏兮兮的。再往下看,他的双膝曾贴着地面,衣物上沾满了汁液和泥土。他一走动,花粉便从他身上掉落。

彼得来到了住宅区的外围,他开始穿过城镇和教堂之间的草原。他意识到自己每走一步,脚底以及全身就会变得更加肮脏,他凝视着天空,寻找下一个即将来临的降雨的迹象。雨水会把他冲洗干净的。他只需赤身裸体地站在雨中,用手,又也许是用他从家里带来的肥皂搓干净身体。他会站在教堂外面,雨水会把他洗干净,冲洗的时候,他会举起衣服,雨水也会把它们洗干净。在那之后,好长一段时间都会是干燥晴朗的天气。

他大步走过荒原时,他的眼睛直视着那座轮廓分明的教堂建筑,他期待快速地到达那里,他猛地脱下衣服,拍了几下,抖去多余的灰尘。

"喂!"彼得听见有人在喊。

他转过身来。在他左边大约20米的地方,一辆美国军用汽车停靠在墙边,墙上画的表示欢迎的涂鸦早已消失。格兰杰靠在汽车的灰色金属外壳上,紧紧抓住胸前的一个大水瓶。

"对不起,打扰你了。"她盯着他的脸说。

他用衣服围起下半身。"我……我一直在工作,"他踱着略微笨拙的脚步向她走来,"在田里工作。"

"这就是你工作的样子。"她说,又从瓶子里喝了一口水。瓶子里的水几乎被喝空了。

"嗯……请见谅,"他说着,用他那只空闲的手打着手势,"我只是需要洗个澡,做些事情。我可以在你把药交给我之前搞定。"

"药物交接在两小时前就已经完成了。"

"那食物呢?"

"也在两小时前交接完了。"

她把最后一点水倒了下来,嘴唇轻轻贴在瓶子上。雪白的喉咙随着她的吞咽起伏,她的眼睑上闪烁着汗水。

"哦,我的……天哪,"他说,"我很抱歉!"

她说:"我没有带本杂志来,我想这是我的错。"

"我刚刚迷失了……"他本想无助地张开双臂,但是他只张开了一只,另一只遮挡他的裸体。

"对时间的掌控。"她接过话,仿佛这样可以为彼得节省宝贵的几秒钟。

在回USIC的路上,格兰杰并没有彼得想象的那么恼火。也许她在等待的两个小时里,已经经历了所有的阶段——恼怒,急躁,暴怒,烦恼,厌倦,冷漠——而现在,她已经没什么感觉了。不管是什么原因,总之她现在很幽默。她发现他一个人闷闷不乐的,也许这使她心情愉悦。

"你瘦了,"她说,他们正飞奔过无趣的平原,"有人给你弄吃的吗?"

彼得张开嘴,想安慰她说他吃得跟国王一样好,但他很快意识到这不是真的。"我承认我没有吃很多东西,"他说,一只手掌放在肚子上,正好在肋骨下面,"只是……吃些零食,我以为你会给他们打电话的。"

"这对你的颧骨有好处。"她说。

作为回应,他评价了格兰杰的面部特征。她的颧骨并不是特别好看。只有当她控制饮食,并且更年轻的时候,她才有那种美丽的面容。一旦年龄增长或过度放纵,她的脸庞就会发生改变,脖子变厚,即使是一点点变化,她也会从诱人的小精灵变成相貌平平的女汉子。他为她感到难过,任何一个关注她的人都能轻易察觉到她身体上的变化,她的容颜只能再维持几年,她现在处于巅峰状态,但是仍未实现对学问的追求,彼得对这些感到悲哀。他想到了碧翠丝,她的颧骨比得上法国歌手。至少,这是他有时告诉她的,他现在无法想象碧翠丝的颧骨。他脑海中浮现出妻子那模糊的更具印象主义色彩的脸庞——一半被从汽车挡风玻璃照进来的阳光遮挡;还有近日关于那几位耶稣信徒的记忆。他心烦意乱,紧张地盯着妻子的幻象。在另一个时间和地点,他朦朦胧胧地看见了一串珍珠,一个白色的胸罩,里面裹着他所熟悉的乳房。

爱耶稣9号要求受洗。田野里的陌生人递给他一块织有"布莱特"的布,拍了拍她(他?)的胸口说:"我的名字。""再对我说一遍。"他说。当她再说一遍的时候,他会歪曲他的嘴、舌头、下巴以及脸上的每一块肌肉,重复"布莱特",她拍拍她戴着手套的手表示赞许。

布莱特,布莱特。她以为他会很快忘记,就在她走出他的视线时。他必须证明她是错的。布莱特。

"喂?你要和我们一起吗?"格兰杰问道。

"对不起，"他说。他鼻孔里飘着一股香味。是提子面包。格兰杰打开了一包，吃了一片。

"随便吃吧。"

彼得对用沾着泥土的指甲接触食物感到有些不自在。面包厚厚的，比任何一个绿洲人所能拥有的面包都要厚三倍，而且感觉很豪华，就像15分钟前从烤箱里拿出来的一样。他把它塞进嘴里，突然感觉饥肠辘辘。

格兰杰咯咯笑了起来，"难道你不能要求他们给一些面包和鱼吗？"

"绿洲人很照顾我，"他抗议道，吞咽得很辛苦。"但他们自己也不是大食客，我只是某个……打破他们常规生活的外人。"他又吃了一片面包。"而且我一直很忙。"

"我知道。"

前面有两片雨映入眼帘。巧合的是，太阳正好位于它们边界分明的空间之间。每一片雨的周围都闪烁着微弱的彩虹色彩，就像无穷无尽的无声烟花。

"你有没有感觉到，"格兰杰问道，"你的耳朵顶端被烧得酥酥脆脆的？"

"我的耳朵？"彼得用指尖摸了摸它们，发现耳垂外层质感粗糙，就像在盘子上放了一整夜后变硬的油煎培根。

"会留下疤痕的，"格兰杰预测，"我不敢相信，这并没有烧得像在地狱一样痛苦。"彼得说："也许就是那样痛苦。"

这两片雨移动得更近了，汽车飞快地朝它们开去，让它们看起来是在加速移动。在导航的控制下，方向盘稍微一转弯，太阳就藏进那片面纱般的雨帘后面去了。

"你没事吧？"

"没事，没事。"彼得说。他希望她不会如此频繁地打断他欣赏这大自然的奇观，这会激怒他的神经。然后，为了真诚地与她交流，他沉思道："实际上我并不是在想我是否有事，我只是……"

"嗯，那样最好，"格兰杰说，"但是我建议你下次擦点防晒霜。偶尔照照镜子。你懂的，只是为了检查一下你全身上下是否仍然完好无损。"

"也许我应该把这件事交给你来做。"他们两人都没有把这句话当成一句暧昧的双关语，但彼得一说完，两人都笑了。

"我想他们不会让你做繁重的劳动。"格兰杰说,"我以为他们想要你做一些,比如,圣经研究之类的东西。"

"我在田里工作不是他们的意思,是我要这么做的。"

"好吧,一旦被晒伤了,我想,你会变黑的。"

"事情是这样的,"他坚持说道,"我意识到,每周装载在这辆卡车上的食物并非无缘无故地出现,即使对USIC来说可能是这样。"

"事实上,我是在一个农场长大的,"格兰杰说,"所以,如果你把我跟那些认为玉米是在玉米片工厂生产出来的人混为一谈,那你就错了。但是告诉我:你工作的田地在哪里?我从来没见过。"

"就在中心。"

"中心?"

"居住地的中心。所以你看不到它们,它们都被建筑物挡住了。"

她摇了摇头,说:"好吧,我会被诅咒的。"

彼得解释道:"这个城镇是围绕着耕地而建的。这意味着每当有工作要做时,人们从四面八方汇聚到中心,他们到中心的步行距离差不了多少。这是一个非常合乎逻辑的想法,你不觉得吗?我无法想象为什么人类世世代代从未萌生出这般好主意。"

她瞥了他一眼,说:"你真的无法想象?这是因为耕地是艰苦乏味的工作,大多数人宁愿别人为他们耕地,而且最好是在很远的地方。因为在城市里,他们需要为建造购物中心腾出空间。"

"USIC是这么计划的吗?"

若是在以前,这番言论可能会冒犯到格兰杰,但她现在似乎无动于衷。"不,"她叹了口气,说,"不过是在可预见的将来。我们的首要任务是建立一个可持续发展的环境,拥有干净的水、可再生能源、相处融洽的团队、不讨厌我们的当地人。"

"高贵的目标,"他说,向后靠在座位上,突然感到一阵疲倦,"有趣的是,以前没有人想过这些。"

他们把车开进了雨中。上一秒挡风玻璃还是干燥的,下一秒就被雨水淹没。复杂的雨滴图案穿过玻璃,直到被刮水器扫到一边。他在一个金属和玻璃外壳里,在一个人工维持的凉爽空气中,与能够把他冲洗干净的雨水隔绝。他应该站在那里,赤身裸体地站在雨水下面,让它流过头皮,让它模糊自己的视线，让它掠过自己骨瘦如柴的脚面。

"你真的还好吗？"

"是的，我很好，"彼得努力地说，"只是被封闭在这么小的空间里，感觉有点……奇怪。"

格兰杰怀疑地点了点头。彼得可以看出她很担心他。他后悔没有坚持让她在居住地再等一段时间，这样他就可以更好地准备返回基地。如果他在进入车内之前有至少十到十五分钟的准备时间，他现在就会好得多。

格兰杰沉默了很久之后说："我们现在在射程之内了。"

他不解地看着她，仿佛她刚才告诉他，他们很容易被狙击手杀死。

"反射。信息发射器，"她说，"你可以检查一下是否有你妻子的消息。"还不是时候，他想，现在还不是时候。

他若有所思地说："谢谢，但是我宁愿等到我洗完澡，换好衣服，放松一点的时候……"这是事实。但在格兰杰看来，这个事实会让他看起来不太想知道他的妻子过得如何。彼得不想让格兰杰怀疑他对碧翠丝的爱。此外，格兰杰敏锐地察觉到了彼得的生理需求，或者她猜到了他的生理需求。她应该为此受到奖赏。

"是的，请帮我连接。"他说。挡风玻璃刮水器在玻璃上吱吱嘎吱作响，车外天空一片晴朗。彼得在座位上扭了一下身子，看看车子后面的景色。大雨正向去C-2的路上移动。很快，大雨会如甜甜的松露般洒在教堂的屋顶上。

"好了，我们连接上了。"格兰杰说。她把一只手放在方向盘上，用另一只手在彼得的膝盖上旋转射击屏幕，准备好让他使用。

彼得输入了密码，照例遵守了指示。碧翠丝发来了至少十几条消息，可能甚至有20条。消息上面显示着电子日期，但日期对彼得来说毫无意义。他点开了最早的一条。大量的印刷品堆积在屏幕上。他的妻子告诉他她爱他。彼得，我爱你，她说。他重读了好几次碧翠丝的问候，不是为了品味，而是为了等到这些词比在塑料屏幕上变得清晰时，可以听到碧翠丝的声音。

刚刚找到了超市关闭的原因。它已经破产了！简直不可思议。

这是我们谈论的乐购①，世界上最大的公司之一！它有巨大的财富可以挥霍，显然，这就是它破产的原因。在一个新闻网站上有一份完整的破产报告，就像验尸报告一样，这份报告让我意识到乐购的破产是必然的——完全是不可避免的。只是不可避免的事情仍然令人惊讶，不是吗？乐购的巨额资金与埃克森美孚公司有牵连，自从占领伊拉克、伊朗和哈萨克斯坦油田以来，埃克森美孚公司一度陷入困境。他们对航运公司也有很大的兴趣，这些航运公司受到盗版浪潮的冲击，在军事政变之前，他们的合作帝国一直以泰国为基础。再加上巴克莱银行几年前倒闭了，乐购的利益相关者也因此遭受重创。这些是我所记得的一些片段，除此之外还有很多。乐购公司将手伸向了一百个蛋糕，涉足了各种各样的生意，你不会想到当你走在宠物食品过道寻找约书亚的小面包时，突然之间大量业务说变就变，不再是易购掌控了。"一个时代的终结"，正如一位新闻节目主持人所说的那样，我认为是相当夸张的。

你有没有注意到，新闻节目主持人总是用一个和谐的词句来结束他们的报道？当他们播报脚本的最后几行时，甚至会调整自己的声音。这是一种特殊的声乐形式，强调了"终结"。

对不起，我扯远了。通常我会嘲笑你反刍，而现在我却沉迷其中。也许我试着通过模仿你的声音来脱离寂静！也许他们说的是真的，已婚的人最终会模糊他们各自的身份，能够猜透对方心思，彼此融为一体。

今天是弗雷姆一家搬家的日子。希拉按照约定送来了比利。我带比利去看了猫展。这是一个恶作剧，尽管他低声对我说这一切是多么愚蠢，那些训练员看起来多么荒谬，但他似乎很享受。但是，正如我所希望的，动物的魅力俘获了他！我必须承认，我也满心欢喜地盯着这些不同品种的猫咪看。上帝在设计这些不同种类的毛茸茸的哺乳动物时，一定非常乐在其中。（虽然我可能有所误解，也许上帝在设计鱼和昆虫等其他生物时有更多乐趣。）

---

① 乐购是全球三大零售企业之一——英国TESCO集团在中国运营的大卖场的名称。

不管怎样，比利和我大部分时间都保持着轻松的谈话，但就在他妈妈来接他之前，他开口了。我问他对父亲去另一个国家的看法。他说："我爸爸说不再有国家了。它们不存在。英国和罗马尼亚只是同一件事的不同部分。"我想，好吧，马克宽慰他的孩子说，我们生活在一个世界性的社区里。但是，并不是这样的。比利说，马克让他想象世界地图是一个又大又厚的塑料片，像一只筏子那样漂浮在海面上，人群则在上面保持平衡。有时太多人站在一头，筏子就开始下沉。你只有跑到另一个更好的地方，他说。然后当另一头开始下沉时，你再次移动。总有一些地方不那么糟糕：那里有便宜的住宿、便宜的食物、便宜的燃料。你去到那儿，在一段时间内感觉不错。当它不那么好的时候，你就该离开那里。动物就是这样做的，他说，"动物不生活在国家，他们只是居住在土地上。动物会关心一个地方是否有名字吗？对它们来说，名字没点屁用。"比利就是这么跟我说的，所以我推测这是他父亲所使用的词。这番属于地缘政治的严肃演讲，让一个小男孩如何咀嚼得透！当然，马克在分析中省去了关于27岁的演唱会发起人妮科尔的片段。她碰巧是罗马尼亚人。但这不重要。

我打字时会在膝盖上放条毯子。你可能正在逃离炎热，但是这里很冷，我已经一个星期没有煤气供应了。这不是供应上的意外或过失，纯粹是精神错乱的当官者在作怪。我们目前的天然气供应公司——应该说，过去的供应公司，原本直接从我们的巴克莱银行账户中扣费，但当巴克莱破产，我们改为苏格兰银行时，借方的安排出了问题。电脑出现了故障，我突然得到了法院最后的诉求。我试着付钱，但叫人发疯的是，他们以我不是"账户持有人"为由拒绝跟我交涉。我不断提出要付钱给他们，而他们却一直在说："对不起，夫人，我们需要和账户持有人（也就是你，彼得）通话。"为了这事，我打了好几个小时的电话。我想过让隔壁邻居压低声音装作是你来跟电话那头交谈，当然这在道义上是错误的，而且他们可能会问他你母亲的娘家姓。最后，我不得不承认这是不可能解决的。我会等到他们把我带到法庭，希望那时事情能够得以解决。与此同时，我已经和另一家供气商签了合同，他们要过几天才能过来解决煤气供应的事。他们说，英国各地的怪异天气对公共事业造成了严重破坏，（引用我和工程师谈过的话。）"工程师就像被砍掉头的鸡一样四处奔走。"给那个人一份公关工作吧！

你还记得阿奇·哈特利吗？前几天我在医院的自助餐厅碰见他，他……

彼得再次把头靠在座位上，深深地吸了口气。尽管空调凉爽，他还是汗流浃背。

汗滴刺痛了他的额头，滑到了他的眉毛上。

"完成了吗？"格兰杰问。

"嗯……等一下……"彼得觉得自己有可能会昏倒。

"有坏消息？"

"不，我……我没那么说。只是……你知道，有很多事情要迎头赶上……"

"彼得，听我说，"格兰杰一字一句地说，"这种情况发生了。这一切都发生在我们身上。"

"什么意思？"

"你在这儿。她在那儿。这是自然的。"

"自然？"

"裂痕，"她说，"它不断生长，到最后……有太多的东西无法跨越，就像……"

格兰杰不知到底该如何形容，只好用手势代替。她的手放开了方向盘几秒钟——这并不冒险，路面十分平坦，前方也看不见什么障碍物——她举起双手，手掌平行，分开了几英寸，似乎要以中世纪式的祷告那样把它们压在一起。但相反的是，她把双手打开得更大，手指轻轻张开，就像每只手要由关节折断，从空中坠落一般。

17. 在"这里"之下，光标仍在闪动

迪史达什长袍像幽灵一样，从天花板上垂吊下来。尽管已经拧过一遍，但衣袍底部的水仍在慢慢汇聚，袖口和袍底处，水滴如泪珠般缓缓落下。随意吧，很快就会干的。他调了调房里的空调，好让室温上升，与室外齐平。

即使房里没有要风干的湿衣服,他也会这么做。回到USIC,他有种迷迷糊糊的感觉,但和困在冰凉的人工氧气泡里相比,他又不至于晕头转向。

他的长袍——除了那道已然褪成淡紫色的墨迹,就再没有其他污渍了——正挂在由简易机械滑轮连接起来的晾衣架上。彼得又一次意识到USIC对低端技术的偏好。而他想要的,却是一台附有多种选择模式的电动脱水机;按下按钮,它就会以上亿瓦特的功率将一双袜子瞬间脱干。甚至在洗衣机上——他至今还没用过——也粘贴着一则标语:节约用水——这筐衣物可否手洗?对此,这个房间的前任住户用签字笔写下:小姐,你提供服务吗?

是谁写的?是一位无名无姓的员工——来这里还不到两周就发疯的人?管好自己吧。格兰杰开车来接他的时候,就能从她的眼神里看出那份猜疑:他是不是也疯了,会不会也像塔尔塔廖内和库茨伯格一样,消失在天际。

洗完澡后,他赤裸裸地站在镜子前面,检查着居住地生活在他身上留下的种种印记、种种改变。上耳轮显然是晒伤了;前额皱纹间,也出现了一条条晒痕。除此之外,也没有什么大的变化。总之,他的皮肤微微晒黑,看着非常健康。他也消瘦了不少,胸前的肋骨隐隐凸显。刚刚刮过胡子的脸上,再也看不到以前那微肥的下巴,现在,他的脸更加瘦削,少了点柔和的气韵。这常常是一副欺瞒人心的面孔。在那段颠沛流离、无家可归的岁月里,他就是靠着这副散发着资本家气息的面孔瞒天过海,让人们觉得,将他单独留在厨房或车子后座十分钟也没什么关系。那个时候,他就会悄悄地偷走他们的相机、手机、珠宝,凡是些容易够着的东西,都难逃其手。一小时后,他会把这些东西变卖干净。再过半小时,他就开始吸毒了。

"因为世人都犯了罪,亏缺了神的荣耀。"[1]这一段诗节最终拯救了他:这段经文人尽皆知,但没人能真正领悟其中的含义。等到他们因不洁而死的时候,才会幡然醒悟。

腹股沟处有些刺痛,于是,他将爽肤粉轻轻洒在上面。上耳轮和前额皱纹处,一些轻如鸿羽的白色表皮会渐渐脱落,在原有的位置上,鲜嫩桃粉的皮肤又会重新长出。要是再吃上几顿盛餐,他那瘪瘪的肚皮也会立马鼓胀起来。还有真菌滋生的脚趾头,要是再涂几次格兰杰给的膏药,也会见好的。至于膝盖、脚踝上的水肿,过几天也会渐渐消退。

---

[1] 《罗马书》3:23

如果碧翠丝看到他这副模样，怕是会忧心忡忡的。她不喜欢看到他的皮肤有任何创伤；哪怕是手上的一点刮痕，她也会担心不已——在晚上，她会坚持把创可贴贴在将愈未愈的伤口上。每当他咬断指甲的时候，她最喜欢亲吻的部位就是他的指尖。那个时候，她能吻上很久。

他还没给她回信。积压的信件至少有25封了，有三四封信还是几个小时前刚刚收到的（碧翠丝知道彼得很快就能回家了，所以有点迫不及待）。他还没准备好面对她，是的，他甚至不知道该怎么回信。他需要重新适应绿洲居住地以外的生活，适应这世故人情的社会。

"那么，畸人小镇里的人怎么样呀？"

图什卡呵呵地笑着，没有一点冒犯的意思。他的胡子厚实浓密，色如烟灰（这让他看着有些苍老）；脖子通红一片，好像抓挠过一样；一绺细发垂挂而下，摩挲着他的肌肤。只消瞥上一眼，彼得就知道那脸胡子时日不多了：图什卡很快就会把它剃光。为什么人们会有改变自我外表的冲动？只是为了展现自己最完美的一面吗？啊，到底是为什么呢？

"呃……他们还不错。"几秒后，他说道，"他们是好人。"

"是吗？"图什卡问，"你怎么看出来的？"

他们正坐在USIC餐厅的一张餐桌旁。图什卡大口吃着意式茄汁肉酱面（白花制意大利面、白花制"肉酱"、进口番茄酱、进口香料），彼得则吃着煎饼（百分百本地食品）。嘈杂声在空气中回响：雨点打在窗玻璃上的噼啪声，员工间的谈话声，餐盘颠簸碰撞时的叮咚声，椅子在地板上的摩擦声，门开了又关的嘎吱声，还有弗兰克·西纳特拉的娓娓低唱——《我可爱的情人[①]》。这些在彼得听来，似乎都太沸腾、太喧闹了。但他知道，这只是知觉的问题。他要做的，就是坐上秋千[②]，随之摇荡。当然，秋千只是个比喻：彼得还是难以融入西纳特拉上下起伏的音律之中。

几根手指碰了碰彼得的脸颊，"彼得，在想什么呢？"图什卡问。

"抱歉，我实在不喜欢这类音乐。"

这是一次逃避，但说的却是实话。嘈杂声中，西纳特拉那自我陶醉的小

[①] My Funny Valentine，1937年发行的一首爵士乐，由理查德·罗杰斯作曲，劳伦兹·哈特作词。

[②] 比喻弗兰克·西纳特拉的上下起伏的音律。

舌音仍如雷贯耳。它像顽皮蛋一样，不住地戳弄彼得的肋骨，将他推向忍无可忍的境地。

"还好吧。"图什卡耸耸肩，"就当是几道空气波好了，彼得。这些气态微粒只消兴奋几秒，就会沉寂下来。没什么好发火的。"

"每一天都是情人节。"西纳特拉唱道。此时，图什卡正用叉子卷着另一口意大利面。

"好像有人在贬低《奥尔的蓝眼睛又和从前一样》[①]呀？"坐在旁桌的一个女人拿着甜品餐盘，悄悄地走了过来。她是BG的同事：她皮肤白嫩，头发金黄，体格和BG十分相似。她直直地看着彼得，半是嘲弄，半是责难。"你在诋毁神一般的弗兰克，我没听错吧？"

"抱歉，"他说："我有点孤陋寡闻。"

"这是一部完美无瑕的美国音乐专辑。"她说话时，面无表情，"无与伦比的存在。可以说是人类伟大成就之一了。"

彼得颔首示意，"我这年龄的人可能欣赏不了。"

"你多大岁数了？"

"33。"

"我32！"

"好吧，我是英国人，那就另当别论了……"

"艾伯特·鲍利[②]、诺埃尔·考沃德[③]、莎丽·贝希[④]，你有听说过吗？"她将这些名字一一罗列，好像一听到它们，所有英国人都会自豪不已似的。

"喔，亲爱的，"彼得叹了口气，"我……呃……我都没听说过。"

对话悬置了片刻。这个时候，弗兰克·西纳特拉转而哼起了一首老蚂蚁和橡胶树的小调。"好吧，"那个女人说，"好吧。萝卜青菜，各有所爱。随你吧。"

现在，他才记起她的名字：艾里斯，艾里斯·伯恩斯。她是名运动员，

---

① Ol' Blue Eyes Is Back，弗兰克·西纳特拉的音乐专辑之一，于1973年发行。

② Albert Allick Bowlly，英国著名男歌手。

③ Noel Coward，英国演员、剧作家、流行音乐作曲家。

④ Shirley Bassey，20世纪下半叶英国最受欢迎的女歌手。

来自一个五旬节派的家庭。曾经有个妹妹，后来掉到后院的泳池里淹死了。她喜欢玩纸牌游戏，也喜欢跟BG开离心力的玩笑。尽管看上去像个女汉子，但她是个异性恋。这时，彼得想说点什么，但思来想去都和这些个人信息搭不上关系。甚至是喊出艾里斯的名字（虽然很晚才想起来），都可能只是自我夸耀的开始。不管怎么说，她可能还是希望他能像别人一样，叫她伯恩斯。

人与人之间，为什么连最最平淡浅显的对话，都充斥着那么多的要求与陷阱？为什么人类就不能像绿洲人一样，保持沉默，直到必要的时候再张口呢？

"让他休息一会儿吧，"图什卡说："他在畸人小镇待了很长一段时间，现在才刚回来呢。"

"是吗？"伯恩斯放下手中的甜点，扑通一声坐了下来，"下次你可得涂点防晒霜了。"

"会的。"彼得热得脸颊发红，因为在他的衬衫外，还傻傻地套了件毛衣。但这似乎也是个好主意：至少能让人看出，他不是住在荒原上的怪人，而是普普通通的城里人。

"真是想不通，你怎么会晒成这样。"伯恩斯说着，将一勺暗红色糖浆倒入碗里，混合酸奶状的甜点一块儿搅拌起来。很快，白色变成了粉色。"他们不完全是在户外工作吧？"

彼得翻下毛衣领，好透透气。"他们几乎每天都在户外工作。"他说。

"真的？"

"对啊。"

"做什么？"

"为我们种植和收割食物。"

伯恩斯吃了几勺甜点，"知道吗，我曾经绕着居住地开了一圈，可是，从没看到过一个种植园或温室大棚，那里什么也没有。"

"因为他们都在中心地带。"

"中心地带？"

"居住地的中心地带。"彼得深吸一口气。他的前额上，挂着一粒粒的汗珠，"我以前难道没讲过吗？"

"肯定是和别的女人讲的，宝贝。"

"别叫他宝贝。"图什卡说,"他是牧师。"

"种植地在居住地里边,"彼得解释道,"建筑群绕着种植地围成一圈。"

"难怪。"伯恩斯说。

"难怪?为什么这么说?"

"他们实在是形迹诡秘。"

彼得用袖子拂去额头上的汗水。"不是,因为……"他的声音太轻柔了。西纳特拉唱到"满怀希望"的时候,一群孩子随之和声低吟。

彼得准备跟他们解释绿洲人与农业之间的关系,但又有些踌躇不决。

伯恩斯站起身,朝着房间的另一边喊道:"嘿,斯坦科!能换首器乐曲目吗?我们的牧师听不下去了!"

"没事,真的。"彼得辩解道。这时,大厅里的人把目光统统投在了他的身上。"你不该……"弗兰克和校园合唱团的声音戛然而止,清朗的琴键声和着几声沙锤的闷响,在空气中蔓延开来。彼得顿时有种如释重负的感觉。

伯恩斯坐回原位,吃起了她的甜点。图什卡正咀嚼着剩下的意式番茄肉酱面。彼得才吃了几口煎饼,就有了腹饱的感觉。他向后靠在椅背上,人群里的各种交谈声渐渐传入他的耳畔:工程术语、食物品评、解决实际问题的不同意见,还有些模糊不清的无聊对话,它们全都在桑巴舞曲中穿梭漫行。

"你喜欢什么音乐,彼得?"伯恩斯问。

"呃……"他的大脑空白一片。平时能倒背如流的歌名,现在全都消失了。"说实话,"他深吸一口气,"我没那么喜欢唱片音乐,相反,我更喜欢现场演奏的音乐。只要亲临现场,就不会去羡慕什么不可求的事,大家会聚在一起,欢庆美好的瞬间。现场演奏可能会出差池,可是,只要听众心怀信任与热忱,再糟糕的演奏也会无比精彩。"

"嗯,你应该加入我们的欢唱俱乐部。"伯恩斯说。

"欢唱俱乐部?"

"我们组建的歌唱团。每隔180个小时,我们一群人会见个面,然后一起歌唱。真的很随意!你会喜欢的。你是男高音吗?"

"我……是的吧。"

"BG会是你听过的男低音里音调最低的一个。你真得听听看。"

"我很乐意。"

"我们不唱什么西纳特拉的歌。"

"那好多了。"

"嗯,希望如此呗。"她的声音诚挚真切。他突然意识到:她正在挽留他,不想让他陷入外星人的生活泥淖之中,不想让他游离在人类生活之外。

"歌唱团有多少人呢?"

"这要看我们的工作量。从不少于6人,有时甚至会多达10人。我们欢迎所有人的到来,彼得。这是一场灵魂的洗礼,如果你不介意我这么说的话。"

"图什卡也和你们一起唱歌吗?"

图什卡捧腹大笑,"想多了吧。我这声音和排气扇差不多,更准确地说,是出了故障的排气扇。"

"谁都能唱歌。"伯恩斯斩钉截铁地说,"要唱好歌,就得多加练习,还要有信心。"

"喔,我可是信心满满啊。"图什卡说,"可声音还是像排气扇一样。"

伯恩斯面带怜悯地看着他,"你胡子上沾了酱汁,亲爱的。"

"我去——不好意思,我讲了脏话。"图什卡用手指弹了弹脸上的胡子,"真是受够了,非得刮掉这茬胡子不可!"

"你就该刮得干干净净的,图什卡。"伯恩斯用餐巾(亚麻制餐巾,USIC反对使用一次性纸巾)擦了擦嘴。随后,她朝彼得说:"你的胡子看起来还行。格兰杰把你接回来的时候,我看到你了。挺潮的。"

"谢谢,但是……在外面的时候,我只是没机会刮胡子。你看,我用的是电动剃须刀,可是没有……呃……"讲了一堆废话,他想。这是最好的交流方式吗?

"那么,"伯恩斯问:"C-2真的和他们说的一样,是个原始社会吗?"

"谁说的?"

"每个去过的人都这么说。"

"谁去过?"

"格兰杰……"

"格兰杰只在建筑外围走动。"说话的时候,他才发觉,自己没能很好地掩藏话里的弦外之音,"我觉得,她甚至连绿洲人的屋子都没踏入过半步。"

伯恩斯皱起眉头,嘴里念叨着"绿洲人",但很快,她就想通了。"那么C-2是什么样子呢?他们又是如何生活的呢?"

"呃,他们的住所有点……极简主义,但我不会说原始。我想,他们更喜欢极简主义的说法。"

"就是说没有电。"

"他们不需要电。"

"他们一整天都在做什么?"

伯恩斯的问话让他有些恼火,但他又不得不极力掩饰,"工作,睡觉,吃饭,聊天,和我们一样。"

"他们相互之间都聊些什么呢?"

他正要开口,但脑子里充斥着的尽是些叽叽歪歪、含糊不清的外星语。奇了怪了!和绿洲人待一块儿的时候,他常常能听到他们的交谈。他们的声音、他们的肢体语言,都是如此熟悉,他甚至觉得,自己能听懂他们的对话。

"我不知道。"

"你会用他们的话说'你好,很高兴见到你'吗?"

"抱歉,我不会。"

"塔尔塔廖内过去总是在我们面前说这句话……"图什卡发出一声哼笑。"那只是他个人的想法。外星家伙怎么和他打招呼,他就怎么说,对吧?我去,总不会是'快上前来,兄弟,我们好久没吃过意大利人了!'的意思吧?"

"天哪,图什卡。"伯恩斯说,"能不说吃人的玩笑话吗?这些家伙是不会伤害你的。"

图什卡倚在桌面上,眼睛直直地盯着彼得。"我突然记得:你好像还没回答我的问题。在弗兰克·西纳特拉打断我们的对话之前,还记得吧?"

"呃……你能再说下吗……"

"你怎么知道他们是'好人'?我是说,他们做了什么好事?"

彼得思忖片刻,汗水沿着他的后颈向下流淌。"至少他们不做什么坏事。"

"是吗?那你做什么?"

"我做什么?"

"是的。牧师是连接人与上帝的桥梁，对吧？或者说是基督、耶稣，等等。因为人犯了罪，需要得到宽恕，对吧？那么……这些外星人都犯下了什么罪？"

"我看是没有。"

"那么……你要把我搞糊涂了，彼得……那你去那里的意义何在呢？"

彼得再次揩去前额的汗珠。"基督教教义不仅仅是宽恕。如何过上充实愉悦的生活，才是它的实质。其实，成为基督教徒是人生一大乐趣：很多人都难以理解。这是一种至深至切的满足感。早晨醒来，你会对眼前的每一分钟激动不已。"

"是的。"图什卡一本正经地说，"畸人小镇里的人就是这副德行。"

伯恩斯怕两个男人会在这件事上争论不休，于是，她轻轻触碰彼得的前臂，想将他的注意力引到晚餐盘上去。"你的燕麦饼要凉了。"

他朝餐盘看去，燕麦饼有些风干了，看起来像一块橡胶骨头。

"我想，我得先走了。"他站起身，一股睡意突然袭来。他才发觉，自己根本不在社交状态，刚刚只是自己的错觉而已。他费了好大劲，才不至于像个醉汉一样跟跟跄跄。"我想，我需要躺下来休息一会儿。"他说，"不好意思。"

"是去解压吧。"图什卡笑着使了个眼色。

"好好休息。"伯恩斯说。彼得摇摇晃晃地朝出口走去，这时，她又补上一句："有空常来啊，千万别见外。"

彼得回到房间，瘫在床上，呼呼大睡。一个半小时后，一阵急促的呕吐感袭上胸口。他醒了过来，立即冲到厕所，翻开马桶盖，将一些未消化的煎饼吐了进去。喝过水后，他感觉好多了。这个时候，他希望嚼上一支XJD，这样就能在不喝水的情况下保持口腔清新了。在居住地，他很少喝水，这渐渐成了一种习惯：每天喝水不超过1升，除非天气非常炎热。哪怕再多喝点，也是浪费。就好像往小瓶子里灌一桶水一样，你的身体容积不足，最后只能被迫将多余的水排出。

迪史达什长袍仍旧湿漉漉的，但看得出来，它干得很快。这些衣服穿着很难受，何况一会儿还得穿上长袍，他想。于是，他忙着脱去身上的衣服。几分钟后，身上只剩下了一条内裤。

彼得，你为什么不给我回信？碧在最近的信件中写道。我知道你很忙，但是，这儿的生活却坎坷不平。没有你的支持，我只能在困境中煎熬。这种杳无音讯、望眼欲穿的生活，我真的忍受不了。我怀孕了，也可能因此而变得意志薄弱。我不想让别人觉得，我是个如饥似渴的妇女，可是，你的沉寂让我恐慌。

一股热血涌入脸颊，涨上耳尖。他辜负了他的妻子，辜负了。他该每天给她回信，他答应过。他生活忙碌，迷茫，这碧翠丝都能理解。可是……他食言了，一次又一次。而现在，痛苦不堪的碧翠丝，正和他坦言。

我离职了，她写道。我的右手缠上了绷带，伤口得时刻保持洁净，另外，我也不可能单手工作。也不是什么大事，过段时间就会痊愈的。不过，这也是我自找苦吃。你知道，我们的浴室玻璃破了。格雷姆·斯通说他会来修理的。可是，好几天过去了，他都没来。我打电话过去，他说自己很难为情——他搬走了，搬到伯明翰。"好突然啊。"我说。他说，他妈妈的房子上周被一群流氓洗劫一空，而他妈妈只能在那里等死。所以他搬到那里，和他妈妈一起住，一边照顾她，一边修葺房子。后来，我联系了一家玻璃修理公司，可他们说近期暴风雨频发，破坏分子频频出现，业务因此积压过多，所以要修理咱家的玻璃得等上很久。家里的浴室又脏又乱，在里面洗手又很冷，所以近来，我一直站在洗碗池边上洗。可是，不时有大风刮来，房里的门窗啪啪作响。何况，窗子就那样放着也不安全，谁都能爬进来的。我想，应该先框上个塑料板，再拿胶布带封住，这样会好一些。可是一不小心，我的手上就出现了一道深深的割痕，还流出好多血，后来足足缝了5针。今早，我正在洗碗池旁洗手，忽然大风刮进屋子，余下的窗子咯吱作响，厕所的门砰的一声关上。我不禁尖叫起来，确实是这样，没什么好隐瞒的。但随后我告诉自己，世上还有很多人正遭受着更大的不幸与痛苦。

你知道吗，危地马拉①国内火山爆发了，其中一座人口密集的城市一瞬

---

① 危地马拉共和国（西班牙语：República de Guatemala），是中美洲的一个总统共和制国家。

间被淹没。我不打算写下这座城市的名字,但它听起来很像一位阿兹特克①神灵的名字。那座火山叫圣玛利亚火山,它喷发的时候,层层火山灰涌入晴空,汩汩岩浆绵延数里。当地人24小时前就接到预警,可是情况却因此更加糟糕。不计其数的车子堵在马路上,每个人都抱着家当慌忙逃命。半数房子的屋脊颤颤巍巍,脚踏车上的婴儿床摇摇欲坠,看着让人心惊胆战。车子纷纷抄小道穿过大市集,想要抢到其他车前面。那些受困的车主根本开不了车门,他们只能砸碎挡风玻璃,爬出车子。护卫队打算推平一些建筑,好拓宽道路,可是,路上人太多了。这里没地儿供飞机着陆或起飞,整个城市仿佛一块大坟茔。时日不多的本地人用手机拍下了岩浆肆虐的镜头,然后将它们发给远居海外的亲属。上面写着:没有任何救援迹象。你能想象吗?人与物在瞬间消失。城市已然陷落,成了火山的一部分,成了另一种地带风貌。所有人都想活下去,可现在呢?却化为微量元素,融入大地。

火山灰云升腾而上,在空中聚积,阻碍了美洲中部地区乃至全世界的航空飞行。各大航班才刚摆脱拉合尔机场爆炸事件的阴霾,准备重新起飞,可现在,它们又只能原地待命。飞往美国的航班暂停了。听到这个消息,我顿时悲痛不已,心如刀割。记得当时,我正站在希思罗机场里,看飞机起飞,想你在哪里安坐。那时的我,只希望你早日归来。航班崩溃,这预示着什么?是不是你回不来了?

世界在崩塌。历史悠久的社会机构纷纷碰壁。这事儿好多年前就发生了,我知道,但现在它正急剧恶化。以前,社会弱者受到摧残的时候,上层人士往往能安然无恙。可如今一切都变了,上层人士也同样遭到了沉重的打击。我说的不单单是经济破产。上周,有些美国富人被谋杀了,他们被拖出房子,殴打至死。没人知道为什么,只知道当时西雅图断电4天,然后就出了这些事。城里各大系统渐渐瘫痪。电子支票、自助取款机、收银机、电子安全锁、电视、交通灯都不能运作,甚至连汽油也加不了(我不知道汽油泵要依靠电力才能运作,但显然是这么回事)。48小时内,整个地区笼罩在烧杀抢掠的阴霾之下。

英国的情况也不妙。你离开后,这儿变得更糟了。有时候,我甚至觉得,你的离开,是世界分崩离析的开始!

---

① 阿兹特克文明Azteca(或译为阿兹台克)是14世纪至16世纪的墨西哥古文明。

还有很多。在积压的信件里，还有很多消息：屋子里有很多东西都坏了；与公用事业公司搞笑而艰涩的对话；新鲜鸡蛋突然断货；马达加斯加大动乱；约书亚在床上撒了尿，要洗大号羽绒被的时候，才发现家里的洗衣机太小了，可是，自助洗衣机店也关了门；教堂取消了周六早晨的儿童看护服务；对乔治亚州婚姻法的看法（是格鲁吉亚①还是美国的乔治亚州？碧翠丝有交代清楚吗？他记不清了，也不想再去翻那一大沓的信件）；米拉和丈夫移民到伊朗，可她还欠碧翠丝300英镑；电压骤增，家里的灯泡全部烧坏了；政府雇佣的"营养大师"反对全脂牛奶价格飙升；街对面的印度餐馆挂着"出售"的标志，玻璃窗还碎裂一地；早上起来，碧翠丝会晨吐，但服药之后好多了；英国一位政府要员被解雇了，在新闻采访中，他称英国"玩儿完了"；碧翠丝爱吃的太妃糖买不到了，另外，她还渴望得到彼得的爱抚；还有每天遇到的人，但彼得已记不得他们的模样。

但碧翠丝那难以言喻的伤痛，无过于彼得的沉默。

今早，实在是坐立难安。我以为你死了。我数着时间，等着你从居住地回来。每隔两分钟，我都会检查一下邮件。可是……毫无音讯。我还曾想，你是不是吃了什么脏东西，染疾而去；或者被你的信徒谋杀了。传教士一般都是这么死的，不是吗？你弃我于不顾的其他原因，我实在想不出来了。最后，我彻底崩溃，只能给USIC员工亚历克斯·格兰杰写信——很快就收到了回信。她说，你过得很好，当时你正在刮胡子。你能体会到我的感受吗，跟一个陌生人打听自己丈夫的消息？我的一生里，受过很多屈辱，可这一次最难释怀。听到我怀孕的消息后，你真的不生我的气吗？是我不对，不该在你不知情的情况下停服避孕药。原谅我，好吗？我这么做，全是出于对你的爱。我怕你死去，留我孤独一人。你要相信，我不曾有半点私心。我为此祈祷，时刻不停。我在想，如果自己成了渴求孩子的妇女，生活会是怎么一番景象。但在我心中，未来难以描摹。唯一能看到的，就是我对你以及我们即将诞生的骨肉的爱。你叫我等待，好吧，我背弃了誓言，是我的错。可是，还记得吗，你以前也说过不再喝酒。后来怎么样了？你不还是偷偷摸摸离开索尔福德五旬教堂，留我一人收拾残局吗？我知道你当初为何迷失方向，事

---

① Georgia既可能指格鲁吉亚，也可能指美国的乔治亚州。

情也都过去了,我们不也慢慢熬过来了吗?真的,我替你骄傲。可是,你在我面前许下的承诺,又被自己亲手撕破。人生如是,变幻莫测。我不想表现出一副道貌岸然的样子,可是我想说,难道你是因为爱我,才会在索尔福德饮酒作乐吗?我想未必吧。

好了,不谈这些了。写这封信的时候,我的手不停地颤抖;读这封信的时候,你也许会头疼吧。抱歉,我不该发脾气。门窗公司的工人正在楼下敲门,他准备来修理浴室的窗子。说来惭愧,我本来已不抱任何希望,也不再为此祈祷了。毕竟公司曾告诉我说,咱家的窗子要等好几周之后才能得到修理。可是,看啊:清晨时分,一个人出现在咱家门口。他说,老板要他改变工作行程,先来修理咱家的窗子。我们不曾被上帝遗忘!

亲爱的彼得,请回信。不用把所有事情都写下来。写上寥寥数行,我就很开心了。一行字也行。只要道一声安好,也足够了。

爱你的妻子,碧

他浑身发烫,甚至感觉有些脱水。他打开冰箱,喝了一口水。随后,他在冰箱旁静静驻足,滚烫的前额贴在冰箱外壳上,感受着丝丝凉意。

一分钟后,他坐回了床沿。脚边,堆着几份圣经手卷——彼得给他的子民布道用的读本。《路加福音三》。施洗者约翰说,有个人即将到来:"我不配给他解鞋带。"喔,"鞋带"真是个粗笨的字眼。"带子"和"系带"就更糟糕了。也许可以考虑"皮带",可这会儿又出现另一个问题:绿洲人的鞋子上没有系带,因此要对这个新概念做出解释。这不免有些麻烦。要是他能想出一个对等物,用来替换鞋带……"我不配给他解的东西就是……"显然,用明喻或隐喻来描述耶稣,是不可取的。但如果是约翰,那就另当别论了。他只是个凡人,不比其他传教士圣洁;他的谈吐,也不比彼得的神圣。可是,绿洲人说过,他们更喜欢忠实的经文。彼得曾试图将"吗哪①"解释成"白花",但人群里哗声一片——

"你这是在搞什么?"

彼得内心一阵悸凉。低沉的男性嗓音,在他的耳畔响起。他环顾四周,

---

① Manna(希伯来语:מן)《圣经》中的一种天降食物。在古代以色列人出埃及时,在40年的旷野生活中,上帝赐给他们的神奇食物。

没有一个人影。当然，上帝是不会用肮脏下流的字眼的。

亲爱的碧：他写道。

这么久没给你回信，真的对不起。我是很忙，但这不是我没给你回信的原因。我很难解释这背后的原因，但我绝对没有生你的气，也绝对不是不爱你。

这次传教任务和我预想的大不相同。曾经预想过的艰难险阻，竟逐一消失。但其中，也发生了一些始料未及的事。我以为给绿洲人传教，在他们（的心）与上帝（的爱）之间临时搭建一座脆弱的桥梁，会像打一场硬仗一样，耗上数周甚至数月的时间。但真正考验我的，却是你我之间出现的鸿沟。我说的不是情感上的鸿沟，因为我对你的爱始终不曾改变。这种鸿沟，是不同环境压在我们之间的石头。当然，距离上我们相隔十万八千里。这没办法。而我真正担心的，却是你我之间难以维系的关系。以前，我们是一个小团队。日日夜夜，分分秒秒，我们都在一起观察，一起动手，一起讨论。可突然，我们踏上了两条截然不同的道路。你与我，渐行渐远。

所有降临于世的灾难——海啸、地震、金融危机，等等——在我这里，却从未出现过。它们给人一种子虚乌有的感觉。这么说，实在有些羞愧，毕竟对那些经受磨难的人来说，这些灾难再真实不过。可于我而言，实在难以想象。于是我很快就认定："要是她再说一个灾难，我的脑子怕是要失灵了。"当然，我对自己同情心的泯灭感到恐惧。然而，我越想克服恐惧，它却越发膨胀。

另一个问题是：我发觉，和一个不了解绿洲人的人谈论绿洲人几乎不大可能。不只是你，还有USIC的人。我以不同的方式，和信仰基督的兄弟姊妹一起促膝交谈，就好像我在说他们的话一样——其实不然。试着描述他们的生活，就好比阐释味道的模样、声音的香气。

但我得试试。

基本信息：教堂建成了。我们会定期在教堂里做礼拜。我也教绿洲人唱一些简单的圣歌。（他们的脸部构造与我们的不同：他们有咽喉，但不知道有没有舌头。）我给他们诵读圣经，但他们一直称圣经为《异境之书》。相比于《旧约圣经》，他们更偏爱《新约圣经》。旧约里很多激动人心的冒险故事，比如狮穴中的丹尼尔、士师记、大卫和歌利亚，都没能引起他们的回应。面对他们提出的艰涩问题,你的"手舞足蹈"(解答问题时的无奈之举)换来的只是他们的一脸茫然。耶稣与宽恕使他们快乐。这,也是福音传教士的梦想。

他们是一群温和善良、谦卑勤勉的人。能和他们生活在一起,是我的荣幸。他们叫自己爱耶稣1号、爱耶稣2号,等等。库茨伯格传教的时候,爱耶稣1号成了第一个皈依基督的人。我很难描述他们的样貌,真希望给你看看照片。他们的行为举止和我们差不多。我不会把内向或外向、好脾气或坏脾气、冷静或狂躁的标签贴在他们身上。他们个个都很低调,相互间的差别也非常细微。也许只有小说家,才能用语言捕捉到这些细微差别,无奈的是,我自己没有这方面的特长。此外,他们有着相似的体格。一个纯正的物种。我来这儿之前,从没想过这个问题。可当我们需要区分人与人之间的差别时,人类历史上的混血儿和移民给予了我们很多帮助和灵感。不同人种组成的大杂烩——像人物漫画一样,呈现在我们眼前。当然,"我们"生活在世界西部。如果我们是中国人,然后有人叫我们描述其他的人,我们不会说"她留着一头顺长的黑发,有一双棕黑色的眼睛,大约5尺3寸的样子",这远远不够,我们还得深入描述个人的细微特征。然而,在世界西部,人种多样性就十分明显。我们可以说"他身高6尺2寸,长着一头金黄卷发,一双淡蓝色的眼睛",如此,你一眼就能在人群中找到他。碧,我这纯属闲谈,其实,除了衣袍的颜色有别,爱耶稣者看起来都一个模样。"凭着他们的果子,就可以认出他们来[①]",我想是这样的。在日后的回信里,我会跟你详述每个爱耶稣者为教堂所做的贡献。

他停了下来;对于他的这番承诺,碧翠丝可能又会质疑吧?他为此苦思冥想。

比如,他继续写道,爱耶稣5号终于把她的画作(和其他画作一起)挂在了屋内壁顶。(啊,真希望你来看看。)画作上,萨洛米、玛利亚和玛利亚抹大拉站在基督坟墓前,看到耶稣正张开双臂,沐浴圣光,渐渐升入碧空。手上只有颜料和画布的她,是怎么做到的?这幅画,就像黑暗中的车

[①] 《马太福音》7:16。

灯,让你目眩沉醉。合唱圣歌或合掌祈祷的时候,你不禁会望向天花板。上方,一个形似十字架的人正从黑暗的淤潭中渐渐升起,周身熠熠生辉。这就是爱耶稣5号,一位天赋异禀的女子(也许是男子——我还是不能百分百确定)。

还要跟你说什么呢?我得仔细想想。执行这项任务的时候,发生了很多事儿,特别是和绿洲人待在一块儿的时候,我总会看到上帝的恩典。很多时候,要是你在我身边的话,我们俩肯定会互相交换眼神,然后说:"是啊!上帝显灵了,上帝就在这里。"

他突然停下来,伸展腰肢。从油亮的额头到指尖,无一不浸染着汗水。他那裸露的臀部,沉沉地压在塑料椅子上。空气凝滞,沉闷——关掉空调也许就是个错误。另一场雨正掠过灌木林,朝基地滚滚而来。再过五分钟,雨滴就会划过玻璃窗,渐渐落下。他正盼着这么一场雨呢。站在玻璃窗畔看一场雨,未免有几分伤感。他应该到屋外去。

疲乏。他在床上躺了一会儿。迪史达什长袍正挂在窗边,日光沐浴下的它,只留下一轮暗暗的剪影。他伸出手,遮住双眼,将阳光挡在了外面。透过指缝,那身长袍渐渐清晰可现,几秒前还是暗灰色,现在已洁白一片。光幻觉。现实主体性。

他想到了碧翠丝的婚纱。那时,她坚持要穿上白色婚纱(彼得穿上白色西服),在教堂举办婚礼。一个奇怪的决定,因为浮夸与形式从来就不是他俩的作风。另外,婚礼当天,还会提供酒水。他在想,要是两人穿上便服,直接跑去婚姻登记所,岂不更好?绝不,碧翠丝说。去登记所草草地结婚,就是对昔日的耻辱低头。就好像在说:在屎尿遍地的厕所里四处爬行的男人,不配穿光鲜亮丽、一尘不染的西服;有和碧翠丝一样的家族史的女人,都不该留有穿上白婚纱、踏入大教堂的幻想。耶稣在十字架上死去,往日的耻辱也随之抹灭。这就像《匝加利亚》3:2-4中脱去圣徒身上污秽的衣服的天使。看,我已脱去你的罪过,给你穿上华丽的礼服。尽洗前耻,从头开始。彼得和碧翠丝的婚礼,就是尽洗前耻、从头开始的绝佳时机。

后来,有几名客人已酩酊大醉,而彼得仍滴酒未沾。每个人都照着稿子念出他们的祝福。彼得没有备稿,可真到致辞的时候,上帝却赐予了他无穷的灵感。他对碧翠丝的绵绵爱意,化成一句句肺腑之言。在座的人无不为之动容。

之后,他和妻子回了家。碧翠丝卧躺在床上,身上仍套着纯白嫁衣。彼得以为她要休息一会儿再去更衣,可是很显然,碧翠丝正卖弄着风姿,向他轻轻招手。"白裙子会弄脏的,"他说,"毕竟它也不便宜。""既是这样,"她说,"就更不该把它塞进满是樟脑丸的箱子里。这么柔软的质地,这么漂亮的裙子,才穿一天倒可惜了。"在她的引导下,他的手在慢慢游移。

那以后,这条白裙她至少穿了二三十次。都是在室内,没有任何暗示之言,没有任何仪式之举:似乎都只是她的一时兴起。那时,她会放弃绿裙和V领针织衫,穿上白裙和绣花上衣。而他,却再也没穿过那套婚服。

雨点,终是敲打在了窗玻璃上。彼得仰躺在床上。肚皮上,一摊精液渐渐冷却。他站起身,重新洗了一次澡,然后又回到发射器前,坐定。在"这里"之下,屏幕上的光标仍在闪动。

18. 我得和你谈谈,她说

马修·埃弗里特医生死了,但彼得对此若无其事,因为他从没见过这个男人。他很少去看医生——好几年前,他曾在执行绿洲任务前接受过一次例行体检,拿到了一份健康报告单。那之后,他就再没踏入过诊所半步。有个医生曾警告他说,他要是再继续酗酒,三个月内必定一命呜呼。可后来,他仍继续喝了好几个年头。另一位医生(隶属于警局)还认定他是精神失常的疯子,想把他关进疯人院。当碧翠丝和"这个有滥用药物和操纵行为史的病人相恋"的时候,医院的管理员还一直从中阻挠。

不,医生和彼得从来都相处不来,甚至是在他成为基督徒的那几年也是如此。当医生听闻你的信仰后,他们不会像多数人一样,一脸疑惑或嘲讽,时刻准备去讨论上帝让人受苦的原因。相反,他们面色淡定,谈吐从容。你会觉得,他们已经在心里默默记下了你的健康状况:荒谬的宗教信仰,就写在睑缘炎①和酒糟鼻②下面。

"你该去找埃弗里特医生看看。"回到基地后,有好几个USIC员工当面和他这样说过。他们的意思是:去检查一下身体,看看身体(在跃迁运动后)是否得以恢复,或者,去治一治晒伤的皮肤。他礼貌地接受了他们的建议,但背地里仍对此置若罔闻。而现在,埃弗里特医生死了。

死亡来得太过突然。USIC医疗团队从原先的6人减少到了5人:两名护理人员,一位名为弗洛里斯的护士,一位名为奥斯汀的医学博士,还有一位名为格兰杰的外科医生。

"发生了这事儿,真是糟透了。"彼得在药房外碰到格兰杰时,她慨叹道,"糟透了。"今早,她没有戴围巾。她的头发刚刚洗过,滑溜溜的,还沾着点水珠。前额上的伤疤因此更加明显。他在幻想:年轻的亚历克斯·格兰杰喝醉了酒,烂醉如泥的她跌了个趔趄,额头不小心磕在金属水龙头上;当时,水槽上、地板上,洒满了她殷红的鲜血;她被拖走后,地板上还残留着一大摊亟待擦拭的血迹。你这种落魄的过往,他想,我也有过。而碧翠丝,他深爱的人,却没有。

"你们很要好吗?"他问。

"他人很好。"她眉头紧蹙,心事重重的样子。她和埃弗里特的私人关系与他的死无关,这分明能从话音里辨识出来。之后,两人不再攀谈。格兰杰将彼得领进药房,带着他穿过一条走廊,最后来到了医疗中心。

单单考虑USIC员工数量的话,医疗中心是非常庞大的。它为两层式建筑,里面有许多房间,部分房间的配置有待完善。手术间里有两三台手术床,但都被塑料薄膜遮盖着。彼得走过的时候,忽然瞥见一个特别大的房间。房间四壁上涂了一层层亮黄的油漆,阳光透过凸窗,将整个屋子照得明媚敞亮。房间空荡荡的,只有几只注有新生标志的箱子静静地叠在角落里。

停尸间同样人迹罕至。它和其他中心所一样,给人一种宽阔无边的感觉。可现在,这个地方比以往多了点人气:5个医务人员中,有3个聚在了这里。格兰杰走了进去,将彼得介绍给她的同事认识。彼得与奥斯汀博士以及

---

① 睑缘炎是睑缘皮肤、睫毛毛囊及其腺体的亚急性、慢性炎症。

② 酒糟鼻,又称玫瑰痤疮,是一种主要发生于面部中央的红斑和毛细血管扩张的慢性炎症性皮肤病。

弗洛里斯护士依次握手，颔首示意。长着黑猩猩模样的弗洛里斯说："很高兴遇见你。"可听起来，却一点也不高兴。话音刚落，她便一屁股坐回原位，双臂交叉放在过时的制服前。她是哪国人呢？彼得想。这个女人顶多也就4尺10寸的样子，她的头看起来有些皱缩，还有塑造她的遗传密码，和彼得的完全不同吧。可以说，她这一脸外星人的模样，长得和绿洲人差不多了。

"我来自英国，"他开了口，虽然听起来有些生涩笨拙，"你呢？"

她迟疑片刻，"萨尔瓦多①。"

"是在危地马拉吗？"

"不是，但我们……是邻国，可以这么说。"

"我听说危地马拉火山爆发了。"他搜索枯肠，想从碧翠丝的信件里回忆起更多细节，好完成与弗洛里斯的对话。可她很快伸出一只干瘪的手，说道："放了我吧。"

"光想想就很可怕——"他说。

"别说了，真的。放了我吧。"她说。这个话题，就这样不了了之了。数秒内，太平间陷入一片寂静。不知从哪里传出来几声节奏分明的呻吟声——不是人发出来的。奥斯汀博士解释说，这些声音是从冷冻库传出来的。最近开了几趟库门，就出现了这种怪声。

"一屋子的冷冻库在呼呼运作，可里面什么东西都没有，这真是说不过去啊。"他说，"尤其是在能源分配之后。"奥斯汀是澳大利亚人，听他的口音，也可能是新西兰人；他体格健壮，肌肉发达，有着一副明星般的俊美脸孔，只是下巴处残留着一道歪歪咧咧的伤疤。在彼得的印象中，奥斯汀和弗洛里斯都没有出席塞韦林的葬礼。

"你能撑到现在，还不赖嘛。"彼得说。

"撑到现在？"

"直到现在，才打开冷冻库。"

奥斯汀双肩微耸，"在未来，随着这个地方的发展，我们肯定需要一处

---

① 萨尔瓦多，全称萨尔瓦多共和国（英语：The Republic of El Salvador，西班牙语：República de El Salvador），是一个位于中美洲北部的沿海国家，也是中美洲人口最密集的国家。

停尸间。当人数达到一定峰值,谋杀、毒害等各种惊悚事件就会频频出现。但这些,都是很久之后的事,或者说,是很早之前的事了。"

冷冻库继续呼哧作响。

"尽管如此……"奥斯汀一声叹息。随后,他打开停放尸体的抽屉阀门,好像他知道,彼得终于等不及要看一眼埃弗里特医生似的。奥斯汀拉住把手,塑料小床随之滑出。床上,躺着一具尸体,半裸至肚脐的样子。马修·埃弗里特的头靠在洁净的枕头上,双臂扶在香蕉状的垫子上。他是个有模有样的中年人,头发斑白如霜,额际皱纹深深,脸蛋上,还陷着两个浅浅的酒窝。他双眸微合,双唇大开。舌苔上,覆着些细冰花;苍白的尸体上,沾着点小冰粒。除此之外,他看着和活人差不多。

"当然,过去几年也死了些人,"奥斯汀说,"不是很多,远远低于这个地方的平均死亡人数,可是……总会有人死去。有的得了糖尿病,有的患上了心脏疾病……这些早期潜伏的病症,还是把他们带走了。可是,马特①像马儿一样健康。"

"我的马死了。"格兰杰说。

"你说什么?"奥斯汀问。

"还是个小孩子的时候,我有一匹马,"格兰杰说,"它是我很好的玩伴。可是,它死了。"

奥斯汀无言以对。他随即推回抽屉,关上阀门。简易的科技,彼得再次意识到了这一点:没有一个附有操纵盘或刷卡器的电子锁,这里,只有一个个带着手柄的手动抽屉。他突然发觉,这个简易设计并不是吝啬鬼的权宜之物——USIC对老古董的偏好与腰缠万贯的身份实在是格格不入。不,这些冷冻库都是新的。不只是新的,还都是特别定制的。一些顽固的设计者为19世纪的实用性花了血本:他们贿赂制造商,让他们省去了电脑传感器、微芯片、闪光灯以及先进的停尸冷冻库上的智能选择。

奥斯汀博士站在水槽旁,就着一块药水味的肥皂洗手。他拿起一条干毛巾,擦拭着脸上的水渍。随后,又拆开一条口香糖,顺手放进嘴里嚼了起来。他把糖盒挪到彼得面前——慷慨之举。显然,口香糖是进口货。

"不用啦,谢谢。"彼得说。

---

① 马修的昵称。

"真想不明白,我为什么会吃这东西。"奥斯汀自言自语,"零营养,只有10秒的甘甜之感,此外,唾液腺还会向你的胃释放'食物即将到来'的信号——实则不然。纯属浪费时间,而且要价极高。可我已经上瘾了。"

"你该尝尝XJD。"彼得说。他不禁想起了这种植物。它曾在指尖处留下过美好的触感,在味蕾上迸发出无尽的甘甜。植物外面覆有一层硬壳,彼得用牙齿将它咬碎后,美味的果浆便伴着鲜甜的香气慢慢渗出,半小时后仍未枯涸。"之后,你就再也不想嚼口香糖了。"

"什么东西?"

"XJD。"

奥斯汀勉为其难地点了点头。也许他会在牧师的健康报告单上,再添个言语障碍。

寂静降临,或者说,USIC停尸间陷入了岑寂。彼得觉得,冷冻库的呼哧声比之前微弱些,也可能是他渐渐习惯了这种声响。

"埃弗里特医生有家室吗?"他问。

"不清楚,"奥斯汀说,"他从没谈过这件事。"

"他有个女儿。"格兰杰说得很小声,感觉是在喃喃自语。

"我怎么就没听过呢?"奥斯汀问。

"他们关系很疏远。"格兰杰回答。

"常有的事。"奥斯汀说。

彼得在想,这次会面并不是喊喊喳喳的茶话会,可为什么就没人拿出埃弗里特的病理档案,然后一起商讨葬礼的时间和吊唁词的事呢?

"那么我想,"他说,"应该是由我来主持葬礼仪式吧?"

奥斯汀眨了眨眼,一脸诧异。"呃……或许吧。"他说,"但暂时不需要。我们将他放在冷冻库中低温保存。换句话说,就是冷冻。我们在等待另一位病理学家的到来。"他瞥了瞥停尸抽屉,然后朝窗外看去。"问题是,这种环境下是否存在某种致病原。当然,这个问题从一开始就有了。我们呼吸着以前从未呼吸过的空气,吃着消化系统从未触碰过的食物。到目前为止,所有迹象表明:这不成问题。可是,只有时间才会证明一切,大把大把的时间。而现在,我们这里出现了怪例——一个生龙活虎、健健康康的人,就那样平白无故地死去。真是糟透了。"

彼得开始瑟瑟发抖。这些天,他穿了尽可能多的衣服,甚至在USIC基地里也是如此——一件迪史达什长袍，一件宽松毛衣，一条运动裤，一双网球鞋——即便如此，彼得还是抵御不住停尸间里的严寒。他只想马上打开窗户，让暖风涌入这冰冷的房间。

"体验过……呃……"有个字眼，怎么也挤不出来。他伸出一只手，好像握着一把手术刀似的，向空中挥砍而下。

"解剖？"奥斯汀悲伤地摇着头，"只有马特一人擅长解剖，这也是我们等待另一个病理学家的原因。我是说，如果解剖过程不复杂的话，我也可以操刀，也可以找出塞韦林的死因，这不足为奇。可如果我们对解剖一无所知，那么，还是让行家里手来做吧。而我们的行家里手，是马特。"

一分钟内，无人言语。奥斯汀似乎陷入了沉思；格兰杰向下注视着那双在空中恣意晃动的脚；自我介绍后就再没发过声的弗洛里斯，则朝着窗外凝望。也许她还沉浸在悲痛之中。

"那么……"彼得说，"我还可以帮什么忙吗？"

"暂时没有，"奥斯汀说，"相反，我们还在想，有什么可以帮到你的？"

"帮我？"

"显然，和你的……呃……福音传道无关，"博士笑着说，"是医疗帮助。"

彼得将手伸向额头，摸了摸那块将褪未褪的皮肤。"我保证，下次会倍加小心的。"他说，"格兰杰也给了我上好的防晒油。"

"是防晒霜，"格兰杰更正道，"防晒系数50。"

奥斯汀说："我说的是当地人。绿洲人，你是这么叫的吧。从一开始，我们就一直为他们提供基础药品。而他们唯一想要的，就是药品。"为了对彼得的传教工作表示尊重，他抿嘴假笑。"就这一样，别无他求。可你知道吗，他们当中没有一个人来这里接受治疗，一个也没有！也就是说，没有一个人得到准确的检查或诊断。我们很想知道，他们到底怎么了。"

"怎么了？"彼得附和道。

"到底是什么病，"奥斯汀说，"让他们痛苦缠身，渐渐死去。"

一幅鲜明的画面——穿着各色衣袍的教众正聚在一起，唱着赞美诗；他们肩并着肩，像海草般轻轻摇曳——蹿入彼得的脑海之中。

"我接触的这些绿洲人，看着都很健康。"他说。

"你知道他们吃什么药吗？"奥斯汀追问。

彼得有些愠怒，但他还是强压着怒火，面不露色。"这我没注意。有个爱耶稣者——我的一个教徒——的亲属不久前刚刚死去。我从未见过他。还有个爱耶稣者的弟弟——或是妹妹——正遭受疾病折磨，痛苦不堪。我想，这时候也只有止痛药能派上点用场。"

"是的，我也这么想。"奥斯汀的声音平稳中立，甚至有点轻松愉悦，却感受不到一丝一毫的讥讽。然而，彼得又一次发觉，自己与绿洲人之间的友情正受到别人的质疑与偏待。曾经的披荆斩棘，曾经的同舟共济，曾经的冰释前嫌，曾经的悠悠岁月，都是他们关系亲密、交情深厚的基点。但在USIC眼中，他与畸人小镇居民的关系甚至没有一点进展。稍有理智的人，也会对劳工表示尊重，而这位古怪的基督徒却一点表示也没有。像奥斯汀这样的人，常常抛出一大串问题。除非得到应答，否则他们是不会轻易说出"进展"这个词的。

而这事，无神论者早已轻车熟路了，不是吗？抛出错的问题，想在错的地方寻求进展。

"你这么好奇，我能理解。"彼得说，"只是，我每天看到的都是健健康康的绿洲人。而那些生了病的，是不会来教堂的。"

"你不会去……呃……"奥斯汀在空中画了个圈——这是上门传教的意思。

"通常我会这么做，"彼得说，"刚到居住地的时候，我以为要挨户造访，好与他们取得联系。可后来，他们都主动找上门来。最后一次见面的时候，一共有106人。那里只有我一个牧师，但教众群却十分庞大，何况人数还在不断增加。为了他们，我倾其所有，殚精竭虑。如果还有时间的话，我还会为他们奉献更多——这之前，我甚至还考虑去造访那些未到场的人，去敲开他们家的门。虽然他们的家没有门……"

"那么，"奥斯汀说，"要是你发现，哪个患病的绿洲人愿意来这里，你懂的，那就把他……或是她接过来，让我们做个检查……"

"各种检查。"弗洛里斯插上一句。

"我会尽力的，"彼得说，"但重点是，我没有一点医学常识。我甚至都识别不出我们……人类身上的疾病，更别说绿洲人了。我是说，病症表现。"

"也是，这是个问题。"奥斯汀唏嘘不已。

弗洛里斯护士再次开口，那张猿猴脸上，不时闪烁着智慧的光芒，"我想，你接触的那些绿洲人，都有可能得病，只是你蒙在鼓里而已。他们每个人，都有可能得病。"

"不会的，"彼得说，"我们彼此信任。他们有什么想法，就会告诉我。他们的一举一动，我都看在眼里。步履迟缓，小心翼翼，这就是他们的走路方式。我想，要是谁出了点毛病，我应该是能看出来的。"

弗洛里斯点点头，但仍旧有些半信半疑。

"我的妻子是名护士，"彼得说，"真希望她能在我身边。"

奥斯汀扬起眉头，"你已经有妻子了？"

"是的。"彼得说，"碧翠丝。"提到他妻子的名字，彼得反而有点失落。他堂而皇之地给她冠以护士的称号，可在这些陌生人面前，她可能一无是处。

"那你们……"奥斯汀犹豫片刻，"你们俩还联系吗？"

彼得思忖半刻，他还记得那次与图什卡的对话：这一生中，有没有一个对你来说十分特别的人？没有，现在没有。"是的。"

奥斯汀抬起头，好奇地打探着，"我们这里很少有人会有……你懂的……伴侣等着他/她回去。我说的伴侣，就是那种……"

"还联系。"

"很好。"

"她也很乐意来这里。"彼得说。他记得，当年在USIC办公室，碧翠丝穿着护士制服，坐在他后面。她手里捧着一杯难以入口的酽茶，一脸厌恶。可就在刹那间，她脸上的表情已然改变，好像在说：这杯茶有点烫嘴。随后，她转过身，向USIC测试员投去一抹笑意。"她的到来，对我乃至整个项目来说，"彼得继续说道，"都会有很大的改变。可是，USIC不同意。"

"那肯定是因为她没有通过适应能力测试。"奥斯汀不无怜悯地说。

"她没有接受任何测试。我们俩一起面试了好几轮，可后来USIC说，剩下的面试，让我一人去就行了。"

"相信我，"奥斯汀说，"她没有通过ESST。面试的时候，埃拉·莱因曼在场吗？就是那位灰色短发、个子小小的女人？"

"在的。"

"她负责ESST,这就是问题所在。相信我,你的妻子被当场测试了。显然,她没能通过测试,而你通过了。你的表现肯定大不一样。"

彼得略感羞涩,面颊上潮红一片。身上的衣服,也顿时暖和了许多。"任何事,碧和我都是一块儿做的。任何事。我们是个团队。"

"很抱歉。"奥斯汀说,"我是说,她没能和你一块儿来,确实很遗憾。"他站起身。弗洛里斯和格兰杰也站了起来。是时候离开停尸间了。

他无处可去,只得回自己的房间。可一回房,他却倍感压抑。他不是个抑郁的人,生性如此。有自杀倾向?不错,他曾有几次轻生之举。但他一点也不抑郁。USIC基地的房间里,总有什么东西在将他团团包围,在吸食他的精力。也许这只是幽闭恐惧症,虽然他以前从没得过。有一次,他在垃圾桶的盖子底下睡着了——他甚至还对这个"住所"心怀感激。晚上某个时候,他身后的那堆垃圾开始升温,将他冻僵的身躯包裹在温暖之中。这种奇迹般的感觉,仍旧萦绕在他的心中。这份不切实际、从天而降的慷慨,是他感受上帝恩慈的前兆。

但在基地的房间里,他却没有这种感觉。房间宽敞干净,却总给他一种阴沉、俗丽的感觉——即使拉开百叶窗,让阳光把四壁和家具照得通透耀眼也是如此。可是,一个洒满阳光的地方,又怎么会阴沉呢?

另外,室内气温他也很难把控。空调吹出来的风,一会儿太冷,一会儿太热,他恨不得把它砸碎。有了绿茵般的阴凉,却少了风的抚娑,这并不是什么好事。上帝在创造这个世界的时候,知道自己在做什么;就好像他在创造万物的时候,知道自己在做什么一样。气候是个智慧之作,它微妙而臻于完美,还有自我调节的功能。只有傻瓜才会与气候叫嚣。彼得不止一次地站在窗边,手掌摁在透明的玻璃上,幻想着:重压之下的玻璃渐渐破碎,一股甜甜的暖风透过裂缝渗入房中的画面。

需要的时候,百叶窗总能为他提供几小时的黑暗。而这,在居住地是不存在的。整整70个小时里,阳光涌入,直直地照在他身上。理论上看,他在USIC会睡得更香;可恰恰相反,他睡得并不好。一觉醒来,他常常会有一种宿醉般的头痛感,情绪也会突然暴躁,这种情况,总会持续一小时以上。沉郁感渐渐消散后,他就会着手圣经翻译,为爱耶稣者收集小册子。可他却发觉,自己的耐力远不如在居住地的时候长久。在那里,他总能克服疲乏,持续工作十八九乃至二十个小时；而在USIC的房间里，十二三个小时成了上限。此外，他也很难入睡。躺在紧实的弹簧垫上，抬头看着灰色天花板，数着上面的凹坑，每次即将陷入浅眠的时候，他的脑海里总会闪过一个疑惑：为什么天花板光秃秃的？美丽的壁画都去哪儿了？这时，他又懵然醒来。

　　USIC基地给他的唯一慰藉，就是有机会看到碧翠丝的信件。虽然他不常回信，但他还是想收到碧翠丝的来信。有时在房间里待久了，他会有一股莫名的失落感，于是，看过的信件常常就搁置一旁了。显然，他该当场给碧翠丝回个信。当一些重大事情在绿洲人当中发生，当这些记忆尚未模糊的时候，他曾有多少次希望自己能马上给碧翠丝回个讯息呢？很多次！也许上百次！至今，他仍怀疑是USIC故意动了手脚，让他只有在这里才能和碧翠丝联系。可这是为什么呢？我们肯定可以在绿洲居住地安装某种发电机或继电器①！这些人连雨水收集器都造好了，天哪——那他们应该也能解决这个不大不小的问题才是。这到底可不可行，他得找格兰杰请教一下，毕竟她总是说，有什么问题就去找她。好吧，她应该帮下忙。

　　如果他能和碧翠丝当场交流，他就能从中受益。离开基地的时候，他的头脑会更清晰，身心会更放松。实际上，他会充分利用一切可用的时间。在绿洲传教的时候，每隔一段时间，他都必须承认，一天已接近尾声（不论太阳有多么耀眼）。这时，他常常绕到讲台后，坐在床上，一边回想着近来的进展，一边酝酿着睡意。有时，他会漫无目的地坐上几个时辰——他的身躯已然疲惫，但他的思绪仍在四处蔓延，难以收束——而绿洲人早已纷纷回到家中。这些时候，最适合给碧翠丝写封回信。要是有台发射器安装在教堂的床边，他就可以每天（每隔24小时）给她写信了。或者更为频繁。他们的交流将更像一次对话，而不像……不像现在这个样子。

亲爱的彼得：

　　收到你的来信，我真的很高兴，搭在心中的结也一下子消散了。我一直都很想你。一想到和自己一生所爱所信之人的联系如此稀少——却又如此必要——这份念想就愈加深切。哦，对了，我们和同事谈天说地，帮助需要帮

---

① 一种电控制器件，是当输入量（激励量）的变化达到规定要求时，在电气输出电路中使被控量发生预定的阶跃变化的一种电器。

助的人，与陌生人、店主以及相识多年的"朋友"闲聊，即便如此，我们相互之间却没有丝毫的亲近感。事情总会过去，但有时，我会有种魂不附体的感觉。

请不要纠结应该写什么——写就是了。别犹豫！每次你的欲言又止，总会让我迷失方向，沉入黑暗。你描述的每个小细节，都会散发弥足珍贵的光亮，让我看清你的脸庞、你的身躯。

我不禁沉醉在你的所见所闻之中，但也不免心生疑惑。绿洲人真有那么和善？一点阴暗面也没有？我在想，他们可能只是热衷于在你面前留点好印象而已；当他们放纵自我，"让内心黑暗各处肆行"的时候，谁知道会发生什么事儿？我相信，你最终会看到他们不为人知的一面，更独特、更怪异的一面。所有生物都是如此。猫生九子，各有所好。只要你去了解他们，就会有所发现。

谈到……约书亚变得神经兮兮的。有段时间，浴室窗子破裂，大小房门在风中砰砰直响。约书亚应该就是在那个时候受到的惊吓。后来，一旦有什么风吹草动，它就会躁动不安。渐渐地，它开始在床底下睡觉。它会在床下打鼾，也会撕咬袜子、纸巾、破钟等早已湮没的东西。我试着把它拽出来，但很快，它又爬了进去。就连吃饭，它也提心吊胆，每吃上几口，它就会朝身后扫视一眼。写这封回信的时候，它就坐在我的腿上。有时我得上厕所，但又不想把它赶走，因为我怕整夜都见不到它的身影。昨天，我坐在厨房里，看着煤气人寄来的信件，而约书亚一下就跳到了我的腿上。我坐在那里一动不动，无事可做，过了很久，我的脚掌也凉了大半。我想，该带它去看看猫咪精神师吗？现在，它又喵喵叫了。真希望你能听到。我希望它能听到你的声音，让它明白，你没有永远离开我们。

还有……地球上的噩耗，我会尽量少说的。我明白，如今你生活在截然不同的外太空，要想吸收所有信息，理解这儿发生的轶事惊闻，绝非易事。既然如此，你应该也能理解我的难处吧。在我看来，你信件上的内容同样新奇，同样难以想象，甚至有些骇人。

今天天气很好。我的手渐渐恢复，感觉好多了。我希望下周就能回去工作。屋子干了，浴室的窗子也修好了。我从保险公司那儿收到一封信，上面说，如果我能正确理解保险单上的晦涩语言，他们就会给我补偿损失。我必须承认，这是莫大的惊喜——感谢上帝！近来，为抨击那些拒绝索赔的保险公司,一些小报"公布了一份黑名单",上面还刊登了许多正派的工薪阶层的图片新闻——这些人终生都在缴纳保险,可当他们的房屋被蓄意破坏者捣毁的时候,又得不到索赔。"背叛的蔓延",上面是这么写的。这几个大字,成了《每日快报》的头条!我想,这两个词是不是第一次被刊成头条标题。世界又成了什么模样呢?(抱歉,我答应过要尽量避免这个话题的,不是吗?)

你也知道,我很少读小报。但是,《每日快报》承诺给每位读者提供一条免费的Bounty巧克力①,而这,正是我久而未沾的东西。巧克力(或巧克力匮乏)在我的人生中赫然耸现,我渐渐成了巧克力专家。哪些地方能拿到巧克力,我都一清二楚。特趣和奇巧巧克力很容易就能买到;商店里还出现大量的士力架仿制品,包装上写满了阿拉伯字母。但是,Bounty巧克力还有个夹心层——只消吃上一口,一股樟脑气味便会萦绕鼻间,久久不散——这是绝无仅有的。至少孕妇的肚子里,是散发不出这种气味的。然而,这只是个骗局。你确实能拿到巧克力票券,但这种票券要到指定商店才能兑换。至于指定的商店,方圆百里不见一家。

除了Bounty巧克力,我对今天的食品状况感到十分满意。我刚吃了美味的煎鸡蛋、罐头蘑菇和培根。鸡蛋和培根是在街边小摊上买的——一个农贸市场,坐落在一处停车场里,过去曾是乐购超市的所在地。鸡蛋既没碎,也没过期,尝起来新鲜可口。它们大小不一,上面还粘着鸡毛和鸡屎。我甚至疑虑,这些农夫直接向人们兜售鸡蛋的行为,是否获得法律批准?培根被切成大小不一的薄片——农夫用刀子把它一片片切下来——装在纸袋子里。这也很可能触犯了法律。虽然没有张贴广告,这个市场却人来人往,生意兴隆。农夫们从大货车上取下货源,一次次地放在案板桌上。很快,车上的货品所剩无几了。我说呀,他们真是交上好运了。大公司的倒闭,也许没有人们说的那样糟糕。或许普通人将只在本地收售商品——我们本来就应该这么做。我以前一直觉得,购买那些从丹麦运来的培根,是一种疯狂之举。

我想,我不该吃培根。去猫展的路上,比利给我上了一节食肉课。他是素食主义者。瑞秋也一样,可后来,她"复发"了——比利常常这么调侃她。他和他姐姐经常吵架——也许这就是他成日忧郁的原因。希拉说,他平

---

① 德国玛式MARS集团旗下的巧克力系列产品——BOUNTY。

日里吃烤豌豆、吐司和香蕉，因为他并不那么喜欢蔬菜。典型的英国素食主义者！但他说的没错，养殖场动物正遭受着苦痛。

太复杂了，不是吗？动物在受苦，耶稣却食肉，他甚至和渔夫一起巡游四方。我最近很想吃鱼——我必须摄入一点维生素D——每次把沙丁鱼摊在吐司上，看着两颗鱼眼向上瞟的时候，我都没有一点愧疚。它们在滋养我们的宝宝，我会这么想。

你很少谈及USIC的员工。你也在给他们布道吗？还是说，绿洲人才是你的唯一教众？记住，不情不愿、毫无兴趣的人和皈依基督的人一样，弥足珍贵。远离故乡，在如此遥远、如此恶劣的环境下工作，可以想象，USIC社区也是问题丛生吧。那里有酗酒吗？或是嗑药？赌博？性骚扰？我想，肯定是有的。

我打电话给丽贝卡，和她讨论返职的时间。她说她大部分时间都在急诊室值班，而近期频发的暴力和伤亡，都是酒精惹的祸。抱歉，我是不是又跟你讲起世界上的灾难了？虽然这远没有地震或大公司破产那么严重，可一旦你走在小镇的街头，酒精的痕迹随处可见。你会发现，每个街角都成了呕吐腐臭之地。我能肯定，这种现象在过去是不可能见到的，但愿黄发垂髫不会看到这等劣景吧。我还想过，自己提上一桶水和拖把，把附近街道里里外外拖个干净。昨天，我倒了一桶肥皂水，正要提起来的时候，才意识到，这不是个好主意。所以，我只拖掉了前廊上的呕吐物。《迦拉太书》说，各人必先承担自己的重担，才能为别人承担重担①，如此云云。毫无疑问，你得了解一下逐字直译版《圣经》。

他坐在发射器前，活动着指关节。空调已经打开，房间重又凉爽起来。他身上穿着套衫，外面罩着迪史达什长袍，脚上套着袜子，这看起来有些滑稽，但着实舒适。他祈祷着——上帝告诉他：跟妻子联系吧，这比什么都紧迫，都重要。传教任务进展顺利，如果他把全部精力都灌注进去，结果可能会更美好。可是，上帝不愿看到这种非人所及的奉献。从前，上帝使男人与女人相结合，而男人却纵容自己，对妻子不管不顾。现在，是时候赎罪了。

---

① 《迦拉太书》6：5。

亲爱的碧：他写道。

　　我寥寥下笔，迟迟回信，请你原谅。要知道，我深爱着你。但愿你能陪在我身边。今天我听到埃拉·莱因曼了——USIC面试时的那个骨瘦如柴的女人，看起来像只海猫——她是心理医生，就是她给你做的测试，也是她否决了你来这里的资格。听到这个消息后，我十分难过。我为你感到不满，甚至是生气。她算老几？就凭几句仓促的对话，就能评判你的适应能力了？她只和你见过几次面，而且每一次，你不都是从医院匆匆忙忙赶来吗？那时的你，脑子鼓胀得厉害，根本没时间厘清思绪。莱因曼这个女人，我看得清清楚楚——她的脑袋从羊绒polo领口伸出来观察你，评判你。

　　在这里，太阳渐渐西沉。最后几小时的霞光，在空气中逸散。这，是一天中最美妙的时刻。

　　我会努力给你作一幅画的。看着信中低劣的文笔，我自己不免也为之一惊。以前我们俩待在一块儿的时候，竟从未意识到这个缺陷。因此，我开始从不同的视角阅读使徒书信。保罗、詹姆斯、彼得和约翰很少讨论书信本身，不是吗？为了解使徒曾生活过的地方，学者们只能在字里行间寻觅蛛丝马迹。要是保罗能描述一下他当年待的监狱……

　　说到这里，我的房间真是要把我搞疯了

　　他停顿一下，然后把这句未完成的话删掉了。碧翠丝近期承受了太多的失落和不便，要是再跟她抱怨自己的居住环境，那就是厚颜无耻。

　　谈到保罗，他另起一行，在逐字直译版《圣经》中，你说的诗节是有点不一样的。"各人必先承担自己的重担"，就是《迦拉太书》6：5所要表达的意思——这种说法，我不敢苟同。这是个复杂的章节，其思想随诗节的变化而变化。但总的来说，我认为保罗只是想在远离罪恶和生本罪恶之间寻求平衡。在他的书信中，这段话不是最明白易懂的（但它是手写的，而不像其他使徒书信一样口述而成）。我必须承认，要是让我给绿洲人解释这段话，我得下一番苦功夫才行。幸好圣经里有很多含义浅显的选段，我相信，我的基督新友们会从中受益的。

　　他再次停了下来。图片，碧翠丝需要图片。图片在哪里？

我穿了一件橄榄绿开衫，外面罩着迪史达什长袍，脚上套着黑色袜子，正坐在发射器前。我看起来就像个十足的傻子，我想。我的头发还在不断长长。用剪刀把它剪短，或者是和USIC的理发师搞好关系，这些我都考虑过。但我还是决定不管它，任它恣意生长，直到你我再次相聚。你为我剪头发的手艺，是别人无法企及的。而且，这也是我们彼此呵护、彼此关爱的象征。我不想失去这些小小的仪式。

他思忖半晌。

听你说，你的手渐渐康复了，我真的很高兴。你需要那只手，不只是为了工作！你的手掌，会在我的后腰来回抚娑，这种感觉，是我所渴求的。啊，温暖而干燥的手掌。我没有任何厌弃的意思，只是想说，你的手掌总是那般柔软干燥，仿佛精致的皮革，又好像昂贵的纤薄手套，从不黏腻。天呐，这听起来可糟透了。我没有一点玄学派爱情诗人的潜质，不是吗？

约书亚这个样子，我也很难过。可怜的宝贝呀，看看它都经历了什么。我只能说，猫虽然是习惯性生物，但它的习惯总会改变的。还记得吗，有段时间，约书亚一直喜欢攻击/啃咬你的护士鞋，可后来，它的兴趣一下子转移到其他物件上去了；还有可怜的提图斯①，它老是在大半夜嘶吟，搞得我们俩难以入眠，只得计划把它带到动物救济所。可突然有一天，它不再胡乱嘶叫了。所以，至于约书亚，我们也不能太过悲观。破窗和大风显然是把它吓坏了，但是，如今咱的房子又干净又温暖，我相信它会慢慢镇定下来的。还好你没有强拉硬拽，一旦时机成熟，它自然会从床底钻出来。我觉得，它盘在你腿上的时候，你大可不必紧绷绷地坐在那里，一动不动。你的紧张不安，它是能感觉到的，如此一来，它自己也会愈加不安。我的建议是：它刚跳到你腿上时，轻轻地爱抚它吧。等到要上厕所或去其他房间拿点东西的时候，你就温和地告诉它——你要站起来了，然后慢慢抱起它，悄悄把它放到地上。走之前，在它毛茸茸的额头上摸一两下。你要让它明白，这些搅扰，只是暂时的，不是什么大事儿。

说实话，在USIC基地，我（牧师）的职责范围相当狭小。我主持过一次

---

① 彼得的另一只宠物猫。

葬礼，之后和几个驻足未去的送葬者略有交谈。其中有一位叫马妮丽的女人，她说她感受到了上帝的存在，而且日后还会有更深的体会。后来，我在食堂门廊上和她碰了一次面，当时，她以"很高兴见到你，但我很忙，再见"的口吻说了声"你"之后，就匆匆离开了。自那以后，我再也没见过她。在这里，每个人都很忙。还没有忙到焦头烂额的地步，大家都只是在各司其职。虽然他们不像绿洲人那样低调，但这里的工作氛围，也没有你想象的那么紧张。

其实，USIC的员工各个品行端正，心胸开阔。他们不怎么吵架，只是偶尔会相互嘲弄和顶嘴，但这在人群中（许多不同的人待在一起的场合）屡见不鲜。我发现——我刚刚才意识到这一点，现在就跟你讲吧——这里没有警察。奇怪的是，大家对此见怪不怪，这你懂吗？在我一生中，每当我漫步街头，或是待在工厂或学校的时候，我都能立刻感觉出人与人之间由内而外散发出的浓浓敌意。人们耐心将尽，怒意待发。你甚至能闻到空气中充斥的淡淡火药味。因此，在这里，警察的出现既合乎情理，又必不可少。可当心智成熟的人都在各尽其责的时候，还需要警察吗？还需要这些穿制服的家伙在这里来回巡视吗？这似乎有些可笑。

当然，无酒环境也有点功劳。理论上，这里有酒出售——但要价奇高，是许多员工一周的薪水——只是没人买。他们经常开玩笑说要去买酒。他们彼此调侃的方式——和一个人说自己与某人做爱，但实则未做——如出一辙。可当玩笑落到实处的时候，他们好像又不需要酒了。有些人也提过吸毒的事。但据我了解，男人们只是在虚张声势，或纯粹只是想找回昔日的自我。可以说，一英里外的毒品我也能闻到。因此我愿意打赌，这里没有毒品。倒不是说USIC的员工是健身狂或养生迷——他们体型各异，有的异常肥胖，有的略显矮小，还有几个看似过去遭到了虐待。但现在，他们的境况大不一样了。（约书亚也是，它很快就会恢复正常的。愿上帝护佑！）

你还谈到了什么？哦，对了，赌博。在这里，我没看到任何赌博的迹象。我问了很多人，问他们都是怎么打发时间的。"工作。"他们说。可当我继续追问"但在空闲时间里，你们都做些什么？"的时候，他们就会列出一些无害身心的活动——阅读专业领域的书籍，翻阅旧杂志，去健身房，游泳，打牌（没有筹码），洗衣服，编织漂亮的枕套，在食堂和同事们闲聊。那些奇闻趣谈，我也都一一偷听了。皮肤黝黑的尼日利亚人和白肤金发的瑞典人会肩并肩坐在一起,喝着咖啡,彼此交换热力学的见解。这种滔滔不绝的对话,常常会持续一个小时,其中每十个词汇,我只听懂三个(大部分是"和""如果""那么")。对话即将结束之际,瑞典人会说:"那么,我的想法告吹了,是吗?"另一个人随即耸耸肩,咧着嘴冲他笑。每个周二的晚上,都是如此!(当然,"周二"是个修辞。对于时间,我已经没有一点概念了。)

喔,还有一个休闲活动。一群人组建了一个合唱团——欢唱俱乐部,他们是这么叫的。轻快的经典老歌。(没有弗兰克·西纳特拉,歌曲既不阴郁,也不高深——俱乐部的一位女士向我保证过,她甚至还邀请我加入。)在这里,没有人写故事,作画或是雕刻。他们只是一群普通人,没有一点艺术细胞。呃,我说的"普通",不是指他们的智力,因为很显然,他们都很聪明,也很干练。我是说,他们只对实用的东西感兴趣。

至于性骚扰

这时,突然传来一阵敲门声。他将未写完的信件存入草稿后,随即开了门。是格兰杰。她的眼膜血丝横陈,整个眼睛肿胀得厉害,好像刚刚哭过似的。即便是看到眼前这位身着长袍、开衫和袜子的彼得的滑稽样子,她的嘴角也没有一丝上扬。她需要拥抱。

"我得和你谈谈。"她说。

19. 他将学习绿洲人的语言,除非死去

彼得的床上,堆着一些东西。格兰杰认不出来,或者说,她想象不出这些东西的具体功用。

"我来告诉你吧,"彼得笑着说,"它们是羊毛球。"

她毫无回应,甚至连"啊哈"也未说出口。她一动不动地站在那里,两眼直愣愣地盯在床上。彼得的房间里,只有三个地方可以下座——两把椅子和一张床。其中一把椅子摆在发射器前——屏幕上显示着他与妻子的私人

信件；另一把椅子上放着一摞纸；床上则覆盖着一堆五颜六色的羊毛球。紫色、黄色、白色、淡蓝、绯红、铅灰、灰绿等等。每个毛球里嵌着一根大型缝纫针，针上拖着一根长长的绒线。

"我在制作小册子。"他指了指椅子上的一沓纸，说道。他随即抓起一本已制成的册子，将它抵在胸口，然后慢慢翻开。册子翻折处，羊毛装订线在其中来回穿梭。

她眨了眨眼，不无疑惑。"我们可以给你一台订书机。"她说。

"我试过了。"他说，"后来发现，绿洲人用订书机的时候，怕戳到自己。'手上不能有针'，他们是这么说的。"

"那胶水呢？"

"在潮湿的环境下，胶水会溶化。"

她继续盯着床看。也许她觉得那里有太多羊毛球，太多颜色了，他想。

"这样的话，爱耶稣者就能人手一本《圣经》副本。"他说，"这些《圣经》因为装订线的不同颜色，而变得独一无二。还有我那……呃……杂乱无序的针脚。"

格兰杰抬起手，抓了抓头发，好像在说：这也太扯了。

彼得将小册子丢回羊毛球当中，随即把椅子上的一堆《圣经》副本挪开了。他示意格兰杰入座。她应声而坐，肘部顶在膝盖上，双手紧握，两眼看着地板。四下无声，短短30秒的寂静，却似乎漫漫无期。最后，她开口了。她的声线静若止水，仿佛是在自言自语。

"很抱歉，奥斯汀给你看了那具死尸。那个时候，我不知道他会这么做。"

"尸体，我以前就看过了。"他温和地说。

"他看着好像还活着，但其实已经走了。这真是可怕。"

"人本长存，不曾离去。"他说，"但确实，这很让人难过。"

格兰杰抬起一只手，放在嘴边。很快，她就像猫一样，剧烈地啃咬起小拇指上的指甲。"这些羊毛球，你从哪里拿来的？"

"USIC的员工给我的。"

"斯普林格？"

"是的。"

"那家伙，是娘娘腔、同性恋。"

"在这里，同性恋没什么问题，不是吗？"

格兰杰唏嘘一声，稍稍垂下了头。"在这里，一切都没什么问题，难道你没发觉吗？"

又是30秒的寂静。这时，格兰杰盯着地毯看得出神。她穿了一件白色的棉质上衣，上边的袖子有点短，遮不住前臂上的伤疤。她每吸一口气，上衣下的乳房就会随之隆起。

"你哭过了。"他说。

"没有。"

"你哭过了。"

她抬起头，望向他，"好吧。"

"是什么让你如此痛苦？"

她挤出一抹笑意，"你觉得呢，医生？"

他在她脚边跪了下来，感觉舒服多了。"格兰杰，这种猫捉老鼠的把戏，我玩不大来。你来这里找我说话，而我，已经准备好了。你的心在流泪，请告诉我为什么？"

"我想，这就是你口中的……家庭问题。"她不断抓挠着指尖。彼得发现，她曾是个烟鬼，曾时时刻刻渴盼烟草的抚慰——他仔细一想，更觉着奇怪——USIC员工中，竟没有一人表现过这种习性，虽然在过去，他们很可能是个十足的烟鬼。

"我听说，这里的人无家室无儿女。"他说，"法国外籍军团，图什卡是这么说的。可是，是的，我没有忘记，我每天都会为查理·格兰杰祈祷。他还好吗？"

她轻轻哼了一下，残留在鼻腔里的鼻涕——哭过的痕迹——溅到了嘴唇上。她有些愠恼，暗自嘀咕几声后，便用袖子揩去了脸上的污渍。"上帝没告诉你吗？"

"告诉我什么？"

"告诉你，你为之祈祷的人，过得好不好。"

"上帝不是……我的员工。"彼得说，"他没有义务把进度报告发给我。而且，我其实不了解你父亲，上帝对此一清二楚。坦白说：在我眼里，查理·格兰杰只是个名字，除非你多跟我讲一些他的事儿。"

"你是说，上帝需要收集更多的数据信息，这样，他才能……"

"不，不。我是说，上帝不需要我来告诉他，谁是查理·格兰杰。上帝了解你的父亲，就连……就连他睫毛内的分子，他也了如指掌。我祈祷，不是为了让上帝关注你的父亲，而是为了表达……"虽然彼得在过去也曾和许多人有过类似的交谈，但现在，他仍为了一个恰当的字眼而搜索枯肠，"为了向上帝传达我对另一个人的爱，倾吐我对所爱之人的关怀。"

"可你刚才还说，我的父亲只是个名字而已。"

"我说的是你。我关心的是你。"

格兰杰僵直地坐在那里，紧咬着牙床，双眼不曾眨过。眼眶里，泪水渐渐充盈，泛着亮光，随后骤然流淌而下。有那么几秒，她看起来就要开始啜泣了。可是很快，她噙住泪水——随即气恼起来。气恼是她的防御机制，就好像豪猪的毛刺，保护着她的柔软与脆弱。

"如果祈祷只是为了倾吐关怀，"她说，"那又有什么意义？这就好比政客倾吐对战争与人权等诸多问题的'忧虑'，而自己却坐视不理，任由其发生一样。都是些空口白话，根本改变不了什么。"

彼得摇摇头。他好久都没有像这样被质疑了。但在家乡的教区，这种事每天都会发生。

"我明白你的感受，"他说，"可是，上帝不是政客，也不是警察。他是宇宙的开创者，是一股难以想象的巨大力量，太阳系之于他，不过沧海一粟。当然，生活不如意的时候，我们会发火，会谴责别人，而不是自己，这很自然。可是，谴责上帝……就好比遭受痛苦时谴责物理定律，战争爆发时谴责地球引力。"

"我又没有谴责谁，"她说，"你这是在曲解问题。我不会双膝跪地，向物理定律祈祷，因为，物理定律根本听不到我的心声。而上帝，就应该倾听人的心声。"

"你把他说成……"

"我只是希望，"她说，"你这位至高无上的上帝，能够在乎我们。"她喘出一口凉气，顿时痛心疾首，声泪俱下。彼得仍跪在地上。他稍稍前倾，手挽在她抽搐的背脊上。一对同病相怜的人。格兰杰探过身去，小小的脑袋倚在他的肩膀上。她的发丝，在他的面颊上恣意撩拨。他感到一缕柔情，一道陌生的香气。他不禁黯然神伤，他想碧翠丝了。

"我没说他不在乎，"他低语，"他对我们十分关爱，甚至与我们融为一体。他曾化身为人,你能想象吗?万物之主,宇宙的创造者,竟化为平民家的孩子,在中东地区的小村落里渐渐成长。"

她抽噎不止。忽然,她把头埋到他的开衫上,破口大笑。或许她只是在擤鼻涕。"你自己都不信这事。"

"相信我,这事是存在的。"

她再次哂笑,"你真是个疯子。"

"肯定疯不过你。"

他俩默默坐着,缄默不语。格兰杰渐渐冷静下来,怒意也已消散。彼得则从她温暖的身体上得到了抚慰——他伸出手时,还不曾料想会有这种感觉。好久之前,BG和塞韦林曾将他抱出飞行舱,可自那以后,除了握手问候,他和别人再没有任何身体上的接触。绿洲人不是情感外露的物种,相互之间不喜欢搂搂抱抱、卿卿我我。他们只是用戴着手套的手触碰别人的肩膀,仅此而已,更何况,他们没有嘴唇,何来亲吻。和同类的这种接触,他好久——太久了——不曾有过。可是,在这种姿势下,他的后背开始发酸,瘫软的肌肉渐渐绷紧。如果不早点从拥抱中抽离出来,他的身体很快就会失去平衡。伏在她腹部上的手臂,将会带着他全身的重量压在她身上。

"跟我说说你的父亲吧。"他说。

她朝身后的椅背靠去,彼得自然得以抽身而出,这正合彼得的心意。他瞥了她一眼,显然,哭泣没有给她带来任何好处——她的脸泪渍斑驳,浮肿不已,女人气尽失。这般不堪,她是知道的。彼得鼓足勇气,朝着她斜眼窥视:她用袖子轻轻擦拭哭花的双眼,用手指慢慢梳理蓬乱的头发。她正试着让自己镇静下来。

"我不太了解我的父亲,"她说,"母亲去世之后,我再没有见过他。那都是25年前的事了,那时,我才15岁。"彼得在心里盘算:现在不是恭维她的时候,但哪怕是哭过之后,格兰杰仍旧很年轻,看起来根本不到40岁。

"那你怎么知道他生病了?"彼得提醒她,"你跟我说过,他不久就会死去。"

"我想,他现在是个老人了。我不该关心他的事,他有自己的生活。"她又一次不安地摆弄着一盒无形的香烟。"但他总归是我的父亲。"

"既然你这么久没和他联系,那他有没有可能已经去世了?或者,他已经年老退休,正颐养天年呢?"

"不。"

"不？"

"不。"她一脸质疑地看着他，但这种眼神渐渐柔和，好像愿意再给他一次机会似的。"你有没有一种直觉？"

"直觉？"

"你对某件事有一种感觉，你觉得，这件事马上就会发生。这件事，你无从知晓，但你就是知道。没过多久，你发现……你得到了确凿的证据——也许是从某个目击者那儿得到的——它证明，你所想的某件事确确实实发生了。你想到它的时候，它刚好发生，而且和你设想的刚好一样。这种感觉，就像一道疾光，一下蹿进你的脑子。"

他抑制住点头的冲动，朝着她凝视。对于这个问题，除了表示同意，然后开始与她攀谈那些真实发生的奇闻逸事以外，似乎没有什么可接受的回应了。可是，他对心灵现象从不抱多大兴趣。而且，他和碧翠丝还认为，那些深深沉迷于超自然科学的人，往往不明白自己为何生活在混乱之中，哪怕是最显眼的原因，他也不知道。当然，他不能把这番话说给格兰杰听。他刚想说点圆场的话——信仰有点像直觉，与巧合无关——这时，她开口了：

"总之，几个月前，对于我的父亲，我有了一种直觉。我能在脑海里看到他。在一家医院的过道上，他正躺在手推床上，一群医生正推着床疾跑。'让路！'喊叫声异常清晰，仿佛我就跟在后面疾跑一样。当时，他有些昏迷，但还是醒着的。他的手臂上正挂着静脉点滴，但他还是胡乱摸索着裤兜，寻找着钱包。'我付得起，我付得起！'他知道自己的情况很糟，又怕自己被拒绝治疗。他的脸……和我印象中的不同，几乎都认不出来了。他看起来就像一个刚被踢出街区的老流浪汉。可是，我知道他是我的父亲。"

"那之后，你还有任何与他相关的……直觉吗？"

她疲惫不堪，阖上双眼。也许在凝神感受千里之外的事，她耗了太多精力；抑或是与彼得之间的亲昵距离，绷紧了她的神经。"我想，他还在那里苦苦挣扎。"听起来，她不太确定。

"好吧，"彼得说，"我现在就为他祈祷。"

"对宇宙的创造者而言，祈祷与不祈祷没什么两样，不是吗？"

"格兰杰……"他开了口。可是，格兰杰的名字是什么？他突然有些恼怒。"我可以叫你亚历克斯吗？或者亚历山大——如果这是全称的话？"

她呆住了，仿佛他刚刚把手伸进了她的大腿内侧一样。"你怎么会……"

"你给我的妻子写过信，记得吗？"

她思考片刻，"还是叫格兰杰吧。"话音里听不出冷淡的感觉。他一脸疑惑，于是，她又解释了一番："在这里，叫人的姓氏也许更好一些。我想，它能时刻提醒我们，每个人都有各自的差事。"

他觉到，这次会面即将结束。她有收获，或许没有，但她来这里的目的已不再重要。他只希望，自己能向她解释更多祈祷的原理。祈祷，不是寻求帮助，不是寻求帮助后的被接受或被拒绝；它将人的力量——本身没有意义——引入更庞大的力量之中，即上帝的爱。实际上，它是与上帝融为一体，是上帝之魂暂时栖居于体内的明证。这和耶稣化为人身大体相似，它们都是一场奇迹。

"好一个恪尽职守的人。"他说，"告诉我，格兰杰：你觉得我的工作是什么？"他以为，他俩间的交谈也许还能回到信仰上来。

"让绿洲人快乐。"她说，"这样，他们就能同我们一起建设这个地方。或者，至少他们不会阻碍我们。"

"就这一点，没了？"

她耸耸肩，"欣赏斯普林格那令人作呕的针织垫套藏品，好让他开心。"

"嗨，别这么说。他很惹人喜欢，也十分友好。"彼得反驳道。

格兰杰站起身，准备离开。"当然了，当然了。友好友好友好，我们都很友好，不是吗？像小猫咪①一样，图什卡是这么说的吧。"她稍停片刻，随后用清亮、傲慢的口吻说道："去他的小猫咪，一群没蛋的阉货。"彼得的心凉了半截。

几分钟后，孤身一人的彼得，又继续给碧翠丝写起了回信。

至于性骚扰，在这里似乎并不存在。

---

① Pussycat指猫咪，也指看似亲和友善、实则软弱顺从的人。此处是对同性恋斯普林格及USIC中的老好人的辱骂。

他盯着屏幕半晌,想着接下来该写些什么。他同情格兰杰,也确实想帮她。可是他必须承认,为了拯救格兰杰这个不安的灵魂,他已精疲力竭。奇怪,在家里任职牧师的时候,他每天都会碰到这样不安的灵魂,但他根本不会感到疲乏:其实,一想到自己与愤世嫉俗的灵魂的邂逅可能会有进展,他就会焕发活力。这种事随时可能发生。有些时刻,是难以预测的——人们最终会看到,他们抛弃了自己的造物者,与爱渐行渐远。几年来,他们披着沉重的盔甲(他们以为能用它来保护自己),在人生道路上踽踽独行,苟延残喘。直到有一天,他们认识到,这副盔甲只是磨破皮囊、禁锢身躯的累赘。于是,他们将它丢弃,让耶稣进入体内。为了这个时刻,一切艰难坎坷都是值得的。

我刚和格兰杰待了一会儿,他觉得,自己应该跟碧分享一下这个刚刚出炉的经历,于是,他写道。在其中一封回信中,你以为她是个男人,其实,她是个女人。她不允许我直呼她的名字。在这里,没人这么做。甚至是关系非常要好的人,也只会叫他的姓氏。

总之,格兰杰是我在USIC基地里碰到的最多情善感的人。一秒钟前,她还是开开心心的样子,可就在下一秒,她突然就变脸了,就好像你按错了按钮。要么暴跳如雷,要么沉默寡言。但是今天,她展现出了平日里不为人知的一面。她的内心深处,匿藏着难以消融的伤痛。要想探个究竟,必得花上很长一段时间。说实话,她能进入这个团队,着实出人意料。面试时的她,肯定比现在更沉稳,更随和。或许那时,她确实曾是个沉稳的人。有些时候,虽然许多事出了岔子,但我们仍觉得自己坚不可摧;其他时候,虽然诸事顺利,但每每醒来,我们却感到一阵焦虑与无助。即使是最坚定的基督教徒,也会受到宇宙均衡的奥秘的影响。总之,格兰杰的悲伤似乎源于她与父亲之间的隔阂,毕竟,她有25年没见过他了。我相信,你应该有所体会。其实,要是你在这里的话,我觉得你会是和她交谈这些事的理想人选。

说到这里,我终于找出你不能来这儿的原因了。几个小时前,我遇到

他停下来,在脑子里搜索着奥斯汀博士的名字。他记得,在格兰杰敲门前,他已经在信件开头写过这个名字了,于是,他将那些多余的字眼删去了。时间一秒秒流逝,他也渐渐疲乏。

现在，我要和你说声再见，然后把信件发出去。格兰杰待在这里的时候，我一直没有下笔。让你等回信等了这么久，我感到无地自容。你那样责骂我，是理所应当的事。从现在开始，我会做得更好！（玩笑话）我会尽快给你回复！愿这封信飞到你那儿去，之后，我会继续准备下一封回信。

爱你的，
彼得。

他没说谎。回信发出后，他随即打开另一封信纸，开始勾勒这封信的内容。前一封信中，他认为自己必须按照她的问题一一作答，而这时，他放弃了先前的念头。这些内容，她不需要。她真正想知道的，只有两件事：他读了她的回信，他给她回了信。他眼前一亮，突然想起她手上那道初愈的伤口：“绷带下苍白、暗粉而带点蜡光的伤口，但看起来还不错！”

很快，他就开始下笔了。

亲爱的碧：

你的手痊愈了，我真替你高兴。那时，你说伤到了自己，我吓坏了。而现在，我终于可以松一口气了。请千万别立马回去工作。你得等到完全康复才能去照顾别人。何况你也知道，医院里还潜伏着一堆臭虫——我说的不只是

他沉思了一两分钟，想记起另一个人的名字，但始终想不起来。他只记得，（也许）在过去两年里，他和碧翠丝每天都会谈起这个人。

你那个偏执的卷发同事。

尽管这里的一切风生水起，但我还是想念你，希望你在我身边。你没能来这里，我很难过。这是我的私心，当然，但更是为了大局考虑。不管USIC的选择标准是什么，反正他们犯了一个巨大的错误。这个地方，正缺少你这样的人。整个机构给人一种……我该怎么形容呢？一种气势汹汹（妄自尊大）的男子气的感觉。我是说，这里确实有很多女人，但是，她们对改变这种氛围——团队精神，如果你喜欢这么称呼的话——没有多大影响。这种团队精神，会让你联想到军队或建筑工程里的友情。女人不会捣乱，不会用自身的女子气来感染这个地方，相反，为了融入其中，她们不惜改变自己的天性。

也许，这是不公平的言论。毕竟，那些女人不必和我脑海中的女性形象完全贴合。但即便如此，我必须坦言，我在基地这样一个环境中并不舒服。我不禁在想，要是有几个像你一样的女人加入其中，这个地方肯定会有所改观。

我不是说，世上有千千万个像你一样的女人！当然了，你只有一个。

至于绿洲人的性别问题，确实十分棘手。到现在，我还搞不清他们的性别——在这一点上，他们听不懂我的问题，我也不理解他们的回答！据我观察，他们没有生殖器。但他们有孩子——虽然不多，但确实存在。因此，有些爱耶稣者又身为人母。但与其他人相比，那些身为人母的爱耶稣者又没有表现出更多的母爱之举。实际上，绿洲人的关系十分紧密，彼此也会（以他们自己的方式）相互照顾。我渐渐喜欢上他们了。如果你能和我一同分享这次旅程，我想，你也会喜欢上他们的。

另外，我想说，他们非常友好，非常体贴。刚开始没怎么感觉，但渐渐地，你就会有所体会。最近一次教堂集会的时候，我们都在唱着圣歌，可突然，一幅画从壁顶上掉了下来，（画作没固定好——当你不能用钉子、螺丝和其他锋利物件的时候，在壁顶上固定画作绝非易事。）直直地砸在爱耶稣5号的手上。当时，我们都吓了一跳。所幸画作不沉，爱耶稣5号没什么大碍——没有骨折，只有碰撞后的瘀痕。可是，大家还是团团围在她身边，一个个拥抱她，轻轻抚慰她。这真是出人意料。这种群体间的爱与关怀，我还从未见过。平日里，她口齿伶俐；可现在，却变得羞答答的。她是我的最爱。

他又停住了。对其他女性——不论是人还是其他物种——的这种赞美之词，似乎不太恰当。他的妻子看到后，会有所不安。每次看到那些令人艳羡的人（不论性别），他和碧翠丝都会畅所欲言，无所顾忌。他们自认为，两人的关系坚如磐石，牢不可破。可是，即便如此……他还是将"她是我的最爱"删去，随即补上：

我们之间相谈甚欢。

好像还有点不对劲。

当然，在（我们）弥足珍贵的爱情面前，这些都不算什么。他写道。我们不久前的婚礼、你的婚纱，还有你穿上婚纱的样子，都还历历在目。

请早点回信。我知道，你已经给我回了很多封信，而我的回复却寥寥无几。但这并不是说，我不想和你联系。我真的很想你。如果你觉得某些话题是禁忌，最好避而不谈，那就是我的错了，是我给你留下的这种错觉。亲爱的，想写什么就写吧。我是你的丈夫。我们本该如此。

爱你的，

彼得

言语真挚，却给人一种压迫感。要是碧翠丝依偎在他怀里，他会毫不犹豫地说出这些话，可是……把它们打在屏幕上，然后发射到宇宙之中，又是另一回事。其中的说话口吻和感情色彩都会改变，就好像一张廉价的影印照片失去了暖色与细节。他对妻子的爱，成了漫画式的情感，不再真实，不再崇高。他的所闻所感，都未能化为栩栩如生的画作，他做不到。

他打开碧翠丝的第三封信件，准备着手他的第三份回信。可是，甚至是读着"亲爱的彼得"或打下"亲爱的碧"的时候，他的心中也会萌生出忧虑——碧翠丝会不会觉得，自己这么做只是想得到她的褒扬；这个想法，会不会真实存在。他粗略地浏览着碧翠丝这封长长的信件。第二段中，提到了近期刚刚到手的一堆邮件。其中有一封来自地方议会，说是让他重新登记选民名册，里面还附带一张需要填写的表格，上面印着：你的境况已然改变。他们怎么会知道？碧翠丝不知道，这是一次激进的选举游说，还是真真正正的威胁。他该怎么做呢？可是，这又有什么关系呢？她会不会觉得，在下届选举中，他不想失去投票的权利？万一哪个臭名昭著的官员在选举中获胜了呢？她为什么要告诉他这件事？

亲爱的，想写什么就写吧，这是他刚才的叮嘱。可现在，他也许想添上一句：除了那些我不愿处理的事务。

他跳下座椅，跪在地上，双手合十抵在膝间，开始默默祈祷。

"主啊，请帮助我，帮助你困顿、迷茫的仆人。前方道路困难重重，我已力不从心。请替我指明方向，请赐予我力量，还有……一颗平稳心。我的碧孤苦伶仃，愁绪难消：也请赐予她力量和精力吧。感谢你，吾主，感谢你治愈她的手。感谢你在爱耶稣14号需要你的时候，彰显圣光。但愿她现在一切安好。我还为爱耶稣37号祈祷。他对你信仰虔诚,却遭到兄弟的排斥。请安抚他吧。我会时刻不停地祈祷,愿他的兄弟融入我们,皈依基督。我即将面对爱耶稣8号,他似乎有求于我,却不敢开口,而我又不是个聪明人,猜不出他需要什么,所以,请主赐予我敏锐的洞察力吧。我还会为希拉、瑞秋和比利·弗雷姆祈祷,尤其是比利,他仍蜷缩在父母离婚的阴霾之下。还有雷·舍伍德,他的帕金森综合征越来越严重了,我也会为他祈祷的。"他犹豫了一下。或许现在,雷已经死了。毕竟已经很久没有他的消息了。这几年来,他一直会为雷祈祷。他觉得,要是因为断了联系而停止为雷祷告,这未免也太绝情了。无论如何,彼得还是时时牵挂着雷,时时记得他的模样——他的脸上挂着笑容,却也透出一丝恐惧,他害怕阴暗的未来,害怕身躯与意志相互背离的恐惧。

"我为查理·格兰杰祈祷,"他继续祷告,"愿他有朝一日能与女儿相聚。我为格兰杰祈祷。我感觉,她正遭受苦痛的荼毒。还有图什卡:一生的风雨沧桑,一生的幻灭,岁月在他身上,只留下一副铁石心肠。主啊,请滋润他的心灵吧。还有马妮丽,她时常寻求你的庇佑,但愿这不是一次转瞬即逝的冲动,而是一次追寻耶稣足迹的漫漫长旅。我还为科雷塔祈祷。这个地方的名字,是她给取的。当时的她,对未来心怀愿景。主啊,愿她过上美好生活吧。"

他的胃在不断翻绞。但他知道,上帝需要他的真心诚意。如果现在终止祈祷,就只能说明,他常常半途而废,甚至毫无诚心。"我为马尔代夫、朝鲜及……呃……危地马拉人民祈祷。于我而言,他们并不真实,对此,我有愧于心。可是,他们都在你的圣眼之下。主啊,请原谅我,原谅我的渺小与自私。阿门。"

祈祷结束,他却意犹未尽。于是,他取出《圣经》,随意摊开。该看哪一页,就由上帝定夺吧。他这样做了上千次,几本《圣经》的书脊也许都磨破了。今天,上帝选择了第1267页,彼得看到的第一句话是:"作传道的工夫,尽你的职分。①"这是保罗对提摩太的劝诫,也是上帝给彼得的启示。尽他的传教职分?难道他做得还不够吗?当然了,否则上帝也不会将目

---

① 《提摩太后书》4:5,"你却要凡事谨慎,忍受苦难,作传道的工夫,尽你的职分。"

光锁定在这段诗节上。可是,他还能做些什么呢?为了寻求线索,他读完了这一页的余下诗节。"学习"这个词反复出现。他朝1266页也瞥了一眼,另一诗节随即跃入眼帘:"当你竭力,在神面前得蒙喜悦。①"竭力?学习圣经?他已经将自己的日日夜夜,都献给了圣经。那么……上帝想叫他学习什么呢?

他踱步至窗边,看向窗外。太阳已然升起,但只是伏在低空之中。从那儿散发出的微光,遮蔽了他的视线。他窝住手,抵在前额上。远处的柏油路上,出现了一道光学幻象:一队人从基地后侧出发,正一点点地向前行进。他眨了眨眼,想驱散这种幻象。可是,它并没有消失。

几分钟后,他混入了USIC人群。基地里的所有人纷纷离开建筑楼,一起朝着柏油路尽头的灌木林走去。起初,彼得以为这是一次消防演习,或是一次毒气泄漏事故。可是,大家看起来一副安逸自在的样子,有些人手上还捧着咖啡杯。一位黑人男性朝他点头微笑;在USIC的第一天,这个人曾给彼得扔了一块松糕,可是,他的名字(鲁德?鲁尼?),彼得已经记不清了。两个未曾谋过面的女人,也朝彼得挥了挥手。窃窃私语声宛若一阵涟漪,在人群中渐渐扩散。看上去,人们好像在为游乐场或演唱会排着长队。

靠彼得最近的那个人,名叫海斯,她是个实事求是的工程师,曾在离心发电机正式启用当天致辞过。后来,他和海斯有过几次交谈,并渐渐喜欢上了她的无趣。这种没头没脑的无趣,甚至演化成一种怪癖,连她自己都没有察觉。这着实可笑,却又博人同情。他发觉,其他USIC的员工对她持有同样的看法。她喋喋不休的时候,人们的眼里总会闪着光。

"我们来这里,是为了什么?"他问她。

"我不知道你为什么来这里。"她回答,"我只知道,我们为什么来这里。"这话要是出自他人之口,倒能听出几分烦躁与嘲讽。可换作是她,情况就大不相同了——她的每一句话都振振有词,切中肯綮。

"好吧,"他放缓脚步,和她步调一致。"你们为什么来这里?"

"我们接到从母地那儿打来的电话。"她说。

"是吗?"他想了好一会儿,才明白她说的是"大胸罩"。在这里,也

---

① 《提摩太后书》2:15:"你当竭力,在神面前得蒙喜悦,作无愧的工人,按着正意分解真理的道。"

只有她才会用"母地"一词。她会抓住一切时机，不断重复这个新术语，好让它渐渐流行起来。

"他们说，一大群动物正朝这边结队而来，也可能是一小群。"她眉头微锁，"反正很多。"

"动物？什么动物？"

这时，她才意识到自己知识的贫瘠。"本地动物。"她说。

"我还以为，本地动物是不存在的呢！"

彼得激动的口气，在海斯听来，却成了质疑。"我相信，母地的同事都是可靠的观察员，"她说，"他们是不会戏弄我们的。在USIC报告会上，我们就恶作剧一事彼此交谈，后来一致认为，恶作剧十分危险，它只会起到适得其反的效果。"

彼得点点头。此时，他的目光已投在前方的辽原之上。阳光耀眼，穿透天际；雾霭迷蒙，宛如大地上的风滚草，横亘数里。原上之景，因而影影绰绰，模糊不清，只隐约看到远处有什么东西向前移动，从迷雾中慢慢升起。不久才发现，那只是一丛静静扎根在沙地上的草木。

人们来到柏油路尽头。脚下的土地，绵软而平静。彼得朝着前方的人群扫视了一番，这时，有个人走到了队伍的前头。是斯坦科，这个家伙，彼得在食堂见过。他那瘦长的身体正款款而行，细长的胳膊自由地垂挂着。彼得突然觉得有些奇怪——这个时候，斯坦科竟没有带武器。实际上……没人带武器。实际上……实际上，自打来到绿洲后，他有见过一枪一弹吗？这个地方，真的能成为一个没有武器的社区吗？会不会存在一种类似武器的东西？如果真这么……那就太不可思议了。可话说回来，如果人们铤而走险，那不是太鲁莽了吗？手中无枪便出门远行的事，难道以前发生过？是谁同意的这次群体出行，让他们心怀好奇，赤手空拳？他们会不会遭到野兽的蹂躏与践踏，走向死亡的深渊呢？

真相很快就会揭晓。清风吹散了迷雾，一大片灌木林随即清晰可见。在那里，一群动物正向前进发——看着有百来只的样子。USIC员工反应各异，他们有的在喘气，有的在呐喊，有的在低语。但随后，人群中爆发出一阵哄笑。那些动物，只有小鸡那么大。

"哇，快看啊。"斯坦科扬扬自得。

这是一群半鸟半兽的生物——它们周身光秃，没有一根羽毛；粉色的毛皮上，点缀着几道灰斑；鸭子般的头颅随着蹒跚的步履上下蹿动；退化了的小翅膀耷拉在腹部两侧，走一步，晃一下，其余时候，则是一副松弛无力的样子，就好像从裤子内里翻出来的褶皱的裤袋；它们的身子圆滚滚的，像个小茶壶，走起路来看似庄严，却惹人发笑。

"这……不会是真的吧！"BG的声音。彼得向四周观望，随即在人群中看到了他，但中间隔着十几个人，要是就这么贸然穿过去，未免有些失礼。

人们不约而同地停下了脚步，这样，这群动物就不会受到惊吓了。它们蹒跚而行，越靠越近，一副不受旁观者搅扰的样子；臃肿的躯干，正和着脚上的节拍上下起伏。人们站在远处，看不清它们腹下有多少条腿，也许两条，也许四条。待它们走近后，腹下那弯曲的四肢便清晰可见：它们的四肢强健有力，结实浑厚，全然不像小鸟那样纤削，脆弱。船桨状的脚掌上覆盖着稀疏的绒毛，其深灰的色泽比身体其他部位更为暗淡。乍一看，还以为它们穿着小鞋子。

"太可爱了。"有人说。

"超级可爱啊。"另一个人附和。

近看，它们的头又不太像鸭子——肉质丰满的喙，像狗鼻子一样稍稍下垂；两只毫无色泽的小眼睛紧贴在一起，给人一种呆笨的感觉；它们不仰视，不环视，也不对视，只是直愣愣地盯着前方。它们正穿过USIC基地，朝别的地方行进。这里一片宁静无声，只有脚掌在沙地上发出的微弱的嗞嗞声在空气中荡漾。

"这些小动物，该怎么叫唤它们？"有人问。

"山雀。"

"针鼹。"

"叫胖子怎么样？"

"小蛮子。"

"异域哺乳动物。"

"软肉。"

"午餐！"

人们纷纷大笑。但很快，有人大声喊道："算了吧，鲍威尔。"

"我们就不能煮一只尝尝吗？"鲍威尔有些不满。

"它们可能很聪明，有灵性。"

"骗谁呢。"

"在原住民眼里，它们可能是圣物。"

"谁说要吃它们的？"一个女人说，"不毒死你才怪。"

"它们朝畸人小镇的方向去了。"斯坦科说，"如果真能吃的话，或许我们可以弄几只来尝尝。送到手边的东西，在犹太教中是合理的。"

"合礼？你这是什么意思？"

"我不是说……就是说，只要东西不是偷来抢来的，都属于正常交易的一部分。"

"你真让人恶心。"另一个女人说，"怎么就有吃这些小动物的念头呢？它们这么可爱。"

"像蔬菜一样可爱。瞧瞧这些小眼睛。我看呐，它们顶多只有三个脑细胞。"

"也许还会咬人。"

一群异域队伍悠然而过。他们站在那里，像小孩子一样互相打趣。

"嘿，彼得！过得怎么样？"是BG。他眉开眼笑，但可能需要一条毛巾。要外出的时候，他显然还在吃着或喝着什么白色起泡的东西，或者在嘴唇上方抹着剃须泡沫。

"我很好，BG。"彼得说，"只是有点累。你呢？"

"好极了，兄弟，好极了。你看，这些家伙真是神奇啊。"他指着那群动物。它们款款而过，一个个肥厚的屁股整齐划一地晃动着。

"实在是激动人心的场面，"彼得应和着，"没人告诉我要出来，但还好我没有错过。"

"广播通告了，兄弟。又大声，又清晰。"

"我在房间里没听到啊。"

"喔，他们肯定给你关掉了，兄弟。出于尊重。那些精神、信仰方面的事，才是你该专注的东西。你可不想谁贴在自己耳边，一天五十次地叫嚷。'请某某来25号房间一趟。''9号房间1小时内提供理发服务。''大伙注意，请赶紧从东翼口出来，因为，有一群长相奇葩的小杂种正往这边赶来！'"

彼得笑了笑。可是，一想到自己长久以来听不到公共广播，他不免有些烦恼。他与USIC员工的生活脱轨了。"好吧,"他叹息道,"我可不想错过这个场面。"

"你没错过,兄弟,没错过。"BG咧嘴大笑,两段眉毛朝上空扬起。"你肯定是得了什么秘密线报,对吧?"

"也许吧。"汗水浸透的衣服正搭在身上,空虚的感觉还压在心头,彼得突然感到一阵疲倦。他还得深入学习圣经,尽他的传教职分——这份来自上帝的神秘启示,再一次涌入脑海。

BG说起了正事:"那么,你会怎么叫它们?"这也是他穿过人群,挤到彼得身旁的原因。

"叫它们?"

"在那边,我们可爱的小伙伴。"BG朝着那支渐行渐远的队伍挥了挥手。

彼得想了一会儿,"绿洲人肯定能叫出它们的名字。"

"绿洲人的话,我们说不来,兄弟。"BG面部狰狞,一条舌头吐进吐出,还不时发出吧啦吧啦的声响。一秒之后,他立即收敛,恢复平静,好像一名专业喜剧演员一般,套上了尊严的面具。"塔尔塔廖内走了之后,"他说,"这里再也没有人能听懂那群家伙讲的话。你听过袋鼠的故事吗,彼得?"

"没听过,BG。要不,你讲给我听听吧。"

那群动物已然穿过基地,离它们的目的地更近了一步。有些USIC员工仍驻足而立,向外远眺——远处,一条长队渐渐变小;而多数人则缓缓地朝基地走去。BG一只手挽在彼得肩上,示意要一起走回去。"很久很久以前,有个名叫库克船长的探险家。他喜欢横跨大洋,走南闯北,然后踏上一片新的土地,将土著黑人统统赶跑。总之,他千里迢迢来到澳大利亚,你知道这个地方吧?"

彼得点点头。

"这儿的人,很多对地理都一知半解,"BG说,"尤其是那些他们从未去过的地方。总之,库克队长踏上了这片土地,看到了一群蹦蹦跳跳的动物。这些家伙体型庞大,长着两条强劲的兔腿,身体毛茸茸的,肚子前面挂着一只口袋,它们甚至能直直地站在地上。于是,他问土著黑人:'这种动物叫什么名字?'土著黑人说是'kangaroo(袋鼠)'。"

"嗯哼。"彼得预感到,故事即将步入尾声,笑料也即将出现。

"几年后,有人研究了土著黑人的语言。你猜怎么回事,兄弟?'袋鼠'其实就是'你说什么'的意思。"

BG狂笑不止。在陪同牧师返回文明之地的途中,他那庞大的身躯在欢快地颤动。彼得也笑了。他的嘴巴摆出正确的形状,喉咙里发出恰当的声响。即便如此,他还是牢记上帝对他的要求与启示。他将学习绿洲人的语言,除非死去。

20. 只要她祈祷,一切都会好起来的

他们开始了。彼得和碧翠丝缠绵缱绻,甚至无法看到彼此的面颊。贴合的嘴唇,紧闭的双眼,还有翻云覆雨、合二为一的肉体。

几分钟后,他醒了过来,才意识到,碧翠丝在十万八千里之外。他捧着沾满精液的床单,拖着脚朝洗衣机走去。窗外,还是午后艳阳天,和他入睡的景象差不多。房间和之前一样,仍沐浴在金光之中,仿佛时间在太阳底下烤焦了,凝滞了。然而,在遥远的地球上,昼夜一闪而逝,没人察觉。

彼得将床单扔进金属滚筒里。他的良知,被"节约用水——这框衣物可否手洗?"的标语嘲弄了。可是,床单上还印着一摊抹不去的精液,他担心自己手洗的时候,精液的刺鼻气味会在整个房间中弥漫开来。要是有人进了屋子(比如格兰杰),这种气味就会扑面而来,被人察觉。

他从塑料桶中舀出几勺肥皂片,倒入洗衣机里。肥皂片十分光滑,就好像刚从老式肥皂上刮下来的一样。这肯定不是化学洗涤剂,但里面会不会掺了白花?他低下头,在塑料桶上闻了闻,却分辨不出是体味还是白花味。他关上机盖,按下了开始按钮。

有趣的是,当他和绿洲人待在一起的时候,他从不手淫,也从未有过梦遗,就好像他的性欲进入了冬眠一样。他是个男人,盆骨下吊着男性生殖器,但也只是默默地吊着,不像耳垂,在光天化日之下招摇晃动。回到USIC基地的时候,他的性欲重新复苏。同样,也只有在USIC基地里,他才会感到

阵阵孤寂。

他赤裸裸地站在发射器旁。他忘记关机了,但屏幕却漆黑一片,散发着冷气。机子肯定是在他睡觉的时候,为了节约电能而自行关闭的。他希望在自己精疲力竭之前,能给碧翠丝回上一封信,随便写什么都行。他说的话,还有她说的,都渐渐模糊。他依稀记得,客厅里的地毯得扔了,也可能是窗帘。还有老鼠,和老鼠有关的事。哦,对了,那天,碧翠丝走到马路边,刚要往溢出来的轮式垃圾箱里扔进一袋垃圾的时候,一只老鼠忽地窜了出来,差点撞到她脸上。她的魂都快吓飞了。

老鼠可能和你一样恐惧,他这么安慰她。或许不是这句话,但效果差不多。

他站在立方形的浴室里,打上肥皂,将自己的身子搓得干干净净。他的床单,也在附近的洗衣机里不断翻腾。灼烫的精液,跟着热水缓缓流入下水道里。

他用毛巾擦干身体,坐在发射器前,顿感神清气爽。当他正准备查看碧翠丝的来信的时候,他突然发现,前臂上淌下了一小滴血。洗头的时候,他不断揉按着头皮,一不小心剥落了上耳轮处的疮痂。太阳灼伤的部位恢复得很好,可现在,耳朵却渗出了一堆鲜血,正静静等待着表皮细胞的自我修复。他环顾四周,寻找厕纸,可突然才想起,USIC不提供这类东西。他的房间里有些创可贴,但耳朵上血流不止,他可不想为此翻箱倒柜,耗上大把时间。情急之下,他抓起一条内裤,往头上捂,这样,耳朵上流出的血就能止住了。

主啊,请别让格兰杰现在就走进来……

他又坐回发射器前。屏幕上,正在加载新的信件。他打开信件,屏幕上出现的"亲爱的"一词早已映入眼帘。

彼得:[①]
我真的很生气。你是我的丈夫,我爱着你。可是,你却伤害了我。

---

① 这封信件中出现大量的拼写错误,这是作者有意为之。译者难以将这些拼写错误逐一翻译出来,故以脚注形式标出。

你走了之后，就再没提起过我们的孩子，一个字也没有。你是想给我个教训，让我学会独立，还是真的漠不关心？我曾就怀孕的事，给过你一些小小的提示。但我不曾逼过你。你想和我谈也好，不想和我谈也好，都是你的事。

过去，每次讨论起生孩子的事，你总会找理由搪塞——"还不到时候。"你总是说，过些时日你会很乐意这么做，只是现在时机还未成熟。好吧，如果我怀错了时间，请你原谅。我只是怕你不再回来。要知道，我只想和你共同养育儿女，唯独你，别无他人。我知道我听起来很困惑，但和你相比，我清醒多了。这么多年来，你一直拒绝、拒绝、拒绝成为一位父亲。大家都知道，这一步很难迈出。可是，大家不还是纷纷跃入黑暗了吗？这就是人类绵延万年的秘诀。但是，你总是工作至上，不是吗？生活充满挑战。新的一天，新的挑战。但这些挑战，根本不成问题。因为，我们能尽力帮助陌生人，可是，这些陌生人也需要对自己的命运负责，不是吗？倘若我们帮不了他们，这确实让人难过，但我们还是会继续下去，帮助其他人。可是，孩子不一样。如果是你的孩子，那就是两码事了。孩子的命运，胜过一切。为了孩子的远大前程，你不能失败，也承受不起失败的后果，但你很可能会失败——这就是难以迈出的一步。但是，你知道吗？——从古至今，人们一直在尝试，说勇敢也好，说愚蠢也罢，至少他们迈出了这一步。如今，我怀着孩子，却感到无尽的压力。

而你却对此不闻不问。

彼得，我知道你在工作中遇到了很多困难。如果我的同情没有印在脸上，请你原谅。但实际上，你对这些困难只字未提。而我，只能凭空想象。说得更确切点，就是无法想象。从你的只言片语中，我只知道，你在那儿经历了一次巨大的冒险。在整个福音传教史中，你受到的波折是最小的，传教之路也是最平坦的。其他传教士有的被押入监狱，有的被埋没在浓痰之下，有的被长矛刺穿，有的被石头砸伤，有的被刀枪挟持，有的被弯刀劈成两半，有的被倒挂在十字架上。他们受人唾弃，遭人鄙夷，在传教之路上失意落魄。在我看来，你在那里得到了英雄般的待遇。USIC载你去绿洲人那里，而当你想要休息的时候，他们又会驱车前来接你。你的教众都爱耶稣，也认为你是了不起的圣人。除了让你为他们解读圣经，他们别无所求。你监督绿洲人建造教堂，皮肤也晒黑了。后来，时不时有人会带来一幅画，让你将它挂在壁顶上。听起来,就好像你在那里建着自己的西斯廷教堂一般[1]!信上说,你刚刚看到了一群可爱的小动物。这是你的最新消息。

彼得,虽然你不想听,但我还是想说出口:我遇到麻烦了。一切都在加速崩塌。我告诉你的,只是冰山一角而已。任何一位丈夫,只要他们耳闻这里发生的一切,都会匆匆赶回家里,或者至少正盘算着往家里赶。

写这封信的时候,已是凌晨5点。昨夜的我,难以入眠。而现在的我,迷迷糊糊,倍感压抑。要是我睡饱了觉,也许就不会给你写这封回信了。你过去总是关心我,呵护我,而如今,你却在伤害我。我不知道该跟谁诉苦。当你说起格兰杰的时候,有没有想过我的感受?你说,这位与你关系甚密的人,是个女人,你"刚和她待了一会儿"。你还说,她是个"内心脆弱"的人,但今天,她"展现出了平日里不为人知的一面"。我相信,这对你们俩来说是一次重大突破,毕竟,她允许你直呼她的名字,而你也终于"探了个究竟",知道了她受伤的缘由(还记得婚礼当天的那个女人吗?叫什么来着?美尼阿忒?那时,她还准备"做出进一步的举动"呢。或许这两件事如出一辙吧)——可是,彼得啊,你是否曾想过,我也是个"内心脆弱"的人呢?

我知道你爱我,我也相信,你和格兰杰没有什么越轨的行为。但我还是希望,你在讲述这类事的时候,能多加注意自己的言辞。在给爱耶稣者解读圣经的时候,你呕心沥血,殚精竭虑,只为找到几个合适的字眼;可是,在跟我说话的时候,你却将字与字间的细微差别抛诸脑后。

你还能清楚地记得我们的婚礼,我感到很欣慰。而如果你还能清楚记得几个月前抛下的那个女人,知道她现在需要什么,那就更好了。

哭泣的,
碧

仅仅两分钟之后,又出现了另一封来信。他将它打开。他希望,这封信是一种示弱与妥协——不是道歉,而是一次让步,是犹豫,或是对自己醉酒

---

[1] Cappella Sistina西斯廷教堂始建于1445年,由教宗西斯都四世发起创建,教堂的名字"西斯廷"便是来源于当时的教皇之名"西斯都"。教堂的外表很简单朴素,里面真是无处不珍贵——壁画顶画,每幅画都是珍品。

的承认。可是,在信头,甚至没有出现他的名字。

至于老鼠,请别装了好吗——它根本没有我那般恐惧。我想,现在简直就是老鼠的美好时光,埋没社区的丛丛垃圾,成了它们无尽的美餐。我不知道该怎么办才好。许多人开着一车车的垃圾,来到小镇上的其他地方。没人会管这事儿,他们想,于是,垃圾就这样倾倒下去,在四处堆积。要是街边小角上的脏东西都是从这些倾倒的垃圾里滋生出来的,那我一点也不会感到奇怪。警察对此无能为力,他们似乎对任何事都无能为力。他们只是坐在巡警车上,嘴巴捂着对讲机,绕着镇子瞎转。这有什么用处呢?我们付薪水,他们吃白饭?社会每况愈下,他们却袖手旁观。

从洗衣机那里传来哗哗的流水声。为了引入清水,里面的污水正渐渐被排尽。玻璃口内壁上,黏附着浓稠的白色肥皂沫。太多肥皂了。这是他的错。

他从椅子上站起来,在屋子里漫无目的地踱着步。他的心在怦怦直跳,腹部的肠子像黏土一样,沉沉地往下压。床边,叠着一摞《圣经》小册子。每一本的书脊上,都缝上了彩色毛线。这是数小时呕心沥血的成果,在那段时间里,他能感觉到的,只有幸福。

亲爱的碧:他写道。
看了你的来信后,我感到很震惊。是我不好,让你如此受伤。为了你自己,也为了我们,但愿你给我写信时的那种极端失落的情绪,不全是我一手造成的,而可能和你当时的心境有关。打字稿里的拼写错误(你不会犯这种错误)让我觉得,你在喝酒。我没有否认你的悲伤,只是希望,你没有一直沉溺在愤怒与痛苦之中。
当然,错在于我。我不知道我为什么会这样对你。我能想到的就是,这次旅程——以前,我们顶多只分别数日;而现在,我们已好久未见——揭开了我无能的一面,我感到有些惊恐。我说的不是糟糕的心态(虽然你看出来了),而是大脑处理问题的方式。我发觉,凡是与已无关的事,都不受我的控制。过去,我们总是一起生活,同舟共济,患难与共。如此,我的这一不足才渐渐隐藏起来。我们初次见面的时候,我还是个用麻醉品来轰炸自己身体的人。戒毒戒酒后，我天真地以为，那些酒精毒品并未在身体上留下永久的创伤。可现在，我怕是得重新思考这个问题了。这种永久创伤或许真的存在，亦或许我本来就是这副德行。也许就是酒精毒品埋下的隐患，让我精神迷离，飘忽不定。但我也不敢肯定。

在宝宝的问题上，我该如何安慰你呢？在过去，我确实会想，自己到底适不适合成为人父，毕竟他身上的担子会无比沉重。至于说我不想或不愿和你生孩子，这是没有的事儿。我很想要孩子。我想，在我回家的时候，你已然快生了吧。希望那个时候，你会同意辞掉手头上的工作。怀孕的时候，你不该在医院的重压环境下工作，更不该揽重活。我回来的时候，你可以休个产假吗？我们得好好休养，为分娩做好准备。

钱的事，我们好久没提起过了。接受任务的时候，我们还真没考虑过这件事——当时的我们，为接到这项任务而激动无比。可话说回来，我将得到一笔高额的酬薪——比我们两人加起来的还多。在过去，除去生活费后，我们总会把余下的收入用在神的事工上。我们为许多事提供了资助。而我们的孩子，也应该是资助的对象。倘若我们将其他事暂时搁置，想必上帝也会理解的。我想说的是：我们可以用这次任务得来的钱，换套新房子。就你描述的情况来看，城市生活愈发糟糕，甚至危机四伏。我们还是搬到乡下去住吧，这样，我们的孩子就能在更美好的环境里度过他/她的童年了。还有我们的教堂。在我回来之前，已经六个月过去了，那里的教众估计也习惯了我不在的日子。我相信，杰夫会很乐意继续接任牧师一职的；要是他不乐意，也总会有人接任的。教堂不该过分依赖于一位牧师。

写信的时候，我的想法越来越清晰。我首先觉得你该休个产假，但再仔细想想，又觉得直接辞职会更合适些。迟来的决定。这么多年来，开医院的人一直在不断压榨着你。你心力交瘁，从未复原。你可以跟他们抗争到底，而他们只会无视你的请求，继续将你榨干。那么，让我们将这一切抛至脑后。让我们专注于为人父母的神圣职责，开启一段崭新的生活。

献上
我所有的爱，
彼得

"嘿，"马妮丽说，"你的鼻子受伤了吧。"

"没事，"他说，"已经长出新皮了。"

他坐在食堂里，酌饮清茶，正试图说服自己吃点什么东西。她走到他身边，他则笑面相迎。但他知道，反感与失落必然已印在自己的脸上。而她恰恰相反，看起来一副朝气蓬勃、怡然自得的样子。她剪了个适合自己的新发型，也许还染了色，因为在他印象中，她有着一头灰褐色的秀发，而现在，却成了金黄色。玻璃杯里的茶水，在蜂蜜黄的灯光下橘光闪闪，宛如一杯精酿啤酒。

"我总是有意无意地躲着你，"马妮丽说，"抱歉。"

"你是个大忙人嘛。"他圆滑地说。这一天，她将会敞开心扉，接纳耶稣吗？他感觉不出来。

她的嘴唇抵在吸管上，吸了几口草莓豆奶，随后吃起了一大盘的腊肠和土豆泥。

"这发型很适合你。"他说。

"谢谢，"她说，"你不吃东西吗？"

"我今天……要慢慢吃。"

她会意地点了点头，仿佛在忍受一个宿醉的人。她吞下几大片腊肠，又喝了几口豆奶。"塞韦林的葬礼之后，我一直在回想咱俩之间的交谈。"

来了，他想。主啊，请赐我恩典。"你知道，我一直在这里等你。"

她的脸上露出一丝狞笑，"你还在畸人小镇烤焦了耳朵呢。"

"没那么糟，"他说，"只是现在，凡事得倍加小心。"

她直直地盯着他，神色肃穆，"那个，我为我说过的话道歉。"

"什么？"

"我想，是你勾起了我的兴奋情绪。"

"兴奋情绪？"

"塞韦林是我的好朋友。虽然不是男女朋友的关系，但我们……一同研究课题，一起解决了很多问题。他的死，对我而言是个沉重的打击。我不禁暗自神伤，内心崩溃。葬礼上，你说了一番伟大的悼词。听完之后，我甚至有些相信……你知道的……神与耶稣。但这不是我。我思来想去，这根本就不是我。对不起。"

"没必要道歉。你这样子，就像是跟地心引力或太阳光道歉一样。不管我们承不承认，上帝一直在那里。"

她摇着头，又吃了点东西，"我还以为你把自己比成地心引力或太阳光了呢。"

他渐渐皱眉蹙额，"有时候，我表达得不太到位。我只是……我正在经历……"一想到碧翠丝生气的样子，他就像中了蛊似的浑身不舒服。他想，他可能会就此晕倒。"我和大家一样，也有难处。"

"希望都得到解决了，"马妮丽说，"毕竟你是个好人。"

"我现在感觉不太好。"

她像姐姐一样，朝他投以温和的微笑，"嘿，你很快就会好起来的。不过是些感知情绪，甚至是人体中的化学反应而已。一会儿高兴，一会儿难过，这是个循环。早上你醒来的时候，一切又都换了个模样。相信我。"

"谢谢你的鼓励，"彼得说："可是，解决需要解决的问题，并不是……我们不能这么被动。我们得担起责任，让一切变得更加美好。"

马妮丽将豆奶一饮而尽，随即将玻璃杯推开。"这和你的家有关，对吗？"

"家？"彼得咽了咽口水。

"当我躁动不安、难以自已的时候，"马妮丽说，"我常常会想起一首诗，一首历时千年的古老的诗。它是这么写的：赐我宁静，去接受那些我无法改变的事；赐我勇气，去改变那些我可以改变的事；赐我智慧，去看清万物间的差别。①"

"出自雷茵霍尔德·尼布尔②之手。"彼得说，"但他写的其实是'上帝赐予'。"

"好吧，或许是这么回事。但写没写'上帝'，对我来说都是一样的。"她的眼神平直地透过空气，凝视着他。"不要为此痛斥自己，彼得，这里就是你的家。"

"我很快就要回去了。"他不甘地说。

她耸耸肩，"随便吧。"

---

① 《宁静之祷》，雷茵霍尔德·尼布尔（Reinhold Niebuhr）。

② 雷茵霍尔德·尼布尔（Reinhold Niebuhr，1892—1971），20世纪美国最著名的神学家、思想家，是新正统派神学的代表，是基督教现实主义的奠基人。他的思想和活动深刻影响了20世纪的美国社会，是美国社会变革的推动力量。

他绕着建筑楼，走了两个小时。他还想过徒步走到绿洲居住地。那要走上多长时间呢？几周，也许吧。这是个荒唐的想法，荒唐。他得待在这里，接收碧翠丝的回信。现在她应该要上床睡觉了。这一睡，估计得好几个小时。他们本该睡在一起，两人相隔万里就是个错误。只是简单地躺在身侧，也比花言巧语来得实在。一席温床，一窠爱巢。言语会被误解，而爱的陪伴会培养信任。

他回到房间，一会儿解读圣经，一会儿在房内踱步。饥饿感阵阵袭来，他时不时有种呕吐的感觉。几个小时里，他检查了上百次的邮箱，无果。而此时，他终于看到了来信，终于脱离了等待的痛苦。

亲爱的彼得：

没时间给你写封长信了，因为一会儿我得去参加一场葬礼。可我还是心烦意乱，还是生你的气。你费了这么大劲检查我的拼写错误，不就是为了指责我喝醉酒了吗？你叫我成为闲散村妇的时候，是的，我刚刚酒醒呢。

我知道嘲讽很伤人心，对不起。

葬礼结束后，我还会给你写信的。但我得先陪陪希拉，她正经历着炼狱之苦。

虽然你失常了，我仍爱着你。

碧

他立即做出回复：

亲爱的碧：

听到（看到）你说你爱我，我的心情舒畅多了。在我俩的罅隙之间，我成日郁郁寡欢，无精打采。要知道，你远比我的任务还重要。

虽然你没有在信件里说出口，但可以料想，比利·弗雷姆自杀了，我们给予他的关心与支持，全都付诸东流了。我还能想起他小时候的样子。那时，他颇为得意，因为他和其他小孩给我们做了张壁挂。希拉真是可怜呐。想必你会因为这件事而坐立不安吧。你用"炼狱"一词来喻指那些并非与上帝永世相隔的东西，这本身就意蕴深远。

我说过，咱们可以搬到乡下去住，但你却曲解了我的意思，以为我怂恿你成为闲散村妇,如果是这样,我感到抱歉。我相信,乡下也会提供工作岗位——或许也有护士一职,(可能)比你现在的工作好一点点。也不是说,我会成天在乡下砍柴,种菜(即便我对这里的实地考察工作乐此不疲)。那里可能有一座教堂,需要聘任一位牧师。但不论那里提供什么工作(或者没有),我们都应该交给上帝来裁决。

跟格兰杰和马妮丽说话的时候,我显得有些轻率。对此,我深感歉意。她们都是女人没错,但在她们的生活中,我只是一位恪尽职守的牧师——或者说,将是,倘若她们向上帝的恩慈敞开心扉的话,但她们似乎没有这么做。马妮丽含糊其辞地跟我说,她对上帝不感兴趣。

言语是我的职业之本,可是,要么是我笨嘴拙舌,要么言语不够达意。但愿我能搂抱着你,抚慰你受伤的心。在过去,我曾让你失望过,甚至比现在还糟糕,但我们不都熬过去了吗?只因为我们彼此相爱。沟通,是爱的基础。但还有一种难以描摹的东西,也是爱的基础。它是一种相互陪伴的感觉,一种只有和对的人在一起时才会有的感觉。我非常想念你,亲爱的。

献上
我所有的爱,
彼得

"你想要的东西,不容易得到。"不久之后,格兰杰告诉他。

"有可能得到吗?"

这个问题过于简单,她感到有些不耐烦了,"如果你投入了足够的物力和劳力,没有什么是不可能的。"

"我不想给USIC惹下大祸,"他说,"但这对我来说很重要。"

"为什么就不能隔一段时间回来一次呢?这样的话,你就会有更好的状态了。"

"行不通的。绿洲人有自己的生活节奏。我得待在他们身边,融入他们的日常生活之中。我不能总是匆匆地来,匆匆地走。可要是那儿有一台发射器的话……"

"……我们可能再也见不到你了。"

"拜托了。我的妻子需要我。我也想念她。为了让发射器运作起来,你造的任何东西都可能派上用场。一旦发射器装在那里,事情就会水到渠成。"

她眯缝起双眼。彼得现在才意识到,自己还没给她一句问候,也没有在他做出这番要求之前,说出几句玩笑话来缓和一下气氛。

"我会想办法的。"她说。

亲爱的彼得:他一回房,就迫不及待地打开了来信。

我希望你能回家,而不是一直在这里提醒我说:如果你在家里,我们俩一共会有多少收入。是的,为了请你去工作,USIC花了一大血本,这我知道。要是你现在选择离开,我可能会劝你留下来。但一想到你有离开USIC的想法(你当然是不会这么做的),我又感到很欣慰。显然,你决心已定,不到最后你是不会离开的。我能理解:这是一次千载难逢的机会。

你说我们要搬到乡下去住,我听了之后不免兴味盎然。因为任何处在我境遇之下的人,都巴不得脱离苦海,在乡野田园中重新生活。可我仔细一想,又不禁恼火起来。你知道如今乡下的样子吗?你看了新闻报纸了吗?(反问句——这是我的臭习惯,我知道。)乡村已成荒原。那里的工厂已残破不堪,农场纷纷倒闭,还有好久都没人经营的旧超市和慈善商店。(嘿,我在想,旧超市里会不会有还没卖出去的巧克力甜点?这倒成了去乡下的一个动机了……)USIC付给你的薪资确实很可观,但这并不是我们的财富。财富,是能让我们精神振作的东西。英国乡村还是有几处风景如画、相对安全的地方,如今,一些中产阶级正在那里。我相信,咱们的孩子在那里会有更美好的童年。只是,那儿的房价奇高无比。倘若我们把孩子丢在被上帝遗弃的小镇里——镇上有一半的人酗酒吸毒;学校里尽是些差生和社工——那就遭殃了。你说过,留给上帝来裁决吧。可谁的决定更重要呢?不还是你吗?

虽然医院里的工作生活不尽如人意,但我还是决定待在这个地方,毕竟我还能在这里帮上点忙。我怕我辞了职,就再也找不到另一份工作了。因为如今经济剧减,失业率随之飙升。

说到这里,我想起一件事:就在几天前,我正打算回去工作的时候,你瞧,我收到了古德曼[①]的来信。我必须重申一下,从古至今,每个人都有一

---

① 英文Goodman,人名为古德曼,字面意为好人。

个适合自己的名字。如果一个人拥有调配医院资源的决定权,而他的名字又叫古德曼的话,那无异于犯罪。总之,这相当于一封威胁信。他提了些和我有关的病人支持部的事,然后又说,目前,我们医院的人员与资金比例"失衡",因此没能力向那些"最不愿接受护理的病患"分配"护理员"。古德曼的意思就是:我们不该在精神失常、拒绝合作、伤势严重或患有癌症的人身上浪费时间,不该什么事儿都麻烦医生——和他握手、说声谢谢、再见后又飘然而去。古德曼想要的,是更多的膑部亟待修复的人、骨折青年、二级烧伤的儿童,还有等待切除肿瘤的少妇。他想让我做出保证——我不会制造麻烦。他还说,如果我表现不佳,他可能会"重新考虑"我的入职一事。

彼得,我很高兴你的心情能舒畅起来。只是,你表现得像个乳臭未干的小孩子一样:妈妈发火的时候,他就觉得整个宇宙都塌陷了;而妈妈道出她的爱的时候,他又觉得一切都很美好。我当然爱你——多年以来,我们举案齐眉,相濡以沫。这种无间亲密,甚至成了我们精神生活的一部分。忧伤磨灭不了我们的爱情,但这并不意味着我们的爱情就能治愈忧伤。实质上,我害怕过,失落过,但我还是得独自应对,因为你不在我身边,也因为你不能或不愿为我提供精神支持。你说你滥用毒品,还说大脑因此受损……也许你是对的——看得出来,我们之间的关系疏远淡漠了,我很难过——但也可能只是你的借口而已,不是吗?你想关心我,想了解我的生活近况——或者说,想了解整个世界——但你做不到,因为你的大脑已然受损。好吧,我原谅你。

倘若我的话听起来尖酸刻薄,那请你原谅。我只是有些情绪泛滥,不堪重负而已。要不,我们都找个理由搪塞一下如何——你怪大脑受损,我怪激素分泌过盛?自打怀孕以来,我就觉得自己柔弱不堪。当然,身边也频频发生一些骇人听闻的事,但这些都和激素无关。

说到这里,我想到了刚刚参加的葬礼。你得出的"显而易见的"结论——比利自杀了——是错误的,但这可以理解。希拉打电话给我的时候,我和你也有同样的想法。但事实更加糟糕。是瑞秋。大家都以为,这个孩子不会干傻事。当时没有出现任何征兆;如果有的话,希拉也不会有所注意。或许她太过关注处在抑郁中的比利,而忽视了瑞秋。当然,她现在十分懊恼,泪流成河。她不断回忆,想记起瑞秋说过或做过的所有细节。可就我来看,瑞秋是位举止正常的少女——她也去学校上课,也和她哥哥吵嘴,也听一些糟糕透顶的流行音乐,也关心头发的样子,也减肥。有一天,她宣布自己成为素食主义者,然后就开始对烤鸡嗤之以鼻。如今,希拉觉得这些都是抑郁失落的信号。但12岁女孩的生活不都是这样的吗?我觉得她就是跟自己过不去。瑞秋脑子里想的什么东西,我们再也无法知道。我们只知道,有天早上,她去了一家离家不远的废车处理厂(遗弃之地)。她爬过铁丝网的缺口,藏在一大摞车胎下面。她吃了很多药——她妈妈的安眠药、止痛药,虽然只是些家庭药物,但她也吞了几十来颗。吞完药,喝下几口调味乳后,她就蜷缩在那些车胎里,死了。三天后,人们才找到她的尸体。而她,没有留下任何字条。

比利还好,我想,毕竟他还会照顾一下希拉。

我可以跟你说说发生在巴基斯坦的事,但这个话题太大了,我怕你听不下去。

约书亚正瑟缩在桌子底下,好像以为我会踢它似的。我只希望,它能窝在篮子里,安然入睡。说实话,对一只猫来说,生活也没那么糟糕。它只是在房里走来走去,一副鬼鬼祟祟的样子。它也不再和我一起睡了,因此,我甚至不能从它身上得到慰藉。

我得休息一下。忙了一整天了。明天我还会给你写信,你呢?

爱你的,
碧

呕吐之后,彼得继续祈祷。现在,他头脑清醒,隐隐作痛的肠胃舒缓了许多,身上的热病——他现在才发觉这是热病——也渐渐消退。上帝与他同在。碧翠丝如今的境遇,他们过去也曾一同经历过。不是实实在在的环境,而是生活重压下的无奈心境。生活就像一张复杂的网,上面粘连着太多难以解决的问题,它们相互交缠,一锁俱锁,一解尽解。不安的灵魂往往把这看成客观现实,那种玫红色玻璃撤去后才会渐渐裸露的残酷现实。但那只是一种曲解,一种可悲的错觉。就好像屋内敞开着一扇窗子,而狂热的飞蛾却一个劲地扑向白炽灯一样。而上帝,就是那扇敞开的窗子。

碧翠丝确实有烦心事,而且还很糟心,可这些事儿,都还在上帝的权能之内。一起生活的时候,彼得和碧翠丝曾受到警察的侵扰,曾经历过破产,曾受到房东的驱逐,曾面临碧翠丝的父亲的仇视,曾遭到地方政府、法院和破坏分子的共同鄙弃,曾受到持刀团伙的胁迫;他们的车子曾被偷过(两次),房子也曾遭到洗劫——只剩下几本书和光秃秃的一张床。那些时候,他们总会哀求上帝的怜悯。那些时候,上帝总会用他那坚定而无形的手,替他们解围。警察突然向他们道歉;匿名者在他们破产的时候伸出援手;房东改变了心意;碧翠丝的父亲离世了;一位信基督的律师接了他们的案子,打赢了官司,诉讼案件带来的威胁也就此瓦解;破坏分子在作案现场被彼得逮了个正着,后来他们都加入了教会;持刀团伙因强奸罪被关押在监狱;他们找到了其中一辆被偷走的车子(完好无损),而教区居民又把另一辆还了回来;他们的家被盗贼洗劫一空后,教众们纷纷慷慨解囊,彼得和碧翠丝对人的善心更加笃信不移。

亲爱的碧:他写道。

请不要用"被上帝遗弃"这个词。我理解你的失落与悲伤,可是,没有人会被上帝遗弃,我们必须以此为豪。在你灰心丧气的时候,你没有真心诚意地仰赖上帝。你还记得吗,每当我们无计可施的时候,他都会向我们施以援手。寻求他的庇佑吧,他会帮助你的。《腓立比书》4:6是这样说的:"应当一无挂虑,只要凡事借着祷告、祈求和感谢,将你们所要的告诉神。"

我没能早点回家,对不起。我想过这个问题,也被回家的想法深深吸引着。直到下笔之前,我都没有向你倾诉过我的念家愁绪,这份煎熬,我一直在独自忍受。我只是不想过早地燃起希望的火苗,因为我怕哪一天USIC会说回家是非分之想。我想,有一艘飞船正载着另一位医生(用以替换死去的医生,必然如此)往这边驶来。

我没有像你想的那样对这个地方恋恋不舍。确实,这项任务是一次宝贵的机会。上帝之言的传播有自己的势头与时标。我相信,凭借我到目前为止所灌输的知识,绿洲人能独自做出一番惊人之举。其实,我得离开他们几个月,因为我还有好多事情要做。基督徒的生活是一场旅程,而不是一项独立的事业。我向这些人付出了一切,而当我必须走的时候,我会转身离开,然后重新回到我的家庭生活之中。

昔日里,上帝曾向我施予爱和庇护,而现在,他也会在身旁保护着你。向他祈祷吧。他的圣手,很快就会出现。若接下来几天你仍感到心烦意乱,我就会尽量安排回家的事,回到你身边。即使牺牲一些薪水,我也在所不惜。无论发生什么事,我坚信自己能得到公平的对待。这里的人善良友好,胸无城府。我觉得,他们都是好人。

至于乡下一事,是的,我承认我很无知。可作为基督教徒——在上帝的帮助下——我们有能力去影响一个地方的风气。我不是说,乡下就不会出现任何问题。只是在城里,我们面临的问题更加严峻,更何况你现在怀有身孕,整个社会又动荡不安,所以搬到乡下去住不好吗?我大部分时间都在户外,这个地方总会给人留下一片安宁。我想和你伴着清风,在阳光下漫步。想想,约书亚得多羡慕我们啊!

你读到这封信的时候,已经是早上了吧。愿你好梦。

爱你的,
彼得

这封信发出后,彼得浑身汗湿,饥肠辘辘。他洗了澡,换上了干净的短裤短袖。随后,他来到食堂,给自己点了腊肠和浓汤。

回到房间后,他又开始编纂起圣经小册子。有几个爱耶稣者曾向他讨教好的牧羊人、雇工和羊群的寓言。他劝导他们去诵读其他的诗节,因为这篇诗节里出现的羊和狼,都是他们前所未闻的生物,更何况,这些新词会发出太多的咝咝声。但他们仍刨根问底,生怕自己的自然认知会限制他们对一些重要事情的理解。那么,他只能笨拙地做出解释。羊群,可以用白花替代;上帝可以理解成勤恳的农夫,他会悉心照料庄稼,等到时机成熟时再采收;雇工可以理解成……可以理解成什么呢?绿洲人对钱毫无概念,也不知道工作和雇佣之间的差别。还有故事的结局:为了羊群,牧羊人献出了自己的生命,这又该如何解释呢?农夫不可能为了庄稼而牺牲自己的生命吧。这整则寓言根本就难以解读,何况爱耶稣者也不会轻易受骗。因此,他得先跟他们解释羊、狼、牧羊人和雇工的含义才行。多么荒唐的挑战啊。但如果绿洲人能因此而理解上帝的羔羊,这么做也是值得的。

在白纸上,他试着画出一绵羊。艺术创作可不是他的强项。画笔下的动物,确有羊的身形,可那颗头却更像猫头。他在脑海里极力回想着绵羊的样子,亲眼所见的也好,印在相片里的也罢,都在他的回忆范围之内。可是,除了毛茸茸、圆滚滚的这种模糊印象,他再也想不起其他任何细节,比如耳朵、鼻子。绵羊有下颌吗？或许可以去USIC图书馆找找看。可是，很多书的书页都已撕毁。他想，如果有绵羊的图片，这些书就都完好无损了。

他有些心不在焉了。出于习惯，他打开发射器，开始检查邮箱。碧翠丝的新邮件。他立马将这封来信打开了。显然，她没有上床睡觉。

彼得，求求你别再对乡下幻景的事喋喋不休了。这样，我只会更难受。你根本不知道，事情变得有多快，多糟糕，多剧烈。房市崩塌了，这个国家的一切都陷落了，都玩儿完了。你难道猜不到吗？跟你说了这么多，难道还不够明显吗？你真以为哪对年轻夫妇会拿着支票，前来检验我们的房子？整个英国的年轻夫妇都战战兢兢，惶恐不安。每个人都在等待，希望状况会有所好转。我也在等待，希望最后会开来一辆大卡车，把我们房前的一堆臭垃圾全部拉走。

至于"被上帝遗弃"一词的使用，我相信，上帝会宽恕我的。可问题是，你会原谅我吗？

这波猛烈的抨击，出乎了他的意料。接下来的几分钟里，他的脑子里充斥着痛苦、愤懑、羞愧与恐惧。她错了，他被误解了，她错了，他被误解了，她陷入困境，他无能为力，她陷入困境，他无能为力。他的爱与庇佑的保证，她充耳不闻；她说话的口吻，他难以分辨。她的这种奇怪的心智，是怀孕导致的吗？还是说，这些怨恨与失落，几年前早已积埋在她心中？未成形的语句、分析与辩驳的信稿，这些都是明证：她这个样子，对谁都没有好处；还有就是，孕期分泌的激素无疑扰乱了她的神智，让她躁动不安。

他越想越多。为自己辩驳的欲望渐渐熄灭，剩下的，只有爱。现在她误解我倒是没关系。她不堪重负，她心灰意冷，她需要帮助。是对是错已不再重要，给予她力量才是重点。她是疏远了他，但他不能为此悲伤。更大的问题是，她好像疏远了上帝。长久以来的孤寂，长久以来的煎熬，削弱了她的信仰。她的思想与心灵仿佛疼痛之下的小孩的拳头，合得紧紧地。这个时候，花言巧语和激烈辩驳都毫无用处，甚至有些残酷。他必须牢记，当自己处在人生低谷的时候，是圣经的一段经文拯救了他，使他脱离深渊。上帝不会徒费口舌。

碧，我爱你。请祈祷吧。发生在你身边的事骇人听闻，这我知道。但是，请祈祷吧，上帝会帮助你的。《诗篇》91①：我要论到耶和华说，他是我的避难所，是我的山寨；他必用自己的翎毛遮蔽你，你要投靠在他的翅膀底下。

好了，信件已发出。他合掌祷告，只希望她也跟着祈祷。只要她祈祷，一切都会好起来的。

---

① 《圣经》上帝是我们的保护者，诗篇91。

三

如同

21. 根本没有上帝,她写道

"SBDFtDH,"他说,"SBDFPDH。"

她更正道:"SBDFtDH。"

他又说了一遍。

"SBDFtDH。"她再次更正道。

"SBDFPDH。"他说。

他的周围忽地升起一阵响声,仿佛一群鸟煽动着翅膀。不是鸟,这是几十双手拍出的掌声。绿洲人——对他来说,他们不再是绿洲人,而是SLM——想让他知道,他在这次语言学习中取得了很大的进步。

这是个完美的下午,就是很完美。空气没有以前那么潮湿,也可能是他已渐渐适应潮湿的环境了。他感觉自己无拘无束,毫无负担,仿佛成了大气的一部分。他的皮肤与天空融为一体,分不清界线。(有趣的是,他总是把天空想象成某种盘踞于天际、向下凝望着他的东西。然而,在SLM的语言中,天空就是S,它向下延伸,蔓至地表。)

他和SLM一起坐在教堂外,这是他们的习惯。凡是与信仰没有太大关系的事,他们都会在教堂外处理。教堂内可以唱圣歌,可以做布道(虽然彼得不会把圣经解读称作布道),也可以注视和思考他的朋友献给上帝的画作。在教堂外,他们可以谈论其他事,也可以成为他的老师。

今天,来了30个人。爱耶稣者的人数并没有减少,实际上,只有少部分教徒有信心给他们的牧师授课。有几个他最喜爱的爱耶稣者没有到场,但他还是可以和其他人搭建联系,尤其是之前未曾接触过的绿洲人。比如爱耶稣63号。平日里,他总是忸忸怩怩,腼腼腆腆,但他却有过人的语言天赋。他往往静默有时,而当大家哑口无言的时候,他又会将大家苦苦找寻的答案脱口而出。相反,爱耶稣1号——他是最早皈依基督的人,因此也是信徒中的佼佼者——不愿参加语言课程,因此他谢绝了彼得的邀请。谢绝?"忽视"或"拒绝"也许更确切些。凡是可能淡化《异境之书》神秘感的事,爱耶稣

1号都予以反对。

"暂时先忘掉《异境之书》吧……"彼得说。爱耶稣1号感到很受伤，于是，他平生第一次打断了彼得的话。

"绝不会忘掉《异境之书》，绝不，绝不。这本书是我们的基石，我们的希望，我们的救世主。"

这是彼得说过的话。他特意挑拣这些简单的词句，以供人们诵读。但SLM说"救世主"说得越频繁，彼得就越想知道他们对这个词的想法。

"我没有……我不是说……"彼得支支吾吾，"我只是想进一步了解你。"

"你了解得够多了。"爱耶稣1号说，"我们需要进一步了解，了解耶稣之言。耶稣之言很好，吾辈之言不好。"再没有什么话可以劝得动他的了。

人群里的人群，就在这里。他们参与的活动受到争议——当然，人们因此觉得这个活动举足轻重。他们正坐在一块土地上——刚搬到这儿的时候，这块地还包裹在荫蔽之中，但现在已暴晒在太阳底下。他们在这里坐了多久了？他不知道。但在这期间，太阳已在空中划过很长一段距离。太阳的名字，他学过，叫Y。在基地房间的桌屉里，放着一张打印纸。这是一位科学家好心送给他的，上面绘有一天72小时的日出日落图：天空成了几何网格，而USIC基地处在网格正中央；一连串数字代表着一天中的各个时刻，但太阳却没有标上名字。这是惯例。

现在风和日丽，暖意袭人，他和弟兄们正安详地坐在太阳底下。他想象着自己从上空向下俯瞰的景象——不是从很高的地方，就好像从海滩救生员的瞭望塔往下看一样。一个皮肤黝黑、头发金黄、身材瘦长的男人正穿着一身白衣，坐在棕色的土地上。在他周围，环坐着一群个头矮小、身披各色长袍的人，他们每个人都微微前倾，一副专心致志的样子，只是偶尔会传递一小瓶水。最简单的交流方式。

他很久没有这种感觉了。6岁的时候，他的父母曾带他去过斯诺登尼亚山丘。那年夏天，是他人生中最幸福的时刻。那时，天气温煦喜人，家人和和睦睦。父母温柔地抱着他，轻声细语。甚至是"斯诺登尼亚"这个名字，看起来也十分有魔力，仿佛这个地方是一座迷人的王国，而不是威尔士的国家公园。他喜欢坐在山丘上，沐浴在温暖的空气之中，听着父母的闲言淡话和海浪的拍击声。沿着大号草帽向外望去，他能看到远处碧蓝的大海。悲伤是人生必经的测验，而他已经通过了。从现在起，一切都会好起来。或者他是这样想的。他不知道，父母竟有离婚的一天。

SLM的语言很难发音，但很容易学习。他觉得，这门语言可能只有几千个词汇——必定比英文词汇（25万左右）少很多。它的语法富有逻辑，简单易懂。这里面没有所有格、没有单复数的差别、没有性别，只有三种时态：过去、现在、将来。把它们称作时态甚至有些勉为其难，至少SLM不这么认为。他们根据事物的状态，对其加以区分：消失的、现存的、即将发生的。

"你们为什么离开原先的居住地？"他问道，"USIC到来之前，你们还住在那里的。可后来你们离开了。你们和USIC之间出什么岔子了吗？"

"现在，我们在这里。"他们回应道，"这里很好。"

"但出了什么问题吗？"

"没有问题。现在，我们在这里。"

"重建家园并非易事。"

"这不成问题。每天建一点，慢慢地，家就建好了。"

他换了个思路，"要是USIC没来这里，你们还会住在原先的居住地吗？"

"这里很好。"

逃避？他不敢确定。SLM的语言没有条件句，没有"如果"。

牧师的房屋里有房间，房间里还有房间，他解读着圣经，小心翼翼地替换着字眼，唯恐一些词汇给绿洲人带来困扰，比如"房子""宅邸"。在《圣经》里，约翰说："要不是这样的话，我就会告诉你了。"但彼得跳过这句话，直接读起来下一句：我会为你准备一间房——回想起来，这是个明智之举。倘若把"要不是这样的话"读出来，绿洲人是不会明白个中含义的。《圣经》里最直截了当的插入语，在这里却晦涩难懂。

SLM在英文理解上可能会有困难，但彼得将继续用自己的话来解读上帝和耶稣的语言。这，是绿洲人理解上帝之言的唯一途径。他们知道，《异境之书》不是不可解读的。外语之下，潜伏着异域之力。

但生命不只局限于上帝和耶稣，彼得还想和这些人分享凡世之物。刚学这门语言没几天，彼得就偷偷听到了两个爱耶稣者的谈话。他欣喜不已，因为趁这个机会，自己又能磨砺刚刚学习的新语言了。两个爱耶稣者喃喃低语，好像提到了孩子拒绝吃早饭的事，也可能不是拒绝，而只是不认真吃早饭，因而遭到大人的嫌恶。这是个琐碎的细节，他听得懂。这改变不了什么，但他的感受却为此转变。在这一刹那，他感觉自己不再是个外星人。

"早餐"叫作"YSF PH QB"——字面意思就是"睡后第一餐"。许多SLM词汇是由其他单词共同合成的。也可能是词组，这很难说。SLM没有对此加以区分。那是不是意味着，这些词汇意义相近、概念模糊？是，又不是。在他印象中，有个词可以表示一切事物——仅此一个。诗人在这里难以生存。因为，单个词可能代表一场活动、一个概念或一个地方。比如，GKR，它既表示白花种植地，也表示白花本身，广义上讲，甚至还表示作物种植田。代词在这里是不存在的；你只能重复使用名词。你得重复做很多事。

"QBP SL？"有一天，他向爱耶稣28号问起这个词汇。他为能说出这个新词而感到自豪。"是'你的孩子'的意思吗？"一个小孩——显然还未发育成熟——正在教堂附近徘徊，正等她做完礼拜，然后一起回家。

"H。"她对此予以肯定。

看着那个小孩，他突然有些伤感。因为在他的教众之中，没有孩子。所有的爱耶稣者都是成人。

"为什么不把他带进来？"他问，"我们也欢迎他的加入。"

他们站在原地，看着小孩，小孩也看着他们。10秒，20秒，30秒……清风拂过，男孩的风帽在轻轻晃动。男孩抬起细小的胳膊，将风帽拽回了原位。

"他不爱耶稣。"爱耶稣28号说。

"没关系。"彼得说，"他只要静静地坐在你边上，听听圣歌就行了。或者也可以睡觉。"

时间缓缓流逝。男孩低头盯着脚上的靴子，一会儿"左倾"，一会儿右靠，不时转移着身体的重心。

"他不爱耶稣。"爱耶稣28号说。

"或许以后会爱上耶稣的。"

"或许吧，"她说，"希望如此。"她走出教堂，步入热浪之中。母亲和儿子默默踏上了回家的道路。他们没有言语，也不曾手牵着手。SLM很少这么做。

看不到孩子身上的这种基督团契,她得有多难过?对于母亲的信仰,他又有多鄙弃?彼得不清楚。去问问爱耶稣28号吧,那也不会有什么结果。他发现,这些人从一开始就缺乏热忱与专注,就连他们的语言,也是如此:人们费尽心力加以描述的喜乐悲愁,在这里却找不到对应的词汇。闺密间的亲密交谈——某种情感是真挚的爱意,还是性欲、激情、迷醉、习性或机体功能失调的结果——在这里难寻声迹。他甚至不知道,是否有个词能表达愤怒。他也不确定,"PDH"表示的是失落,还是生活不遂人意的认知。还有"UFH",它代表信仰……但它的含义和你所谓的信仰又有点出入。信仰、希望、目的、目标、欲望、计划、希冀、未来、前方的道路……显然,这些词都是一个意思。

学了新语言之后,彼得更能理解绿洲人的心灵状态。他们活在当下,专注着眼前的任务。在他们的语言里,没有表示昨天的词,除了英文里的"昨日"。这不是说SLM的记性很差,只能说,他们处理记忆的方式和人类有所差异而已。如果有人打碎了碟子,到第二天他们也会记住这件事。但不同的是,他们会试图做个新碟子以弥补过失,而不会去回忆当时的场景。他们得费上很大劲,才能想起过去一段时间里发生的事。但彼得看得出来,这些绿洲人并不知晓记忆的意义所在。可记住一个亲人死了几天、几周、几月、几年又能怎样?人要么活着,要么已归于尘土。

"你想念你的弟弟吗?"他问爱耶稣5号。

"弟弟在这里。"

"我说的是死去的弟弟,那个……埋在地下的弟弟。"

她缄默无言。倘若她有眼睛,他就能从中读出答案。他觉得,她正茫然地看着他。

"他埋在地底下,你难过吗?痛苦吗?"

"他在地底下没有痛苦。"她说,"可走之前,他很痛苦。巨大的痛苦。"

"你呢?痛苦吗?不是身体上的疼痛,而是心灵上的苦痛?一想到他死了,你感到痛苦吗?"

她轻轻耸起肩头。"痛苦,"大约半分钟之后,她承认道,"我感到痛苦。"

她的坦言，就像是被无声压榨出来的一样。一次有罪的胜利。他知道，SLM能体会到深沉的情感，包括悲伤；他能感觉出来。他们不是简简单单的生物体，不可能是。否则，他们也不会对基督这般热忱。

"你曾有过死亡的念头吗，爱耶稣5号？"他知道她的真名，甚至可以将它读出来。但他知道，她更愿意别人叫她的基督名。"在人生低谷的时候，"他继续说着，希望能拉近两人间的距离，"我也有过这种念头。有时痛苦难堪，只想一了百了。"

她沉默了好一会儿，但终于还是开口了："彼得要活下去。"她低下头，看了看戴着手套的手，仿佛那手套下面藏着不可告人的秘密。"死亡不好，活着好。"

他认真学习着这门新语言，但仍旧没能了解SLM文明的起源。SLM从不提及过去发生的事，他们对自己的古代历史也没有丝毫概念。例如，对于几千年之前耶稣来过人间的事，他们要么表示不解，要么觉得这件事无关痛痒；也许在上周，耶稣就来过人间也未可知。

这样看来，他们都是出色的基督徒。

"跟我说说库茨伯格吧。"他问道。

"他走了。"

"有些USIC员工说了些耸人听闻的话。我觉得，他们只是开个玩笑，但我还是无法确定。他们说，是你们杀了他。"

"杀了他？"

"把他弄死。就和罗马人把耶稣弄死一样。"

"耶稣没有死。耶稣还活着。"

"是的。可是，他被杀死了。罗马人殴打他，将他钉在十字架上。他就这样死了。"

"上帝非凡，耶稣永生。"

"是的。"彼得表示赞同，"上帝非凡，耶稣永生。但库茨伯格到底怎么了？他也活着吗？"

"库茨伯格还活着。"一只戴着手套的手指向远处的空旷地，"走啊，走啊，走啊，走啊。"

另一个人说："我们需要他，他却离开我们。"

还有一个人随之附和:"你不要离开我们。"

"到最后,我得回家。"他说,"你们能理解吧。"

"这里就是家。"

"我的妻子在等着我回去。"他说。

"你的妻子,碧。"

"是的。"他说。

"你的妻子,一个。我们,很多个。"

"约翰·穆勒①的观点。"听到这句话,绿洲人纷纷抓耳挠腮,大感不解。早知道,他就不说这话了。SLM听不懂俏皮话和嘲讽语。他又为何自讨苦吃呢?

也许这句话是说给碧翠丝听的,仿佛她也在人群里。

严酷的事实:如果碧翠丝的情绪没有好转,那他是不会回来的。他将待在基地,延后返回居住地。比起爱人的悲伤,绿洲人的失落不算什么。但好在碧翠丝听了他的恳求与祈祷,这让他松了一口气。

当然,这也是上帝庇佑的结果。

坦白说,上床之后,我感到害怕,也感到生气与孤单。她写道。我以为我会像往日一样从梦中惊醒,然后用双手遮住整张脸,不愿看到令人厌弃的现实。可第二天早上,整个世界都变了个样。

是的,这就是上帝的恩慈。这一点,碧翠丝是知道的。她忘记过,但现在又记起来了。

我也许提过(也许没有),晨祷之后,她继续写道。中央热水器从早到晚一直哗哗/砰砰/咯咯作响,吵了好几周。可突然,整个房子安静了下来。我以为热水器坏了,但没有,它还好好的。一切井然有序。仿佛上帝将手指

---

① 约翰·穆勒(John Stuart Mill)英国著名哲学家,著有《论自由》,其主要观点为:个人自由观念应建立在"最大多数人的最大幸福"之上,即最大多数人的幸福是个人自由的基础。

按在了上面,然后说"老实点"一样。约书亚似乎也安分多了,它像以前一样,又在我的小腿上蹭来蹭去。泡茶的时候,我没有了晨吐的感觉。随后传来一阵敲门声。我以为是邮递员,但又想起来,邮递员只会在中午的时候上门送取邮件。开门之后,我看到门前站着四个陌生的年轻人,约莫25岁的样子,看着十分强壮。有那么一瞬间,我不禁失魂落魄,我以为他们会强奸我,洗劫我。最近,这类事情层出不穷。但你猜怎么着?他们想移走那几堆臭气熏天的垃圾!他们有一辆四轮车,还有一辆拖车。他们说着一口东欧英语,我想。他们在这一带到处巡游,移除垃圾。

"旧的垃圾处理团队已解散!"其中一个人大咧着嘴,说,"我们是新的垃圾处理团!"

我问他们要收多少费用。我满以为,他们会要价200镑或更多。

"给我们20镑吧!"

"再来一瓶好酒!"

我告诉他们,屋子里没有酒。

"那……给我们30镑吧!"

"你心里要明白,我们是一群强壮有力、助人为乐的好人。"

仅仅两分钟,那几坨垃圾便被清理得一干二净。他们有人单手将裹着垃圾的大袋子扔进拖车里,有人在垃圾箱上跳山羊,不无炫耀。那天天气很寒冷。我穿着派克大衣站在门口,不时瑟瑟发抖;那几个家伙身穿紧身汗衫,一块块肌肉凸显眼前。

"我们是你的救星,对吧?"

"你每天都会想,到底什么时候来人呀?而今天……我们来了!"

"别相信政府的话,他们净瞎扯淡。他们说,清理垃圾是个大问题。胡扯!这根本不是问题!来几个壮汉,五分钟就搞定了!"他扬扬自得,汗流浃背。他看起来暖意十足。

我给他们50镑大钞,他们给我退了20镑。随后,他们载上垃圾,挥挥手,扬长而去。几周以来,街道第一次看起来干净如洗,空气里弥漫着文明的气息。

我想和谁分享刚刚发生的事,于是就给克莱尔打了电话。我几乎没有——我好几年没用过电话了。过去通话的时候,线上总是出现滋滋爆裂的杂音,你根本听不清对方讲了什么。可这一次,却没有任何杂音。我以为连电话也坏了,但实际上,它仍能照常运作。听了我的好消息后,克莱尔一点也不惊讶;这些家伙,她老早就听说了。他们赚了大钱,她说,你想想,每天上门拜访40户人家,每户人家支付20英镑。这种服务,以前只要几便士(含税)就够了;而现在,价格飙升百倍,人们反倒觉得这很便宜。真是有趣!

总之,一切都好起来了。克莱尔说,昨晚上床之后,她老会想起我的模样——"仿佛有人蹿进了我的脑子。"她说。她和基思正要搬到苏格兰(房子终于卖出去了,虽然只卖出原来1/3的价钱,但能卖出去,他们已经很开心了)一处满是浮渣(克莱尔如是说)的小地方去住,因为至少在那里,他们有一个互助网,能得到他人的帮助。总之,他们打包了行李。克莱尔觉得,那些收藏多年的衣物里,有一半是她不再需要的。但要是把废弃衣物放进慈善箱里,无疑是在冒险,因为如今人们都把这些箱子当垃圾箱使。于是,她拉来了三个装得满满的大型垃圾袋。"碧,拿走你想要的吧,剩下的,就捐给教堂了。"她说。打开袋子的时候,我差点哭了。克莱尔的衣服给我刚好合身。你记得吗(可能不记得了),我一直以来都很喜欢她的衣品。我不是个心怀觊觎的人,但这些袋子里,有几件衣服我始终念念不忘,克莱尔穿在身上的时候,我就在一旁心生羡意了。哈哈,其中一件衣服我正穿在身上呢!——一件淡紫色羊绒套衫。它软绵绵的,你甚至会摸个不停,以确保它是真实存在的东西。它的价格,必定比我穿在身上的衣服高上10倍不止,当然,除了婚纱之外。袋子里还有几条漂亮的紧身裤,上面绣有美丽的裤纹,当是艺术之作。要是你在这儿的话,我就会给你上演一场时装秀了。你还记得我的模样吗?不,别回答。

明天,我就要回去工作了。丽贝卡告诉我,古德曼去度假了!这不是好消息是什么!我那只受伤的手恢复得很好。之前,伤口还会有一点点刺痛,但现在不会了。

今天,我出门去了趟超市。货架上摆了好多商品,好几年都不曾这样了。我和店铺经理谈起这事儿,他朝我笑了笑。"我们要让大家高兴起来。"他说。我蓦然意识到,他也经历了一场噩梦,这只是个小超市,但却是他的宝贝。说到这里——我是不是说过没有晨吐的事?只是渴望,渴望,渴望而已。但在超市里,我买到了——等等(我确实买到了)——巧克力甜品!我想,当你真的、真的很想吃巧克力的时候,上帝会把它送到你身边。

这么说是有些夸大，但或许上帝真那么做了。

巧克力和羊绒套衫。在他眼里，这些都是奇怪的异域之物。站在绿洲的万里晴空之下，他仔细观望着水平线上袅袅上升的Y。当然，读碧翠丝的来信的时候，他还想起《马修福音》6：25的诗节。但他知道，碧翠丝近来有些易怒，要是用耶稣的告诫来提醒她，让她不要太关注食物和衣服，她可能会不高兴。好在她朝气再起，重拾了自我。她差点脱离了上帝的庇护，而现在，她又回到了上帝的圣光之下。主啊，感谢你，感谢你，感谢你，他祈祷。他相信，她和他一样，也在默默祈祷。

USIC答应，他们很快会在教堂边上建一个发射传输器，也许就在他下次返回C-2之前。一直以来，只要站在旷野之上，他就没能与碧翠丝分享每日的所见所闻，然而，这会是最后一次。一旦发射器安装就绪，他们俩将可日日倾谈，不再断了联系。

碧翠丝谈到的克莱尔和基思，让彼得有些困惑。他好像没见过他们。他们是教众成员吗？是在其他地方偶遇的朋友？还是说，是碧翠丝所在医院的人？她说的好像他们的身份无须解释一样。显然，克莱尔和碧翠丝有着近乎相同的身材。自己的妻子站在另一位样貌相仿的女性旁边，会是怎样的画面？他竭力回想着。但脑海里，只站着一位身着淡紫色羊绒套衫的女人，除此之外，别无他物。

爱耶稣9号抱着一小壶白花甜肉，轻轻地走到他身边。她微微倾斜着壶口，向彼得示意：吃点。他吃了一口，觉得很美味。但从糨糊里把它捞出来，手指难免会沾上暗棕色的酱汁。爱耶稣9号的手套肮脏不堪；回家之后，她得把它们脱下来洗洗。她的长袍也污渍斑斑。今天，有几个SLM都灰头土面，因为在语言课之前，他们还在为建造传输器而挖着土坑。

就是所罗门极荣华的时候，那他所穿戴的，还不如这花一朵呢[①]。他想。

教堂外的语言交流结束了，SLM纷纷回到家中。彼得走进教堂，睡了一会儿。多久？就一会儿，一会儿。他已分不清现在是白天还是黑夜，也不记

---

① 《马太福音》6：29。

得USIC员工教授他的愚笨的时间算法了。但现在,他已经习惯了SLM的生活节奏。每次醒来,他都有一种现在必然是清晨的感觉。而这种感觉,有时是对的。

一束光线照在他的下半身上,盆骨的清晰轮廓和胸腔下凹陷的肚皮顿时凸显。他形销骨立,身上尽是骨头和肌腱,仿佛一位舞者或集中营里的囚犯。绷紧的皮肤随着心跳一下下地鼓动着。但他一点也不饿,只是有些口渴。阳光在他的小腹上摇曳不定。为什么在摇曳,在隐隐颤动?肯定是要下雨了。他决定不去动枕头旁的水瓶,他在等待天门的敞开,等待雨点从天而降。

他走出教堂,赤裸裸地站在那里,向外观望。吹来的风,翻动着他的头发。这将是一场暴雨,他能看出来。四块硕大的雨层堆成金字塔的形状向前翻滚,眼看着就要汇成一体,可就在下一秒,它们之间又隔出了距离。三块雨层在空中慢慢涡旋,第四块却在天上疯狂旋转,翻腾。最好还是抓住点东西,免得被风吹走。他紧紧地贴在了墙边。

大雨倾盆而下,气势磅礴,却又十分骇人。风嗖地从他身边掠过,一下子窜入教堂之中。教堂里,传来一阵咣咣当当的响声,许是风把一些东西吹落了。就连他也差点被一阵劲风吹离地面。但是,雨总归是清凉透净的。他张开嘴,让雨流入口中。他觉得自己仿佛在潜水,或是游泳——身体一直浮在水面上——但不必划动手脚。

雨停了。他头脑晕眩,全身麻木,甚至有些站不稳。他在教堂内草草地检查了一下,没见到什么大的破坏。爱耶稣17号的画作——由于是最近刚送来的,所以还没来得及挂在壁顶上——吹到了地上。沿边的画布磨破了,但上面的画像仍旧完好无损。起初,他以为这是一幅表现派的花卉静物油画,其实不然:他看到的花瓣,是一群穿着彩色衣袍、向后弯腰的人围成的;还有花中央的雄蕊,是浴土而出的男人——拉撒路①。

他捡起地上的画作,放在了讲道台后面,准备日后将它挂上壁顶。骤雨的洗礼,使他心满意足。这个时候,他只想躺下来,静静感受皮肤上的刺

---

① 拉撒路(Lazarus)是《圣经·约翰福音》中记载的人物,他病危时没等到耶稣的救治就死了,但耶稣一口断定他将复活,四天后拉撒路果然从山洞里走出来,证明了耶稣的神迹。

痒。但他知道，还有工作亟待完成。不是上帝的使命，而是一项体力活。白花种植地将被雨水浸透，两个小时内，许多植物将迅速成熟，而其余的将可能伏倒在地，化作烂泥。是时候开始行动了。

"我们的重逢得主庇佑，彼得神父。"

他挥了挥手，但没有和他认识的人打招呼。SLM纷纷在这里聚集，等待丰收。其中有很多人不是爱耶稣者，但他们都欣然欢迎彼得的到来。有什么话，过会儿再说吧。他蹲了下来。仅仅数秒，手掌到手肘的地方都沾满了泥土。

整个种植园变成了一处大泥沼，宛如一个猪圈。这里的泥土比灌木林上的还湿润许多。泥地上，散布着好些渐渐腐烂的白花，它们都是上次收割时残留的庄稼。一片薄雾从大地上袅袅升起，万物渐渐披上一层轻纱，若隐若现。这不影响收割。眼前的植物：这才是你需要的东西。

彼得在田间劳作，乐此不疲。他仿佛回到了自己年轻的时候，那时，他摘着草莓，赚着现钱。不同的是，此时的劳作发自肺腑，而彼时的劳作只是掩人耳目，只是为了躲避毒枭的追逼。这份苦差事也需要动动脑子，因为，田里的植物是留下来，还是剥几瓣花，是拧断，还是连根拔起，这都得靠你的衡量与判断。

SLM从容不迫地收割着庄稼，一点也不像农奴，倒更像园丁。他们和往常一样，手上戴着手套。每当手套上黏了太多泥土，他们都会停下来，将套面上的泥土揩去，或是稍稍调整手套内胆，让它与手掌更好地贴合起来。有时候，他们会坐下来休息几分钟。采满一篮子植物后，他们会提着篮子走到田边，将采来的植物撒到支起的十几张大网上。他们也会依照植物各个部位的命数，将它们分门别类。彼得费了好一会儿工夫，才了解其中的分类门道。他不再是责任人，他与绿洲人成了同事。他工作起来，比别人更带劲，更迅捷。

一两个小时后，地上还残留着许多垂死的植物，它们静静伏躺在弯曲的茎叶上。尽管如此，收割者——知道自身体力有限——进入了下一阶段的劳作。彼得最喜欢这个环节，因为他的精力与耐力——SLM生来就缺乏的两个特质——终于有了施展之地。收割来的植物，得从种植地运到居住地。一张张网满载着植物，显得异常沉重。每张网由好几个人扛着，他们缓步而行，走走停停。但有份工作却不容半点懈怠：制肉。牛排、羔羊肉、培根、小牛肉，这些肉的仿制品是大部分USIC员工的最爱，但要将它做成，又不太容易。制肉需要蛮劲与暴力——不是将动物杀死，而是将那些垂死的白花无情地捣烂。只有最饱满、最成熟的白花，才会被选为制肉的原材料。石头敲打着水嫩的白花，花叶里的导管渐渐破裂，一股奇异的气味从捣烂的花泥中逸散而出。每敲打一次，花泥就越发均匀，越发富有弹性；再往后，花泥渐渐黏稠成块；最后经雕刻和调味，这些花泥看着尝着和真正的肉没什么两样了。SLM小心翼翼地捶打着，一次两下。彼得则像机器一样，捣个不停。

彼得和SLM纷纷沉浸在工作之中，过了好久，他们才意识到前方蜂拥而来的生物。

有个SLM高呼起来，彼得对此有所会意，因为，其中有个词和《异境之书》中出现的"外国的/外星的/意外的/奇怪的"意义相近。又是一次语言学习上的进步，他开怀而笑。随后，他沿高呼者指着的方向朝远处望去。种植地里，灰粉色的薄雾轻笼着大地，远处，只依稀看到一群像鸟一样的动物。彼得见过它们。他还记得，它们曾成群结队穿过USIC基地。

起初，他很想高声呐喊，好让他的朋友也能欣赏这等宏大的景观。可是，SLM一脸警觉——这种反应并非无中生有。那群生物悄悄走进白花丛中，过了几秒，一大片种植地上挤满了它们颤颤巍巍的身影。彼得跑入种植地，想更进一步观察它们。但他知道，他已经知道了，这些动物，这些小可爱，这些山雀、针鼹、小蛮子（或是其他可人的名字）是一群贪婪的害虫。它们从大老远来到这里，就是为了吃庄稼。

它们像一条条呆头呆脑的蛆虫，肆意咀嚼鲜嫩多汁的白花，不论新芽老杆，不论嫩叶老花，它们统统揽入口中。

它们咯吱咀嚼着，毛茸茸的灰头上，几小块肌肉随之起起伏伏。圆滚滚的身躯渐渐鼓胀，可它们仍毫不餍足。

他本能地伸出手，猛地抓起近旁的小动物——它的盛宴暂时结束了。但就在那一刹那，他的前臂仿佛受了电击，或者说，就是触电的感觉。那只小动物正用它的尖牙咬住他的手，不曾松口。他赶紧将它挥开，一条细细的血弧随之溅起。他又踢又踹，可除了一双拖鞋，他的脚上再没有任何遮盖。忽然，他的小腿被狠狠地咬了一口。他往后退了几步。不管怎么说，它们的数量太庞大了。如果他手上有一根棍子，或是一把枪……一架机关枪，或是一台喷火器！肾上腺素的刺激下，他仿佛回到了年轻时代，成了个愤世嫉俗的人。那时，他还不是基督徒；那时，他暴戾恣睢，一拳就能把别人的鼻子揍成肉饼，将轿车的挡风玻璃砸得粉碎。一气之下，他甚至能将壁炉架上的一长排小饰品推到地上。可现在，他什么也做不了。体内的肾上腺素也毫无用处，因为他唯一能做的，就是后退，就是眼睁睁地看着这群生物一点点啃啮着他们的劳动成果。

那些非爱耶稣者没有傻傻地站着那儿，他们还有更重要的事要做。种植园的命运已一览无余。他们赶紧跑到收割好的白花垛旁，扛起大网，将白花抬离地面。他们知道，这些害虫会从田地一端慢慢吃到另一端，也就是说，他们还有时间将那些裹在网里的白花搬走。爱耶稣者焦虑不已，游移不定。他们一会儿想保卫自己的庄稼，一会儿又担心起彼得的安危。彼得走到他们身边，想为大家出几份力。可他们更加忸怩不安，慌乱无措。人群中，顿时发出一声怪异而扰人的声音。这道声音，彼得从未听过。但直觉告诉他，这是悲恸之声。

彼得向绿洲人摊开双臂，一滴滴鲜血顺流而下，渐渐渗入大地。手上的咬痕不仅仅是简单的小伤口，上面的皮肉甚至都绽裂了。他小腿上的伤口也很严重。

"你会死的，你会死的！"爱耶稣5号呜咽着说。

"为什么这么说？难道这些生物有毒？"

"你会死的，你会死的！""你会死的，你会死的！""你会死的，你会死的！"几个爱耶稣者一同呻吟着。他们的声音渐次高涨，在空中融为一体。他们平日里一贯轻声细语，现在却突然发出这种奇怪的声音。彼得不免有些忐忑。

"毒？"他指着稍远处的害虫，高声问道。他真希望，自己能在SLM语言里找到"毒"的对应词，"不好的药品？"

他们没有回应，倒是匆匆跑开了。只有爱耶稣5号迟疑不决，留在原地。整个收获日，她的行为都十分怪异：工作怠惰——大部分时间都在旁边看着，有时只偶尔伸出一只手——左手——做一点轻活。现在，她朝他走去，一副半睡半醒、似醉未醉的样子。她将双手——一只肮脏，一只洁净——放在他的胯部，随后一脸埋在他的膝盖上。她没有性爱的念头；他觉得，她甚至不晓得那里很敏感；他觉得，她是在向他告别。不久，她也尾随他人而去了。

他独自一人站在白花地里，受伤的胳膊和小腿灼烧不止，瘙痒不断。他听到上百张嘴噬咬白花糊浆的声响。几分钟前，这些糊浆还是面包、羔羊肉、豆腐、水饺、洋葱、蘑菇、花生、黄油、巧克力、浓汤、沙丁鱼、肉桂等的原材料，可现在却已成为那群动物的腹下之食。

彼得跛着脚走回教堂的时候，他发现外面停着一辆接应车。一位名叫康韦的USIC员工正喝着价值50美元的饮料。他身材矮小，头顶光秃，身上穿着灰绿工装服，脚上踩着亮黑皮鞋，与彼得泥迹驳驳、血渍斑斑的外表形成鲜明反差。

"你还好吗？"康韦说着，又笑将起来。因为他突然意识到，自己的问题十分可笑。

"我被咬了。"彼得说。

"被什么咬了？"

"呃……不知道你们最终怎么称呼它们。软肉？山雀？随便吧。"

康韦抓挠着光秃秃的脑袋。他是电力师，不是医生。他朝教堂后方指去。一座新建筑赫然耸立在那里。它看上去像台洗衣机，但基座上还搭着小型的埃菲尔铁塔。"你的发射传输器。"他解释道。这种情况下，感谢词和敬慕语一般会尾随其后。彼得看到，康韦正沉浸在赞誉之中，对这一美妙的时刻恋恋不舍。

"我想，我最好去接受治疗。"彼得说着，高高举起了血淋淋的手臂。

"我也这么想。"康韦应和道。

几个小时后，在到达USIC基地之前，彼得手臂上的伤口不再流血，但伤口附近的皮肤却呈现暗蓝色。组织坏死？可能只是瘀伤。害虫的嘴巴仿佛电动工具，重重地咬着他不放。坐在车里，他仔细检查着受伤的手臂。没有绽露而出的骨头，他想，这可能只是表面外伤。他轻轻合上伤口上的松弛皮肉，但他觉得，这个伤口还是得缝上几针才好。

"我们这儿来了位新医生。"康韦说，"刚到的。"

"是吗？"彼得问。他那受伤的小腿正渐渐麻木，失去知觉。

"人很好，医术也很精湛。"这句话听着真是愚不可及：USIC选中的人当中，没有一个不是人好、技术又高超的。

"那真是好消息。"

"那么，"康韦继续说："我们去找他看看吧。就是现在。"

但彼得拒绝直接去医务室，他想先回一趟自己的房间。康韦有些不乐意。

"换不换衣服又有什么差别呢，反正只是去见医生。"他说，"何况他们会用消毒剂给你清理一遍。"

"这我知道。"彼得说，"我只是想回去看看我妻子发来的邮件。"

康韦不解地眨了下眼，"就不能等等吗？"他问。

"不，不能等。"彼得说。

"好吧。"康韦转动着方向盘。他和彼得不一样。他能区分各个建筑楼，因而也知道该开往哪儿去。

刚走进USIC大楼，彼得忽然一阵战栗。康韦带着他返回房间的途中，他的牙齿一直在咯吱打战。

"你不会晕倒的，对吧？"

"我还好。"楼内一片冰冷。空中弥漫着寒冷、无菌的氧气，却少了自然空气中该有的其他成分。每一次呼吸都刺痛着他的肺。灯光暗淡，四下阴森。但每次待在旷野之上，他不都有这种感觉吗？他总是需要适应。

刚回到彼得房间，康韦就感到烦躁不安了。"我就在外面等你。"他说，"动作快点。我可不想看到一位死去的牧师。"

"好的。"彼得说着，关上了房门。发烧，紊乱。头上的血管不断膨胀，牙齿不停颤动，咯咯作响，脸颊和下巴也因此酸疼不已。

昏沉感像海浪阵阵袭来，仿佛要将他击垮。

打开发射器的时候，他不禁在想，自己是不是在自杀。因为，就在这短短数秒的时间里，他很可能获救。对此，他还是心存疑虑。倘若伤口中了毒，USIC医疗诊所不可能有解毒剂。毒素将会在体内发挥毒性。他将在大庭广众之下，或是在自我私人空间里中毒身亡。也许，他只剩下几小时的生命。也许，他将成为新病理学家的首个挑战———具布满外星毒素的尸体。

若是如此，他想在失去意识之前再看一眼碧的来信，想听到她说"我爱你""我过得很好"。发射器的屏幕渐渐泛起微光，屏幕下方，一颗小绿灯不断闪烁。这表示,一个无形的网络正在宇宙中来洄游梭,搜寻着来自你妻子的讯息。

她的回信十分简短。

根本没有上帝。她写道。

22. 你在我身边

"木匠。"一段声音在他上空飘荡。

"嗯?"他回应着。

"还是个孩子的时候,人们认为我将来会成为木匠。在这方面,我天赋异禀。可是……这根本就是个骗局,你知道吗。"

"骗局?"

"药里蕴藏的欺惑之气。医生就是魔术师,外科医生就是大师。胡扯。人体修复没必要那么细致。你需要掌握的……我可跟你说啊,就是木匠手艺:测量,接合。"

阿德金斯医生正手持缝合针,慢慢穿过彼得的皮肉,在伤口处缝上了另一圈完美的黑线——他在证明自己的观点。手术即将完成。伤口上的针脚围出了优雅的图样,宛如印着飞燕的刺青。彼得没有任何感觉。早前,麻醉师给他注射了两剂麻醉药,再加上身体过度透支,所以他感觉不到一点疼痛。

"你觉得我中毒了吗?"他问。手术室似乎随着他跳动的脉搏而忽大忽小。

"你的血液里没有毒。"阿德金斯边说边打上了最后的线结。

"那……呃……我忘记他名字了。你来这里取代……呃……那个死去的……"

"埃弗里特。"

"埃弗里特。你找出他的死因了吗?"

"是的。"阿德金斯将缝合针扔到手术盘上。弗洛里斯护士很快就把它移走了。"死亡。"

彼得将缝合后的手放在盖着白色亚麻布的胸口。现在,他想睡觉。

"死因呢?"

阿德金斯医生咬了咬嘴唇,"心血管意外——是'意外'。很显然,他的祖父也是死于心血管意外。该来的总会来的。你可以吃健康食物,保持身体健康,服用维生素……但有时候,你还是会死。这是你的命数。"他扬起一端的眉头,"我想,你会称之为'与上帝的约定'。"

彼得弯曲着手指,感受着手臂上缝合后的伤口。"不久前,我还以为我命数已尽了呢。"

阿德金斯低声轻笑,"你会活下去的,你还得布道呢。回去的时候,万一你又和那些脏东西狭路相逢了,请记住我的建议。"他紧握双手,做出用力挥击的动作,"带上一把高尔夫球杆。"

彼得全身麻痹,无法行走,因此有人用轮椅将他推出了手术室。两只苍白的手从身后露了出来。棉质毛毯绕着他的臀部,摊在膝盖之上。他的大腿上放着一只透明塑料袋,里面有他的拖鞋。

"不管你是谁,谢谢你。"他说。

"不客气,真的。"格兰杰说。

"喔,天呐,对不起。"彼得说,"可是,我在手术室里没看到你呀。"

她推着他,沿着阳光铺就的走廊,朝前面的双开门走去。"我在等候室里。我不喜欢血淋淋的场面。"

彼得抬起胳膊,露出纯白的绷带。"都治好了。"他说。但她不为所动,即便在她答话之前,他也能感觉出来。她的手腕紧紧地扶着轮椅把手——其实没必要握得这么紧。

"在外面的时候,你没有照顾好自己。"她说,"你看看你,天哪,都皮包骨头了。是的,我知道我在渎神。但看看你自己。"

他低头看着自己的手腕,不一直都这样吗,他想。好吧,也许之前没这么瘦削。厚厚的绷带下,他的手腕显得更加枯瘦。格兰杰生气了?只是有点愠恼,还是暴怒?从医疗中心走到他的房间,只要几分钟的时间。可当你的身体掌握在别人手中,而这个人又刚好跟你生闷气的时候,这段路程就显得十分漫长了。止痛剂使他虚弱无力,碧翠丝的回信让他震惊不已——信的内容在脑海中潮涌不断——在他提供牧师咨询的时候,有个男人常常向他倾吐一个想法,而现在,他也突然相信了——一个深沉而消极的信念:无论他们做什么,无论他们心怀多少好意,他们的女人总是会大失所望。

"嘿,这一次我可尽量没让耳朵晒伤。"他说,"你摁摁看。"

"别把我当成小孩子。"

格兰杰推着他穿过双开门,随即拐向右侧。

"库茨伯格和你一样,"她说,"塔尔塔廖内也是。到最后,他们看起来就是一副骨架。"

他叹息着:"到最后,我们都成了骨架。"

格兰杰生气地哼了一声。她的责骂还没结束:"畸人小镇那儿出了什么岔子?是你的问题还是他们的问题?他们不给你伙食了,是吗?还是说,他们就是不吃饭,周期性的那种?"

"他们非常慷慨。"彼得不甘地说,"他们从没……我从没有挨饿的感觉。只是他们吃得不多而已。我想,他们种的,还有……呃……加工的庄稼,大部分都贮存着,用来填饱USIC员工的肚子。"

"喔,太棒了!所以说,我们是在剥削他们咯?"格兰杰推着他拐过另一道弯,"我跟你说,在这里,我们竭尽全力做着对的事情。竭尽全力。有太多太多靠着剥削与压榨,酿成了帝国主义的惨败。"

彼得只希望他们能早点谈论这个话题,或者晚点——只要不是现在就行。"呃……太多什么?"他在轮椅里使着劲,想将身体坐直。

"噢,天呐。难道还不明显?你是林中幼儿①吗?"

"我只是在完成上帝的使命;我的妻子问了一些犀利的问题……"这些话即将脱口而出。这不假。碧翠丝总是想知道为什么;她总是撕开虚假的表象;总是拒绝落入游戏之中,与他人为伍;总会细读合同里含糊不清的条文;总会跟他解释机遇背后陷阱重重的缘由;她也总能识别那些冠以基督之名的骗局。格兰杰是对的:他是林中幼儿。

他生来不是基督徒,这无可厚非。他依靠自己的意志力,才成了基督徒。成为基督徒的路有很多,而他走的那条,需要自己摒弃玩世不恭的作风,就像熄灭一盏灯一样。不,这是个错误的比喻……他已然……已然点起

---

① 出自英国古老民谣《The Children in the Wood》,用以比喻天真无知的人。

了信任之灯。多年来，他一直游戏人间，压榨路人，也撒过谎，干过偷窃的行当。但如今，他已改过自新，重新做人。往事一笔勾销。那个谈吐间夹带"该死的耶稣"的人，成了高呼"天呐"的牧师。人生没有第三条路，你要么是个酒鬼，要么滴酒不沾。玩世不恭的人也一样。碧翠丝还能够应付——能自我节制，但他不行。

根本没有上帝，可这是碧翠丝的回信。主啊，求求你，不要这样，这不是碧翠丝的回信。

在医院初遇的时候，他曾坐在轮椅上，而碧则像格兰杰一样，在后面推着他走。那个时候，他从仓房的窗口跳下去，摔断了脚踝。后来，他只能默默躺在碧翠丝负责的病房里，脚悬在空中，一待就是好几天。一天下午，她松开了他脚上的绷带，将他挪到轮椅上，然后推着他去放射室做术后检查。

"你能把我推到边上的安全出口吗？我想抽烟。"他说。

"帅哥，你不需要尼古丁。"她的声音从后上方传来，带着点幽幽的香气，"你得改变自己的生活。"

"好了，到了。"格兰杰说，"旅客之家。"

他们来到门口，上面挂着个门牌：P. LEIGH，牧师。

正当格兰杰扶着他站起来的时候，USIC的一位电气技师斯普林格恰巧经过。

"欢迎回来，牧师！"他说，"要是你还需要羊绒球，知道去哪儿找我吧！"随后，他沿着走廊漫步而去。

格兰杰轻声絮语，她的嘴唇紧挨在彼得的耳畔，"天呐，我讨厌这个地方，还有在这里工作的人。"

但请别讨厌我，彼得在心中默念。他推开门，随即和格兰杰一同走了进去。扑面而来的空气污浊沉闷，甚至带了点酸腐气味。房间已有两周没开空调了。在外界的搅扰下，尘埃在一束光线中飘荡起伏。门关了。

格兰杰刚刚还只是把一只胳膊扶在他后背上，以防他的身体失去平衡；但现在，她又将另一只胳膊缠在了他身上。他困惑不已。但渐渐地，他才意识到她正拥抱着他。不仅如此：这个拥抱和以前的截然不同。这个拥抱里，蕴藏着激情与女性需求。

"我在乎你。"她说着，将前额埋在他的肩膀上，"别死。"

他不安地拍着她的背，"我不是有意为之。"

"你会死的,你会死的,我会因此而失去你。你将与我渐渐疏远,你将离经叛道,然后有一天,你将消失不在。"她哭了。

"不会的,我发誓。"

"你个畜生。"她轻轻抽泣着,将他抱得更紧了,"你个人渣,你撒谎……"

她松了手,淡白色的衣服上,沾着从SLM种植地上带来的泥土。

"我不会再送你去见那些怪人了。"她说,"你让别人去做吧。"

"对不起。"他说,"你想怎样就怎样吧。"可她已经走了。

没有收到更多碧翠丝的回信。在他的指令下,高科技网络在宇宙中搜索着她的讯息,却一无所获。绝望的呼喊仍在屏幕上微微闪动,还是那六个字①,它们悬停在灰色界面上,一动不动。回信上没有署名——见不到她或他的名字。上面,只有一行句子。

他坐在发射器前,祈求力量的到来。他知道,如果他现在不予回复,他很可能向前俯倒,然后渐渐失去知觉。

他那粗笨的手指沉稳地敲击着《诗篇》14:1里的经文:愚顽人心里说,没有神。可随后,上帝驻入他的心田,时刻警告他,让他摒弃这种愚昧的想法。无论碧翠丝经历了什么,她都没必要指责上帝。

或许又是一场自然灾害?或许其他国家又发生了可怕的事,让碧翠丝忧心忡忡、悲悯无奈?或许可怕的事就降临在他的家乡,英国?或许是一场让上千人流离失所、无家可归的大灾厄?

《诗篇》顿时涌入脑海:"你必不怕黑夜的惊骇,或是白日飞的箭;也不怕黑夜行的瘟疫,或是午间灭人的毒病。虽有千人仆倒在你旁边,万人仆倒在你右边,这灾却不得临近你。②"

但要是……要是碧翠丝受到灾难的侵袭呢?要是她碰上地震或洪水呢?要是这个时候,她搁躺在房屋的废墟之中呢?可是,不,不,理智点。他们的房子必定完好无损,否则,她也不可能给他写信。USIC给他们分配的发射器,就安装在楼上的书房里,它和档案橱柜那么大的主机连在一起。碧

---

① 根本没有上帝。

② 《诗篇》91:5。

翠丝的回信证明，她还安然无恙。只是，一个疏远上帝的人，从不可能安然无恙。

在二氢吗啡[①]、氯普鲁卡因[②]和疲乏的驱使下，他昏昏欲睡，但也因此感到恐慌。他必须写点什么，可他毫无气力；他必须说点什么以打破沉寂，可若是他措辞不当，他将后悔一辈子。

最后，他驱散了脑中杂陈的经文与劝言。他是她的丈夫，她是他的妻子：这是他唯一确信的事。

碧，我不知道你为什么会说出这样的话。但我爱着你，如果可以的话，我想帮你。请告诉我发生了什么事，如果是我早该知道的事，请你原谅。我刚做了场手术。就缝了几针，不碍事。我在旷野上被咬伤了。以后我会慢慢解释的。现在太累了，我得休息一下。但你要知道，我时刻牵挂着你，我爱你。我知道这听起来荒谬可笑，但我就在你身边，真的。

他发出了邮件，随即瘫倒在床上。

没过多久，格兰杰便悄悄走进屋子，躺在了他身边。她的头埋在他裸露的胸口上，双肩轻触着他的肌肤。若她的肩膀就这样空空地杵着，这种姿势未免有些不自然。于是，他用双手抱住了她的双肩。她紧紧依偎在他胸口，温暖的肉体相互贴合。五根纤细的手指轻轻触碰着他的腹部。那一刹那，他看到了远在地球的碧，他仿佛获得了允许，他们，他和格兰杰水到渠成，水乳交融。

醒来后，他闻到了背叛的气息。他犯下了通奸的勾当，而且——更糟的是——他将妻子拉入了不忠的幻想之中，成了同谋。他和碧翠丝一直以来都忠贞不贰，矢志不渝；传教中遇到的任何一个弱女子，他也不曾占过便宜。他只有一个女人，而碧翠丝就是他的女人。不是吗？

他静静地躺在床上，抬起手臂，遮挡着刺眼的阳光。他仿佛宿醉了一般，太阳穴胀痛不已。他舌头干涸，嘴唇干裂。受伤的手臂没什么大碍

---

① 一种麻醉药品。

② 一种麻醉药品，局部浸润麻醉用0.5%～1%溶液。

了——好吧,是有点麻木——可他的胫骨疼到有种灼烧的感觉。他也不知道自己睡了多久:15分钟或15个小时。梦还残留在脑海之中。爱的幻象,诱人的幻境。在这里,一切悲伤、疼痛与嫌隙都被性欲——抚平。

他焦渴难耐,只得站起身子,走到水龙头边上,然后像狗一样贪婪地喝着水,直到肚子哗哗晃荡为止。医生嘱咐说,他可以洗澡,可以在伤口上抹肥皂泼清水,但如果缝合处发痒的话,绝对不能用手挠;伤口愈合的时候,缝合线自然会消融不见。彼得解开绷带,伤口上的皮肉也渐渐露了出来。白棉布几乎没有沾上什么颜色,伤口也整齐洁净。他洗了澡,擦干了身子,随后又把绷带缠了上去。他穿上牛仔裤,随手又套了件褪色的橘色短袖——上面印着"超越巴兹尔登特遣队"的字样。这两件给他穿都有点大了。他在背包里翻找着袜子,却在无意间拽出了一只小塑料袋,里面装着黏糊糊的半流体。刚开始,彼得还认不出来。但慢慢地他才记起,这是很久之前SLM送给他的餐点,而他留着没吃,因为那个时候,他还不习惯绿洲人的饭食:一片尝起来像醋的油饼。为了不冒犯绿洲人,他只能声称自己不是很饿,过会儿再吃。在他的手掌上,这个袋子成了块湿冷的秤砣,又好像从畜体中掏出的脏器。他环顾四周,想找个显眼的地方把它放上去,这样,他就不会忘记了。

冰箱旁的桌子上,他看到了一些陌生的东西。一个塑料药瓶和一张手写的便条:如果需要的话,每四个小时吃两片——格。

他睡着的时候,格兰杰来过这里?还是说,从医疗中心推他回来的时候,她已经把这些东西带在身边了?除了拥抱,他不记得她在他房里做过什么了。或许在他被送去见阿德金斯医生的时候,她就已经把这些药放在那儿了。真是未雨绸缪。

他拿起药瓶,读着上面的药品说明。"这些药的效力,比你从英国药房里买到的处方药还要强。"可是,他的疼痛不在肉体上。

他检查着碧翠丝的来信。可是,毫无音讯。

彼得走进食堂的时候,平·克劳斯贝的灵魂正在歌唱。曾经在人的喉咙上独据一方的喉结膜,早已埋入黄土,葬于洛杉矶的圣十字公墓之中。它发出的歌声,曾收录在1945年发行的磁带里,之后,各大咖啡馆纷纷播放着这张外观喜人的数字化磁带。十几个USIC员工有的坐在扶手椅上,有的直接坐上了桌子。他们要么互相交谈,要么专注着餐桌上的食物和饮料。朱迪·嘉兰①说着试帽子的事,她的空灵之声——小小的喉结膜在剧烈震颤——混入到克劳斯贝的声音之中。这是男女差异的缩影。斯坦科站在咖啡台后,开启了榨汁机。咖啡味冰块的打磨声随之传来,渐渐将远古之声淹没。

"今天有什么好吃的,斯坦科?"排到彼得的时候,他问道。

"煎饼。"

平·克劳斯贝打断了嘉兰的吟唱,开始高歌:"我的手绕在你肩头,我们即将走一走,你一定要呀嗒嗒,呀嗒嗒,呀嗒嗒,说话,说话,说话吧……②"

"有什么美食吗?"

斯坦科拉开一个金属罐头的盖子,一股沁人心脾的气味飘散开来。"酸奶油牛肉。"

"那我要这个,外加一杯茶。"

"亚里士多德,数学家,经济学家,旧椅子,"平高唱着,"经典,喜剧,亲爱的,谁会在乎呢?"

斯坦科递给彼得一个彩色塑料托盘,上面有热腾腾的食物、一大杯热水、一纸袋奶精,以及一袋标签上印着迷你白金汉宫的小茶包。

"谢谢。"彼得说。

"尽情享用吧,兄弟。"

"这看起来很不错。"

"你能吃到的最好的酸奶油牛肉。"斯坦科一本正经地说。讽刺性的幽默?或许他只是在说实话。现在,彼得有些怀疑自己的判断能力。

他走到空桌旁——也就剩这么一个空位——坐了下来。当平·克劳斯贝将话题扯到高尔夫,想依此假装惹怒朱迪·嘉兰的时候,彼得开始吃起了牛肉。他知道,这块牛肉是白花经石头敲打、风干、油炸而成的。肉汁尝起来不对劲——甜到发腻。白花嫩茎染成了浅橘色,随即制成胡萝卜;白花叶片漂成了银白色,随即制成洋葱。他希望USIC能丢弃这些虚假的合成物。SLM怎么吃白花,他们就该怎么吃。在这里,有太多尘封了的好食谱。

---

① Judy Garland:原名弗兰西丝·埃塞尔·古姆,美国女演员及歌唱家。

② Judy Garland & Bing Crosby:Yah-Ta-Ta,Yah-Ta-Ta。

"当音乐轻盈而起,"朱迪·嘉兰低声轻唱,"我正坐在你腿上,你一定呀嗒嗒,呀嗒嗒,呀嗒嗒,呀嗒嗒,瞎讲,瞎讲,瞎讲啊……"

"我可以坐这里吗?"跟那道死寂的声音比起来,这是真正的、活生生的女人的声音。他抬起头。是海斯。他点头示意。她会问及他的近况,他觉得。但要想回答她的问题,他只能将整个故事滔滔不绝地讲下来。但海斯一入座,却没有讲什么话。显然,她只是对桌面感兴趣,因为她能将一本厚厚的书放上去。彼得一边吃着食物,一边斜瞥着书页。他能认出上边儿的数独①、数谜②、单独③、菲洛米诺④等他逻辑谜题,它们都用铅笔填写好了。海斯伏在书上,一块橡皮夹在她的拇指和食指之间。吹毛求疵的她,开始用橡皮擦去铅笔画下的记号。

"含着你的唇,感觉自己飘飘若仙。"平和朱迪和声轻语。

五分钟后,彼得的餐盘一扫而空,而海斯的冰咖啡仍原封不动,好像被人遗忘了似的。她弯腰弓背,沉浸在自己的任务之中。她双唇微张,低俯的眼睛上,睫毛绵软葱郁。她比他印象中的更秀美,更深情。他被她的无私劳作触动了,深深地触动了,几乎在一瞬之间。

"你真体贴。"他听到了自己的说话声。

"什么?"

"有很强的社区意识。"

---

① Sudoku是一种数字谜题。典型的数独盘面是个九宫格,每一宫又分为九个小格(9×9),全盘面都包括81个小格,其中有的小格有数字(1至9)。给出的已知数越少,数独谜题越复杂。数独谜题唯一的规则是数独每行、每列及每宫填入数字1-9且不能重复。

② Kakuro一种数字谜题,也是纵横字谜的数学模拟体。需要将1至9数字填入方格中,有的方格无法填上(黑色方格)。在包含数字的黑色方格中,上面的数字表示在该方格右边白色方格的数字之和,而在黑色方格中,下面的数字表示在该方格下面白色方格的数字之和。

③ Hitori是一种逻辑谜题。需要将重复的数字涂黑,数字在任何行或列里不重复。涂黑的方格只能用角角毗邻,不可以用方格的侧边毗邻。未涂黑的小格要构成连续不断的白色空间,白色方格与白色方格之间必须相连。

④ Polyominous谜题的盘面是大小随意的长方形格网,在有的小格中有数字。需要将盘面分为几个大块,每个大块包含的小格数量要相当于大块的小格包含的数字。

她望着他，一脸茫然。

"擦掉铅笔画下的记号。"他解释着，只希望自己没有开过口，"让别人也能玩玩数谜。"

她皱起眉头，"我这么做，不是为了别人。我自己要再做一次数谜。"她随即又开始手头上的工作。

彼得坐在椅子上，喝着茶。海斯的平静与专注不再吸引他的眼球。相反，他甚至觉得海斯有些诡异。是的，他不是数谜专家，因而在他眼中，这些数字与格子异常神秘。倘若放在其他人眼前，这些数谜或许是个趣味盎然的挑战；但要是一个人周而复始地做同一道数谜，那……

突然，从房间另一端传来一阵大笑，海斯为此心绪不宁，无法专注。这阵笑声是图什卡、马妮丽和那个接他回基地的人——什么名字来着？康韦——发出来的。他们手上拿着三个塑料杯和一颗铆钉，正玩着入门级的魔术戏法。"你怎么做到的？怎么做到的？"康韦不停追问，而一旁的图什卡乐得合不拢嘴。其他人则倾卧在扶手椅上，草草翻阅着杂志，包括《飞钓》《卡通经典》《时尚》《化学工程师》。彼得忽然想起图什卡说的"法国外籍军团"：如果你能召集一个由个人组成的团队，他们坐得住牢狱，耐得住寂寞，那就再好不过了。这些人，是不会发疯的。说到不会发疯的人，海斯或许就是很好的例子。她安于工作，除了在从杂志上撕下的几页纸上又擦又画外，她不会惹出任何麻烦。等回到房间后，她又能一刻不停地擦拭纸上的数谜，然后，漫长的时光就这样匆匆而过。

"……克劳斯贝是传说中的谦谦君子。在他口中，这首艺术金曲被誉为'一部柔婉的小说'。"播音员庄重地说，"接下来，我们换换口味，聆听一首未发行的曲子。平的排演不够充分，你是可以听出端倪的。比如，他在唱'养老金'时磕磕巴巴。但这首曲子仍值得一听。嘉兰贴近麦克风，唱出空灵的曲调，我们不禁会有种身临其境的幻觉，以为她就在这个房间里，和我们一起……"

"又打扰你了，不好意思。"彼得说。

"没事。"海斯擦去一个数字后，才慢慢抬起头。

"对于这些音乐广播，我有些好奇。他们都有年头了吧？"

她眨了下眼睛，随后竖起耳朵，听着空气中流荡的声乐。"一把年纪了。"她说，"那些歌手，我觉得他们都离世了。"

"不，我说的是这些广播，包括曲目播报在内的所有东西。这些广播是由USIC的人收集起来的，还是说，它们原本就存在了？"

海斯环顾四周。"罗森负责这件事。"她说，"他现在不在这里。他是测量师，也是制图员。你可能见过那张陈列在项目大厅里的离心发电设备图纸，那是他绘制的。精确无误的作品。我有时还会站在那里看上几眼。"她耸耸肩，"我喜欢他的音乐，但又不喜欢。它的背景音乐过于吵嚷，但他很喜欢，那我也很高兴。人各有所好，我想是这样的。"她听起来摇摆不定。

一阵疼痛感在彼得身上蔓延开来——他又回想起碧翠丝的回信了。"母地。"他试图振作起来。

"你说什么？"

"离心发电设施的绰号。"

"发电设备。"她微笑着纠正道。随后，她合上数谜书，将橡皮扔进了衬衫口袋。"没人把它叫成'母地'。这我是知道的。人们会叫它'大胸罩'，或是'罩罩'。"她将书抱在胸口，准备离开，"没必要失落。我妈妈过去常说，别为小事抓狂。"

沮丧之时，不要自我沉溺，要走出来。这是碧翠丝的座右铭。实际上，这是他们夫妻之间的座右铭。

"你想念你的妈妈吗？"

海斯思忖着，把书搂得更紧了些，"我想是的。很久以前，她就死了。我能执行这项任务，她一定会感到自豪的。但在她死之前，我已经有一份好工作了，所以说，她早就为她的女儿感到自豪了。我看上去游手好闲，但其实不然。"

"我曾经游手好闲。"彼得始终看着对方的眼睛，"曾是个酒鬼，也是瘾君子。"他知道，海斯不是那个可以与之倾吐过往的人，但他就是情不自已。他现在才意识到，自己根本不想待在这里，不想和这些人在一起。他得失去意识，或是回到SLM当中才行。

"这不是罪。"海斯平淡地说，"我不评判任何人。"

"我犯了罪。"彼得说，"轻罪。"

"改过自新之前，有些人确实走过一些弯路。但他们不是坏人。"

"父亲对我失望透顶。"彼得继续说，"他死的时候，仍心碎不已。"

海斯点点头，"有时就这样。你在这里工作一段时间了。你会发现，许多同事的心中都藏着伤心事。但有些人却没有。世上没有两片相同的树叶。过去的就让它过去吧。如今的我们，都站在了同一点上。"

"哪一点？"

她抬起拳头——这个轻轻举起的松散的拳头在欢乐的咖啡馆中很少见——摆出胜利的姿态——如果"胜利"用在这里恰到好处的话。"朝着未来而工作。"

亲爱的彼得，碧写道。在他无尽的祈祷和忧虑之后，碧终于给他回信了。

这么久没给你回信，对不起。我不想谈已经发生的事，但我欠你一个解释。谢谢你向我伸出双手，但这根本改变不了现实。我觉得，你不会理解我现在的处境。但我还是愿意接受你的好意。

这里发生了很多事。说得委婉点，我们的教堂经受了挫折。杰夫带着所有资金潜逃了。他和财务员勾结在一起，后来两人偷偷离开，不知所踪。可是，账款全部清空了。他们甚至连募捐袋也卷走了。你还记得我们是如何向上帝祷告，让他选中一位牧师来取代你吗？好吧，杰夫就是其中之一。你来解释一下吧。

接下来该怎么办？人们意见不一。有人想收拾残局，试图坚持下去；还有人觉得我们应该建一座新教堂，然后从头开始。他们甚至请我担任牧师！真是个好时机啊。

灾难发生前两天，我回医院工作了。我以为，古德曼的出走会给我带来福分。可是，医院变了。首先是肮脏污秽的环境。楼道、墙壁、厕所都污迹斑斑。这里没有清洁员工，也不见得会有吧。我抓起拖把，忙着清洗厕所。莫伊拉敲着我的头，说："我们是护士，不是来拖地的。"我说："万一葡萄球菌滋生了呢？万一裸露的伤口感染了呢？"她只是盯着我，但眼神始终在逃避。也许她是对的——这里的工作够糟了。急诊室一片混乱。人们乱跑乱叫，还和看护员扭打成团。我们还没来得及做出分诊，他们就想马上把患病的父母或孩子推到病房了。

如今，这里的所有病人都是穷鬼。哪怕一个素质良好的中产人士的影子，你也见不到。莫伊拉说，那些有钱人早就放弃接受国民医疗服务了。富人纷纷逃到法国或卡塔尔，中产人士则给自己找了家无须预约且按服务计费的诊所（它们如雨后春笋，拔地而起——所有新社区都绕着它们而建）。而我们的诊所收留的都是些社会渣滓。这是莫伊拉的原话，但说实话，他们确实如此：愚昧、粗野、丑陋、大嗓门，甚至还穷凶极恶。忘了你的博爱吧——当一个身文刺青的醉鬼用被尼古丁熏黄的手指戳着你的肩膀、冲着你的脸破口大骂的时候，你还能镇定自若？在这里，总是能看到充血的眼睛、红肿的痤疮、打碎的鼻子、伤痕累累的脸颊、断裂的肋骨、灼伤的婴儿以及自杀未遂的人。我知道我过去总是抱怨古德曼，说他只收留小病患者。可是，向全社会提供医疗服务是一回事，而整个医院被粗鄙之人占领又是另一回事。这两者，是不一样的。

没时间了。现在已经6:30，我得去工作了。我还没告诉你我骂出口的原因。我无法面对这件事，况且写信又得花好长时间，所以我可能不会和你细说，可能只是轻描淡写。我想我会缓过来的，可你将忍受莫大的痛苦。但愿我可以永远免去你的痛苦。我得走了。

爱你的
碧

他立即做了回复：

亲爱的碧：

我非常担心你。听到你的"声音"，我真的松了口气。我想，我们之间相互误解了——只有上帝头脑清醒——但我们不该让失落与悲伤阻碍我们生活的步伐。这一点，在我的工作中得到了一次次的证明。

杰夫和教堂的事确实令人悲愤，可是，教堂不是由杰夫或财务员或某个特定的建筑构成的。祸兮福所倚，这次的不幸可能是日后幸运的伪装。如果我们欠了钱，我们可以偿还，如果我们还不起，那也只是钱而已。人类灵魂与心灵的成长才是最重要的。我们的教众有重建教堂的想法，这着实鼓舞人心。人们一般都害怕改变，所以这一次，也算是勇气与乐观的好例子了。为什么不在一个人的家门前简单集会呢？就像早期基督徒一样。复杂的设施只是奢侈品，真正重要的是爱与祈祷。他们希望你担任牧师，那真是太好了。别气愤，你能胜任这个职位的。

你谈到了医院里的各种变化。在不断增加的社会压力之下，这种变化自然合乎情理，同时，它也证明了我的想法：现在不是回去工作的时候。要知道，你的肚子里正孕育着咱们的宝宝。或者我希望你能——你是流产了吗？这就是你信仰动摇的原因？我要忧思成疾了。请坦白告诉我吧。

不管发生什么，你的心境因此低沉，堕落。那些挤进你医院的"粗鄙"之人都是珍贵的灵魂。上帝不会管你有没有痤疮、烂牙或不良教育，他一视同仁。

请记住，你遇上我的时候，我还是个酒鬼，一个挤占空间的废物，一个游手好闲的人。如果当年你鄙视我，嘲笑我，我就不会得到救赎；我只会变本加厉，然后让人意识到，我这种人无可救药。谁知道呢，你在病房里看到的一些女人，可能也曾在离你不远的地方遭受过家庭创伤。所以不管有多难，请你继续保持同情心吧。就在你所在的医院里，上帝会让奇迹发生的。你说这些人是凶神恶煞，但其实，他们也渴求一些东西，一些连药品也无法给予的东西。

            请尽快回信，我爱你。
                 彼得

太阳终于下沉了，地平线渐渐染成金褐色。黄昏漫漫，天地间的美丽顿时千篇一律。不久，天空将会拉下帷幕，然后就是恒长的黑夜。彼得将腐烂的食物装进背包，然后走出了大楼。

他走了大约1英里，只希望USIC基地能从他的视野中消失——或者更确切地说，他想从USIC员工的视野中消失，他不想被人发现。可是，在这片一马平川、平淡无奇的原野上，楼群仍横陈在视野之中，它们看起来甚至没那么遥远了，又一个视觉陷阱。他知道自己不可能被监视，但他总觉得背后有一双眼睛在盯着他看。他继续走着。

他向西走去，直指荒野——也就是说，不是绿洲居住地的方向，也不是"大胸罩"的方向。他想，如果他走了足够远的路，他最终就会来到大山或溪涧深处，或至少是一处岩丘或一片沼泽地，这样，他就能知道自己是在其他地方了。可是，脚下的苔原不断延伸。平坦的褐土之上，一丛白花在落日下发着冷光。每当他回首远眺，他总能看到USIC基地的可怕幻景。他困顿不已，随即瘫坐在地上，等候太阳沉入大地。

他不知道自己等了多久，也许2小时，也许6小时。他的意识脱离肉体，盘旋而上，飘浮在大气之中。他忘了自己来这里的目的所在。他是不是已经决定不在房里睡觉了？他是不是想在露天之下度过漫漫长夜？他的背包还能充当枕头呢。

四下漆黑一片，他不再感到孤单。他眯着眼向黑暗看去。他发现，5米开外的地方，有一只浑身泛白的小生物。是那只啃食白花还咬伤他的害虫，它孤零零的，好像脱离了同行的伙伴。它围着彼得小心翼翼地打转，还时不时点着头。没过多久，彼得就发现它不是在点头，而是在嗅着气味：它的鼻子在闻着食物的味道。

他想起了手臂上的淋漓鲜血，想起了大腿伤口上的麻木与疼痛。怒气袭上眉头，郁结在心里的悲伤顿然消逝。他想杀死这只恶毒的生物，想把它压在脚底，然后用鞋跟将那颗长着獠牙的小头骨狠狠地踩碎——不是报复，而是自卫，或者，他可以假装自卫。不。这个在暗夜中徘徊的小东西脆弱不堪，孤苦无依，它已经够可怜了。何况，它闻着的食物不是彼得的肉体。

彼得从背包中慢慢拿出了珍宝。那只生物立马停下了脚步。彼得将塑料袋放在地上，随即向后退却。小生物走上前，用牙齿撕咬袋子，一股甜甜的腐臭味随即弥散开来。它狼吞虎咽，很快就将整堆食物连同塑料碎片一吞而尽。彼得想：比起头颅的碎裂，这只生物是否将迎来更悲惨更可怕的结局？或许这就是印度教里的因果报应吧。

饱餐之后，那只生物便默默走开了。彼得坐在地上，遥望远处基地上亮起的灯光。"旅客之家"，格兰杰是这么叫的。灯光渐渐潜入脑海，由暗而明。他想象着英格兰的旭日初升，想象着碧翠丝穿过医院停车场，朝巴士站匆匆而去。她爬上大巴，在各色人群中——棕色、淡黄、米黄、浅粉——找了个座位。大巴在拥挤的马路上缓缓而行，随后停在了一家出售小饰品和廉价玩具的商店门口。绕过街角的自助洗衣店，再行走150米，就能看到一间前窗无帘的半独立式房屋。屋内，一块破旧的褐红色地毯沿楼梯铺陈而上，及至房门口就停住了。碧翠丝坐在房内的机子前，准备打下"亲爱的彼得"。他支起身子，开始往回走。

亲爱的彼得：

不，我没有流产，也请你不要在我面前说同情。一切都不复存在了，这一点，你根本无法体会。现在，我们只关心两件事：问题严不严重？还有没有精力去应对问题？倘若一个人的腿被炸弹炸飞，你就会将他推入手术室，给他截肢，为他配上假肢，还会给他提供理疗和心理辅导，一年后，他或许还能跑几趟马拉松。可如果一个人的手臂、大腿、生殖器、肠子、膀胱连同五脏六腑都被炸弹炸掉了，那就不可同日而语了。为应对生活乱子，我们必须有不乱的事作支撑。无论是人体、基督传教，还是生活，如果我们失去了太多，我们也将无法延续下去。

一两周前，发生了一些让我几近崩溃的事，但我是不会告诉你的。只有时时发生的事，才会引起你的注意。非洲新战争、妇女儿童大屠杀、中国乡村大饥荒、德国示威者被镇压、欧洲央行丑闻、我的工作津贴没了，等等。你会觉得，这些事都不可能发生。你用圣经诗篇填满绿洲人饥渴的嘴，真是多亏了你啊。

总之，你需要知道的就是：上周，出于各种原因，我变得焦躁不安。而当我焦躁不安的时候，约书亚和往常一样，很快觉察出了我躁动的情绪。它一会儿蜷缩在家具下，一会儿从房间一头蹿到另一头，一会儿声嘶力竭地叫喊，一会儿又在我的小腿旁转来转去。但它就是不让我抱，甚至轻轻碰一下也不行。我连最起码的安慰都得不到，这让我十分抓狂。我试图忽视它，开始干起家务。我熨了自己的工作服。当时，熨衣板有些歪斜，下方的支架也有点松弛。我疲惫不堪，当然也无心调整支架了。我凑合着站在边上，熨起衣服。当我放下熨斗的时候，它从熨衣板边沿掉下去。出于本能，我急忙往后跳。我的脚后跟突然重重地踩在了什么东西上。那时，我听到骨头断裂的一声脆响，还有约书亚的一声哀号。我发誓，它是在哀号。后来，它就不见了。

我在床底下找到了它。当时，它浑身发颤，呼吸急促。它睁大的眼眸里，满是痛苦和恐惧。我踩断了它的后腿。我能看到。它的眼睛里，看不到一丝信任的神色。我说话的时候，它一直往后退缩。我成了它的敌人。我戴上了园艺护套，这样，它就不会咬伤或抓伤我了。我揪住它的尾巴，把它拽出来。这是唯一的办法。我将它抱到厨房，放在桌子上，随即又把猫绳圈在了它脖子上。它安定了不少。我以为它休克了。或许它忍受了巨大的痛苦，只能趴在那里苟延残喘。我接起话筒，给兽医打电话。厨房的窗子仍大敞着。约书亚仿佛被点着的大炮，一下跳出了窗口。

我找了好几个小时。我在同个地方找了一遍又一遍，直到走不动为止。

那时已经到了晚上,四下一片黑暗。我也得去工作了(夜班)。见鬼了,真的见鬼了。凌晨4点钟,我穿了病号服,因为我的工作服上沾了粪便。一个胖胖的疯子把拉出来的屎扔到床外,床栏杆乃至整个病房都沾满了屎。护理员下班了,整个楼层只有我、小欧雅玛和一个新来的小姑娘(人很甜,但工作的时候经常消失)。那个扔屎的疯子有个母亲,她整夜都睡在访客房里——没人能把她撵走。她带了6罐百事可乐和一盒没吃完的外卖。(这可是医院啊!)没过一会儿,她就把头伸过来,想看看我们有没有照顾好她的儿子。"你个贱人!"她对我大吼大叫,"你残忍啊!我叫警察来!你是个假护士!真护士在哪?"她就这样唠唠叨叨,没完没了。

早上回家的时候,我还穿着病号服,外面套了件开衫毛衣,看起来就像刚从疯人院里逃出来的病人。我提前两站下了车,这样,我就可以路过公园去找找约书亚。这是一次不大会成功的尝试,对此,我也不抱什么希望。但我还是希望能见到约书亚。

它靠一根尾巴吊在树上。还活着。两个12岁左右的孩子正用绳子套着它,让它爬上爬下,让它原地打转。他们猛地将绳子一拽,约书亚一阵抽搐。我的心头一热,眼眶顿时红了起来。我不知道接下来发生了什么事,也不记得我对孩子做了什么,我的脑子一片空白。我只知道,我没有杀死他们,因为我走过去的时候,他们已经不见了。我的拳头上、指甲上满是血渍。我真想杀死他们。是是是,我知道——他们只是没有教养,需要爱与宽容的贫困儿童。为什么不把他们带到我们的外展计划当中呢,如此云云——这些邪恶的卑鄙小人在虐待约书亚!

我将它从树上抱了下来。它还在呼吸,但气若游丝。它的尾巴断裂,一颗眼睛爆了出来。但它还活着,我觉得,它还能认出我。10分钟后,我来到兽医院。那个时候还不到开门时间,但我肯定踢过门,肯定大喊大叫过,因为他们后来给我开了门。兽医从我怀中接过约书亚,随即给它打了一针。

"好了。"他说,"你想把它带回家,还是让它留在这里?"

"你说什么?带它回家?"我说,"你不为它做点什么吗?"

"刚做了。"他说。

后来他告诉我说,他不知道我会愿意付手术费用。"如今,没人会为这事而操心。"他说,"我这家店,五六个小时都没有一个客人。等到终于有人带着一只病快快的宠物进来的时候,他们唯一想要的,就是让宠物长眠。"他将约书亚装进塑料袋,然后递给了我,"免费。"他这么跟我说。

彼得,这件事我只说一遍。这次经历是没有任何教育或训诫意义可言的,它不是上帝的一次诡秘行踪,也不是上帝(为我踩在约书亚腿上及后续发生的事)所拟定的终极崇高的目的。我信奉的救世主曾关注过我的所作所为;我信奉的救世主曾让事情发生,又让事情停滞。过去,我一直在欺骗自己。我感到孤单,感到恐惧。我嫁给了传教士,他告诉我,愚顽人心里说没有神。如果你不这么说,那只是因为你老练通达,因为在你心中,你认为一切都只是我信仰动摇的过失,而这让我倍感孤单。你不会回到我身边了,对吗?你喜欢那里的生活,因为你在上帝的星球上。即便你回到我身边,我们仍无法在一起。因为你的心,还留在上帝的星球上。你在我身边,却如隔千里万里。

四

行在天堂

23. 与你共饮

彼得非常确定这种叮咬有毒。绷带下面的伤口看起来很干净,但实际上已经造成了伤害。被感染过的血液通过体内的动脉和静脉网络不断地伤害着他所有的器官。大脑被毒液蚕食只是时间问题。他首先会变得神志不清,不过他觉得这个过程已经开始了。然后他的身体功能会慢慢衰竭。肾脏,肝脏,心脏,肠道,肺部,所有这些器官和组织都神秘地相互依赖着,需要无毒的血液来维持正常运转,因此它们都会衰竭。最后,魂归幽冥。

彼得依旧坐在发射器前,仰脸望着天花板。碧翠丝的话历历在目,他苦思良久,以至于视网膜仿佛被这些话灼烧,现在它们又重新出现在他的眼前,像霉变一样难以辨认。悬在他头顶的灯泡是那种节能的灯泡,但现在更像是个线圈而不是一个灯泡,就像悬挂在电线上的一段放射性肠道。在它上方的,是薄薄的天花板和屋顶,而在那上面的,又是什么呢?碧翠丝在宇宙的哪一方?她在他上方,在他下面,在他的右边还是在他的左边?如果他能够飞行,如果他能够以比光速更快的速度将自己发射到太空中,他能得到什么呢?他不知道该往哪里去。

他绝不能死在这个房间里。不,不能,绝不能是在这个无菌隔间内,这个房间被密封在一个混凝土和玻璃制成的仓库内。除此之外的任何地方,他都愿意去。到居住地去,也许他们有治疗的方法,一些民间偏方。也可能没有,考虑到他们看到他的伤口或许会为他默哀。不过哪怕要死,他也要在他们的陪伴下死去,而不是在这里。再说,他不能看到格兰杰,必须要想方设法避免和她遇见。格兰杰会浪费他所剩不多的时间,拖着他去医务室,在那儿他会在毫无意义的观察下死去,然后被归结为存储问题草草处理,被塞进太平间停尸房的冰箱。

"主啊,我还剩多少时间?"他祈祷着。还剩下几十分钟,几个小时,还是几天?然而有些问题人们是不能向上帝提问的。有些不确定因素,人们是必须自己面对的。

"嗨，"他向那个有蛇型文身的看门女打了个招呼，"我想你没有告诉我你的名字。但它是克雷格，对吧？'B.克雷格'，因为门前的铭牌上写着。很高兴再次见到你，B。"

克雷格看着他问道："你还好吗？"仿佛他全身都长满了痤疮。

"只是有点没睡好。"他说着，眼睛停在了她身后的停车湾。一共有6辆，包括那台格兰杰用来送药的。他希望格兰杰已经在床上睡着了，哈喇子流到枕头上，她那漂亮但充满伤痕的手臂，正乖乖放在她的被单下面。他不希望她对他接下来要做的事负责。最好对克雷格施压，她像其他人一样，对他的死是无动于衷的。"'B'是代表什么？"他问。

克雷格皱了皱眉头，"有什么要帮忙的吗？"

"我想，嗯……征用车辆。"在他的脑海里，他已经想好了一连串的话，来打消她的反对，赶走她的不情愿，话都已经堆积到了嘴边。"答应我吧，答应我吧。别人一开始就告诉你我可以征用车辆了，现在事情按照你被告诉的那样发生了，没有什么不同的。别拒绝我，说是就好了。"他在脑海中想着。"只要一到两个小时就好了，"他补充道，此时汗水正刺痛着他的眉毛，"拜托了。"

"可以。"她指向了那辆让彼得觉得是灵车的黑色旅行车，问道，"这辆怎么样？库茨伯格每次用的都是它。"

他摇摇晃晃站了起来，这胜利来得太容易了，这里肯定有陷阱。"很合适。"他说。她把门打开让他滑了进去，钥匙已经插在发动机启动器上了。他预计要签署文件，出示驾照，或是至少施加一些严重的心理压力。但或许是上帝正在为他扫清障碍让事情这么顺利，又或者是事情就是这样运转的。

"如果你睡眠不足的话，"克雷格说，"也许你不应该开车。"

彼得环顾了一下四周。库茨伯格的床就在后面，事实上是一个小床垫，有文着花卉的床罩和配套枕头。

"我等会儿就去好好休息。"彼得向她保证。

车子朝着畸人小镇的方向驶去，驶入了旷野。它的官方名称在他脑海中掠过，新锡安。奥斯卡卢萨。主啊，请拯救科雷塔免受灾难。愿马尔代夫感受到你的存在。

他的脑袋开始膨胀,眼球突起,彼得只能紧闭眼睑,免得眼球脱眶而出。驾驶的时候这样做是没什么问题的。因为路面没有什么障碍,车子不会碰撞,也不需要转弯或者停车。只要方向对了就可以了。然而,他不确定他是不是在朝正确的方向开。这辆车的导航系统和格兰杰的是一样的,但是他不知道怎么使用,也不晓得该按哪个按钮。这样的情况下,碧翠丝应该知道怎么开。

他一脚踩下了油门。让我们来看看,这个家伙可以跑多快。有时候事情就是这么简单,跑起来也不是什么难事。

他真的动了吗?在黑暗中很难分辨。大灯只照亮了抽象的地形,没有地标。他可能在以危险的速度行驶,他也可能陷在了土地里,轮胎无休止地搅动,无处可去。但不是的:他可以看见一簇簇的白花像反光条一样在公路上掠过。他在前行着,离USIC基地越来越远,但是他不能确定,他是不是离绿洲居住地也越来越远了。

如果这辆车是个像马或者狗一样活着的生物,那它就可以靠着气味准确无误地找到库茨伯格去过无数次的地方。就像约书亚那时一样。

一声啼哭吓了他一跳,声音就是在车里发出来的。是他自己的哭声。就在车里和他在一起,是他自己的声音,他用拳头狠狠打了一下方向盘,后脑勺忍不住频频向车座撞去。如果是砖墙就好了。

他擦了擦眼睛,从前窗瞥去,远远地,他看到冻原上有东西若隐若现,好像是一座建筑。他只开了几分钟,所以并不能确定那是什么。他有些神志昏迷了,除非时空被压缩了,所以他开了好几个小时,却像只开了几分钟。但不是。那个隐隐约约的东西是两个巨大的球状结构:是"大胸罩"。他开错方向了

"主啊!"是彼得的声音,他太难受都忘了要用"危机[①]"来替代,但他必须冷静下来。中央电力工厂这几个字在其顶端显示了出来,还有一个箭

[①] 前文提到过,因为男主人公是信徒,所以每次说到英文中的"Christ"基督时,都会用发音相近的"crisis"危机来代替。

头标明,这辆车正在向前行驶。他又按了几个按钮,但是没有其他的目的地出现在显示屏上,相反的,他被各种数据困扰,有关天气的,有关水位的,有关燃料的,有关速度的,还有有关燃料消耗的。他咕噜了一声,有些沮丧。彼得打了个九十度的急转弯,速度快得车轮边的泥土都飞了起来。这个"大胸罩",这个离心机,这个姑奶奶,好吧不管这个该死的东西叫什么,当他加速驶入未知领域时,它慢慢后退缩进了黑暗中。

又过了几分钟,他看到了绿洲人居住地的轮廓和颜色。这不可能,这不可能,他应该还有一个小时才到达那里。但是这个规则齐整的块状建筑,平整的屋顶,没有小尖塔,或者任何栏杆状的东西,发着琥珀色的辉光……当他越开越近,他车头的灯照亮了那菱形的砖块。毫无疑问,毒素已经让他对时间的感觉紊乱了。

彼得从另一个不熟悉的角度慢慢靠近,但是他找不到方位了。格兰杰通常的到达点都是那栋有白色星星的建筑,有难以辨认的"欢迎"的条幅耷拉在外墙上。可现在彼得没有格兰杰在身边。没关系,他的教堂就是他的界标。

离城市越远,它在裸露的草原上就越显眼,车头大灯投射出了全息影像。

彼得绕着周边开,寻找着教堂。他开啊开啊,远光灯所及之处看到的除了一大簇白色的花朵,什么也没有。终于,他看到了泥土上轮胎的痕迹:那是他自己车子的。彼得转了一圈,这里并没有什么教堂。教堂不见了,它被摧毁了,任何有关的痕迹都被清除了,好像它就从来没有存在过一样。人们遗弃了他,把他扔入那数不清的历史的不见天日的憎恨中,不知名的隔断感袭来,好像预示着所有你建立的自己认为的亲密关系都只是幻觉,就像在流沙上建教堂,在风一吹就吹走的浅土中种植种子。

他停下车,关掉发动机。走进了居民点,头晕目眩,试图找寻一些他认识的人。他会称之为爱耶稣几号的人。不,这太荒谬了。他会叫他……"BLYTD"。是的,他会叫他"BLYTD",他会叫他"LBYLD"[①],他能叫出所有他记住的绿洲人的名字。

他跌跌撞撞走进潮湿的夜色中。居住地没有任何灯光,没有生命迹象。

---

① 与前文"BLYTD"皆为绿洲语,是绿洲人的本名。

他步履蹒跚，几乎是整个人砸向最近的建筑物的墙壁。他用手掌稳稳地撑在抛光砖上。一如既往地，他感觉到了温暖和活着的迹象。

当他的手突然陷入空旷的空间时，他只走了几米。门口没有串珠帘挂在它前面，这很奇怪。在建筑物的中间只是一个巨大的矩形洞，除了漫天的黑暗空无一物。他冒险进入，知道在房间的另一端会有另一扇门通向一条巷道网络。他小心翼翼地穿过幽闭的黑色空间，一次一小步慢慢向前挪动，以防一个踉跄脸撞上另一面墙，或是突然被戴着手套的手抓住，被其他障碍物绊倒。但是他安全地到达了另一边，什么事也没发生。这个房间似乎完全都是空的。他又一次找到了暗门，只是这个门似乎是一个没有窗帘的洞，突兀地出现在了走道上。

即使是在白天，所有的绿洲居住地的街道看起来也都差不多，如果没有导游，彼得是不会独自探索的。在黑暗中，这些道路更像是隧洞而不是过道。彼得像一个盲人一样，伸出手摸索着，缓慢而又痛苦地前行。绿洲人可能没有眼睛，但是他们有一些别的东西，让他们能够在这迷宫中自如地穿梭。

彼得清了清嗓子，用他新学的自认为颇有所成的外星语叫出了这些名字。但是现在，他明白了他只掌握了最基础的部分。但是，他想起了《诗篇》23，这是他自己的解释，为此，他小心地去除了辅音。他愿意为此流血，不知怎么的，这些句子就脱口而出。

"耶和华是关心我的人，"他边踱步边在黑暗中背诵，"我不再需要其他什么了。"这个声音与他用来讲道的声音相同：不是很尖锐，而是非常响亮，并且清楚地表达了每个词。但声音还没有来得及飘得很远，就被淹没在了潮湿的空气中。"他吩咐我躺在绿地上，他带我到了一条无人会被淹死的河流，他让我的灵魂再次焕然一新，他带领我走上了善良的道路。他做了这一切，因为他是上帝。是的，虽然我走过漫长的黑暗死亡走廊，但我会害怕没有邪恶，因为你与我同在。你的关心法杖让我感觉伤害永远不会到来。即使是他人面带嫉妒地看着，你仍然会喂养我。你在我的额头擦治愈的油。我的心斟满了爱，舒适将陪伴着我，陪伴着我生活的每一天。我会在主的家中永远安居。"

"嘿，那实在太好了。"一个不熟悉的声音啜泣着，"这实在是太棒了。"

彼得在黑暗中转过身，差点失去平衡。尽管这些话语很友好，但他还是本能地警惕了起来，担忧着是直面这个人还是逃跑。另一个男性的存在（这声音肯定是一个男性），一个他同种类的男性，在附近某处但是他却看不见，他感到自己生命受到了威胁。好像太阳穴被手枪顶住又或者刀就架在自己身上。

"我会把我的帽子给你！如果我有一个该死的帽子！"陌生人补充道，"你很专业嘛，我能说什么呢？纯粹的阶级！上帝是我的导师，但是我却看不到任何该死的指导。整个儿一段屁话只有几个't'和's'啊。"咒骂的话语放一边，字里行间的钦佩却是很明显的。"你是为了绿洲人写的吧？对吗？就像是对基督敞开心扉，那不会造成什么伤害。多么美好的一场盛宴啊！肉都去了骨头放在奶昔里，小麦粮食粒粒饱满。"

彼得迟疑了，一个生物在黑暗中渐渐显出了形。他竭力辨认，是个人类，全身赤裸毛发浓密。"塔尔塔廖内？"

"帕洛米诺，拿一个呀！把它放在那里，吃吗？"一只瘦骨嶙峋的手抓住了彼得的手。这双手尽管非常瘦，但是却强健有力，骨节分明，戳得彼得的手生疼。

"你在这做什么？"彼得问道。

"哦，你知道的，"对方懒懒地回答，"我就是来闲逛，吹吹风。看看草长没长，啊，露营真开心。你在这里做什么？"

"我……我是牧师，"彼得边说边把他的手从那个人手中抽出来，"绿洲人的牧师……我们建了一座教堂……就在这里……"

塔尔塔廖内笑了起来，然后气喘吁吁地咳嗽。"不管怎么说，朋友。这里除了我们和蟑螂，没有别人。没有煤气，没有食物，没有妓女也没有鲜花展，什么也没有。"

这句话就像黑夜中的蝙蝠，一说出来，就消失不见了。恍然间，彼得的脑中灵光一闪。他根本不在C-2中，他在绿洲人废弃的定居点。这里除了空气、砖墙和一个赤身裸体的从人类文明穿越来的疯子外，什么都没有。

"我迷路了，"彼得无力地解释道，"我病了，我想我可能中毒了，我……我想我可能快死了。"

"没事吧？"塔尔塔廖内说，"让我们一醉方休吧。"

语言学家带他穿过黑暗转而进入了更黑暗的地方,然后穿过一扇门来到一个房子面前,彼得按要求跪下了,以便让自己舒服点。厚实的垫子散落在地板上,这些垫子应该是从沙发或者扶手上拆下来的。手摸上去,有一种发霉了的感觉,就像是坏掉的剥了皮的橘子或者柠檬,当彼得坐上去的时候,他们开始叹息。

"寒舍,"塔尔塔廖内说,"《出埃及记》后,我的。"

彼得连连感激,他开始试着用嘴而不是鼻子呼气。绿洲人的屋子里面总是保持着空气流通,所以空气和外界别无二致,但这间屋子充满了人类不整洁和酒精的气味。酒精气味的源泉是屋子中央一个巨大婴儿床样的东西,但现在他知道了,那是个酒柜。当然也有可能就是个婴儿床,只是被当作了酒柜。

"这里有光吗?"

"你带手电筒什么的了吗?"

"没有。"

"那就没有光。"

彼得的眼睛还是无法适应这样的黑暗。他可以看到那个人白色——或者更像是黄色——的眼球,和脸上的毛发。他很好奇塔尔塔廖内长期生活在这样的环境下,是不是已经有了某种进化,拥有了夜间模式之类的,像猫一样。

"怎么了?你被什么噎到了吗?"塔尔塔廖内问。

彼得环抱着自己,想停止自己发出的哽咽声。"我的……我的猫死了。"他说。

"你带了只猫来?"那个男人震惊了,"USIC现在让带宠物了?"

"不是的,是在……家里那边发生的。"

塔尔塔廖内拍了拍彼得的膝盖,"现在,当下。当个好营员,别干不讨喜的事。别说那个'H'开头的词①。那个词是禁止的!结束了!不好的!不存在的!②"

语言学家用他的手掌做着戏剧性的表演,好像把每个要从地鼠洞里钻

---

① 这里指的是"家"的英文单词。

② 这里塔尔塔廖内一口气用了德语、西班牙语、葡萄牙语和意大利语来说形容。

出来的"家"这个词打回去一样。彼得一瞬间有些恨眼前这个疯男人,是的,他恨这个人。他紧闭双眼再睁开,痛苦地发现塔尔塔廖内还在那里。他多么希望一睁开眼,他就在那个他该在的地方啊,那个他最初就不该离开的地方,他自己的地方,有他自己的人,碧翠丝。他悲痛出声:"我想我的妻子。"

"什么都别想了!什么都别想了!"塔尔塔廖内一下子跳了起来,手舞足蹈地在地板上疯狂乱舞,还一边跳一边发出sh-sh-sh的声音。这种举动引来了一阵咳嗽。彼得想象着那些肺部的碎片像婚礼的五彩纸屑一样在空中旋转。

"你肯定会想你老婆!"塔尔塔廖内冷静下来咕哝道,"几乎每一件事你都会想,你想的东西都可以写一本书了。你想蒲公英,你想香蕉,你想群山、蜻蜓和火车,还有玫瑰花,还有……还有……那该死的垃圾邮件,上帝啊,你想消防栓上的铁锈,你想路上的狗屎,还有你那个笨蛋叔叔,那个衬衫品位极差,又一口黄牙的叔叔。你想抱着那个老笨蛋然后说:'叔叔,这是一件多么好的T恤,我超级喜欢你的洗脸油,让我看看你的瓷青蛙收藏,让我们在老城区漫步,就你和我,你觉得怎么样?'你想念雪,你想念茶,即使这些都被污染了但这些都不重要了。放马过来吧,石油账单,酸雨,避孕套,破瓶子,谁在乎呢,它仍然在海里,它仍然在汪洋中。你想……你想要一个新修整过的草坪,只要你闻过一遍,你会愿意花一万块钱甚至是你的肾再去闻一闻那片草。"

为了强调他的观点,塔尔塔廖内深深地吸了一口气,像是故意表演的一样,这口气吸得十分夸张,力度之大好像要把他的脑袋给弄坏了。

"每一个在USIC的人都非常关心你,"彼得关切地说,"你应该回家的。"

塔尔塔廖内哼了一声,"Lungi da me, satana! Quítate de delante de mí!①你没读USIC的合同吗?也许你需要帮忙翻译行话?好吧,我来说给你听:亲爱的高等技术人员,我们希望你能享受接下来在绿洲大展身手的日子,这里今晚有鸡肉吃,或者是非常像鸡肉的东西。所以住下来吧,不要数日子了,眼光放长远一点。5年之后,或者过不了5年你就可以证明自己是个

---

① 西班牙语,意为"走开,撒旦!从我面前消失!"

疯子了,你可以回你来的那个破洞了,但是我们希望你不要,你回那里做什么呢?意义在哪里呢?你的叔叔和他那该死的陶瓷青蛙很快就要成为历史了。历史终将成为历史。"他在彼得面前来回回地踱步,他的脚像筛糠一样踏着地板。"USIC关心我吗?是吧,我想是吧。那个胖家伙,我忘了他的名字了,我看见他彻夜未眠,思索颇多。心里想着:塔尔塔廖内还好吗?他快乐吗?他的维生素够吃吗?我听见钟声在响,土地被潮水淹没了吗?又一片大陆消失了吗?我只是个该死的生物吗?是的,我可以感觉到爱。今时今日还有谁有义务爱一个人呢?"

彼得昏迷了一两秒,额头上的肉仿佛都在挤压头盖骨,疼的感觉肉直往里面陷。他记得他有一次发烧了,大概是个持续了两天的流感,碧翠丝在工作,而他一个人无助地躺在床上。大中午醒来,精神错乱,口干舌燥,他感到有人在拍他的肩膀,一杯冰水从枕头旁边端了出来,送到了他的唇边。随后,彼得觉得好多了,然后才发现,碧翠丝在她午休时间一路狂奔到家,然后又一路狂奔回了医院。

"我自己可以撑住的。"他抗议道。

"我知道,"她说,"但是我爱你。"

当塔尔塔廖内再次开口说话的时候,他的语调变得非常冷静沉着,几乎像是在道歉了。"不要为打翻的牛奶哭泣,我的朋友,就让他腐烂吧,从现在开始为明天而活。这句不为人所承认的USIC的座右铭,妙极了,妙极了,值得被印刻在每一个人的额头上。"他顿了顿,"这个地方也没那么糟糕,我的意思是我到的这个地方,我的家。这里白天更热闹,如果我知道你要来的话,我就去理一下胡子了。"他叹息道,"在这儿我曾经拥有过一切。Tutte le comodità moderne[①]. Todo confort[②]. 手电筒,电池,刮胡刀,铅笔,装药品的瓶子,3.5倍的放大镜,还有那该死的擦屁股的纸。"

"发生了什么?"

"湿度,"塔尔塔廖内说道,"还有时间。逐渐消磨,分崩离析。那些定时为我供给的工作人员可疑地慢慢减少消失了。但是!"他开始翻箱倒柜地寻找,找出了一堆塑料然后是一个浸没在婴儿床酒柜里的杯子,接着又是

---

① 意大利语,意为"一切舒适而现代"。

② 西班牙语,意为"一切舒适"。

一个大杯子。塔尔塔廖内递给了彼得一个,喝了一口自己杯里的酒,然后继续狂呼。

"你知道USIC基地最扯淡的两件事情是什么吗?唯一一个,最恶劣的事情。我告诉你吧:就是没有酿酒厂和没有妓院。"

"这是两件事。"

塔尔塔廖内没有理睬他,继续道:"我不是天才,但我懂得一些道理。我懂名词和动词,我懂摩擦音,我懂人性。你知道人们在到达一个新的地方五分钟后会立即开始寻找什么吗?你知道他们在想什么吗?我来告诉你,他们怎么上床,他们在哪儿能找到一些能改变人思想的东西。如果他们正常。那么USIC在它的无限智慧中做了什么呢?USIC做什么工作?全世界都在寻找那些不需要这些东西的人。也许曾经需要它们,但现在不再需要了。当然,他们会讲一些关于可卡因和阴部的笑话——你见过BG,我想是吧?"

"我见过BG。"

"300磅的虚张声势。那家伙已经泯灭了人类所有的自然需求和欲望。他想要的只是一份工作,在黄色的大伞下待上半个小时,让他的二头肌弯曲。还有其他人,摩泰拉罗,穆尼,海耶斯,塞韦林,我现在都忘了他们的名字了,但谁在乎呢,他们都是一样的。你觉得我奇怪吗?你觉得我疯了吗?看看那些僵尸,伙计!"

"他们不是僵尸,"彼得平静地说,"他们很好,人很体面。他们都在尽力做到最好。"

塔尔塔廖内把发酵的白花汁溅到了他们之间的空地上。"最好?最好?把你的啦啦队队长名号撤了吧,看看USIC都在干什么。振动计上的分数是多少?十分之二点五?十分之二?有人曾想教你跳一支探戈或者给你写情书吗?再看看USIC有一星半点的母性吗?"

"我的妻子怀孕了,"彼得听到自己说了这句话,"他们不会让她来的。"

"当然不会!只有僵尸才能申请!"

"他们不是——"

"Cáscaras[1],空有外壳,他们每个都是!"塔尔塔廖内宣称,正义凛然

---

[1] 西班牙语,意为蚕茧。

地站了起来,却是放了个屁,"整个项目就是……nefasto①。你不可能通过聚集一群他×的没趣味的人来建立一个繁荣的社区,更不用说一个新的文明了!斯库兹,请原谅我,但这是不可能的。你想要天堂,就必须建立在战争、鲜血、嫉妒和赤裸裸的贪婪之上。建造它的人必须是自大狂或者疯子,他们必须罪恶至极把你狠狠踩在脚下,必须要魅力迷人,当着你的面玩弄你的妻子,而且锱铢必较,阴险狡诈。USIC认为它可以组建一个梦之队,嗯,是的,这是一个梦,他们需要醒来闻闻他们的湿睡衣。USIC认为它可以筛选成千上万的申请者,挑选一个男人和一个女人,可以和所有人相处融洽,他们可以不做讨厌的人,不会乱发脾气,不会有情绪,也不会破坏大局。USIC正在寻找的人可以在任何地方都有宾至如归的感觉,即使是在这样一个辽阔的地方。他们不会大惊小怪,不会出汗,时刻保持冷静,嘿,嘿,该上班去啦,谁需要家啊,长大的房子烧毁了如何,曾经的旧街区怎样了又如何,自己的同族被屠杀又如何,自己的女儿被一群奸人糟蹋又如何,人终有一死的,对吧?"

塔尔塔廖内气喘吁吁的,他的声带无法支持他这样的声嘶力竭。

"你真的相信世界末日到了吗?"彼得说。

"我的天哪,牧师,你是个什么样的基督徒?这不是你的目的吗?这难道不是你等了上千年的东西吗?

彼得靠在椅背上,让疲倦的身躯沉入腐烂的垫子里,"我还没活那么长时间。"

"哦,那是失望吗?我发现失望了吗?我面前是个蔫耷耷的神子吗?"

"拜托……别叫我神子。"

"你是那种不含咖啡因的基督徒吗,牧师?无教条,负疚感低,对最终审判没什么感觉,没有世界末日的那种?"塔尔塔廖内的声音里带着轻蔑的口气,"马蒂·库茨伯格——现在他是一个有信仰的人了。餐前祷告的人,'上帝是我们强大的堡垒',都没什么大智慧,总是穿着夹克、熨烫的裤子和抛光的鞋子。但你要是对他们刨根问底,他只会告诉你:这是最后的日子。"

即使他自己快死了,彼得也不认为这是世界末日。上帝不会轻易放弃彼

---

① 西班牙语,意为灾难。

得所爱的星球。毕竟他还给予了他唯一的儿子。"我只是在努力……只是努力试着像耶稣那样对待他人。这也是基督教对我做的。"

"嗯,那太好了。甚好甚好!如果我有一顶帽子,我都要向你脱帽致敬。来吧,哥们儿,喝点酒,挺好的。"

彼得点点头,闭上眼睛。塔尔塔廖内对于USIC的愤怒开始感染到他,他开口问道:"所以……你们都在这里的原因,USIC的任务……并不是为了提取……不是……嗯……找到某种新的资源……呃……"

"一切都结束了,结束了!我们只有卡车没有仓库,capisce①?我们有船没港口。我们存好了精子,女人却死光了。马上,所有的女人都要死了。地球就要完了,我们挖完了所有的矿,掠夺了所有资源,吃完了所有事物。È finito②!"

"那绿洲呢?这里会怎样?"

"这里?你没拿到你的快乐先锋T恤吗?我们本应该创造一个巢穴,一个育儿室,一个可以让整个繁衍过程重新开始的地方。你听说过被提③吗?你是相信被提的神子吗?"

彼得又把杯子举到面前,他挣扎着保持清醒。"不,"他叹了口气,"我认为这是基于某种对经文的误读……"

"好吧,这个计划,"塔尔塔廖内轻蔑地说,"就像一次被提。USIC负责提走人们。担心世界的现状?你的家乡被飓风夷平了?你孩子的学校里到处都是歹徒和推销商?你妈妈刚死在梅尔达,而护士们正忙着瓜分吗啡?你的车没油了?马桶也不冲水了?嘿,不要dispera④!有一条出路,来到美丽的绿洲。这里没有犯罪,没有疯狂,没有任何不好的东西,一个全新的家,没有鹿,没有羚羊。不过,嘿,只看积极的一面吧,你将再也不会听到令人沮丧的话语,对吧?割断关系,清空名单,忘记奥斯维辛,忘记阿拉莫和该

---

① 意大利语,意为明白、懂得。

② 意大利语,意为结束。

③ 被提,基督教信仰之一。即为主再来的时候,将提走那些已预备好的人与他相会,而那些被撇下的人要在地上经受苦难。

④ 意大利语,意为绝望。

死的埃及人[①]，谁需要记住这些？谁在乎呢？大家都只关心明天怎样。向前走，向上走。来到美丽的绿洲。一切都是可持续的，一切都是正常的。万事俱备，只欠君临。

"可是……为了谁呢？谁要来？"

"啊哈！"塔尔塔廖内此时正沉浸在嘲弄的乐趣中，"这个问题值钱了，对吧？谁会来……谁会来。Muy interesante[②]！咱们的窝里不能有毒蛇，是吗？不能有疯子、寄生虫和破坏者。只有优秀、适应能力强的人才能提交申请。除了——这么想吧——付得起来这儿的钱的人。我的意思是，耕耘和收获都需要时间对吧？USIC不可能永远往里赔钱，是时候收点了。那么谁会来呢？在711便利店工作的可怜虫？我可不这么认为。USIC将不得不带那些肮脏的财主走——但那些太混账或者太自负的人也不行，不行，不行，要是那些世界观、价值观好的人；那种在公共汽车上让座的百万富翁和那种；你知道的，因为不想浪费，所以喜欢手洗T恤的大亨们。是的，我现在明白了。行动起来，预定好狂欢地的位置吧。"

彼得就要失去意识了，但在那之前，他回忆起了USIC医疗中心干净的走廊，那些外科设备仍然用塑料包裹着，刷着黄漆的房间里散落着标有"新生"的盒子。

"但是什么时候呢……什么时候才会发生？"

"从现在起的任何一天！没人能知道！谁他妈知道呢？"塔尔塔廖内嚷道，"可能是他们刚建完棒球场的时候，也可能是他们刚知道如何用脚趾甲剪出开心果冰激凌的时候，当然也可能是他们能种出水仙花的时候，或者是洛杉矶沉入太平洋的时候？你想住在这里吗？"

彼得想象着自己盘腿坐在教堂附近，爱耶稣者们环绕左右，所有人手上都捧着《圣经》的册子。每个下午都是如此，循环往复直至永远，每个人都沐浴在阳光下，爱耶稣5号正为他们社区里新来的成员——碧翠丝，彼得牧师的妻子，送上食物，她坐在他的身边。"我……这要看……"他说，"绿

---

① 文中提及的奥斯维辛、阿拉莫为史上著名的两次种族屠杀；埃及则指《出埃及记》中埃及人收到的来自上帝的十灾。

② 西班牙语，意为十分有趣。

洲是个美丽的地方。"

房里陷入了沉默。过了一会儿,塔尔塔廖内的呼吸声变得更大,更有节奏,半响彼得才意识到他在说"啊哈,啊哈",一遍又一遍地重复着。然后,他用轻蔑的口吻补充道:"美丽的地方。我明白了。"

彼得累得说不出话来。他知道这里没有雨林,没有高山,没有瀑布,没有精雕细琢的花园,没有让人心驰神往的城市风光、哥特式教堂、中世纪城堡,也没有成群的天鹅、长颈鹿、雪豹,等等那些他也记不起名字的动物,更没有那些游客如织的风景名胜,坦率地说,所有世俗生活中该有的乐趣都没有。布拉格的荣耀仅存于他对于一张照片的模糊印象,火烈鸟也只是电影的素材。他从未远行,无所见识,绿洲是他第一次与之建立联系的地方。是他爱过的第一个地方。

"是的,美丽。"他叹息道。

"牧师,你疯了。"塔尔塔廖内说,"Loco-loco[①],这地方可能是美,但美如坟墓,美如蛆虫。空气中充满了杂音,你听到了吗?你耳朵里的虫子,它们就在耳朵里,它们假装成氧气和水分,但它们不只是氧气和水分,远远不止。关掉汽车引擎,停止你的对话,让该死的平·克劳斯贝[②]停下,你听到了什么?兄弟,寂静之外,是它们的声音。他们从不放松,它们的声音是一种流动的,流动的语言,从你的耳道汩汩流向你的喉咙,流到你的肛门。嘿!你快睡着了吗?别在我面前睡过去啊,amigo[③],夜还长着呢,难得有人陪我说话。"

塔尔塔廖内的孤独仿佛散发着一股刺鼻的气味,稍微驱散了彼得脑海中的迷雾。他想到了一个他早就该问的问题,若是碧翠丝的话,她大概最开始就会问这个问题了:"库茨伯格在这里吗?"

"什么?"这名语言学家咆哮道,一个趔趄,身体有些不稳。

"库茨伯格。他也住在这里吗?和你在一起吗?"

整整一分钟的沉默。"我们吵了一架,"语言学家最后说,"也可以说它是一个……哲学上的分歧。"

[①] 西班牙语,意为疯狂的。

[②] USIC基地常常播放这位歌手的歌曲。

[③] 西班牙语,意为朋友。

彼得已经说不出话来了，只能发出些声音表示不理解。

"是关于绿洲人的，"塔尔塔廖内解释道，"那些令人毛骨悚然的淡色害虫，平淡无味、毫无生气的。"他又喝了一大口酒，咕咚一声咽了下去，"他爱他们。"

又是良久的沉默。空气轻柔地低语着，在空无一物的房间里无休止地逡巡，检测着天花板，敲打着墙壁的连接处，刷过地板，测量着尸体，梳理着头发，舔过皮肤。房间里两个人在呼吸，其中一个在努力地呼吸，另一个几乎没有呼吸。这位语言学家似乎已经说了他想说的话，陷入了长久的绝望之中。

"而且，"在彼得失去知觉的最后一刻，他又说，"我受不了身边有人不愿与你共饮。"

24. 耶稣的巧技

夜晚本应该持续更久，更久。黑暗本应该禁锢他上百年或者甚至上千年，直到基督复活，上帝将死去的人们从地上带走。

这就是当他睁开眼睛时所疑惑的事情。他本该在地下，或是被藏在一座废弃城市中昏暗房子的地毯下，这地毯可能还没腐烂，只是一块无法被人感觉到或者看到的惰性材料。他完全没料到会有光，尤其没有料到会有这么耀眼的，比天空还耀眼的白光。

这不是天国的光，而是一所医院里的光。是的，现在他想起来了。他为了逃避法律的制裁，打断了他自己的踝骨，然后他被带到医院，全身都被打了麻醉药，以便于那些戴着口罩的神秘人修复他碎裂的骨头。他不会再逃跑了，他本该承受他所遭遇的一切。一个女人的脸飘浮在他的脸上方，这是一个漂亮女人的脸。她俯下身来，仿佛他是摇篮里的婴儿。她的胸前有一个名牌，上面写着她的名字碧翠丝，她是一位护士。他不自觉地喜欢她，仿佛他一直在等待她来扭转他的人生。如果她愿意的话，他甚至有一天会娶她做妻子。

"碧。"他用嘶哑的声音唤道。

"再看看。"女人说。她的脸逐渐变圆,眼睛变了颜色,脖子变短,头发也变成了男孩似的模样。

"格兰杰。"他说。

"是的。"她有些疲倦地回答道。

"我在哪里?"强烈的光束刺痛了他的眼睛。他把头扭向一边,把脸埋在一个浅绿色的棉布枕头里。

"在医院,"格兰杰说,"喂——不要动那只手,在给你静脉输液。"

他乖乖听话不动了,一个细管子悬挂在他脸颊上方。"我是怎么到这儿来的?"

"我告诉过你我会一直关注你的情况,不是吗?"格兰杰说,过了一会儿,她又说:"这远远超过你能为上帝承诺的。"

他把手放在床单上,然后微笑着说:"也许上帝正在帮助你。"

"是吗?好吧,事实上像这样疯狂的想法是有药物治疗的,比如鲁拉西酮、阿塞那平。你任何时候需要的话我都可以给你开些药。"

他伸着脖子看向不断往静脉注射管输送药物的袋子,由于强光,他仍然眯着眼睛。袋子里的液体是透明的,应该是葡萄糖或生理盐水,而不是血。

"毒药,"他说,"发生了什么?"

"你没被下毒,"格兰杰说,声音有一丝丝夸张,"你只是脱水了,就是这样。因为你没有喝足够的水,你本可能会丧命。"

他笑了,然后笑声渐渐转化成啜泣。他把手放在胸口,大概是漆黑的十字架在的地方或曾经在的地方。床单又黏又冷。他把塔尔塔廖内那邪恶的烈酒倒在他的下巴,然后让酒流到他的胸部,假装在喝它。这里空调效果很不好,那酒散发的香醇气味足以令他窒息。

"你把塔尔塔廖内带回来了吗?"他问道。

"塔尔塔廖内?"房间的另一处,格兰杰的声音由于无声的惊叹而增大了不少,房间里不仅只有他们俩。

"你刚刚没看到他吗?"彼得说。

"他刚刚在这里吗?"

"是的,他刚才在这里,"彼得说,"这就是他住的地方,在一片废墟中。他现在不是很好,他很可能需要回家。"

"回家？别做梦了。"格兰杰的声音中带有一丝苦涩，"谁会没想过呢。"

离开他的视线，他无法辨认出她做了什么，只知道是一个很有力的甚至是引起一片哗啦啦噪声的暴力动作。

"你还好吗，格兰杰？"响起一个男性的声音，声音里同时夹杂着关心和警惕。这声音来自奥斯汀，一名新西兰的医生。

"别碰我，"格兰杰说，"我很好，非常非常好。"

彼得突然意识到，他能够闻到的酒精味不仅仅是从自己的衣服上散发出来的。空气中还有另外一种强烈的味道，是烈酒的气味。这种气味有可能是来源于一打被撕开的一次性手术擦拭巾，但也可能仅仅是来源于几口威士忌——亚历克斯·格兰杰喝的威士忌。

"也许塔尔塔廖内在哪儿都开心。"这次是一个女人的声音，是护士弗洛里斯。她说话从容不迫，仿佛是在面对一个孩子，或是仿佛看到有一只猫在树上，然后一个天真的少年坚持要求应该有人爬上去救它。

"噢，是的，我敢肯定他快乐得如同一只蛤蜊。"格兰杰反驳道，她的讽刺变得如此犀利以至于彼得已经不再怀疑是酒让她变得如此不受控制。"非常开心。嘿，你喜欢吗？'一天到晚都开心'。这是个双关语，对吗？或者也不是……也许是讽刺？你把它称作什么，彼得？"

"最好是让我们的病人恢复一下。"奥斯汀建议道。

格兰杰不理会他，"塔尔塔廖内真的是意大利人，你们知道吗？我是说，他是真正的意大利人。他在安大略湖长大，但他出生在……我忘记那个地方的名字了……他曾经告诉过我……"

"这或许与我们眼下在这里要做的工作毫无关系吧？"奥斯汀建议。他的声音很有男子气概，带着一丝不耐烦，因为他不习惯与不讲道理的同事打交道。

"好吧，好吧，"格兰杰说，"对不起，我忘了，我们之中没有人从任何地方来。我们是该死的外国人联盟，就像图什卡一直说的那样。好吧，不管怎么样，谁想回家？现在那里如此糟糕而这里如此美妙，谁还想回家？你们一定是疯了，对吗？"

"求你了，格兰杰。"弗洛里斯警告道。

"别这样对你自己。"奥斯汀说。

格兰杰开始哭泣。

"你们不是人类,你们这些人。你们根本不是该死的人类。"

"没必要这样。"弗洛里斯说。

"你知道什么需要什么不需要?"格兰杰歇斯底里地哭喊着,"把你该死的手拿开,别碰我!"

"我们不碰你,我们不碰你。"奥斯汀说。

又传来另一个东西打翻的碰撞声——也许是四号金属台。"我爸爸在哪?"格兰杰踉跄着,呜咽道,"我要我爸爸!"

门砰的一声关上后,房间安静了。彼得甚至不确定奥斯汀是否还在他周围,但他幻想着他能够听到弗洛里斯大惊小怪的声音,即使她不在他的视线范围内。他脖子很僵硬,头在撞击过后还隐隐作痛。四号袋里的液体不紧不慢流入他的血管中。当所有的液体都进入他的身躯,药袋无力地悬挂着,皱得像一个避孕套。于是他询问是否可以离开了。

"奥斯汀医生有件事想跟你讨论,"弗洛里斯一边帮他拔针一边说道,"我敢肯定他马上就会回来。"

"也许之后晚一点再和他讨论吧,"彼得说,"我现在真的必须得走了。"

"如果你不这么做会更好。"

他握起拳头,刚拔去针管的伤口渗出了鲜红的血。"我可以要一个创可贴贴在这伤口上吗?"

"当然,"弗洛里斯一说一边在一个抽屉里翻找着,"奥斯汀医生说他确信你会很迫切地想与他谈一谈这里另一个病人的事情。"

"谁?"彼得问,"我会回来的,我保证。"他知道尽管他说的这些话可能是谎言,但它们的确达到了他的预期效果:弗洛里斯护士后退了几步。然后他离开了那里。

除了用胶布粘在他手腕上的一小块棉花,没有任何东西能够显示出他所遭遇的痛苦。他走向他的住处,虽然走得跌跌撞撞,但还顽强地活着。在走廊上,许多USIC的员工从他身边经过,都满脸疑惑地看着这个可怜的人。离他房间只有几步距离时,他遇到了沃纳。

"嗨。"沃纳说,当他经过时,两只胖乎乎的手指举在空中。这个姿势可以被理解成许多不同的含义:它可以是一个挥手示意,只是因为太懒而没用上整只手;它也可以约等于一个非正式的表示和平的象征;它还可以是一个无意中基督教的祝福。如果没必要把他与看起来绝望的怪人联系到一起的话,它更像是一个毫无意义的手势,除了表现出沃纳继续做他的工程学或水力学或任何事情的决心。

"好吧,我也祝福你,朋友。"彼得感觉像是在召唤绝望的人。但那将会变成挖苦讽刺。他必须要避免这样,甚至只是单单这么想,都是罪恶,是失足,是耻辱。他必须要恪守他的真诚,因为这是他所拥有的全部了。他的灵魂里不能有愤怒,他的言语不能伤人。要平等地去爱,要祝愿所有的生物一切安好,即使是像塔尔塔廖内那样的疯狗,即使是像沃纳一样的废物:这就是他作为基督徒的神圣职责,也是他作为一个人唯一能获得的救赎。当他打开住所的门,他劝告自己从心底擦去对沃纳的所有不满。沃纳是一只可怜的羔羊,在上帝眼中他是宝贵的,他情不自禁地成为一个毫无魅力的谄媚者,他是成长为特殊形态幸存者的令人讨厌的孤儿。我们都是特殊形态的幸存者,彼得提醒自己。我们缺少我们需要的基本物质,并且我们不惜一切代价地向前行进,匆忙地掩盖我们的伤口,伪装我们的愚笨,利用我们的弱点在我们行进的道路上虚张声势。没有人——尤其是没有一个牧师——应该失去真知。无论他做什么,无论他多么消沉,他都必须一直相信所有的人类都是他的兄弟。

还有所有的女人。

亲爱的碧:他写道。

我只能说,发生在约书亚身上的一切是那么可憎,那么不公平。它那么好,那么讨人喜欢,因此当我想到它的死我就很难过。也许这是以这一残忍的方式提醒我,基督徒没有神奇的力量去躲避恶人所做的邪恶之事,这是多么糟糕啊。正如我们曾说过很多次,信仰基督能给我们带来非凡的祝福和好运,但这个世界还是存在危险。作为人类,我们在自己制造的恐怖事物面前不堪一击。

我也很愤怒。这愤怒并不是针对上帝,而是针对那些折磨约书亚的令人恶心的混蛋。我应该爱他们,但我想杀了他们,即使杀了他们也不能让约书亚起死回生。我需要时间来整理我的情绪,我相信你也是。我不会让你去原谅这些男孩子,因为我自己也无法原谅他们。只有耶稣才能达到这种慈悲宽恕的境界。我想说的是我曾给别人带来了悲痛与不幸,并且我被原谅了。我曾经抢劫过一家人,房子的卧室里有成箱成堆的抗癌药物。我知道它们是抗癌药物,因为我打开了箱子翻找里面有没有我可以用得上的东西。我偷了一盒止痛剂,留下其他的散落在地上。自那之后,我经常想,当那家人从医院或是从那天他们去过的任何地方回到家,我的所作所为会对他们产生什么样的影响。我所说的影响不是指散落一地的止痛剂,因为我想他们能很快将它们整理好放回原处。我指的是除开他们所遭遇的其他一切事情,他们还遭遇了抢劫的事实;我指的是即使他们境遇悲惨,这个世界也没有给予他们一点仁慈和体谅的事实。那些折磨约书亚的人就是这样对待我们的。我还能说什么呢?毕竟我不是耶稣啊。

但我仍然是你的男人。我们一起经历过那么多事情,我们不仅仅是一对信仰基督的丈夫和妻子,也是两只互相信任的动物。每当我想起我们之间的分歧,我就悲伤不已。请接受我的爱。当我在布道时,我告诉人们,在我们第一次遇见的那间医院病房里,我是被你身上照射出来的基督的光芒所深深吸引了。我说的时候是深信不疑的,可是我现在却不那么确定了。也许我是为了得到福音传道者的加分而贬低了你。你的光芒是与生俱来的,即使你不是基督徒,你身体里也住着一个非凡的灵魂,这个灵魂会一直令你与众不同,即使你永远拒绝上帝。无论你拥有什么样的宗教信仰,我都爱你并想和你在一起。我想念你。请坚持到底。

如果我让你觉得我对我们这个世界所发生的一切不感兴趣,那么我很抱歉。请告诉我更多事情吧:所有你能想到的事情,或者任何使你印象深刻的事情。这里没有任何新闻——没有报纸(甚至连过时的也没有),无法得知时事新闻,没有历史书本,甚至任何种类的书都没有,只有拼图书和关于爱好和职业追求的杂志,甚至这些都要被审查。是的,有一个勤劳的USIC检查员检查所有的杂志,任何不允许阅读的页面都会被撕毁。

我最终见到了塔尔塔廖内,那个失踪的语言学家。他是一个头脑混乱的人,但他告诉了我关于USIC日程的真相。和我们猜测的相反,他们来这里不是由于帝国主义或商业贸易的原因。他们认为这个世界将毁灭,所以他们想在绿洲上重新开始。他们正在铺路。我不知道他们这么做是为了谁,但很明显不是为了你我。

他停下打字的手,重新读了一遍他刚刚写的,想要删掉"请坚持到底"后面的所有内容。最后他删掉了"很明显不是为了你我",加上了"爱你的,彼得",并按下了发送键。

同往常一样,前面几分钟他写的文字在屏幕上抖动,等待被发送出去。然后,显示出一条简洁的由铅色字母写成的警告,附加在文本中像一个烙铁上的烙印:

"未通过批准,请寻求帮助。"

他站在格兰杰门前敲门。

"格兰杰!"他喊道,"格兰杰!开门,是我,彼得!"没有人回应。

他甚至没有左右看看,检查走廊里是否有人看着他,就打开门进入了格兰杰的住所。如果她在睡觉的话他会把她从床上拽起来,不过不是以暴力的方式,你懂的。但她必须要帮他。

她房间的布局和他的一样,并且也同样是斯巴达式的风格。她不在里面,她的床多多少少是整理过的。一条白色的披肩挂在晒衣绳上,几乎挨着天花板。水滴像星群一样在淋浴间闪闪发光。桌子上立着半瓶波本威士忌,白色标签上仅用红色大写字母写着"波本威士忌",标价650美元。桌上还有一个用相框框起来的照片,照片里是一个穿着冬装、架着猎枪、面目狰狞的中年男人,以及在他身后,是有不详预兆的灰色天空下被雪覆盖的格兰杰家庭的农场。

10分钟后,他发现查理·格兰杰的女儿在药房。他本不该惊讶在药房看到她,因为她毕竟是USIC的一名药剂师。她坐在一个柜台里,穿得和平时一样,头发整洁并且还有一点湿湿的。他走进去时,她那短手指正笨拙地握着一支铅笔,在一个老式活页簿里写着什么。像蜂巢一样整齐的药柜高出她许多,柜子几乎是空的,但零零散散放着几个小塑料瓶和硬纸板盒。她看起来很平静,但她的眼皮因为哭泣而红肿。

"嘿,关于治疗妄想症的药,我是开玩笑的。"当他走近时,她开玩笑地说,"不要提起我在医院说过的话。"她用恳求的眼神看着他。

"我需要你的帮助。"他说。

"你哪儿也不会去。"她说,"至少和我一起的时候不会。"

他后来才意识到她指的是开车送他去对他身体健康不利的某个地方。

"我只是试图给我妻子发消息，"他说，"但被阻止了。我必须要发出去，求你了。"

她放下铅笔，合上活页簿。

"别担心，彼得，也许我能解决，"她说，"这取决于你到底干了什么不好的事。"

她站起来，他又一次注意到她不是很高。但是在这个时候，他感觉自己更矮小：他曾是一个把自己崭新的自行车丢掉的小男孩；他曾摔倒在索尔福德圣灵降临节重地沾有呕吐物印迹的沙发上；他曾是一个抵达终点的笨拙的传教士——每一个彼得家族的传道士都能够将他自己交给一个长期受苦的女人，一个也许会向他保证他比任何贵重的礼物都珍贵的母亲，一个也许会向他保证即使他违背了神圣的承诺也会继续被爱的妻子，一个也许会将他从危机中解救出来的朋友。说到底，他是把自己交给了这些仁慈的女人，而不是耶稣，并且这些女人才能决定他最终能走多远。

他们一起走进他的房间时，发现里面一团糟。他的背包放在地板中间，由于之前背着去田野远足而污秽不已，周围是零零散散几个从椅子上掉下来的羊毛线团。桌子上，几颗散落的药丸旁边是倒立着的药瓶，以及格兰杰的字条，上面写着如果生病应该吃什么药。这让人感觉很奇怪，就好像他记不得曾经打开过药瓶一样。床上的情况更加糟糕：床单乱成一团，看起来就像他在里面打斗过一样。

格兰杰不理会这混乱的场面，坐在彼得的椅子上，看着他写给碧翠丝的信。她的表情没有出卖她的心情，尽管她的嘴唇抽动了一两下。她忍不住想要把这些单词读出声来，也许她不是一个称职的读者？他站在她旁边，等待着。

"我需要你同意更改一些内容。"当她看完后说道。

"更改？"

"去掉一些……有问题的表达。这样就能通过斯普林格的审查。"

"斯普林格？"彼得认为这里用的筛查系统应该是什么很权威的电脑程序之类的，机械的那种。"你是说，我的信斯普林格都读过？"

"这是他的工作。"格兰杰说，"工作之一，我们都有很多任务，你应该有注意到的。有几个人负责审查发射器内容。但我很确定现在是斯普林格在看。"

他目光向下,死死盯着她。她的脸上却没有一丝一毫的亏心或者愧疚。好像只是在向他报告一项USIC的任务安排一样。

"你们轮流阅读我的私人信件?"

到现在她的脸上才出现了一点常人该有的反应。"有什么大不了的吗?"她反驳,"上帝不也把你看得彻彻底底的。"

他哑口无言。

"不说这些,"她接着说,一副公事公办的样子。"你就是想把这封信发出去对吧,那我们开始吧。"她拖动滚轴,"这些关于USIC审查杂志的事要删去。"她说着,粗短的手指在键盘上操作。一个字母一个字母地,那句"甚至这些也要被审查"以及它后面的二十多个字母都从屏幕上消失了。"这些关于世界灭亡的也要删掉。"她看着发光的屏幕,检查着自己的修改。又看到了几个新的要更改的地方。她的眼睛充满了血丝,看上去比实际年龄年长许多。"没有世界末日,"她嘴里嘟囔着,"没有。"

一顿修改之后,她感到很满意,然后按下了发送按钮。文字在屏幕上颤动着,这时,在另一处,另一双布满血丝的眼睛正在审查着它们。过了一会儿,文字就消失了。

"5000块钱又没了。"格兰杰说着,耸了耸肩。

"你说什么?"

"你们每发一封信,就要5000美金。"她说,"你们的妻子接收,当然,也要这么多。"她用手抹了把脸,深吸口气,"这也是为什么这里的人没有每天都和地球上那一群兄弟朋友联络的原因之一。"

彼得试图在脑子里算了算,数学并不是他的强项,但这样他也知道这是个大数字。"没人告诉过我。"他说。

"他们不让我们告诉你,"她说,"传教士不用省任何钱。"

"为什么?"

"USIC太迫切地需要你了,"格兰杰说,"你就像是我们的第一位贵宾。"

"我从来没有要求过……"

"你不需要要求。我的职责所在就是给你任何你想要的东西。在合理范围内。因为，你知道，在你来之前，事态就变得有点……严峻了。"

"出什么事了？"他无法想象会是什么事情，USIC人员的精神危机？

"我们的食品供应暂时停止了。我们小巧的外星朋友们不给我们白花了。"格兰杰苦涩一笑，"他们是那么的温柔和善，不是吗？但是当他们意志坚定起来时，就不一样了。我们向他们承诺会找个人取代库茨伯格，但他们认为太慢了。我猜艾拉大概看了一百万个牧师，看看他们脑子里到底装了什么，然后淘汰他们，下一位牧师请！你最喜欢的水果是什么？你会有多想费城？你可以忍受多少道我现在问的这种弱智题然后忍住不扭断我的脖子？"格兰杰手上模仿着她的动作，"与此同时，我们畸人小镇上的朋友们可等不及了。他们竭尽全力地逼迫USIC加快动作，最终找到了你。"

"事态有多严重？"彼得说道，"我是说，你们挨饿了吗？"

格兰杰被这个问题惹恼了，"我们当然没饿着。只是那阵儿……很贵。贵到你想都不敢想。"

他试图想象一下，然后发现她说的对，还是别想了。

"这种局面本来是没什么的，"她接着说，"当然是如果我们能自己种作物的话。老天知道我们有多努力了。我们试过小麦、玉米，甚至大麻。人类所知的每一粒种子都进入了这片土壤。但是结果并不理想，几乎是种什么消失什么。当然，我们也尝试过种植白花，但结局一样。就零零散散种出来一些，像栽培兰花一样。我们弄不清这些家伙是如何让它大量增长的。他们到底怎么施肥的呢？他们大概用的是仙女的尘土吧。"

她沉默下来，仍然坐在发射器前面。她说话的语气沉闷，萎靡。他凝视着她的脸，他想知道她上次真正的开心快乐是什么时候，到底是多少年前了。

"我想和你说声谢谢，"他说，"谢谢你帮了我。在我在……这么糟糕的状态下。没有你，我真不知道自己会怎么样。"

她没有把目光从屏幕上移开，"我想，那就会有其他人帮你吧。"

"我不只是说这封信。我的意思是，来找我。正如你所说，我可能就死了。"

她叹了口气，"实际上，人没那么容易死。但是，是的，我很担心你，生着病还那样开车离开。"

"你是怎么找到我的？"

"这并不困难。我们所有的车辆都带有定位。难的是让你上车,因为你已经人事不省了。我不得不把你裹在毯子里,把你拖到车上。而且我力气不是那么大。"

尽管他对此没有记忆,但她为自己所做的一切在他脑海中浮现。他希望他对此有记忆。"哦,格兰杰……"

她突然站起来。

"你真的爱她,不是吗?"她说,"你妻子。"

"是的。我真的爱她。"

她点点头,"我也这么觉得。"

他想要拥抱她,犹豫不决。她转过身去。

"多和她联系,"她说,"别担心成本。USIC可以负担得起。而且不论怎么说,是你救了我们的培根,我们的鸡肉、面包、蛋奶冻、肉桂等等。"

他从后面把手放在她的肩膀上,握了握,让她知道他的感受。她没有回头,只是用自己的双手握住了他的,用力往下拉,直达心脏跳动的位置。

"记住,"她说,"当你提到USIC时,措辞美好些。没有指责,没有世界末日。"

"我会回来的。"他曾告诉过弗洛里斯,但当时只是为了让她闭嘴,然后他可以顺利逃走,但既然他有重新考虑的机会,那么承诺就应该被实现。格兰杰已经走了,给碧翠丝的消息也发送出去了。他应该查明奥斯汀医生在想些什么。

他冲了个澡,洗了头发,并按摩了他那结痂的头皮。在他脚边旋流的水是褐色的,像茶一样汩汩流进出水孔。他两次进入中心医院,他给他们的无菌环境带去的细菌必然比他们以前遇到的所有细菌都要多。在他们同意治疗他之前,他们居然没有将他浸入和塔尔塔廖内的酒浴盆一样大的消毒桶里,这真是个奇迹。

冲完了澡,他仔细地将身上擦干,针头留下的伤口已经愈合了。以前留下的各种各样的伤口都已经结痂了。他手臂上被咬的伤口已经在好转,腿上的那个伤口还是有点刺痛,并且看起来有点肿,不过如果它情况变糟,一针抗生素就能治好它。他更换了绷带,穿上了牛仔裤和短袖圆领汗衫。他的长袍沾了塔尔塔廖内的酒散发着恶臭,以至于他都想把它扔了,但他还是将它塞进了洗衣机。"节约用水——这筐衣物可否手洗？"的标语牌还完整地在原来的地方，和它的附加语"小姐，你提供服务吗？"挨在一起。他有点期望，被派来检查每个人房间里是否有违背USIC精神的东西的某个打破常规的人、某个执行多重任务的工程师或电工，能擦掉墙上的涂鸦。现在他对所有事都习以为常了。

"很高兴看到你。"奥斯汀说，语气里带着明显肯定的意味，赞美彼得传统的服装。"你看起来好多了。"

"我敢肯定我'闻起来'好多了，"彼得说，"很抱歉我把你的手术室熏臭了。"

"没办法，"医生轻松地说道，"酒精是个邪恶的东西。"说这话的时候，他正准备提到格兰杰毫无节制的酗酒。"你走得有点僵硬，"他们两个从门口走进诊疗室时，他说道，"你的伤怎么样了？"

"还好。我只是不再习惯穿衣服——这种类型的衣服。"

奥斯汀虚假地微笑了一下，毫无疑问，他正从专业的角度重新评估彼得的身体状况。"是的，我曾幻想过不穿衣服来工作，"他开玩笑道，"但现在已经不这么想了。"

彼得也回应他一个微笑。有一种直觉在他脑中闪过，这种直觉闪现就如同他曾理解爱耶稣1号的伤心欲绝一样：这个医生，这个粗鲁的好看的新西兰男性，这个叫作奥斯汀的男人，从来没有和任何人发生过性关系。

"我想感谢你，"奥斯汀说，"感谢你很认真地对待我们的谈话。"

"谈话？"

"谈论本地人的健康问题。让他们来找我们，这样我们可以为他们做检查，诊断出他们得了什么严重的疾病。很明显你一直在传道。"他再一次微笑，承认这短语里无意中带有的福音的含义。"这么远，他们之中还是有一人来了。"

"这么远。"彼得思考着USIC和居住地之间的距离，以及开车去那里的时间和需要走路的时间。"噢，我的天……"他说，"太远了。"

"不，不，"奥斯汀安慰他，"记得康韦吗？你那位伟大的撒玛利亚人。很明显他不满意他安装在你的教堂里一些便宜货的信号强度。因此他又去了一次，你瞧——他带着一个路人回来了。一个……我猜是你的朋友。"

"朋友？"

做着"请"的手势，奥斯汀边走边说："跟我来，他在重症监护室。"这个词语像一颗冰冷的钉子戳进了彼得的内脏。他跟着奥斯汀出了房间，沿着走廊走了几步，然后进入了另一个标记为"重症监护室"的房间。

只有一个病人躺在一尘不染的有着12床的病房里。输液架高高地立着，闪烁着，像新的一样，透明的塑料包装仍然包裹着铝材质的杆，像哨兵一样站立在每一个空床旁边。孤独的病人没有在输液，也没有和任何医疗设备连接在一起。

他靠着枕头，直立坐着，腰部以下蜷在纯白的亚麻布被子里，他那缺少特征、血肉模糊、头发稀少的头露出来了。矩形的大床垫本来是为美国人这种"BG"身材大小的人设计的，他躺在上面显得格外小。他的长袍和手套已经替换成医院薄薄的棉布睡衣，呈浅灰绿色，像发霉的花椰菜。彼得把这种颜色和爱耶稣23号联系在一起，当然，这并不意味着他就是爱耶稣23号。彼得有一种强烈的羞耻感，甚至慌乱起来，因为他意识到他无法知道这个人是谁。他只知道那个绿洲人的右手被白纱布缠成的露指手套包裹得像球一样。他的左手紧握着一个破烂的洗漱袋——不，那不是一个袋子，那是……一本圣经小册子，是彼得用手缝补的集合物之一。那纸张已经被打湿晾干过很多次了，因此它有点像皮革的材质，松散的羊毛线呈黄色和粉红色。

看到彼得进来了，小绿洲人把头侧到一边，好像对牧师奇怪的不常见的衣服感到疑惑。

"我们的重逢得主庇佑，彼得牧师。"

"爱耶稣5号？"

"是的。"

彼得转向奥斯汀，"她怎么了？为什么她会在这里？"

"她？"医生眨了眨眼，"对不起。"他伸手拿起夹纸板，然后，拿着一支钢笔在纸上潦草地修改了病人的性别。

"好吧，你看到绷带就能知道，"他接着说，陪同彼得走到爱耶稣5号的床边，"她的手受伤了，我不得不说，这是很严重的伤。"他走到白纱布手套前。"我可以拆掉纱布吗？"这个问题是问病人的。

"可以，"她说，"给他看吧。"

当绷带被拆开的时候，彼得回忆起爱耶稣5号受伤的那一天：画从天花板落下，挫伤了她的手，她的绿洲人同伴们十分同情她。并且从那以后，她那只手一直被保护着。仿佛这受伤的记忆永远也不会褪去。

白色的手套在慢慢变小，直到奥斯汀拆开最后一块纱布。一种发酵的甜味弥漫在房间里。爱耶稣5号的手已经不像一只手了。手指融合成蓝灰色腐烂的一团。它看起来像一个砸坏的，放了几个星期的苹果。

"噢，我的上帝啊。"彼得低声说道。

"你会说他的……你会说她的语言吗？"奥斯汀问，"因为我不确定如何让她同意治疗。我不是说有任何替代截肢的办法，我是说向她解释什么是普通的麻醉剂……"

"噢……我的天……"

爱耶稣5号不理会男人们的谈话，也不理会她手腕末端腐烂的一团。她用她没有受伤的那只手打开了她的圣经小册子，灵活地用三只手指翻到了特定的一页。没有受到发不出的辅音的阻碍（这得感谢她的牧师），她用干净的声音背诵道：

"当他们躺在病床上，上帝给了他们希望，并且让一切重来。"接着，是同一页里来自《旧约·诗篇》和《路加福音》的激励人心的节选："人们学到了崭新的好的生活方式并且跟随着他。他欢迎他们，帮助他们认识上帝，并治愈那些需要治愈的人们。"

她抬起头，集中注意力看着彼得。她脸上的突起像极了从膝盖缝中刚出生的胎儿，仿佛在闪闪发光。

"我需要治疗，"她说，"不然我会死的。"接着是短暂的停顿，为了避免有歧义，她阐明："拜托了，我希望能活下去。"

"我的天……我的天……"彼得不停地喃喃自语道。这时，沿着走廊10米以外，奥斯汀斜靠在他诊疗室里桌子的边缘，尴尬地抱着两只手臂。医生能够忍受牧师的情不自禁——他不能残忍地告诉牧师，呻吟、握紧拳头和激动地擦眼泪解决不了任何事情。即使如此，当时钟滴滴答答地走，他越来越迫切地想要和牧师商量接下来要如何治疗。

"她会受到最好的照顾，"他这样安慰彼得，"我们这儿什么都有。不是我吹牛，我的确是一个技术高明的外科医生。而且，阿德金斯甚至比我更厉害。还记得他是怎么治疗你的吗？如果这样可以让你放心的话，我可以告诉你，他可以更好地治疗她。事实上，是的，我确保他一定会治好她的。"

"但是你没有意识到这意味着什么吗？"彼得哭喊道，"你他妈的没有意识到这意味着什么吗？"

医生退缩了，他没想到，这个至今在他看来还是善良的基督教牧师会说出这样的诅咒。

"好吧，我能理解你很沮丧，"他小心翼翼地说道，"但是，我认为我们不应该直接想到任何悲观的结果。"

彼得眨了眨眼，眼泪从眼睛里流下来，这样他可以看清医生的脸。奥斯汀下巴上锯齿状的疤痕比以前都要明显，但现在，彼得并没有思考奥斯汀的疤是怎么来的，而是被这疤痕的本质所触动：它不是一个缺陷，而是一个奇迹。在人类历史上，任何人的伤疤都不代表着遭受痛苦，而是胜利：是抵抗腐烂的胜利，是抵抗死亡的胜利。彼得胳膊和腿上还正在愈合的伤口，他耳朵上已经痊愈的疤，所有微小的擦伤、烧伤、皮疹、瘀伤，多年来受过的数以千计的伤，甚至可以追溯到他遇见碧之前骨折的踝骨，他还是个孩子时从自行车上摔下来擦破皮露出的骨头，他还是个婴儿时得过的尿布疹……这所有的伤疤都没能阻止他成为今天的他。他和奥斯汀是十分幸运的伙伴。奥斯汀下巴上的疤痕一开始形成的时候必然是血淋淋的，它没有将他的整个头部缩减成黏糊的一块，它奇迹般地将它自己变成了崭新的粉色皮肤。

"路加说过，没有什么能够伤害你。以赛亚说，当你在火中行走，你不会被灼伤。圣经旧约中说，上帝会治愈你所有的疾病。就是这样，就是这样，像这个自以为是的医生脸上的疤一样清晰：永恒解救绿洲人，这就是耶稣的巧技。"

25. 我们有事儿可做了

即使仍然是白天，外面的天空却渐渐变暗了。不祥的黑云渐渐形成，几十个云团呈现着近乎诡异完美的圆形，就像是巨型圆月一般的蒸汽团。彼得透过房间的窗户看着这些云团。爱耶稣1号曾确切保证过，在绿洲上不存在暴风雨。但这似乎要变了。

这些水汽充盈的巨大球体渐渐逼近，仅仅在这段过程中，它们变得更加熟悉，惊人。它们是雨的漩涡，只是雨，和他曾经目睹过无数次的雨漩并没有什么不同。然而，它们在天空中飘浮的样子却不似他之前所见的那样变幻自由。相反，它看起来就像是一个又一个被中心内在引力拉扯着的水汽团——像一个小行星或者一些星球那样有着内在引力的气态天体。极高密度的水汽使得每个球体都快要失去水的通透度，压抑的阴霾云朵笼罩在原本晴空万里的晨间上空。

风雨欲来，而此时，彼得却只想写信给他的碧。但他内心却有着两种复杂痛苦的情绪：记忆中碧翠丝的状态；对上一封他写给她的那封极不恰当的邮件的羞耻，这是一种从一开始就不对劲的两人之间的状态。如果他能够将他经历了什么更好地讲述给她，碧翠丝大概也不会感觉他们之间的隔阂这么深。如果他能够将在公众面前讲演的口才，那种上帝赋予的口才，用在写信上，事情哪会落得这种地步！

彼得坐在发射器前，又查了一遍信息。没有，什么都没有。

真相就像是一个曾经闪耀着画面，而现在却沉闷、空白的屏幕一般。碧翠丝没有回复他的迹象。或许，她是无法回应，太忙，太烦恼，还是有了麻烦？或许他应该再发送一次信息。就像是她曾经做的，在他刚抵达绿洲的时候，一条接着一条的信息，但他却都因为各种原因不去回复，置之不理。他绞尽脑汁地想着该如何给碧翠丝希望，也许就像是"希望是宇宙中最强大的东西之一。帝国可能会沦陷，文明也可能归于尘土……"但是不行，布道的修辞是一回事，他妻子严峻的现实又是一回事。文明并没有轻松、毫无障碍地消失掉，帝国也不像太阳一般稳坐中军帐，它的覆灭是在混乱和暴力中发生的。平民们在纷乱中被推搡着，殴打着，社会充斥着罪恶、抢劫。人民陷入贫困。碧翠丝，她害怕，受伤。她不需要他的讲道啊！

碧，我爱你。彼得写道。我非常担心你。

花费USIC5000美元，通过太空发送这9个无用的小词是不是不太合适？这有什么好犹豫的？彼得按下了传送按钮。9个字在屏幕上旋转了两分钟，三分钟，然后四分钟。这几分钟让彼得感到担心，他担心他的文字正在受审。在这栋大楼中的那些疲乏着轮班的工作者们负责着这项任务。他担心他发给碧的信息无法通过审核，被扣上"反USIC宗旨"罪：试图破坏USIC的伟大使命。彼得紧紧地盯着屏幕,汗水浸到了他的眉毛上,他迟钝地注意到了一个拼写错处:该用分号而不是单引号。就在他刚刚抬手想要修改的时候,这9个字从屏幕上消失了。

"批准,已发送。"屏幕闪烁了一下。

感谢上帝。

彼得祷告着。

一阵闷雷炸响在屋外。

在每一个基督徒的生命中,他们都要明白,上帝是在一个特定的情况下才愿意治愈人们的病痛的。彼得在很早前就已经遭遇了这种境况。直到现在,他仍然依赖着和英国教堂其他人都可能依赖的同样的信仰,医学和常识的大杂烩们:小心驾驶;按照药品包装上的说明服药;用冷水给烫伤处降温;让外科医生来去除囊肿;基督教的糖尿病患者需要注射胰岛素,就像其他无神论的糖尿病患者一样;视心脏病的发作为健康警报;明白所有人终有归日。但是同样也要记住,上帝是仁慈的,它或许能够从死亡的口中将你的性命夺回,只要……只要什么?只要什么?

就在几百米开外的地方,爱耶稣5号被拘在一张铁床上。她又小又无助地被拘在那个名为重症监护室的空旷屋子里。她的肉体一直在腐烂着,USIC的医生束手无策。若是将她的手截肢,那就只是像从苹果中切除腐烂的部分——只是为了让水果好看一点,却毫无回春之力,因为它已经了无生机。

但是上帝……上帝可以……上帝可以做什么?上帝可以治愈癌症,这已经被多次证实。通过向上帝祈祷的力量,一个已经无法进行手术的肿瘤可以奇迹般地缩小;死刑的判决可以得到减缓,虽然彼得厌恶那些信徒中的骗子。彼得目睹过人们从致命的昏迷中苏醒,目睹过回天乏术的早产儿幸存,甚至目睹过一个失明的女人重见了光明。但是,为什么上帝只庇佑一小部分的基督徒而不是普罗大众呢?这种基础问题对于神学家来说简单得连讨论都不用讨论。但是答案究竟是什么?上帝,他在多大程度上尊重着生物学的一般规律:钙化的骨头折断,毒素堆积的肝脏爆发肝硬化,切断的动脉喷血?如果在绿洲上,在它的生物学法则中,绿洲人的伤口无法愈合,或者说,愈合的机制根本就不存在,那么向上帝求助是否还有任何意义?

亲爱的上帝啊,请不要让爱耶稣5号死去吧。

这是一个婴孩的祈祷，来自于一个只有5岁的祷告者。

但或许这才是最好的祷告吧。

窗外隆隆的雷声和彼得内心惶惶的忧虑使得他根本没听到有人在敲门。终于，他反应了过来，起身打开了门。

"你还好吗？"格兰杰一身外出装扮。

几乎是鬼使神差地，他说："心里很不好受，我担心我的朋友。"

"那你身体还行？"

"身体？"

"还能不能支撑着你和我出去一趟？"她的声音笃定而严肃。她已经完全恢复正常了。格兰杰的眼神清明，不再是那种充满着红血丝宿醉的样子。讲真的，她比之前更美，美得多。除了她常穿的披肩外，她还穿着一件宽松袖子的白上衣，袖子刚好盖过她的上臂，将小臂上密密麻麻的伤疤露在了外面，暴露给所有人看。她想坦率地传递给所有人一个信息：这就是我。

"我们不能就这样看着塔尔塔廖内沉沦。"她说，"我们必须带他回来。"

"他不想回来。"彼得说道，"他蔑视这里的每一个人。"

"他只是这么说罢了。"格兰杰不耐烦地说道，"我了解他，我们聊过。他是一个真正有趣的人，非常的聪明迷人。最重要的是，他很善于交际。要是不回来的话，他会疯的。"

"他已经疯了。"彼得回道。

格兰杰眯了眯眼睛，"这未免有点……武断了，嗯？"

彼得看向了别处，他心情太沉重了，毫无争辩的兴致。他笨拙地装作被洗衣机分散了注意力。

"无论如何，"格兰杰说道，"我会和他聊的，你不用管。你只要把他从藏着的地方找出来就行，无论你上次是怎么做到的，再来一次。"

"行吧，"彼得回忆道，"我当时就是跌跌撞撞地在黑暗中走着，神志不清的，我以为我就要死了，所以大声地背诵着《诗篇》第23章。如果所需要的情境是这样的话，我不知道我可不可以……呃……再重复一次。"

她叉着腰，挑衅地说道："那我可不可以理解为你不想再试一次？"

二人便出发了。不过开的不是格兰杰更喜欢的药品食物送货吉普，而是彼得征用的灵车，后面带张床的那种。格兰杰花了点时间来适应它的驾驶方式，闻着奇怪的气味，摆弄着不熟悉的控制装置，在不熟悉的座位上扭来扭去，试图找到个舒适的坐姿。她是那种依赖习惯的人。彼得现在意识到，所有的USIC的工作人员都是习惯的奴隶。

他们中没有一个是鲁莽的冒险家：艾拉·莱因曼的面试审查过程确保了这一点。但也许彼得是他们允许来到这里的人里面最具有冒险精神的了。又或许是塔尔塔廖内。这或许就是为什么他会疯了吧。

"我想他更有可能现身，"格兰杰解释说，"如果开的车是一样的话，他可能一直在等你来。"

"那是晚上。"

"车会自动地亮灯，他可以在一英里外看到它。"

彼得却觉得不太可能。他更倾向于相信塔尔塔廖内一直望着月亮光芒的闪耀，看着自己发霉的记忆在他的头颅中慢慢腐烂。

"要是我们没找到他呢？"

"我们会找到他的。"格兰杰说道，她专心地盯着毫无特色的路途前方。

"如果找不到呢？"

她笑了，"你得有信念。"

雷声又隆隆地响了起来。

几分钟后，彼得说道："我能查查发射器的消息吗？"

格兰杰在仪表板上摸索着，试图找到发射器在这台车上的位置。一个抽屉像舌头一样滑了出来，里面放着两个令人恶心的东西，像是两个木乃伊一样的条状物。仔细一看，却是发霉的雪茄。另一个抽屉里面是一些打印纸，它们已经脏成一片，团的褶皱就像是秋天落叶一样脆的纸纤维。显然，自从库茨伯格失踪后，USIC的人员就很少或者根本没有使用过他的这台灵车了。也许他们认为这是霉运的一种诅咒吧。又或许他们有意识地决定遗弃它，生怕那位牧师回来。

格兰杰终于摸到了发射器，并将它旋转到了彼得的膝盖上。彼得打开它：一切运转正常。他想查查有没有收到碧翠丝的回信。然而什么都没有。

也许是这台机器没有像其他一样的设置？也许和碧翠丝获得联系是一种

幻想。他又查看了一遍。推测如果碧翠丝回了他消息,那么大概收到和发送中还需要几秒时间。

仍然杳无音讯。

天空慢慢地黑了下来,他们的车还是继续开着。不像是被包裹在麻布里那样黑,却也带着不祥的意味。闷雷又在天边炸响。

"我从没见过这样的天气。"彼得说。

格兰杰瞥了一眼侧窗,"我见过。"她说。感觉到彼得怀疑的眼神后,她补充说:"我在这里的时间比你待得久。"她闭上眼睛深吸了一口气,"太久了。"

"会怎样?"

"什么怎样?"

"当天像这么黑的时候?"

她叹了口气,"会下雨,只是下雨。你以为呢?这儿就是个和你想的完全不同的地方。"

他张了张嘴想要说点什么,想要为这个星球上的绝美景致辩护一二,要么就是对USIC的项目做出一点评论。但是他永远都不知道自己会选哪个来说道了。因为当他刚刚想说的时候,一道闪电劈开天空,车窗反射着刺目耀眼的闪光。他们的车顶被击中了,就像被一个巨大的拳头捶到一般。

在爆炸中颤抖着,慢慢地,车停滞不前了。

"天啊!"格兰杰尖叫着。她还活着,他们都还活着。不过又不只是活着的状态:他们二人紧紧地用胳膊抱住了彼此——动物的本能反应。好尴尬,他们立刻松开了对方。

没人受伤,连一根头发都没被烧到。放在彼得腿上的发射器已经报废了,彼得在它一片空白的屏幕上看到了自己苍白的脸。在他面前的仪表盘上,所有的数显都没有了。

格兰杰试着点火,却发现发动机已经报废了。

"不该这样啊。"格兰杰说道。她的眼神有点狂躁,可能她正处于巨大的震惊中,"这些仪器都应该能正常工作才是。"她不断地试着打火,却无济于事。巨大的雨滴开始砸在窗户上。

"刚才的闪电一定劈到了哪里。"彼得说道。

"不可能。"格兰杰说，"不可能的。"

"格兰杰，我们能活下来真是奇迹。"

她没搭理他这句话，"汽车是雷雨中最安全的地方，"她坚持道，"金属的汽车外壳充当了法拉第笼。"彼得一脸不解，她瞟了一眼，补充道："小学科学课的知识。"

"估计教这课的那天我辍学了。"彼得说。格兰杰不放弃地检查着，尝试着重启控制器和仪表盘，但显然，都报废了。

烧焦的电路气味开始渗入车内，倾盆大雨砸在窗户上，窗户上开始起雾。彼得和格兰杰被拘在了一个"不透明的棺材"里。

"我没法接受，"格兰杰说道，"我们所有的机动车都经过防爆设计。这些车和过去的那些一样，真是浪费时间弄这些愚蠢的技术。"她拽掉了头巾，气得满脸通红，脖子上全是汗水。

"我们该想想了，"彼得慢慢地说道，"想想怎么办。"

格雷杰把头靠在了座椅上，盯着车顶。

淅沥的雨声就像是在给败军打着拍子。

"我们只开了几分钟，"格兰杰说，"基地应该还在我们视线范围内。"她不想从车里出去淋着雨，只能在座位上蜷成一团，试图通过后窗发现些什么。什么都没有，只有被雾气蒙上的窗户和灵床。她打开门，将潮湿的空气放了进来。格兰杰在汽车旁站了二十来秒，或者更长一点。她的衣服被雨水拍打着湿透了。然后她又回到了她的座位上，砰的一声关上了车门。

"什么都看不到。"格兰杰说道，她的外衣湿透了，变成了半透明的状态。彼得可以看到她内衣的边缘。"也看不到C-1，我们一定在半道上呢。"她沮丧地抚摸着方向盘。

雨停了，重现天光。阳光在他们身上投射出珍珠般耀眼的光芒。空气像藤蔓一样轻触着格兰杰的衣服，烘干了她紧紧贴在身上的布料，风在衣服下穿梭，就像是肿胀凸起的经脉一样。风也穿透了彼得的衣服，钻进了他的T恤、裤子，骚扰着他的腿窝。风似乎格外热衷于在他下体的牛仔布中间穿梭。

"走回去要花一小时。"格兰杰说道，"最多两小时。"

"轮胎在地上可有留下痕迹？"

格兰杰又下车看了看,"有。"她回到车上时说道。

"笔直的、清晰的痕迹。"最后一次,她随意地转了转点火装置,没看它,好像希望这样可以欺骗发动机,就像她已经不在乎了。

"似乎塔尔塔廖内和上帝达成了协议。"

他们为这次出行认真地做过准备。格兰杰的背包里装满了急救药品。彼得发现了库茨伯格的一个发霉的旧公文包,拿出里面的一本硬壳精装《新约》,换了一对两升的水瓶子进去。

"我希望这个公文包有个肩带。"彼得说,他试着拿着公文包,"这些瓶子很重。"

"等我们把水喝了就不重了。"格兰杰说。

"还会再下雨的,至少两次,在我们到基地前。"彼得预言道。

"你说这对我们有什么好处?"

"你就会抬抬头,张张嘴。"彼得说,"跟绿洲人一样。"

"你要是不介意,"格兰杰说,"我倒是不想跟绿洲人似的。"

车的外部被雷击得没了样子。轮毂罩出现了呈网状的损坏,四个轮胎都没气了。这辆车已经不再是一辆车,而是被闪电打击成了一个什么都不像的玩意。

彼得和格兰杰沿着车辙的痕迹走向USIC的总部大院。格兰杰步履轻盈,虽然腿没彼得长,但步伐轻快,不用彼得放慢速度来等她。他们很快就走了一大段路,路面平坦,车在他们的身后迅速地变小,成为一个小点,然后完全看不到了。随着他们的前行,车辙在泥泞的雨后土地上越来越难以辨认。车辙和自然线条混合在一起,模糊得难以确认。天上的黑云消散了,阳光照耀着大地。格兰杰从水瓶中取了些水喝,彼得等着她。彼得倒没有多渴,他只是特别饿。事实上,食欲对他的影响在走路时分散了不少注意力。

回途的地形并不是徒步的最佳地形,但他们至少要一小时走两英里。USIC的基地顽固地就是不在地平线上出现。他们的车辙已经无处可寻了。不出意料的,他们迷路了。

"如果我们现在顺着路回到车上,USIC可能会派人来查看。"彼得建议道,"早晚。"

"嗯，"格兰杰说，"早晚，早晚我们就都死了。"

猛然听到"死"这个字让他俩内心都是一紧。尽管他们犯的错非常的显而易见，但他们还是试着尽量地保持着乐观。

"可是你来找的我啊。"彼得提醒她。

格兰杰大笑出声，嘲笑着他的天真，"这是我自己的主意罢了，和USIC没有任何关系。那些人，那些人连自己的妈要死了都不会管的。我想说，真的，你想想，为什么他们一开始会来这里？他们很冷漠，怕是就差把'霉运'这俩字文头上了。"

"但是他们会发现你失踪了的。"

"哦，我倒是很确定明天有人来药店买祛疣药的时候，而我没在，他们就会觉得，没事，几个疣子也没什么。我没去测试明天的食物的时候，他们会觉得，没事，形式罢了，我们吃了也无妨。实在不行就下次开会的时候提一嘴。"

"我不相信他们会这么冷漠。"彼得说道，但是他的声音因为内心的不确定而低了下来。

"我太了解这群人了。"格兰杰说道，"我知道他们的做事风格。他们不知道过了多久才发现库茨伯格和塔尔塔廖内不见了，然后他们做什么了？他们派车不分昼夜地去四处寻找了吗？就在这么半径50英里的范围内？算了吧，真是天真。他们就只是冷静下来，看看杂志，练练肱二头肌来放松一下，没别的了。这个操蛋的世界都要垮了，但是USIC的这群人不觉得有多紧急。你现在还真的觉得他们会为我们的失踪惊慌失措？"

"我希望……"彼得说道。

"哎，希望，能有希望是件好事。"格兰杰叹了口气。

他们越走越远，慢慢就开始觉得累了。

"我们是不是该停会儿？"彼得提议道。

"不走了？那干什么呢？"格兰杰说道。

"歇会儿吧。"

他们坐在地上休息了一会儿。他们俩，就像是两只被棉布包着的、粉色的哺乳动物，在一片广袤无垠的黑色土地上孤零零地待着。在阳光的照射下，地上分散着长了一些小白花团块。彼得伸出手，摘了靠近他脚边的一朵的花瓣，放进嘴里尝了尝。真难吃。多奇怪啊，食材通过巧妙的加工、烹饪和调味,可以有很多种好吃的吃法,但是不经过这些,本来的原味竟然这么难以下咽。

"好吃吗?"格兰杰问道。

"不怎么样。"彼得回道。

"等我们回到基地,"她小声地说道,"今天的菜品很不错,咖喱鸡和冰激凌。"她笑了笑,希望他能原谅她之前的失态。

短暂的休息并没有让他们恢复太多精神,但他们还是继续向前走。格兰杰喝了半瓶水了,彼得倒是直接从"天上"喝了点水:如他所说,又下了一次大雨,把他们淋得透透的。

彼得的头向后仰着,喉结随着吞咽的动作上下滑动着,他张大了嘴,对着天空,迎着倾盆大雨。格兰杰对他喊道:"嘿!你看起来像只火鸡!"

彼得咧嘴一笑,因为格兰杰这么说就是为了开个玩笑,但他的笑慢慢僵在了嘴角,因为他发现自己已经忘了火鸡长什么样子了。他的人生,他所知道的自己的人生,是从父母给他看的一本书中的一张照片开始的。现在在他的大脑中,关于《圣经》的大片段落是活跃着、闪耀着光芒的,随时准备着被他所引用。而他在大脑中翻翻找找,也没有找到任何一张"火鸡"的画面,什么也没有。

格兰杰感觉到了,她感觉到了他的难过。

"你不记得了,对吗?"她说道,他们又坐了下来,休息了一会儿,"你不记得火鸡长什么样子了。"

他点了点头,当作承认,就像是被抓到做了错事的淘气孩子一般。一直以来,只有碧翠丝能猜到他在想什么。

"大脑一片空白。"彼得说道。

"就是这样的。"格兰杰说道,她的声音严肃,发紧,"这就是这个地方,这就是这个地方的作用,它就像是一管大剂量的降压药,抹去了我们所有的、所知道的一切。你一定不要被它击溃。"

她突然而来的激动刺激到了他,"我……我可能只是……只是有点心不在焉。"

"这是你要注意的事情。"她抱着膝盖,缓缓地说道,凝视着面前空荡荡的苔原,"消失。这是一种缓慢的、可怕的……对万事万物的处理方式。

你想知道上次USIC内部会议上讨论了什么吗？除了技术上的东西还有H翼后方装载舱的臭味。你想不想知道无所谓，我告诉你吧，他们讨论了是否真的需要把所有的照片挂在走廊上。其实只是需不需要打扫一下灰尘的问题，对吗？比如一张地球上某个城市的旧照片，很久以前，一群工人坐在钢梁上吃着午饭的照片。这很有趣，但是我们已经看过无数次了，它慢慢就变老了，画上的人也早就死了。这就像是我们被迫看着一群已经死去的人，够了。所以什么也不挂，就是空白的墙，很干净明确。故事结束。"

格兰杰用手指拨弄着她湿冷的头发——一种惹人心烦的触感。

"那么……彼得……我来试试提醒你，什么是一只火鸡。那是一种鸟，它的嘴上挂着一些肉，看起来像是一大串鼻涕或者……呃……一个避孕套。它的头和脖子是这样的……"她用自己的头和脖子做了一个笨拙的动作，"然后这个骨瘦如柴，像蛇一样的头和脖子附着在这个超大、肥胖、蓬松的灰色身体上。"格兰杰望着彼得的眼睛，"想起什么了吗？"

"嗯，你……呃……我想起来了一些。"

她满意了，放松了下来。"就是这样的，我们就该这么做，时刻激活着我们的记忆。"她舒舒服服地躺在地上，像在晒日光浴一样伸展着身体，用手提袋当枕头。一只透绿的小虫落在她的肩上，弯曲摩擦着后腿。她似乎没有意识到这只小虫。彼得犹豫了一下要不要把它挥开，但还是算了。就在那儿吧。

彼得的脑海中有个声音响了起来：你会死在这里，死在这片荒野里；你再也见不到碧翠丝了；这片平原，这些稀疏的白花，这个陌生的天空，这些昆虫等着在你的肉体上产卵，这个女人在你身边——它们是你生命的最后几天和最后几个小时的内容。那个声音清晰地说着话，听不出口音和性别——他以前听过很多次，确定那不是他自己的声音。小时候，他以为这是内心良知的声音，作为一个基督徒，他相信这是上帝的声音。不管是什么，它总是告诉他需要被告知什么。

"你最早的记忆是什么？"格兰杰问道。

"我不知道。"他想了一会儿后说，"我妈妈把我绑在一家土耳其餐馆的特殊塑料儿童座椅上吧，我们很难分辨什么是真实的记忆，什么是你后来从老照片和家庭故事中构建出来的东西。"

"别这么说。"她的语气就像是他在宣称爱情仅仅是精子和卵子的相遇一样。"图什卡对这个观点很有想法。他认为没有童年记忆这回事,我们每天都在和我们的神经元做游戏,把它们扔到海马体周围,构建一些小的童话故事,其中的人物以我们曾经生活在一起的人命名。'你的父亲只是你额叶上的一阵分子活动。'图什卡会这么对你说,并且咧嘴一笑,带着点沾沾自喜的意味。这个混蛋。"

格兰杰伸出手。彼得不知道她想让他做什么,于是他把水瓶递给了她。她喝了几口,水也没剩多少了。

"我爸爸,"她接着说,"总是和火药味相伴。我们住在伊利诺伊州的一个农场里。他总是在打兔子。它们对他来说只是虫子,大毛虫。我骑着自行车到处跑,我能看到到处都是我爸打死的兔子。他会把我搂在怀里,我就能闻到他衬衫上的火药味。"

"一种非常……呃……复杂情感的记忆。"彼得小心翼翼地说。

"这是真实的记忆,这才是我想说的。农场是真实的,死兔子是真实的,我父亲衬衫上的火药味也是真实的,那不是烟草、油漆或须后水。我很确信,因为我就在那里。"她挑衅地说,语气就好像有人在怀疑她是否真的是那里的人。就好像有一个阴谋,USIC的人员将她塑造成一个来自洛杉矶的城市小孩,一个乌克兰牙医的女儿,一个德籍中国人一样。又有两只小虫子停在了她身上,一只在她的头发上,另一只在她的胸前。她根本不在乎。

"后来农场怎么了?"彼得为了礼貌,继续问道,当他看到有点冷场的时候。

"给我滚开!"她叫道,手拍在眼睛上。

他猛地回过头来,准备为他所说的一切向她道歉,但是才发现她没有对他说话。她甚至不是要轰走那些昆虫。她一边厌恶地喊着,一边从眼睛那儿捏出一个闪闪发光的东西,然后又捏出了另一只眼睛上的亮片——隐形眼镜。"他妈的空气,"她说,"它吹到我隐形眼镜里面了,把眼镜的边缘都掀起来了。吓死我了。"她眨了眨眼。一片被丢弃的水凝胶薄片粘在她的鞋子上,另一片粘在地上。"不该把它们摘出来的,我视力不好。估计最后要靠你带我往前走了。我们说到哪儿了?"

彼得努力想了想,终于找回了故事的主线。"你打算告诉我农场发生了什么事。"她揉了揉眼睛,试着看了看。

"我们破产了,"她说,"农场被卖了,我们搬到了迪凯特。我们之前在贝瑟尼,没有那么远,但是我们在城里找到了一个小木屋,就在桑加蒙河附近。倒不是走路就能到那么近,但是开车也就一会儿。""嗯,哦。"彼得说。他深深地感到一阵烦闷,他发现自己对谈话一点也不感兴趣。作为一个不善于交际的人,如果他活下来了,如果他回到了文明社会,他作为牧师的职业生涯就结束了。人类生活中的细枝末节——他们居住的地方,他们亲戚的名字,他们住在附近的河流的名字,他们所从事的工作的复杂性,以及他们经历过的家庭纷争——不再对他有任何意义。

"迪凯特现在是一个无聊的地方,"格兰杰说,"但是它有惊人的历史。它曾被称为世界大豆之都。你听说过亚伯拉罕·林肯吗?"格兰杰问道。

"当然。美国总统中最有名的一位。"

她感激地呼了一口气,好像他们一起击败了无知似的,好像他们是非利士群体①中唯一受过教育的两个人。

"林肯住在迪凯特,17世纪或者别的什么世纪。那时他还是个律师,后来才成为总统。那儿有一座他的雕像,他光着脚踩在树桩上。我还是个小女孩的时候,我就坐在那个雕像的树桩上。我倒是不觉得无礼,只是当时太累了。"格兰杰说道。

"嗯,哦。"彼得说。昆虫现在也开始在他身上安家了。大约一个星期左右,也许几天后,他们两个就会成为苗床。也许,当他们最后一次呼吸的时候,他们应该躺在对方的怀里。

"我喜欢你在葬礼上说的话。"她说。

"葬礼?"

"塞韦林的葬礼。你把他说得很真性情,很真实。我在此之前甚至都不喜欢他。"

彼得努力回想着那天他是怎么说塞韦林的,努力想要回忆起塞韦林来。

"没想到你这么有感触。"

"太美了。"她在塞韦林同情的余晖中又沉浸了几秒钟,然后皱了皱眉

---

① 非利士人,即腓力斯丁人,是居住在地中海东南沿岸的古代居民,被称为"海上民族"。因与周围闪米特人的混合而日渐消亡。

头,"你说得太好了,不适合那些……蠢货。之后有一个关于这个问题的会议,每个人都认为你说得太过了,如果将来其他的USIC人死了,最好别让你在葬礼上说话。"这些昆虫正在冒险回飞,一个有玉石光泽的小虫直接落在她的额头上。她没有注意到。"我替你说话了。"她说着,抬头望着天空。

"谢谢你。"

他枕在一只胳膊肘上,静静地凝视着她。她的胸膛随着她的呼吸而起伏,只有两块脂肪组织,两个为了喂养她从来没有过,也不可能会有的孩子而设计的乳房。

于他而言,她的胸部却是令人陶醉的可爱,像是一个美学奇迹,它上下起伏的节奏使他感到了渴望。格兰杰身上的一切都是不可思议的:她耳朵后面的绒毛,对称的锁骨,她柔软的红润的嘴唇,甚至是她手臂上的纹路。她不是他的灵魂伴侣:他对此没有任何幻想。

他和碧翠丝有过的亲密关系在她身上是不可能存在的,她很快就会发现他很可笑,而他会发现她太麻烦了。事实上,就像大多数男人和女人从一开始就做爱一样,他们几乎没有任何共同点。除了他们是男性和女性,由于环境的关系而聚集在一起,至少目前俩人都还活着。他伸出手,准备轻轻地放在她的胸上。

"跟我说说你的妻子吧。"格兰杰的眼睛现在闭上了。她疲惫不堪,在炎热中感到无力,流连在怀旧情境中。

"她站在了我的对立面,"彼得说着,收回了他的手,"我们正渐行渐远。"虽然他的意图仅仅是陈述事实,但他的话听起来有些猥琐,怯懦,典型的奸夫的陈词滥调。他可以回答得更好的。

"她在家的时候,过得很糟糕,一切都在走向毁灭似的,各种各样的灾难,她……她失去了对上帝的信心。我们的猫约书亚,被虐杀了。我想就是这件事把她推下了绝望的悬崖。她又害怕又孤独。而我,没有给她需要的支持。"

格兰杰为了躺得更舒服一点,转了转方向。她一只手臂放在头下,另一只胳膊搭在胸前。她没睁开眼睛。

"你没有告诉我有关碧的事情,"她说,"你只是在告诉我你们之间发生了什么事。跟我说说她吧,她长什么样子,她眼睛的颜色,她的童年之类的。"

他躺在她身边,把头枕在胳膊上。

"她叫碧翠丝。比我大几岁,36岁了。她从不介意别人知道她的年龄。她是我认识的最……不虚荣的女人,我不是指外表上的。她很漂亮,时尚,但是她不在乎别人怎么想。她有着一种内在的骄傲,不是傲慢的骄傲,只是……自尊,这太罕见了,太稀有了。我们大多数人都是带着伤痕活着的。而且碧翠丝的童年也确实如此。她的父亲是个虐待狂,一个完全的控制狂。他把她所有的东西都烧了好几次,她所有的东西,我是说所有的东西,不仅仅是玩具、书籍和特别的东西,而是所有的东西。烧完之后,她记得自己和妈妈一起去了乐购超市,那是一家工业园区的超市,那里整晚都开着门。当时大约是凌晨两点钟,碧翠丝大概才9岁,她穿着睡衣,光着脚,脚被冻青了,因为那时是一月份,还在下雪,她不得不从车里走到商店。她的母亲带她去了女孩服装区,给她重新买小短裤、袜子、T恤衫、鞋子、裤子,等等。这种情况发生过不止一次。"

"天啊。"格兰杰说,没有任何敬畏的感叹。彼得猜,她正在把碧翠丝的童年痛苦和她自己的比较,并觉得也没什么大不了的。只要是人——除非他们是绿洲人——都会这么做。

"她长什么样?"格兰杰说,"和我描述描述。"

"她有一头棕色的头发,"彼得说,"褐色。"碧头发到底是什么颜色很难判断。"她很高,差不多和我一样高。棕色的眼睛,很苗条。"

这些细节都很普通,没什么特别的,它们可以用来描述一百万女性。但是他能说什么?描述一下她左边乳头下面的痣?她肚脐的精确形状?

"她很健康,是名护士。我们第一次见面是在她工作的医院。我从窗台上跳下来的时候摔断了脚踝。"

"哦!你是不是想自杀?"

"不,我是想逃避警察的追捕。那时我是个瘾君子,我偷了很多次东西。那天,我的运气不好。或者我应该说,我的运气很好。"

格兰杰咕哝了一句:"她为了你丢了工作。"

"你怎么知道的?"他非常肯定他从来没有和她说过这个。

"我猜的。护士和一个病人掺和上,这个病人还是个瘾君子加罪犯,这可不合适。你坐过牢吗?"

"没有。我在等待审判时被拘留了两个星期,没人来保释我,仅此而已。"直到现在,他才意识到自己受到了极宽大的处理。

"你是个人物。"格兰杰用一种奇怪的、带着点哲学意味的口吻说道。

"为什么说我是个人物?"

"你太幸运了,彼得,被神眷顾的孩子。"

不知道是出于何种原因,这句话刺到了他。他想让她知道,其实他和其他人一样经历了很多苦难。

"我无家可归了好几年,还被人殴打。"他希望自己讲话时有一种安静的尊严,而不是发牢骚,但是估计自己没做到。

"这就是你生活的全部冒险,对吗?"格兰杰说。她的声音里没有讽刺的意味,只是一种带着疲惫和宽容的悲伤。

"你什么意思?"

她叹了口气,"有些人经历过很多沉重的事情。他们可能在战争中奋战过,进过监狱,做生意却因为黑社会而倒闭,在国外大打出手。这些挫折和羞辱可以写一长串。但是这些挫折并没有伤害到他们,并没有。他们认为这是在进行一次冒险。这就是:接下来会发生什么?还有其他人只是想安静地生活,他们不惹麻烦,大概10岁,或者14岁,一个星期五早上9:35他们发生了一些事情,一些私人的事情,一些让他们心碎的事情。"

他沉默地躺着,消化着她说的话。

"我也这么觉得,"他最后说,"当碧告诉我一切都结束了。"

又开始下雨了。他们没有地方躲雨,别无选择,只能躺在原地,被淋得浑身湿透。格兰杰闭上了眼睛。彼得看到她的内衣在她的外衣下再次变得清晰,看着她胸部的轮廓逐渐成形。她把袖子扯了下来,给旧伤透透气。每次和格兰杰在一起的时候,他都在想什么时候能有个自然的机会来问问她自残的事。没有比现在更好的时机了。他想着怎么问这个问题,但"何时""为何"这两个词却怎么都问不出口。他意识到他不再那么想知道她是怎么伤的了。格兰杰的痛苦已经成为过去,重新提起它也没有意义。今天,躺在他身边的她,是一个手臂上有微弱脊纹的女人:如果他轻轻地抚摸她的皮肤,他就能感觉到。

仅此而已。

再次雨过天晴，太阳重新烘烤着他们，格兰杰说："你是在教堂还是哪里结婚的？"

"教堂。"

"是一场非常盛大的婚礼吗？"

"不算是。由于很多种原因，我们双方都没有父母或家庭成员。一些来自碧自己的教堂的人参加了婚礼，最后她的教堂也成了我的教会。"而事实是他什么都不记得了。但是他仍然记得透过窗户的光线，就像11月的一个灰暗的下午被太阳的爆发意外地改变了。"婚礼很不错，大家都玩得很开心。宴会上备了很多酒，不过我没有喝酒，甚至都没有被诱惑。这对我来说很不容易，因为，你知道的……我是个酒鬼。"

"我也是。"她说。

"它永远不会离开你。"他说。

她笑了，"像上帝一样，是吗？还比上帝更忠诚。"

他们静静地躺了一会儿。

两只同种的小昆虫在格兰杰的腹部发现了彼此并开始交配。

"我敢打赌，艾拉·莱因曼肯定私下里也是个酒徒。"

"嗯？酒徒？"

"酒徒。就是美语中的酒鬼，我还以为你知道呢。"

彼得说："词汇这东西，真是学无止境。"

"她认为自己聪明爆了，"格兰杰说，"她认为她可以看透你的心，她还告诉你要是你再敢喝酒的话……不过，她看错我们这种酒鬼了，对吧？"

彼得沉默了。他没有必要告诉格兰杰，当碧翠丝把他从塔塔格里奥内的家里拖出来的时候他身上的酒味浓得都要溢出来了。彼得让碧翠丝以为他违背了他对神的承诺，让她以为他失去了最后的一丝尊严。这样似乎比欺骗她更会让他好过一些。

她说："我接受面试时，已经变了一个人了，无家可归。而那，是一百万年前的事了。人是会变的。"

"是的，人是会变的。"

那两只昆虫完成了它们的交配，飞走了。

"再跟我说说你妻子，结婚那天的婚纱吧。"格兰杰说。

"是白色的。"彼得回答道，"和你想象的那种没什么差别，传统的那款，没什么不一样的。白色，那就是一个象征性的有巨大仪式感的颜色。碧在性方面，有着不堪回首的过去。她……她被作为发泄工具，被虐待了。但是她没有被这种往事所摧毁。"

格兰杰抓伤了自己的手臂，不停地抓挠使得结痂的地方有点过敏了。

"白色的婚纱，也不只是个象征主义的事儿。再多说点关于裙子的事儿。"

他努力地回想着，他的思绪飞过银河系，飞回了他在英国的家。

"它的后面是荷叶边状的。"彼得回想说，"衣服很合身，可以自由地穿着活动。它是泡泡袖的，不是气球那么蓬，只是一种优雅的设计，然后在手臂上收得紧紧地。衣服是织锦的，长到手腕那里。在……呃……腹部也有锦缎，衣领上也有，但是胸部很光滑，很柔滑。裙子到脚踝那么长，但没有长到地板那儿。"

格兰杰点了点头，她就想听这些。

"碧做得最令人惊奇的事情之一，"彼得说，"就是她后来在家，又穿了很多次那件衣服。只是为了我们自己看，不为了什么场合。"

"这太浪漫了。"格兰杰的眼里含了泪。

彼得突然感到很难过。碧翠丝对他的失望，给他带来的痛苦的记忆，比他和格兰杰分享的那些美好回忆更让他刻骨铭心。

"这只是一个回忆里的故事了，我是这么和自己说的，就像图什卡说的那样，"彼得说，"一个古老的、回忆里的故事。生活还在继续。碧现在是一个和过去不同的人了。你知道吗，不久前，我写信给她，写到了这条裙子，告诉她我有多爱看她穿着它的样子，而她，她说我只是多愁善感，想的只是过去的、曾经的她，而不是现在的她。"

格兰杰摇了摇头。"胡说八道。"她轻声说。

格兰杰的语气甚至有点温柔，"相信我，彼得，当你和她说起那件衣服的时候，她的心就会柔软起来。如果她认为你忘了那件衣服，她会崩溃的。你看不出来吗？每个人都很感性，每个人。全世界只有50个人不是多愁善感的，而他们都在这里工作。"

他们都笑了出来。"我们应该再试着往回走走。"彼得说。

"好吧。"她说着，慢慢站了起来。她的动作比以前慢了很多。彼得也是。他们都只是碳生命罢了,太累了,"燃料"快用完了。

大约一个小时后,USIC基地还是没有出现,他们看到了一个奇怪的东西。它在他们的视线中闪烁了很长时间,在后来他俩回程的途中,他们讨论了一下,那或许是个海市蜃楼。但事实证明,那不是海市蜃楼,是真的:那是一个巨大的露营帐篷的骨架。金属支柱完好无损,还保持着房子的形状,就是那种孩子会画的简易房子。帆布上布满了补丁。

帐篷里什么都没有。没有补给,没有床,没有工具。一平方的土地,一块空白的画板——随你怎么画。

在帐篷的后面,有一个栽在地上,是稍稍倾斜的十字架。木制的,尺寸非常小,大约只有膝盖那么高。这块十字架是从哪里来的?肯定不是来自这个世界。它一定是被运来了,和药品一起藏在一艘船上,一起运来的,应该还有工程杂志,葡萄干和人,它们都是从距离这里数十亿英里之外的地球来的。

还有两片松木板,它们估计从来没有想过以这种方式被钉在一起,两片结实的木头被漆成像古橡树一样的颜色。两颗钉子穿过了钉点:一颗钉子钉起了这两块木头,另一颗则经过粗糙的锤打和弯曲,来保护两个小圆圈的金属——黄金。是戒指,库兹伯格的结婚戒指,以及很久很久以前他在另一个星系,抛弃了他的妻子的结婚戒指。

在十字架的水平缝隙上,牧师刻了一行字,然后煞费苦心地用打火机或类似工具的火焰把每个字母都烧成了炭黑色。

彼得希望这句话是一句拉丁语的座右铭,或者关于信仰、基督或转世。

"我感恩着所有发生的事情",镌刻的这行小字上如此写道。

他们站在那里看了几分钟这个十字架,帐篷帆布的残骸在微风中轻轻地拍打着。

"我想回家了,"格兰杰含着泪水用颤抖的声音说,"我想回家去找我爸爸。"

彼得把胳膊环在她的肩膀上。这一刻,他该说点什么来安慰她:没有什么比安慰更能帮助到她了。作为一个男人或作为上帝的牧师,他面临的挑战是相同的:和自己或者和自己的命运和解。

他们再也回不了家了，没有父亲可以和他们团聚。他们迷路了，可能很快就会死去。

闪电击中了他们，他们无法理解它所要传达的信息。

"格兰杰……"他张了张嘴，脑子里一片空白，指望着灵感能引导着他说点什么。

但是在他继续说下去之前，他们两个都以为是风吹动帐篷的帆布碎片发出的动静，突然开始变得越来越大，一辆橄榄绿的军用吉普车从他们身边驶过，停了下来，倒车。

一个人把脑袋从窗户里探了出来，棕色的头发，皎白的牙齿。

"你们搞定了吗？"BG大声喊着，引擎嗡嗡地转动着。

"我们有事儿可做了！"

26. 他只知道他该说声谢谢

回去的路上，彼得只能听到——仅仅是听到，而不是看到——哭泣声和费劲的喘气声，充斥着焦虑和愤怒，时而语无伦次，时而逻辑清晰。他坐在副驾驶上，紧贴着BG，肩膀几乎相互抵着，尽管他的肩膀与BG宽阔的肩膀相比已经算是消瘦。亚历克斯·格兰杰，坐在他们看不见的后排，痛不欲生。

BG一言不发地开着车。他不再是平时那副善良的模样，而是面色严峻，全神贯注地看着前方的道路，或者说假装集中注意力看着——前面的路也根本谈不上路。只有他的眼睛背叛了他。

"他们最好不要阻止我。"格兰杰说着，"他们阻止不了我的。我会不惜一切代价离开。他们会怎么处置我？告我？杀了我？我必须回家。我也不要什么薪水了，他们可以拿着。当我免费干了4年。我们不相欠了，对吧？他们必须让我离开。我的父亲还活着。我知道他还活着，我能感受到。"

BG通过后视镜瞄了一眼。或许从他那个角度能看到些后面的情况。至少彼得除了个狭长的长方形装饰，什么都看不到。

"当了4年的药剂师了,"格兰杰一股脑地说着,"就给那些古怪的小人儿发药。这有什么意义呢,BG?值得千里迢迢特意运个人过来?"

BG做了个鬼脸,他可不会处理什么信任危机,"冷静点,格兰杰,这是我的忠告。"他沉思着说道,"开销不是什么大问题。我回去过,塞韦林回去了好几次,还有好些人都回去过。没有人把账单甩在他们脸上过。如果你确实需要回去,就回去一趟。没什么大不了的。"

"你真这么想?"她的嗓音颤抖着,一个来着伊利诺伊的农村姑娘羞于这样的行为,只为了满足某人的私欲就动辄花费上百万美金。

"金钱就是粪土,"BG说道,"我们就像玩小游戏一样:10块可以买条巧克力,50块可以买瓶百事可乐,这些都从你的工资里扣除,什么什么的。格兰杰,这就像周五晚的纸牌游戏一样,跟大富翁、扑克牌,没什么区别,就是小孩玩的游戏。只不过我们领的是薪水。我们还能把这些钱花在哪里呢。我们哪里也去不了。"

"但你花钱回了家呀,"格兰杰说,"也就是不久前。发生什么了吗?"

BG面露难色,显然,他不想过多地讨论这个,"有些未了的事。"

"家庭原因?"

BG摇头,"就当它是……未了结的部分吧。我原来有个同事需要清醒清醒,所以我就回去干了点事情帮他清醒过来。"

这个回答让格兰杰沉默了一会儿,但没一会儿她又焦虑了起来,"但问题是——你回去后,又回来了,你并没有撒手不干。但我不想干了,你明白吗?我要离开这里,然后永远不回来了。永远,不回来了!"

BG探了探下巴,"永远不要说永远,格兰杰。永远别说。《圣经》好像这么说过吧,是吗,彼得?"

"我不太确定。"彼得含糊地说着。其实他清楚地知道《圣经》里可从没说过类似的话。

"应该就在第一章哪里。"BG肯定地说道,"上帝对摩西和所有的船员说:及时行乐,大家,抓住今天!"

彼得看到BG的右手放开了方向盘,在空中握成一个胜利的拳头。很久以前,在他之前的生活中,BG不疑有他地站在他黑皮肤的伊斯兰兄弟之间,一起高举拳头。如今,他们的口号在BG的脑海中却交织着《古兰经》《圣经》和各种自助书籍、杂志和电视节目。这些东西拧在一起,形成了一种新的根基。他的自我由此发芽，茁壮成长。

彼得脑海里的圣经是纯洁的，没有掺杂任何其他的东西。然而，他第一次为此感到羞愧。他一生中花了那么多时间所传道的圣书有一个残酷的缺点：对于那些不信教的人，它给予不了多大的鼓励或希望。路加说："有了上帝，没有什么是不可能的。"彼得一直认为这是最令人欢欣鼓舞的信息了，现在却颠覆了，像一只垂死的昆虫一样。"没有了上帝，一切都将是不可能的。"这对格兰杰有什么用呢？对碧翠丝有什么用呢？只有带着信仰向圣经索求答案才有结果。若是没有信仰呢？虚无，一切都是虚无。

"那里是什么样的，BG？"格兰杰说道，"快，告诉我，我们家那边发生了什么？"

"现在这里才是我家。"BG告诫她，用手指着胸口。或许，他所指的家也并不是绿洲本身，他想说的应该是，身所在处便是家。

"好吧，好吧。"格兰杰说，极力控制住自己的恼怒，"但无论如何你要告诉我，该死的。我离开已经很久了，那儿一定发生了很大的变化。不要怕伤害我，BG，跳过那些激励我的谈话，直接告诉我它变成什么样了？"

BG犹豫不决，权衡着如何回应更加合适，"和往常一样。"他说。

"那不是真的！"格兰杰大喊道，随即歇斯底里地喊叫，"别骗我！不要照顾我的情绪！我知道一切都在土崩瓦解！"

为什么不问我呢？彼得想。在格兰杰眼里，他仿佛不存在似的。

"一切事物总是在不断崩离的，"BG冷静地回应，语气里没有任何辩解的成分，毕竟，事实太过不言而喻了。"地球在很久以前就变得一团糟了。"

"我不是这个意思，"格兰杰抱怨道，"我是想问，你的老邻居，你成长的地方，你的亲戚，你的房子……怎么样了？"

透过挡风玻璃，BG眯着眼睛，眼神空洞，然后他瞥了一眼仪表板上的导航。

"格兰杰，再送你一句充满智慧的经典老话。听着：'你不能再回家了。'"

源自托马斯·沃尔夫，约1940年。彼得无助地思考着。

"是吗？嗯，看着我。"格兰杰说道。在恐惧心理的驱使下，她变得有些挑衅，"看着我。"

BG沉默了，显然他判断出格兰杰如今已在崩溃的边缘，多说无益。然而这份沉默同样激怒了她。"你知道你是什么样的人吗？"她气喘吁吁，声音难听得像是浸透了酒精似的，"你只是个小男孩，离家出逃的小男孩。外表是个男子汉，却不敢面对现实，你只会假装什么也没有发生过。"

BG缓缓地眨了眨眼睛，他并没有生气，也没什么好生气的。这是他的悲剧，也标志着他的尊严。

"我面对了我所要面对的一切现实，格兰杰，"他并没有提高音量，"你不了解我做了什么，没做什么；你不知道我从哪里来，我又为什么要离开；你不清楚我伤害过谁，谁又伤害过我；你不曾看见过我的记分卡，我也不会将它展示在你面前的。你想要很具体地了解我的父亲吗？他在我现在这么大的时候就去世了，死于心肌梗死——再见，葛培里牧师。关于我自己，你只需要知道，如果我遗传了我父亲的血管问题，下周就要死去……好吧，我可以接受。"BG换到了低速挡，他们即将到达基地，"同时，格兰杰，无论何时，只要你需要有人帮你排解苦闷的情绪，我都会在。"他补充道。

此后，格兰杰没有再说话。车轮从地面过渡到停车场的时候，给人一种空中巡航的幻觉。BG把车停在了围栏的阴影里，正好是最靠近格兰杰宿舍的入口的前面，然后绕过车道，为她打开车门：真是个完美的绅士。

"谢谢。"她说。在回来的路上，她没有承认彼得的存在。当她尝试着将自己僵硬而疲惫的身体挪出车子的时候，彼得为了瞥一眼，在座位上不断扭动着身子。BG的手臂像金属横档一样被格兰杰抓住，支撑着自己起来。门砰的一声关上了，彼得继续透过雾气弥漫的车窗看向窗外：两名白人USIC人员若隐若现，如降级的视频图像般难以识别。他想知道这两人是否会并肩走进大楼，但是随着格兰杰调整好了状态，她就自顾自离开了。

BG回到车里的时候，说："我觉得这是突如其来的好运。这对于一个如此倒霉的人来说可不是什么好事，给她点时间吧，她能克服的。"

彼得点了点头。他不确定自己是否能克服这一点。

阿德金斯医生在重症监护病房外面发现了彼得。他那时正跪在地上。"发现"这个词用得不那么恰当，或许应该是：彼得几乎绊倒了他。外科医生立即低头检查着彼得的身体，在几秒钟内做出了评估，是否有任何部分急需医疗干预。

"你还好吗?"他问道。

"我正在尝试着做祷告呢。"彼得说。

"呃,好吧。"阿德金斯医生说着,一边跃过彼得的肩膀盯着走廊下方某处,仿佛在说,"你可以在别的地方祷告吗?这样就没有人为你白忙活了。"

"我是来看爱耶稣5号的,"彼得一边说道,一边从地板上起来,"你认识她吗?"

"当然认识了,她是我的病人。"医生微笑着说,"有一个真正的病人是件不错的事情,好过每天就做些5分钟诊断,看些锤子砸手的小病。"

彼得盯着阿德金斯医生的脸,试图从中找到认同感,"我印象中奥斯汀医生不是很清楚爱耶稣5号的情况,并且他设想着你可以让她好起来。"

"我们会尽我们所能的。"阿德金斯医生神秘兮兮地说道。

"她都快死了。"彼得说。

"我们先不要谈这方面的问题。"

彼得的双手紧紧地攥在一起,他发现自己尝试的费劲的祷告伤害了他原本柔顺的指关节。"这些人不会愈合的,你明白吗?"他说,"他们无法愈合。我们的身体,你的身体,我的身体,我们生活在奇迹中。不谈宗教,我们是大自然的奇迹。我们可以用锤子击打拇指,可以在我们的皮肤上撕一个洞;我们可以烧伤,擦破,肿胀,不久之后,伤口会愈合!完好如新!难以置信!不可能的!但是这是真的。这是上天给予我们的礼物。但是绿洲人没有收到这份惊人的礼物。他们只有一次机会,仅有一次机会能拥有出生时的身体。他们尽全力照顾它,但它一旦受到伤害,就,就这样了。"

阿德金斯医生点了点头,他是一个善良同时有智慧的人。他把手放在彼得的肩膀上,安慰道:"我们一步步来。这位女士会失去她的手,这是显而易见的。除此之外,我们会尽可能救治。"

泪水刺痛着彼得的双眼,他非常想要相信阿德金斯医生的话。

"听着,"阿德金斯说,"记得我给你缝针的时候告诉过你,上药只是木匠活,包含了接管和缝纫,我意识到了这并不适用于这位女士的情况,但我忘了提一点:这个过程中也包含了化学反应。病人们一直在服用止痛药,可的松以及我们医院的很多其他药物。如果真的没有什么效果的话,他们不会年复一年地坚持服用。"

彼得点了点头,或者说是试图在点头,更多的只是面部的震颤以及下巴的颤抖。曾经以为已经永远抛弃的愤世嫉俗的想法此刻在他的身体里奔涌着。安慰剂,都是安慰剂。当细胞在体内死亡时,吞下药丸,就会感到精力充沛。哈利路亚,我可以走在这些化脓的脚上,痛苦消失了,几乎没有了,完全可以忍受,赞美主。

阿德金斯瞅了瞅一分钟前就搭在彼得肩膀上的手掌,简单地夸赞了一下它,仿佛手掌里面藏有一小瓶神奇的血清。"呃,你的爱耶稣5号,她打开了我们研究的大门,因为我们之前从未有机会研究过这样的病患。我们会迅速学到很多东西,或许有机会可以拯救她。或者,即使无法拯救她,我们也许可以拯救她的孩子。"他停顿了一下,"他们确实有孩子,不是吗?"

彼得的脑海里划过各种曾经的场景:小牛般的新生儿,欢呼的人群,穿衣仪式,小婴儿怪异的美,在他的就职日子里跳的笨拙的舞蹈,挥舞着的戴着手套的小手。

"是的,他们有。"他说。

"不错。"阿德金斯说。

明亮的护理室里,爱耶稣5号被限制在床上,看起来和以前一样幼小而孤独。如果能有一名USIC工作人员在另一张床上放条断腿,或者有一些健康的绿洲人坐在床边,用他们的母语和她交谈,情况也许就不会那么糟糕了。然而对谁来说糟糕呢?彼得渴求疾病能不要这么猛烈,他知道这既是为了自己,也是为了她。在牧师生涯中,他曾到过许多病房。但直到现在彼得都没有碰到这样一个病人,他即将死去的现实给自己带来了责任感。

"上帝保佑我们团聚,彼得牧师。"当彼得走进来的时候,爱耶稣5号正在喃喃自语。他们上次见面后,她就用一条USIC浴巾,巧妙地折叠成一个简易的兜帽,好像头巾或假发戴在头上。这赋予了她更加女性化的外观。她把松散的两端塞在病服罩衣的领口下面,把毯子拉到她的腋窝上。她的左手依旧是裸露的,右手是紧贴着棉鞘。"爱耶稣5号,我很,很抱歉。"他说,他的声音已经撕裂了。

"不用感到抱歉。"她安慰他说。短短几个赦免彼得罪孽的词却惊人地花了她很多气力。

"砸在你手上的那幅画……"他说着,俯身贴近床边她瘦弱的隆起的膝盖,"如果我没有叫你……"

她用自己能自由活动的手做了一件令人吃惊的事。彼得从来没有想过像她这样的女生会做这样的事情。为了让他不要再继续说下去，爱耶稣5号把自己的手指放在了他的嘴唇上。这是彼得第一次直接接触到绿洲人的肉体，中间没有再隔着手套柔软的纤维。她的指尖如此顺滑而又温暖，闻起来带有水果的味道。

"如果上帝没有让它掉落的打算，那么一切都不会掉落。"

彼得轻轻地把爱耶稣5号的手握在手里，说道："我不该说这个的，但是在你们这个族群里，我最关心的人就是你了。"

"我知道，"她毫不犹豫地回答，"但是上帝没有最喜欢的人，它关心一切相似的人。"

她不断地提到上帝，这仿佛是一根长矛深深地刺进了彼得的灵魂里。他做了大量的忏悔，对自己的信仰坦白，对他下一步的打算自白。"爱耶稣5号，"他开始坦白，"我，我不想欺骗你，我……"

她点点头，缓慢，却又强烈。她在示意彼得不需要说出这个想法，"你感觉，缺乏上帝；你觉得你不再是牧师了。"她转过身去，望向他来时的门口，那是通往外面世界的门口。在那个方向的某个地方，耶稣第一次走进了她心里，可如今，这个地方早已被遗弃，只剩空无一人的荒凉。"库茨贝格牧师也有这种感觉，"她说，"他很生气，一直宣扬着他现在不是牧师，并请我们去寻找一位替代者。"

彼得艰难地咽了下口水，他缝制的《圣经》小册子正蜷缩在他屁股附近的毯子上。回到宿舍，还有很多待用的颜色鲜艳的羊毛球。

"你是……"爱耶稣5号欲言又止，停下来寻找合适的词，"人类。仅仅是人类。上帝比你地位高。你传播了一段时间上帝的话，然后这些话语变得太过沉重，沉重得难以再继续传播，然后你必须重新调整。"她把手放在他的大腿上，"我明白的。"

"我的妻子……"他准备开始说。

"我懂的，"她重复道，"上帝使你和你的妻子结合，现在你却被拆散。"在一瞬间彼得回忆起他结婚的日子，透过教堂窗户的阳光，蛋糕，刀子，碧翠丝的婚纱。令人感伤的白日梦就这样无可挽回地逝去了，好似被臭虫吃掉的童军制服扔在垃圾箱里，而后被环卫工人带走。他强迫自己不要去想着房子，因为如今它已经被污物和碎片包围，房子内部陷入黑暗，一个他无法辨认的女人的身形仿佛闹鬼般若隐若现。"这不仅仅是因为我们分开了,"他说,"碧陷入了困境。她需要帮助。"

爱耶稣5号点点头。她缠着绷带的手比任何言辞更响亮,仿佛在叫嚣着没有什么比她遇到的麻烦更加严重。"所以,"她笃定地说,"你会履行耶稣的话。路加:你将把九十九只羊撇在荒野中,并寻找唯一的那个走失者。

当寓言故事在现实中找到标记时,他觉得他的脸变红了。他想她一定是从库茨贝格那里学来的。

"我和医生谈过了,"他悲伤地说道,"他们会尽最大努力的,为了你,也为了其他人。他们无法挽救你的手,但他们很可能挽救你的生命。"

"我很高兴,"她说,"如果我能存活下来。"

他在床沿的栖木上坐立不安。

他的左臀部麻木了,背部疼得厉害。在几分钟后,他将离开这个房间。他的身体将恢复正常,血液循环也会恢复正常,紊乱的神经活动会得到适当调节,过度伸展的肌肉也终会平静下来,然而她,却要被留在这里,思考着肉体即将腐烂这一现实。

"有没有我马上就能为你做的事情?"他说。

她思考了一会儿,回答道:"唱歌吧,只和我一起唱。"

"唱什么?"

"我们欢迎彼得牧师的歌,"她说,"我知道你要离开了,我希望你不久以后还会回来。当你回来的时候,我们还会唱同样的歌来欢迎你的。"没有更多的铺垫,她直接哼了起来:"奇异……恩典……"

他第一时间加入了合唱。平常的演讲中,他的嗓音总是柔和而略带沙哑的,可当他被爱耶稣5号点名唱歌的时候,他的嗓音里充满了力量。重症监护病房里声音的效果要远好于教堂里,毕竟教堂里成群的人们和潮湿的环境总是会破坏声音的感觉。这里是由混凝土搭建,寒气逼人,仅有一些空床位、睡眠机器,象征着公司的四号金属,"奇异恩典"的歌声久久回荡,清晰而动人。

"曾经失盲,"他吟唱起来,"今见光明……"

尽管爱耶稣5号已经为了彼得做出了调整,她气息的长度依旧让这首歌持续了很久。最后,彼得唱得筋疲力尽。

"谢谢你,"爱耶稣5号说,"你现在可以走了,我们永远是……好兄弟。"

彼得没有收到碧翠丝的消息。

他们之间结束了，她已经放弃了。

或者，或者她已经自杀了。无论是世界如今的多灾，还是失去约书亚，失去信仰，抑或是婚姻中的裂痕，这一切的一切都是难以承受的悲伤。或许，她没有能够经得起这些悲怆的考验。在青少年时期，她就有自杀倾向。他甚至不知道她为什么要这么做，却经历了几乎失去她的胆寒。

他在发射器上打开了一个新的界面。他坚信他的妻子依然活着，依然能够收到他的信息。空白的屏幕显得如此之大，留给了他足够的空间表达他想表达的一切。他思考着引用或者解释《哥林多后书》第5章中提到的一点：如果我们地球上的家被毁灭了，那么不是用双手建造的房子在等待着我们。这是圣经式引用，或许在不含有宗教信仰的文本里，它也具有一定的相关性，就好像BG轻拍自己的胸膛来表明家不是砖块和灰浆的简单结合，它可以在任何地方。

一个声音传来："不要犯傻了。"

我马上就回家了。他写道，仅仅写了这一句话。

他承诺了妻子会回家，转念一想却发现自己并不知道如何才能做到。他点击了屏幕上的绿色圣甲虫图标，发射器给了他三个没有价值的选项：维护（维修）、管理员以及格兰杰。没有一个看上去是正确选项。他点击了管理员选项，写道：

我很抱歉，但是我需要回家，越快越好。我不知道以后还能不能回来。如果要回来，我要带着我的妻子。我不是在试图勒索你，我只是觉得这是我唯一的办法。请您回复我并确定我什么时候可以离开。彼得·利（牧师）

他重新读了一遍自己写好的文字，删掉了"我不知道"到"唯一的办法"这一部分文字。太多文字，太多解释了。有效信息可比这要简洁得多。

他站起来，伸了个懒腰，腿上一阵尖锐的刺痛让他想起来那里还受着伤。伤口愈合得不错，但是沿着缝合线的肉依然很紧绷，可能会留下永久的伤疤，偶尔还会作痛。人类的机体恢复能力已经是奇迹般的存在了，然而奇迹也是有一定的限度的。

他的长袍挂在晾衣绳上,现在已经干了。模糊的十字架墨迹几乎已经消失不见,褪成了最淡的丁香色。褶边磨损严重,看起来好像是故意制造成像蓬松款似的。"你不觉得这太过少女了吗?"他回忆起他们第一次将衣服从收缩包裹中取出时,碧翠丝曾这么问他。他不仅仅回忆起了碧翠丝说的话,还有她的嗓音、她的眼神、她鼻侧的光,她的一切。她曾经说过,"如果你喜欢的话,你下半身可以光着。"她是他的妻子,他爱她。当然,在浩瀚宇宙中,考虑到时间、空间的规律以及相对论,一定存在着某个地方,在那里,这份爱依然可以延续下去。

在这个时髦的酒店的10楼,总是在无休止地进行着面试,一次,艾拉·莱因曼问过彼得:"想象一下,你乘坐着一艘小型的充气小艇,在海上迷失了方向。在很远的地方有一艘船,你无法确定船只是向你靠近还是朝着远离你的方向驶去。你很清楚,如果你试图站起来挥手,小艇就会倾覆。但是,如果你坐着不动,没有人会看到你,你也不可能得救。这种情况下,你会怎么做?"

"老老实实坐着。"

"你确定?如果船只是远离你的怎么办?"

"我还要靠小艇活下去呢。"

"那你就这么坐着然后看着船只远去吗?"

"我会向上帝祈祷。"

"如果你得不到回应呢?"

"永远都会有回应的。"

他的冷静给他们留下了深刻的印象。他拒绝接受狂野而冲动的姿势,这帮助他取得了一定的成效。这是属于无家可归者的冷静,属于绿洲人的冷静。他不曾知道自己一直是个光荣的外星人。

现在,他像一只困兽般疯狂地在宿舍里来回踱步。他必须要回家!赶紧,赶紧,赶紧啊。女人说静脉的针会带来一定的刺痛感,接着就是剧痛。是的,加油啊!每一分钟的延误都是一种折磨。在踱步纠结的过程中,他差点被一双废弃的鞋子绊倒。他二话不说一把抓起,朝房子对面扔去。或许格兰杰在她自己的宿舍也是这样的状态,或许他们俩应该一起发狂,一起喝波本威士忌。他真的想喝酒了。

他确认了一下发射器,依旧没有任何回复。谁会来经手这则消息呢?某位下了班的工程师或者厨房帮工?这是个什么烂系统,没有人负责,没有你可以闯入的办公室,没有人可以被你抓住衬衣质问。他继续来回踱步,呼吸声变得异常沉重。地板、天花板、窗户、家具、床,一切的一切感觉都不对。他想起了图什卡,他那外国军团的言论,一切都是关于那些懦弱的人。他们几近疯狂,爬墙乞求能回家。他依然可以感受到图什卡的辛辣嘲讽。自以为是的混蛋!

18分钟后,管理员在发射器上回复了彼得:

你好,你的请求已经转发给了USIC。一般的回复时间在24小时之内(大人物们有时也是需要睡觉的),但是我估计他们会同意的。从外交的智慧来说,你应该说一些你会回来完成你的使命的这一类话,但是我没有义务告诉你如何赢得朋友以及如何去影响他人。我不打算再坐一个月的下一趟航班,但是我会好好利用的,也许我会得到一些新的网球鞋,买一个冰激凌,去一家牛排馆,甚至是一家妓院!开玩笑的。我是一个虔诚而优秀的朝圣者,你了解我的。准备好一切,当时机成熟的时候,我会让你离开的。Au Reviore(再会),图什卡。

读完回复之后,彼得高兴得跳了起来。他把椅子翻过来,激动得跳到了空中,就好像一位运动员获胜般紧握着拳头。如果不是因为受伤的腿部带来的灼热般痛苦的痉挛,他或许会大喊哈利路亚。疼痛感使他哭泣,解脱了的轻松感又让他笑颜重展。他摔倒在地上,像一只虫子般蜷缩着,或者说像一个扭伤了脚踝的小偷,又或者是像一位抓着自己妻子肉体的丈夫。

谢谢你,他喘着气,谢谢你……但是他在谢谁呢?他不知道,他只知道他该说声谢谢。

27. 待在那里

他叫彼得·利,是詹姆斯·利和凯特·利的儿子,也是乔治和琼的孙子。出生时住在赫特福德郡赫特福德的霍恩斯磨坊边的小路上。他养的猫按顺序分别是:莫基,丝琪,克莱奥,山姆,泰特斯和约书亚。他回家就要再从宠物收容所收养一只,前提是收容所还存在。至于他自己的孩子,碧翠丝想怎么唤他(或者她)就叫什么吧。或者就叫凯特。当时机成熟的时候他们会讨论这个话题。或许他们会等到孩子出生,看看他是什么样的一个性格。从出生的那一天起,人就是个独立的人儿了。

在USIC基地这个摧毁了他灵魂的房间里,他尽可能地站得笔直,打量着镜子里的自己。33岁的英国男子,皮肤黝黑,仿佛是刚从阿利坎特或者地中海地区度假回来。但他看起来身体不太好。由于饮食不佳,下巴和锁骨瘦削得令人担忧。他瘦弱得撑不起长袍,要是穿西装可能更加糟糕。他的脸上有一些小疤痕,其中一些可以追溯到他沉迷饮酒的年代,另一些是近期才留下的,外皮更加整齐。他的眼睛布满了血丝,充斥着恐惧和悲伤。"你知道什么才能救你吗?"当他们在雨中等待避难所开放的时候,一位同样无家可归的流浪汉对他说,"一名妻子。"当彼得问他是否亲身经历过时,这个老酒鬼只是笑了笑,摇了摇已经布满灰发的头。

USIC那像迷宫一样的走廊现在已经变得无比熟悉——再熟悉不过了,牢笼一般的熟悉。墙上挂着裱好的海报,每幅都有它固定的位置,指引着他前进的道路。当他走到停车港的时候,那些上过釉的图画仿佛俯视着他:鲁道夫·瓦伦蒂诺,铆工罗西,篮子里的狗和鸭子,雷诺阿的笑脸野餐者,墙上的劳雷尔和哈代像被冻住一般,永远也建不完的房子。那些20世纪30年代的建筑工人在纽约上空悬浮着……他们会被永远地悬挂在那里,永远不会吃完午饭,永远不会从钢梁上掉下来,永远不会变老。

他推开最后一扇门,迎接他的是机油的气味。在对绿洲人的告别访问中,他想独自前往C-2,而不是作为别人车里的乘客。他用眼睛在停车港中搜索今天当值的人，希望是某个从未见过他的人，某个对他一无所知，只知道他是传教的贵宾，应该满足他的一切合理要求的人。但是，一个人弯腰探进了一辆吉普车的引擎，被打开的引擎盖遮挡住了，不过她的臀部被彼得认了出来。那是克雷格。

"嗨。"他说，一边张开嘴，一边知道他今天就算是说出天来也无济于事了。

"嗨。"她一边随口答应着，一边继续往发动机内侧涂润滑油。

他们的"谈判"短促和谐。他也怪不着她不给他车开，毕竟上次发生了那样的事情。也许她的同事已经因此责备过她了，她竟然让他半夜还开着库茨伯格的灵车出去，以至于出动了紧急救援，最终不得不把那辆车拖回来。克雷格笑容可掬，肢体语言随意，但潜台词却是：你真是个讨厌鬼。

她一边用抹布擦手，一边说："再等几个小时USIC的人就会去跟绿洲人交换食品和药品了，为什么不等那时一块儿去呢？"

"因为我是去道别的。我要跟绿洲人们说再见了。"

"跟什么说再见？"

"绿洲人，住在这里的那些人。"彼得答道，心里却在想，"你们说的畸人小镇上的怪物们，你这个蠢胖子。"

她反复斟酌着他的话，"为什么说再见需要自己开车去呢？"

他沮丧地垂下了头，"如果我和你们USIC的人肩并着肩一起出现，看起来我好像是带了一队……保镖。情感上的保镖，你懂我的意思吗？"克雷格漫不经心地看着他，眼神仿佛在说自己不是很明白。"那样看起来，像是我不想自己面对他们。"

"好吧，"克雷格说着不慌不忙地挠了挠身上蛇形的文身。几秒钟过去了，看来她的"好吧"并不等同于"既然这样，我会给你一辆车"，甚至不是"我理解你为什么会想这样做"，那句"好吧"的意思是"就这样吧"。

"而且，"他说，"我不确定今天格兰杰会不会想去居住地。"

"不会是格兰杰。"克雷格轻快地说，接着查看着打印出来的花名册。"格兰杰请假了，因为……"她翻了翻书页，寻找着名字。"果不其然，"她总结道，然后又翻回了今天的页面，"去的会是图什卡和弗洛里斯。"

越过她的肩膀，彼得望着那些涂满油脂的车辆，只要她不碍事，他就能把它们从这个地方开出去。

"自己选择。"她咧嘴一笑,他明白有时候根本没有选择。

"我看到你站在湖边,湖很宽广。"他最后一次将她拥在怀里的时候,碧翠丝曾经同他说过。"天空中缀满了星星。"她同他分享着她的设想,他如何在渔船上对着那些未知的生物传教,他们都漂泊在海上。也许他们都知道那是一个梦,那样的事不会真的发生。那天,绿洲晴空万里,当地人有的在自己的小床上打着盹,有的为外来的客人做着食物,有的在洗衣服,有的正和孩子们玩耍,他们都希望直到太阳落山,自己的肉体还能安然无恙,还能回到自己的小床上蜷缩着。或许他们在祈祷。

约定的乘车时间还未到,彼得趁这段时间想了想,他要带什么去居住地呢。桌上放着一堆未完成的小册子,旁边是几团毛线。他找到了最近做的小册子,《启示录》第21章的释义。他把"s"音的数量减少到4个,并去掉了所有的"t"音,他已经竭尽所能了。

我又看见一个新天新地,因为先前的天地已经过去了,海也不再有了。我听见有声音从天上传来,说:看哪,他要与人同住,你们要做他的子民;神要亲自与他们同在,作他们的神。不再有死亡,也不再有悲哀、哭号、疼痛,因为以前的事都过去了。

为了避免无谓的解释,他省略了耶路撒冷、大海、神龛、使徒约翰、新娘还有丈夫、男人等其他一些词语。这里面的上帝也不再会为人们擦去眼泪,部分是因为这些词语都太难发音了,也有部分是因为,迄今他也不知道绿洲人到底有没有眼睛擦眼泪。

"天气真好。"图什卡说道。确实很好。天空仿佛在为他们上演一出好戏,纪念某个重要的场合。天空中两个巨大雨柱将落未落,一个在西边,一个在东边,彼此相拥而行,现在它们的最顶端汇合在一起,在天空中形成一个闪闪发光的拱门。并非近在咫尺,甚至可能还有好几英里远,但它使人产生了这样的幻觉:我们即将从这个巨大的水珠聚合体下经过。

"不得不说,"图什卡说,"这还挺常见的。"

"后窗是关着的吧?"弗洛里斯说,"我可不想让那些药品被雨淋湿。"

"是的,关着呢。"彼得说。从吉普车离开营地起,坐在前排的图什卡和弗洛里斯几乎就没跟彼得说过一句话。他觉得自己像个被放在后座的孩子,带他出来只因为不能把他单独留在家里,在旅途中除了希望他的父母不吵架之外,没有别的事可做。

格兰杰开车时努力维持的那种密封行车空间并不是图什卡的风格。他开车时一直开着前窗,让空气自由进入车内。外界滞怠的空气被车子搅动起来,阵阵微风灌进了车里。

"格兰杰在哪儿?"彼得问。

"别紧张。"图什卡说道,彼得只能看见他的肩膀和手臂。

"烂醉如泥。"弗洛里斯说,彼得完全看不见她。

图什卡说:"这些年来,她一直是一个很好的药剂师。"

"还有其他药剂师。"弗洛里斯说。

"好吧,让我们看看圣诞老人给我们带来了什么,好吗?"图什卡说。弗洛里斯闭上了嘴。

天空中灿烂的拱门并没有靠近,因此彼得从车后窗往外看。他逐渐喜欢的风景,现在仍然异常美丽,但今天他从不同的角度看到了它的单调,这使他感到不安。他可以想象一个像格兰杰这样的农家女孩在平静的旷野中搜寻着动物、植物,或任何一种生命,却徒劳而返。

"格兰杰需要回家。"他脱口而出道。

"是的,"图什卡也说,"她该回了。"

"即将。"彼得说。他多年来第一次回忆起,"即将"是他和碧翠丝多年前为信徒阿鲁纳恰尔制作的一本《圣经》册子的名字。刹那间,在他的脑海里,他看见他和碧翠丝的手在厨房的桌子上相互靠近:他的手把小册子折叠成三张,写有"即将"的那面朝外;碧翠丝的手把这张纸塞进一个信封,封好,寄给了一个住在山里的大概叫阿迪瓦西的人。每隔六个月,就会有一箱箱的小册子被寄往海外,在电子时代,这是一笔荒唐的开支。但并不是世界上的每个人都有一台电脑,而且,手里拿着圣经经文的意义也不太一样。

那是多久以前的事了。他的手拿着那本叫"即将"的小册子,从桌子那头递到碧翠丝的手里。

"我也转发了她的请求,"图什卡说,"我猜你们两个会一起去。"他打了个哈欠。"我们的小天堂同时发出两次紧急援助!你们知道什么我不知道的吗?再想想再说,还是别告诉我了吧。"

"这地方没什么问题,"彼得说,又盯着窗外,"对不起,让大家失望了。"

"有些人可以接受,有些人不能,"图什卡轻松地说,"EPFCG不能重复使用。"

"什么EPFCG?"

"喷薄水柱压缩器。"

这些话对彼得来说既奇怪又难以理解,就像任何神秘的经文与它的主人一般。当两根水柱分开并变形成不同的、不对称的形状时,他们即将穿过那个闪烁的巨大拱门的错觉逐渐消失了。雨拍打着挡风玻璃和车顶,它的节奏和以往一样奇怪,不遵循任何人类所拥有的物理常识。接着,一阵雨过去了,挡风玻璃上的雨刷发出恼人的吱吱声,于是图什卡把它们关了。

"我们到的时候,"彼得从后面探出脑袋,说道,"我只需要一到两分钟和那些独处的时间。"

"好吧,"图什卡说,"但别伸舌头。"

爱耶稣1号正在一栋画着白星的大楼前等着。当他看到彼得时,他的身体惊讶地抽搐了几下,但他设法在几秒钟内镇定下来。

"你还活着。"他说。

"希望如此。"彼得说,但马上就后悔了:绿洲人并不是在跟他打趣,而这句俏皮话只会让爱耶稣1号更难接受彼得奇迹般地从致命创伤中恢复过来的感觉。

"其他人都以为你死了,"爱耶稣1号说,"但我相信你还活着。我有信念。"

彼得很难想出合适的回答,只好献上一个深情的拥抱。"谢谢你。"他说。

在建筑物门廊的珠帘后面,模糊的人影聚集在一起。"Zk OV。"一个声音喊道。彼得非常了解这种语言,知道这意味着"任务未完"。或者,换句话说:继续。

爱耶稣1号重新振作，接受了命令。他转向车辆的方向，期待着与USIC特使的见面，那个戴着围巾的女人，那个憎恨他和他同类的人。

弗洛里斯护士从车里走了出来。当她走近绿洲人时，很明显，他们在大小上没有太大的差别。碰巧，他们的衣服——她的制服，他的长袍——几乎是同样的颜色。

爱耶稣1号显然被这些意想不到的巧合惊讶到了。他对弗洛里斯的注视有些久了，超过了礼貌的范围，她也毫不避讳地回视。

"你和我，"爱耶稣1号说，"前所未有。"他伸出手，用戴着手套的指尖轻轻地碰了碰她的手腕。

"他的意思是，嗨，我以前没见过你。"彼得解释说。

"见到你很高兴。"弗洛里斯说。虽然这么说不太好，但她似乎完全没有格兰杰那种不安。

"你带药来吗？"爱耶稣1号说。

"当然，"弗洛里斯说，然后走到车后面去取。其他几个绿洲人也钻了出来不再躲避，接着又来了几个。这是不寻常的：在彼得的经历中，最多只有两三个。

弗洛里斯用她强壮有力的胳膊抱着那个箱子。它看起来比上次更大更饱满，也许是因为她比格兰杰个儿小。尽管如此，她还是毫不费力地挥了挥，然后自信地把它交给了一个绿洲人。

"我该向谁说明用途呢？"她说。

"我知道得多。"爱耶稣1号说。

"那么，就对你说咯。"弗洛里斯用一种友好而务实的态度说。与往常一样，这个盒子里塞满了各种有牌子没牌子的药品。弗洛里斯提取了每种小塑料瓶、纸板盒和管，在描述其功能的同时，把它举到高处，就像拍卖锤一样，然后再放回原位。

"我不是药剂师，"她说，"但这些都写在标签和册子上。最重要的是你要告诉我们什么是有效的，什么是无效的。请原谅我这么说，但是这里太神秘了。让我们解开谜团，尝试更多的科学方法。你认为你们能做到吗？"

爱耶稣1号沉默了几秒钟，只盯着那个和他面对面站着的家伙，"感谢你们的药品。"他终于说。

"太好了，"弗洛里斯爽快地说，"但是听着，这是一包舒姆霉素。它是一种抗生素。如果你的肠子感染了病毒,它可以治愈你。但如果你过去服用了大量的盐酸四环素,它可能就不那么好用了。这时你最好吃这个,阿莫西林。这两包阿莫西林是通用药。"

"其他的呢?"爱耶稣1号说。

"嗯,接着说。是这样,如果你以前从来没有吃过阿莫西林,那就没事,但是如果你的身体已经对它产生了抗药性,那你最好用这个紫色的,奥格门汀,它里面有一些额外的物质来对付这种抵抗力。"弗洛里斯把奥格门汀放回盒子里,用手指挠了挠鼻尖。"听着,我们可以整天站在这里谈论这个盒子里每一种抗生素的利弊。但是我们真正需要的是将特定的药物与特定的问题相匹配。比如,拿你来说吧。你有不适吗?"

"感谢上帝,没有。"爱耶稣1号说。

"那么,把生病的人带出来,我们谈谈。"

一阵寂静。"我们感谢药品,"爱耶稣1号说,"我们给你食物。"他的语气很中性,但其中透着固执,甚至是威胁。

"好吧,谢谢,我们一会儿再谈这个问题,"弗洛里斯毫不动摇地说,"但首先,我能遇到一个认为自己需要抗生素的人吗?正如我所说,我不是药剂师,我不是一个医生。我只是想更好地了解你们。"

当他们两个人站在外面时,更多的绿洲人走出了避难所。彼得意识到,过去,无论什么时候完成这些移交,他们一定一直都在那里,但缺乏站出来的勇气。弗洛里斯是什么人?或许是她的气味?彼得转向图什卡,图什卡眨了眨眼。

"服从强大的弗洛里斯,"他苦笑着说,"否则……"

当大家都清楚地意识到移交工作还需要一段时间后,彼得为自己找了个借口,开始穿过冻土带去他的教堂。这是一个起风的日子,他的长袍在脚踝上拍打着,但微风有助于降低湿度,使人产生了空气清新的错觉。在他的凉鞋里面,他的脚已经浸满了汗。他边走路边低头看脚,想起某年一月的一个早晨,他穿着厚底靴子踏进冰天雪地的感觉,他和他刚刚离异的父亲在里士满公园里散步,他的父亲在旁边抽着雪茄。他还没来得及仔细回忆,那画面就闪过了。

穿过平原,去往他和他的会众建起的教堂时,他不时地回头张望,生怕爱耶稣1号跟着他。但是爱耶稣1号并没有跟来。彼得看到的是USIC车辆附近的小人影，随着气流的交织而变得模糊起来。

到达教堂后，他伸出手掌，打开门，希望找到一个空的地方。但是没有。里面聚集了五六十个色彩鲜艳的灵魂，他们已经坐在长凳上了，仿佛是事先安排好的。并没有全员到齐，但人数也相当可观了——尤其想到他们是独自来做礼拜的，并没有牧师。他惨遭不幸那天，他们中有不少人在白花地里干活，亲眼目睹了他的肉被刺穿，看见那些禽兽的牙齿把他咬得血肉模糊，即使是耶稣的巧手，也绝对救不了他了。也许这次聚会就是彼得牧师的追悼会，而他却来了，闯了进来。

人群中传来一阵惊奇的低语。接着，一阵群众的欢腾席卷了空气，占据了所有的空间，推着墙壁，就快要把天花板掀开来了。如果他愿意，他现在就可以让他们做任何事，带他们去任何地方。他们此时只属于他。

"上帝保佑我们重聚，彼得牧师。"他们一个接一个地喊道，接着又齐声说着。每个声音都加重了他内心的悲伤。他们心中的信念已经升到天上去了，他来却是要让他们失望的。

门在他身后砰地关上了，他们活蹦乱跳的氛围被风打断了。

充足的光线透过窗户照射进来，照亮了爱耶稣者们戴着头巾的脑袋，他们像闪耀着的蜡烛的火焰。当他穿过两侧的长椅，天花板上超现实主义的蒙太奇画作沉重地压在他身上。爱耶稣12号的粉色耶稣与灰色的拉撒路手牵手行走的图画，爱耶稣14号蓝色黄色的耶稣的诞生，爱耶稣20号的玛丽·玛格达琳恶魔驱逐，爱耶稣63号的怀疑者托马斯……当然，还有爱耶稣5号画的复活的基督和他的女人，它们都被很好地固定在原本的位置上，从上次砸伤事故之后，它们就被特别小心地固定住。裹着腰布的稻草人，与基督教传统中善良的门面截然不同，突然变得可怕起来。他头上的亮光和他海星手上眼睛形状的洞，彼得曾经把这个当作上帝不能局限于一个种族的肖像的证据，现在让他觉得是不可逾越的鸿沟。

他站在讲坛后面。他注意到，绿洲人整理了他的床，亚麻单子洗了，晒了，叠了，爱耶稣5号为他缝的靴子也擦了，枕头上还放了一支铅笔。现在，由于他奇迹般的归来，他们全神贯注地坐在一旁，手里拿着《圣经》小册子，等待着唱第一首赞美诗的召唤，按照惯例，这首赞美诗可能是"在花园里"或"因为上帝是荣耀"。他清了清嗓子。他不抱希望地相信灵感会从什么地方来，就像以前一样。

"SBLYTD，"他说，"BssLY. SBL DF SLDPt LurL DFPHs HDssFPHL."

有些会众肩膀颤动着，他总是把这种动作理解为大笑。他希望是笑声，听他那笨拙的发音应该是笑声，但也许他永远也不会知道这些举动真正的含义。"SBssLY PtL SssBD SB Jesus BLYTDs."他接着说。他能感觉到他们对他那矫揉造作、孩子气的讲话感到困惑，当他们只渴望听到国王詹姆斯的圣言时，用他们的语言就显得毫无必要了。但他想用一种他们能完全理解的语言来处理。他欠他们太多了：他们的尊严是以牺牲自己为代价的。"TDss Jesus SPt Slm SB SB BL."

习惯使然，他不自觉统计完了礼拜者的数量：52人。他永远也不会知道还有多少灵魂隐藏在这个居住地里，也不知道还差多少才能把整个社区都带到基督面前。他只知道他认出了这里的每一个人，而不仅仅是他们长袍的颜色。

"P BLYTDss SLDB LurL SL，"他说，"LYTDss SLHLDB，就是《异境之书》。"他从包里拿出了《钦定本圣经》，这回他并没有把镀金的书页翻到某页开始带读，而是从讲坛后面走出来，把书拿到前排的爱耶稣者那里。小心翼翼地把书递给了爱耶稣17号，她把书捧到了膝盖上。

他回到讲坛。"SL sp P SL，"他说，"DB BssL SssSP God. SL God BD SB BLYTDss DFP TDss HFPH."

他的会众里掠过一阵惊恐。摇头晃脑，双手颤抖。爱耶稣15号痛哭出了声。"BLSL YSBss TDss D God DF BLY PHL TDss，"他继续说，"DB tSL P PDB SL PDS L SLDB BssLY TDss爱耶稣5号。"他的声音嘶哑了，他不得不抓住讲坛的两翼，才能阻止自己不停地颤抖。"爱耶稣5号Slm SL TDl PiL Slmb SPt PHL. BD SB SLP HFPH USIC."他深吸了一口气，浑身发抖，"LPtTSP SPY BPLYTD P SLPt LurL. BL, TSPLY SB. PtL SB Dss……"

就这样，他再也说不下去了：他需要的，最关键的词，是一个他不知如何用绿洲语表达的词。他低下头，最后还是用了自己的语言，对他们来说的外语。

"……宽恕。"

他离开了讲坛，拿起那只金丝雀黄色的靴子，一手一只，然后僵硬地沿着过道走向出口。最初的几秒钟，就像几分钟那么漫长，他一个人静静地走着。然后，爱耶稣者们纷纷从座位上起立，围在他身边，温柔地抚摸着他的肩膀、后背、腹部、臀部、大腿，以及他们能触及的任何地方。

"宽恕。"

"宽恕。"

"宽恕。"

"宽恕。"

"宽恕。"每个人口中都念着这个词，直到他穿过大门走进刺眼的阳光中。

返回居住地的路上，他那空瘪的袋子拍打着他的腰，在灿烂的大空下，他看了好几次教堂的轮廓。除了他，没有人从里面出来。信仰就是这样，直到必须离开的那刻，人们才会选择离开。绿洲人一直很想跟着他去天国，但他们不太想跟着他进入怀疑的山谷。他知道有一天——也许很快——他们会有另一个牧师。他们已经从他身上得到了想要的，他们对救赎的追求不会随着他的离去而消失。毕竟，他们的灵魂如此热切地梦想着在肉体中停留更长的时间。这也很自然：他们也是某种意义上的人类。

回到USIC吉普车上，一切都在继续。爱耶稣1号已经消失不见，所有的药都分发出去了，食物也被装进了车里。露面的绿洲人比平时多，相当多了。图什卡和弗洛里斯都可以拿起他们的浴盆、麻袋和铁罐，但是彼得注意到，即使是距离很远的地方，绿洲人也会先靠近弗洛里斯，而且只有在弗洛里斯已经忙得不可开交的时候，他们才会绕到图什卡身边。他终于明白了：他们喜欢她。谁能想到呢？他们喜欢她。

"让我来拿吧。"图什卡说，弗洛里斯正拿着一袋又大又重的白花生面团。

"我很好。"弗洛里斯说。她的头发上满是汗水，突出了她那小小的头颅，鬓角上露出了青筋。她全身湿透了。但她很快乐。

过了一会儿，他们三人坐进了车里，图什卡从C-2驶离，她说：

"我们得破解他们，乔。"

"破解他们？"图什卡重复道。

她解释说："找出是什么让他们这么做。"

"是吗？"图什卡说，显然对这个不感兴趣。

"是的。上帝保佑，我们会弄明白的。"

彼得很惊讶会有USIC的员工这么说。但忽然，弗洛里斯的脸出现在前排座位之间的空隙里,就像一个从哥特式墙上伸出来的滴水嘴兽的头,她想找缩在后排的牧师。

"你懂的,只是个比喻而已。我真正的意思是,大概是我运气好吧。"她的脸又一次消失了,但她话还没说完,"我猜你不相信有运气这种东西,是吧?"

彼得转过头去盯着窗外。图什卡车开得飞快,一不留神就可能把外面黑沉沉的泥土看成柏油马路。偶尔出现的苍白的野花在一片模糊中掠过,就像高速公路上的白色线条。如果他努力地去想象,他甚至可能会看到提示距离伦敦公里数的M25路标。

"我希望有。"他回答弗洛里斯,有些迟钝。他很确定"运气"这个词在圣经中没有出现过,但这并不意味着没有这种东西。格兰杰就称他是一个幸运的人。而且,在他身边,在他生命中最精彩的部分,他确实很走运。

当他回到住处时,终于收到了碧翠丝的消息。

上面说:

彼得,我爱你。但求你了,别回家。我求你了。待在你待的地方。

28. 阿门

"我喜欢这个地方,"莫罗一边说一遍轻快地在她的跑步机上跑着,"是因为每一天这里都会有一点点新的变化,但大体上它又保持着不变。"

她、BG以及彼得在露台上锻炼。这只是在绿洲上寻常的又一天,一个做手头任务空隙中安排的休息时间,也是在继续为伟大的项目工作之前休养与恢复的几个小时。虽然遮篷为他们遮挡了阳光,但在下午这个时间段,太阳光过于强烈,它射穿了帆布,在他们皮肤上投下了黄色的光斑。

莫罗已经流了很多汗,她迈步的时候,宽松裤的面料粘着她的大腿,她裸露的腹部闪闪发着光。她宣称她的目标是300步,她一直没让节奏慢下来,到现在她必然已经跑了一半了。她在跑步机手把上转了转她的手腕,仿佛是在转动摩托车的加速把手。

"你应该不扶着,只用你的腿尝试一下。"BG在做俯卧撑的间隙建议道,"这样对你的股四头肌、你的心脏血液循环以及一切都更好。"

"我也把它当成手部锻炼了,"莫罗说,"失去一只手指的人通常会让整只手都无法好好做事。我做了一个决定:我绝对不会成为这种人。"

彼得在举一个滑轮上的沙袋,或者说,他在尝试把它举起来。他的手臂,因为在白花田地里工作,已经变得十分强壮结实,但是他练成的肌肉和他现在正竭力拉紧的肌肉必然不是同一个肌肉运动体系。

"举起来的时候不要太拼命,"BG建议道,"放下来也是一样。慢一点。越慢越好。"

"我认为这对我来说还是太重了,"彼得说,"这袋子里装了什么?肯定不是沙子吧?"他无法想象在同样的成本—重量比率下,当USIC运输一袋糖或者一个人时,他们会同意运输一袋沙子。

"泥土。"BG指着运动场周围的空地说。他脱掉了汗衫,用手将它拧干。一个褶皱的伤疤的弧度在他的腋窝旁边显现出来,成为他突出的光滑的胸肌上的一个污点。他重新穿上他的汗衫。

"我猜我们不能将泥土拿出来一些?"彼得问。

"兄弟,我也认为不能。"BG说。他的面部表情十分严肃,但他被逗乐了。一旦你有一点点了解人类,那么他们是很容易被读懂的。他们的态度都在语气、说话的节奏、闪烁的眼睛、以及许多无法用科学来描述的微妙因素中表现出来。但是,如果你想的话,你可以通过这些和他们建立终生的友谊。

彼得又一次尝试举起沙袋。这一次,在他的肱二头肌受伤之前,他几乎将它举到了膝盖的高度。

"你的一部分问题在于你需要做到更加平衡。"BG走过来说道。他把沙袋和滑轮解开,轻松地将它举到胸前,然后用一只手臂举着它。"最重要的肌肉就是你的脑袋。你应该要计划你要做什么,并对它产生兴趣。找一个能促使你到达极限但又不会越过极限的锻炼方式。如果用这个沙袋锻炼,我建议你直接拿着它。"

"啊?"

BG站在彼得旁边,将沙袋从他自己手臂中小心翼翼地放到彼得手臂中，仿佛它是一个睡着的婴儿。

"就把它抱在你胸前,"他说,"用你的手臂将它环绕住,从露台的一端走到另一端,如此来来回回,直到你不能继续为止。然后轻松地将它稳稳地放在地上。"

彼得照他说的做。BG看着他。莫罗也看着他。莫罗刚跑完300步,正在喝一瓶浅绿色的液体,可能是雨水,也可能是一瓶从遥远的跨国公司买来的有点昂贵的碳酸饮料。彼得用手臂环绕着沙袋,迅速地从他们身边经过,如此来来回回。他很好地完成了搬运沙袋的环节,但当他达到了他的极限,放下沙袋的环节他完成得很糟糕。

"我需要更多练习。"他一边喘气一边说。

"好吧,"BG叹气道,"你没法做到,是吗?"这是他第一次暗指彼得即将离开的事情。

"我可能可以,"彼得坐在一个矮矮的不知道用来做什么的木头底座上说道,"我回到家后,没有什么能够阻止我搬运一个沙袋。实际上,如果有洪水,我可能必须要这么做。最近有很多洪涝。"

"他们需要花更多时间思考如何改善他们糟糕的排水管理系统。"BG说。

莫罗站起来,整了整她的衣服。她的锻炼休息时间已经结束,要开始工作了。"或许你应该做你必须做的事情,然后直接回来。"她说。

"如果我妻子不在我是不会做的。"彼得说。

"好吧,也许她也会过来。"

"显而易见,USIC不会让她过来。"

莫罗耸了耸肩,她平日里冷静的脸上闪过了一丝蔑视的神情。"USIC。USIC到底是什么?我们就是USIC。我们,在这里。或许是时候将资格考试放宽一点了。"

"是的,资格考试太难了,"BG表示有同感,语带伤感,一半为自己获得了好成绩而骄傲,一半为所有有潜力的兄弟姐妹们没能通过考试而悔恨。"该死的针眼。那是《圣经》里的,不是吗?"

几乎是条件反射,彼得一本正经地做出了熟练的回答,然后又意识到他没有必要这样。他说:"是的,BG,是《圣经》里的。《马太福音》,第19章,第24节。"

"我会记住的。"BG说,然后很明显地咧嘴一笑,表示他很清楚他做不到。

"丈夫和妻子团队，"莫罗边说边将瓶子装进手提袋里，"我认为会有点浪漫。"她伤感地说道，仿佛浪漫是某种外来的奇怪的东西，只能在猴子部落或是雪雁群里才会有，在她认识的任何一个人身上都不会存在。

彼得闭上了眼睛。碧翠丝最后的消息和他的回复都印在心里了，和《圣经》里的任何一节都一样清晰：

彼得，我爱你。她写道。但是请不要回家。我请求你。就待在你现在所在的地方吧。那里更安全，而我希望你安全。

这是我能发送给你的最后的消息，我不能留在这个房子里了。我要和其他陌生人住在一起，我不知道具体在哪里。我们可能需要四处游走。我不能解释，请相信我这是最好的。所有的事情都和你离开时不一样了。事物变化得如此之快。对于我来说，把一个孩子带到这个堕落的世界是不负责任的行为，但还有一种办法，就是杀了他，可我没有勇气这样做。我预料到无论如何事情的结局都会很糟糕，所以最好的是你不在这里目睹这一切。如果你爱我，请不要让我看到你受苦。

有趣的是，很多年前当我们第一次遇见时，人们提醒我你是一个老练的、不正直的剥削者，总是操纵人们，让他们上你的当。但我知道你内心只是一个无辜的小孩。现在这个星球对你来说太残酷了。我将想象你在一个安全的地方有机会过着幸福的生活，这样我才会感到宽慰。

碧翠丝

他毫不迟疑地回复了她的消息。他是这样说的：

安全或不安全，幸福或不幸福，我都陪在你左右。请不要放弃。我会找到你的。

"你照顾好你自己，好吗？"BG说，"你将去一个十分糟糕的地方。保持坚韧，保持专注。你可以向我保证吗？"

彼得笑了，"我保证。"

他和这个大个子正式有礼地握了握手,就像外交官一样。没有拥抱,没有击掌。BG知道什么样的场合应该做出什么样的举动。他转身离开了,莫罗跟在他旁边。

彼得看着他们的身影越来越小,直到消失在USIC基地丑陋的外部。然后他在一个秋千上坐了下来,轻轻抓着秋千链,流了一会儿眼泪。哭得不是很凶,甚至声音都不大,并不能被爱耶稣5号称作是一首很长的歌曲。只是有眼泪在他脸颊上,这些眼泪在掉落到地上之前就被空气给风干了。

最终他走回到沙袋所在的地方,跪了下来。他没有花费太多力气,将沙袋从臀部位置拽到了他的大腿前部位置。接下来,他用手环绕住它,将它拉到了胸部。尽管很难确定,但他认为它比碧翠丝要更重。不管怎么说,举起一个人要更简单。事情本不应该这样,因为两者都受到地球的重力影响,这是无法避免和否定的。但是他尝试过举起一个没有意识的身体,并且他举起过碧翠丝,这两者有所不同。那么一个婴儿……一个婴儿会更轻,更轻吧。

他抱着沙袋坐着,一直到他感觉到膝盖痛、手臂酸。当他最终让沙袋滑到地上,他无法猜到格兰杰站在他旁边看着他多久了。

"我以为你生我的气了。"他说。

"所以你就跑了?"她问。

"我只是想给你留一点空间。"他说。

她笑了。"我可以处理好我自己的空间。"

他悄悄打量了一下她,希望没被她发现。她看起来很清醒,和平时穿的一样,准备好去工作了。

"你也要回家,是吗?"

"是的。"她说。

"我们会一起。"他说。

这样的安慰对她来说不起作用,"我们将会在同一艘飞船上,但我们将不会意识到这一点。"

"我们将会在另一端共同醒来。"他说。

她扭头看向别处,他们都知道他们朝着不同的目的地前进。

"会有……"他开口,然后又停顿了几秒,"对于离开,你会有一点点遗憾吗?"

她耸耸肩,"他们会找到另一个药剂师,他们也会找到另一个牧师。每一个人都是可以被替代的。"

"是的,并非不可替代。"

一个机器转动的声音打断了他们。不远处,一辆车离开了基地,现在正大致朝着"大胸罩"的方向开去。那是一辆黑色的旅行车,是库茨伯格经常开的那一辆。机修工已经把它修好了,这就证明了如果你是一辆车,你可能被闪电击中、被宣布死亡,但你可以起死回生。虽然不会像新的一样那么好,但还是被仁慈的专家从废料堆里救出来了。旅行车的后部塞满了某种管子,这些管子从后车门里伸出来一截,并且被绳子固定好了。床是肯定被丢弃了。很明显的是,既然USIC的人事部门确切地知道牧师已经死了,他们就不再拘泥于按照他的喜好来养车,永久地停在标记为"牧师"的海湾。相反地,他们把它投入到日常使用中。这就叫作俭则不匮。并且,库茨伯格甚至还操办他自己的葬礼,而不是死在基地里让别人头疼。这是个怎样的人啊!

"你还在为我爸爸祈祷吗?"格兰杰问。

"我现在难以为任何人祈祷。"他说着,轻轻地将袖子上一个翠绿色的昆虫拿下来然后把它放飞在空中。"可是,请告诉我……你要怎样才能找到他?"

"我会有办法的,"她说,"我只是需要回去,然后我就会知道该做什么。"

"那里有可以帮忙的亲戚吗?"

"可能有吧。"她说,语气中暗示着,也许一群多嘴的水牛或是一群天使同样有可能献出一分力量来帮忙。

"你从没结过婚。"他认定。

"你怎么知道?"

"因为你仍然叫作'格兰杰'。"

"许多女人结婚之后也没有改名。"格兰杰说。得到了与他辩论的机会让她精神振奋。

"我妻子改了名,"他说,"碧翠丝·利。碧·利。"他假笑,有点窘迫,"我知道听起来很荒唐,但她恨她的父亲。"

格兰杰摇了摇头,"没有人会恨他们的父亲。不会恨之入骨。你做不到,因为是他创造了你。"

"我们别再继续这个话题了,"彼得说,"我们将以讨论宗教来结束谈话。"

现在库茨伯格的灵车已经成为地平线上的一个小点。像星群一样闪耀的雨水悬挂在它的上方。

"你会给你的孩子取什么名字?"格兰杰问。

"我不知道,"他说,"这……这对我来说太难设想了。它有点可怕。他们说它会永远地改变你。我的意思不是说我不想被改变,但……你能知道这个世界正在发生什么,你能知道事情朝着什么方向发展。决定将一个孩子置于那样危险的境地,让一个无辜的孩子遭受……天晓得是什么……"他支支吾吾,然后安静了下来。

格兰杰出现在这里并不是来听这些话的。她跳上了跑步机,像一个舞者一样摇摆她的臀部,同时保持脚在原地不动,看看这个机器是否运作。她急速地扭动着她的骨盆。跑步机前进了大概几厘米。"你的孩子对于这个星球来说是崭新的,"她说,"你的孩子不会想到我们所失去的一切,不会想到那些被毁灭的地方以及死去的人们。所有的一切将会像恐龙一样成为史前史。那些是时间开始之前发生的事情。只有今天和未来是重要的。"她笑了,"比如,早餐吃什么?"

他大笑。

"你打包好了吗?"他问。

"当然,我没有带很多东西来。同一天离开。"

"我也打包好了。"这是一个仅需三分钟就能做完的工作。现在他的行李中几乎没有东西。护照。一个房子的钥匙——也许当他到那儿的时候,门锁已经换了。一些铅笔头。爱耶稣5号缝的亮黄色靴子。靴子的一针一线都缝得十分小心,这样就不会有伤到她的手的危险。一条垮到他臀部的裤子,一些T恤——它们松垮地挂在他身上,让他看起来像一个用慈善机构里的二手衣服装扮自己的难民。还有什么吗?他认为没有了。其他那些他带来的衣服发霉了,或在建造他的教堂时被当成抹布用了。他知道他回家时会冷,并且他不能像男鸭一样只穿着一件迪史达什长袍,里面不穿任何东西。不过这是以后的问题了。

最奇怪的是他帆布背包里的圣经不见了。自从他皈依以来他就已经拥有那本《圣经》了。这么多年,那本《圣经》给过他忠告,激励过他并给予他安慰,他必定翻阅过它上千次了。亚麻布浓缩的纸张上可能有许多他指尖上的细胞，以至于一个新的彼得可以通过这上面的基因被制造出来。"在你来之前，"爱耶稣17号曾说过，"我们都是孤独并脆弱的。现在，我们在一起，我们就是强大的。"他希望她和她的同胞爱耶稣者们能够从他珍爱的詹姆斯国王那里得到一些力量，他们自己的《异境之书》。

无论如何，这些都成为记忆了。那些重要的东西，那些他可能需要的东西，甚至现在他都很确定他能够背诵《马太福音》的信条，它全部的28章，除了最开始那段家谱。他想到他和碧翠丝第一次在一起，在她小小公寓中的卧室里，碧翠丝把第6章读给他听。当她说到天上的圣所——在那里宝贵的东西都平安无恙，她的声音又柔软又炙热："你珍爱的东西所在的地方，你的心也会在那里。"他想到《马太福音》里最后的话，以及这些话对于两个彼此相爱的人的含义：

"我会永远和你在一起，直到世界末日。阿门。"